U0622737

The son of Huadu

花都公子

郭 涛著

作家出版社

楔 子

我，李诗南。

我是一个一生都在追求成功，做一个完美的成功主义者。

我是一个永远都无法走出成功与完美幻想空间的人。正因为如此，我一生中绝大部分时间（包括白天晚上），都生活在一种似梦似醒，但绝对完美的精神世界里。其实这种生活方式也挺好的。为什么？因为这种生活好就好在：你可以随时随地抛弃现实中很多不尽如人意的纷杂、世俗和不愉快的现实，而始终活在一个虚拟满足感中。

我，李诗南。

性格常常很温柔（对女人）；

性格也常常粗暴过火（对那些我认为很不完美的男人，但他们却生活得很满足）。洒脱吧？对，这就是我要的生活。

我看过发哥拍的片子。如果我要是他，就不会戴着个大墨镜。可很多明星都这么做，戴个墨镜在公开场合匆匆而过，甚至还用手时不时地遮一下脸。这样做不是有毛病吗？就那张脸长得惹人爱，干吗不让人看呢？那漂亮的脸蛋不会是假的吧？只为屏幕而生，只能让人在屏幕上欣赏你，不会吧，这也太恐怖了。而且很没有意思，太让人失望了。

我？我绝不会这样做，我一个如此真诚帅气的男人，会把大部分时间放到阳光下去展示，让很多人看我（当然，凡是喜欢看我的人最好都是女人，而且，这些女人看到我后，就会立马回家赶着和老公离婚，如果有男人看我，看过后，他们要是稍微有点自尊心和志气，都会赶着去投胎）。为什么？因为这些男人长得不帅，不仅个子矮，前胸也没有阿兰·德龙的胸毛（当然我不知道发哥是否长有黑乎乎的胸毛，倘若没有，那他也还是不完美的）。既然他不完美，那我要去看别人的片子了。

什么？去哪看？看什么片子？当然不是在家里看。这回我去电影院看，高级的电影院，手里拿着玉米花，可口可乐，当然还有一大袋子小吃。看到没，我的边上还坐着一位大美女，谁？好儿，冰儿，月亮凌花，不行，美得太绝版了，还是换一个吧。换谁？丽妃 ？不行，太诱惑人了。冰冷美人，也不行，据说在外地拍戏。菲儿，更不行，长相一般，脸上凹凸感不强。干脆就来青儿吧，青儿是谁，魏青啊，你不认识，太没文化了，她已经趴在我肩上，随着剧情，眼泪打湿了我的衣服。不信？为什么？因为我肩上湿的地方是楼上倒脏水泼的？干掉你，亏你想得出这么下贱的生活情趣。

我，李诗南。

听说发哥最近好像失恋了？男人做到这份上，也能失恋？拉倒吧，换个频道，我去买车。

什么车？当然是宾利、劳斯莱斯、兰博基尼、世爵、法拉利，不是这个级别的，也不符合我的身份意识呀，你们看到吗，卖宾利车的车模，已经给我留了电话，答应陪我吃饭了？什么？没买保时捷？太土了，保时捷这种车只是买给女朋友玩玩的，真不入流，也不上档次。

我，李诗南。

昨天突然听说本山大叔买飞机了，一个农民都飞上了天，我还买那些地上爬的家伙有什么意思呢？我要赶超本山水平？真没文化，什么叫赶超本山水平，我这回要玩大的了。

玩什么？说出来吓死你。

我要买一个岛，比海南岛、台湾岛、香港岛、马尔萨斯群岛都大的岛，买完后我会打个报告给联合国，申请一个国号，也就是国家的名字。叫什么？叫稀土马克共和国。有点土？没关系，我准备在网上征集一个洋气一点的名字。什么？法兰西共和国？哪所学校毕业的，还法兰东共和国呢，怎么听上去像叫鬼一样。

我要把这个岛建设得比巴比伦空中花园还要漂亮，巴比伦什么样？这么尖端的问题你也敢问。那我就再建一个圆明园吧。

叫个国家，飞机、游艇、汽车、美女全有了（当然都是私人的）。

我雇了几十个策划大师，又聘请了几十位行业精英，他们都是来帮我策划管理稀土马克共和国的。

我们稀土马克共和国还没挂牌，原因是联合国审批手续还没下来，我总不能无照经营吧。谁知，还真有一个导演找到我。

他说："文化产业要先行，我准备为贵国拍摄一部大型音乐电视片。"

我说："这个建议我不反对，请问张导，片长多少？"（我很内行吧?）

他说："大约要半个小时左右，不过，国王陛下，拍摄期要三年，参加拍摄人员要三千人，拍摄经费要三百亿，在此我要重点强调一下，我所说的三百亿是指欧元，因为陛下的岛国在欧洲，这也是尊重国际惯例。”

我说：“拍摄期三年，这个我可以接受，圆明园建设期是一百年。当然，我准备用深圳速度建设我的国家，我粗略算了一下（这时我的秘书递了一份预算方案给我），建设期大概要三年。可是有一点（重要的一点，当然还有其他几点），为什么拍摄经费要三百亿，而且还是欧元，美元也是可以的嘛。”

他说：“对于国王陛下支付美元的想法，我们还要慎重考虑，毕竟美元目前呈下跌趋势。”

我说：“我们国家眼下还没有被联合国审批下来，也就是说，我目前的国号还只是个预用名。没有国家名字，我开不了银行。没有办法向世界银行贷款，贷不了款我拿什么支付你经费呢？”

听到这，张导站起身来招呼也没打便走了。

太气人了。不过也正常，人之常情要告诉你的就是这个道理。一个不成功的人，一个没本事的人，注定要面对这份无情，接受一种无奈。在我没成功之前，只能是在幻觉中发泄这份无奈。

太没素质了，怎么碰上这种导演，只认钱，一看没钱，撒丫子就跑，什么东西。如此唯利是图的家伙，怎么能拍出好东西呢？我冲着我的警察厅长可可说道：“稀土马克共和国成立后，你马上批捕把他抓起来。”

不好，早上六点了。我得去响铃广告上夜班。大学毕业的我，李诗南，在“响铃广告”负责创意策划。

美差？拉倒吧，每个月只有两千块。够花了？你丫挺缺心眼呀？够花了，人家会叫我“二光”呀（曾用名）？何为“二光”？这都不懂，在哪混的？“二光”，一曰光棍，二曰月光。

光棍加月光族呀？对，怎么？你是有意见还是不忿？

我，李诗南。

单位没的说，响铃广告嘛。工资我要说，太少了嘛。不让我说？凭什么？水平？那我没的说。水平低？不是，我水平高，领导工作水平低（我们新来个老总，据说是高干子弟）。

凶吗？凶妈？还凶爸呢。凶得很，一个月二十八天臭我。臭什么？臭我创意水平没新意。认错就完了嘛。没门，她说三日内不出东西让我下岗。

完了，“二光”失业，那还不变成“三光”了吗？

不可能，这回三天内我一定写一部大策划交给她。没创意，看看这回我怎么吓死你。创意什么？往下看嘛。

我相信你会在我的这份大策划中，读出一个一无所有的人是如何利用各种资源成功的。一无所有怎么去利用资源？这话你算是问对人了，叫个人就不可能一无所有，只是你没发现你拥有的资源是什么罢了。

第一章

花都娱乐城员工只有五种类型，第一类，经理，第二类，艺术总监（鸡头）。第三类，妈咪（产生于坐台小姐），第四类，坐台女（小姐），第五类，服务生（男称小弟，女称小妹）。

花都白天休息，晚上营业，也叫夜场。夜为黑，我为第五类员工，专门黑天上班，我自称为黑五类。

花都娱乐城员工上下班走后门，后门只装有一部运货梯，这部老式电梯不仅运垃圾杂物，又运员工，脏兮兮的，还有一股混杂的臭味。今天，我又在电梯里遇上了黑四类的她——花都头牌花魁娘子，可可。她身上有一股淡淡的香奈尔味道，一米七八的身高，脸盘长得像辛迪·克劳馥，眼神中透着一丝哀怨。从外表上看不出她的年龄，但是可以看到她屁股有点大，腿也比较粗，皮肤白得透明，脚下一双灰色布面凉鞋，好看的脚趾染上粉红色的指甲油。她今天穿的是一身米色亚麻套裙，职业女性的打扮。不过自从我认识她那天起，她的穿着一直都是倾向于职场女性。

不过，可可似乎不应该来花都上班，但她在这里上班又好像很称职。说她不应该在花都这地方上班，指的是她那副冰冷的表情，说她在这里工作称职，是因为她的长相。总之，从第一天见到她起，她给我的印象就是个谜，她是一个让我看上去有秘密的女人。

我每次见到她，从来不敢和她说话，但我会微笑地冲她点头。我从没记得和她说过话，可我记得她好像也冲我点过头，不过她的表情很冷淡，就这样，这就是她在我心中的感觉，不过这样也挺好，她不说话都让我心跳。如果她能跟我说话，那我……

电梯快到三楼时（我们的办公室，也就是歌厅包房），似乎有一个声音从遥远的远方飘来：“小弟，下了班请你吃宵夜。”

这声音是从可可嘴里发出来的，是的，千真万确。我可以肯定地讲，她是在对我说话，因为刚刚进电梯时只有我和她两个人，甚至我清楚地记得，我刚进电梯冲她点头那会儿，没有其他人在场。我慌乱中答道：“我去，我请你吃宵夜。”

“下班后，我们走前门。”

"没问题，我在前门等你。"

该死的电梯，这工夫到站了，为什么不在半路坏了呢？

可可先我一步走出电梯。

一出电梯，左转后再右转，便是通向正门的大厅。大厅的中央设有一个小表演台，台子不大，只有七平方米。台子中央矗立着一根钢管，大约有三米多高。不过，这根镀铬钢管不是旗杆，我们公司也没有升旗仪式。这根钢管是表演钢管舞用的。每天晚上，玲玲和珍珠都要在这里表演钢管舞。她们都穿着三点式，玲玲穿的是红色三点式，珍珠穿的是银色三点式，看上去还真有点像珍珠的颜色，给钢管舞配的音乐应该来自于西方，麻麻诱惑的曲子（不知哪个王八蛋能写出这样好的曲子），再配以玲玲和珍珠的魔鬼般扭曲上下起浮的身材，让每一位走进花都的客人，都无法拒绝这种诱惑。因为这种诱惑会牵扯出你心底那份先天性的欲望。怪不得每位来这里潇洒后的男人，往外掏银子时，脸上都会表现出喜滋滋的兴奋，物有所值呀。

我们男生换衣服的地方在大厅一个角落里，这里从前是厕所，下水管道装修时没处理好，总有一股臭味从厕所里传到大厅中。后来在客人的合理化建议下，厕所搬走了，这里变成了我们员工的换衣间。

我走进换衣间，匆匆忙忙换上职业装，然后又正规地把胸卡戴上。不知为什么，今天我特意地站在镜子前照了老半天。镜子中反射出我美男子的形象，但过了一会儿，我突然发现，镜子中我怎么变成了一个张牙舞爪、面目可憎的魔鬼，恐怖极了。我快速用手捂住双眼，就这样伫立在镜子前面大约有一分钟。我开始透过手指缝去偷窥镜子。咦，我好像又变了，变成了原来的我，这是为什么？刚才我明明看到镜子中的我变成了魔鬼，怎么这么一会儿，魔鬼的影子又不见了呢？我傻了，傻呆呆的我站在那里一动不敢动。

就这样不知又过了多久，我忽然被一个肉乎乎的东西抱住了，把我吓了一跳。不过，我被这一惊吓，却吓跑了刚才人变鬼，鬼又变人的游戏。

抱着我的是个女人，她叫婉儿，是花都歌厅的妈咪，婉儿的姓氏名讳我不清楚，似乎现在的作家喜欢用笔名，歌厅小姐们喜欢用艺名，既然大家都叫她婉儿，姑且我们也称之为婉儿，婉儿这名字听起来多么有诗情画意。婉儿在花都妈咪阶层是很有势力的，据说她的背后有黑社会大哥罩着。几个月前我刚到花都上班，就听人家向我介绍过婉儿。还说什么有一次她和另外一个妈咪打架，婉儿和那个妈咪双方各自都叫上一百多人，后来，这场战争牵出了各自背后的黑老大，婉儿的老大硬，对方只好高挂免战牌不打了，最后讲和的结果是那个妈咪退出花都。这样一来，花都这个场子，婉儿就成了妈咪界的老大。她带的小姐最多，好像有两百多人，但据我观察，应该还不止这么多。当然，就算婉儿带的小姐有两百多人，那也是绝对大股东了，因为花都的坐台小姐，最多的时候也就五百多人，而婉儿手里一直控制着两百多人，所以，又有人说连花都的老板都要给婉儿三分面子。

婉儿是北方女孩，看面相应该在三十岁左右。她具有北方女孩的典型性格，脾气大，蛮不讲理，同时，她也具有北方女孩的典型身材和皮肤，高高大大、白白嫩嫩的，特别是她的两个奶子，丰硕无比，这不贴在我背后那团肉乎乎的东西就是婉儿的两个奶子。

其实，婉儿这人挺好的。至于说染指黑社会，那也是业务需要，毕竟夜市早已成为了经济收入的亚主流渠道嘛。不过，婉儿有一个爱好，每天晚上都要有一两个男人陪她，都是我们当小弟的这种男人。

谁知，婉儿偏偏这个时候向我发起攻击，这不是成心捣乱吗？难道她不知道可可晚上约了我吃宵夜吗？本来我对她并不十分感兴趣，没必要为了她失去和可可的约会，那样我就赔大了。想到这，我抬手扒开她抱着我腰的手，嘴里说道："婉儿姐，和小弟也开这种玩笑。"

我本以为这样一来，婉儿会发脾气离我而去，并破口大骂，可没想到，她松开抱着我的手，笑着说道："你不会是个雏吧？姐姐抱你一下，看看，你的脸都红了。"

她这样一说，把我搞得还真有点难堪的意思，我觉得我的脸突然变得滚烫滚烫的。

只听婉儿又说道："真可人，来，让姐姐亲一个。"

这时，外面响起了脚步声。走进来的是我的同事，他也是这里的小弟，叫多多。

多多看到屋里只有我和婉儿在，他好像明白了一切，但他并没有离开的意思，只是冲着我很神秘地笑了一下。

只听婉儿先开口说道："南南，你今天不用服务其他房，只服务B115，客人点了你。"

我没说什么，只是点了点头表示知道了。

多多却在一边说道："南南，客人点了你，今天你可以小发一笔了。"

"发个屁，上回也是客人点的我，最后连小费都没付。"我发着牢骚。

"这回不会，上次黑哥是喝多了，他那人一喝多就失态。"婉儿说道。

"黑哥那人脾气古怪，有一次他点我服务，当时他也喝多了，把我抱住了，开始我以为他喝迷糊了，抱我一个大男人，谁知道他跟我说，待会儿带我出台，还先付了我一万块，可散场时他自己走了，把我这茬忘了。"多多说话的语气好像很惋惜一样。

B115在一层，是花都的总统房。这里有四个房间，两个洗手间，一个大厅，大厅有一百平米。既然号称总统套房，装修档次肯定是一流的。这套房子很少开，真正接待外来的客人没几回，一般情况下，都是老板带人过来玩。不过据说有个神秘人物经常过来，他每次来都开这间房。而且这个神秘人物每次过来，都是从我们这里的一个从来不开的暗门进出。其他的关于这个神秘人物的情况，我就不知道了。不仅如此，我们花都的很多人都没见过他。

我来到B115门前的走廊处，被两个我从未见过的人挡住了。这两个人的表情就像僵尸一样，口气也无情。

“你干什么？”

我明明穿着花都的员工装，胸前也戴着卡，他们好像视而不见一样。我只好回答说：“婉儿让我来B115服务。”

“婉儿，哪个婉儿？她让你来做服务员？”

“是的。”说话工夫我还在想，婉儿他们都不认识，干吗还这么凶呢？在花都，不知道婉儿，说明你也不是什么出来混的。

这两个人对于我的回答显然是不满意，他们并未让路让我过去，而是按着他们自己的思路又说道：“你先走开，待会儿如果需要你，你再过来。”

听到他们这样说话，我当时误以为，这两个人莫非是老板的什么人？不过想想也不对，听说花都的老板都要给婉儿三分面子，即使这两个人不给婉儿面子，总不至于连谁是婉儿也没听说吧？

我正不知道该走开，还是进一步向这两个人解释什么时，发现他们一下子站到了一边，把路让了出来。怪了，刚刚还凶巴巴的，怎么突然态度变了，给我让路。当然，我的想法只在脑海中一闪即逝了。因为，我的鼻子闻到了那股淡淡的香奈尔味道。

这股味道从我身后传来，我刚想回头看，可可已越过我，她脚步没停下，眼睛目视着前方，刚刚和我说话的那两个人似乎根本没在她的眼中，她一边走一边说：“南南，你进来吧。”

闹了半天是这样啊，两个凶狠的杂种，连个坐台小姐都不正眼看你，却把我堵在这里装孙子。我心里骂了一句“妈的”。然后也目空一切地跟在可可后面走进了B115房。

开眼了。花都不愧为门都市娱乐业老大，这样的霸主地位果然名不虚传。花都总统套房给我留下的印象，至今记忆犹新。

我的大学时代，是在北京度过的。北京东三环边上也有一家花都夜总会，但我没去过，穷学生是没钱去娱乐场所消费的。如果我不是回到家乡，如果不是来花都做小弟，可能我终生都进不了这种地方。不过，命运这东西，是改变不了的，人改

变 不了命运，而命运却能改变 人，这就是为什么人不可和命争。我的命运改变就是这样，它从花都开始，不，准确地说，是从花都夜总会的几个女人身上开始的。

总统套房里目前只有我和可可两个人，我大着胆子向四周看，大厅里灯光幽暗。即便如此，我还是看到了地面的大理石是朱红色的，光亮度很高。借着暗淡的灯光，我又看到了一个演出台，演出台用很厚的玻璃制成，有一个梯阶那么高，它呈椭圆形，地面与台面的中空处摆着河石一样的东西，星状的灯珠闪着金光，有点像夜空中的星星。演出台上偏后的位置摆了一架白色的三角钢琴。

我心里想着去其他几个房间看一看，回过头来冲着站在我身后的可可发出了征求的目光。不知什么原因，可能是灯光太暗吧，她没表示任何态度。当我想直述我的参观意愿时。我们都听到了门外的脚步声。

在我们身后，走进来一个五十岁左右的男人，他个子不高，微微有些胖，从他那挺起的肚子可以判断出，这是一个前程无忧、生活惬意、养尊处优的男人。随着他走近我的距离，我看真切了，这个男人方脸，长着一个鹰钩鼻子，当他离我更近的时候，我发现这个男人已经开始秃顶了。不过，他的秃顶并不影响他的尊容，反而显出他是一个智者。

当他发现我的存在时，略微迟疑了一下。不知什么时候，可可已经来到他身边与他同行。走在他边上的可可介绍道："干爹，这是我们歌厅的服务生，我叫来的。"

这个被可可称为干爹的人什么也没说，脸上也没有表情，而是径直向里面的房间走去。

可可跟了进去，她进去后反身关门时，冲着我神秘地一笑。这个叫干爹的人开始让我很紧张，好在可可神秘的一笑又让我放松了，我的心被她笑得加速狂跳起来。

刚才给干爹开门的两个人打开了厅里所有的灯，总统套大厅里顿时亮如白昼。

客人开始多起来，陆陆续续进来十几个人，我知道外面走廊上还有人。有几个人进来后先去了干爹的房间，不过他们很快又出来了，然后又分别进了其他几个房间。

我参加工作后所能见到的花都最高长官马经理进来了。他的身后跟了几个女服务员。在花都，对我这个小弟来说，能见马经理一面，也算一件很不容易的事了。我出于礼貌和畏惧，忙闪身站到一边，给马经理让路。

马经理看到我站在这里，他愣了一下，想说什么，但话到嘴边他又咽了回去。可能他想到了，我能来这里应该不会是一个自作主张的行为。作为一个经理，要想知道什么原因，直接问我是很蠢的，他应该逐级去调查此事。

我对马经理弯腰行了个礼，"马经理好。"

马经理只是冲我挥了挥手，并没说什么。他带着小妹分别把她们送进几个包房中。我清楚地看到，马经理没往干爹坐的房间里带小妹，他甚至连干爹包房门也没敢敲。马经理安排完小妹后，匆匆就往外走，我本来想和他打招呼，可他没给我机会，甚至连看都没看我一眼就走了。我望着马经理的背影消失在走廊尽头。这时走廊的那一头又有几个小弟端着盘子走过，我知道他们是来给客人上酒水的。到此时我才发现，我好像没什么事做，难怪马经理看到我时想说什么。既然我待在这里没什么事，婉儿干吗通知我来这里服务，还说什么客人点的我，谁是客人，这里面的人除了可可外，我一个都不认识。可可可也不是客人呀，难道是她点的我？对呀，刚进门那会儿，有两个人拦我，是可可一句话才让我进来的。

我就是这么进来的。对，我是跟在可可后边进来的。看来，今天晚上点我的客人是可可。可可自从跟着干爹进了房间后，就一直没出来，她为什么也不告诉我一声，到底让我来干什么，就这样把我晒在这里吗？乖乖，这叫什么事嘛。

我一直站在总统套的大厅里，左也不是，右也不是，想干活又不知道干什么，因为我早已发现，那些来送酒水的小弟根本进不了大厅这个门，他们只是把盘子放到每个房间的传货口，这种传酒水的程序，我来花都几个月了，还是头一次遇到。难道，总统套房有特殊制度。

放在其他几个房间传货口的盘子都被小妹拿了进去。干爹那间房的盘子没有动。这时，可可出来了，她看到我后，用手指了指大厅边上的沙发说道："南南，你先去那边坐，待会儿看演出。"

我刚想问可可这是为什么？我可是服务员呀。谁知可可转身又进去了。

她没理我，难道我真的敢去那里坐吗？可我不坐在那里，就要站在这里，想想我还是去沙发那边坐吧，好歹那地方背静点，否则我像个傻子似的站在这里更不自在。

我向四周看了看，发现并没有人注意我，我踮着脚，悻悻地向靠墙的那排沙发走去。

花都总统套房中的套房就是干爹待的那间房。这个房间有大小三间，大间有七八十平米，设有一个小舞池，还有两个小间，一个是卧室，一个是桑拿房。

遐想是没有边缘的。可可和那个干爹待在房间里，他们在干什么呢？他们能干什么呢？

可可摸着干爹微微突起的肚子："干爹，你得锻炼了。"

"谁说不是，我一看到自己的肚子就不自信，老喽。"干爹说完这句话后又深深地叹了一口气。

"五十岁你就叫着说老了，要我说你就是缺乏锻炼，明天我送你一张健身卡，每天我陪你去健身吧。"

"可可，别操心干爹的肚子了，我和你说过几次了，你要做点什么，总不能一直在这里混时间吧，想想看，干爹能帮你做什么?”

“做爱。”可可没好气地说道。

舞池的灯光柔和，慢摇音乐充满了房间，比干爹高出半个脑袋的可可抱着干爹的双肩，像喝酒的醉汉一样，摇摇晃晃地在跳舞。

只听干爹冲着可可耳边说：“可是你和我在一起?”

“干爹，你别老这么唠叨嘛，我跟你在一起又怎么了，你为什么总喜欢拿你的感受强加于我呢？男人做事。向来都喜欢自大、自负、自我感觉很好，可你怎么了？这样低估自己的魅力。我和你说过的，我不喜欢窝窝囊囊的男人，别忘了，我以你为荣，否则天下这么大，凭我的条件哪不能去，干吗整天候在你身边。你是不是以为我是一个坐台小姐，就一定把钱看得重，我们在一起几个月了，你应该了解我嘛。”

干爹拉着可可回到沙发上坐了下来。可可把干爹茶杯里的剩茶倒掉，又加了点热茶进去。然后把腿抬起来，脱掉鞋子，把脚伸给了干爹。干爹用双手慢慢抚摸着她的美足，脸上荡漾着无限的快意。

这是干爹的爱好。干爹沉浸在他的癖好中，就这样安静了一刻钟的时间。

干爹缓缓地嘘出一口长气。然后说道：“可可，想听干爹给你讲个故事吗?”

可可没有出声，她一双会说话的凤眼定定地看着他点了点头。

干爹喝了一口茶，开始讲道：“从前，有一个师傅两个徒弟被关在一起，他们待的地方很糟糕。环境差点，吃得不好，他们都可以忍受。那里虽然只有三个人，但他们并不寂寞。而且信誓旦旦地要成就一番大事业，可他们所面对的结局却是死亡。当一个人面对死亡时，思维和行为表现出的更多是恐惧，他们没有，他们有的是死亡线的挣扎。这三个自认为是超级人才的家伙每天除了研究如何能搞到大钱，如何成就一个伟大的梦想外，便是用什么办法摆脱死亡。当然，他们对家人的思念也是迫切的。

“法律是无情的，对付无情的法律，他们想到了一个办法，这个办法就是人要比法律还无情。这是非常自私极端的想法，但面对当年所处的环境，没有别的办法。要知道，一个叫天天不应，叫地地不灵的地方，当你恐惧死亡的同时，你所有可依赖的一切资源其实早已陷入绝尘。你不要寄希望什么大人物出手搭救你，当你看到天下雨了，会幻想是不是会有洪水到来，把你冲到了一个自由地方去，当你感觉大地可能在动，马上会想是不是有大地震发生，当你听到远处有较大的响动时，你可能庆幸是不是第三次世界大战爆发了，但现实是你所期待的一切都不会发生。到了夜晚，你所能听到的是夏天窗外的虫鸣，到夜更深的时候，我们三个人在相互倾听心声，看谁的心跳频率快和乱，我们躺在床上，尽量平息心跳，天天如此，久而久之，我们的心理素质练就得非常好。

“一个人走了，他走得很平静，一个人成功逃脱了，他逃脱时采用的手段是那么的残酷。还有一个人的命运并不像他想的那么糟。虽然他逃脱了被处极刑的命运，但他后来还是走了。当年，我们有个约定，无论将来谁活着走出这里，都要承担起照顾死亡者家人的责任。”

干爹的故事讲到这停下了。可可等了一会儿，她见干爹没有再讲下去的意思了，便问道：“完了？”

“完了。”

可可又把另一只脚伸到干爹怀里。习惯，干爹又一次沉浸在那种特殊的，只有他特别兴奋的爱好中。

干爹又说话了：“可可，凭你的学识和智慧，干爹相信你能干大事。”

可可把两只脚都伸到干爹的怀里。

只听干爹又说道：“可可，你还有时间去考虑干爹的话，今天干爹送你个礼物。”

可可说话了：“不，认识你那一天我就说过了，我不接受你的任何财物。”

“不，今天这个礼物你一定要接受。”干爹并没再征询可可的意见，他按了一下茶几上的呼叫器。

大厅里忙开了。不大一会儿，便支起一个直径四米的桌子。

就在我走神的工夫，那张四米直径的圆桌上已经摆放好了一个直径三米的大蛋糕，圆圆的大蛋糕有五层，每层六十公分高。这个蛋糕是用车推进来的。

花。对，玫瑰花。每一盘玫瑰花都是九千九百九十九朵。十盘，这是我数过的。生日，今天是什么人过生日。在花都有什么人过这样隆重的生日？干爹吗？

我开眼界了。真的，因为更精彩的还没开始呢。

干爹房间的电视打开了，通过摄像转输过来大厅内的布置情景，反映在电视中。可可看了好久。她虽然外表平静，但她的内心已如波涛汹涌般翻滚。眼泪顺着她的脸颊淌成了两条溪流。最后她趴在干爹的怀里放声大哭。

干爹面无表情。他不停地用手轻轻地拍着可可那因抽泣而起伏的后背。

在这个城市中，可可没有一个亲人，没有一个同学，甚至她没有一个朋友。如果说她和干爹之间的关系可以当作朋友的话，干爹就是她的挚友。因为，十年了，知道她今天过生日的人在这个城市里只有干爹一个人。

可可停止哭泣，她的头发散乱地沾了一脸。她抬起头仰望干爹，干爹慢慢地帮她理着脸上凌乱的头发，他们就这样不说话，最后，干爹从里兜掏出一把楠木梳子，他帮可可梳起头来，这样亲切而熟悉的动作，在可可十八岁以前，父亲常常做。想到这，可可望着干爹的眼神突然变得惊慌愤怒起来。干爹看到了这一变化，但他仍然表情淡定。

“可可，干爹再送你一个礼物。”

可可没有动，她还是用那种眼神望着干爹。

“可可，来，帮干爹个忙，看完干爹这件礼物后，你就不会再这样审视我了。”

可可看到干爹在用手抠头发根部，只是抠了几下，干爹秃顶的地方卷起一层皮来，他边用手慢慢卷着头皮，嘴里边说着：“可可，还不快点帮忙。”

在可可的帮助下，干爹的脸被揭下一张比面膜还要薄的面具，这张面具呈人皮色，面具御掉后，干爹完全变成了另外一副模样，这张脸可可认识。只听可可脱口而出：“你!”

干爹笑了笑，他把右手食指放在嘴上嘘了一下，然后在可可的帮助下，又恢复了原样。

可可开始拘束起来。

干爹坐下来摊开双手，可可的表情是怯生生的，但她还是把脚伸了过去。

“可可，这是干爹的秘密，干爹这样也是为了出入这里方便，干爹的秘密和你的秘密一样，我们知道就够了。”

可可使劲地点头。

“可可，怎么样，干爹在你生日这天送你的两件礼物，你还满意吗?”

可可还是使劲地点了点头。

“可可，没必要拘束嘛，其实你应该更高兴才对，起码你现在更安全了，我希望你像以前一样。”说着干爹捧起可可的脚放在嘴上亲了亲。然后他又道：“看，时间过得真快，马上十点了，这样吧，我们开始庆祝生日怎么样?”

可可服从地抽回双脚。她穿上鞋，站起身来，接着又伸手拉了干爹一把，这是他们在一起时的习惯动作。

干爹再次按了一下呼叫器。大厅里顿时响起了震耳欲聋的声音，那是一种能让人疯狂的音乐，很多人都下场了，距离切蛋糕的时间还早，可可拉着干爹也下了舞池。

在干爹的示意下，音乐变成了舒缓小调，我坐在那里用目光在找可可，因为我发现她不知什么时候不见了。正在我努力搜索的同时，可可从干爹的房间中走了出来。

她换了一套水粉色的连衣裙，脚下穿一双黑凉鞋，披肩发被扎成马尾状。可可出来后径直去了演出台，她庄重地坐在了那架白色的钢琴前，只见她深吸了一口气。

此时，整个大厅都静了下来，舒缓的音乐也停止了，大家的目光全都投向了可可。

可可抬起右手，在空中划了一个半弧圈。突然重重地落在琴键上。《在紫禁城》，雅尼的钢琴曲，与此同时，配乐声响起。可可一股高贵的气质，喷发出一种空旷，她的姿态高雅优美，无论什么人看她，都不会相信可可是一个坐台女。

切蛋糕的时间到了。

我一个闲人，只有趁乱先溜了出去。

我回到服务员更衣间，换上自己的衣服，这回我走的是正门，因为我和可可约好了在那等她。

在我的一生中第一次体会到什么是失望。同时，我也是第一次找到了希望。

这两种感觉全都是一个人给予我的，谁？可可。

我从花都总统套房出来后，在花都正门马路对面站了差不多两个小时，我在等可可，这是我们约好的。

可可出来了，她是一个人。阳光下的白天，人们追求品行，黑暗中的夜晚人们追求本性，人都是两面的嘛。好人与坏人或者是不好不坏的人，他们之间的区别是什么呢？好人，就是白天晚上具有相同表现的一面人。不好不坏的人属于两面人，白天一个样，晚上又换成另一个样。坏人，就是在两面人的基础上又加了三刀。所以，两面三刀就是坏人。我李诗南从眼下看，是一个只有两面的人。不过我相信，早晚我会变成两面三刀的人。因为我必须变得成熟。

可可走出花都正门后，她并没有东张西望在找我，而是脚不停地直奔我走了过来，她的样子好像知道我站在这里。她来到我身边后，对我说道："南南，你跟我走。"

其实我最看不上女人这样，和男人说话为什么要使用命令式的口吻呢，肉麻一点，嗲一点，南南哥哥，我们走吧，这样男人听了该有多爽。没办法，可可既然这样说了，我又不得不执行她的命令，谁让我心仪她呢。

我跟在可可后面，我们向东走了大约一百米的地方，可可在一个酒吧门口停下了，她的样子是在等我。其实，我虽然是跟在她后面走过来的，但我们之间的距离最多也就差两步。我在她住脚的工夫，已经来到她身边。这回是可可牵着我的手，我们一起走进酒吧的。

我刚走进酒吧，眼睛还没有适应里面的光线，可可牵着我的手，我们一直往里走。走了没几步，我才发现，这是什么鬼酒吧，这么多吃摇头丸的男男女女。可可没搞错吧，带我来这种地方。

我正在纳闷时，可可已经拽着我的手走进了一间包房。

进了包房后，我的心不像刚才那样烦了，特别是服务小姐给我们上完酒，关上门出去后，我的心彻底恢复了平静。

"南南，没来过这地方吧？"

我害羞地摇了摇头。不过我马上意识到，我的表现有点显嫩了。婉儿说我像个雏，现在可可的眼神也似乎在怀疑我是不是个雏。可我真的不是个雏，我和那个女人（到目前为止还是我的第一个女人）是上过床的。

果不其然，可可的心事让我猜到了，她问我："你碰过女人吗?"对于可可的问题，我想我不能再表现得含含糊糊的了，我要像个男人，我说道："我已经二十三岁了，怎么会没睡过女人。"

对于我的回答，可可的表情好像有点失望。但她的表现却和她的表情不一样。她说："来，坐到我身边来。"

我连犹豫都没有，站起身来坐到了可可边上。

可可说道："南南，想不想听故事?"

"只要是你的故事，我都想听。"

"在讲故事之前，我们是不是先互相交流一下。"

"可以呀，我这个人的过去历史很简单的。"

"我不想知道你的过去，我是问你未来有什么打算。"

"这，这我还真没想过。"

"你读了几年大学，不可能没有点志向吧?"

"那当然，大学那会儿我的志向比天还大，可大学一毕业，我发现我的理想不应该在天上，而应该在地上，但说实话，来花都这地方做小弟，我还真没想过。"

"可你现在毕竟来了。"

"我缺钱，没办法，不管一个人有什么梦想，没钱都是空想，民以食为天，任谁也逃不出吃饭的现实。"

"南南，一个人做两份工你不累吗?"

"你? 这么说你了解我?"

"你要知道，我可可并不无聊，你不会认为我有泡小弟的癖好吧?"

"你是可可，也是'我在雕刻时光'?"我恍然大悟，原来她……

"算你聪明。"可可摆出一副正经谈话的样子。我也回到原来的位子上。

"南南，我想我们不用细聊了，今天以这种方式约你见面，我准备实施我的计划。"

"可可，半年来，我一直想见见你这个'雕刻时光'的人，没想到我们不仅工作在一起，而且几乎是天天见面。当然，对于我们的见面，我也曾设想过很多种方式，可就是没有想到这么随便就见到了你。"

"是不是觉得不刺激不浪漫?"

"你错了，一个在歌厅当小弟的人，怎么可以外在表现得太成熟呢，但网上的南南是不是成熟，你这个'雕刻时光'的人应该是有判断的。"

"所以我决定向你摊牌呀。"

"可可，你所说的故事就是你的计划？"

"对，南南，如果你不够胆量……"

我连忙摆手制止了可可的下句话，我说道："你不用和我说这个，而且我自认为，李诗南最不缺的就是胆量，当然，我也不缺智慧，我只是怀疑女人万一神经颠倒，情感波动时会误事。"

"南南，感情是女人的苦酒。所以，我为了把苦酒变成美酒，才来花都消费我的感情，我的目的是要把我的感情消费到彻底无情。同时，为了充分地了解男人本性的另一面，没有比花都更好的地方了。说到颠倒，可可没有神经上的颠倒，只有床上做爱时体位上下的颠倒。"

"这么说你的情感消费已经达到目的了？"

"可以这样说，不过你放心，我会保留一些归你南南受用。"

"可可，没这必要，你我在网上这半年来聊的是什么，大家心里都清楚，游戏规则对你我而言是至高无上的法宝，情感只是甜味剂和鸡精，时不时加点调个口味，这样就足够了，要知道一丝感情便可膨胀为一部爱情小说。别到头来，大事没做成，我俩每个人捧着一部爱情小说读得痛哭流涕，不知道是在浪费生命，还是惋惜感情。"

可可听我这样说，她平静地端起酒杯："南南，要的就是你这句话，来，干了。"

我端起酒杯，慢慢地摇着圈，摇了几圈后，一仰头，把杯子里的酒喝干了。

"南南，我建议你应该补的课怎么样了？"

"好像还差不多，只是床上的功夫，由于缺少实战，把握性不大，不过没关系，过几天我实战中试几次就行了。"

"过几天是什么意思？你现在身边没女人吗？"

"我要做的大事还没开始，这个时候弄个女人在身边，碍事不说，再让她缠上我，这不是自找麻烦嘛。"

"那你这半年来如何解决性的问题？怎么说你这年龄是最需要的。"

"可可，这就怪了，你给我的功法、口诀，明明是养性的，不丢不泄才能养性，什么叫怎么解决？你不会在耍我吧？"

"屁话，那是我家祖传的东西，我是一个女人，我又没练过。"

"这话还差不多。不过检验这东西的时候也到了，今天婉儿已经向我发出攻击了。"

"东西是我家祖传的，我把这套功法告诉给你，那我就是你师傅，你总不至于不守孝道吧？"

“听你这样一说，蛮有道理，徒弟随时接受师傅检验。”

“择日不如撞日，为师今天就先试验一回吧。”

那天晚上，可可把我带到了她的家里。可可住的是一套公寓楼，二室一厅，大概有一百二十平米吧。房子装修得还可以，一间卧室，一间书房，厅里有一套沙发。

“南南，你随便看一看，我先去冲凉。”可可说完便钻进了洗手间。

我从厅里先走到卧室门口，但我没进去。我又来到书房，这回我走了进去。书房三面墙都是书柜，地中央有一个花梨木的写字台和一把紫檀木的太师椅。我走过去摸了摸这两个物件，真的是好东西。我的手放在这两个物件上，似乎感觉到有一股神灵传进我的体内，这种神灵不知是来自于木料本身，还是来源于老物件的岁月沧桑。

我又向书架走去。奇怪了，可可怎么会藏有这么多书，而且她的藏书也不符合她的身份阅历呀。什么《老子道德经河上公章句》、《三元延寿书》、《景岳全书》、《玉房秘诀》、《玄女经》、《素女经》、《论语注释》，忽然我发现，在这么多的藏书中，竟然有一部《归藏》,《归藏》这部书，史上称已经失传了。既然已经失传了，那么可可这本《归藏》不会是盗版书？难道说《归藏》失传，是人们的讹传？

可可，到底是干什么的？或者说，她到底出生于什么样的家庭？凭这些书，还有那两个老物件，可可的家庭应该不会是凡夫俗子。当然，如果说这部《归藏》是真的，光这一部书就已经价值连城了。可她为什么要去花都消费情感呢？她为什么有如此之大的野心去搞大钱呢？这一切在我的脑海中形成了一个挥之不去的谜团。

我和可可三天都待在她家里，虽然我们各自找理由向花都的管理者请了假。对于我们所编的理由人家信不信呢？毕竟花都的人，皆属于每天生活在性环境中的一群人。性对他们来说既习以为常，又敏感且充满浮想联翩。我想他们应该会想到我和可可在一起，不过也无所谓了，谁又没有秘密呢。当然有一点我是坚信的，即使他们知道我俩在一起，那也是世俗的印象，他们会想到一个小弟在贪慕虚荣。这样想也对，无论男人女人，到了一起谈的就是什么汽车啦、房子啦、手表、名牌衣服、化妆品等等，人嘛，向往并追求奢侈，是一种心理需要。

和可可分手时，我们这一对自称看破红尘的人，表现得比世俗的人更加依依不舍。可可像个乡下婆一样叮嘱我。

“南南，要不我们放弃计划吧，我觉得现在这样也挺好。”

“可可，千万不要有这种想法，别忘了，我们有另类于他人的世界观。再说了，放弃我们的理想和事业，意味着什么你知道吗？”

“南南，我们只是放弃了过去呀。”

“你错了，过去对你我而言已经过去了，即使我们不想放弃，过去的一切只是一种记忆。其实，我们真正放弃的是未来。你在花都做小姐，我在花都做小弟，这样的生活是人要过的日子吗？可可，爱情替代不了现实生活。”

“那好吧。”

“这就对了。可可，我可提醒你，这种不现实的想法只有这一次，没有下次。对于成功者而言，首先要做到对自己残酷，然后是对他人无情。你要牢牢记住你们女人是什么，特别是对男人而言。”

“这我知道，女人就是男人的衣服。”

“对，作为一件衣服，她的命运从来都是被放弃，更何况哪个男人会一年四季只穿一件衣服。”

“南南，看来我们的计划不仅残酷无情，而且恐怖至极。”

“不对，我们的计划准确地说是用我们本性的能力去获得人世间我们应得的那一份享受。”

“南南，你说得对，我们拉钩发誓吧。”

“儿童把戏。”

“我儿童把戏？小心哪天我第一个拿你当我的本性能力试验品。”

“如果真的有那么一天，说明你成功了。”

“那你就祝贺我成功吧。”

“是你我的对手祝贺我们成功。别忘了，我俩是一阴一阳的结合，这种结合一旦融会贯通，那可是能生出万物的。”

从可可家里出来，我搭了辆出租车回到了自己住的地方。我是回来收拾东西的，我要搬走了，去哪？可可那里？不可能。我要去北京。

到北京去，是我向成功迈出的第一步。我知道做人不可空有壮志，空有大志是对自己的欺骗。一个人如果用骗自己作为安慰剂，那他则是天下最蠢之人。梦想与现实之间的距离必须一步步走扎实了，特别是最为关键的第一步，基础的一步是奠定你成功路上的基石。我到北京来，唯一的目的就是争取一个女人对我的支持。如果她支持我，花都那种对我而言不伦不类半人半鬼的生活环境将一去不复返了。

第二章

到了北京后，我先租了一个房子，地点在亚运村汇园国际公寓，一室一厅。房子是装修好的，还给配备了一些简单的家具。总之，一个人睡足够用了。

安排这个家，我只用了两天时间。其实我根本不懂如何持家。对于家，我这个单身汉的理解是：没必要那么复杂。一切都弄妥了之后，我拨通了关丽娜的电话。

关丽娜是我的第一个女人，她是我大学的老师，我们既是姐弟恋，又是师生恋。爱情是没有国界的，同时它也没有年龄上的限制，更没有职业的约束。

我和关丽娜走到一起，是在我上大一那一年。那一年我十九岁，个子一米八三，浑身上下汗毛浓密。可以说，在全校男性师生中，我长得最帅，当然最穷的也是我。

大学第一年的暑假，我没回家乡。原因是我没什么钱来回跑，再者，即使我回去也是一个人。在我八岁那年，父母就离婚了。我是奶奶带大的，上大学的前两年，离我最亲近的奶奶也走了。所以，我回去干什么，我自己找不出理由。一个人住在学校里和住在我家乡那一小间没温暖的房子里有什么区别吗？没有。但好像也有。有的原因是我住的这个学生宿舍，不知为什么一放假，人都走干净了，就剩下我一个人，校方如何管理呢。

关老师来找我，她本意是想找我谈谈，如何解决住宿的实际问题。当时是夏天，因为宿舍里没人，喜欢裸睡的我，正睡在蚊帐里。估计是天太热了，我在夜间蹬了被子，是我健硕的身体把关丽娜的身子搞热了。

从此，我便和这个大我十岁的老师姐姐好上了。三年，我们在一起三年。

终于，我和关丽娜的事情，遭到了她母亲刘淑珍的强烈反对。刘夫人具备天生的人格素质和对平民的尊重意识。这是高层首长夫人的普遍特点。她没有评价我的出身。但以一个老人的观点看问题，我不得不承认，我的条件资格与做关家女婿的要求差距太大了。仅仅一个爱字是无法抗争世俗思维定势的。

社会等级为仕、农、工、商。仕途之路从来都是人生的第一追求目标。所以，关家看中的女婿，当然也会首选有仕途前程之人。夫人刘淑珍早就相中了一个乘龙快婿，他就是关丽娜父亲的秘书杨文学。为此，三年前，在夫人的刻意安排下，杨文学被空降到我的家乡门都市任市长。

本来这桩美好姻缘眼看着就向前程似锦的方向发展了。可关家大小姐不买账，她对杨文学就是没感觉。这一下可把关丽娜的母亲气着了，现在这年轻人，为什么这么不成熟呢？她们对婚姻的观念真的是有问题，偏激得很。杨文学多好，有前途，人也老实。结婚生孩子，难道非要什么感觉吗？感觉能当饭吃吗？人的一生，除了感觉，更重要的是什么？是仕途，社会强调发展才是硬道理。社会的发展靠什么？靠的就是社会的组成分子——人的发展。作为权势家庭，家庭作风一定要严谨，家庭作风的严谨，完全体现在生活作风上，谈婚论嫁讲究的就是本分，本分指的是人的行为本分，作为关家的家庭环境，首先在生活价值观问题上，不能光考虑个性，更要注重传统。

关丽娜从此被母亲限制在家里，不允许她与我接触。无奈的我在大学毕业后，满怀对生活的愤懑回到了家乡。

遭受过打击的人，很容易产生思维裂变，更容易形成一种新的人生观和价值观。我从前的人生观被爱情击碎后，经过一段时间的整合，它又在我的头脑中重新形成。它只有两个字：成功。

在电话中，我才知道关丽娜不在北京。现在是学校放暑假。这个时候也是中央北戴河避暑办公期，她被母亲强拉着去了北戴河。我在电话中听得出，她很急迫地想见我。当她知道我已回到北京后，便嚷着让我去北戴河，我答应了。是的，她是我的第一个恋人，我曾经爱她甚至超过爱我自己的生命。在我的心里，如果说还有爱的话，也只有她会成为我一生中都无法抹去的女人。

我没去过北戴河。我也没享受过在海边度假的生活滋味。据说海滨度假可以安慰人的灵魂，当你面对一望无际的大海时，海的宽广和海天一色的空旷，会让一个充满贪欲的人，变得无为。我相信大自然的力量。但我也在猜测，在思索，为什么生存在海边的人们做不到无为，为什么大海不给予他们一种享受无为的机会，为什么他们必须祖祖辈辈冒着生命危险出海去打鱼，他们难道因为靠剥夺鱼儿的生命生存，而不能使内心空旷吗？都不是。

环境，特别是自然环境，它对人类而言，在人类的意识中，具有双重属性，它的第一作用是向人类支付生存资源，第二作用是向人类支付精神美的享受资源。但是，对于它的第二作用，人们要付出代价后才能得到自然环境之美的赋予。那就是，想获得对自然的美感享受，首先人要具有闲情逸致，人要想拥有闲情逸致，首先要有资本。

晚餐是娜娜请的。娜娜请我吃的晚饭是海鲜，我们各自剥掉手中海虾的虾皮，然后再互相递到对方的嘴里，这种小孩子的游戏，复制在成年人的行为上，纯洁的需要转化成为了爱的浪漫。

晚饭后，正是太阳西落的时辰。浪漫的说法是：太阳公公的脚步正迈向西方天际，彩云姑娘挥舞着彩色的薄纱，在太阳公公身边起舞。我和娜娜一起漫步在海边，我望着浩瀚无际的大海和即将被海岸线湮没的一轮红日，对她说道："娜娜，我要经商。"

"我支持你。"娜娜向我靠了靠身子，我伸手抱着她的肩。

夕阳裹着宛如红色火球的太阳正慢慢地沉向世界的另一面。

我和娜娜在海边漫步了很久，海风中已经开始夹进丝丝凉气，吹拂在我们身体上的海风，让人觉得凉爽。

"南南，我们回去吧。"

夜晚的幸福时刻又到了。

激情过后，一切又恢复了宁静。我枕着娜娜的胳膊，问她，"娜娜，我是不是一个天才?"她抿着性感的嘴微笑着说道："是天才，是我的天才宝贝。"

"你的天才宝贝要改变一切。"

"我支持你，放心吧。"

天已经大亮了，娜娜钻出了被窝，走到窗前拉开窗帘。窗外的天空飘浮着团白色的云朵，远处深蓝色的海水翻卷着层层波纹，海天一色的景色伸向了无边的远方。

我把上身探出被窝，靠在床头上，并点了一支烟。娜娜转身向我走来，她上床后又钻进了被窝，冲着我说道："南南，你想做生意，考虑成熟了吗?"

"这半年来我每天都在想这个问题，离开你这段时间，我一直生活在一种心不甘的状态中，我要证明自己，娜娜，人不能选择出身，但人可以选择志向，我决定了，干大的。"

娜娜沉默了一会儿："南南，你没做过生意，我想刚开始不要贪大，小生意风险也小，当然，我也好开口求人。"

"娜娜，有野心才能办大事，我可以没有钱，但我不能没有成功。"

"南南，我知道在我们的爱情问题上，你受到了伤害。其实，作为领导干部子女，是不允许做生意的，我之所以答应帮你，也是下了很大决心的，但我们要冷静思考问题，我不反对做大，可做大那也是要有条件和本钱的。"

"娜娜，我家乡的市长是不是你家的秘书?"

"我家怎么会有秘书，他从前是老爷子的秘书，其实我刚才说要帮你，也是想着找他谈一谈，你的家乡门都是个资源型城市，地下矿产也丰富，我们可以倒点来卖。"

“娜娜，倒废钢铁卖那是土包子的生意，我要做就做阳春白雪式的生意，我设定的生意目标起点高，起点高才能高瞻远瞩，生意不怕大，关键在于是否有权力支持你。我们有杨文学市长的支持就能做大。”

“文学是市长，不是大老板，你不要把权力看得至高无上，权力不是万能的。”

“娜娜，权力就是万能的，至于说它不是万能的，那是因为你不懂得用它。”

“南南，就算你说得对，可文学凭什么要把权力给我们用呢？要知道，我妈至今都不放弃把我嫁给他的念头，这也是我一直犹豫要不要找他的原因。”

“找他，干吗不找他，你可能还不知道吧，现在他在门都，其实是陷在了一种窘境之中，门都的地方势力很大，对于他一个空降的市长，天生就有一种排斥，当初他去门都是你母亲的意思，你一反对这门婚事，他心里肯定没有底了，但他还要撑着，如果你们真的结不成婚，那他实际上等于被发配了。”

“胡说，按照你这么说他是被我们家给害了？”

“娜娜，别生气，我们现在是分析杨文学的处境，我说得并没有错，没有关家的势力，他在一个人生地不熟的地方是混不了的，他现在之所以没被人整倒，那是因为他有一个桂冠，关家的姑爷。你也知道，门都是一个资源型城市，这种城市很难出政绩，资源对生意人而言，可以撑死，但对为官者而言，是撑不着也饿不死，没有靠山，再出不了政绩，他面临的未来是什么？一生都要窝在那里。”

娜娜瞪着惊恐的大眼睛：“南南，你哪学的这一套？这与你的年龄太不相符了，你什么时候学起阴谋了。”

“娜娜，我在网上和你说了，我在一个特殊的环境里学到了特殊的本事，我想成功，如果我的知识不能变成智慧，那我还奢谈什么成功，你也不想把丈夫当孩子养吧？再说了，你出生在官家，对这种事不是司空见惯吗？”

“南南，你变了。”

“娜娜，商场如战场，简单的智商在商海里是混不下去的，为了娶你，我必须面对现实思考问题，在改变现实的问题上，我没有选择，即使我本意不想这么做，现实逼得我也只能这么做。”

关丽娜为了我特意去了一趟我的家乡门都市。

我和娜娜在门都市住下来后，她并没有马上去找杨文学市长。在可可帮我开的房间里，我们先研究策划了一番。俗话说师出有名，虽然杨文学是市长，虽然他曾经是关家的秘书，即便如此，自己也不能没准备好做什么，就去找市长要钱呀，如果那样的话，跟抢又有什么区别呢。捞钱可以不计较手段。但谈生意一定要斯文，大诈似信，大奸似忠嘛。

最后，我和娜娜商量的结果是，此行仅仅作为一次务虚，这符合领导作风，务虚的目的也很简单，感情和友情参半。当然，这是娜娜的想法，我的想法是不能说出来的。

在去找杨文学之前，我和娜娜商量请他去我的单位参观一下，因为娜娜一旦去见了杨文学，我们在门都逛就不方便了，今天早上，我把关丽娜带到了响铃广告公司，这是我工作单位。我们这个单位是事业编制，总经理是上级派来的。我为什么带娜娜来公司，因为我知道，我的老总杜三娘，肯定会臭我。

这个月，我递交的创意策划很不入她的法眼，她曾放狠话给我，三天不拿出满意的策划方案，立马炒我鱿鱼。到今天为止，按着她的最后限期也已经过了三天，因为这几天我和娜娜在一起。

炒我鱿鱼，我可以低三下四，但娜娜会如何表现？咱们拭目以待。不过看到这，大家该会猜出结果是什么了。一个可以炒书记市长鱿鱼的公主，岂能让一个小小的科级干部炒了她天才宝贝的鱿鱼？杜三娘难道敢造反不成？是的，娜娜今天看到的结果是杜三娘真的造反了。杜三娘这一反，更加坚定了娜娜帮我成功的决心。

我们到公司的时间是早上八点，老总杜三娘还没有来。不到十点不上班这是杜总的一贯作风。没办法，谁让她是公司老总呢，她只有管人的份，没有被人管的份。最多，公司里和我一样的打工仔背后称她“杜二班”，这已经是了不得的抱怨了。就这，也不能让她听到，一旦让她听到，你可就连称她“杜二班”的机会都没有了。

杜三娘为什么这么牛？为什么响铃广告她要熊瞎子打立正——一手遮天？这话要说起来可就长了。不过，后面还有机会扯。所以我现在只向列位介绍一下她的身份就可以了。杜三娘，其父是门都市建委主任。牛吧？不过更牛的还在后头呢，杜三娘，门都市委副书记柳云桐的儿媳妇，她的老公柳英是市公安局副局长。

唉，我只有长出气的份了。我这样的门都虾米人物。不，准确地说是蚂蚁小人，杜三娘一脚可以把我踩到地下十九层去。地狱才十八层，而我却在十九层，什么概念，这回知道了吧？

我和娜娜来到办公室。顺子，我的同事加哥们儿看到我后一愣。我知道他为什么这样。前两天我在北戴河，顺子就打电话给我，他向我通报了杜三娘已经放出话来，她说：“李诗南那小子几天没来了？没来就不用来了，让他收拾东西滚蛋。”

我在电话中并没显得惊慌，只是冲着顺子说了声“谢谢”。

顺子见我带了个大美女来公司，他变得更纳闷了。一个即将失业下岗的人，怎么还有这心情？当然顺子的想法也有道理。不过，他哪里会知道，我现在的心情好得很，我甚至想，就凭顺子在关键时刻给我打的那个电话，等我当上响铃广告老大之后，一定把他提起来做个副总。

我没有介绍娜娜和顺子认识。但在顺子跟我打招呼时，娜娜也微笑地冲他点了点头。

我的办公桌还在，只是电脑上落了少许灰尘，不过没关系，这并不影响我们玩电脑游戏。我打开电脑进入，再进入，直至调出来我设计的游戏软件。我所设计的软件名字叫关公战秦琼。我设计这个软件的目的就是想求证一个结果，看看他们两位古代名将究竟谁能打过谁。这个软件我还没设计完，到目前为止，关公和秦琼还是打得难分难解，不分胜负，不过，这回估计他们之间的排名次序应该会有结果了。

我正在给娜娜演示我的设计杰作，杜三娘来了。她一走进办公室，看到我后，便站在那里，用眼睛打量我们，不过，我知道她是在看关丽娜。

我主动和她打招呼："杜总。"可她连用鼻子哼都没哼我一声。只见她杏眼圆睁，用蔑视的眼光看着关丽娜，从嘴里发出的声音却是冲我而来："没人通知你吗？你已经被开除了。"

开除我？怎么说我也是事业单位的员工，开除我总要履行个程序吧？我争辩道："杜总，开除我的理由是什么？"

"理由？什么理由？我的话就是理由。"

"可杜总，虽然你是响铃广告的领导。但是作为事业单位的职工，我有我的权益。而且，职代会也要走个程序吧？"

"李诗南，你的话太多了，我现在正式通知你，你被炒鱿鱼了，至于你所说的什么权益，职代会啰里巴唆的东西，对我不存在，不服你可以去告，如果你听懂我的话现在就收拾你的东西走吧。"杜三娘没允许我申辩，她转头冲着顺子吼道："顺子，监督他收拾东西，别让他把公家东西拿跑了。"说着她扭着大屁股向总经理办公室走去。

娜娜急了，我第一次见她这样发脾气，而且她发起脾气来不仅斯文得很，也可爱得很。

"杜总，请等一下。"关丽娜言语斯文，语气却十足的蔑视。

杜三娘慢慢地转过头来，她疑惑地对关丽娜说："你在叫我吗？"

"对。"关丽娜语气坚定。

"你？你是干什么的？我又不认识你。"杜三娘乜斜着双眼看着关丽娜。

"我是谁不重要，但我认为你这样处理一个员工的去留问题有点欠妥。"坐在椅子上的关丽娜，双手交叉着放在胸前。

"哎呀！怪了？我处理员工问题，要你来说欠妥？你是干什么的？"杜三娘的口气不仅不友好，甚至有点怒气。

"我说了这不重要。"关丽娜微笑着说。

“可这对我很重要，你在插手我的问题，我必须知道你是哪路神仙，或者说是什么东西。”杜三娘说着双手叉腰。

关丽娜还是一个姿势，但愠怒已布满脸颊，她一字一句道：“请你放尊重点。”

“尊重？笑话。我连你是什么东西都不知道，尊重你什么？再说了，在门都，从来都是人家尊重我，我看你是闲得无聊，知趣的话，还是快点离开这里，否则的话，待会儿我让你和这小子一起滚。”杜三娘说着用手指了指门口。

关丽娜，她哪里受过这个气。真应了那句话，秀才遇到兵，有理说不清。不过良好的个人素质和正派门风的家教，她还是忍下了这口气。毕竟，杜三娘在关丽娜眼中，和野人没有什么区别。文明与野蛮不可能没有区别。关丽娜是文明的人，仗势欺人属于野蛮行为。作为文明人关丽娜不想和她吵架，她站起身来。叫上我：“南南，我们走。”

杜三娘误以为关丽娜怕了她。现在听说我们要走，她还来劲了。就在我们刚要出门时，只听杜三娘在我们身后说：“一对儿狗男女。”

这句话如一把钢刀扎在了关丽娜的心上，她被扎疼了。“狗男女”这句话可是败坏家门的一种最严厉指责。任何一个官家成员，最不能忍耐的就是对其家门的谩骂与攻击。他们和正常人一样生活在这个社会上，为了钱财，他们可以做到不争。但在权力与势力问题上，他们绝对要争。在争这两样东西之前，有一个资本是要守住的，那就是门风。门风遭到破坏，将失去社会的公认。从荣辱方面而言，荣耀的门风才是竞争权力的基础。而“狗男女”指的是伤风败俗，在所有的伤风败俗行为中，万恶淫为首。所以，“狗男女”对门风的败坏，便成为耻辱的极致。

关丽娜听到这句话，她回身几步就冲到杜三娘跟前，她抬手想抽杜三娘的嘴巴。当她抬起手来时，似乎又想起了什么，她把抬起的手变成用手指着杜三娘：“泼妇，你给我记着，对你刚才所说的话，我会让你付出代价的。”

说完这句话，关丽娜回身拽上我，我们一起走出办公室的大门。走在路上，关丽娜气得眼泪都出来了。我试图去安慰她，上前抱住她的肩，谁知道她气愤地甩开我。我知道，她是真的急了。因为我和她在一起三年多来，她一直很疼我的。毕竟我比她小十岁，从哪方面讲，她都对我呵护有加，这样甩我，还是第一次。

关丽娜走得很快。我一直跟在她身边，我们就这样走着，走了一会儿，她的步子放慢了。

“南南，对不起。”

“娜娜，都是我不好，我不该带你到公司来，让你受这种委屈，你原谅我吧。”

“南南，这和你没关系。”

我们顺着太子河堤的林荫道向东走。夏季的太子河水位不高，水流也平缓。上午的阳光斜射在水面上，与平缓的水流交融成一块块波动的镜子。虽然现在是八月份，但今年夏天并没有出现骄阳似火的热天气。可能我们走在河边的缘故，丝丝水汽夹在夏日的微风中。阵阵向我们的身体侵袭。可能是水的缘故，我和娜娜的心情好像比刚才清爽了一些。走着走着娜娜身子慢慢地靠向了我。我搂住她的肩，她很顺从地跟着我的脚步，我们在不经意间，来到了河堤路的一处石桌边。来到这里，我们坐在两个形如腰鼓的石椅上。这会儿，我们离水边更近了。娜娜比先前又平静了许多，虽然她这会儿心里一定还在生气，但她的面目表情又挂上了那昔日的微笑。

“南南，那个杜总平时对你也是这样吗？”

“自从她调来后，一直就是这样。”

“为什么？你们之间是同事关系，又不是监狱里的警察和犯人之间的关系。”

“这我也弄不清楚，听说她一直就是这么霸道，在原来的单位干不下去了，才调来我们这里。”

“在原来的单位干不下去了？像她这样的群众基础怎么能做领导呢？”

“娜娜，做领导和群众基础有什么关系，一点关系也没有。”

“南南，不能这样讲，这是偏激，没有群众基础，组织凭什么考核任用。”

“娜娜宝贝，我可爱的关老师，你太单纯了，简直单纯得可爱。如今什么社会了，当官靠群众基础，群众基础值几两银子？如今当官靠的是上层建筑。”

“歪理邪说。我不否认，社会上有不正之风的存在，可邪不侵正，像她这种蛮不讲理的领导没几个，我们党大多数领导作风是正派的。”

“是没几个，可是有一个就让我摊上了。”

“你是什么地方做得不对，还是你惹到她了？”

“娜娜，其实我工作也很卖力气，可她就是有事没事喜欢挤对我，几个月前她刚调来时，对我还可以，后来我们的关系发展下来，矛盾越来越多，一会儿说我的策划方案没新意，一会儿又说我眼中没有领导。总之，弄得我是左也不是，右也不对。”

“那是为什么？刚开始不是关系挺好的吗？”

“好是好，可她有事没事就把我叫到她办公室，门一关开始东拉西扯，我很讨厌她这样做，领导找职员谈话，有事说事，没事关上门闲聊，同事们会怎么看我，再说了，我如果和她走得太近了，那也是要有麻烦的。”

“麻烦？她没结婚？”

“孩子都快比我高了，我所说的麻烦不是指这个，是得罪不起她。”

“她有什么来头？”

“来头大了，否则按你所说的，群众基础这么差，到哪都能做官，可能吗？”

“哦？我说她那么凶，她什么来头？”

“父亲是门都市建委主任，母亲是市二院院长，老公是公安局副局长，老公公是门都市委副书记刚刚代理了书记，你还要什么来头?”

“这样啊？看来杨文学也治不了他们。”

“未必，其实说白了，杨市长挺猛的，他这个人也正直，在门都市只有杨市长敢和他们干，我听说前几天杨市长下令把建委主任免职了，也就是杜三娘他爸。不过杨市长的提议好像常委会没能通过。”

“那后来呢?”

“娜娜，这是常委会的事，我也只是听人们在传，具体的我也不知道。”

娜娜沉思了一会儿，突然又问道：“南南你说那个杜总找你谈话，她都为什么？她什么意思?”

“还能什么意思，听说她老公常年不怎么回家，当然了，门都的太子党老大、公子哥，在外面玩也正常。但这事苦了杜三娘。自从她调到我们单位后，就开始攻击我，开始是许愿要提我做副总，后来见我不买账，她又从工作上刁难我，这几个月，可把我整惨了。最后，她干脆摊牌，说让我跟她好，否则三天之内让我好看，我这才去北京找的你。本来我想着到北京就不回来了，所以我在亚运村租了房子。其实在北京混也挺好的，可我又怕在你身边让你们家人知道更麻烦。娜娜，我真觉得活得太累了。”

娜娜终于目露凶光，她一直咬着下嘴唇在听我说话。我的话说完后，只听她像是自言自语地说道：“做副总、逼宫，巴掌大的门都市，玩起了山中无老虎，猴子称霸王。”

娜娜的目光一直盯着太子河的水波。最后，她站起身来：“南南，我去文学那，你自由活动一下，我完事会给你电话。”

杨文学，门都市市长，寸头，方脸，个头将近一米八，眉毛又粗又黑，有事没事喜欢咬牙，腮边的肌肉每次在他咬牙时都会一鼓一鼓地跳动。用门都市《易经》研究会会长刘福的话说，看一眼杨文学的眉毛，就知道这个人煞气太重。属于那种主动攻击型的性格。

今天早上一到单位，杨文学坐在他的办公椅上就没动过。市府办秘书处长韩超迎给他沏了一壶茶。茶水放在那里他一口也没喝。他在想问题。在他的仕途历程中，今天上午十点，应该会遇上一个不大不小的坎。杨文学抬头看了看墙上的挂钟，九点三十分。

门都市市委代理书记柳云桐约他上午十点谈话。这不是一次普通的工作会晤，而是一场政治会晤。就在前几天，上级刚刚宣布柳云桐为代理书记，杨文学签发了一份免职报告，门都市建委主任，还有一干子人等由于渎职，被杨文学大笔一挥给免了。这件事，杨文学事先既没和柳云桐书记打招呼，也没和其他几个常委通气。要知道，门都市建委杜主任可是柳云桐的亲家。太岁头上动土，柳云桐终于忍无可忍了。

自从杨文学来门都市任市长，平时他根本就没有把门都市的一些土八路干部放在眼里，这皆因为，他这个市长不是土生土长熬上来的干部，他是中央空降下来的干部。门都市不是他为之奋斗终生的地方，而是他镀金挂职锻炼的一个仕途站点。所以，杨文学对于门都市的一些领导干部而言，是一个有来头的人，这个有来头的人，说不定哪一天就抬腿走人了。既然这样，平时则很少有人在工作上和他发生冲突，更何况，很多人一致认为，惹杨文学不是一个明智的选择，大家都这样想，反而滋长了他的脾气。有人说为官者切忌脾气太大，因为脾气越大，你的对立面就会越多。

杨文学是个下派镀金的干部，按理说他应该表现得斯文一点，与世无争，留个好形象给同志们，反正混个几年就走了嘛，可这个杨文学似乎很不识相，也特喜欢不信邪。他的表现是遇事不让份，从来都是主动出击，而不是防守壁垒。他的行为给门都市的很多干部造成了一种错觉，这小子这样干不像有要走的意思。再往深层次想下去，人们才恍然大悟，这家伙不会是要留在门都市做掌门人吧？

杨文学刚来门都市时，是省委严副书记打的招呼。准确地说是严副书记送他来门都市上任的。既然他有如此来头，柳云桐曾一度在工作上，遇到意见分歧时，开始总会让他三分，这一让不要紧，柳云桐感觉到杨文学的权力欲望逐步在膨胀，特别是最近，他这个不分管干部的市长，竟然出了个文件免去了市建委主任的职务。这简直是乱弹琴。从此，杨文学与柳云桐之间的关系，由工作上的意见分歧上升到了矛盾层面。

柳云桐曾经公开表现出了不满的情绪：“这位京城来的市长，有点摆不正自己的位置了。”甚至他在和市委组织部长冯铁奇通电话时，语气愤怒地说道：“杨文学竟然干涉起干部问题来了，他想干什么，我不管他在北京靠着什么人，任免干部这种事，我是绝对不允许他插手的。”

具备政治素质的柳云桐绝不会善罢甘休，他必须反戈一击。他必须找回自己的威严。今天上午，他约了杨文学。他已经想好了对付杨文学的办法，准备和杨文学摊牌，并且会狠狠地教训这小子一顿，以解心头之根。

杨文学又一次抬头看了看墙上的挂钟，九点四十分。他和柳云桐约好的见面时间快到了，杨文学站起身来，背着手在办公室里踱着步子。他知道，待会儿和柳云桐见面，必定会有一番唇枪舌剑。俗话说覆水难收，自己打向杜新这一拳已经收不回来了。杨文学懂得，政治对手之间的思想分歧是可以化干戈为玉帛的。但政治对手之间的权力争夺矛盾，一定是你死我活的。门都市，可以说是“柳门都”市。柳家的权力与势力在门都市甚至是省里可谓树大根深。针插不进，水泼不进。柳云桐的儿子柳英身为市公安局副局长主管刑侦工作。从各方面消息确定，柳英涉嫌操纵黑社会。杜新的弟弟杜飞，不仅涉嫌黑社会，而且身为门都市第二建筑公司董事长，他把控着门都市的主要地产开发业和建筑行业，门都市的娱乐业，大部分也在柳英的掌控之下。权力、势力、金钱、色诱，这一切滋生腐败的兴旺行业，已经形成了一股强大的势力范围和利益链条。

自从杨文学调到门都市任市长那天起，首长的信任，党的责任，及他所面对的强大对手，是进是退，两年多来，这个问题始终萦绕在他的脑海中。自己曾为首长的秘书，在人们的眼中，将来有可能做首长的女婿，省委严副书记也给首长做过秘书。如此诸多的因素，杨文学也只能在柳云桐的面前讨得一些芝麻小事的风头，在大事的问题上，柳云桐可以说是寸步不让。

就说刚来门都市那会儿，关于取消市政府关门办公的改革举措，直接被柳云桐指责为收买人心。市政府本为人民的政府，它要倾听人民的声音，大门守得死死的，人都进不来，那又如何能听到人民的声音?！人民的市长，无私无畏，人民市长爱人民而不是怕人民。取消市政府门卫，这么一个简单拉近干群关系的举措，柳云桐也要横加阻拦。顶，硬顶。顶的结果是，门岗取消了。在柳云桐的批示下，市公安局的柳英竟然以安全为由，派了两部警车来到市政府门前，担负起流动门卫的职责。

干掉杜新，捅了马蜂窝。进，只有进。不进，没法揭开门都的盖子。可是，今天面对柳云桐，如何过招？杨文学回到办公桌前坐下来。他伸手拿起办公电话，电话拿在手中可他并没有拨号码，他想给省委严副书记打电话，他想在电话中向严副书记倒一倒苦水，哪怕是务虚也好。但电话在他手中拿了一会儿又放下了。

杨文学放电话的手没有离开，他多么想给首长夫人刘淑珍打一个电话。他想在电话中对夫人说：我只想为党尽忠。但他的手还是离开了那台电话机。他想到了鲁迅那句话，我以我血荐轩辕。

杨文学站起身来，他决定了，他要与柳云桐针锋相对。真正的卫士，首先要具备强大的永不畏惧的心理素质。他步子轻快地向办公室外走去。

杨文学刚要伸手开门，这个时候，他的手机响了。他拿出手机，看到显示屏上跳动着娜娜两个字。看到这两个字，他的周身热血都在沸腾。他按下了接听键。

“娜娜，我是文学。”杨文学的声音显得很兴奋。

“杨大市长，忙什么呢?”关丽娜的口气透着顽皮。

“我在办公室，不过这会儿刚要出门去办事。”

“这么说我是白来了？”关丽娜语气中表示出了扫兴的味道。

“白来了？这是？这么说你到门都来了？”

“我在北京会说白来了吗？杨大市长，你出去办事要多久？如果你忙不开我明天再过来拜访你？”

“不、不、不，你在门都什么地方，我立马去见你。”

“我在你们市政府大院外面。”

“好、好，我马上下来。”

杨文学几乎是三步并作两步跑下楼的。他一路跑还在一路想，娜娜怎么来了？想瞌睡就有人送来枕头，这也太让人意外了。

关丽娜就站在门都市政府的大门口，她四下张望着，心想着欣赏一下门都的街景。可谁知，停在一旁的警车里的公安干警注意上了关丽娜。嗬，这个大美女站在那里干什么？她肯定不是门都人。不行，下去逗逗她。

两个警察从车上走下来，冲着关丽娜很不友好地问道：“喂，小姐，你站在这里干什么？”

关丽娜看了看他们，讪讪地说道：“不干什么。”

“把你的身份证拿出来。”其中一个警察说道。

“为什么？”关丽娜显得很不耐烦。

“为什么，这里是市政府，你不干什么站在这里，我们有权对你例行检查，希望你配合。”

“市政府门前不能站人吗？”关丽娜来了脾气。

“可以站人，但作为公民，你有义务配合我们检查，请出示身份证。”

关丽娜白了这两个人一眼。但她认为，虽然他们的要求过分，可要求是合理的，关丽娜没好气地从包里拿出身份证递了过去。

其中一个人接过关丽娜的身份证，他刚看到住址：北京长安街1号时，他心里就在嘀咕，这是什么身份证，怎么这样写住址……

杨文学快步走了过来，他其实老远就看到有两个警察围着娜娜，他又看到娜娜递了什么东西给他们。当他走近时才看清楚，原来这两个警察在检查关丽娜的身份证。反了，这怎么能允许呢？杨文学被气晕了，他上去一把抢过身份证，嘴里骂道：“滚开。”

杨文学转身对关丽娜说道：“娜娜，到了门都市，应该早点打电话给我，我好派车去接你。”

“文学，这市政府怎么搞成这样？”关丽娜并未接杨文学的话，而是反问他一句。

杨文学无奈地摇了摇头。他转过身又冲着两个站在那里发愣的警察问道:“谁让你们无缘无故查人身份的?”

这两个警察见了杨文学,当时也傻了,他们见杨文学急了,只好讪讪地答道:“报告杨市长,我们奉柳局的命令在这里值班排查可疑人员。”

“排查可疑人员,她是可疑人员吗?不长眼的东西。回你们车上去。”

两个警察自讨没趣地走开了。此时关丽娜又恢复了常态,她微笑着对杨文学说道:“文学,算了,没必要和他们一般见识。”

“娜娜,不好意思。”

“没什么,不过文学,市政府搞得如此草木皆兵,有必要吗?”

“娜娜,我何尝想这样,本来我是主张开门办公的,可谁承想,我撤了门卫,有人又给我加了流动哨。”

杨文学和关丽娜边说边走进市政府大院。一路上聊着。

“有人给你加了流动哨?这么说这两个人是政治斗争的产物了?”

“可以这样认为吧,关心我这个市长的安全嘛,出发点是好的。”

“用正确的理论掩盖贼子的目的?”

“正常,矛有矛之理,盾有盾之论,所以矛与盾永远并存。”

“文学,看来你这个市长当得并不轻松。”

“还过得去,既要抓革命,又要促生产,生产革命两不误,只是觉得很累。”

“小杨同志,为党和人民做点工作,不可抱怨嘛。”关丽娜学着父亲说话的腔调,说完这句话,他们俩人丝毫也没有顾忌这里是市政府大院,不约而同地哈哈大笑起来。

上午这工夫,市府大院人来人往,正处于人流高峰期。一些人看到杨市长和一个大美女,走在院子中,而且一路上嘻嘻哈哈大笑着,一时都愣住了。有些人甚至站在他们后边驻足观望:杨市长到门都两年多了,以往上下班人们在大院里遇上他,大家都是陪着小心和他打招呼,而这位可敬的杨市长,每次回敬这些人的问候时,虽然脸上也挂着笑容,但他的矜持还是让很多人肃然起敬的。可今天,杨市长在众目睽睽之下一反常态的表现,确实让很多人匪夷所思。

杨文学和关丽娜走进了市政府办公大楼,他们乘电梯到了三楼,靠东边最后一个房间是杨文学的办公室。

走进杨文学的办公室,关丽娜环顾了一下四周,她没有想到,杨文学的办公室,布置与陈设很简单,靠西面墙有一排书柜,书柜的左边是一套三人沙发,杨文学的办公桌放在了北边的位置上。

关丽娜并没有先坐下来,她走到书柜前,浏览起杨文学的藏书。她顺手拿出一本马克思的《资本论》翻了翻。然后用玩味的口气说道："杨大市长，这么过时的学说，你是看它还是用来装样子？"

杨文学一本正经地说道："我可不是装样子，你也知道，首长对我们读什么书是要求很严格的，记得有一次我看金庸的武侠小说，被首长发现后狠狠地批了我一顿，他说我看金庸的书纯属于是闲着无聊，一个政工人员，平时要多读些有用的书。而且，首长还特意问我马克思的《资本论》是否看过，我这套《资本论》还是首长送给我的呢。"

关丽娜又玩笑地说道："看来你很听老爷子的话呀，他要是让你通读所有的马、恩、列、斯、毛著作，我看这辈子你就不用干别的了，去当个学者吧。"

杨文学点了点头："来门都这两年，除了工作，我还真看了不少书。我这个人不善于应酬，在门都又没有什么朋友，加上我又是一个很没情趣的人，所以，只能靠看书打发时光。娜娜，坐吧。"

关丽娜在沙发上坐了下来，她只是微笑地看着杨文学，这样一来，杨文学被她看得发毛起来。

娜娜去之前她没有联系杨文学。所以杨文学在不在单位，她也不知道。到了市政府她才发信息给我说已经约上杨文学了。

娜娜本次务虚之行，恐怕一天都会与杨文学在一起。我一个人也没什么事情做，只好跑回酒店里睡大觉。

一直到下午，我才接到关丽娜一条信息，信息中说，她晚饭不和我一起吃。既然这样，那我就去花都逛一圈。十几天没去花都了，心里怪想的。凡是有欲望的地方，都能成为吸引人的地方。当然，在众多的欲望世界里，最吸引人的地方就是歌厅。因为那里可以向人们提供色情的享受。

我在花都当小弟，几个月下来，给我的感觉，在这个社会的所有层面里，歌厅这一层面较为真实，我所说的真实指的是来歌厅消费的客人，他们的本性是真实的，是真实的暴露，是真实的欲望，也是真实的追求，所有的灵魂到了这里是张开的，行为是无拘无束的，欲望的宣泄随时都会找到泄欲的偶像。这种地方让我迷糊了，人都说夜晚会把人变成鬼，人都变成鬼了，怎么反倒显出本性的真实了呢？难道人的本性是鬼吗？

是的，欲望是人的本性，欲望就是人们心中的魔鬼。佛家有一种说法，它强调佛和魔斗，什么是魔？心魔。人的欲望就是心魔。按着佛为人人，人人为佛的宗教理念，佛的任务就是跟自己的心魔斗，斗赢了吗？不晓得。因为斗输斗赢要看结果。据说佛与魔争斗了三千年，恐怕还要斗下去。当然给予我的感觉，佛和魔争斗了这么久，恐怕斗法的时间有问题，白天斗，效果不一定好。为什么？因为白天人的表现并非是人的真实本性一面。如果夜里斗，效果可能更佳，毕竟欲望的本性释放的时辰是在夜晚而非白天，所以，有些事应该遵循自然规律，不该斗的时候瞎斗，岂能不越斗越乱。

我坐在出租车上往花都去，一路胡思乱想着，花都到了。

付过车钱，我仍然走的是花都后门。电梯里那股综合混杂的臭味还没变，难闻至极。我真的不知道，我竟然能在这工作几个月的时间。光凭这鬼电梯里的味道，怎么熬过来的呢?

不过，出了电梯，幸福便向我袭来。婉儿那肉体香味冲去了我鼻息中那股怪怪的臭味。

不知是谁告诉的婉儿，今天我来上班。我刚脱下裤子准备换工作服，她便一阵风似的溜了进来："南南，这些天你去哪了，可想死姐了。"说着她便上来抱我。

"姐，别这样，让人看见。"

"怕个屁，看见怎么了?"

"不怎么，只是这地方不适合干这个。"

"这么说还差不多，等下我安排完事带你走。"

"不行，我待会儿有事要办。"

"南南，你这样对我说话?"婉儿说着松开了抓着我的手。

"不是，婉儿姐，我今天是真有事。"我佯装争辩道。

"有事你还来花都?这里每天下班时间都在下半夜，深更半夜你去找鬼办事?和我还扯这个，是不是什么人约了你?该不会是那个小卖逼的可可吧?"

"不是，她要是约了我，我干吗还来上班?"

"不是个屁，前几天你们一起请假你以为我不知道吗?告诉你南南，姐姐要你是真心喜欢你，我不会和你玩玩拉倒的。再说了，姐姐又不会亏待你的。从今天起你就是我的人了，花都这地方不用来了，住到我那里去，我会让你发财的，你一个当小弟的要听话。"

"婉儿姐，你想多了，我当小弟又不是一两天了，啥看不明白，再说了，和你一起多好，你这么漂亮，我还求之不得呢。"

"哎，这就对了嘛，乖点多好，这样吧，你在这等姐姐，待会儿我带你走。"

"婉儿姐，实话跟你说了吧，今天晚上真的不行，我北京的大学同学过来了，她现在被人请去吃饭，我趁这工夫溜过来，也是为了看看你，既然你让我住你那儿，总不至于急着这两天吧?"

"南南，不许骗我。"

"婉儿姐，我骗你这事有啥意思，我也想那事呀。"

“宝贝，要不这样吧，你同学过了十二点也要睡觉吧，你先去陪他，十二点再回来找我。”

“这我不敢说准，万一我们一聊起来我来不了呢?”

“真扫兴，你争取来嘛。”

“我争取吧。”

刚好这时有个小弟来叫我。他一进来看我穿着短裤，急忙解释道：“婉儿姐，是马经理叫我来的。”

“妈的，马经理多个屁，他叫你来干什么?”

“马经理说可可让南南去总统套。”

“我操你妈，可可是什么东西，她有什么权力叫人，滚，去告诉马经理，就说南南归我了，我不让去。”

我急忙冲着婉儿说道：“婉儿姐，可可是干爹的人，得罪她不好，我过去一下也不碍事的。”

我一提到干爹，婉儿犹豫了一下。不过，今天这个母老虎可能是被欲火烧得疯了，她歇斯底里地吼道：“干爹多鸡巴毛，花都我婉儿说了算，出了花都我也说了算。去，告诉他们，我不让去。”

那个小弟听婉儿这样说，赶紧一溜烟地跑了。

正在这节骨眼上，可可冲了进来。她把婉儿的举动全看在了眼里。于是凶巴巴地踢了一脚房门。“咣”的一声，巨大的响声把婉儿吓了一跳。婉儿回头见是可可，她急了，站起来就冲可可冲了过去，嘴也没闲着：“我操你妈，你个小卖逼的，敢和老娘来，我要你命。”

可可更不示弱，她抬脚就踢婉儿。就在她们要打在一起时，马经理来了，他抱着可可把她放到一边。然后又回身子挡住婉儿。看到这一切，我心里暗骂道：妈的，惊险大片刚要开始，就被这个二傻给搅黄了。

“你们疯了吗?”马经理喊道。

婉儿和可可仍然互不服气，她们互相推着马经理准备打对方。马经理也急了：“臭婊子，给你们脸了，是不是都活腻了?”

你还真别说，马经理一发火，这两个女人还真就停了手。手脚停了，但改成君子动口不动手，婉儿仍骂道：“小婊子咱走着瞧，这事我跟你没完。”可可也生猛：“跟我没完，走着瞧吧，我要不让你倒点霉你也不知道我的厉害。”

我一见这两个女人不打了，赶紧穿裤子。正在我忙活的工夫，马经理上来踢了我一脚：“都是你这野鸭子惹的祸，滚。”

我抓起衣服就往外走。马经理踢我这一脚把婉儿的火又勾上来了：“姓马的，你什么意思？想和我婉儿过不去吗？南南是我的人。”

“婉儿，你该醒醒了。”说着马经理又冲可可说道，“可可，今天给哥一个面子，你先回总统套去，待会儿干爹来别说些乱七八糟的。”

“马经理，话我放在这里，如果这件事不给我一个交代，花都的后果自负。”

见到可可走了，马经理才对婉儿和颜悦色地说道：“婉儿，你疯了？”

“我疯了？姓马的，你有没有良心，不是我婉儿，你凭什么当这个经理，你现在是不是觉得混得行了，敢踢我的人了？”

“妈的，我混得行什么？你这逼娘们是越来越不长脑子了，难怪骡马驾不了辕，混得再好，你我还不是一条狗。要知道，现在是得罪可可的时候吗？为了个破鸭子争风吃醋，挺浪漫吗？刀尖舔血挣点钱，吃饱了就忘了你是什么身份，知道门都现在什么风向吗？还你妈的争风吃醋呢，赶紧找人算算大限什么时候来吧，到时找个好人家投胎去。”

马经理说完扭身走了。

婉儿似乎冷静了很多，她的妒火也减弱了下来，她站在那里想了想，然后拿出手机拨了一个号码，只听她在电话里说：“丰哥，我是婉儿，你过来没？好，我马上过来。”

婉儿从员工更衣室走出时，一下子看到了站在墙角边的我。一看到我，她马上又变得满面春风了：“南南，过来，跟我去B08。”

我顺从地跟在她后面，没走几步，婉儿停下来对我说：“南南，我一定要收拾马经理那傻逼，替你出气，还有可可那小婊子。”

“婉儿姐，算了，当小弟遇到这事正常。”

“算了，那可不行，不收拾他们，今后在花都我就没得混了。再说了，踢我宝贝一脚，那是要付出代价的。”

我没有出声，只是跟在婉儿后面，只听婉儿又说道：“南南，B08今天有人请丰哥，待会儿你就先走，我让埋单那傻逼给你两千元小费。”

“不用，婉儿姐，这样不好。”

“什么不好，出来混脸都不要了，还管他这个，南南，来这里的客人对我们没一个是真的，都是忽悠完事就走人，有机会宰他们那是不宰白不宰。不像姐姐跟你，我们都是同命相怜。”婉儿说到同命相怜几个字时，语气中充满了感情味道。

是呀，感情这东西具有多元化属性。同是天涯沦落人，最容易形成一种共同的阶级层面。在花都，客人往往会发泄本性，而小姐为了钱则甘愿奉上虚伪，甚至是掺入情分的虚伪，这一阴一阳的表现，物竞天择。当然又全都发自内心。

B08到了。肖丰，门都市城顺区公安局长，和三个人坐在那里正在聊着什么。

婉儿一走进去，嗲声嗲气地说道："丰哥，是不是把妹妹忘了，这么久都不来看我。"说着她走到肖丰身边，一屁股便坐在了他的腿上。

肖丰也没客气，手抓在婉儿那硕大而丰满的双乳上，顺着婉儿的话说道："忘了谁也忘不了你这一对宝贝呀。"哈、哈、哈，其他三个人也随着肖丰大笑起来。

我跪在那里帮客人倒酒，心里想，赚钱辛苦和赚钱廉耻下贱，哪种更符合人的本性呢？我想应该是后者。因为人不喜欢吃苦，而喜欢放荡。当然，如果将二者升华为道德情操层面，那又变成了前者收益最大。虽然人们付出了最不愿意付出的辛苦，但在赚取钱财的同时，还赚走了精神的满足与对钱财的崇高享受。不过，符合人类本性的后者在赚钱的速度上不仅有捷径可走，也比前者赚得多。当然，后者的廉耻之路无法走得太久。

我把倒好的酒分配给每一位客人后，我又开始给客人分配吃水果用的果盘。正在我忙活的时候，婉儿又开口了："丰哥，最近忙吗？"

"忙得很，我都快累死了，你没见我多久没来了。"

"我听说又要严打了，一有严打任务，你就把小妹忘了。"

"你哪听说的要严打，真要严打第一个还不收拾你呀。"

"我又不是黑社会，收拾我一个女人干吗，再说了，有你丰哥在，我还怕什么让人收拾。"

"不过，婉儿，聪明的话，最近一段你也要收敛一点，门都就快不太平了。"

这时有一位客人插话道："这我也听说了，老大老二斗上狠了，丰哥应该有点什么具体消息吧？"

"对，丰哥对政治时局的分析从来都是入木三分的，讲给我们听听。"另一个客人说道。

肖丰推开坐在身上的婉儿，摆出一副一本正经的架势，看上去好像领导在作报告，只听他清了清嗓子说道："门都的政治斗争已经进入到了白热化的阶段，北京空降兵不买老大的账了，我估计他这次是有备而来，这种人不出手则已，出手就是大的。听说了吧，这个杨一上手就直奔建委那个杜去的，杜可是老大的亲家呀。"

"不是说杨的意见市常委会上没通过吗？"又有一位说道。

"这种事怎么说也要拉几个回合，原则上说杜的问题也要柳点头，所谓常委会没通过，只不过有人和稀泥嘛，但有一个问题不能忽略，杨可是京城混出来的，据说还是关家的姑爷，这种人政治上成熟，对柳出手他岂能不掂掂分量，所以，他绝不会贸然下手。既然他已经出手了，那可是稳、准、狠，打蛇打七寸嘛，都说强龙不压地头蛇，但龙就是龙，蛇就是蛇，它们之间差着辈分呢，俗话说不是猛龙不过江。门都这几年也烂得差不多了。中央派杨来门都，很多人对他来门都的问题，在认识上都是半脑，误以为他是下派锻炼，你们看到过这样过激的锻炼干部吗？要我说，门都的政治风向马上就会变了。哥几个，这个时候，千万别人家牵驴，我们拔橛子，本来我们这些二线的人，捞的都是残汤剩饭，算账时，再拿我们当了刘文彩。”

“老大，我们明白了。”有人这样说道。

“我早就跟你们说过了别叫什么老大，现在是什么火候，当老大上火烤吗？低调，先把政治脉搏把准了再说，记住，像花都这个是非之地，今后少来，除非生意上特别需要，否则，躲得越远越好。”肖丰还想说什么，他似乎才发现我的存在，他冲我挥了挥手：“小弟，你先出去，有事我们再叫你。”我站起身来往外走，听肖丰又说道：“我一个兄弟说，北京来了个美女，拿的身份证地址是长安街1号，不过，我让他们再查，这个人住哪儿了……”

第三章

直到当晚八点，我才接到关丽娜的信息。她在柳云桐的家里吃完饭后，杨文学在门都市政府招待所给她开了一间套房。她住进去后，才给我发信息。本来，上午去杨文学办公室之前，她准备晚上住宾馆的，因为我们在宾馆已经开过房间了，房间是用我的名字开的，而且我们在房间里住了一个晚上。可为什么关丽娜从柳云桐那里出来后，住进了市政府招待所呢？因为我给她发的那条短信的缘故。

被肖丰撵出房间后，我听到了肖丰对关丽娜的议论，他们竟然安排人调查关丽娜。看来江湖真的险恶。当然，从另一个角度而言，门都这些小吏也是土得掉渣。就说那个肖丰，他也能被那几块料推崇为政治分析高手。这个自认为政治成熟的家伙，其实是一个政治上最不成熟的人。他在门都的政治经济地位，还算入不了流的那一类，不入流与入流者相比，后者就是前者的挡风墙。干掉入流者，他这种贴近于流派的人物自然会入流。而他可好，关丽娜的到来，皇上不急太监急，我真不知道他为什么要如此自作多情，派人调查起关丽娜的身份来了。如果他的行为被杨文学发现，那可正应了他那句话，一只小猫让人当老虎给收拾了。就凭他这点小动作，绝对可以断言，肖丰是做贼心虚。我要是他，这节骨眼上，我的行为表现会是无为的，挡风墙和顶子弹的胸膛都站在你前面，你何不等着杨文学把前面的收拾完了，你再下场捡点战利品什么的，而是慌慌张张地动起来，就这也能算是政治成熟？狗屁。

幸亏肖丰把我撵了出来，我借此机会发了一个信息给关丽娜。我发的信息内容是一句京剧唱词：小铁梅，出门办事，小心背后有人放野狗。

杨文学把关丽娜安排住下后。他回到了自己住的房间。杨文学自从调来门都市后，市政府准备分一套房子给他。房子的地点就在门都市委一号院。门都市的领导大部分都住在这个院里。杨文学把分给他的房子拒绝了。为了办公方便，他在市政府招待所的六楼要了两间房，一间自己住，一间作为书房和接待室。他回到六楼住的地方后，把身子放了个长条躺在床上。他有点累。其实他今天什么工作也没干。几乎陪了关丽娜一天，他的累是因为他太紧张了，紧张过后，突然一放松，疲惫的感觉便袭上身来。

人在所有的体力支出中，最累的就是精神紧张感的支出。关丽娜突然来门都，杨文学开始心里也没底。不过作为当事人，有的是机会去摸关丽娜的底。

杨文学眼下想得最多的是柳云桐对关丽娜的到访怎么想。这不仅是杨文学关心的事，更是柳云桐关心的事。柳云桐对于关丽娜的到访，心里总有一种空空的下坠感。送走杨文学和关丽娜，他把自己关在书房中沉静了好一会儿。书房的电话响了，是柳英的电话。柳英想知道杨文学和关丽娜来家里吃饭的情况。父子俩在电话中做了一番简单的交流。最后，柳英说道："老爷子，肖丰派了个人去侦察北京那个关丽娜的身份了。"

"这个浑蛋，娜娜都来家里了，他为什么这样做?"

"这是他的爱好，不过也好，这个时候跳出来是件求之不得的好事，省得我们再帮那个姓杨的安排个对立面了。"

"英子，你这话什么意思？我问你，这些年你都干了些什么？外面那些风言风雨的传说是不是真的?"

"老爷子，在门都，我们柳家什么时候不是人们的议论中心，我一个公安局副局长，岂能知法犯法，您可别听那些妖言惑众的家伙胡说八道，我刚刚提到肖丰的问题，主要指的是政治而言，您想想，门都的谣言都传到您那儿去了，杨文学又岂能没听说，他这次把矛头直指我的岳父，足以说明，他把我们柳家视为对立面。可这种政治斗争你又不能解释，更不能澄清，即使我什么都没做，但政治对手要想利用这种谣言当作政治攻击的筹码，你还能拒绝人家用吗？肖丰那家伙，平时依仗着他老子留下的势力，在社会上和单位里的表现简直可以说是不可一世，他吃喝嫖赌，什么坏事不干，而且我和老局长都不在他眼里，这次北京只来了个女人，他就草木皆兵，私自上手段侦察人家，这不足以证明他心虚吗？对于这种人，杨文学把矛头指向他就对了。既然杨文学那么喜欢搞阶级斗争，那就让他和那位肖老政治家去斗吧，省得没事拿我们清白人做文章，本来我们就没什么事，可他这样缠着你，多让人心烦，你说对吗?"

"肖丰这孩子怎么会变成这样?"

"老爷子，人生都有各自的世界观，老书记和您一样，何尝不想望子成龙，但这个世界上又有几个人能成得了龙，肖丰也是执法者，他什么不懂，我和他一个院子里长大，平时也没少劝他，可他根本不买我的账，没办法，即使日后他有什么闪失，那也是他咎由自取，遇上这类事，什么时候不是亲者痛仇者快。"

"英子，既然你懂这么多道理，说明你也成熟了，记住，政治斗争那是思想意识形态上的斗争，在政治斗争中输赢并不重要，特别是如今的官场，政治斗争不存在什么你死我活的下场，最多算个两派都是革命组织，毕竟政客之争，其目的只有一个，那就是为党工作，但你要切记，一个政治家如果干出了违法的事，那性质可就变了。”

“老爷子，这您儿子懂。”

“那好，对了英子，在肖丰的问题上，不要沾他，一定要躲远点。”

“放心吧，我和他之间本来就是政治对立派，再说了，他现在已经疯了，我会在这个时候沾他吗。”

“英子，出于对老同志的关心，你说我是不是应该给老肖打个电话提醒他?”

“千万不可，您在这时候提醒肖老，只怕人家不一定会买账，肖老那种政治滑头，他不仅不会把你的话当作善意，他甚至会想您是想拉他这个政治势力盟友，毕竟杨文学对杜新的态度他也会知道，杨文学眼下风头正旺，这时候您打这个电话，说不定会起反作用，怎么说，站在他的角度想问题，做一个政治利益对比，我们柳家对人肖家而言，利益点不大，可从发展角度而言，杨文学对肖家来说既有现实利益又有长远利益。”

柳云桐在电话中沉思了一会儿，他认为柳英的话有道理，对此他最后说道：“英子，那我们就无为处之吧。”

老肖书记老了，而小肖同志又太嫩了。肖丰是一个不甘寂寞的家伙，竟敢派人盯梢关丽娜。他真的以为杨文学是吃素的吗，这个在首长身边工作过的人，最不缺乏的就是嗅觉。从柳云桐家出来，关丽娜一打开手机，她便看到了我发给她的那条信息。

“文学，门都不仅政治不太平，安全也有问题呀。”关丽娜的语气中带着讽刺意味。

“娜娜，为何这样说?”

“柳书记摆了一场鸿门宴，这一出门再碰上个背后放野狗的，看来我娜娜性命休矣。”

对于关丽娜的话，杨文学打了个寒战。不过，他马上就报以轻蔑的一笑，嘴里说道：“蚂蚁缘槐夸大国。”

“蚍蜉撼树谈何易。”关丽娜笑着接道。

“嗡嗡叫，几声凄厉。”杨文学说着掏出手机，发了一条信息。

“几声抽泣。”关丽娜念完这句诗，哈哈大笑起来，杨文学也跟着笑，他们边笑边往门都市政府招待所走去……

杨文学睡意全无。他在想关丽娜是如何知道有人盯梢她，难道她这次门都之行另有隐情？按说，关丽娜在门都没什么社会关系，她这是第一次来门都，至于说社会关系，仅从两年前自己跟首长那会儿，起码首长在门都没有什么私人关系，省里边的严副书记和关家有关系，可晚饭那会儿，严副书记把电话打到柳云桐家里找娜娜，是严叔叔不知道娜娜来门都，还是故意做给柳云桐看的。难道关家是有意给我杨文学撑面子？难道关家始终如一在关注我的成长？在我最难的时候，关丽娜出场了。

一想起这些，杨文学就兴奋。看来今天上午在办公室，对于关丽娜为什么来门都，自己所分析的那几点原因，其中有一点是对的，幸福来得太突然了。杨文学佩服，他佩服关家大小姐的政治素质及政治艺术，杨文学回忆起从早上到现在，关丽娜所表演的一幕幕场景……

杨文学把关丽娜带到办公室后，关丽娜和他顽皮了一阵，就坐在沙发上，把手里《资本论》放在腿上，冲着杨文学说："你说你没情趣，谁信哪，不过要说你当年在老爷子身边工作时，这话倒是真的。别说是你，就连我在内，哪个又敢表现出自己的情趣。家父那古板的作风，让工作在他身边的人出气都不顺，可如今你不同了。跑到门都这里躲清静，你这位钻石王老五，岂会没情趣。再说了，你又是个市长，即使你想没情趣都不行吧。"

关丽娜和杨文学这边正说着话，市府办秘书处韩超迎敲门走了进来。她是送茶具的。韩超迎一进门，杨文学脸上飞过一丝不易让人察觉的红云，但是一瞬间，这朵红云飘逝了。

杨文学没有把韩超迎介绍给关丽娜，他等着韩超迎安排完茶后说道："韩处长，请你把我今天的所有约会都取消吧。"

正准备出门的韩超迎站住了，她冲杨文学说道："杨市长，柳书记约你十点钟见面也取消吗?"

杨文学迟疑了一下道："噢……这样吧，柳书记那边我亲自打电话过去，其他的约会你就取消好了。"

韩超迎应声出去了，临出门时，她故意又回了一下头，冲关丽娜点了点头，并挤出一丝很不在乎的苦笑。

办公室的门关上后，关丽娜斜了杨文学一眼，冷笑道："哈，哈，我们的大市长，刚刚还说自己是个没情趣的人，我看情趣蛮浓的嘛，金屋藏娇啊，从哪里弄一个这么漂亮的秘书放在身边，你也不怕别人传你绯闻。"

关丽娜说这番话时，多少有点醋意，虽然杨文学不是她什么人，她也没看上杨文学，但女人天性妒忌女人，更何况关丽娜和杨文学双方心里都明白，杨文学能来门都做这个市长，和自己的母亲刘淑珍人前人后疏通有着关系。因为刘淑珍很想杨文学成为关家的乘龙快婿。时至今日，刘淑珍也没有放弃这个想法。这节骨眼上，如果杨文学真的惹出了色情麻烦，那可就把刘淑珍得罪了。关家的姑爷在外面有绯闻，对于关家来讲，岂能容忍这种有辱门风的事发生。

所以，杨文学可不想无缘无故地背这份黑锅。他知道就凭他一个关家的秘书，一个门都市的市长，是无论如何也背不起这个黑锅的。即使自已和关丽娜永远都没有刘夫人期望的那一天，他也犯不着让关丽娜误会自己。再说了，对于关丽娜今天的突然到访门都，除了感到有些意外，也不排除有幸福来得太突然这种可能。对此，杨文学迫不及待地解释道："娜娜，这你就想多了，可能在全国市长当中，只有我是没有专职秘书的。来门都两年多了，我这个市长没有秘密可言，我所有的事都是交给市府办去处理的。"

关丽娜说话的语气中仍带着讽刺味道："你的私人感情问题是不是也要市府办秘书处去处理呀?"

杨文学说话的声音有些激动："我调来门都工作，除了工作，读书，根本就没有什么私人感情问题，我记得来门都之前，刘夫人专门把我叫到家里谈了一次话，在那次谈话中，刘夫人重点强调说让我一定要注意别沾钱沾色，对她老人家的教导，我是终生不会忘记，在那次谈话中，我也曾对刘夫人保证过，我在夫人和首长面前，永远都是一个小秘书，我今天能当这个市长，全仰仗着刘夫人和首长的关怀，如果我做出了什么有辱首长和夫人名誉的事，能对得起首长和夫人对我这么多年的栽培吗?"

关丽娜咂咂嘴道："瞧瞧，我只说了一句话，就惹出你这么一大堆的解释，此地无银三百两吧。"

杨文学还想说什么，被桌上响起 的电话声给打住了。他站起身来走到写字台边去接电话，电话是门都市委代书记柳云桐打来的，将电话拿起后，杨文学看了一眼手表上的时间，还差五分钟到十点，他对着电话那头说道："柳书记，我正要打电话给您，您的电话就进来了，是这样的，今天我们约的十点钟谈工作是不是可以改个时间，我想请个假，我老首长的女儿娜娜来了，你看……好……好吧，我们改在明天上午。"

放下柳云桐的电话，背对着关丽娜站着的他，脸上露出了一丝满意的微笑。

杨文学走回到沙发这边又重新坐下来：他的坐姿和刚才一样比较靠前，他的背离沙发靠背还有一段距离，而坐在他对面的关丽娜，身子还是紧靠在沙发背上跷着二郎腿，双手交叉放在胸部的位置在看着杨文学往茶壶里倒水。

他表面上看是在忙着往茶壶里加水，加完之后他又用开水把关丽娜面前的茶杯拿过去冲了几遍，实际上他在心里一直在揣摩，公主突然到门都来，她来干什么?这些问题，他早上接到关丽娜的电话后就在想理由。杨文学曾猜测了几种关丽娜来门都的可能性，按照中国现代吏部制度，首长再有两年就该退下来了，这个时候关丽娜来门都，难道是政治忠诚试探？还是按着刘夫人的愿望来向我转达和商量有关婚姻大事的态度？想到这，他的心跳怦然加快了许多，还真有点口干舌燥的感觉。可是静下心来仔细想一想，这两种可能都不靠谱。先说首长是出了名的无私领导，他绝不会在退下来之前，为了个人今后的私利去设计什么路子，所以他没必要派个孩子出来试探什么人对他的忠诚，换句话说，即使首长有这方面的想法，或者说有点政治上的不自信，也不会找到自己这个级别的干部搞这种无聊的把戏。再者，即使刘淑珍有什么意见，打一个电话调我去北京摊牌，而不是让关丽娜亲自跑到门都来向自己宣读诏书。

不过，对于首长的意图，只能是领会，这是从前自己做秘书时的规矩。这样的规矩最好是不要破坏它。等吧，相信公主门都之行早晚会有答案的。杨文学这样想着，他的思路被关丽娜的主动发问给拉回到现实中。

关丽娜笑吟吟地问道："杨大市长，想什么呢这么入神？"

杨文学放下手里的水壶："没想什么。"

关丽娜淡淡地说道："你不想知道我来门都找你干什么吗？"

杨文学说："说实话，娜娜，我还真想过这个问题，公主驾临门都有什么指示？"

"谁敢给你这个大市长下指示，很久没见面了，想朋友了，来看看你不行吗？"关丽娜直直地看着杨文学。

"太行了，不但行，简直是让我受宠若惊。"杨文学又想偏了，他误以为幸福当然是可以突然降临的，所以他说话的声音有些激动。

关丽娜倒显得很平静："不至于吧。"说着她端起杨文学刚给她倒上的茶，喝了一口放下后又说道："这茶很不错的。"

"这茶是前几年随首长去福建时人家送给首长的，来门都之前，首长让我带上，这么好的茶我一直也没舍得喝，今天是借花献佛。我可是借光尝尝。"他的话语里想调侃一下气氛。

"文学，你可真是越来越会说话了。看来把你放到基层锻炼确实有助于提高水平。"

关丽娜一句文学得他浑身热血沸腾，对于这样的称呼当年只有首长和刘夫人使用过，这句话如今能从大小姐口中说出来，听上去又那么贴切，难道……

杨文学刚要想入非非时，办公桌上的电话又响起来了，他冲关丽娜示意了一个手势，站起来走过去接电话，他心里想，这个韩超迎怎么搞的，不是说明了推掉所有的约会吗，怎么这电话又转进来了，而且这个电话转进来的真不是时候。

杨文学没想到这个电话又是柳云桐打来的，只听柳云桐在电话里说："文学，晚上我让你嫂子准备几个菜，如果方便带上你的女友来家里吃个便饭怎么样？"

刚刚还热血沸腾的杨文学，此时被柳云桐一盆凉水浇个透心凉。柳云桐来这一手，真让他没想到，后悔呀，真不该在没弄清楚关丽娜来门都的目的之前，急忙把关丽娜来门都的消息告诉柳云桐。这样做太欠妥了，自己怎么忘了，关丽娜来门都这个消息柳云桐知道了，他是一定要出面招待关丽娜的。毕竟关丽娜的身份是摆在那里的，柳云桐想有所表示这也正常，作为门都市的一把手，对关丽娜的到来应该有个态度，按照常规的做法，由市委办出面安排一家酒店，再拉上市委秘书长，半官半私地热情一下就完了。去家里吃饭，这一军将得我是一点退路都没了。虽然只是一顿便饭，如果放在酒店里吃，多一些人在场，大家嘻嘻哈哈地说一些冠冕堂皇的话，那今后我是完全可以利用关丽娜的这次到访做点文章显示一下自己的政治靠山。可是柳云桐这一招够狠，让我带关丽娜去他家里吃饭，这不是摆明了让我在他面前公开我和娜娜的关系吗？我可以在电话中把这事应下来，可柳云桐是借我的手来邀请娜娜，这件事应得不好可就麻烦了，自己根本不是娜娜的男朋友，娜娜也不是我的未婚妻，而她的身份恰恰是自己的半个主子，如果让她陪自己不明不白地去柳云桐家里赴宴，这可能吗？这不明摆着我是在利用关丽娜的无形资产吗？

杨文学手里抓着电话，尴尬地望了关丽娜一眼，当他看到坐在那纹丝未动的关丽娜微笑着冲他点了点头，他知道圣旨已下，马上用很自豪的声音冲着电话那头的柳云桐说道："谢谢柳书记，也别让嫂夫人太忙了，简单做点吃的，我下班就带娜娜过去，大家早就该认识一下了。"

放下柳云桐的电话，杨文学的脸涨得通红，他突然觉得连两只手都不知道放在哪里好了。

坐在沙发上的关丽娜仍然没有动一下身子，但她心里已经明白了。她不动声色地在想，今天早晨李诗南说的话是对的。杨文学不愧为是搞政治的，只要有机会表现自己，他都不会放过，看来关家两代人都成了他说事的筹码。她这样想着，嘴上却说道："文学，我这两天可能都待在门都，有时间你带我四处走走，顺便也检查一下你这个大市长在门都的工作政绩，回北京后，我好向老爷子做个汇报，也让老人家得到些欣慰。你是知道的，老爷子是很在乎从他手底下出来的领导工作成绩的。"

还没等杨文学接她的话，关丽娜又说道："这两天如果有需要，介绍几个朋友给我认识，也算我友情支持你的工作嘛，不过，咱话可要撂在头里，如果我的出场没丢你的丑，我的大市长，我可是要收出场费的哟。"

杨文学想坐回到沙发这边来，虽然他一时不知道是该迈哪条腿，但他嘴里却没忘记说："那是一定的。"

关于杨文学是关家女婿这件事，在他调来门都后，一度曾传得沸沸扬扬，可不论人家怎么说，毕竟关家的公主是什么样子，谁也没有见过，或者干脆说关家到底有没有这样一个女儿，所以，对于这件事的传说也只是停留在讹传阶段。如今不同了，关丽娜送上门来了，虽然关丽娜来到门都了，但从前谁见过关丽娜，没人见过嘛，那么眼前这位关大小姐除了杨文学认可之外，到底是不是真假美猴王，柳云桐当然要试一试的。如果说这位关大小姐是假的，那你杨文学在门都市的所作所为岂不是成了山中无老虎，猴子称霸王了吗，你杨文学如果只是首长的秘书，而并非关家未来的女婿，这其中的分量可是大有不同的。

杨文学并不知道关丽娜为什么答应陪他去柳云桐家赴宴的真实目的，只有关丽娜自己心里清楚，她完全是为李诗南而来。李诗南异想天开的做法，即使真的要在门都实施，光靠杨文学一个人的力量是万万不行的，在关丽娜的眼中，门都市委代书记柳云桐的权力范围和势力范围有多大，门都一把手意味着什么，对于一个在政治家庭环境中生活的关丽娜来讲，是分得很清楚的。李诗南今后要在门都发展生意，将来就等于落进了柳云桐的势力范围之内，今后遇到问题再找人和柳云桐沟通，不是做不到，而是找谁也不如由杨文学把自己引出场来再更合适的人选了。本来，关丽娜还想着如何利用这次门都之行一次性铲平一些人际关系障碍，没想到柳云桐自告奋勇地站了出来，既然事情如此凑巧，那就要利用好这次陪杨文学去赴宴的机会，只要能做到在柳云桐眼里自己是关家大小姐的身份是名副其实就可以了。靠杨文学介绍自己，不是不行，但是，杨文学的利益关系是和自己联系在一起的，在利益面前，信誉往往容易被打折扣，怎么办？

关丽娜想到了自己父亲的另一位秘书，现任A省的省委常务副书记严尚武，可是，自己这次来门都并没有提前和严叔叔打招呼，也不知道这位敬爱的严叔叔现在哪里，看来，眼下当务之急是要联系严尚武了。

杨文学回到沙发上坐定后，心里还在想着刚才柳云桐的电话。说实话，柳云桐的电话着实让他虚惊了一场，他开始自叹：看来自己政治上还是不成熟。回想起自己两年多来的独立为官之路，离开关家还真的是不行，自己的仕途是关家栽培的，仰仗着关家的势力，能走到今天没出什么麻烦，这种顺风顺水的为官之路也与关家密不可分。他暗自在心里发誓，如果今后关家能给自己一个报恩的机会，那是无论如何也不能放过的。

对于关丽娜刚才半开玩笑要收出场费的话，杨文学并未多想，他也不知道刚刚让自己很尴尬的事，对于关丽娜来说正是求之不得的事，关丽娜这次来门都到目前为止，已经达到目的了，杨文学稀里糊涂就欠了关丽娜一份人情，而且是一份大人情。关丽娜今天甩给他的无形资产，他日杨文学是要拿很大一笔代价去收购的。关丽娜给杨文学无形资产搭的台子越高，杨文学就越是下不来。所以，对于一个容易激动的政治家而言，他如此不冷静地向柳云桐等人极力推崇关丽娜的做法，一定会给他的未来带来危机，因为像关丽娜这种有分量的明星出场，绝不可能是仨瓜俩枣就能给打发掉的。

杨文学的思索正在兴头上，他的手机响了。

“哥们儿，什么情况？”杨文学问道。

“抓了两个蟊贼。”对方答道。

“上点手段，看看他的背后主子是哪个。”杨文学咬着牙说道。

“估计这两个家伙顶不了十分钟。”对方说道。

“哥们儿，娜娜这两天的安全问题一定要严防死守，而且要做到外表宽松，不能让娜娜看出来，给她增加不必要的心理负担，如果有人敢铤而走险攻击娜娜，你可以采取任何手段保护她。否则我们对首长没法交代。”杨文学语气严肃地说。

“这个你放心，我的职责就是保护首长和他家人安全的。不过哥们儿，你现在锋芒毕露，也要注意，毕竟门都的权和势，以及黑恶势力相互之间搅得很深，智者、流氓，阳光下的，冠冕堂皇，阴暗中的地痞，这些人结成的网具有它的复杂性特点。”

“放心吧，我有准备。”杨文学语气坚定。

“那就好。”对方说完后便收了线。

在没有得知那两个人是谁派来的之前，杨文学猜测这两个人十有八九是柳派来的人。当然，他们不可能是柳云桐派的人，但很有可能是柳英。

柳云桐是玩政治的，他从一个政工干部上升到政治层面，这个过程的每一步都充满了智慧游戏，如果不是因为他晚年的利令智昏，凭柳云桐的政治经验和政治智慧，他可以成为一个很不错的政治家，但人生如戏，很多优秀的政治人才，总是走到政治生命的最后几步时，脚下的步调开始跑偏。俗话说编筐握篓，全凭收口，政治家也是手艺人，其一生的政治哲学，便是一个塑造艺术作品的过程。但成熟与智慧的积累，加上政治势力，以及权力带给人的唯一性、特权性。当然，还有权力接近终点站时的失落感。所以，仕途之路短暂也好，漫长也罢，荆棘坎坷、大风大浪，对政治家的考验只是检验政治家的执政能力。政治家的政治旅程，关键在于接近终点的几步路，这几步路才是体现一个政治家综合素质的试金石。要知道：“知人者智，自知者明，胜人者有力，自胜者强大。”知人、自知、胜人，这人生三部曲是每一个政治家已经走过的路了，可以说没有人生前三步的成功，当然也不会有政治家的存在。政治生命的终结点，是各种矛盾的交织点，是个人魅力的崇高点，是政治事业的巅峰期。同时，它又是个人魅力的转折点，各种矛盾的分化点，高端点的下滑点。综合的世界观、方法论、生理与心理的较量，其综合素质只有一种体现，那就是战胜自我。人生四部曲，前三步是战胜他人，也可以说是政治战胜对手，战胜他人不容易，可战胜自己更难，政治生命的前三步为忘我的奋斗史，最后一步则为自我奋斗史，忘我工作是一种为理想而战的奉献史，成就与辉煌，最终都会堆积到自我奋斗史时期。这一质的转变意味着什么？意味着战胜自己。

柳云桐再有两年就退下来了。他将面临着一个躲不过去的政治必须期，那就是自胜者强大的政治工作必由之路期。打右转向灯，方向盘左转，车轮直行，这一切似乎不合乎逻辑。其实也合乎逻辑，自胜的法宝就在于此，万向节不动，精神信仰“抱元守一”。

放下柳英的电话后，柳云桐的内心斗争很激烈。作为政治家，他预感到，暴风雨就要来了。柳英的分析，不能说没有道理。但站在一个涉世浅浮、以利益为重、政治经验还很不足的角度分析当前门都局势，柳英看问题的深度还是很不够的。肖丰这条所谓小鱼小虾类的人物，哪里会成其为政治家的盘中餐呢。柳英、肖丰这两个人，虽然他们和杨文学的年龄差不多，但政治阅历和政治素质，他们两个比起杨文学差远了。杨文学搂草打兔子。一有风吹草动，肖丰就跳了起来。尽管柳英是行为没动，但心已经在动，他想到了把肖丰推出来做挡箭牌。可他也没想一想，肖丰自己站都站不稳，又如何能成为他人的挡箭牌呢？自作多情，狂妄自大，是政治家的致命伤。杨文学是干什么的，在门都，杨文学的仕途目标是什么？肖丰之流又岂能入他的法眼。杨文学的矛头敢直指我柳云桐，那位肖丰的父亲，退下来已快十年的老肖书记，又如何能进得了他的视线之内。这不是笑话嘛。

柳云桐表情严肃地从书房里踱步来到客厅。他见夫人连电视也没看，一个人坐在那里发呆。他明白鬓角发白了许多的老伴已经察觉到了什么，她在自己身边睡了几十年，没有政治素质的她也有政治嗅觉。这次关丽娜出场，并来到家里吃饭，表面上看，似乎充满了和谐的氛围。但事实果真如此吗？

“怎么一个人发呆，不看看电视呢？”

“累了，坐下歇歇。”

“也是，多少年了，我们家也没烧过这么多种菜。”

“做几个菜也没累哪去，再说还有娜娜帮我忙活。”

“可不是，娜娜这孩子，贤惠勤快，文学的命真好。”

“唉，我们英子要有这好命多让人省心。”

“英子的事，最近忙也没顾得上问他，他和三娘还闹吗？”

“闹吗？闹得凶着呢。”

“究竟为什么？”

“一个巴掌拍不响，懒得去理他们那些事。”

“嗨。”柳云桐叹了一口气，他坐在沙发上，“现在这年轻人也是，都喜欢个性张扬，相互谅解不就什么事都没有了嘛。”

“老柳，清官难断家务事，俗话说儿大不由娘，让他们吵去吧，磕磕碰碰的夫妻过得更长久。”

“可咱英子毕竟是从政的，这家庭问题弄不好会影响政治前途的。”

“我担心的倒不是这方面影响英子的政治前途。”

“你是担心我会影响到咱儿子?”

“我的担心是有理由的，老柳，再有两年你也该退下来了，这个社会永远都属于年轻人，咱们年轻那会儿，退下去多少人，他们还不是那么过日子，前两天我在菜市场遇上老肖的老伴，人家老肖退下来后，又写书法又钓鱼，生活得挺自在的。”

柳云桐把头靠在沙发上，他闭着眼睛在沉思。老伴倒了一杯茶放在他面前，然后又说道：“那个杨市长有心计，不是个简单的人，如今你也不如从前了，起码年龄不饶人，我真的怕你和他之间的矛盾影响到英子的前程。”

柳夫人话说到了点子上，夫人的担心何尝不是自己的心病。年轻时都想把官做大，权力越大越怕失去，维护权力就要经营权力，随着年龄的增长，权力即使不被他人夺去，到了年龄也会自动失去，这是规律。杨文学是青年接班人。柳英也属于他这个年龄段的人，柳英的市公安局副局长如果不能扶正，自己这一辈子也就算是白折腾了。杨文学在权力上不仅有些摆不正位置，这个人也是个政治野心很大的鹰派人物，官做到正厅级，而且又是个鹰派人物，这就不是空穴来风了。

柳云桐站起身来，他冲老伴说道：“你看会儿电视吧，我要考虑一下这其中的利弊。”柳云桐端着茶走回书房。

杨文学没想到，打探关丽娜的两个家伙是什么黑子派来的人。黑子是什么人?他打探关丽娜干什么？杨文学拿着电话的手始终举着，他想了一会儿对着电话那头说道：“哥们儿，先把这两个人关到你们那里去，继续审。还有明天把那个叫黑子的尽快抓来。”

黑子是肖丰的马仔，他的真名叫戈成。在门都市的黑道上曾经做过几天老大，后来被另一伙黑道人物赶出了门都市。黑恶势力，也讲究技不如人和势不如人的游戏规则。说直白点，玩黑道，敢拼命不是成事的主要因素。你敢拼命，就有人敢要你命，不怕死是最低级的涉黑行为，如何死，多少还算是上了一个台阶。你死我不死，这才算进到了黑道的系统里，到了这个层面，需要有文化素质的依托。所以，俗话说：黑道人物不可怕，怕就怕黑道人物有文化。当然，黑道人物上升至文化层面，需要诸多因素的参与，其中必不可缺少的因素就是保护伞。不过，有文化的黑道人物算不上顶级黑道人物。虽然有文化的黑道人物手里有钱，官场上有人，甚至一些黑道人物混上了一些带有社会正面影响力的装备，什么政协委员、人大代表，以及乱七八糟的社会头衔，但是，身披袈裟的并不一定就是佛家子弟，因为做和尚，剃度不算数，头上再烧几个红点子也只是一种形式，心诚才会悟出佛道。所以。黑道人物即使制备了一些带有社会影响力的装备，充其量算作秃尾山鸡插了几根凤凰的羽毛，到头来，凤凰还是凤凰，鸡还是鸡。看来入道不入流，仍然属于打把式卖艺的街头人物。

当然，就这名气，对黑子来说也算难得了，三进三出不说，光是美容大师练手艺时不小心留在他身上的那些疤痕，纵横交错得像战场上的壕沟。黑子经常挂在嘴边的一句话就是："我这个人，烂命一条，活着和死了没什么区别。"他这样说实际的意思是在恐吓同道之人。北方有一句话，叫作横的怕硬的，硬的怕不要命的。不明白黑子的人，还真的让他唬住了。"黑子这人，连命都不要了，咱还是别惹他吧。"

黑子真的不怕死吗？那是吹牛的，真想死的人，哪有一个是大呼小叫说我不怕死的，那些自杀的，都是找个地方，不声不响地吊上就完了。所以黑子这一套，简直是没文化，能做个混混也知足了。

黑子有职业。他的职业是路路亨通物流公司经理。路路亨通物流集团总部在南方，黑子是门都分公司经理。这年头，拿着名片明着骗，管他什么公司，叫个经理，也算上档次的人了。

实际掌控门都分公司的人是肖丰，黑子的股份只有百分之十，路路亨通门都分公司那百分之九十的股份，归谁持有他不知道。股份问题归总部安排。黑子的百分之十就是总部安排的。对黑子而言，肖丰是总部大老板的朋友，他罩着路路亨通门都分公司。

路路亨通门都分公司物流业务渠道是固定的，只为三家门都本土公司服务。门都市远鹏房地产开发公司，门都市台儿沟矿业集团有限公司和门都市花都娱乐有限公司。客户资源固定，黑子这百分之十的股份也挣得爽。不用市场开发。否则，抢钱抢客户，整天要打打杀杀的，也没意思，毕竟人家黑子的身份也是经理了嘛，怎么能干那些粗活呢。

黑子的经理身份来自于干粗活的报酬。那是当年他被人铲出门都，跑到广东时的事了。对于广东那一段生活，黑子只记得广东菜好吃，广东靓女多，其他的印象不是很深了。

黑子今天坐A119房。花都当初装修时，有人提出不设113房和119房，可《易经》大师不这么认为。113房和119房，无论是从左数还是从右数，皆为水门位，花都为花的海洋，缺不了水的滋润，这样一算，113和119房，倒变成了吉位，至于113是西方占星术的把戏，吉也好，凶也罢，西方的东西到了东方水土不服，灵与不灵，都成不了气候。119房，为火警号码，火在水位，水克火，不吉反为大吉。还真别说，大师的话灵得很，这两间房还真的没空过。这不，黑子今天就讨到了个大吉之事落到了他头上。

“黑子哥，今天这身打扮好靓哟。”婉儿笑吟吟地说道。

“这败家娘们儿，真不懂奉承人，黑子哥是长得靓，怎么能说打扮得靓呢？过来，让哥摸一摸你那尤物。”

婉儿走过去坐在黑子腿上，黑子把手伸进她的胸内。“黑子哥，今天 叫哪个小妹陪你？”婉儿问道。

“谁也不叫，就叫你陪我。”

“我可不行，今天我的客人多，哪个房都要招呼着，冷落了黑子哥，待会儿再跟我急了。”

“妈的，真扫兴，本来今天 哥有兴趣，也好久没上你了。”

“上过了还有什么意思，妹妹今天给你弄个好货，可可怎么样，又高又猛，光看那屁股都让人流口水，别说你们男人，连我们女人看了都想上她。”

“我才发现，你这逼娘们够阴的，可可可是干爹的人，你叫我上干爹的人？想借刀杀人呀，你以为我不知道她和你干仗的事吗？”

“黑子哥，亏你还是个男人，干爹充其量也就是个商人，你混了这么多年道上，啥不懂，坐台小姐哪有属于什么人的人这一说。干爹真要是喜欢她，干吗还让她在歌厅做小姐？我和她干起来是不假，可我们是为了争一个小弟才打起来的。当小姐的天生做的就是让人上的生意，没胆量就说没胆量，还说什么我害你，害你我能得到什么？”

“妈的，我没胆量，黑子我怕过谁，一个卖的女人我都不敢上，还出来混。去，把那个娘们儿叫来。”

“这才叫黑子哥嘛。”婉儿往外走时还暗暗发笑。

可可被叫了进来，但不是婉儿叫的她，是婉儿打发别人去叫的她。可可来到房间后，冲着黑子微笑着说道：“黑子哥，这么久了，从来没叫过小妹，今天怎么看中我了？”

“哥相中你很久了，今天 刚好有空。来，坐我边上。”

“黑子哥，对不起，小妹今天真的不能陪你坐，我在等干爹，他也快到了，这样吧，小妹敬你一杯，下次有机会小妹再陪你坐。”

“可可，拿干爹搪塞我？”

“没有，今天干爹过来是早定下的事。”

“狗屁干爹，和我有鸡巴毛关系，今天你陪我坐，待会儿我带你出台，这事就这么定了。”

“黑子哥，没必要这样嘛，喜欢小妹，又不在乎急这一时。”

“这就是我黑子的性格，我既然把话说出来了，岂有收回去的道理，来宝贝，坐下来喝一杯，你干爹那边来了，我让婉儿去告诉他改个日子。”

“婉儿?”可可横眉立目地说道。

“对呀，婉儿夸你好，屁股又大。”

“黑子哥，真的对不起，既然这样，今天小妹更不能陪你了，小妹告辞。”可可说着转身想走。

“站住，装你妈的淑女，你以为你是什么东西？一个坐台小姐，十足的婊子。走，好，我带你走，让你知道老子的厉害。”

黑子说着站起来去拉可可。可可则拼命挣脱。可可的反抗激怒了黑子，他抓起台上的酒瓶砸向可可。血顺着可可的脸流下来。

可可冲出门去，黑子追到了门口，巧得很，刚好有四个人站在那里，他们见到黑子后，咧嘴笑了笑，出手就把黑子按在地上。上过铐子后，黑子被带走了……

关丽娜离开门都那天，用信息通知我她去省城了。门都不方便我们见面，我和关丽娜只好把见面的地点定在A省的省会城市，这完全是为了掩人耳目。门都市没多大，先不说这里是杨文学的地盘，光是那些关心和热爱我们的人如果发现关丽娜认识我，或者说关丽娜的房间里竟然住着一个与杨文学同性别的男人，那样，我所设计的一切可就穿帮了，针对这一点，我和娜娜提前已经商量好，在门都这两天不见面，有急事发个信息。

可可被黑子打破了头，现在医院里。这个消息是婉儿告诉我的，当时我正坐在出租车里往省城走。放下婉儿的电话，我便拨可可的手机，她关机了。按说我应该让司机掉头回门都，可可需要人照顾，可往细了想一想，此时最不应该浮出水面的就是我。可可说的人生观点是对的，感情这东西，藏在心里最真，放在行为上表现得要有艺术性。即使我现在赶到可可身边，又能解决什么问题。可可来花都就是为了消费情感，为了成就一个隐藏在心底的伟大事业，我对可可而言，是事业加伴侣，而且是仅限于性需要的伴侣。侍候病人，那是情人所为，不是有野心的人玩的游戏。有野心，不是嘴上说说，脑袋想想的事，成就野心的基础是先有狠心。亏了可可关机了，我的电话没打通，否则，我在电话中说什么呢？宝贝，受苦了？我很心痛？这一切似乎都不是男人的把戏。此时我的心里最应该说的是，宝贝，活该，我很开心，女人到歌厅坐台，不挨打，不挨骂，可能吗？含在嘴里怕化了，捧在手里怕摔了，那是形容公主的词汇，用在关丽娜身上适合，什么叫小姐的身子，丫环的命？可可说的另一句话也有道理，人生混到了当婊子的份，一切自命不凡都是假的。

“师傅，开快点。”我要快点见到关丽娜。我想透过车窗向外看，看什么，什么都没有，外面一片漆黑。这就是世界。我转过头，从前挡风玻璃望出去，昏黄的车灯，把前方黑暗的四周照射出两条指路的光线。光柱中飞舞着像鬼精灵一样的虫子。这一切和花都一样，黑暗的世界，泛黄的灯光，来往穿梭着像鬼精灵一样的小姐。

花都从开业到现在，只出过一件大事。可可事件。可可被打，这在花都本为家常便饭，花都为欲望之都，暴力也是欲望的一种。可可被打这事成为一个事件，事件的形成原因并不在打人者黑子身上，更不在被打的可可身上，而在于黑子被抓。

肖丰听说黑子被抓，他急忙开车去花都想了解情况。

来花都抓人，这是大事，门都没几个人有这本事，敢到花都来抓人。省公安厅的人有这本事。但他们绝不会到花都来抓人，更何况，打人的事件正在发生中，黑子就被抓了，这首先就排除了他人举报行为。再说了，肖丰在来花都的路上，已经查过了110举报中心，反馈的情况是，花都事件，无报案记录。广州总部的大老板也不知道黑子为什么被抓，而且老板拍着胸担保，这件事和省厅没关系。

肖丰的头上冒出了冷汗。他知道，这件事弄不好和北京那个神秘女人有关系。最起码也和杨文学有关系。这下麻烦大了。肖丰的车已经快到花都了，他一脚急刹车，车子停住后，他又把车子慢慢地停在马路边上。他在车里点了一支烟，猛吸了几口，他让烟气冲满肺部，这是他思考问题时的习惯，充满肺部的烟气会牵动他的智慧神经。他准备给婉儿打电话。肖丰拿起电话，拨通了婉儿的手机，只听他在电话中缓缓地说道：“婉儿，我是肖哥，什么人抓的黑子？”

“丰哥，我根本就没看到人，那些人抓黑子时，我正在其他房间陪客人，等我听到信，他们人已经走了。”

“他们几个人？”

“听说是四个，不过外面车里应该还有人。”

“他们穿的什么衣服，出没出示证件？”

“衣服就是普通那种，证件没出，不过服务员说，那些人脸上个个都挂着微笑。”

“是这样？婉儿，你们老板来了吗？”

“没有哇，只有马经理在。”

“老板有电话问过这些事吗？”

“据我知道好像没有，不过你可以问问马经理。”

“那好吧，婉儿，有事我再打给你。”

“丰哥再见……”

花都，开业五年多，客人之间喝多了酒闹事的有，但到花都抓人，而且是这种密捕形式抓人，这还是第一次，花都的老板没有反应，这不正常，难道他们提前知道什么？还是这件事是他们贼喊捉贼？可这一切似乎也不靠谱，因为这事提前既没有迹象表明，也没有诱因发生。排除这一切，那就只有一种可能了。杨文学。可杨文学抓黑子干什么？即使我肖丰让他去调查北京那个神秘女人的情况，这事也不构成抓人的理由呀？肖丰突然觉得，派黑子去调查那个女人，完全属于干了一件全世界最愚蠢的事。难怪花都的幕后操纵者，在花都出了这么大事的情况下，漠然处之。肖丰气得在车里用拳头猛砸自己的脑袋。

柳云桐书房的电话响起来。他拿起电话，听到了柳英的声音。

"老爷子，杨文学动手了。"

柳英的话一时把柳云桐搞糊涂了："杨文学动手？动什么手？"

"他把肖丰派去侦察关丽娜身份的人给抓了。"

"大惊小怪，动手了，我以为动什么手呢。"

"老爷子，事情没那么简单。"

"胡说，这又有什么复杂的，肖丰他派人私自调查人家，杨文学出于对首长孩子的关心，抓他们问一问侦察动机，没什么不妥嘛。"

"他们去花都抓的人，而且去抓人的几个家伙到现在搞不清身份。"

"哦？不是你们公安局的人？你没搞错吧，其他人是没权抓人的。"

"我也是这么想，肖丰身为公安人员，即使他派人私自调查，这也不是什么过火的行为，他无非是抱着好奇的心态想摸摸关丽娜的来路，不至于有什么过激调查行为。杨文学出于保护关丽娜安全的角度出发，打个电话通知我们市局内保把人抓了就行了。但他没走正常程序，而是采取的密捕手段，所以我觉得这其中的事情有点蹊跷。"

柳云桐在电话中沉思了一会儿，又说道："英子，你认为杨文学的人是从哪抽调的，门都安全局吗?"

"不可能，安全局那边我问过了，他们没接这份任务。"

"哦，是这样？英子，你政治上还是显嫩哪，你问安全局，这事如果捅出去，你的热心程度太高了，手也伸得长了点，既然你已经知道杨文学没走正常程序，你还问什么呢？你和我说实话，这里边究竟牵扯上你什么了?"

"我能有什么事被这种人牵扯上，只不过我有点好奇罢了，再说了，安全局那边的人是哥们儿，他们不会把我捅出去的。"

"哥们儿？英子，在政治上，只有利益的同盟者，江湖哥们儿义气那一套是下九流的把戏。"

"老爷子，他们去花都抓的人，花都客人被抓，抓人者来路不明，对于花都的治安问题，我们市局有权过问。"

“放肆，花都和你什么关系，再说了，你所说的那个花都不就是个什么娱乐场所吗？一个娱乐场所算什么东西，市长抓个人还要给他个交代，岂有此理。”

柳英被柳云桐骂得不出声了。过了好半天，只听柳云桐又说道：“英子，作为政治干部，最忌讳的就是好奇和躁动，可这两样毛病在你身上全都存在。你要学会以静制动，是非越多越要表现出无为的心态。”

“老爷子，我懂了。”

放下柳英的电话，柳云桐在想，关于杨文学的举动，是到了该认真对待的时刻了。他要梳理利弊关系，同时他也要确定自己对杨文学采取什么态度……

柳云桐与杨文学的矛盾冲突发生在一周前的常委会上……

一周前，在杨文学的提议下，门都市的领导班子召开了一次常委会议。会议内容是关于免去门都市建委主任杜新等人的领导职务表态会。在家出席会议的几个常委都明白，这次常委会议，实际上就是杨文学在向柳云桐的逼宫会。

来参加常委会的几个同志，他们早在前两天就拿到了杨文学签发的一份报告，在这份报告中，与会者们闻到了一种气息，通过这股气息，同志们已经明显感觉到杨文学开始插手组织问题了。

他签发的报告有两个内容。

一是几百个市民蹲守数小时，对豆腐渣工程讨说法。

二是修路能否告别返工——一气呵成。

这种事摞在从前，建筑工程如果没有豆腐渣工程，新修公路如果不出现返工现象，那才叫不正常呢，但是，今天发生了这种事，撞上了杨文学的枪口，那就对不住了，他大笔一挥，在这份报告上签了字：对政府职能部门建委主任及其责任者做免职处理。

杨文学把他的意见签署过后，又让韩超迎印发了包括柳云桐在内的所有常委每人一份。

做了六年多市委组织部长的冯铁奇手里拿着市府办那边转发过来的报告，会意地苦笑了一下。冯铁奇这辈子看的最多的就是领导批示，但像这种带有肯定语气的指示出自一个市长之手，有些不合乎常理，冯铁奇拿着报告看着：“失去监督的权力是危险的，出了这两件事完全说明了一个问题，我们政府的专业监督、行政监督部门没有尽到自己的责任，由于监管部门的失职，进而增加了社会成本，损害了政府形象，发生此类事，主管领导难辞其咎，必须做免职处理。”看了报告上的这段话，冯铁奇长长地叹了一口气。

常委会上，杨文学态度强硬，咄咄逼人，他坚持要把主要责任者和部门一把手做免职处理，说是这件事要拿到常委会上研究，可他一上来就给出了定论的调子，一定要把他所开出的责任人全部免职，而且是没有商量的余地。

常务副市长翁忠康在他发言后也谈了自己的看法，翁忠康发言有点和稀泥的意思，他表面上支持杨文学，背地又想着给柳云桐一个台阶让他下来，他说道："门都市每年都有新修公路项目，而且每年都或多或少地存在着返工和补修现象，这已经不是什么新鲜事了，杨市长，我看这次的处理意见是不是过重了点，如果说一定要问责，抓几个直接责任人给个处分就可以了。"

对于翁忠康的提议，杨文学坚决不同意，并在会上进一步把问题升级升调。他说道："正因为每年都有此类事发生，才说明我们的行政监管有多么的不负责任，说好听的是监管不力，其实这是一种很严重的腐败现象。当年首长说过，官僚腐败最典型的也是危害最大的表现就是利用国家投资项目做文章，凡是监督失职都是人为的故意，都有着权钱交易的内幕。"

杨文学呷了一口茶，稍后又说道："同志们，我们都不要小视政府监督这个权力，监督权使用得好与坏，和我市的经济效益的好与坏是密切相连的，严查是为了树立政府形象，同时也是为了节省公共资源，否则，道路每年都要返工维修，这笔钱的损失不是一个小数字，这么大的浪费，究其根源，仅仅是因为我们有些人的别有用心，故意不负责任，这不能不让人痛心，希望同志们能认真对待我的意见，我不希望有人企图包庇这件事。"

这最后一句话，是深深刺向柳云桐的一把利剑，在座的常委们谁都知道，建委主任是柳云桐的人。

此时的柳云桐铁青着脸坐在那里，他一言不发，但他在心里暗想："这小子公然敢犯上作乱了。"

为了不使今天常委会充满火药味，也为了照顾一下柳云桐的面子，门都市纪委书记刘铁威说道："杨市长，我看能不能这样，今天常委会大家先议到这里，关于你的意见，我们几个回去后再琢磨琢磨，找个时间再议一次，你看怎么样?"

柳云桐毕竟是经过几十年政治历练的，他知道，越是这个时候，就越不能表态，他知道杨文学在玩政治高帽子的把戏，可你小子越是调子高，我就越不表示态度，他强压住自己的态度说道："同志们，铁威的意见也是我的意见。"

柳云桐说完这句话后站起身来，冲大家点了点头后，神态自若地离开了会议室。

第四章

关丽娜住在省城友谊宾馆十五号楼。省城友谊宾馆在省委大院隔壁，占地面积很大，里面的建筑格局都是二层小楼，宾馆内设三处人工湖，亭台楼阁十几处，虽然这里是解放后建的，但当初的设计者也是很前卫的，整体布局非常合理，几十年过来了，不仅没有显得过时，反倒随着年代的推移，它竟越来越显示出一种近代的古朴之美，五十年代那种火红与朴素相结合的设计风格，今天看上去让人产生一种格外的亲切感。友谊宾馆应该就是现代的别墅小区，可现代的别墅小区和它比，让人看上去总有一点发腻的味道，而这里没有那种味道。

我的出租车被挡在友谊宾馆大门外面。一家宾馆竟然连看大门的都是武警。很牛吧？当然了，这里不是一般人住的，也不对外开放。这是首长住的地方，据说毛泽东、周恩来、刘少奇当年到A省视察时都住过这里。改革开放这里也一样作为接待中央领导的专用宾馆。

友谊宾馆总共有四十八栋小楼，省里领导平时也喜欢住到这里办公。如果说北戴河是中央领导避暑办公胜地的话，这里则为省里领导的避暑办公胜地。门卫站岗的两名武警战士其中一人用内部电话通知了十五号楼，当他们得到我确实是十五号楼请的客人后，才同意我进去。但出租车不允许入内。无奈，我付了车费，向里面走去。

宾馆内的道路并不宽，这样的路宽，走小车没问题，走大车肯定很麻烦。路两边的草坪上不时有半圆球形的树木景观，每走大约十米，就会碰上一个地灯。通向各楼的指示牌标得很清晰，我几乎没费什么劲，几步路就走到了十五号楼前。

关丽娜亲自为我开的门。客厅面积不大，有三十平米左右，但装修别致，看上去简单大方。客厅里摆放的沙发是老式的那种，坐椅和靠背呈九十度直角，真皮包裹，接缝处打着一排排铜钉。茶几也是老式的，木面上下两层，四条腿支着。靠沙发的右后面摆了一个青花瓷缸。但是青花瓷缸里面没放画轴类的东西。这样的布置，与客厅的装修很和谐，无论从色调、风格及物品摆放，让人看上去就舒服。

我站在通向二楼的扶梯边上，向楼上看了看。楼梯显得有些窄了。说实话，老房子唯一的不足之处就是这个楼梯。其他好像真的挑不出毛病。

“娜娜，这么大一栋房子就住你一个人?”

“你不是人呀?”

“可我?”

“听你这意思，我还得多找几个人进来住才对?”

“没有，我只是想说，不借你的光，我这辈子都没这待遇，住在这里太美了，武警把大门，心里踏实得很。”

“这有什么，值得你大惊小怪的感慨。”

“对你没什么，可对大多数人而言，是太有什么了。”

“好了，别感慨了，我们上楼吧。”

娜娜最不喜欢关心的就是世俗之事，她特别注重爱和性，在这方面，她的表现甚至有点极端。对于娜娜而言，有这种想法也对。毕竟，我们这些世俗之人梦寐以求想得到的是成功与金钱。但娜娜最不缺的就是这些，成功人士享受不到的虚荣和待遇，她可以很轻松地拉过来享受。反而，成功人士靠钱就可以买到的色情消费。娜娜又轻易得不到，人生对于她而言，最大的约束正在于此。她的身家高不可攀，轻浮和滥用性行为，对她这个受到极大约束的人而言，家庭门风高过个人的欲望。

杨文学把关丽娜到门都的信息在第一时间告知给了柳云桐，可杨文学没想到，柳云桐会来这一手，让他带关丽娜去家里吃饭。这么大的事，杨文学怎么可以决定呢？特别是面对关丽娜，杨文学不仅是怎么决定的问题，而是敢不敢决定，有没有权决定的问题，在杨文学最尴尬的时候，关丽娜向他发出了认可的表情信息。

杨文学过了柳云桐那一关，放下电话后，他一直坐在那里发呆。在关丽娜眼中，杨文学看上去精神太紧张了，这不能不让关丽娜动了恻隐之心，她在心里暗道：杨文学，他这个官做得太累了，男人为什么都是这个样子，好像不累就不快乐，不累就好像没有成就感一样，更可笑的是，当男人把自己搞得好累的时候，却认为是一种时尚，甚至是一种荣耀，这是一种什么样的思想意识呀?

为了让杨文学放松下来，关丽娜笑吟吟地对坐在那里的杨文学道：“杨大市长，看来是讨厌我呀，有我这么个大美女坐在你对面，你竟然麻木不仁，发呆了这么久，你什么意思呀?”

杨文学猛地一下醒过神来，他急忙说道：“不好意思。”

关丽娜指了指茶几上的茶壶：“这么出神地想什么呢？思念了吧？把你那位可人的妹妹叫进来，这茶该换了。”

关丽娜在韩超迎进来之后，她跷着二郎腿，用一副藐视的眼神看着走进门来换茶的韩超迎，女人的嫉妒心得到了一丝满足，她心里想：这个小女子并没有见过什么大世面，前一次出门时还有一点满不在乎的样子，只可惜这茶还是得你来倒，这就是区别，区别你懂吗？漂亮的妹妹。

关丽娜安排的中午饭，这顿中午饭对杨文学而言，简直可以说是吃得最爽的一次午餐，本来杨文学已经吩咐秘书处在外面定了位，可他的安排让关丽娜否了：“文学，你们市府机关应该有食堂吧？”

杨文学对关丽娜的问题感到很意外，但他还是顺口说道：“机关食堂在附楼的一楼。”

关丽娜站起身来，她走到窗前向楼下看了看，她见很多人手里拿着餐具三三两两地向机关食堂去了。她回过头来冲着有些不知所措的杨文学道：“你这个大市长不会连餐具都没有吧，我们拿着餐具去机关食堂吃饭，怎么样？”

杨文学站了起来，他一时搞不清关丽娜为什么会有这样的想法，他嘴里说：“可是……娜娜，你第一次到门都，让你去吃食堂，我怎么过意得去。”

关丽娜并未理会杨文学的解释，她武断地说道：“大市长能去吃，我一个小职员为什么吃不得，把餐具找出来我们下去吧，我肚子还真有点饿了。”

杨文学走在前面，关丽娜端着盆跟在他后面来到机关食堂，食堂里所有的人都很惊讶，他们有的甚至停下正在咀嚼的食物，瞪着眼睛看着杨文学和关丽娜，此时的关丽娜一反刚刚在杨文学办公室里对待韩超迎的表情，她笑吟吟地对每个视线之内的人点着头。

关丽娜待杨文学坐下来后，她又去洗了饭盆，然后和杨文学一起隔着餐橱窗指指点点地叫起菜来，全机关食堂的人几乎都看到了，关丽娜竟然用手抓起一条粉皮，很顽皮地冲杨文学笑着放进了嘴里。

机关食堂一顿饭吃出了目睹这一切的人的心里答案。

要说关丽娜的午餐吃得有艺术，那么晚餐，在柳云桐家则吃出了她的天性。

刘淑珍对关丽娜突然离开北戴河很是不满意，她一直在电话中追问关丽娜在什么地方，可是关丽娜在刚到门都的那天晚上就是不说自己在哪里，今天，直到快进柳云桐家门时，她才用电话告诉刘淑珍自己和杨文学在一起，虽然女儿对杨文学的态度突然转变让她很意外，但她还是由衷地感到高兴，刘淑珍让关丽娜把电话拿给杨文学，她在电话中兴奋地说道：“文学呀，娜娜在门都你可要把她照顾好，娜娜的脾气你是知道的，在有些事上让着她点。”

杨文学在电话中急忙说道：“请夫人放心，我会把娜娜照顾好的，不管什么事我都会顺着她办。”

刘淑珍关切地又问道：“文学，工作上不要太累，要多注意身体，工作上有什么不顺心吗？”

杨文学迟疑了一下，又哦、哦了两声："请夫人放心，工作上的事我能应付得来。"

刘淑珍在电话中对杨文学的迟疑稍有敏感，她又问道："听娜娜说，你们这是要去柳书记家吃饭，是柳书记请你们去的，还是你们去拜访他？"

"夫人，是柳书记请我们去的，当然，他今天主要是请娜娜，毕竟他没见过娜娜，总要认识一下。"

关丽娜把电话抢了过去："妈，你女儿到门都来，除了文学知道我是谁，人家柳书记可不一定这么想，怎么说也要把我们请到家里检验一下真假嘛。"

刘淑珍在电话中只是哦、哦了两声，然后又嘱咐了一些要注意身份的话后便放电话了。

一进柳云桐家门，关丽娜给柳云桐的第一印象是：这个女子不但漂亮，而且骨子里有一股慑人的霸气，这种霸气不是后天才产生的，而是那种与生俱来固有的东西，关丽娜的特有气质不禁让柳云桐多少有点怵意，他在心里略想，这一切感觉难道是因为事先知道她是谁才有的吗？

杨文学用手轻轻扶在关丽娜的后背上，把她介绍给柳云桐和柳夫人："柳书记，这是娜娜。"

关丽娜表情看上去很热情，在杨文学的话还没落地之前，她的眼睛已在柳云桐和柳夫人的身上从上到下扫了一遍。并伸出手和柳云桐握了一下，然后她竟主动地表现出像一个老熟人或者说像一个孩子一样拉住了柳夫人的手："阿姨，我和文学来给您添麻烦了。"

柳夫人也是见过世面的，可看见关丽娜她还是有点紧张，毕竟柳夫人没有柳云桐场面上的老辣，她用双手拉着关丽娜，那种热情劲完全是发自内心的。

杨文学把手中拎的水果放到墙边，他和关丽娜被让进客厅里坐了下来，柳夫人故意把沏茶的程序放缓了速度，这是柳云桐提前说好的，对于杨文学，他本来事先曾想着找机会教训这小子一顿，但今天这样做又不合适，毕竟是自己主动约关丽娜他们来家里吃饭的，一想到今天约杨文学来吃饭的目的，柳云桐又向正在帮柳夫人沏茶的关丽娜瞄了一眼，说实话，这个小女子身上确实有一股子压人的气势，这种气势不是装出来的，虽然关丽娜从进门到现在的表现一直很随和，并能主动插手帮助老伴沏茶，但是，柳云桐一直都忘不了刚刚和关丽娜握手之前关丽娜上下打量他的那种眼神，热情中透着轻视，难道？柳云桐有些吃不准了。

茶上来了，四个人很痛快就把摆在自己面前杯子里的茶喝了，柳夫人一直在夸关丽娜的好，话头掉过来后，她又称杨文学有福气，可话说上两遍，再夸的话就有点不合时宜了，柳夫人主动站起身要去厨房把两样等客人来才能炒的热菜弄了，关丽娜又表现出很识趣的样子非要去帮柳夫人的忙："阿姨，您就让我跟您去吧，文学要和柳书记谈工作，我在这又插不上嘴。"

柳云桐挥了挥手："也好，你们女人去忙吧。"这句话说完后，他隐隐约约好像觉得这话说得有什么地方欠妥，但他又一时不知道这话说得有什么不对。

关丽娜又一次流露出了那轻视的一眸，笑吟吟地出去帮柳夫人的忙去了。杨文学对柳云桐这句话很反感，因为在他眼里，敢对公主有此不敬的人，柳云桐还是第一个。女人，关丽娜是女人，可关丽娜是什么档次的女人，任由人如此挥手，他终于感到，关丽娜能被当作一个普通女人对待，完全是因为自己和柳云桐一、二把手之间的差异所带来的。

柳云桐虽然觉得刚才的话有点欠妥，当他正为这句话掂量的时候，书房里的专线电话响了起来，这台电话响可不是一般意义上的来电。他急忙站起身来去了书房。

电话是省委严副书记打来的。柳云桐接起电话后，只听严副书记在电话中说："老柳，杨文学是不是带娜娜在你哪?""严书记，文学和娜娜是在我这，我想在家里请他们吃个饭。"柳云桐的话刚落，电话那边又说道："那麻烦你请娜娜来接个电话，这孩子手机打不通。"

柳云桐急忙从书房里走出来，他招手叫上杨文学："省委严书记的电话，找娜娜的。"

柳云桐和杨文学来到厨房，看见关丽娜正和自己老伴有说有笑地在忙活着，杨文学先开口了："娜娜，省委严书记把电话打到柳书记这里，他让你去听电话。"

关丽娜两手沾的都是面，看样子她们是在做过油的东西，沾在关丽娜手上的面是用来挂糊的，关丽娜一边搓着手上的面，一边说道："严叔叔为什么不打我手机，怎么把电话打到柳书记这里了。"关丽娜这话好像是在问杨文学，但柳云桐却把话接过去："严书记在电话中说打你手机你关机了。""啊，不好意思，我的手机昨天忘了充电，可能这会儿没电了。"说完这句话，关丽娜又把手在面糊里沾了沾，然后又用清水洗了洗手，才去接电话。

关丽娜平淡地把她在门都和杨文学接触的情况向我学了一遍。虽然她说的语气很平淡，但我已听出了弦外之音。我知道，娜娜门都之行，首战告捷，平时看上去文静单纯的关丽娜，会在门都轻松地过关斩将。当然，这样的结果本在我的意料之中，因为一个人，祖辈遗传到骨子里的东西，没办法在后天形成。我冲娜娜说道："娜娜，这么说我可以上阵了。展示我才华的机会来了。"

"南南，我劝你要慎重，不要过早地张狂。要知道，杨文学这个人并不简单，用这种方式与他接触，将来再把关系转向工作角度，可能和他沟通起来很麻烦。"

“娜娜，我这个人最不习惯的就是张扬，我是要踏踏实实地做点事。”

“你决定了没有，想做哪一行？”

“我想接手响铃广告。”

“这就是你的大项目？”

“不，我总要先站稳脚跟吧，至于我的大策划，这两天我会把报告先拿给关老师审阅，待批准为盼后再转送给杨文学阅，并办。”

“顽皮，但我可事先提醒你，杨文学买我的账，阅可能，并办未必哟。”

说着两个人大笑起来……

黑子是肖丰的人，是肖丰派他侦察关丽娜？杨文学听到哥们儿这样说，他感到有点意外。打左转向灯，方向盘右转，杨文学的本意是黑虎掏心，没想到一拳击出，拳风刮到了门都市城顺区公安分局局长肖丰，有点意思。

在杨文学的日记中，肖丰并非主线条人物。但他为什么好奇心这么重？难道他是什么人的侦察兵？关丽娜一次门都旅行，本为简单的投亲访友行为，肖丰感兴趣，是他本人感兴趣，还是他背后的人感兴趣？不过，作为花都的常客，这小子不干净。形容一个人不干净，习惯说这个人脏，肖丰是脏？还是肮脏？还是腐败透顶？

杨文学最后做出的决定是，暂不顺藤摸瓜。他打了一个电话。

“老哥，网好像下浅了。”

“放了那个黑子怎么样？”

“我也正想跟你说这事。”

“那就放了他们，不过，对于肖丰这个人要上点心。”

“可我担心肖丰受到惊吓后，会把脖子缩回去。”

“文学，放心吧，他缩不回去的，有人故意把他推给我们，怎么可能让他缩回去，这个世界很多人喜欢帮倒忙。”

“放了黑子和他的两个同伙。”这是杨文学的电话指示。

黑子那天晚上被人从花都抓去后，他被人戴着头套，用车拉到一个陌生的地方。这些人只给他上了一点手段，他便把幕后指使者肖丰撂了出来。看来，柳云桐对柳英说的那句话是真理，江湖义气是最不值钱的东西。因为义气不符合人的本性，人的本性是贪婪，所以，利益比起义气来，利益多少靠谱一些。

黑子肚子里的东西能吐的全吐出来了，为了表现自己，他甚至把道听途说的东西，又添油加醋地编了点。经他这么一渲染，广州路路亨通物流集团浮出了水面。

在放黑子之前一定要给黑子留下点证物，几个人开始教训他，一边教训一边骂道：“狗东西，竟敢安排人盯梢。”

“就是，门都这地方土帽太多了，他们竟然不知道首长女儿出行，我们警卫局要暗中保驾的。”

黑子被打得爹一声妈一声地惨叫……

但他还是听到了其中一个人在接电话的声音：“首长女儿坐严副书记的车去了省城？好我们马上收队，赶去省城。”

这些人的脚步一阵子忙乱。黑子和他的两个同伙被分别从三个房间带出来塞进车里，汽车七拐八拐来到城顺区分局管辖的一家派出所门前，按了几声汽车喇叭，派出所里的值班民警开门走了出来。

坐在面包车副驾驶的人按下车玻璃，手里拿着一本黑皮证件冲着派出所值班民警晃了一下。然后说道：“警卫局的，这里有三个人私自跟踪首长家人，交给你们处理。”他的话音一落，车里的人拉开车门，几脚就把蒙着头套的黑子等人踢下车去。

派出所的值班人员还想问点什么，可他还没来得及开口，面包车已经加大油门开走了，只见车子一眨眼的工夫便消失在夜幕中。

派出所里另一位值班人员，一边揉着睡眼惺忪的眼睛，一边来到派出所门外。嘴里骂骂咧咧地说道：“妈的，深更半夜吵吵闹闹干屌。”

刚才那个民警说道：“邱所，见鬼了，几个人开着一台白色面包车，连牌子也没有，自称是警卫局的，从车里扔出三个人来，说什么这几个家伙私自跟踪首长家人，交给我们处理。”

这时候邱所长真正醒过神来，“嘿嘿，”他干笑了两声，然后走上去用脚踢了踢趴在地上的黑子等人，“还真是见鬼了。”

“见你妈的大头鬼，老邱，赶紧把我头套摘了，我是黑子。”

“黑子？”邱所长听着声音耳熟，他冲着黑子走过去，把黑子的头套摘了下来，是黑子，虽然黑子这会儿被弄得头发乱糟糟的，脸上也是青一块紫一块，但对于很熟悉黑子的老邱而言，一眼便可认出来，他蹲下身冲着黑子又干笑了两声：“嘿嘿，”然后说道，“黑子，咋弄成这副尊容，这回玩大的了，跟踪起首长家人了？行啊。”

“老邱，别说了，快把绳子给我松开，再给我弄点水喝。”

“什么？黑子，松开，还想喝点水？你他妈想什么呢？警卫局抓的人，移交我们处理，这回你小子事大了。”说完邱所长站起身来往派出所里走，边走边说：“再叫两个人下来，把他们带进去绑好了，天亮再说。”

“老邱，你这浑蛋，咱走着瞧。”黑子大骂道。

邱所长把黑子的情况直接向柳英做了汇报。现在的时间是下半夜三点四十五，柳英被刺耳的手机铃声吵醒了。他看了一下时间，气得在心里骂道：疯了，什么人这么晚打电话？他把电话接通后，听了半天，才搞清来电话的人是一个派出所所长，姓邱。柳英刚想破口大骂，但他仔细一想不对，这家伙敢在这时候打电话吵醒我，说明他一定有大事，不可能是喝多了半夜拿局长开涮。柳英压着怒气问道："邱所长，有什么事吗?""柳局，情况是这样的……柳英听完邱所长的汇报后沉默了好一会儿才做出了一个历史转折的决定。柳英在电话中直接下指示，他对邱所长说道："黑子一案，由你组织人连夜突审，一定要拿下黑子，形成笔录，无论牵扯到什么人，都要记录在案。"最后柳英又说道，"老邱，跟踪调查首长家人，被警卫局抓到，这是天大的事。这种事出在门都，我们已经很被动了。而且警卫局那边万一掉回头来追问此事，到时候，我们拿不出一个让人满意的交代，那我们就彻底被动了。"

"柳局，这事出的，警卫局那帮家伙也是捣蛋，他们把这个人送哪去不好，扔他妈的我门口了，这不是没事找事嘛。"

"老邱哇，你没老到糊涂的程度吧？他们把人扔到你门口，等于送了个天大的好事给你。如果我没猜错的话，你今年才四十多岁，这件事如果换了我，我一定可以玩出仕途的转机。"

"问题是，黑子他们也仅仅是跟踪了一下什么首长家人，并没做什么违法的事呀?"

"你真是个木头脑袋，怎么就不往深里想一想，像黑子这种混混，在门都一脚都可以把他踩到地下去，他跟踪首长家人干什么?"

"柳局，我明白了，老邱我这辈子跟你混饭吃，前途无量。"

"又来这一套，老邱，你已经是科级干部了，将来可能熬上处级，甚至是局级，什么叫跟我混，我们都要跟党走，你的前途和命运掌握在党的手上，当然也由你自己把握，现在什么时代了，没点真本事，光靠拉关系走后门不好使了，我作为局长，最想看到的是你的政绩，如果你真的挖出黑子的事，我答应你去老爷子那给你请功。"

"谢谢柳局，我心里有数，放心吧，我不会放过这次机会。"

"这就对了，不过，老邱，我们党的政策你是知道的，在不放过一个坏人的基础上，你要把住政策关，可不能违法办案。"

"明白，柳局，我先挂了。"

"哎，对，这件事涉及首长的家人，因为眼下我们还不清楚这其中的内幕，所以，除了我以外，关于案子问题任何人不能介入，注意保密，否则后果你自负。"

"柳局，做到这些我没问题，但关键时刻你要给我撑腰。"

"老邱，作为执法者，只要你行得正，邪是侵不了正的。"

放下柳英的电话，邱所长想：妈的，政治滑头，我让你帮我撑腰，你却来个什么邪不侵正。

老邱一边往派出所里走，一边在寻思，首长？警卫局？柳局？当然凭黑子和肖丰的关系还会有即将要出场的肖局。这么多人怎么会和一个小混混搅在一起了？有意思，有味道，味道十足嘛，黑子，只要你小子在我手上，我最近可有事干了。想到这，邱所长觉得，眼下的当务之急是把黑子转移，放在所里，人多嘴杂。只要黑子这个宝贝在我手上三天，那我就成了。

邱所长回到办公室桌前，他看了一下表，现在是下半夜四点钟了。他抓起茶杯，把里面剩的凉茶喝了几口，凉茶的提神作用，让他清醒了很多。转移，对。战略性大转移，邱所长想到这兴奋地"咣"的一声拍了一下桌子。下意识的举动把他自己都吓了一跳。

正在看守黑子的小崔也被他吓了一跳，小崔从房间里走出来，瞪着两只眼睛看着邱所长。

邱所长看到了小崔，立马来了精神头，他兴奋地说道："小崔，你来得正好，黑子的问题，我刚才用电话请示了局长，局长指示，黑子一案案情重大，绝不仅仅是一般情况下的社会治安问题，而是严重的政治恐怖问题，正如你讲的，这个人是警卫局抓的，警卫局是干什么的，能称得上警卫局的地方，意味着级别有多高，想必我不说你也知道？告诉你，黑子的事大了，赶紧，把其他哥几个叫来，我要传达局长指示。"

"是。"小崔一脸严肃地去叫人了。

值班的民警都到齐了，包括邱所长在内总共五个人。他们面对着邱所长站成一排。邱所长慢慢地站起身来，表情严肃地大声说道："听我传达局长指示。"

小崔等几个人还真的被邱所长的表现给搞蒙了，他们把身子立正站好，个个紧绷着脸等着听所长传达局长指示。

"同志们，听好了，下面的话是我传达柳局长的指示，对于黑子一案，已经引起了市领导的高度重视，由于该案可能涉及一些隐私问题，当然，由于你们所无意中介入了此案知情面，案子由邱创良同志组织当班民警突击审理，务必在最短的时间内攻破此案，如人手不够，可抽调市局刑警介入。大家都清楚了吗？"

"清楚了。"小崔等其他三个人齐声回答道。

"好，听清楚就好。下面我要说的问题是：如果我们的审案水平太低，那就要报请局里抽调人手，但是，这样一来，最后涉及请功的问题，我担心哥几个忙活半天，到头来白给市局刑警打工，所以，我想听听哥几个的意见。"

"邱头，您是老刑警出身，审案这点事还不是手拿把攥，再说了，我们哥几个跟您这么久了，也可以说经验十足，对付这么几个蟊贼，还要请什么外援，这不是打击我们哥几个的智商吗?”

“对，小崔说得没错，自从我们调到这个派出所工作以来，整天转市场抓小偷，这回好不容易摊上了一个局长主抓的大案，再让我们交给别人，那我们还不如干脆脱了这身皮，回家卖菜去算了。”

“对嘛，这个案子，老天爷白送给我们来立功的，凭什么要申请外援，那不是白混了，将来还不让人笑话死我们呀。”

“邱头，请战吧，我们哥几个跟着你，你说咋干就咋干。”

“好，我要的就是你们这个态度，拿不下这么个小案子，我们真的就没脸在公安系统混了。既然兄弟们都有信心，站好了听我说几句。”

小崔等人又恢复了刚才的姿势和严肃的表情。

“弟兄们，待会儿天亮后，每个人都给家里人打个电话，我们恐怕三天回不了家，而且手机要关机。这是第一点。第二点是，你们四个人即刻押这三个家伙去小屿岛水库，我在那里联系个地方，黑子一案相关任何信息，绝不可外泄，有什么情况，你们直接向我汇报。否则，谁泄密后果自负，听清楚没有?”

“听清楚了。”大家齐声说道。

“好，行动。”

邱创良这一手把肖丰给涮了。按说，邱创良的派出所，属于城顺区公安分局管辖。派出所发生这么大的事，肖丰却一点也不知道。对他来说，黑子现在还应该在那伙人手里。调查关丽娜的身份，肖丰已干了一件蠢事，他吃过躁动的亏后，收敛了很多，虽然他的心乱如麻，但外表上他也得装个样子。如果自己再去东问西打听，那样的结果反而会更乱。所以他只好忍。他祈盼着黑子这个久经沙场的道上人物，能做到把口封得严实合缝。正是他的期望，折磨得他连续有两天晚上都没睡好觉，肖丰快崩溃了。

柳英接完邱创良的电话，也睡不着了，他坐在客厅里不停地在抽烟。他想把这一消息和柳云桐汇报，但现在的时间又不合适，柳英只好坐在沙发上等待天亮。

柳英很想知道，黑子被那伙神秘人抓去后，他们都问了什么。自称是警卫局的那帮子人为什么半夜里把黑子等人扔给了派出所?柳英冥思苦想不得其解。

任凭风浪起，稳坐钓鱼船，古人说话也是乱讲的，谁有这份定力呀。柳英把黑子交给邱创良去审，也是一箭双雕。首先，柳英要掌握肖丰的问题。掌握肖丰，也是为了必要时把他抛出去，借此转移杨文学的视线。

可是，邱创良如果真的审出事来，将来又如何处理，怎么说，邱创良审出来的问题都属于黑子的犯罪行为，这可是无法公开袒护的事情。这个火候如何掌握，柳英陷入了沉思之中……

柳云桐上午十点才到办公室。他来晚的原因是因为一大早就接到了柳英的电话。柳英在电话中把昨天晚上发生的情况一五一十地向他做了汇报。

听完柳英的汇报，柳云桐并没有说什么，他只淡淡地说道："这不正是你要的结果吗?"说完这句话，柳云桐把电话撂了。

柳云桐预感到，柳英的麻烦要来了。柳云桐已告诫过柳英，对于肖丰的问题不要太过于热心，但是柳英已经拔不出脚了？作为柳英的父亲，他不想问得太多，凭自己的政治历练，现在只能是闻风而动。虽然闻风而动不是上策，可柳英是自己的儿子，柳英几次打电话汇报肖丰的问题，这无疑是一种兔死狐悲的表现。肖丰的事如果跟他真的没关系，柳英何必做这种东边打雷，西边下雨的反应。柳英的表现分明是在向他发出求救的信号。凭柳英在门都的关系，工作经验，以及市委书记是他父亲的政治影响力，如果柳英惹上的是一般小事，他自己应该会摆平，问题是，他这样多次往家里打电话，一定是遇上大麻烦了。这孩子有过不去的坎了。他是在向我这个做父亲的暗示什么，这是求救的信号。

柳英究竟遇上了什么问题他一定不会说，怎么办？柳云桐在书房里坐了两个小时。最后的决定是他想好了，他的行为将受到一句俗话的支持，虎毒不食子，这是没办法的事，毕竟柳家的香火与大多数人家不同，柳家的香火是双轨制的，除了子孙传宗接代之外，柳家还需要政治香火继承。

猎手和猎物似乎都在平息各自的躁动情绪。柳云桐采取的办法是让自己不停地下沉，杨文学还是持续地上升。

关丽娜来门都这两天成为人们议论的话题。她在门都一露面，政府和市委两边的一些热心人传开锅了。什么杨市长是不是要结婚呀？关丽娜应该是来商量婚事的，杨市长的婚事应该在门都举办等等。看来，热心人对领导的关心真可谓细致入微。在众多的热传者中，也有嫉妒的，关丽娜是女人，都什么人嫉妒？女人。做女人，人家的命真好，不但人长得貌若天仙，还是首长的女儿，将来又是市长夫人，当然，将来成为首长夫人也是可能的。

不过，这些传话的群体，大多是庸才之辈，真正能看出问题的，那是要看政治风向的，从政之人，凭着有差异的政治嗅觉，灵敏地嗅出了他们需要的政治温度。难怪杨文学做事如此放得开手脚，难怪他能把柳云桐逼得节节败退，幕后的老板终于出面了。看来，门都市的掌门人真的要易主了。

2008年9月14日，农历八月十五。圆月高悬。这一天柳云桐打破了以往的惯例，这也是他从政三十五年来始终雷打不动的惯例，去孤儿院和孩子们一起吃个团圆饭。柳云桐这一习惯，当初叫惯例。持续了十年，十年前被称为惯例那会儿，他和孩子们吃团圆饭，从刚开始的平面媒体对他的行为报道，发展成为后来的平面和立体媒体共报道，之后变成主流媒体声音，最后发展成为媒体无声音。这样一路走来的历程，也见证了他官位越来越高的从政历程。

老子说无为，儿子有为。今年柳云桐安排柳英去接替他的传统。作为一个政治家，总要有一些政治闪光点。无数革命先烈前赴后继的无私奉献，构成了社会的革命传统，我们把这一传统称为红色传统。说到传统，必离不开继承者，否则不能传递哪里又会有什么传统。

柳云桐可能是真的老了。在杨文学的外作用力下，他最近连续对自己的从政之路进行了无数次的反思，有学者称，一个人，当你经常回忆过去的时候，说明你已经老了。是的，柳云桐老了，在他的回忆之中，最让他后悔的一件事就是柳英继承传统的问题。杨文学没有暴露其野心之前，柳云桐自信得很，虽然还有两年要退下来了，但凭借手中的权力和在门都以及省里的领导对他的认可，临退下来之前，把柳英扶正是没有问题的。如今想想，这种想法太现实了，现实的东西往往幼稚可怕。将柳英扶正，那只是表面的形式而已，对于柳英而言，除了他身体内有柳云桐的遗传基因外，他的灵魂中是不是也纳入了精神基因。精神指的是传递思想精神，这是红色传统的主流，可自己对于柳英，在这方面下了多少功夫，不继承思想精神的衣钵，只传给他一副空的皮囊，或者说让他学几招花架子，这些都是没用的。柳英的世界观已经形成了，在人类社会中，什么都可以改变，也什么都能改变，唯独世界观，是最难改变的。我们今天的社会进步，社会文明高速发展，但几千年的思想观念为什么还不能完全挥之而去，这说明什么，说明思想承传的作用。

平时不烧香，临时抱佛脚。柳云桐想到的是，亡羊补牢，犹未晚也。可晚也得补，如果柳英缺少社会责任感，那他的私欲就会越来越膨胀。让他承担一部分社会责任，不仅仅是做秀。虽然，做领导的需要政治做秀，可变相讲，也可以把领导的政治做秀看成是一种社会公德行为，历史上老子提倡帝王要无为，今天，提倡领导干部作为。作为领导干部，什么都不做属于庸才，工作能力和工作成绩都要有。领导没有工作能力和工作成绩，那老百姓吃什么？争取社会公认是现代领导意识、领导作风的体现。柳英从来没做过争取社会责任的事，这是他第一次做，所以不能张扬。今年做，明年做，他的社会责任行为要的是让人发现而不是故意让人们发现，子承父业，这是第一项应该继承的法宝，也是最重要的法宝。

既然柳云桐决定了在近期内，他要韬光养晦。要做也要做得干脆点，他要以退为进，他的退是真心的，他想通了，再有两年一定要退，那还不如现在就退。他选择的进也是真诚的，柳英要进。柳英的进是真进，也容易进。柳英的进可以说少了很多进的障碍。

关丽娜离开省城的第二天，柳云桐约杨文学到了他那里喝杯茶。老子之道，无道归有道，有道亦无道，道亦有道。茶道和老子之道类同，也是无道喝出有道，有道品味无道，所以茶道本为道道。泡妞喝茶，清静的环境易于发挥采花水平。谈生意喝茶，坐得住，雅兴掩盖忽悠，把圈拢说成事业。学者到了一起，以茶为媒，即可抒发情怀，共享心得卖卖文章。政治家喝茶和学者一样叫品茶，不同之处在于，沟通观点，交易权势，亦有诈术结盟。

柳云桐约杨文学喝茶，是高雅博弈。

关丽娜昨天离开省城回北京。同机者还有我。只不过，我们是分别去的机场。关丽娜去机场是省委严副书记的车子送的她。这是级别待遇。本来严夫人坚持要送她去机场，被关丽娜坚持谢绝了，怎么说，严副书记的爱人也是关丽娜的长辈，娜娜跟他叫婶婶，麻烦长辈是很不孝顺的行为。

临上车前，严夫人送给关丽娜十瓶葡萄籽油，据说这玩意儿美容效果很好，严夫人让娜娜带回北京后给首长夫人用一用，试一下效果怎么样，如果效果还行，这个生产厂家就在A省，可以长期供首长夫人使用。娜娜挽着严夫人的胳膊，嗲嗲地说道："严阿姨，送我两瓶好不好?"

"这孩子，这十瓶你也可以用，用完了打电话给阿姨，阿姨让人再带给你。"

"我不是这个意思，严阿姨，我能不能借花献佛，拿两瓶让文学帮我转送给门都的柳夫人，我去人家里吃饭，柳夫人对我很好的，她还一个劲给我往碗里夹肉吃。"

"好哇，娜娜，看来这姑娘大了真是不能留，这还没嫁人呢，就开始胳膊肘往外拐了，知道帮文学拉关系了。"

"瞧你说的，严阿姨，你不会舍不得吧?"

"我当然 舍不得了，可有什么办法，娜娜要打通关系，阿姨就送你两瓶，不过娜娜，你可得记着，你和文学结婚，要给我一大包喜糖。"

"这没问题，谢谢严阿姨。"

今天，杨文学带着两瓶葡萄籽油来柳云桐这里喝茶，他一见柳云桐的面，寒暄了两句，接着就把两瓶葡萄籽油拿出来递给柳云桐："柳书记，这是娜娜从北京让人捎来送给柳夫人的，她说这个美容效果挺好，首长夫人也在用。"

"文学呀，你可是讨了一门好媳妇，你嫂子自从娜娜走后，一直到现在，见了我就夸娜娜，多好的姑娘啊，又得体，又大方，模样长得也好，受教育程度又高，家庭条件就更不用说了，现在这社会，这门亲事真是打着灯笼也找不到，你可要珍惜这份感情。打算什么时候办事呀？依我看，还是抓紧把事情办了吧。你也三十多岁，老大不小了。"

柳云桐边说着话，边把那两瓶葡萄籽油放到书柜里。

"柳书记，我和娜娜的事，双方老人也着急。"杨文学刚说到这，柳云桐的秘书马一鸣敲门进来，他是来冲茶的，他把茶杯摆好后，又到下面柜里拿出一盒茶叶。马一鸣看着杨文学说道："杨市长，喝绿茶可以吗？"

杨文学伸手从马一鸣手里接过茶叶盒，看了看包装，然后说道："一鸣，我不懂喝茶，柳书记喜欢喝什么茶我随他。"

"杨市长，柳书记只喝这种绿茶。"

"那我就客随主便，就喝绿茶好了。"说着杨文学把茶叶盒又递给了马一鸣。

马一鸣很快冲好茶，然后他退了出去。杨文学接着刚才的话又说道："娜娜这次来门都，我们也谈到了结婚的问题，可我们都觉得，马上结婚还是有点仓促，你也看到了，娜娜的性格还像个孩子，她学校那边的教学工作压力也很大，再说了，我目前又在门都，结了婚也是两地分居。虽然夫人说要把我调回北京，可我在门都工作刚开展得有点起色，还真想干两年，怎么说也要拼出点政绩吧，否则真应了人家传的那样，我只是来门都过渡的。那我不成了窝囊废，靠着关家的势力活着，灰溜溜回北京对首长也没法交代。"

"文学，你的想法很对，我对柳英也是这么要求的，现在社会上很多人看问题，总是有点偏激，对于一个领导干部子女，看不到人家的工作能力，总喜欢用那些身外之物去衡量一个人，好像如果不是因为有家庭背景，就一无是处了。"

"柳书记，社会上有些人这么想也不为过嘛，就说我吧，来门都两年多了，工作上要不是得到了您的鼎力支持，恐怕至今都不会有什么起色。"

"文学，来，先喝茶，我们边喝边聊。"

杨文学端起茶杯，呷了一口，他品了品味后说："柳书记，我不懂茶，但喝这茶和喝其他茶味道明显不一样，这茶喝着爽。"

"这茶是雨前茶，我一个亲戚从杭州给我捎来的。"

"不错，这茶真好喝。"说着杨文学又连喝了两口。

"文学，首长喜欢喝什么茶？"

"在喝茶方面，首长也是外行，平时不喜欢喝，碰上下去检查工作，下面送点好茶，他都拿给我们这些身边的服务人员喝了。当然，下面送点茶好与不好，我们也是乱喝一气。"

"文学，来门都这么久了，我们还真的很少像今天这样清闲地坐下来聊聊，今天机会难得。"

"柳书记，其实我早就想和您多点这样的机会聊一聊了。"

"文学，看起来是我这个老头子太官僚了。"

"话也不是这样说，我本应该多来您这汇报思想工作的，可我这个人吧，最大的毛病就是古板，这样的性格有点像首长。"

“首长平时对你们严厉吗?”

“这话怎么说呢，说严厉吧，他平时跟我们在一起也经常嘻嘻哈哈开点玩笑，说不严厉吧，当我们做错什么事时，他的批评又过于严厉，不过，首长对我多少还是迁就的。”

“这是一定的，毕竟在首长眼中，你的身份不同嘛。”

“可能吧，人上了年纪对子女的依恋情分愈来愈重。”

“文学，看起来你对人生的感悟体会得很深呀。”

“柳书记，在这一点上我是有体会的，记得那一年首长去我们家乡视察，我抓空探了一次家，首长可能是因为年龄的关系，平时觉睡得很少，他不睡，我这个做秘书的也不能睡，那段时间，我疲惫得厉害，本来在回家的路上还想着见了父母会有说不完的话，谁承想，到家以后，和父母没说上几句话，我倒头便睡。这趟探家的时间只有八个小时，我竟然睡了四个小时，醒来后才知道父母一直坐在我身边陪着我。”杨文学讲这番话时，表情充满了眷恋之情。

柳云桐被他的真情打动了，他沉默了一会儿才说道:“都说人是智慧的动物，其实人的本质应该是情感动物，对于情感，特别是带有血缘的情感，一代代的人，都按着一个固定的规律而生存，这种规律就是少恋老慈。”

“柳书记，少恋老慈这句话经典，自从跟了首长，很长一段时间，我都依赖他，这种依赖就是典型的少恋吧，来门都这段时间，您对我给予各方面支持很多，在我心里，您和首长一样，都具备老成持重的慈祥。这次娜娜来门都，多次提醒我，要我多向您学习、请教，多替柳书记想一想。娜娜的话是对的，但是，年轻人大多犯一种毛病，我想，柳英和我一样都有这毛病，一干起工作来，就容易激进，认为只要心里坦荡，没必要在乎很多程序上的东西，在方向问题上是，喜欢纵看，不善于横看，其实平衡才是一切事物的发展规律，首长夫人也对我说过，搞政治的人尤其要注意这一点，老人的话有道理，可年轻人按着这个道理去实施，总是觉得有很大的差距。但对于如何弥补这一差距，我们年轻人采用的办法很多时候都用自信去解决，而很少像今天这样坐下来喝杯茶寻求长辈的智慧帮助。”

“文学，我也是从你这个年龄过来的人，人哪，常讲生命历程，所谓历程，就是生活中的阅历过程，每一段人生经历都不可能是空白的，没有这段经历，也不会有下段经历，如果人一出生直接进入老年期，那这种无过程的生命是毫无价值的，你和英子这代年轻人和我年轻那会儿比，成熟多了，我像你这么大的时候，还在县里工作，工作经验和阅历远不如你们这一代人，遇到事时，思维方式简单，缺乏稳重。”

“柳书记，您这话是谦虚的说法，其实我最欠缺的就是持重，首长也批评过我，他说要想做一个合格的政工干部，首先是不能意气用事，遇事要三思而后行，有什么话不能拿起来就说。可我还是做不到内敛，就说前几天在班子会上，关于杜新的问题，我的态度确实有些过激，不管我的想法是否成熟，一炮就放出来了。本来当时可以策略地提出我的观点，拿到班子会上议一议。”

“文学，这件事就不要再说了，今天找你来，不是要批评你，作为门都市领导，我也是头一回遇到在常委会上把矛头指向我的情况，刚开始，你的态度让我很难接受，班子会后，我也曾冷静地想过这个问题，门都确实存在着很多痼疾，这些痼疾，已经变成了一种社会民俗，我长期生活在门都，对于这一类腐败的民俗现象，竟然在潜移默化中见怪不怪了，毛泽东曾经说过：贪污和浪费是极大的犯罪。作为门都市政府，有些职能部门的行政不作为现象，究其背后的原因，个人如果没有好处，凭什么在管理工作中故意行政不作为？行政不作为，一定是被利益所驱使。你在班子会上这一炮放得好，这件事后我也从自身上找原因，如果不是因为杜新是我的亲家，我当时的态度会如何表现，现实社会中，作为领导干部，最要不得的就是把社会的庸俗现象和个人的形象挂钩。”

“谢谢柳书记，您能这么理解，晚辈感到很欣慰。”

“文学，不这样想不行啊，老话说得好，向情向不了理。不过，文学，今天找你来喝茶，主要还有一件事。”柳云桐的话说了一半，就不往下说了，他指了指面前的茶杯：“文学，换点茶。”柳云桐站起来，走到写字台前，拿起电话把马一鸣叫了进来。

看到马一鸣敲门走进办公室，柳云桐对他说道：“一鸣，你先把茶换一下，然后再去机关食堂打两份饭来，中午饭我和杨市长就在这里吃。”

马一鸣把杯子里的剩茶倒掉，重新沏了茶后，他便去安排中午饭。

柳云桐回到沙发上，他接着刚才的话说：“文学，在你来之前，我已经通知了在家的几个常委，让他们中午吃过饭后，都到我这里来碰个头，大家牺牲一下中午休息时间，议一议杜新的问题，不过你放心，我已经和他们分别通过气了，我老头子支持你的工作，总不能挂在嘴上吧，要落实在行动中嘛。”

“柳书记，有必要这样做吗？我上次在班子会上的意见，绝没有针对您的意思。”

“我提议召开这个常委会议，也不是完全为了你，你的意见是群众的意见，我之所以开这个会，目的只有一个，改变门都市领导干部的工作作风。其实，即使你上次在常委会上不放那一炮，对于门都市领导干部的工作作风问题，我也早有想法了。目前，门都的机关工作，只能用四个字来形容：拖沓冗繁，无论是大事小事，没有一次是痛痛快快办成的，机关里的很多部门，很多人，全都成了厨房里揉面的大师傅了，遇上事就揉来揉去的，机关内部里面的部门与部门之间揉面团，同部门里下级对上级揉面团，职能部门对社会揉面团，总之门都的上上下下，里里外外，揉得是一团糟，这样下去，矛盾凸显不出来，问题是也理不清个头绪，事情处于谁都管谁都办，事实上是谁都不管谁都不办，致使有些人趁机浑水摸鱼，再这样下去，不仅仅是出几个腐败分子那么简单了，作为一级政府，会失信于民。所以，待会儿我要在常委会上提出一个今后的机关整风建议。推广你这种雷厉风行的工作作风，彻底抛弃动辄开个会议一议，议什么？国家是没有法律还是没有政策？还是管理者不懂法律和政策？懂，为什么不立马办？不懂，趁早滚蛋，门都不需要揉面的师傅。门都需要的是有社会责任的领导人才。”

柳云桐慷慨激昂地结束了他的讲话。

中午的常委会虽然是临时召集的，但常委们来得很齐，市委书记柳云桐、市长杨文学、市纪委书记刘铁威，市政法委书记汪波，市委组织部长冯铁奇，常务副市长翁中康，市委秘书长周云鹏。只有市委宣传部长邱枫同志去北京参加中央宣传工作会议赶不回来外，其他在家的常委都来了。冯铁奇同志本来在镇上蹲点基层换届选举工作，接到柳云桐的通知后，也风尘仆仆地赶回来。

常委会上，关于杨文学提议的免去门都市建委主任杜新及其相关责任人的意见，常委们很顺利地全票表决通过。杨文学来门都工作两年多，参加过无数次的常委会。以往开常委会，无论是议论市政建设问题，还是文教卫生问题，特别是涉及干部任免问题，总会有不同意见产生，反对者有之，赞同者有之，和稀泥者亦有之。即使是面对杨文学的免职意见，上一次常委会上，各常委们也是表什么态的都有。同样一个问题，上次提议召开常委会的人是杨文学，来参加会议的人员，心态可谓千奇百怪，大多数人都想看一看柳云桐和杨文学之间是如何斗法的。在上次常委会上，柳云桐没出手，也没动口，只是表明了一种愤懑的态度，拂袖而去。

今天的常委会议，风向转了，柳云桐的态度也来了个一百八十度的大转弯，全力支持杨文学。不仅如此，门都市的常委们，在柳云桐的挥手之下，完全表现得是步调一致。当初持反对意见的，这次投了赞成票，当初和稀泥的，这次也变得旗帜鲜明起来。杨文学不禁打了一个寒战。步调一致才能取得胜利。柳云桐这一手太极拳打得漂亮，绵里藏针，形柔气柔，形断气不断。这是在向我杨文学宣战，以其人之道还治其人之身呀。

柳云桐的风向刮得好，一面风。看杀卫玠，捧杀杨文学，这是让我杨文学鹅毛飞上天，利令智昏。

杨文学的沉思被柳云桐的话语声打断：“文学同志，各常委们都谈了看法，看看你还有什么要补充的？”

杨文学心里道：问我还有什么补充的？这分明是把我推到前台做总结性的发言。好，那我就给你来个借坡下驴。

“既然柳书记给我这个机会让我补充几句，那我也就不客气了，为了不耽误大家的时间，我只讲两个问题：第一，谢谢大家对我工作上的支持，和同志们搭班子干活这么久了，我最担心的就是和大家尿不到一个壶里去，所以，一直以来，我的工作压力都很大，原因是，我来门都，刚开始就一头扎在了工作上，与各位同仁沟通太少，这样一来，有人传说我有野心，好出风头。这顶帽子一扣，我没法不担心与班子成员之间产生矛盾，结果会不利于工作。如今好了，在柳书记的领导之下，班子成员之间的思想认识达到了高度统一，今后工作起来，我的压力全无，可以轻装上阵了。第二个问题，庄稼不长年年种，在统一的前提下，我的工作作风会一如既往。今后工作中再碰上类似杜新一样的人物，我也绝不会姑息，门都不是北京，所以我也不怕得罪人，见到腐败现象，我就要管，当然，今后我也会注意策略，加强与同志们的沟通。希望同志们继续支持我的工作。我的话讲完了。再次谢谢大家。”

杨文学话音一落，柳云桐带头鼓掌。其他几个常委也随着拍起了巴掌。从列位的面目表情上看得出来，他们一定是在想，这是在给一个政治痴儿鼓倒掌。政治上不成熟，盲目的激进派，不知天高地厚。

第五章

从柳云桐办公室出来。杨文学步行回市政府。一边步行一边思考问题是他的习惯。

上次常委会被人说成是杨文学对柳云桐的逼宫，话虽然不中听，但意思却说明白了。这次常委会，表面上看是柳云桐接受逼宫。柳云桐摆出一副谦虚退让的态度。这是表面的，他的退让，既不是高悬免战牌，更不是降书，而是脸上挂着微笑，手里拎着一把寒光闪闪，锋利无比的大刀。这分明是在说，杨文学，你小子别给脸不要脸，如果你胆敢蹬鼻子上脸，我就会让你没有好下场。

和柳云桐的关系，要掌握火候，火烧得太旺，这盘菜就烧煳了。柳云桐在门都的势力树大根深，一般人轻易无法撼动。今天，如果不是我杨文学，他早就出手了，在官场上，越是要退下来的人，心越骄，容不得半点侵犯他手中权力的事情发生。柳云桐之所以在常委会上亮了相，他是在暗示大家不要拼得鱼死网破，因为他非常顾忌关丽娜的存在。柳云桐心里很清楚，他所看到和听到关于关丽娜的问题，虽然是表面现象，但这一切已足够形成对他的威胁了，如果我杨文学真的做了关家的女婿，那他柳云桐张多大的网也没用。这就是柳云桐玩缩骨法的根本原因。

杨文学心里清楚，关丽娜此番门都之行的行为表现，故意做秀的成分很多。特别是去柳云桐家里吃饭，关丽娜在柳夫人面前，戏演得更加逼真。要知道，关丽娜如果真的是来门都谈婚论嫁，大可没必要故作姿态。这说明，关丽娜来门都，其中另有隐情。关丽娜的目的究竟是什么，她没说。杨文学也不能问，只能猜。关丽娜既不是玩政治的，她的职业和商业也挂不上钩。更不可能是工作上的事。她在名牌大学当老师，如果学校方面有什么事要办，她会直言不讳。北京名牌大学桃李满天下，打着校方的名义出面，没什么地方会不给面子，更何况，门都这鬼地方，既非经济大市，又非旅游胜地，根本不具备有人上门求你的资格。杨文学分析来分析去，关丽娜来门都，只有一种可能，明修栈道，暗度陈仓。为了明修栈道，关丽娜表面文章做足，然后她再利用自己的身份，释放着某种政治影响，表面上看，她是在抬高我杨文学的地位，实际上她也是在借我的手清除障碍，她为什么要这么做?

其目的不在我杨文学身上，而在另一个人身上，这个人关丽娜不想让我知道。但这个人要在门都办的事，下一步一定是我来办。

当然，这只是一种猜测，杨文学认为，这样去猜测关丽娜门都之行，会不会弄成以小人之心度君子之腹。关家在全国任何一个地方的影响力都是一样的，她真要帮什么人，没必要选择门都，更何况，她费力气先抬高一个市长的地位，然后再利用市长帮她达到某种目的，这不等于脱裤子放屁？与其说这么麻烦，不如干脆一步到位，去找省委严尚武同志，叫一声严叔叔，什么大事解决不了。

莫非，关丽娜要办的事，必须要在门都办？难道，她要办的事难于启齿？似乎这种猜测也不靠谱。首先，第一个疑问可能成立，她在门都遇到了问题，但第二个问题不成立。关丽娜在我杨文学面前没有什么难于启齿的事情，因为她并非我杨文学的什么人。至于社会上讹传杨文学是关家未来的女婿，关丽娜并没有承诺，自己也没有向她表白过爱情，在这个问题上，自作多情的人只有一个，那就是首长的夫人刘淑珍。

传言再多，终究是传言，都是在捕风捉影。杨文学想起了他走进关家圈子的历史……

那一年他从北京大学毕业后，被分配在国家某部委工作。在他这批毕业生中，杨文学的命运算是最好的了。他没托关系进了国家机关，用母亲的话说，这孩子打小托人算过，生辰八字里有先天造化。

工作在国家机关，除了有面子外，对于杨文学而言，似乎被禁锢在了一个规律性的圈子中，这个圈子既没有创新，当然也没有什么起伏坎坷的生活经历，而是生活在一种打发日子的状态中。在那段时间，杨文学自己没有闲着，他一边读书充实自己，一边利用同学关系往各大报刊杂志投稿件作品，经常发表点东西。这样，他不仅赚了点稿费解决了买烟的支出，同时也赚了小名气。就这样，他在国家机关里浪荡了几年。

不知是功夫不负苦心人，还是命运再次发酵出了先天的造化作用。总之，他这个农村娃一步登天，做了首长的秘书。从此，他飞黄腾达了，杨文学飞黄腾达后，其人生经历中最明显的改变，就是朋友多了，甚至有很多朋友从哪里冒出来，他自己都莫明其妙。不仅如此，给首长当秘书没两年，他的爱情幸运指数也上升起来。

杨文学适合当秘书。他在首长面前，表现得很内敛、心细，作为首长的贴身秘书，其实他要干的活没多少，他所干的工作都是首长个人的需要。机灵、心细是这份工作的首要素质。这两点素质对他而言，应该是天生的本事。

做首长的秘书，一段时间表现下来，首长夫人刘淑珍对他的评价是：这小伙子朴实憨厚。其实，在首长家里，夫人的地位是很高的。这皆因为，首长是忙国家大事的，而夫人是首长后花园的管家。首长每天的工作安排并不是秘书说了算，工作安排由办公厅负责，在执行首长日程问题上，杨文学的职责有点像闹钟，是首长的专用提示闹钟。杨文学又像个尾巴，整天跟在首长后面跑，作为首长秘书，一定要事无巨细地掌握首长的生活规律和习惯。只要抓住首长的生活规律和生活习惯，首长满意了，你这个做秘书的也就算是合格称职。在给首长做秘书的那段时间里，不仅首长对杨文学满意，首长夫人也更满意。

首长夫人是首长的生活伴侣，也是首长的生活秘书。因为首长回到家里，一切生活琐碎之事，都是由夫人打理。夫人刘淑珍与首长生活了几十年，她对首长的生活习惯和工作习惯可谓了如指掌。刘淑珍看中了杨文学，她有意要收杨文学做关家女婿。这样一来，她这个当长辈的开始偏心杨文学，她的偏心无形中支持了杨文学的工作。对于首长的喜怒哀乐、兴趣爱好，杨文学不用去试着把脉了。因为夫人刘淑珍会直接告诉他。杨文学头脑灵活，心眼好使，加上又有人在后面手把手地教他。很快，他在为首长服务过程中，几乎件件事都能做得恰到好处。

关家没儿子，只有关丽娜这么一个女儿。关丽娜是首长和夫人的掌上明珠。作为女儿，关丽娜一直很乖很听话，读书也努力，她不仅考上了大学，又读了研究生，还留校当了老师。关丽娜天生丽质，但她不喜欢出风头，也不喜欢社交，在北京干部子女圈子中，她几乎没有什么朋友，基本属于内向型女孩。由于首长的光环因素，很多人只要和她熟悉，都主动拉她参加一些社交活动，一般情况下，她都推掉，实在推不掉的，偶尔露一下面，也是低调地处理各方面关系。所以在刘淑珍眼里，关丽娜属于听话的孩子。可令刘淑珍没有想到的是，她把对杨文学的看法和打算一说出口，就遭到了关丽娜的强烈反对。关丽娜反对的理由是她对杨文学没感觉，认为杨文学这个人呆头呆脑的。关丽娜对杨文学的反应让刘淑珍很失望。当然，关丽娜的反应正常，这就是代沟，凡是外表性格文静的女孩，其内心并不一定与外表相同，关丽娜就是这样，她的内心世界渴望激情的成分居多，只是不喜欢或者是不善于表露。对于杨文学的评价，她嘴上不说但不代表心里没有一杆秤。

刘淑珍不理解娜娜的世界观和人生观。当然，刘淑珍的想法也正常。中国历史上，智者们创造了一种宗教，儒家思想。儒家思想一出娘胎，就注定了其思想适用人群，为长辈思想体系。对于儒家思想，真正应该把它称为“老子”思想，而非“儿子”思想。老子也为老人家，对老人家来讲，属于长辈。儒家思想永远为长辈思想，它能在历史中流传两千多年，那是因为一直有人用它来达到自己的目的。什么人用它？长辈，放大了讲，君子用它去教化臣子，所以叫君君臣臣，缩小了讲，父亲用它教育儿子，所以叫父父子子。今天的老子，是昨天另一个老子的儿子，今天的儿子又是明天另一个儿子的老子。使用儒家思想的人其年龄范围和生理范围是很固定的，基本都是老子在用，儿子不用，什么时候儿子变成老子时再用，儿子的儿子还是不用。可以说，代沟的创造者就是儒家。儒家思想走到今天，一直坚持着这种不变的原则。只是到了近代，儒家思想才开始接受本质上的冲击与挑战。这种挑战者来自于西方思想文化体系，准确地说是来自于西方现代思想文化体系。西方新思想对于两性文化，提出了性自由的哲学观点，自由恋爱挑战父母之命，媒妁之言。刘淑珍和关丽娜各自代表着一种婚姻世界观。刘淑珍讲经验，关丽娜讲感觉。杨文学则成了经验和感觉两块石头被夹扁了的那块肉。

刘淑珍的想法是大多数做老人的想法，谁不希望自己的女儿找一个事业上有前途，又能踏踏实实过日子的老公。杨文学又识抬举，又听话，模样长得也俊。给首长做秘书也算厅级干部，将来培养好了，关家岂不又出了一个首长。

刘淑珍既然打定了主意，那是不能改的，至于女儿的思想工作，将来有机会慢慢做，但杨文学的仕途工作可不能等将来。首长既然不反对这门亲事，刘淑珍背着首长，开始插手杨文学的仕途。她知道杨文学的履历中缺少的是基层工作经验。派杨文学下去锻炼不是问题，去哪锻炼才是学问。到经济大市去挂职，一是太显眼，更主要的是，把杨文学放到一个财源滚滚的地方去，别过两年杨文学再被纸醉金迷的生活给放倒了。去旅游胜地，刘淑珍想想也不行，虽然旅游经济很容易与旅游政治挂钩。在旅游胜地做官，攀附领导的机会多，但关家不需要这种优势，关家本身就是领导，用不着攀附其他人。既然旅游政治的优势没有利用价值，那旅游胜地也不能去，一是显眼，二是一旦干得不好，很容易被领导看在眼里。太穷的地方不能去，吃苦遭罪不说，还不出成绩，当然，关家不太需要政绩，只需要履历，但是，如果干出政绩，将来也好说话，最主要的问题还不是这些。如果能找一个相对政治经济平稳的地方，在干的过程当中从地方把正职解决了，何乐而不为。刘淑珍的想法得到了关家另一位秘书出身，现任A省省委副书记严尚武的响应。严尚武向老首长的夫人推荐了门都市。

对刘淑珍而言，门都是理想之地，其一是避其锋芒，其二是顺带扶正，其三，严尚武是A省常务副书记，做过首长秘书，属于自家人，将来有什么事交流起来很方便。把杨文学放到门都，相当于放到了自己的眼皮底下了，孙悟空永远也跳不出如来佛的掌心，政治风险、经济风险、生活作风问题三保险。在娜娜的问题上，今后听话了，事态会朝着好的方向发展，一旦有问题，你小子杨文学做出了对不起关家的事，或者说做出了有辱关家门风的事，那你就去死吧。严尚武同志在一次和夫人刘淑珍的通话中是这样说的："夫人，门都总体而言适合文学同志发展，只是门都的地方势力问题，在A省是出了名的，将来恐怕文学同志在工作中会受到掣肘。"

"尚武同志，在这方面，希望你能多给文学提个醒。不过，地方上的事比较乱，从另一面而言，也等于给我们文学创造了锻炼自己的机会，地方势力问题带有它的普遍性，中央一直以来都在着手解决这个问题。我的看法是，你和文学要把工作重点放到为地方多做一些实事的基础上，我相信你也好，文学也好，那些所谓的地方势力未必敢轻易去招惹你们，只要你们保持个人作风廉洁，站得正，走得正，干出了成绩，将来还是要回北京的嘛。”

一路上，杨文学想了很多。关丽娜无论抱着何种目的来门都，对我杨文学而言都是好事，再说了，娜娜这种女孩不会有什么龌龊想法的。夫人说得对，这些所谓的地方势力，轻易是没胆量出手的，所以，目前没必要理他们，一如既往地向前走才是最佳的选择。

不知不觉杨文学走到门都市政府大院门口了。对杨文学而言，今天最明显的变化是，市府大门口那两台流动执勤警车不见了。他心里想到，行啊，柳家父子，体现在表面上的东西改革得很快嘛。

杨文学走进市府大院，才发现市府办秘书处长韩超迎带着几个人正指挥着搬运工人在搬东西。见杨文学走进来，韩超迎走上前去，“杨市长，您回来了?”

“啊，中午开了个常委会，刚散会，韩处长，你这是搬什么?”

“杨市长，您不会忘了吧，今天晚上，您约了门都市的老干部开联谊会，这些人是礼仪公司派来布置会场的。”

“噢，你不提醒，我还真把这茬给忘了。韩处长，你约这些老同志几点钟?”

“五点，按照您的指示搞得浪漫一点，我按照老年人的习惯配了点快餐，大家边吃边聊，会场形式我按年轻人搞party的形式弄的，没办法，您交代搞浪漫点，我怎么也想不出还有什么其他方式可以给这些老年人创造一个浪漫的氛围。”

“你的想法对，只是要尽量考虑得全面一些，毕竟我们今天请来的是一个特殊群体嘛。”“放心吧杨市长，我会尽量往周全里做。另外，考虑到老干部的身体情况，我从120急救中心调了两台急救车，车已经到了，我让他们备勤在后楼，免得让这些老人看了有心理压力。”

“韩处长，这个办法好，看来你的组织能力很强。”

“杨市长，这是我的工作。”

“难得，现在像你这样的年轻人，很多都不太注重职业责任问题了。”

“杨市长，什么叫我这样的年轻人，你才比我大几岁呀?”

韩超迎一说到这个问题，杨文学的脸上出现了少许的红云。他不想接韩超迎的话，只好把话岔开说道：“韩处长，你先忙，我回办公室打一个重要电话，等老同志们到了后，我直接去礼堂。”

杨文学说着走进市政府大楼。在杨文学的择偶标准中，韩超迎这种类型的女孩才是他的青睐。大眼睛，圆脸，厚嘴唇，身材微胖，皮肤白嫩得一掐都能出水。不仅这些，她的样子从来都是温柔的，喜欢笑，但她的笑容不造作，走路总是喜欢低着头。

韩超迎是个好姑娘。但是她与杨文学的距离太远了……

按照安排，柳英今天晚上本应该代替柳云桐去门都市孤儿院，他要和那些孩子们共度八月十五中秋节。

柳英没去，他派司机去了孤儿院。给那些孩子们送去几十盒中秋月饼和葡萄水果物品，在社会责任方面，他也算做了点贡献。

柳云桐在儿子柳英的眼中变成了一个真正的老人，往日父亲那种让他引以为自豪的霸气、斗志，似乎荡然无存。一个堂堂的市委代书记玩起了什么无为的游戏。柳英认为，老子思想本为消极颓废哲学，而共产党的哲学是在斗争中产生的。虽然父亲的任期已经接近尾声，可对父亲而言，为什么不选择站好最后一班岗？难道他老人家不记得何为余威了吗？

现在可好，柳云桐在常委会上的表现，典型一个节节败退。这件事在常委会结束后，一下子便在门都的各级领导层传开了，而且是越传越神。竟然有人说，今天的常委会上，杨文学变成了实际的掌门人。整个会议期间，杨文学始终在唱主角，他指点江山激扬文字，其他一些常委只有随声附和的份，甚至有人说什么，本次常委会最后是杨文学同志做的总结性发言。当然，这还是好听的。更有甚者说什么，是杨文学同志最后做的指示性发言。这不是明着造反吗？

柳英不相信这一切是真的。如果这一切是事实，柳英不敢往下想了，他不敢假想父亲在常委会上是什么表情，他知道，如果这些传闻属实，那柳云桐一定会面临着一种最尴尬的场面，只是这一切没有传到柳英耳朵里罢了，怎么说传话者在学给柳英听时，也要顾及一些面子嘛。所以，每一个关心这件事的人，在说给柳英听时，一定是隐去了那最为耻辱的情节。

柳英坐不住了。这种情况用不了多久，柳云桐将会永远退出门都的政治舞台和经济舞台。失民心者失天下。柳英觉得，眼下的形势必须以进为退。平时他那些哥们儿，只要他一发话基本是招之即来。如今大家听说柳云桐常委会上败北，一些人开始打起了自己的小算盘。

当然，人们有这种想法也可以理解，毕竟柳英的势力范围就巴掌那么大，政治根基又浅，如果不是柳云桐罩着他，他也未必转得起来。更何况，柳英被人称为门都市的太子党老大，其老岳父杜新都被杨文学干掉了，他这个老大的老大柳云桐自己都是泥菩萨过河自身难保。这工夫谁往上靠，那可是典型的顶风作案，杨文学的枪口不好惹呀。看来，柳云桐这杆柳氏大旗，充其量是孙悟空和二郎神斗法时，变成那座庙而无处可藏的尾巴，情急之下立了个旗杆子罢了。

柳英打了十二个电话，只约到了四个人。还有两个人说了个活络话“争取赶过来”。

临时约人，可能不凑巧，柳英往好的方面想，尽量安慰自己，也没什么可生气的。今天晚上，最让他生气的还不是这些。是花都那帮王八蛋。起因是，柳英打电话给花都娱乐城的马经理，要订总统大套房。可他得到的答复是，总统套房已经被干爹订了，这不是成心找碴吗。

“你说什么？哪个干爹？”

“柳局，干爹的真实身份我们也不清楚。”

“神神秘秘的搞什么鬼，换间房给他。”

“这恐怕不行。”

“为什么？”

“干爹要求，只要他来或者他预订了包房，不允许外订。”

“够狂的。不过没关系，这套房间我今晚是一定要用的，待会儿那个什么干爹来了，你换一间给他，告诉他我占了这个房子。”

“柳局，这……这恐怕……”

马经理还在支支吾吾的工夫，柳英“啪”的一声撂了电话。

干爹今天来得早。他到花都时才晚上八点。干爹今天兴致很浓，可可那对让他朝思暮想的小脚很久没摸了。这一段，他被矛盾缠身，几乎把他弄得自顾不暇，耽误了他那份纯真的爱好。

还是上次那两个人，就是把我挡在总统套房门外的那两个人，站在通向总统套房门外的走廊上。

干爹走的还是那扇暗门，他笑吟吟地来到总统套房中的套房内。今天和往常不同，干爹没有看到可可坐在那里，坐在套房内的是一个与可可长得很相似的女孩，她见干爹走进来，忙站起身来笑着迎上去，用嗲嗲的声音说道：“干爹，您好。”

干爹一下子愣在那里，他疑惑地问道：“你是？”

“干爹，我叫曼妮，今天我来服侍您，好吗？”

“曼妮？可可呢？”

“干爹，可可病了，所以经理叫我代替她服侍您。”

“这倒没必要，我问你，可可得了什么病？”

“这……干爹，我也不清楚。”曼妮预言又止的样子。

凭干爹的老谋深算，他已经猜到了这里面一定有问题。而且，仅在一刹那间，干爹联想了很多问题。干爹这种年龄的人很容易神经质，老年人经验多，见的世面也多，按理说应该老成持重才对，但也正因为如此，有些老年人遇事，好用他的丰富阅历联想，往往一联想，事情就会变得复杂化了。干爹就属于这个类型的老人。

“曼妮？可可到底怎么了？你要说实话。”干爹面无表情，语气严厉。

“干爹，我……我也不知道怎么跟您说。”

“该怎么说就怎么说，你不用怕，有什么问题，干爹给你撑腰。”

“可是干爹，请您原谅我，我真的不知道可可怎么了。”

“曼妮，你这孩子真是不听话，让你说就说。”

“干爹，马经理不让我们对外说，他为这事还给我们开了会。”

“曼妮，别听他的，听干爹的，今天你把这件事跟我说明白，待会儿干爹把他叫来，当面告诉那个马经理，你从今往后是我的人了，今后你在花都和可可的待遇一样。”

“谢谢干爹。”

曼妮扶着干爹坐下来，她给干爹泡了一杯茶，然后斜着身子冲向干爹，把脚递给干爹，不过，她所做的这一切，觉得很别扭，脸上表情怯生生的。

好在，曼妮这双脚的美感程度不亚于可可，干爹的怒气总算平息了很多。他静静地摸着曼妮的脚，自娱自慰地享受了一会儿，然后开口说道：“曼妮，说吧。”

曼妮这才一五一十地把黑子打可可的前后经过叙述了一遍，当然，在叙述过程当中，曼妮又添油加醋地说婉儿如何坏，是她变相地害了可可等等。

听完这一切，干爹脸上没有任何表情，但他摸曼妮脚的手力加重了。

干爹端起曼妮给他泡的那杯茶，一口气喝干了。每次都是这样，只要他一摸到可可的脚，就觉得口干舌燥。

干爹把曼妮的脚放下，然后问道：“曼妮，可可住哪家医院？”

“干爹，这我还真不知道，不过您可以打她的手机问一问。”

“也好，你知道可可的手机号吗？”

“知道。”

“方便给我吗？”

“这没什么，我马上写给干爹。”

干爹把曼妮写好的电话，小心翼翼地折叠好，放到兜里，然后他按了一下呼叫铃。只听包房外面有人应答道：“干爹，有什么吩咐？”

“待会儿给这位曼妮小姐拿五万块钱，我们走。还有，告诉那个马经理，曼妮是我的人了。”

只听外面应答那个人干脆地回答道："是。"

干爹站起身来。曼妮扶了他一下，嘴里说道："干爹，我不能拿您的钱，如果你喜欢曼妮，我会尽心尽力服侍您的。"

"曼妮，你已经是我的人了，还谈什么喜不喜欢的，今后干爹每次来都会找你。"

"干爹，那可可回来您是不是就不找我了？"曼妮的口气有点撒娇。

"找，你们俩都要找。"干爹说着拍了拍曼妮的头，然后向暗门走过去，快出暗门时，他回头冲曼妮招了一下手。

望着干爹离开的背影，曼妮的心里喜不自胜，老东西，摸一会儿臭脚就给五万块，世界上竟然有如此好赚的钱？

门都市财政局住房基金管理中心主任孙家铭，自从听到关丽娜来门都的消息后，连日来一直坐卧不安。

孙家铭是一个有自知之明的人。他也算门都的太子党之一。其父孙殿启离休前是门都市委常委宣传部长。由于父一辈，子一辈的关系，他在门都市政治队伍中，自然而然地站到柳英一边。这种政治结盟，搁在从前，他可是从心里往外地得意。没承想，最近一段时间，他终于得意不起来了。杀出杨文学这匹黑马，搅乱了他的阵脚。站在他的角度看问题，门都的政治天平明显地倒向了杨文学一边，柳云桐处在了一种节节败退的地步。

虽然，孙家铭耳朵里能听到的东西，并非是高层的声音。所谓的高层指的是门都现任领导，也就是能出席门都市委常委会的一些人。但孙家铭相信自己的嗅觉，他认为，门都的政治风向变了，西风压倒了东风。杜新都被杨文学给干掉了，杜新是什么身份，门都市建委主任，柳云桐的亲家。而我孙家铭又是什么身份，自己的身份和杜新岂能相提并论呢？所以，杨文学想干掉我孙家铭，那还不是小菜一碟。

影响孙家铭思考政治问题的诱因还不止这些。而是门都市电视台。孙家铭细心留意过，近一个星期，门都市电视台的新闻节目时间，柳云桐的身影只出现了一次，还是出席门都计划生育工作会议，而且也只给了几个镜头。

杨文学则不同了，几乎是天天上新闻。这一喧宾夺主的现象，里面的文章可大了。要知道，新闻媒体的作用，就是用来刮风下雨的，说白了，媒体就是政治风向标，新闻媒体的声音喻示着先行的政治吹风作用。孙家铭料定这不是一种巧合。

孙家铭为什么要过分地关心这一切？很简单，他是一个整日靠吃喝嫖赌爬上来的领导，所有认识他的人，都认为这个人除了会吃喝嫖赌外，没什么真本事。孙殿启刚退下来那会儿，余荫尚存，他当时只是个科级干部，像他这个级别的干部，门都可安排的位子又多，日子也就相对好过些。

后来，孙家铭又混入柳英的圈子。由于他的命好，混入柳英的圈子没多久，正好市财政局空了个位子出来。柳英向柳云桐推荐了孙家铭。

柳云桐平时反对柳英插手组织问题。不过这次柳云桐破了个例。答应了柳英帮助孙家铭。柳云桐为什么开这个口子，柳英的作用固然重要。但是，柳云桐考虑得复杂了一点，他把人情卖给了孙殿启。柳云桐打给孙殿启的电话中如是说："老领导，近来身体可好哇?"

孙殿启退下来时间长了，对于柳云桐的电话，他还是很重视的，虽然谈不上什么受宠若惊。但是对被冷落了太久的他而言，柳云桐的问候也算是一种高级别的荣耀了。孙殿启在电话中声音有些激动地说："柳书记，您这么忙，还惦记着我的身子骨，谢谢了。"

"老领导，要说忙也是真话，工作起来就什么都顾不上了。连个节假日休息时间都难得。"

"柳书记，怎么忙还是要顾及身体，毕竟年龄不饶人。"

"老领导说得对，最近我也感觉到年龄不饶人了，每天一回家，就腰酸背痛，仗着老伴身子骨还行，每天都帮我捶捶。"

"所以，柳书记，工作是做不完的，当年我工作起来也是什么都顾不上，如今不行了，这人一老了，啥病都找上门。"

"要说也是，岁月催人老。所以，老领导，最近我也想歇歇，有些事交给年轻人去办吧，老领导说得没错，工作是做不完的。"

"柳书记，您离退休年龄应该还差几年吧?"

"差是差几年，不过我也到了为他们年轻人考虑的时候，党的工作规律就是这样，革命的薪火一代一代往下传。既然这样，我何不早点着手年轻人的培养问题。"

"柳书记，听您这意思，门都的班子是要充实新鲜血液了?"

"所以，打电话给老领导，想听听您的意见。"

"柳书记，瞧您说的，我退下来这么久，哪里还拿得出什么意见。"

"老领导，这我知道，市里的中层干部您都不是很熟，可能拿不出什么意见，但是，家铭这孩子如何，您老总得给我个意见吧?"

"柳书记，您的意思我懂了，涉及儿子问题，我能说什么呢？交给您柳书记帮助掌掌舵吧。不过，除了家铭的事外，我还没老到糊涂的程度，今后但凡是碰上我老朽能发挥余热的地方，我知道如何拿捏分寸。"

"老领导，谢谢您信得过我，家铭这孩子我是看着长大的，在您的教育下，我相信这孩子将来错不了。所以，今天和您通个气，赶明儿个遇上合适的时机，我会重点考虑给这孩子一个锻炼的机会。"

“柳书记，多谢了。”

自从孙家铭被提起来后，他和柳英的关系也算真正地走到了一起。本来他还想着，在柳云桐退下来之前，把自己扶正的事情解决了。就算是今后没机会再上升了，做个财政局长，也可以舒舒服服过一辈子。

不过，眼下对孙家铭而言，他亟待解决的还是杨文学到底能不能做门都市的老大。因为这其中涉及自己重新站队的问题。为此，孙家铭约了门都市《周易》研究会的会长刘福。

门都市《周易》研究会会长刘福。五十多岁，长着一张圆脸，白白胖胖的，显得很富态，脸上永远挂着可掬的笑容。这副不温不火的面容，加上稍微秃顶的亮脑门，一看就知道是玩《易》的主。

刘福原是门都电厂的工人。不知为什么，好像上天突然赐予他力量一样，半路出家悟起了《易经》，而且是无师自通。刘福能掐会算的水平是有了，但名气没有。这年头，没有人包装你，再有本事，想在事业上大展宏图都很难。但是会给人算命的人，自己的命也要好。刘福命好，原因是他偶然之间认识了孙家铭。

那一年，孙家铭正忍受仕途转折期的煎熬。柳英说他肯定能进一级，柳云桐也给孙殿启打电话暗示过。不过，这年头，到手的是钱，没到手的是纸。总之，孙家铭的调动任命书没下来就不算数。所以，撞上大师，孙家铭是一定要算一算的。人不自信，才会寻找支持。人人都不自信，那就人人相互之间寻求支持。

刘福算得准，当初他预测孙家铭五年之内会连升两级。这是什么概念，连升两级那可就是局级了。孙家铭当时半信半疑。不过当时他还是夸下海口，如果预测准确，他要给刘大师在门都友谊宾馆包几间房，并且会在门都上层帮刘大师打开市场。

君子一诺千金。孙家铭高升后，他第一件事就是兑现当初承诺。动用住房基金中心的钱，在友谊宾馆给刘福弄了五间长期包房。从此以后，他便不停地给刘福介绍生意。

孙家铭来到门都市友谊宾馆1215房刘福的办公室。

凭孙家铭和刘福的个人关系，孙家铭一进门便单刀直入地奔向主题。“刘大师，今天我来给杨文学问一卦，看看他能不能坐上门都的一把手？”

刘大师笑吟吟地招呼孙家铭坐下：“家铭，来，先坐下，不急不急。”

孙家铭坐下来后，刘福一边倒茶，一边说道：“是杨市长叫你来帮他问卦吗？”

“杨市长不会找我办这种事，是我想知道他能不能当上门都的老大，大师，门都现在政治关系很微妙，你可得指条明路给我，免得我站错队。”

孙家铭这样放心大胆和刘福议论杨文学，可见他们之间的关系非同一般。

“家铭，杨市长的事我也听说了一些，不瞒你说，这两天上门来找我的人很多，基本上关心的都是杨市长。我可是没露过任何口风。这种事，不是你来问我，我是不会说的，俗话说天机不可泄漏。再说了，作为易学研究者，碰上涉及政治问题的闲话，还是少掺和为上。”

“刘大师，我的身份和你不同，你可以不问政治，但是，我可是政治旋涡中的人，这节骨眼上，万一哪一步走偏了，我这一辈子的政治生命也就算交待了。”

“家铭，我算到了这两天你一定会来找我，所以，你没来之前，我也帮你测了一卦。”

“大师，你这一卦测得如何？”

“家铭，实话对你说了吧，门都的政治风云即将突变，柳门凶至，而你的选择，要近杨疏柳，方可自保。”

“大师，你的意思我听明白了，杨必上，柳必下，是这个意思吧？”

“不完全是，杨必上这是命数注定的，而柳则不同，柳不仅必下，这其中还挟着大凶。所以，柳的问题复杂了。”

孙家铭正准备刨根问底，他的手机响了，他看了一下来电显示，是门都市检察院副检察长兼反贪局局长吴泽安。吴泽安也是柳英的死党之一。他打电话给孙家铭，是通知他晚上柳英有饭局。

孙家铭接通电话后问道：“泽安，有什么指示？”

“拜一拜你这位财神爷。顺便通知你，晚上别安排事，英子那边有饭局。”

“饭局？在哪？”

“勺园酒店，吃完饭后去花都。”

吴泽安匆匆忙忙说完后，把电话挂了。孙家铭放下电话后心里犯起了嘀咕。柳英的饭局，就那么几个人，都是柳英的死党，这些人在这种政治气候下，去勺园酒店聚餐？要知道，勺园酒店就在市政府边上，可以说是在杨文学眼皮底下。这个时候把哥几个聚到杨文学眼皮子下面去？这不明摆着柳英在向杨文学示威吗？孙家铭面露难色地冲刘福问道：“大师，柳英约哥几个去勺园酒店，你说我去还是不去？去吧，一旦这事传到杨市长耳朵里，这摆明了是引火上身。不去吧，英子那边也会多想，谁都知道我是柳家的人，柳家这时候世风日下，我要是躲得太远，人家又会说我是政治小人。”

“去，为什么不去，你无故不参加聚会，柳英会很敏感。柳英的势力眼下只是处于弱势，所以，站队问题不要表现得太明显，要知道，一旦人家把你视为政治小人，将来杨文学也不会重用你。政治站队，要讲究艺术性，而不能讲鲜明性。”

“刘大师，这就难了，你是不知道，我们那帮子人，不到一起没事，一到一起就口无遮拦，特别是酒喝多了，说话更加没把门的。门都的政治问题这么敏感，到时候一定有人会借此议论纷纷，这万一要是捅出敏感性话题，那样麻烦可就大了。”

“家铭，我估计今天这种场合，不会出现你所想象中的那种情况发生，你想到了这一点，去聚会的人都想得到，所以，没人会先开这个口，特别是柳英，他更不会开这个口。首先，柳英好面子，像这种丢他们柳家脸的事，他是不会议论的，其次，杨文学把他岳父给办了，这事也办在了理上，杨文学的观点得到了包括柳云桐在内常委们的支持。可以说，杨文学此时不主动出击柳家，柳英不会主动挑战。他今天请你们去，无非是一种政治试探，这说明他很不自信。我要是他就不会这么做，他也不想想，杜新是柳家的核心人物，杨文学都敢出击，你们几个局外人，即使你们结盟，在杨文学眼中又能如何？所以，你大胆去。再说了，柳云桐在门都树大根深，一时半会儿没那么快就倒下的。”

“谢谢大师指点迷津，不过，如果我去了，按照大师的说法，那更好，哥几个务虚一下感情，可一旦真的出现不如意的情况，我该怎么办？”

“那就权当是酒话嘛。”

“你是说我要装醉？”

“不是假醉，而是真醉。”

“刘大师，我明白了，谢谢你。”

“家铭，和我还说这样话，咱俩之间谁跟谁，不分彼此嘛。”

告辞了刘福，孙家铭从友谊宾馆出来。他开着车在去勺园酒店的路上还在想着他应该如何打算。都说孙家铭是个酒色之徒，其实那是他的外表，至于他的内心，那你可得慢慢猜了。要知道，他和柳英的真正关系是不能和刘福讲的，更何况，这年头，求利是第一位的。所以，政治上一定要躲开是非之争。经济上还要保持所得，这才是高人所为。

柳英召集几个哥们儿吃顿饭，没别的意思。他只是政治试探。柳英打心底里不想和杨文学斗，但他却想杨文学死。他认为门都以往的太平世界到今天的动荡不安，一切都是让杨文学给闹的。门都以前的社会环境、干部队伍素质、工作作风，不管怎样，但怎么说也是一种成熟固有的模式，即便这样的模式是不好的，但每一个生存在这个模式中的人已经接受了，习惯了，他们对这种不好，即便是有毒的东西，已具备了很强的耐受性。习惯就是正确的，建筑工程质量问题，新修的路就要返工的问题，这算什么，几十年不都这么过来的，为什么到你杨文学这，非要搞什么撤职查办?!

今天吃饭的几个人有柳英、孙家铭、吴泽安、王部、陈宁。

吴泽安是最后一个到的，刚进包房还没坐下，便拱手抱拳对柳英和大家说：“对不起，让兄弟们久等了。”

柳英没说什么，他指了指身边的位置，对吴泽说道："泽安，坐这里。"

柳英、吴泽安、孙家铭，他们是一年出生的。柳英年长他们俩几个月。平时在公开场合，有个大哥样。而吴泽安和孙家铭两人之间，经常是没大没小互相打击，特别是在酒桌上，不是拼酒，就是抬杠。这会儿孙家铭又开始了："泽安，过个八月十五，也有人给你送礼呀？让兄弟们等了你一个小时，你也太不拿我们老大当回事了。"

吴泽安解释道："本来我应该第一个到，车都快到门口了，杨市长一个电话把我叫回院里，让我签字放个人，没办法，我只好跑回单位，把事处理完才赶过来。"

听到吴泽安这样说，门都军分区的王部在一旁不满地说了一句："泽安，你们的杨市长现在是管全面了，连犯罪分子都要他亲自过问了。"

对王部的牢骚话，柳英似乎没听到，他对孙家铭说道："家铭，去催一下让他们上菜。"

门都市啤酒厂厂长陈宁说道："我去吧。"说着陈宁站起来去叫服务员上菜。

柳英喝了一口茶，然后又说道："今天我们简单吃点，酒就不喝了，待会儿去花都再喝。"

孙家铭说道："英子，听说前几天花都出事了？"

柳英说道："不关我们的事。"

王部也附和着柳英说道："什么狗屁大事，不就是抓了个社会小痞子嘛，不值得一提。"

柳英不想顺着王部的话往下唠，因为他知道，再唠下去，一定会牵出一大堆为什么，追到底还不是肖丰派黑子去调查关丽娜，如此一来，还是涉及杨文学。对此，柳英说道："哥几个，听说花都最近新上了个项目，能让人玩得很开心。"

陈宁说道："我去玩过了，够刺激。"

孙家铭接着陈宁的话说："宁宁，给哥几个讲讲怎么个玩法，最近单位破事太多，我还真是很久没去花都了。"

王部还想说什么，这时服务小姐进来上菜。他把要说的话咽了回去。

柳英等人今天没点几个菜。因为不喝酒，所以，菜上来后，大家便动筷子开吃。

在座的每一个人，除了王部以外，都加着小心，生怕哪句话说错了，再犯个什么政治上自由主义的错误。要知道，现在的门都可是处于最微妙的时期。

正在这时，柳英接了一个电话，是花都打过来的，花都的马经理通知柳英，总统套已经给他订好了，干爹那边给他辞了。

放下电话后，柳英心里的满足感油然而生。不过，关于这个干爹，让他狐疑。什么时候冒出个干爹呢？他向哥几个问道："哥几个，最近花都经常出入一个叫干爹的人，据说还挺神秘，知道什么来头吗?”

对于柳英的问题，在座的还真没有人知道。这就怪了，门都的政界、商界乃至黑道上的，能称其为人物的，没听说有这个干爹，再说了，今天和柳英吃饭的人，在门都，都可谓是身手通天的人物，他们也不知道。柳英联想起几个神秘人物到花都抓黑子的事，至今也查不出是什么人所为。看来，最近在门都发生的一连串怪事，不仅仅是反映在政坛上，社会上也是偶有发生，既然如此，不入虎穴，焉得虎子。想到这，柳英说：“怎么样，吃差不多了我们走?”

其实大家哪有什么心思吃饭，纯粹是为了应付走过场，听柳英这样问，几个人马上随声附和着说要走，去花都看看那个新上的节目到底是什么。

几个人稀里哗啦站起身，正准备往外走，王部说话道：“勺园酒店最近谱大了，今天是八月十五，老子们坐了这么久，连个月饼都不送，这是不想混了。”

王部正在发牢骚，勺园酒店的经理项宏带着一个服务员走进来，她笑容可掬地说道：“哥哥们，今天过节，这一餐妹妹请客，另外，我给每位准备了两盒月饼，祝哥哥们节日愉快。”

王部刚刚还在发泄不满，这会儿一见到项宏来送月饼，马上就改变了态度：“行啊，我这妹妹不仅人长得越来越漂亮，话也说得越来越招人听了。”

“兵哥哥，你见到小妹要是不泡两句，心里痒吧？你看人家柳局，不管什么时候，都是一副君子模样。”

孙家铭也趁机开起了项宏的玩笑：“妹妹，听你这话的意思，除了我们老大是君子，我们都是小人喽?”

“那可是你说的，当然，泽安哥哥就不像你见了小妹就逗。”

“宏妹，家铭和这位兵哥哥不正经，英子，泽安像君子，你们饭店喝了我这么多年啤酒，看来是白喝了，好也没我份，坏也没我份，我陈宁不招妹妹待见呀。”

“去，就不理你。”

“宏宏，陈宁哪得罪你了?”柳英问道。

“对呀，该不会陈宁这小子对你心怀不轨吧?”王部用不怀好意的口气问道。

“这年头，什么事都有可能发生，知人知面不知心呀。”孙家铭也一边说风凉话。

“柳局，你管管他们，越说越不像话。陈厂长现在是生意做大了，为富不仁，最近把我的啤酒涨价了，挣黑钱也不分人，小妹的钱他也不放过。”

“宏宏，这么说，看来你是没被潜规则。”

“泽安哥，刚夸你是君子，弄了半天你和他们也是一路人呀。”

几个人边说边往外走，来到停车场，只见几个服务员手里提着月饼等在那里。临上车前，柳英说道：“宏宏，陈宁的啤酒我做主，给你个三折行了吧?”

项宏上前挽住柳英的胳膊，脸笑得像一朵花："陈大厂长，怎么样，我就说在价格问题上，会有人为我做主的。"

"哼，在你的婚姻问题上，也会有人为你做主的。"陈宁的话一落地，大家全都笑了起来。

门都的二代权力者和商界大鳄齐聚花都，这种情况并不多见。

孙家铭一到花都，对马经理说的第一句话是："把婉儿找来。"马经理应声去了。

一般情况下，只要是在公开场合，有孙家铭在场，里里外外的事则由他负责张罗，柳英不会轻易表态。马经理从总统房出来，一路走还在想，他是最讨厌接待这伙客人的，这些人脾气又大，又不讲理，事也多，亏着让去叫婉儿，否则还真麻烦。马经理不得不承认，婉儿在花都的作用，绝对可以当半个家。

婉儿来了。不知为什么，婉儿这两天的心情特别烦躁。这几天，我和娜娜在北京，婉儿每天至少要打五个以上的电话给我，每次都问我什么时候回门都，她几次提出要带我去国外，每当在电话中说到这方面的问题，她语气都是凄婉的，似乎有点安排后事的味道。

婉儿带了一大帮小妹，跟在她身后鱼贯而入，一进总统套房的门，婉儿便进入了职业状态，她先应付柳英，然后是吴泽安、王部、孙家铭、陈宁。说句实在话，其实婉儿也是很不容易的。凭着婉儿的长相和她的工作能力，怎么会干上这份工作，让人很费解。不过，每个女人似乎都或多或少有一段往事，婉儿的往事应该不尽如人意，否则，她的人生不应该成为夜生活的产物。

花都新上的节目确实好玩。新节目的游戏规则是这样的：客人和小姐双方玩骰子，不管谁输了，谁就得脱一件衣服。

柳英输了，他输得只剩下一条内裤，他不往下进行了，作为门都市公安局副局长，只剩下一条内裤遮羞，他当然要极力维护这最后的面子。柳英不往下玩了，小姐拿他也没办法。

孙家铭输了，他输得连内裤都没剩下。

婉儿和小姐们一哄而上，开始帮孙家铭置办行头，大家七手八脚替他打扮好后，柳英说："这要是有一个眼镜就好了。"

婉儿赶紧答道："有，有，有。"

婉儿不知什么时候溜出了总统套。她在一个空房间内又开始给我打电话。

"南南，你到底什么时候回来？"

"婉儿姐，我恐怕还要几天才能回去。"

"南南，门都要出事，而且我预感要出大事，你马上回来，我们商量一下走人的事。"

“哦？婉儿姐，门都有大事，和你有什么关系？”

“好了，我不多说了，等你回来咱们细唠。”

总统套的人又开始叫婉儿。

婉儿走进总统套房。吴泽安冲她问道：“婉儿，哥几个今天高兴，拿两瓶好酒来。”

“吴哥，要什么档次的？”

“要最好的。”孙家铭说道。

“洋酒有路易十三，葡萄酒有1949年的波尔多，孙哥要哪种？”

“两种都要，一样拿两瓶来。”陈宁在一边插话道。

婉儿应声去安排了。

路易十三在花都的价格是每瓶三万八，这还要看是哪一年的。1949年产的波尔多，每瓶至少也要三十万，即使你有钱，也不一定有机会消费，这种酒很难搞到的，可见花都的档次非同一般。

总统套房的费用，加上这四瓶酒，他们今天的消费超过百万。柳英的消费，他自己不会掏钱埋单，权力者会把这张单，绕来绕去绕进国家的账单中去。

第六章

邱创良几个人立功心切，对黑子的审讯不知上了什么手段。结果是搞得黑子竹筒倒豆子，把自己那点事交代得一清二楚。讯问笔录搞好后，邱创良给柳英打电话。

“柳局，我是邱创良。”邱创良看来真是兴奋过度，给局长打电话，竟忘了说报告两个字。

柳英听出了邱创良的话什么地方不对，但他为了尽快知道结果，也没挑剔邱创良的失礼问题，直接问道：“老邱，黑子的问题进展得怎么样？”

“全搞定，这小子开始硬挺，后来经过我反复做思想工作，他才竹筒倒豆子，该撂的全撂了。”

“哦？交代出什么有价值的东西吗？”

“有，这小子还有命案呢。”

“这样？”柳英迟疑了一下，接着又说道，“老邱，把人看好了，这事绝对不要对外声张，然后你带上材料来我办公室。”

“是，柳局。”

放下邱创良的电话，柳英坐在办公室开始不停地吸烟。他的头很痛，昨天那几瓶酒喝光后便开始痛，这会儿一听到邱创良在电话中说的情况，他的头更痛了。他预感到黑子的事，可能弄巧成拙了，人命关天，出了命案，黑子一案只能进，而不能退。要知道，命案是捂不住的。进，等于把黑子抛出去，那样一来，肖丰必受牵连。肖丰出事，他和什么人有交叉，会不会拔出萝卜带出泥，这一切很难预测。看来，只能是看过讯问笔录再说了。

柳英越想头越痛，他又想起了昨天晚上那几瓶酒。哥几个昨天喝完回去后，都相互之间打电话嚷着头痛，说这酒是假的。花都这么大场子，怎么能卖假酒呢？再说了，这几个人去玩，他们敢拿假酒？那花都的胆也太肥了。泽安一大早在电话中还在抱怨：“连我们去消费，喝的都是假酒，这说明花都一瓶真酒也没有。他妈的，英子，花都最近越来越狂妄，我看要加点压给他们，否则他们也不知道马王爷有几只眼。干脆叫上公安也敲他一家伙，来他个突然袭击，以打假名义查封花都。”

“泽安，这事你安排，我出面不妥，让辖区分局去。另外再叫上质检局的人，搞个联合行动。”

“好吧，我打电话给肖丰。还有，英子，昨天晚上花了多少钱?”

“这我哪知道，好像是家铭签的单。”

“妈的，家铭喝得迷迷糊糊的，估计花都没少宰我们。”

“那你就让肖丰整狠点，等他们找上门来再说嘛。”

“好吧，我会让花都这回多出点血。”

邱创良到了。他一进门立正举手敬礼：“报告柳局，这是黑子的笔录。”说着他双手递上一本卷宗放在柳英的办公桌上。

“坐吧，那里有茶，你自己沏上一杯。”柳英边说边翻着卷宗。对于黑子的笔录，柳英只是大概看了看，黑子的命案出在广州。他在门都这边也有案底，但只是一般的刑事案件。只是黑子这家伙交代了不少肖丰的经济问题。这样看，问题并不大，属于可进可退。柳英合上案卷，微笑着对邱创良说道：“老邱，这事干得好，这份功你算是拿在手里了。”

“多谢局长栽培。”

“哎，老邱，别一口一个局长地叫，显得很生疏，今后弟兄们之间相处，场面上你该怎么称呼不变，私下里叫我英子就行了，我圈子里的兄弟们都这样叫。”

“柳局，不，英子，拿我老邱当兄弟，我知道我有点高攀了，不过，柳局，不不，英子你放心，我老邱就为兄弟这句话，我这条命从今往后就是你的了，你指东，兄弟我绝不往西。”

“创良，我和你说过，不要把江湖那一套老是拿出来用，我们都是为党工作，这是起码的政治觉悟，否则你身上江湖气太重，将来坐上领导岗位，就你这江湖气会影响到形象。”

“英子，你批评得对。”

“创良，作为兄弟，我这是在为你的政治前途考虑，不是在批评你。当然，虽然我们都是为党工作，可我们也是凡人，凡人自然有凡人的游戏规则。所以，脾气禀性总有亲疏。朋友之间走得近，相互帮助提携也是应该的。在处理事情上能够做到心领神会就可以了，没必要把话挂在嘴上嘛。”

“英子，难怪兄弟比我年龄还小就能当局长，我以前认为，你是靠柳书记才被提起来的，今天和你这一聊，我懂了，你的政治水平和素质就是比我高，我老邱这方面差点，不过放心，我会很快学会的。”

“这就对了。创良，咱们现在说工作。”

“请局长指示。”

"我的意见是这样的，这份材料先放在我这，抽时间我再细看看。另外，我也要和广东那边的同行朋友侧面了解一下，把黑子交代的命案落下来。这些社会小混混，说话没真没假，所以，我也不能冒冒失失把这事情捅开，别回头忙活了半天，这小子说假话骗我们，那样我们会很被动。"

"局长想得全面，我按局长指示办。"

"还有，回去向你的弟兄们传个话，他们的功劳我会给的，但前提是我要把案子先落实了。"

"这我会办到。"

"还有，创良，黑子这几个人找个其他案由，填个票把他们先扔进去，弟兄们这几天也辛苦了，让他们休两天，但有一点，你们一定要严守组织纪律。"

"请柳局放心，任何人不会从我们哥几个嘴里掏走一句话，柳局，如果你没有什么指示，我先去安排工作?"

"也好。创良，从你们所里给每个兄弟先支三千元奖金，过后这笔钱我来处理。"

"谢谢局长。"

邱创良告辞后。柳英点了一支烟。不知为什么，他的头突然不疼了。柳英闭目养神吸完一支烟后，他拿起办公电话，给吴泽安打电话："泽安，下午抽空找个地方喝茶。"

肖丰上午接到吴泽安的电话。电话中吴泽安让他今晚去花都砸场子，还说什么是联合行动，质检局那边也有行动。放下电话后，肖丰还在想：让我去砸场子，花都是什么地方，你吴泽安这不是在拿我当枪使吗？有本事市局治安处、扫黄办为什么不去？你们这帮傻逼以为我不知道。昨天晚上在花都总统套间让人宰了一百多万，本来这事我刚开始以为是谣传，合着这事是真的。我去砸场子，不仅把你们的欠账砸回来，还能赚几个，到时候花都从上边一找关系，你柳英当面做好人，卖个人情给花都。人情你赚着，钱你也赚着，得罪人的事都让我去。这还不算，说不定哪一天，花都就会报复我。借我的手砸花都，然后再借花都的手报复我，这种一枪几眼的事也想得出来。行啊，柳英，让吴泽安给我打电话，他检察院是什么东西。有本事你柳英下个指令给我，我保证把这事办得让你满意。

肖丰觉得这件事的前前后后都布满了陷阱，吴泽安是柳英的死党，他打电话来让我出面去处理花都这件事，肯定是柳英的主意。对于这件事，不去也不好，不去等于得罪了柳英，去嘛又没啥便宜，万一在行动中再出点差池，那就更麻烦。怎么办？一定要想一个万全之策。既不能让柳英挑理，还不能避开这场惹麻烦事。肖丰陷入了沉思之中……

这几天，我一直住在亚运村，在写策划方案。我准备近期把方案交给娜娜。上一次门都之行，娜娜完成了务虚工作后，她现在要开口向杨文学要回报了。关于如何开口向杨文学要回报，我们商量的办法是，我拉上几个同学，一起去门都，以关丽娜学生的名义出场。这样，关丽娜就有理由开口了。

我陪娜娜过完八月十五，第二天离开北京回门都。

这天中午，我一下飞机，先给娜娜打电话报平安。然后准备去公司，这是事先的安排。但是，我突然想起来了可可。

我发了一条信息给可可，告诉她，我回门都了。我在机场等出租车的时候，她的电话进来了："南南，你现在在哪？"

我说："在机场。"

"我还没起床，你直接到家里。"可可说话的声音带着期盼。

肖丰经过冥思苦想，他终于想出了万全之策，喝酒。他给门都市城顺区公安分局常务副局长打电话："王局，节过得怎么样？"只听电话那边说："不怎么样，就吃了几块月饼。"

听王局这样说，肖丰又说道："正好，班子里哥几个很久没聚了，今天晚上我们去勺园酒店喝几口怎么样？"

"肖丰，你这一说，我还真来了酒瘾。定几点钟？"

"下了班我们就过去，我订包房，你负责通知其他哥几个。"

晚上六点，肖丰和分局几个副局长来到勺园酒店。他们来到事先预定的包房。大家刚坐下来，连茶还没来得及喝。分局政委方正就问道："肖局，今天就我们几个大男人呀？"

"那你还想请谁？"肖丰反问道。

方正说道："最近我新认识了两个美女，她们是检察院的，我试试看能不能把她们找来。"说着方正那边开始打电话。方正打电话的工夫，其他几个人也开始打电话。王副局长坐在肖丰身边，他扭头冲肖丰问道："肖局，我可以约法院的妹妹过来，要不要帮你约一个？"肖丰微笑着摇了摇头，然后冲大伙说道："哥几个，如果我约市府办公室秘书处韩处长过来，你们没意见吧？"在座的听肖丰这样说，都点头表示没意见。方正不仅点头，他还风趣地说道："肖局，行啊，手都插到杨市长枕头边了，行，看来你距离门都的权力巅峰越来越近了。"这时又有人说道："肖局，将来高升了，可千万别忘了拉哥几个一把。"

肖丰笑着说："我哪里有高升的命。不过，话又说回来，我真的要上去了，绝对忘不了哥几个，俗话说人熟为宝嘛，和哥几个搭班子这么久了，哥几个的工作能力我都看在眼里，这就是用人的基础。”说着肖丰拿出手机开始给韩超迎打电话。

其实，肖丰早就约好了韩超迎，要知道，今天这桌酒席实际上就是摆给韩超迎的。他知道，花都行动成败在此一举，约韩超迎，今天晚上所发生的一切事，无论发展方向是好是坏，最有身份的证人就是韩超迎，她可以把一切情况说给杨文学听。在肖丰心里，韩超迎的作用还不止这些。砸了花都的场子，这件事情背后的内幕肯定会传出去。出战之前，城顺区的几个班子成员都在，说明并不是我肖丰个人所为。吴泽安永远都不会承认是他打电话让人去砸场子的，柳英今天晚上肯定会关掉手机，而且肖丰断定了，这个时间，柳英一定待在家里，和做市委书记的父亲在一起。再说了，韩超迎是杨文学的大秘，花都日后真的要想报复，他们会掂掂分量，凭花都不敢轻易对杨文学出手。但花都也不会轻易咽下这口气。我肖丰和花都没冤没仇，不可能平白无故地去冲击花都。即使我这么做了，花都也会分析到是有人背后插手此事。但凭花都这种政治智商，他们更多会想到利益。从心里讲，他们也不愿接受此事系杨文学所为，更何况，杨文学干事明着来的脾气，在小小花都的问题上，他没必要回避任何嫌疑。

韩超迎曾经欠过肖丰一个人情，她为了同学张琦的工作问题，给肖丰打过电话。肖丰帮忙把事情办好后，韩超迎多次打电话要请肖丰吃个饭。一直没机会。今天，杨文学下到文昌县去调研工作，刚好她没事干。肖丰约她吃饭，韩超迎便答应了。韩超迎并在电话里说她要带上张琦，她这样做，一是要回避单独和肖丰在一起的机会，二是张琦在肖丰手下工作，这样近距离和局长接触一下，对张琦而言也是一个机会。

肖丰的电话拨通了：“韩大处长，还没出门吧，要不要我派车去接你?”

“肖局，你太客气了，我这边离勺园酒店就几步路，我现在手头有个文件，处理完马上就过去。”

今天这个场合，韩超迎是老大。她无论是论级别，还是论她是杨文学身边的人，所有人都对她恭敬有加。

韩超迎、张琦，还有检察院的两位女同志，城顺区法院的两名女同志，大家全都到齐后，晚饭开始了。

今天，韩超迎表现得无拘无束。她第一个端起酒杯，向大家敬酒。对于韩超迎的提议，在场的每个人都积极响应，这种态度充分印证了那句话，有多大的主子，自然会有多大的仆人。杨文学眼下在门都的势头，可谓如日中天。对此，作为杨文学的大秘，今后的仕途发展也是不言而喻的。更何况，肖丰等人都属于区县一级的干部，对于区县这个级别的领导而言，就是区委书记见到韩超迎，那也是要客客气气的。

韩超迎看出了这一切。等大家相互敬过两轮酒后。为了活跃场上的气氛，她又提议大家唱会儿歌。当然，她这样做，也是为了给从进门后始终拘谨的老同学张琦提供机会，今天在场的全都是分局领导，韩超迎知道张琦没法不紧张。好在今天是韩超迎带她来的，借助于韩超迎的势力，分局几位领导对张琦也很客气，特别是肖丰，还特意敬了张琦一杯酒，肖丰这样做的主要目的，是给韩超迎面子。

包房里响起了音乐，韩超迎站起身来对大家说道："我姐们儿舞跳得特别好。"然后她又冲方正说道："方政委，想不想和我姐们儿跳一曲？"

方正对于韩超迎的提议，哪敢说不行。他热情地冲韩超迎说道："韩处长，我的舞跳得不好，怕让你见笑。"

"这有什么，我们又不是专业玩舞蹈的出身，今天大家有缘聚在一起，干吗不玩得高兴一点。对吧，肖局？"韩超迎把话又转到肖丰身上。肖丰赶紧说道："韩处长说得对。"韩超迎接着肖丰的话说道："既然对，肖局有没有兴趣请我跳一曲呀？"韩超迎的表情显得很顽皮。

经韩超迎这样一煽动，酒桌上的气氛一下子活跃起来，大家有的跳舞，有的在唱歌，还有几个人坐在那里继续喝酒。检察院的两位女同志和王副局长拼上酒了。她们一会儿说什么下级跟上级喝一杯，等一下又说上级跟下级喝一杯。今天的酒喝得是热闹。大家没觉得过多久，时间到了晚上八点多。

肖丰认为，今天晚上的一切幸运都是韩超迎带给他的。从韩超迎进门那工夫起，肖丰就一直担心时间过得太慢，他知道，在韩超迎眼里自己没多大面子。今天韩超迎能来参加他招待的饭局，纯属于看在上次自己帮她办的那件事的面子上。如果韩超迎待会儿提出要走，他没有留住这位韩大处长的能力。所以，肖丰打起了张琦的主意。

和韩超迎跳完一曲后，第二支曲方正主动请韩超迎跳一曲。趁这工夫，肖丰也请张琦跳了一曲，肖丰不是为了跳舞，他主要想和张琦说话。随着舞曲的节拍，他拉着张琦转到了一处稍微僻静之处，只听肖丰对张琦说道："小张，今天局领导都在，你也知道，大家平时都很忙，也难得有这样的机会聚在一起，这对你来说是个机会，有这么个场合，韩处长又在，你要抓住机会和各位局领导沟通一下感情。你的问题，韩处长和我打过招呼，过段时间有机会，我想把你的工作再动一动，人往高处走嘛，你和韩处长是同学，她的成功意味着什么？我不说你也看出来了。所以，你要和韩处长商量，大家今天多坐一会儿，这对你有好处。"

"肖局，谢谢你，这些我懂。"

由于连吃带喝的作用，有些人开始往洗手间跑。张琦这个时候，也拉着韩超迎去了洗手间。在洗手间里，张琦见四周没人，对韩超迎说道："姐们儿，你今天不忙吧？”

“杨市长下乡去了，今天我难得空一天时间。”

“我们局头今天全都在，我想你要是不忙，咱们就多坐一会儿。”

“我今天来就是为了你。”

“姐们儿，多谢。”

“说什么呢？不是为了你，谁能有这么大面子雇我大处长帮她公关，记着我这份情，找机会你可要报答我。”

“改天请你吃饭。”

“没那么简单吧？”韩超迎说完这句话后，会意地一笑。张琦被她笑得脸都红了。

韩超迎和张琦刚出洗手间的门。没承想在走廊的过道里碰上了吴泽安。吴泽安见到韩超迎，主动和她打招呼：“韩处长，你什么时候来的？”

“吴检啊，我来了有一会儿。”韩超迎笑着答道。

“有朋友？”吴泽安明知故问。

“有几个朋友，都是城顺分局的。”韩超迎答道。

“好，韩处长，祝你玩得开心，赶明儿找个时间请你坐一坐。”

“好吧，我们再约。”

和吴泽安分开后，走在韩超迎身边的张琦说道：“姐们儿，你真有面子，我要像你这样风光多好。”张琦说这句话时，脸上洋溢着羡慕无比的表情。

“你可以努力嘛。”韩超迎的语气中透着挑逗。

肖丰和韩超迎在一起？吴泽安的心里起了狐疑。他正在纳闷他们怎么搅在一起了？这时，他的手机响了。是市质检局项处长的电话，他问吴泽安：“泽安，肖丰那边动了吗？”

吴泽安明明知道肖丰在勺园酒店喝酒，但他却在电话中答道：“动了吧？我想这会儿他们已经出发了。”

“好吧，这边我也安排他们出发。”说着项处长放了电话。

今天，质检局的三个人在花都吃了个大亏。本来说好的是联合行动，谁承想，公安这边没动，质检局的人单枪匹马打到花都门上去了。质检局的人到了之后，亮出了搜查证。见到质检局的人来了，有人赶紧去找马经理。听到服务员说质检局的人来了，马经理刚开始以为质检局的人是来玩的，他对服务员不耐烦地说道：“来就来嘛，找我干什么？找婉儿去。”

“马经理，婉儿不在。”

“不在？她去哪里了？”

“这我们也不知道。”

“那就去找小米。”

“可是，马经理，质检局的人不是来消费的。”

“啰里巴嗦，你妈的有脑病啊？一次性说完，他们不是来玩的，那他们要干什么？”

“检查。”

“检查？大半夜他们疯了吗？检查什么？”

“不知道。”

“没用的东西，走。”

说着，马经理在服务员的带领下，来到花都前庭。他满脸堆笑地冲着质检局的人说道：“欢迎来花都，请问有什么指教？”

质检局的人先向马经理亮了一下证件，然后说道：“有人举报你们销售假酒，我们奉命来搜查，请你配合。”

“不会吧，我们花都开业这么久了，从来也没有卖过假酒，是不是有人陷害我们？这样吧，几位领导，请你们先到我办公室坐一下，有话我们慢慢聊。”

“不用了，你只要配合我们执法，今天，我们要把你们的酒全部封存带回局里化验。”

“领导同志，有事好商量嘛，你把酒全部带走，我们怎么营业呢？”

“那是你的事，我们只管执行公务。”

“要不这样好不好，你们抽检，我每样酒给你们拿几瓶，我保证花都的酒都是真货，算兄弟送给几位的。”

“这不行，我们必须全部带走。”

“可我怎么营业呢？”

“我说了，那是你的事。”

“领导，你不觉得这样做是在干扰企业正常经营吗？”

“我们是在执行公务。”

“可我们花都是守法经营的企业。”

“好，如果你不识抬举，那我们要强制执行公务。”

“几位，我劝你们要识时务，这里是花都，你要对你的行为负责。”

“你是什么东西，敢威胁执法人员，请让开。”

说着，三个质检局的人就要往楼上冲。这时，马经理见质检局的人如此不给面子，他也急了，心想，质检局又不是公安局，牛逼什么，马经理一挥手，几个保安不知道从什么地方窜了出来，只听马经理说：“这几个人冒充检查人员，企图敲诈，把他们赶出去。”

几个保安人员，不管三七二十一，冲上来二话没说就开始拳打脚踢，这些人把质检局的人打翻在地后，拖着扔到花都大门外。

马经理站在那里看了一会儿，自负地笑了一下，转身朝楼上走去。几个被保安打伤的质检局人员，慌乱中爬起来就跑，边跑边打110报警。报过警后，他们又给项处长打电话。项处长在电话中听到这次他私自安排的突检任务搞成这样，他是又怕又气，怕的是，这次行动，他没有报上级批准。气的是，吴泽安明明说是与公安联合执法行动，公安局的人在哪呢？项处长气疯了，他感到自己被人耍了。他本想给吴泽安打电话，大骂他一顿，可转眼一想，这样解决不了问题。他想到，既然你吴泽安玩阴的，那我也玩阴的，你们他妈的都是为了利益，利用我给你们当枪使，那我就把事搞大。想到这，项处长给省电视台的一个亲戚打了个电话。令谁也没有想到的是，电视台这一插手，差一点把事情搞到没法收场的地步。

这边城顺区公安分局的人还在勺园酒店喝酒，那边110指挥中心来电话说花都有人集体抗法，殴打质检监察人员。让他们马上出警。接到分局值班人员的电话，肖丰下了指示：城顺分局刑警、特警人员，全部出动，封锁花都，见人就抓。

肖丰命令一出，城顺分局在家值班备勤人员，还有各派出所值班人员，以及从家赶来的刑警、特警人员很快集合后出发了。肖丰这边脸上带着歉意对韩超迎说道：“韩处长，对不起，今天没让你玩尽兴。”

“哎，肖局，你我都是公务人员，我能理解，这样吧，我们杯中酒。”在韩超迎的提议下，大家喝干了杯中酒。然后，开始一一握手告辞。在与城顺分局几个领导握手时，韩超迎没忘了说：“我姐们儿拜托你关照。”张琦今天很开心，特别是在其他几位检察院和法院的女同志面前，韩超迎给她带来了荣耀。

花都遭到了开业以来第一次洗劫。花都老板如是说。由于部分小姐回家过节还没有返回来，即使这种情况下，被抓的小姐也有二百一十三人，客人抓走了将近七十人，因为质检局行动的时间早了点，客流高峰期还没有到。作为花都的服务人员，小妹和小弟，在包房里做工的抓走了，其他的没抓。

花都行动惊动了广东的大老板。他开始给相关保护伞打电话。不知为什么，他能得到的答复全是：等等，等事态降温后再说。这样的答复，让广东大老板非常气愤，他摔碎了电话。心里想，这叫什么玩意儿，收保护费时为什么不能等。保护费顾名思义是干什么的，难道这些人忘了吗？

没忘，收保护费的人其实心里也急。毕竟，船翻了大家死。这一古训谁都懂。但是，另一句古训大家也懂，那就是来者不善，善者不来。当然，中国历史上产生最多的就是古训。广东大老板的古训是什么。鱼死网破，他不管了。不是等放凉了再说吗？好，放吧，看看花都之事什么时候能放凉？如何放凉？二百多个小姐，光是组织卖淫嫖娼这一件事，就得有多少个人头落地了。何况，这其中牵涉到毒品交易，黑社会性质的犯罪，等等。这种事也是能放凉的吗？

眼下唯一的办法是首先要按住电视台。如果省电视台一曝光，必然会惊动省委领导，甚至是北京领导。社会上也会造成重大的舆论影响。这样一来，那可真就变成鱼死网破了。所以，又是皇上不急太监急。因为商人死得起，政客死不起。商人在政治家面前，前者是光脚的，后者是穿鞋的。历史上从来都是光脚的不怕穿鞋的。要知道，在利益分配比例上，商人拿大头，保护伞拿零头。商人面对保护伞，从来都不承认自己挣得多，喜欢哭穷。话虽这么说，账却不是这样算的。多劳多得劳动价值观在这是反的，保护伞帮商人赚了钱，拿小头不说，出了事还要比商人着急。

保护伞之间开始打电话："老张啊，花都问题，任其事态发展下去，对谁而言都不利。"

"这我何尝不知道，问题是，这件事的幕后指使者是谁，我要调查，知己知彼，方能必胜嘛。"

"老张同志，我认为眼下不要书生气太浓，而要当机立断，先把媒体按住再说，其他问题都是门都内部事务，怎么都好说嘛。"

"媒体那边是质检局姓项的一个处长捣的鬼，我已经和他们领导打过招呼了，我现在担心的是门都这边，听说肖丰那小子砸场子之前，一直在和杨文学的大秘韩处长喝酒。所以，我怕姓杨的在背后支持这件事，那样一来，问题可就棘手了。"

"老张，你说省媒体是姓项的处长搞的鬼？他为什么这么做？"

"这一点我查过了，质检局这次行动是他指示的，出了问题他怕担责任，所以给他的一个省台的亲属打电话，目的只是为了报复花都。"

"老张，这么说，本次行动，绝不是杨文学所为。纯属突发事件，十有八九是什么人为了泄私愤。"

"如果是这样那问题就不大了。"

"老张，杨那边没有什么动静吧？"

"没有，他好像都不知道花都这回事。"

"噢，这样的话，那我们行动要快，争取今天就把这件事给化解了。还有广东那边放话来了，他们出三千万平息这件事。今天就会把钱拿过来，你和有关方面通个气，这个时候不能搞分裂，要精诚团结。"

"这我懂了。"

肖丰这边忙开了锅，他组织人先把被抓来的人分流到每个辖区派出所，连夜突击审查。安排完这一切后，他坐在办公室里，自娱自乐地喝起茶来，此时的肖丰喝得那叫津津有味。

办公电话响了，肖丰接起电话，听到了柳英的声音："肖兄，怎么搞的？突然想起来袭击花都？"

"柳局，这事你不知道？"

"我知道什么？"

"哎，这就怪了，是吴泽安打电话给我，让我去砸了花都的场子呀。"

"泽安？他起什么幺蛾子，这不存心捣乱吗？"

"柳局，我以为这事是您指示的呢？"

"肖兄，我有指示，会让他告诉你吗？"

"不过，柳局，这事虽然是泽安吩咐下来的，但我们局里行动，可是按着市局110指挥中心的意思办的。"

"肖局，事已至此，没必要追究了，现在上边有人很不高兴，我的意见是先把抓来的人放了，这件事要冷处理。"

"柳局，恐怕不好办，这事惊动了省电视台，另外又牵扯到市质检局的同志被暴力抗法，已经构成刑事犯罪了，这样草率放人，我可担当不起责任。"

"肖兄，我相信这件事你会有办法的。""柳局，按说您的指示，我坚决执行，但这次各派出所的笔录都形成了。"

"肖兄，大家都是吃这碗饭的，业务方面的理由我想就不必说了，这件事，其实也不关我个人什么利益，花都这地方开这么久了，狂妄得厉害，敲它一下未尝不可，但一个小小的花都能如此狂妄，自然是背后有人罩着，为官者要以仕途为重，总不能因小失大。至于你说的什么笔录问题，我想这事好解决，待会儿我派人送点东西给你。看了后便知道了，作为同志之间，我柳英从来都是帮朋友的。"说完，柳英放下了电话。

肖丰放下电话后心里还在想。妈的，狗杂种，和我玩这一手，你以为我肖丰是干什么的，你让吴泽安暗示我，我就得去，砸了场子你一个电话让我放人我就放人，凭什么？不知道我肖丰是在为党工作吗？

凌晨一点半，肖丰还继续喝着茶。这时只听有人敲门。肖丰心里想，这么快笔录就出来了？

他喊道："进来。"

进来的人是柳英的司机，"肖局，柳局让我把这个交给您。"

"这是什么？"

"我不知道，柳局说您看了就知道了。"说着，柳英的司机递给肖丰一个档案袋。

"坐吧。"肖丰接过档案袋后说道。

“不了，我还要去办事，肖局如果没有什么指示，我先回去了。”

“也好，你慢走。”

肖丰打开档案袋时，先掉出来一张卡。他拿着卡翻来覆去看了看，会意地笑了。接着，他又拿出档案袋的一沓纸，他看到是讯问笔录专用信纸，被讯问人黑子，讯问人被涂掉了。肖丰看着看着，他大脑一片空白……

肖丰在夜里三点钟，开始给派出所打电话。他在电话中，只说两个字：“放人。”

花都折腾了一夜，一切总算平息了。小姐们被放出来后，都跑得不知去向。今天花都没被抓走的只有两个人，可可和婉儿。这两个女人，一个中午和我在一起，就是可可。我下飞机后，在可可那里待到下午两点，干爹一个电话把她调走了。可可走之前，对我说让我留在家里等她，因为我的心里还惦记着另一个女人。所以，我借故推掉了留在她家里的请求。

从可可家里出来，我给婉儿打电话：“婉儿姐，我是南南。”

“宝贝，你在哪？”

“我还能在哪，刚到门都。”

“宝贝，快，到家里来。”

晚上九点，婉儿接了一个电话，有人在电话中告诉她花都出事了。放下电话，婉儿的表现并未惊慌。她不慌不忙地把手机电池卸下来，又拿出电话卡。她做完这一切后，才对我笑着说道：“南南，花都出事了，所有的小姐都被抓走了。”

“为什么？花都的后台不是很硬吗？”

“南南，你还小，有些事你不懂的，这个世界上，最靠不住的就是后台。”

“可每个人，无论你从事什么产业，都要依靠后台呀。”

“你错了。”

“所谓后台，指的就是背后的力量，这种力量是见不了光的。这种黑暗的力量图的是利益，任何一个行业，良性发展的时候，权力有利可图。当你遇到坎坷时，权力第一个失去的就是利益，利益不存在了，权力保护你的价值也就没有了。如果你的坎坷牵扯到权力，对它构成威胁，权力会捞你出来，权力者之所以会捞你出来，实际上等于在捞他们自己。如果你威胁不到它，它便会抛弃你，去保护另一个利益。”

“婉儿姐，你好像把社会上人与人之间的关系看透了？”

“我不是看透了，而是看得太多了，姐姐以前也是做小姐出身的，后来又做妈咪，客人的嘴脸什么样，我太清楚了。今天是张老板请某个领导，大家称兄道弟，明天张老板公司破产，或者让人抓起来了，就立马会换一个李老板请某个领导，大家仍然称兄道弟，这就是人性的规律。”

“所以说人间正道是沧桑。”

“对，凡是利益交易，就不会有情义。”

“婉儿姐，我和你有情义吗？”

“有。”

“难道我和你不是利益交易？”

“你是，可我不是。”

“为什么这么说？”

“南南，我真的说不清，你的一切好像我都喜欢，南南，你喜欢姐姐吗？”

“喜欢。”

“喜欢我什么？是钱还是我这个人？”

“让我说实话？”

“当然。”

“我喜欢你这个人，你的钱对我来说没兴趣，何况你能有几个钱，其实，你可能不了解我，我李诗南什么都不差，除了差你所说的那种靠不住的权力，我自认为其他方面这个世界上不会有很多男人比我优秀。但是，对于你这个人，从我的角度而言，你是最优秀的那种女人，所以我喜欢你，但是，喜欢和爱还是不同。”

“哪里不同？”

“在我看来你好像没情感，只有情义，你的人生观不仅消极，而且太现实。”

婉儿听完我的话后，沉默了一会儿，她对我说道：“南南，姐姐讲个故事给你听，听完了你再下结论，好吗？”

她泡了两杯热茶端过来放在茶几上，然后她坐在我的对面，开始给我讲她的故事。

“南南，婉儿的事没对这个世界上的任何人说过，你是第一个。我的真名叫颜芳，1978年出生，我的生父在1983年，也就是严打那一年被判了死刑，那一年我刚好五岁。说出来不怕你笑话，我的父母都是社会上混的，那个年代人称他们这种人为流氓无产者。父亲不在了，母亲带着我，她仍然混在社会上，和父亲一起判刑的那伙人，有几个人当初没被判死刑，他们在监狱里待了几年，陆陆续续都出来了。当初父亲临死之前，托他的一个铁哥们儿照顾我妈和我。这个人出来后，找到我妈，当时我还小，不知什么原因，他和我妈搞在一起了。当年，他对我也挺照顾。我对他印象也挺好。毕竟，我家住的那个地方，属于大杂院。什么乱七八糟的人都有，像我这种家庭，父亲被枪毙了，人家都瞧不起，所以，我小时候也经常被人欺负。有了这个后爹，是坐过牢后出来的，可以说人人见了都怕三分。我那时候并不懂得社会上的事，但我懂得，自从这个男人住到我家后，没人敢欺负我了。小孩嘛，别人不欺负我，我开始仗势欺人，总是打那些邻居家的孩子，我那时候个子比一般同龄人长得高，加上可能是父母传给我的基因中，有野性的成分，在学校我也成了出名的坏孩子，经常和人打架逃学。这样没几年，我便被学校开除了。

“我被学校开除后，便开始混社会。这期间，我妈和那个男人染上了毒品，他们每天都吸毒，我回家也没人给我做饭吃。没办法，我开始在外面住，变成了有家不归的野人。一个女孩子住在外面，更谈不上学好了。我被那些男人给睡了，从此，女人的遮羞布被揭开，我变得更坏。”

婉儿讲到这，她喝了一口茶，然后对我说：“是不是我的故事很没意思?”

我说：“有意思的故事是作家编出来的，生活里的故事，往往都是平淡中充满着艰辛，婉儿姐，你讲吧，我爱听。”

婉儿笑了笑，她用手在我的脸上掐了掐，又开始讲她的人生经历：“南南，其实那几年，北方人的日子过得很穷，混也混不出什么钱，像我这样的人，又没文化，与其说在社会上一天瞎混，那还真不如去南方当坐台小姐。为此，我便有想法去南方。说来也巧，从前，我们一起混的一个女孩，她回家乡找到了我，说要带我去北京，她说北京赚的钱比南方多。当时我连想都没想，就跟着她去了北京。

“到了北京，我才发现，世界原来是这样子的，人与人相比，我们过的是什么生活，人家又过的什么生活，简直是天地之差。北京一套房子好几百万，吃一顿饭几千、几万。这种生活别说我过不过得上，我连听都没听过。

“我去北京那一年，还不到二十岁。作为女人，我的发育很好，该大的地方大，该小的地方小，这可能和我过早地接触性有关系。到北京后，我的姐们儿先带我玩了几天，她在北京待的时间长，认识的人也多。她是干小姐的，每天都有人打电话请她吃饭。有一天，她带我去吃饭。今天我才知道，干小姐的一般都这样，每当老家来新人，都要在朋友圈子里推销一下，新入行的，听上去可能显得纯洁干净一些，其实这都是人的心理在作怪，但人为了安慰自己，人人都喜欢这么做。

“我那个女朋友认为她是在帮一个男人的忙，其实，她反而是帮了我，那天请我们吃饭的男人是一个做金融投资的老板。他一眼便看中了我。为了包养我，他给我那个女朋友拿了五万元的介绍费。我女朋友开始做我的工作。我本来到北京就是准备当小姐的，现在碰上这么好的事，我没理由不干。我女朋友开始教我如何装纯。我根本没必要装纯，本来我就纯，头脑简单，没见过世面，除了有点野性之外，没别的。

“那个男人对我特别好，他花钱让我去上学，在北京给我买房子，让我去学开车，去学打高尔夫，大有长期纳妾的打算。可以说，那几年在北京，我不仅过得是上流人的日子，也见了大世面。如果不是他后来出事了，可能至今我还在他身边。我对他，不是爱，但也是爱，那种爱掺杂着一种对父亲的依赖，因为我的父亲留给我儿时的记忆，是那么的遥远模糊……”

婉儿讲到这她流泪了，我把茶几上的纸巾递了一张给她。她接过纸巾，擦了擦眼泪，然后又说道：“虽然我给那个男人做小，也是心甘情愿的。后来他公司出事，人家开始调查他，我便把他带到我的家乡，租了个房子，我们又在一起过了一年的逃亡生活。那一段时光是我最幸福的，他那个时候已经没有钱了，但我依然待在他身边。这一年多里，我们靠卖东西活着。说实话，和他在北京几年时间，过惯了享受的日子。逃难那段时间，日子过得并不好，可那时，我们俩都觉得是我们认识以来，最快乐的一段时光。

“后来，我们还是被抓了，就在我们被抓的前一天晚上，他突然跟我说，存了一笔款给我，存折放在了什么地方等等，他可能有预感自己要出事，所以，那一晚我俩都没睡，他上了我几次，也和我讲了很多，他说在他最困难的时候，我经受住了考验。他感谢我，他甚至无数次重复说他爱我，说本来再给点时间，他便可以带我去国外的，他的老婆和女儿去了国外，可他后悔没给她们留下多少钱，原因是他认为一切都来得及，但事情突然出现变故等等。总之，我们说话说到天亮。

“天亮了，公安局来人把我们带走了。他判的是死刑，我因为包庇罪被判了三年。当时审案的人追查赃款，他们说如果交出赃款，便可以判他死缓。对这话我信以为真，我不想要他给我留下的那笔钱，在我很小的时候，我的父亲就判了死刑，我知道作为死刑犯的家属意味着什么，我真的不想让一个既给我爱情，又给我父爱的人因为钱的问题被判死刑，我要让他活着，他如果被判死缓，我会等他。所以，我向办案人员交代了那笔钱的下落。

“我的决定是错误的。因为他最终还是被判了死刑。由于我坦白从宽，在二审时我被改判为一年有期徒刑。面对这个结果，当时我气疯了，他们为什么骗我？我的行为等于出卖了他。我在法庭上又哭又闹，我真的没有拿他立功的想法，我在看守所押了一年，什么不懂，我怎么可能为了减去二年徒刑而放弃两千万的存款，要知道，他自始至终没有承认这笔存款，他挺过了艰难期。我知道他会挺到最后去面对死亡。

“我出看守所时，他还没有被执行死刑。我出来后三次去接见他，可他不见我，一直到死，他都没有原谅我。他走的那天，我从看守所一直跟到法场。这一路我都在哭，我大声喊着对他说，我一定会挣到二千万还给他的女儿。我做到了，我拼命去做小姐，出台，我泯灭人性地当妈咪，我逼着小姐去卖淫，贩毒我也干，一句话，那段时间，我满脑子想的都是钱。当我挣到这笔钱去国外交给他女儿时，他的女儿给我看了一封信，那是他临执刑前写给他家人的信，那里边提到了我，他甚至给他弟弟的信中，还让他弟弟照顾我……”

我说：“人将死，其言也善。婉儿姐，你很有情有义。”

“南南，刚开始，我也是这么认为的，但我现在不这么想了。”

“为什么?”

“不知道，我只是觉得，人要先有自我，可我活了三十多岁了，从来不知道自我是什么?”

“你认为自我应该是什么?”

“反正不是自私。”

婉儿的话让我们陷入了沉思……

柳英利用黑子的供词，恐吓了肖丰，花都被抓的人都放了。质检局的那三个被打的家伙，每个人包括项处长在内，在得到了满意的补偿后，也放弃了起诉。钱的万能作用再一次得到了体现。

广东大老板不满意了，平白无故出了三千万，这分明是敲竹杠。在他的人生哲学中认为，只要是花钱的交易，就没有正义可言。花都突然被袭击，一定是有人搞鬼。而且，他断定是内部人所为。是花都保护伞故意刁难他。贪得无厌，每个月都有份子拿，还不满足。好吧，既然不守规矩，那就对不起了。他要把别人给他摆的道再摆回去。

正待他想招这工夫，有人替他报了此仇。谁？性欲望。在人生的所有欲望中，色欲对男人而言，往往会出大麻烦。不知什么人，把花都的问题，捅到了柳云桐那里。不知为什么，本来已经说好了近期不管闲事的柳云桐，却管起了花都的事。

柳云桐在一份关于黑社会操纵娱乐业的情况反映材料上签了字：请文学、汪波二同志阅，并处。

材料由市委办转到市府办。韩超迎把柳云桐签发的材料交给杨文学。杨文学把材料看了一遍，他会意地笑了。所谓黑社会操纵花都，矛头指向的是黑子。黑子这种混混，充其量是肖丰的马仔，上次侦察关丽娜，就是肖丰派黑子去的，这种人也能操纵花都？恐怕连他的主子肖丰都操纵不了花都。再说了，如果是肖丰操控花都，那么，对于这次突击搜查花都的行动又怎么解释？不过，除恶务尽，大小通吃。黑子这家伙本来也不是个东西，借此机会撕开门都市黑网的一个口子也不错。想到这，杨文学在材料上签了字：请汪波同志阅处。

门都市政法委书记汪波在接到市府办转过来的材料后。他匆匆看了一遍。他在汪波处画了一个圈。然后写道：请铁辉同志办。

市公安局长姜铁辉接到批示后，给柳英打电话：“英子，老爷子和杨市长批了一份材料，汪波书记批给了我们，你到我这来一趟，咱们碰一下。”

柳英的办公室在市局大楼五楼，姜铁辉的办公室在七楼，柳英在等电梯的工夫还在想，老爷子批了个什么东西，咋还需要市局来落实？

在姜铁辉的办公室里，柳英看到了那份批示。看过之后，他不禁在心里暗暗地吃了一惊。心里想，这老爷子是怎么了？

姜铁辉这时说话了：“英子，这件事你就全权处置吧，我这两天血压高，昨天已经办了住院手续，本来我还想着开个局长办公会，把工作安排一下，没想到这又来事了，也赶上我这一把年纪的人，身体也不争气，这么重的担子压给你，我这心里还真是过意不去。”

柳英此时的想法是巴不得接下这个案子，他认为，只要案子在自己手上，将来遇上事，可以利用权力左右案件侦查方向。对此，他说道：“姜局，我年轻多干点没什么，只是你不在，我担心经验不足。别到时弄出差错。”

“英子，这种涉黑案件，没什么大不了的，抓几个小混混处理一下就算了。”

“姜局，我理解了，那你就放心去养病，我会随时向你汇报案情进展情况。”

离开姜铁辉办公室，柳英便去约吴泽安喝茶。他们要合计下一步究竟怎么办。

可可一下午都在陪干爹喝茶。自从被黑子打了之后，可可一直没去花都，对此，干爹劝道：“干脆你就借此脱离花都吧，自己干点什么，你又有这份能力。”

“干爹，我想再干一段，现在出来一是没面子，二是我也想积攒点资本。”

“面子干爹已经给你找回来了，那个小混混这回死定了，就凭他也敢在你干爹头上动土，他是自找的。至于后一个原因，你不用担心，干爹会支持你。”

“我说了，不要您的钱。”

“我没逼着你要，再说了，干爹也没那么多钱，不过你想做什么，我可以支持你。”

“干爹，这我信，您容我仔细考虑一下。”

“可可，我听说小营河边上有个院子，是仿古式的四合院，你可以在那开个茶楼，这样干爹以后去见你也方便。”

“干爹，小营河那地方属于黄金地段，您说的那个四合院我知道，听人说很多人都在打它的主意。”

“这你不用管，如果你要想干，我来想办法。”

“我当然想干，在那地方，干啥都能赚到钱。”

“那好，这件事我们就算说定了。”

“谢谢干爹。”

“可可，和我还客气。”

可可把放在干爹怀里的脚抽回来，她把身子靠近干爹的怀里，细声细语地说：“您多久没要我了。”

“可可，那我们走吧。”干爹带着可可，他们离开茶楼，去了干爹经常和可可销魂的地方。

柳英和吴泽安商量了一下午，也没商量出个办法来。黑子的问题，一旦摊到桌面上，麻烦可就大了。为此，吴泽安对柳英说：“英子，我想应该先摸一摸老爷子的底。然后我们再拿方案。”

“我来的路上给老爷子办公室打过电话，他不在办公室，也不在家里，估计晚上能联系上。”

“英子，不知为什么，我最近总是觉得，门都的很多问题，有些不对。”

“都是杨文学那个王八蛋搞的。”

“不过，英子，杨文学是闹得欢了点，可他这样闹，有人高兴有人愁。我们就是后一种人。要我说，咱哥俩应该早点做准备，这种事，即使没有杨文学，早晚也会有麻烦，俗话说有因必有果。”

“泽安，什么时候学会因果报应了，我们共产党人不信这一套，现在事已至此，狭路相逢勇者胜，进也是死，退也是死，那就不如进，进还有一线希望。”

“你有没有想过除了进退之外，还有更好的办法吗？”

“我知道你想说三十六计走为上，可你也不想一想，我们这种人能去哪？与其说亡命天涯，那还不如面对现实，泽安，门都的很多事，能牵连上你我的，都是单线，而且这种单线都是虚连着的，必要的时候，我们把线断掉就完了，至于一些生活小节问题，是在社会上有些负面影响，但这些小事放不倒我们。”

“这样说也对，那我们什么时候开始断线？”

“等我探完老爷子的口风再说，不过，广州那边的线恐怕没那么好断。”

“这难不住我们，别忘了我们学的就是这一行，干的也是这一行，办法对我们来说不是问题。”

“泽安，你不会打算自己动手吧？”

“英子，杀鸡焉用牛刀，社会人交给社会人去处理就完了嘛。”

“你手上有现成的人选？”

“这你就不用管了，我一定会有办法的。”

“行啊，泽安，不声不响的准备挺充足嘛。”

“英子，我不相信你没准备后手，连断线这种问题你都想到了，你不会说你要亲自操刀吧？”

“当然了，我这双手细皮嫩肉的，摸女的手怎么会干这种粗活呢？”哈哈哈，两个人不约而同地大笑起来……

第七章

张琦这两天心神不宁的。桌上的办公电话响了，电话打断了她的思绪。接起电话，竟然是肖丰打来的，肖丰在电话中让张琦去他办公室一趟。放下肖丰的电话，张琦便去了肖丰的办公室，一路上，她都在想，肖丰找她，这还是第一次。虽然张琦不知道肖丰找她干什么，但她坚信，肖丰找她只有好事没有坏事。以往遇上这事，张琦可能会多想几个为什么，她甚至担心自己是不是什么地方做错了事。可今天不同了，别说自己没事，即使真的有什么事，肖丰这种人是奈何不了她的。

让张琦没想到的是，她到了肖丰的办公室后，肖丰不仅亲自给她泡了一杯茶，而且一句正经的话都没谈，闲扯了两句工作上的事后，肖丰把话引入正题："张琦，肖哥如果想认你做干妹妹，你不会不同意吧？"

肖丰的话让张琦觉得很意外，她心里想，肖局长从来都没找自己谈过话，今天是第一次把她叫到办公室，怎么无缘无故地问起这种事来了？不过，有问必有答，肖丰是城顺分局的老大，这事绝不能含糊，张琦说道："肖局，你这样说有点让我受宠若惊，我一个普通办事员……"

张琦的话还没说完，便被肖丰的手势给制止了，只听肖丰又说道："张琦，我今天找你来说这事，没什么其他意思，我只是想认你做个干妹妹，将来我们之间的关系也好处。"

"肖局，可是我真的觉得不配做你的干妹妹。"

"张琦，如果你不是瞧不起我这个哥哥，只是因为你心里一下子还接受不了这个现实，那这事我们就算说定了，可能现在你觉得有点别扭，今后慢慢习惯就好了。这件事，我是认真的，而且，今天晚上，我要带你去家里吃个饭，让你和家里人认识一下，今后作为肖家人，你没事多去家里走动走动，顺便也好照顾一下你干爹干妈。"

"肖局……我……"

"叫哥哥。"

"肖……哥，……我行吗？"

“这叫什么话，你是不是嫌弃哥官小呀?”

“没、没、没，哥，我真的没这么想，有你这个哥哥，我高兴还来不及呢。”

“这就对了嘛。好了，哥今天事还多，你先回去，晚上下了班，你坐我的车一起走，有什么话我们回家里去说。对了，这张卡给你，算我们兄妹的见面礼，你下午抽空给老人家买点东西。”

“哥，东西我自己买，这卡……”

“拿上吧，女孩子用钱的地方多，我这个妹妹长得漂亮，但也要多打扮自己，将来给哥找个好妹夫。”

在回办公室的路上，张琦脑袋一直在蒙，这是哪跟哪呀，怎么突然间多了一个局长哥哥出来，不是在做梦吧?

张琦还真不是在做梦。肖丰突然和她来这一手，那是有原因的。这个原因出在刘福大师那里。自从上次砸了花都的场子后，柳英用黑子的口供威胁他放人，柳英来这一手，让肖丰没法咽下这口气。可肖丰左思右想，眼下的局势，他还真的是不得不咽下这口气。和柳英斗，确实没有胜算的把握，柳家的势力是摆在那里的，虽然表面看，柳家被杨文学捅了一刀，但未来鹿死谁手，这事不好说，更何况，柳家即便是斗不过杨文学，也不会把肖丰放在眼里，自己心里想要报柳英这一仇，一定要从长计议。

这两天总觉得不顺，肖丰想起了刘福。所以，肖丰今天一大早就去找刘福算了一卦。刘福很看中肖公子。毕竟，肖丰的父亲做过门都市委书记。对于肖公子上门求卦，他不敢怠慢：“肖局，什么风把您吹来了?”“刘大师，我是无事不登三宝殿，今天来是想求大师给我测一卦，最近老是走背运。”

“不会吧，我看肖局这气色旺得很呢，怎么会走背运呢?”

“不瞒大师您说，最近确实点子低，特别是工作上更是不顺心。”

“坐，肖局，您喝什么茶?”

“我随大师。”

“那好，我们今天就喝普洱茶怎么样? 秋天了，喝普洱暖胃。”

“没问题。”

刘福用办公电话通知秘书沏一壶普洱茶上来。他和肖丰坐定后说道：“肖局，您这可是第一次登门拜访，让我刘福不胜荣幸。”

“大师您这话抬举我肖丰了，在门都，谁不知道您大师这里是高朋满座，我一个小分局长何足挂齿。”

“哎，肖局，话可不能这样说，我这斗居看上去挺红火的，但是，像您肖局这样的望门贵族，却不多见。”

“大师呀，那都是以前的事了，如今我们肖家可以说是世风日下，这还不算，现在已经开始授人以柄。”

“肖局，这也正常，历史的规律必然如此，您所言授人以柄，指的是花都那件事吧？”

“行啊，真不愧是大师，神机妙算，看来我肖丰今天算是来对了。”

“神机妙算不敢当，你也知道，我这里人多嘴杂。不过，我今天早上测了一卦，卦象说有贵人登门拜访，这不，您肖局还真是应了这卦。”

刘福话音刚落，他的秘书敲门进来倒茶。秘书倒好茶退出去后，肖丰接着刘福刚刚的话说道：“这么说我命中和大师有缘。”肖丰边说边端起茶杯喝了一口，然后又说道：“嗯，好茶。”

刘福也喝了一口茶后说道：“这茶是云南一个领导带过来的，看来还入得了肖局的法眼。”

“大师，您就别这么客气了，一口一个肖局叫得我们关系生疏。干脆我们兄弟相称吧？”

“没问题，那我刘某就高攀了，肖兄，你也是个大忙人，咱们俩今后有的是机会坐下来论道，既然兄弟今天亲自登门拜访，那我也实实在在地帮肖兄测一卦，不过，兄弟有言在先，我说的实在是指的卦上有什么说什么，不绕弯子，不回避矛盾，肖兄听完我解的卦，出了这个门可要深信六个字。”

“哪六个字？”

“天机不可泄露。”

“刘兄，这是一定的，到你这来，算的是命，出了这个门泄的也是命，我总不至于和自己的命过不去吧？”

“兄弟能这么想，刘福放心了。”

“难道刘兄有什么不放心的难言之隐？”

“肖兄啊，天下哪里没有难言之隐呢？兄弟我吃的这碗饭，叫开口饭，俗话说祸从口出，玩《易经》的人要是不掌握火候，那可是要有麻烦的。”

“刘兄这么说我能理解，毕竟当今社会乱规矩的事太多，不过，请刘兄放心，肖丰我是带着诚意来的，有什么话刘兄尽管直言不讳，出了这个门，姓肖的绝对做到烂在肚子里。”

“那我就开始了。”

刘福手中拿着三枚乾隆通宝的铜钱，他用双手捂着摇了几下后，扔在茶几上。然后他开始仔细端详这三枚铜钱，端详了半天，他又拿起茶杯喝了一口茶，放下茶杯后才缓缓说道：“今天为肖兄起的卦是‘剥’卦与‘复’卦，这两卦同时出现，还真是比较少见，‘剥’、‘复’二卦是《周易》的二十三卦和二十四卦，‘剥’卦排在第二十二卦‘贲’卦之后，这‘贲’卦讲的是装饰之道。‘剥’卦和‘复’卦所蕴含的阴阳二气循环往复。从卦上看，肖兄最近没有背运，仕途上也不会走下坡路，而且，你的背后马上会有一个强大的力量站出来支持你，这就叫日升月往，寒去暑来，昼夜相继，四季更迭，天地间万事万物都有运行规律的，作为人就不能不受这种规律的制约，事物的发展，是波浪式的起起伏伏，没有定数，所以你近来切不可好大喜功……”

此时，刘福前面说的话，肖丰没记住几句，当他听到最后几句话时，便打断了刘福的话，说道：“刘兄，你的意思我听得不是很明白，是不是说关于花都那件事，我做得有点好大喜功了？”

“不，花都的事，对于从政者而言，是一件小事，娱乐场所嘛，是上不了台面的，砸它一次也是娱乐的一种游戏规则，只不过是政治娱乐游戏规则罢了，作为政治而言，你想找花都玩，它岂有不奉陪的道理。再说了，花都的事，有些人不会把矛头对向你，花都的招牌又不是挂了一天两天，几年了才受到一次冲击，要我说这都是钱闹的，凡是贪财的人，一定要败在钱上。”

“可是刘兄，自从这件事发生后，我的预感特别不好。既然你说他们不会冲我来，那他们会冲谁呢？”

“他们会对谁，具体的我就不讲了，但他们绝对不会对你来，只会对利去。”

“但是，怎么说花都这件事也是我出的头嘛。”

“这说明不了什么，老子说圣人后其身而身先，你可以先其身而身后嘛，曲则全，枉则直，从现在开始，你要保持低调一点，无为一些，所有的事情自然会转出眼下门都的政治旋涡。”

“请刘兄进一步指教。”

“大方向的问题我们已经谈过了，不过，你应该做一件事。”

“刘兄，请讲。”

“找一个猪年猪月猪日出生的女人，让这个人成为你身边的知己，具体讲这个女人生于1983年11月19日。这一点我想你应该很容易办得到。”

“刘兄，你的意思是这个女人旺我？”

“不仅仅是旺你，她会给你带来大吉大利。但有一点，说出来肖兄别介意，这个女人切忌上她，否则三丁三癸火烧光，那她则给你带来大凶，结局为成年后终生易有牢狱之灾。”

“刘兄，我说一句话请你别见怪，以前有人给我算过命，他们说我属虎，属马的人旺我。”

“肖兄，有信便得，不信便不得，你是1974年2月6日出生的，找一个1983年11月19日出生的女人，你们之间天干不相克，地支寅与亥合，这是最旺你的人了。”

“刘兄，我记住了。可是，为兄能不能再给我多指条明路？”

“肖兄，更深层次的问题，我们会慢慢探讨，来日方长。我知道你现在最关心的是花都的问题，这一点你大可不必上心，花都的问题，早晚要有一场大乱，因为它不仅是各种利益和矛盾的交织点，也是导火索，但是从卦象上看，你属于局外人，涉及不到你什么事。”

“刘兄，我明白了，花都的问题，我确实是局外人，谢谢大师今日为兄弟指点迷津。”

说着肖丰从衣兜里拿出一张银行卡，他把卡放在刘福前面的茶几上说道：“刘兄，一点茶水钱，不成敬意，请一定收下。”

“哎，兄弟们之间喝杯茶聊聊天，哪兴这个呢？”

“不，刘兄，初次登门拜访，一点小意思，你就别拒绝了，否则让我怎么出这个门。”

“这……这没必要嘛。”

“好了，刘兄，不打搅你了，我先告辞，改日抽个时间大家出来坐一坐，今后我们就是好兄弟了，有什么事兄弟言语一声。”

“好的，那我就不远送了，不过肖兄切忌，我说的那个女人，一定要找到。”

“放心吧，门都六百多万人口，不行还有外地人嘛，我会处理好的。”

从刘福办公室出来，肖丰直接回到办公室，他打开电脑，登录人口户籍网，让他没想到的是，张琦竟然出生于1983年11月19日，神了，这个刘大师简直是太神了。他心里自言自语道：张琦会给我肖丰带来好运，这已经是显现出来的事了，没有张琦，哪里会有韩超迎，没有韩超迎，哪里又会有那天晚上智取花都的行动，看来冥冥中的一切，皆为上天命中注定好的。肖丰把这一切说给父亲听，在肖老书记的安排下，肖家今天全都聚齐了，他们大摆宴席，要风风光光地认上张琦这个肖家的贵人。

我的公司今天领到了营业执照，公司取名为国环投资管理有限公司。注册资本一千万，公司办公地点在门都亨通大厦十七楼，面积有五百多平米，注册资本的钱是可可借来的，出面借这笔钱的人是可可的干爹。公司股东只有我和可可，不过，可可的49%股份挂在她舅舅名下，这样做是我们商量好的，主要考虑到要给关丽娜和可可干爹一个交代。因为如果他们知道是我和可可合作，容易联想很多问题，弄不好招惹上不必要的麻烦，毕竟，这家公司的资本，产生于色欲。

这几天，我都忙着跑装修。公司嘛，总得要个形象。除了忙装修，我还要忙着招聘，总之，我忙得是脚打后脑勺，可可这几天帮不上我什么忙，她陪干爹去南方打高尔夫球了。估计十天八天回不来。所以，这几天我一直和婉儿在一起。花都自从被人砸了场子后，小姐们受了很大的惊吓，大部分人都没有上班，当然，赚钱的人，没一个是胆小的，小姐有钱赚，自然不怕抓。这几天小姐没上班，主要原因是客人少了，生活在门都的一些常客，都知道花都出事了。这年头，出来玩的人，图的就是个放松，公安局抄了场子，说明花都不安全，让人家谁还敢来。当然，花都怎么说也是名声在外，门都市又是资源型城市，外省外市一些倒钢材、倒煤炭、倒石油的老板多的是，这些人来花都放松一下也是很正常。

公司来报名的人很多，这也多亏了大学生就业难，优秀人才都跑到了我这里，我也是刚刚毕业的大学生，在与应聘者沟通的问题上，我和他们有很多共同之处，从他们的眼神中，我看出了那份羡慕的表情，也是，我和他们一样大学毕业，如今的我当上了老板，而且是千万富翁的大老板，可他们还要到处去打工，这就是区别。

我在招工简章中设了几道打对号的题，通过这些问题，我会判断出什么人留下，什么人不留。其中有一个问题是这样写的：作为贵公司的职员，你第一要对得起的是公司利益，还是个人利益。这是一道选择题，在每句话的后面需要打对号。

为什么？因为我认为，一个人不能首先选择个人利益，而是说选择公司利益，这是假话，不符合人的本性。我承认，在我们现代教育观念的影响下，选择公司利益为重的人多，几十位应聘者中，只有五个人符合我的条件，他们选择了以个人利益为重。话虽然这样说，可事未必这么办，我会有办法把这五个人变成一心为公的利益朋友。做到这一点，靠的是什么？个人魅力与诚实，我相信这样做肯定会达到目的。在公司第一批员工中，我先挑选两个人做私人助理，其他三个人任命为公司副总。听上去好像没有职员，有点和相声里讲的，一块砖头掉下来砸的全是总经理和副总经理。对，玩的就是过时的东西，社会上认为这样做是一种愚蠢，所以大家都不这么做，所以，你做了，人家也不会认为你会这样做。如此看来，做与不做效果是一样的，这就叫看似愚蠢的往往是最聪明。

明天，我必须去北京一趟，家里边的事，交给了我的两个助理，魏青和徐爱珍打理。魏青和徐爱珍都是上海人，上海从古至今都是出美女的地方，她们的长相如何，就不用我介绍了。能入我的形象标准绝对错不了。

我把公司的招聘情况在网上和可可说了。

今天招了五个人，四女一男，两个女人做我的助理，其他三个人做副总。

没有职员。

对。

乱来，办事要符合商业行为准则，所有的公司行为都要用正式的书面形式固定下来，员工手册、福利待遇都要有，这是企业制度，更是企业文化。

可我们公司经营性质与人不同。

但规范化管理要与人相同，杂七八糟让人不可信。员工也不会信任你。

你的意思是。

再招点人，把气氛烘托出来，没事给他们出点方案让他们练手，对内对外，看上去要忙得一塌糊涂。要知道无事生非，有事生智，把正规化印入他们心里，把你那一套收起来。

可我对商业行为准则不内行。

这没关系，安排你的助理接着招人，管理文本我近期做好发给你。

干脆你坐镇公司管理算了，把你在国外留学学的那一套拿过来。

你不虚心。我可能出头吗。

你不觉得这样太繁琐吗。

没有规矩不成方圆，表面文章一定要做足。

好吧，不过我的两个助理将来可能派上用场。

你可以教她们如何要两面派。

遵命，大人。

顽皮，你什么时候去北京向你老婆大人报告公司消息?

明天，这次去北京恐怕要多待几天，公司装修我没事干。

不只是因为装修原因吧。她有那么好?

和你比差点。

滚。

我下网了。

第二天，我带上国环投资管理公司的营业执照去了北京。下了飞机后，搭的士来到亚运村，待我把租的那个房间打扫好后，才给关丽娜打电话。娜娜听到我回北京了，她在电话中显得特兴奋。下午她刚好没课，放下我的电话后，急急忙忙跑来亚运村见我。

我拿出营业执照给娜娜看，说："这几天在装修办公室，另外，我有个朋友帮我租了一个四合院，风景和地理位置非常不错，我打算在那里开个茶楼，这样也可以尽快为公司聚点人气。"

"南南，你的想法对，开公司嘛，最大的资源就是人力资源，有个地方坐，人去习惯了会经常光顾，慢慢这个茶楼就会成为交往的平台。"

"娜娜，得到你的夸奖是真的不容易，我们在一起这么久了，你好像是头一次夸我。”

“小孩子最怕宠，所以我不夸你。”

“我一米八三，你一米七三，也不知道咱俩谁是小孩子。”

“这和身高有什么关系？大和小说的是岁数，又不是长短。”

“娜娜，这你就错了，我认为大小就是和长短有关系。”

“谬论。”

“娜娜，你先不要否定，听我说完你再下结论也不迟嘛。”

“说吧，我洗耳恭听。”

“比如说吧，有个男人六十多岁，而我呢二十多岁，你说我和那个男人谁大谁小?”

“我的乖乖，这么低智商的问题你也拿来说，如果我回答你这种问题，那说明我的智商有问题，我看你还是换个比喻吧。南南，说正事，下一步打算怎么办?”

“这要看我们小关老师的态度。”

“南南，公司是你在做，主意由你自己拿，我的作用只是帮你沟通关系。”

“我的可行性报告不是给你了吗?”

“报告我看了，你不觉得在门都搞环保物业公司，这种垄断式的经营方式有点太理想化了吗?”

“娜娜，门都大大小小的污染企业几百家，门都的环境自古以来都是个老大难问题，杨文学这几年在门都，重点抓的就是环境问题，我的环保物业公司特别符合杨文学的城市管理理念。”

“话是这么说，但是，要政府强行推动你的方案，先不说文学会不会这么做，即便是他想这么做，那么合理的说法是什么?”

“娜娜，你说的这一点我想到了，如何使杨文学师出有名，我会再想招法，但有一个问题，我们俩先得统一观点。”

“事已至此，我们还有什么观点好统一的，既然公司做了，在合理的条件下，我出头就是了，但有一点，在找借口之前，你要站在文学的角度上去想进退的办法。”

“娜娜，这我懂，我如果不帮他想办法，我想出的办法也不是办法，任何办法都要以办成事为前提，你要相信，你教出来的学生没那么笨。”

“我的学生也没有你这么诡计多端的。”

“这没办法，什么老师带出什么学生。”

“你不如说什么阿姨带出什么孩子更好听，我什么时候像你似的，那么多鬼道道?”

“娜娜，你只驾临门都一次，你的表演已经把门都的上上下下搞成了大地震，还要什么鬼道道。”

“乱讲话，我去门都什么都没做，也没说过一句出格的话，更别说什么鬼道道了。”

“这就是高人一等的地方，也可以说是你与生俱来的素质。”

“行了，别飘我了，先说说晚上我们吃什么？”

“吃你。”

“那我吃谁？”

“你吃我呀，刚才你吃去我那一大块肉了。”

“南南，刚才是下边要吃，现在肚子饿，是嘴上要吃。”

“做女人就是好，下边吃完上面又要吃，从来都是大小通吃，要我看，这天下最贪心的就是女人。”

“算你说对了，女人不贪心，男人也就不用去奋斗了，那样社会也就停滞不前了。”

“精辟。”

我和娜娜去肥牛府吃了涮火锅，我们要了一间包房。服务员上完锅子后，我夹了一块肥牛涮了涮蘸过料后递到娜娜嘴里，娜娜也同样喂我，吃到八分饱时，我们停下来歇会儿，娜娜冲我说道：“南南，我发现你属于性格分裂那种人。”

“怎么说？”

“你有的时候天真得像个孩子，有的时候又狡诈得像个智者。”

“不，你应该说像个狐狸。”

“我才不呢，那样说我赔大了。”

“为什么？”

“我堂堂一个大美人，和一个狐狸睡了好几年，那不真的成人与兽了。”

“人本来就是兽类的一种，算高级兽系列，人这种高级兽与低级兽最大的区别，完全的本能体现就是上天入地下海抓东西吃，这个本领其他野兽没有。”

“你哪来的那么多谬论，南南，我越来越发现，你不仅是有野心，还让人恐怖。”

“只要你娜娜不恐怖就行了，其他人恐怖点也好，省得招惹我。”

“你错了，当你让人觉得你恐怖时，很多人会躲你远远的，敢招惹你的人，都是能把你放翻的人。”

听娜娜这样说，我若有所思地点了点头，娜娜的话是对的，看起来，进一步的收敛才是成功的法宝，特别是在娜娜面前，更要懂得收敛，慧眼逃不过法眼，娜娜那一双美丽的眼睛就是法眼。我终于悟明白了，世界上是不存在纯粹的爱情的。如果想让一男一女的爱情变得更加纯粹，要么志同道合，要么贼公贼婆。一阴一阳的结合属于物竞天择，并不代表世界观是相和的。

娜娜可能见到我的情绪一下子低落下来，出于女性的敏感，她又说道："南南，生气了?"

"没有，娜娜，你的话是对的。"

"我只是在提醒你，男人在自己的女人面前，智慧一些，是一种吸引力，但在社会上，太聪明的人容易吃亏。特别是面对权力，弄不好，就会变成杨修。老要张狂少要稳，你一表人才，又满腹经纶，再加上智慧，太优越会变得没有优越。"

"关老师，学生记住了。"

"去你的，不过这样更可爱，南南，人装成聪明容易，装成单纯最难，要管理好一个公司，不该说的话不说，不该自己亲自办的事一定不要去办，你需要的是成事，别人需要的是业绩。"

"娜娜，我明白了一个真理。"

"说来听听。"

"我这辈子如果娶了你，也算没白来人间走一回。"

"你才明白呀，不过，我本意不想这样，这都是让你这个小冤家给逼的。"

"那我只能说委屈你这个小奴家了。"

"奴家?别忘了，我这身份放在过去是格格。"

"这个世界上是没理可讲的，一朵鲜花，往往要插在牛粪上，《闯关东》里的格格嫁给个老农民，连上桌吃饭的资格都没有。"

"也只有孔老夫子的信徒能办出这事。"

"所以社会要解放。"

"孔圣人，可惜死得早了点呀。"

"南南，不用感叹了，孔圣人亏得死得早了，否则的话，君君臣臣的规定一出来，你还能上得了我。"

"谢谢，谢谢。"

"谢谁?"

"孔圣人呀。"

"看我不累死你。"

"值了，娜娜的石榴裙下，有我李诗南，知足了 。"

"走吧，李大老板，把单埋了。"

我和娜娜刚回到亚运村，娜娜便接到杨文学的电话，他说他这两天来北京，这次北京之行只待三天。杨文学毕竟还是年轻易冲动，他浑身上下好像有使不完的劲，力气大的人同样也有干不完的活。我们这个社会，充满了矛盾和问题，这些矛盾和问题并不是一个人能解决的了的，甚至是几代人也未必解决得了。但是年轻人不这么看问题，雄心壮志冲云天，只有战天斗地才能改变这个社会。可做政治家，光有一腔热血还不行，要具备去化解矛盾的能力，要分清主次矛盾的关系是什么。经济基础决定上层建筑，社会经济越是高速发展，随着各种欲望的膨胀而产生的矛盾相对会越多，这是自然的规律。社会上的每个人都想过好日子，甚至幻想着最好是一天就能过上好日子，人人都这么想，矛盾则会由简单化变成复杂化，最后形成综合矛盾。

杨文学八月十五那一天干了一票大的。那天他心血来潮，搞了一个老干部中秋佳节茶话会。会场在市政府食堂，韩超迎是这次活动的总负责人，邀请老干部出席中秋佳节茶话会的工作，韩超迎交给了门都市老干部局的主任沙博去办。沙博派手下人去给门都市的每个老干部送请柬，请柬上注明是杨文学请客。杨文学近来在门都的所作所为，传得是沸沸扬扬，很多老干部都想借此机会亲眼目睹一次这位门都市风头正劲的人物。要知道，门都沉闷得太久了，社会环境也没有大的改变。资源型城市就是这个样，饿不着也撑不死，老百姓懒懒散散的，靠着矿山生活的捡些煤，自用点后再卖点，日子也能凑合着过，靠着铁矿边上生存的人也是重复如此。加上门都的权力有事没事在捂点盖子，把矛盾归置为圆滑型，放在社会上滚动。如此一来，政府的日子也好过，历史上，矛盾这东西怕的就是尖锐化，只要矛盾不尖锐化，而是圆滑化，那就不用怕，圆的东西易于滚动，也永远没有朝上的一面，哪一面都朝上，哪一面又都朝下。朝上的一面滚到台面上，马上又会滚到台下去，台面上是希望，台面下是破灭，破灭的结果很容易造成矛盾尖锐化，当这种矛盾尖锐化的问题，还处在萌芽状态时，解决矛盾的希望又产生了，因为矛盾又从台面下滚到了台面上，周而复始地滚动一段时间，棱角会自然磨光。哲学中最上乘的哲学就是浑圆哲学。在门都，人们的意识完全由这种最上乘的哲学形成。杨文学来门都后，带进了一种新的哲学意识。找矛盾，你不找我，我找你，这样一来，有些矛盾一旦滚到桌面上，就会停下来，停在桌面上的矛盾非黑即白，滚不下台面，自然尖锐化，杜新等建委人员下岗，就是最好的写照。如此一来，门都的一潭死水，开始卷起阵阵涟漪。杨文学从此也变成了新闻人物。有这样的机会和新闻人物见面吃饭，门都的老干部岂能放过这次机会。在家的老干部，能动弹的全都来了。

杨文学在座谈会上的表现是谦逊随意。他的表现让在场的老干部们看出点问题："我们这位杨市长，见过大风浪。"这个说完，那个又说："嗯，面对这么多老同志，不惊不慌。""本来嘛，人家杨市长是从哪混出来的，当年跟着首长，那可是在海里办过公的。"

这样一来，有些老干部倒是显得有些拘谨。他们看杨文学淡定地边吃边聊的样子，似乎都开始对他尊重有加。中国是一个讲究传统礼仪的国家，一代代中国人的意识是百善孝为先。今天来的这些老干部，大多数人是当过领导的，过去的他们，无论官做得大小，都是为新中国解放和社会主义建设事业做过无私贡献的，喝水不忘挖井人，特别是革命传统，在这些人心中看得比什么都重。所以，杨文学的表现完全是在以晚辈自居。很快，他便赢得了大家的好感，刚开始比较沉闷的气氛被打破了。一时间，老干部开始七嘴八舌地议论纷纷。开门话总是老调子，先畅谈改革开放成果。然后又有好事者问到了首长的问题："杨市长，听说首长是住在中南海？"

杨文学微微一笑答道："那是传闻，首长住北京万寿路。"

对首长的关心问题唠过去后，关键问题捅出来了。门都市有近三十名老干部今天派了两个代表出席座谈会。这两名代表一看时机和火候到了。他们向杨文学提出了一个复杂而又尖锐的问题。他们提的是一个久拖未得到解决的问题，甚至这些老干部多次到北京上访都没解决的问题。

这三十几个人的问题听起来很简单，他们当中很多人都是建国前参加工作的，这批人，国家对他们应该按离休对待，在生活上实行的是退下来后全额工资和全额医疗待遇，可是，门都市却按着退休给他们办理了手续，这些同志退休后，不仅工资和离休干部相比打了折扣，看病报销也打了折扣，同样是一个年代参加革命的老同志，为什么人家算离休，而他们却算退休，他们认为很不公平。对此，有一个代表说道："杨市长，离休年限问题，应该以供给制改为薪金制的时候算起，如果从建国前一律一刀切，真的很伤害我们这些老同志的感情，我们当中的老革命，无论从对党的忠诚态度和对革命的贡献，全都没的说，再有，杨市长，像我们这种情况，全国其他城市也很多，国家根据这个情况，又重新下过文件，文件上明白写着，我们这些人可以按离休处理，我在其他省市的老战友，都已经按政策处理了，他们不仅补发了工资，还给了离休和退休之间的差额工资，听说，中央把钱给了我们省，但不知道什么原因，门都市一分钱也没给过我们。"老干部代表话说到这，伤心得老泪纵横。荣誉，这个与人类初始文明共生的荣誉，在一定的条件下，比起生命来说还要重要。

杨文学开始咬牙，他的腮边肌肉一鼓一鼓的。坐在旁边的韩超迎，递了一张纸巾给老干部手里。"丫头，谢谢。"老干部哽咽地说道。

杨文学转头冲沙博问道："沙局长，这个问题你应该清楚吧？"沙博一脸的无奈。但他又有什么办法，门都把钱占用了，那个时候他还是个科长，而且不在老干局工作，把他调到老干局，完全是因为他的性格，大家都说他像个女人，有耐心，也能软磨硬泡。老干部们由于年龄问题，乱七八糟的事挺多，这些老干部的事不解决不行，全解决也做不到，但这些人仗着资格老，脾气大。所以，稍有不满意就要闹，一时间，老干局成了老大难。柳云桐上来后，从前老干部的所作所为他心里是一清二楚，要知道，门都市的老干部，提出一些个人问题，应该说也不难解决，毕竟他们为了我们今天的江山，流血牺牲拼过来的，而且这些老同志又非常廉洁自律，很少开口提出过格的要求。问题是，这些老同志，聚到一起就好打不平，管闲事，这一点让柳云桐很头疼。要知道，这些老同志虽然退出工作岗位后有待遇，没有了权力，但他们的煽动性很强，这种煽动性，容易给执政者造成负面影响，最让人受不了的是，这些人与省里很多退下来的老领导也有联系，一旦让他们抓到点事，立马就会搞得满城风雨，省委领导很快就会知道。

柳云桐一上台，便把沙博提起来，让这位沙老太婆对付老领导，正好都属于老革命系列的，谁不知道沙老太婆是抗战时期的老革命了，沙家浜里就是这么说的嘛。

对于杨文学的问题，沙博回答也不是，可不回答又不行，他心里暗道：都说这位新来的杨市长厉害，我看也是个政治上的弱智，这么敏感的话题，怎么能当着这些老同志的面说呢？心里虽这么想，沙博的嘴上却说道："杨市长，老干部提出的问题，我也是调到老干局后才知道的，这些问题，正在着手解决。"

"沙局长，这么说中央下发的文件有这事？"

"确实有。"

"那中央下拨的款呢？"

"杨市长，这个问题……"

"沙局，说嘛，有问题总是要说的，我们老同志的问题是摆在那里的，刚才的情况你也看到了，这些老同志当年在战场上流血，可他们在和平年代里还要流泪，这种反差也太大了，作为我们这些晚辈的同志，不能说能解决多大问题，起码要做到全心全意去解决问题，回避不是我们应有的态度。"

这时，整个联谊会场鸦雀无声，老同志们真没想到杨文学会用这种方式，当着大家的面调查问题解决问题，甚至有人在想，这位杨市长，不是政治上的弱智，就是政治上的疯子。

沙博被逼无奈，只好说："中央的钱给到了省里，省里也给了门都，后来这笔钱不知什么原因被占用了，杨市长，你也知道，这笔钱被占用那会儿，我还在基层工作，所以，对于具体事情，也确实不了解，只能说这是一个历史遗留问题，需要慢慢解决。"

"沙局，这样吧，关于老同志今天提出的问题，你这两天给我一份详细的说明材料，我来解决。"说完这句话，杨文学转过头对着大家说道："请老同志们放心，待我了解完这件事的详细情况后，三个月内，也就是今年春节前，我把这件事给老同志们办好。"

杨文学话不多，但实诚，他的话赢得了在场老干部的热烈掌声。

中秋节茶话会在欢乐祥和的气氛中结束。

杨文学来北京是来跑钱的，往日在北京给首长做秘书，各部委交了一些朋友，但是要想把老干部的事情办得圆满，需要一个多亿，这些钱不是个小数目。所以，这趟北京之行，把握性并不大。上飞机之前，杨文学把来北京的消息告诉了娜娜。他在电话中只说了要去看望首长和夫人，对于娜娜他没敢提出见面的要求。但娜娜的态度让他很满意，娜娜在电话中说道："文学，怎么突然想到北京来？"

"工作上的事。"

"文学，我没车接不了你，要不要我给老爷子的司机打电话？"

"别、别，娜娜，万万使不得，这事要是让首长知道了，我就完蛋了。车的问题我已经安排好了，门都驻北京办事处有车，让你费心了。"

"哎，文学，跟我还客气。看来我这个人挺没用的，大市长进京，我一点忙也帮不上。"

"娜娜，这正常嘛，你能教书育人，这才是大事。"

"文学同志，有件事我能办，请你吃一顿烤鸭，怎么样？"

"娜娜，这对我来讲就是比天还大的事了。"

"好，到北京后，空出时间给我打电话。"

放下娜娜的电话，杨文学开始登机。飞机起飞后，他还在想，认识娜娜这么久了，娜娜第一次主动请自己吃饭，这其中意味着什么呢？

"娜娜，杨文学要来北京？"我问道。

"对。"

"他来干什么？"

"我怎么知道，他说是公事。"

"噢？"

"南南，你噢什么？是不是有压力了？"

我没吱声，沉默了一会儿才又说："娜娜，杨文学来北京是办公事？"

"南南，你老是追问这个干什么？我说了不知道。"

"人家办公事，你请吃什么烤鸭呢？"

"闹了半天，为这事，南南，吃醋了吧？"

"我吃什么醋，请人吃烤鸭是你的权利，又不干我什么事。"

"听你这话的意思还是吃醋了。我去门都，文学招待过我，人家来北京，我总要尽地主之谊吧。"

"娜娜，我担心的不是这个，按理说吃顿饭不影响什么，我是担心他去见你妈妈。"

“他去见我妈妈又怎么了?”

“娜娜，你敢说他不是来谈婚事的?”

“胡说，我不同意他和谁谈婚事。”

“娜娜，我真怕你妈给你施加压力。”

“我有那么不抗压吗? 南南，你真的很在乎文学的存在?”

“他的存在对我是个巨大的压力，我想娶你，在资格上差得太多了。”

“南南，你睡了我三年，还这么没自信? 这说明你太不了解我娜娜了。”

“娜娜，关家意味着什么，这你心里比我清楚，对我而言，一个外地盲流子，这太恐怖了。”

“南南，我不允许你污辱自己，你这样做等于变相在污辱我，再说了，我去请文学吃饭，还不是为了你，南南，做人要有志气，你大学刚毕业，总要有段过程，把成功看得太重，你会变得疯狂、偏激。”

“不，娜娜，在这一点上，你说什么都没有用，我李诗南要么成功，生为你娜娜的人，要么失败或者是碌碌无为，那样的话，我就去死，死也为你娜娜的鬼，你可以说我没志气，我没志气可以苟活，可在我的生命中，没有你，我就不活。”

娜娜走到我面前抱着我的头，她用手抚摸着我的头在安慰我：“南南，你千万不能压力太大，否则会毁了你的……”

我对娜娜的爱，不仅我有压力，她的压力比我还大。娜娜根本离不开我，而我没有娜娜就等于没有了生命的价值，我的事业和我的爱情是连在一起的。占有娜娜与做娜娜的男主人是两码事。虽然我和她睡在一张床上，但我没办法调整一个不平等的关系，我不认为这是一种自我心态的问题，在我看来，这恰恰是世俗的偏见问题。

爱情能让人疯狂。娜娜平生第一次给外人办事。这件事是杨文学的事。也正是从这件事开始，杨文学正式落到了娜娜的手里。给老干部解决问题，相当于赚了一大笔无形资产，这些老同志干工作的年代私心少，手中的权力也没经过社会雾化，加上退下去的时间又长，在门都不属于势力范围，但他们属于影响范围。他们最大的优点就是敢说话，而且是什么话都敢说。

给老同志办了好事，办好了没回报，可万一办不好，麻烦就大了。所以，连柳云桐听到杨文学把这活接下了，他都为杨文学捏了一把汗，心里想：杨文学，还是年轻啊，竟然如此显嫩。老同志的钱被挪用，是肖书记在任时同意的，据说这笔钱被挪作他用后，便不见了踪影，好像牵扯到一个省里领导的公子。所以，柳云桐上来后，这些老干部无论怎么闹，他都不表态，原因是没法表态。老干部的问题应该解决，这方面国家不仅有政策，连钱都给了。现在问题是，这笔钱到门都后下落不明了。没钱，拿什么给，再给上边打报告申请拨款根本不可能，市里又没办法拿出这么大一笔资金，不是市里没钱，而是没名目。当然，没名目也可以从其他款项中挪一笔出来，拆东墙补西墙。这点道理柳云桐懂，也会玩，可凭什么这么做，为老肖同志擦屁股，柳云桐觉得没这份义务。义务归义务，你可以不尽义务，但为官者都明白，这件事最好不要自己在任时爆发。那样人家会认为你是故意的，所有人都会以为，柳云桐为官是个阴谋家，没办法，这个雷不能扛，唯一的办法只能是撑，撑到哪天算哪天，实在撑不下去，那也算尽力了，这样对谁都有个交代，人家也会说，柳书记这个人真行，做到仁至义尽了，如果不是柳书记帮着维持，这事早就东窗事发了。这么简单的道理，杨文学他怎么不知道呢。

杨文学岂能不知道，他是故意这样做，老干部的问题，他一来门都就听说了，当时，这个问题，捂得很严实，杨文学手头亟待解决的问题又多，脚下立足未稳，他只能是慢慢来。干掉杜新后，班子成员在柳云桐做工作的情况下，表面上是一面倒的情况，但一面倒却存在着强烈反弹的危机。可也不排除倒过来就弹不回去的可能，杨文学抓住了机会，他要乘胜追击。

乘胜追击之前，必须先落实一件事，涉及老干部的问题要先解决，否则，事揽在手上会有麻烦。追查几年前中央那笔拨款，恐怕要走法律手段，一走法律程序，耗时费力不说，钱有可能拿不回来。没钱拿什么向这些老同志交代，失信于老同志，意味着这两年算白干了，不单是这一点原因。据韩超迎摸上来的情况看，中央这笔款直接牵扯到省里原来一位老领导，如果真是这样，势必还会惹上政治麻烦。那样，就等于让人家一枪打了两个眼，打蛇不成反被蛇咬。权宜之计，去北京落实一下款的问题，按下一头再说。

娜娜在中华民族园正门那个鸭王店等杨文学。她要了一个小包间，提前预订了半只烤鸭，两个人够吃了。杨文学坐门都市驻京办事处的车，他准时六点来到鸭王烤鸭店。他让司机坐在大厅里吃，自己则进了娜娜订的包间。一见面，娜娜热情地和他打招呼：“文学，坐吧。”

“娜娜，让你久等了。”

“没有，我也是刚到，今天路上不塞车。”

“娜娜，你吃什么？”

“文学，这话应该我问你，你是客嘛。”

“娜娜，你请客，我埋单。”

“文学，这话土得都掉渣了，一顿鸭子钱，我还花得起。”

“好，那我就恭敬不如从命。”

“鸭子我已经烤上了，你再点几个菜。”

“随便吃点青菜就可以了。”

“文学，喝什么酒?”

“喝酒? 娜娜，我还真没见你喝过酒。”

“你没见的事多了，不过，我平时滴酒不沾，今天例外，请你这个大市长吃饭，不陪你喝两杯酒也不是事。”

“那我们叫两瓶啤酒，怎么样?”

“叫两瓶啤酒? 你没搞错吧，喝啤酒也叫喝酒，这样吧，如果你没有特殊爱好，我们就喝二锅头。”

杨文学说道：“只是，你万一喝多了，我可怎么交代?”

“还没喝呢，你怎么知道我喝多了，再说了，什么叫怎么交代? 这话说不定是我问你呢。”

“那就……喝吧。”

“文学，不会是很勉强吧?”

“不，不，我无所谓，只是担心你。”

“文学，从这一点看，你这个人平时很少应酬，虽然我也不善于应酬，但你应该听说过，女人敢端杯，你可要加点小心。”

他们叫来服务员，要了一瓶二锅头。服务员倒酒时，娜娜问道：“文学，这次来北京，事办得怎么样?”

“窝火。”

“遇上难题了?”

“总之是不顺，这年头跑点钱是真不容易。”

“正常，没听人说吗，这年头是谈啥别谈钱，来，起一个。”

娜娜端起酒杯先干了一个，杨文学也喝了一杯，娜娜拿起酒瓶，她先给杨文学倒上，然后自己也倒上一杯。

“文学，来，再干一杯。”

“娜娜，你能行吗?”

“文学，行不行先喝三杯再说。”

杨文学的酒量并不行，三杯酒下肚后，他基本也算到量了。这时，服务员进来上菜。娜娜用薄饼包了一些鸭肉，递给杨文学。杨文学用双手接过娜娜递过来的鸭肉，说了句：“谢谢。”

娜娜今天是违背真心做事，她什么时候给人干过这事。杨文学此时显得更加惊恐，他手里拿着鸭肉不敢吃。这边娜娜微笑着说道：“文学，不喜欢呀?”

“不是，娜娜，我只是觉得这么做有点让我承受不起。”

“文学，今天是我们第一次单独吃饭，既然坐在这张桌子前，干脆把一些世俗的东西去掉，我们像好朋友一样无拘无束多好。”

“娜娜，你这样说可以，问题是我一时做不到。”

“那就慢慢来，待会儿再喝两杯，自然就放得开了。”

杨文学五杯酒下肚后，话也多了，这都是酒精的作用。只听他对娜娜说道：“娜娜，不瞒你说，这回在门都，我一时冲动把话说大了，到了北京我才明白，现在的事没那么好办。”

“文学，如果方便，说给我听听，看看我能帮上什么忙？”

“娜娜，是这样的……”

杨文学一五一十把发生在中秋茶话会上的事说了一遍。娜娜听完后若有所思地点点头，她说道：“文学，现在社会上有些事很复杂的，伟人说没有调查研究就没有发言权，政策范围内的事多了，不是什么事都能办的。”

“可是，中央的钱已经给了，让那帮王八蛋给挪用了。你说这事气不气人？”

“文学，挪用是一种腐败现象，全国这类事有多少，别说解决不过来，就是要解决也要一步步来，你是不是有点急功近利。”

“娜娜，我跟首长几年，首长最痛恨这事，既然让我撞上了，我就要管，否则，我也对不住首长这么多年对我的教育培养。”

“文学，对得起谁是一回事，解决问题，不能感情用事。”

说完这句话，娜娜心里想，杨文学，李诗南，这两个男人，其实都是一个目的，他们想证明自己，取悦于关家，然后做关家的女婿，他们一个自作多情，一个又不自信。娜娜忽然觉得有点可怕，如果不早点结束这一角逐，会出麻烦的，要想早点结束这一切没必要的逐利行为，唯一的办法，先满足那个经济疯子李诗南的要求，怎么说自己早已是他的人了，李诗南成功后，我们便公开这层关系，让杨文学早点死心，去寻找他真正的幸福，在帮李诗南的同时，也算帮了杨文学，不管怎么说，杨文学不是坏人，他是一个好人。好人应该得到好报，这才是一举两得的办法。

想到这，娜娜说道：“文学，我找个人试试看能不能帮上你。”

“娜娜，我不想把你拉进来，你的生活是那么的平静。”

“文学，作为朋友你就别说那么多了，不过，记着，杨大市长，你这是欠我第二个人情了。”

“娜娜，不是我喝点酒说酒话，你们关家，从首长、夫人，还有你大小姐，帮我太多了，我这辈子都没法还清，没别的，我杨文学有话在此，为了关家，我随时会肝脑涂地。”

“文学，我看你这真是酒话，人与人之间讲的是缘分，你给老爷子做秘书，那是工作，你在关家尽心尽力那么多年，关家帮你也是正常的，更何况，关家帮你，并不是在以权谋私，你杨文学的事值得一帮，当然，我说帮你，只是我一厢情愿，人家会不会买我账，我也不知道。所以，帮不上，你也别怪我。”

“娜娜，算了吧，为这事让你去求人不值，帮成了你又不图什么，一旦求人不成，反倒丢面子。”

“文学，别说酒话了，现在时间也差不多了，你不是要去看老爷子吗？”

“娜娜，可我今天喝了酒！”

“你呀，活得别总是那么累，我不同样也喝了酒。”

从包房里出来，娜娜问杨文学：“文学，你不是说驻京办有车吗？”

“娜娜，坐驻京办的车好吗？”

“这有什么，我们又没背人的事，再说了，打的你拿钱哪？”

杨文学从关家出来，回到他住的酒店，已经是晚上十点多了。他嘱咐了司机几句，径自上楼去睡了，司机回到办事处后，把杨文学今天一天的活动情况学给了门都驻京办的孟庆听。孟庆听完后便上楼去打电话，向柳云桐汇报工作。

柳云桐听完孟庆的汇报后，他想了很多。几天前听到杨文学揽下老干部这份差事时，他误以为凭你杨文学就能把这么大的一件事画上句号？你杨文学有这本事吗？这其中潜在的因素，预示着多么大的风险，是你这个年轻人所不知道的。谁知事情没过几天，竟然可能发生大的变化了，关家要出手，关家如果真的出手，这点小问题，那是不在话下的。同时，柳云桐也察觉到，一个更大的威胁可能向他袭来，关家如果只是帮杨文学要点钱救救急，还罢了，谁知道这个杨文学在其准岳父面前都说了些什么？这一切太可怕了……

关丽娜等杨文学离开关家后，她发了信息给我。短信中，她只说今天不过来了，让我好好睡觉，最后是，宝贝，吻你，晚安。虽然信息简单，但我还是能从中嗅出娜娜心中那股喜悦的味道。

杨文学回到门都后，他又提议开常委会。这次，他要对老干部那笔拨款的问题下手。

常委会上，杨文学一上来就先放了一炮。他说道：“同志们，前几天，也就是八月十五那天下午，我和市老干部局局长沙博同与门都市的老干部开了一个座谈会。会上有些老同志反映了一个问题，对于老同志们所反映的问题，我想大家都知道，是关于他们离退休的问题，据说这件事闹了很多年，至今也没有得到解决，今天和大家议一议，想听听同志们对这件事的看法。”

常务副市长翁忠康先发言：“杨市长，门都这些老同志的问题我比较了解情况，那会儿我在老干部局当局长。”

“忠康同志，能不能先给我们介绍一下门都市老干部的情况？”

“好吧，我市老干部的情况比较特殊，光目前活着的老红军就有八位，抗日战争时期干部，解放时期干部也比其他市多。这一情况和门都的地理位置有关，建国初期，门都所处的战略位置很重要，我市又是重工业城市，对此，国家配备干部时，比较偏重我市。这是历史情况，对于杨市长说的三十几个老同志的问题，国家是有政策的，中央也给过钱，可后来不知什么原因，中央的拨款并没有发到他们手上，这些老同志到处上访，前几年闹得是一塌糊涂。柳书记接手这件事后，曾想从财政那边解决问题，可这笔钱的数目太大了，财政支出这么大一笔钱，牵扯走账的问题，中央这些年对财政的审计要求太严，大伙都担心，旧的矛盾解决了，新的矛盾又来了，势必会造成恶性循环，而且，解决这些老同志的问题，还不仅仅是离退休之间的差额补助问题那么简单，还有住房待遇问题，医疗费的补贴问题，这一系列的问题要解决起来，起码要一个多亿，所以，这事议了几次，不得不搁下了，杨市长，我认为这个历史遗留问题，现在捡起来有点不合时宜，如果这些老同志闹得厉害，可以想办法弄点钱给他们一部分，安抚一下，等日后有机会再说。”

“忠康同志，你的意见是一个办法，但我认为这样解决并不妥善，今天和班子的同志们议一议这事，主要是看看能不能找到彻底解决问题的办法，一步步来，不是不行，只是老同志们的问题得不到彻底解决，他们还会到处去闹，当然，这只是问题的一方面，从问题的另一面来看，他们都是新中国的功臣，目前我们国家这样的功臣并不多了，他们不仅是打下了一个江山，而且管理过江山，很不容易，我们手中的权力是从他们那里接过来的，如果我们为官执政的能力，都没办法让他们安度晚年，那我们还有什么脸面夸夸其谈让门都六百万人民生活幸福，说实话，那天在座谈会上，我的灵魂受到了深深的触动，看到他们朴实厚道的样子，我们能不自责吗？他们干革命工作那会儿，是一个什么条件，再看看我们今天的条件，这很让人寒心，如果我们连起码的待遇和荣誉都给不了他们，让他们等，这些年逾古稀的人还能等多少年？他们还能活几年？难道让他们带着遗憾去见毛泽东，让他们到了另一个世界去告我们一状？所以，我认为这件事不能拖。”

市纪委书记刘铁威说道：“杨市长，你的意思是马上解决？”

“铁威同志，我就是这个意思，来之前，我用电话和柳书记交流过了，他同意我的意见，本来这次柳书记要赶回来参加我们这个会，考虑到他几年都没有休过假，我劝他多在外面散散心。既然柳书记同意我的观点，同志们的想法我也明白了，大家都认为老同志的问题应该解决，只是怎么解决的问题，能不能这样，我先开个头，然后我们再具体议一议？”

“这样好，杨市长先拿个方向性意见，然后我们再具体议论一下。”市委宣传部长邱风说道。

“好吧，那我就先说说我的意见，前两天我去了一趟北京，托关系想办法从中央再要点钱下来，这件事估计有戏。另外，把这次政府机关建的住房拿出三十几套，根据政策，该补就补给这些老同志，关于医疗费用问题，这笔钱并不多，可以考虑从市财政解决，这个回头让财政局那边拿个具体意见，老干局这边，让沙博同志具体负责，按政策逐一核对。最重要的问题，我提议，关于老干部补偿金被挪用的问题，我们这回要彻查，这项工作由市纪委铁威同志主抓，调查原来那笔拨款去了什么地方。同志们认为我讲得不全面的，可以指正。”

常委会散会后，最忙碌的是手机电话，每个人都在为不同的利益关系打电话，只有刘铁威，出门时冲杨文学神秘地笑了一下。

第八章

韩超迎刚要出门，杨文学又把她叫住："韩处长，有件事麻烦你这几天处理一下，我这有份可行性报告，等一下会转到你的电脑上，这几天我去开会，你可抽空找郑凡局长研讨一下，听听他的意见。"

"好，我知道怎么办。"

韩超迎本来还想着如何从环保局拿回那个登记簿，这下机会来了，她做梦也没想到，我的环保物业公司项目无形中帮了她一个忙。这足以说明我和她具备上天注定的缘分。

我在网上获知"环保与金融市长论坛"在上海召开的消息。这个消息让我无比兴奋，当时我就想到，如果把我策划的环保物业公司方案，递到论坛上，做一推荐设想，这样，对杨文学而言，是一个取得话语权最佳的机会。我把想法和娜娜商量过后，在网上，我们查到了主办单位与承办单位名单。登录主办单位，中国环境保护基金会。娜娜一眼便认出秘书长华野，她说："这个华秘书长是我们教研室吴老师的爱人。"

"娜娜，和吴老师说得上话吗？"

"我想，求她办这点事，应该没问题吧。"

"不行我们给她送点礼？"

"去，商人那一套，来不来就送点礼。你现在应该想一想，如何把你的报告修改得中性一些，这样我好拿给人看。"

"娜娜，这不是问题，我今天开一宿夜车，明天早上给你交稿。"

"那不行，我晚上一个人睡冷被窝，你想得美。"

"可你不是急着要报告吗？"

"真是皇上不急太监急，你的事，我着的哪门子急。"

"也是，不过，我怕晚了报告再递不上去。"

"这要看本格格想不想办，想办，惹急了，让它论坛会延期开三天，你信不信？"

"信、信、信，你先去看书，十一点我这边准时收工。"

"这还差不多。"

我的可行性报告要修改成中性论文很容易，把门都市换成某市即可，其他地方稍加改动，不到八点半，我便完成了修改。娜娜躺在床上看书，她喜欢这样的生活方式，两个人一起做饭、吃饭，然后分别忙一会儿工作，没工作忙就看书，或看电视，到了晚上九点多钟，上床办事，然后舒舒服服睡觉，第二天早上再办一回事，然后去上班。这就是娜娜，出身高贵，生活要求平平淡淡。

娜娜早上七点多就出去了。她去学校上班，我知道，她会和吴老师说的，她走的时候我还没起床。

我被电话吵醒了，看了看表，上午八点多，谁这么早来电话？我迷迷糊糊站起来去接电话。我的手机放在厅里充电。接起电话一听，是婉儿。夜生活职业者，早上八点多这个时间十有八九是在睡梦中，起这么早，那一定是有问题。

"南南。"对方传来婉儿的声音。

"婉儿，这么早？"我懒洋洋的声音。

"南南，你不会还在睡觉吧，快说，跟哪个女人在一起，看我不撕烂她。"

挺好的婉儿，怎么和个泼妇一样。我说："我能和谁在一起，昨天写材料太晚了。"

"宝贝，你可别累坏了，和我去国外多好。"

"你又来了，婉儿，这么早打电话有事？"

"我在北京，刚下火车。"

"什么？你来北京怎么没提前告诉我？"

"我和马经理他们来的，接一批小姐，明天就回去。"

"你在哪？我过去找你。"

"想我了？"

"废话，我没你都快憋死了。"

"我在宝辰饭店718房，你什么时候能到？"

"两个小时吧。"

"那么久？"

"宝贝，这是首都，不是门都。"

"好吧，我等你。"

放下婉儿的电话，我看了一下电脑，上面有娜娜给我的留言，显示我改过的报告已发到她的邮箱里，我摇头笑了笑。冲过凉后，我早餐也没吃，出门下楼打了辆出租车去宝辰饭店。

我坐在出租车里的时候，杨文学正在空中的飞机上。一个在天上，一个在地下，两个男人，都在为一个女人而思考着。娜娜，这个名字，令人向往。

杨文学的飞机开始下降高度时，空中小姐那甜美的声音在提示，请旅客们系好安全带，收起小桌板。杨文学一抬头，他看到左侧前排靠通道的座位上，有一个绝色美女正在冲他微笑，并热情地向他点了点头，然后把脸转了过去。

金秋时节的上海，空气中飘浮着团团潮湿的雾气，向杨文学扑面而来。杨文学因为走的急，他头上浸出汗珠。A省电视台著名女主持人夏迪快步走到杨文学身边，递给他一个香帕。“夏迪?”

“市长大人，还记得我呀?”

“飞机上是你和我打招呼？对不起，我一下没认出来，你到上海出差?”

“A省的市长全来了，我们省电视台组织了一个摄制组。”

杨文学无意识地用手帕擦了擦汗，当他反应过来时，手帕已经脏了，把用脏了的手帕还给夏迪不是那么回事，不还吧，这手帕又不是一张普通的面巾纸，用完可以扔掉。更何况，他明显感觉到手帕是高级丝织品。无奈，他只好把手帕放在手中折叠好，说了声：“谢谢。”然后塞进衣服口袋里。

“杨市长，你是一个人来上海?”

“对，我一个人习惯了。”

“平时一个人可以，外出带个秘书方便点。”

“我没有专职秘书。”

“不会吧?”

“真的。”

“杨市长，会议期间，我来给你当秘书?”

“这我可用不起，著名主持人夏迪，给我一个小市长当秘书，我开不起这个玩笑。”

“不开玩笑，给你当秘书是台里安排给我的工作。”

“工作？你不是跟摄制组一起来的吗?”

“一起来是不假，但我们分工不同，我这次到上海是专门采访你杨市长，如果没有这次上海之行，我也要去门都见你，杨市长，没有车接你?”

“我没让他们安排车，坐出租车可以省去很多麻烦。”

“那好，我也不坐摄制组的车，和你一起坐出租车，你不会反对吧?”

“和著名主持人同乘，我荣幸之至。”

上了出租车，空调的冷风使人为之一爽。夏迪说道：“杨市长，经常来上海吗?”

“算这次是第三次。”

“看来我还可以给你当导游。”

“秘书、导游，夏迪，看来门都政府这回开销大了。”

“杨市长，你还真把话说反了，我主持过数不清的专访，访到谁谁都得出费用，直接出也好，软性广告也好，反正得变相有人埋单，否则台里也不干。这回台里对你的态度则不同，没提任何条件。”

“是吗，我杨某人面子看来不小嘛。”

“杨市长，这次市长峰会，你有讲演吗?”

“没有。”

“杨市长，你似乎很在乎公众影响，为人处世从来都低调。”

“低调是故意行为，我是性格问题。”

“可我听说你在工作中又会有截然相反的性格。”

“工作上不是性格问题，那是职责问题。”

出租车停在上海新锦江酒店，杨文学和夏迪从车里出来，他安排服务生把行李送上房间，然后对夏迪说道：“我就不请你上去坐了，如果方便，我们去大堂吧，我请你喝点什么?”

“好吧。”

杨文学和夏迪在咖啡厅坐下后，每个人叫了一杯咖啡。杨文学喝咖啡喜欢加糖，他拿起方糖对夏迪说道：“夏小姐，你加糖吗?”

“不，我喜欢喝苦咖啡，这种苦味和人生贴得很近。”

“这我还是头一回听说，不过，咖啡的苦味是天然植物的质朴，而加糖是人为改变质朴，经过人为改变后的质朴被赋予生活的另一种享受。”

“杨市长，很多人都说你是一个古板的政治家，和你这样近距离一接触，我才发现此言差矣。”

“也可能这是在上海。”

“这话怎么讲?”

“全国市长齐聚上海，进入到了一个自由且洋气十足的氛围之中，我多少有点受到入乡随俗的影响吧。”

“杨市长，既然这样，那就接受我的专访了?”

“我从来不接受媒体采访，如果是市里集中工作行动，也仅限于新闻报道，至于专访，恐怕我很难接受。”

“杨市长，台里指名我们直击快车节目要给你做专访。”

“夏小姐，我可能会让你失望了。”

“杨市长，对于媒体你如何看?”

“夏小姐，请允许我提一个问题，涉及媒体这样敏感的话题，我们最好是莫谈。从我个人而言，只能说从来未想过做电视明星。”

“可电视一直是领导提升自己声誉的最好平台，你从没想过要利用这个平台吗?”

“想过。”

“直言不讳。”

“可是，我又觉得没做出什么成绩不值得上电视炫耀。”

“杨市长，上电视就是炫耀，看来你还不太了解传媒的真正作用，作为一个领导干部，你的施政设想，如果能在第一时间传出你的意图，这不仅是领导者本人的需要，更重要的是公众的需要，从古代的诏书、张榜，到今天的新闻发布，没有合理嫁接意识的桥梁，又何谈执政意识的贯彻执行。所以，领导干部，没必要把拒绝上电视、报纸作为一种执政低调姿态。只要不是故意做秀，一个好的领导干部，应该重视媒体的宣传声音。”

“照你这么说，如果我拒绝专访，就不是一个好的领导干部?”

“话也不是这么说。不过，门都六百多万人口的城市，一市之长，在与大众沟通方面，你不认为媒体是最好的平台吗?有人说领导要懂得经营自己。你对这句话如何理解?”

“自胜者强大。”

“我为门都百姓有你这样的市长自豪。自胜者强大，这句话说得好。不过，不懂经营自我，又何谈去经营一个城市?经营自己的过程，同时也是规范自我的过程，因为你要对你说的话负责任，公众也会有监督你的依据，只有这样，才说明你善于接受公众意识的监督，才证明你是一个丰富多彩的政治家。”

夏迪不愧是传媒界的高手，她几句话就把杨文学逼进了死角。杨文学微笑着说道：“看来遇上你夏迪同志，我是没办法不破例了。”

“市长大人，一个有绅士风度的男人轻易不要拒绝漂亮女人的邀请，一个精品的政治家，他的情感一定是丰富多彩的，特别是我们中国，它是一个古老而文明的礼仪之邦，机械冷酷的执政者，一天到晚板着脸，我个人认为这不符合好执政者的形象，而且很容易被人理解为政治压抑。”

“夏迪小姐，我在你这里学了不少东西，作为著名主持人，你的水平名如其实。”

杨文学忘记他从哪本书上看到过一段话：普天之下，最让男人赏心悦目的女人，是女艺人和女记者，或者是身体里具备这两样素质的女人，她们才思敏捷，激情四溢，魅力无穷。一旦你和这些女人混熟了，与她们聊天是一种高级享受。因为这些女人说起话来，脸上的表情和形体上的动作配合得恰到好处。还有她们夜莺歌唱般的声音，简直就是在欣赏艺术珍品。在与夏迪的交谈中，杨文学不仅放松了自己。而且，他的表现既儒雅又得体，语言上时而犀利，时而诙谐，频频流露出政治家的睿智。在不知不觉间，他们整整谈了一个下午。我敢说，此时的杨文学已经忘记了娜娜的存在。他只有忘了娜娜的存在，才会彰显出男人的本色。因为，在这一点上，我与他有同感，这并不是说娜娜作为女人不优秀，娜娜的美丽与智慧绝对堪称女人中的佼佼者。但她骨子里的威严与她头上的桂冠，往往会压得人喘不过气来。哪怕你与她缠绵，可你头脑中的烙印是无法抹去的。

我和婉儿在一起则不同。我来到婉儿的房间后，这娘们儿正等着我。

宝辰饭店二楼有一个风味小吃街，那里面全国各地的风味都有，既好吃又便宜，我带婉儿去二楼吃的饭。吃过饭后，婉儿下午要去接小姐，今天听她说，来的好像都是四川的。提起四川妞，婉儿一边吃饭，一边讲了个笑话给我听，她说的是几年前，发生在广州的一个笑话，说有一天几个鸡头从广州火车站接了几个四川妹，那一年广州的生意火爆得很，这几个妹子一下火车，直接被派去流花宾馆接客，鸡头带着几个妹子进了酒店的电梯，电梯上到八楼，等门一开，鸡头便领着她们往外走。这些小姐一看，电梯门外的地面上铺着地毯，她们误认为不能穿鞋往上踩，因此，这几个妞将鞋子脱下，拎在手上跟着鸡头后面走。鸡头不知何时回头一看，哎呀我的妈呀，这几个妞，穿袜子的，袜子又黑又脏，有的还露着脚指头，没穿袜子的脚缝里还有泥。鸡头赶紧说："穿上，把鞋穿上。"

婉儿的故事讲完了。这个故事让人发笑。当然，也让人发省，社会走到今天，这种情况少见了。看来，文明与进步的体现是一种全方位的表现。我家乡那些山里妹子，现在处于何种生活状态，我不是很了解，但我小的时候，确实看到过女人的脚上有泥，相比之下，可可那双脚自然会成为干爹的尤物，这其中的妙处是有道理的。估计干爹当年也是看了女人的脏脚，落下了病根，致使今天可可的脚变成了医治心病的灵丹妙药。

一说到可可，好像是心有灵犀一点通，我从婉儿那一出来，可可给我的手机来了一条信息："上网。"

当时我正在出租车上，本来是想回亚运村的，这里到亚运村还要走很久，我又怕可可有急事找我。我对出租车司机说道："师傅，去宝利大厦。"

"又不去亚运村了？"

"对。"

在宝利酒店咖啡厅，我打开了手提电脑，刚登录上去。我看到："雕刻时光"在线。

我打字道：什么事？我已回门都。

想见你。

我在北京。

什么时间回来。

明天。

直接来我家。

OK。

下了网，我心里骂道：没事发骚。服务员小姐送来了我叫的龙井茶。我望着茶杯里冒出的热气在发呆……

手机响了，是杜三娘。她找我干什么？我印象中几乎没这个人了，我本不想接，后来觉得不对，大庭广众之下，手机铃声吵得人烦不说，人家会以为是找我要账的电话，我不敢接呢。无奈，我按下了接听键："杜总。"

"李诗南，还记得我呀？"

我心里想，即使我把全世界的女人全忘记了，你这肥婆我也忘不了，但我嘴上却说："我不会忘记你的。"

"听这话味不对，不过也没什么，不打不相识，你在哪？"

"北京。"

"哟，混大城市了。"

"这还没混好呢。"

"行，牛，回门都吧，我们合作点事。"

"我们？合作？"

"对。"

"我不是已经被公司开除了吗？"

"再回来嘛。公司又不是监狱，进进出出的不方便，是吧？"

"我还是听不懂杜总什么意思？"

"李诗南，听不懂没关系，我提个熟人你一定认识。"

"谁？"

"范永涛。怎么样，这个人你熟吧？"

我的脑子里一片空白，过了好一会儿我才问道："杜总你什么意思？"

"我什么意思，回门都再说。当然，南南，我没什么坏想法，只要你听我的话，哈、哈，什么事都没有。"

人能控制情绪，人就能成功。对，成功。为了这一天，我可以吃大便。这就是我当年的誓言。我会一辈子记住我的誓言。我笑笑说道："杜总，你所说的听话指的是什么？"

"明知故问，我这样的女人还能有什么？前途、事业、爱情这些我统统都不要，我也没兴趣，而且，只要你听话，我可以把前两项给你，你可以回来坐我的位置，我为你打工都可以。”

“可我还是想不出你要什么?”

“放屁，和我装疯卖傻，又故伎重演是吧？告诉你，我只要我最需要的，性，性你懂不懂，只要你满足了我，一切都会烟消云散，不仅如此，我会让你飞黄腾达。但话又说回来了，如果你三天之内不回门都，那你知道你会是什么下场。”说完，杜三娘“啪”的一声把电话挂掉了。

女人，又是女人。算命的说我日柱中淫、欲、煞占全，这种人成也是色，败也是色。这一切命中是躲不过的。

放下杜三娘的电话后，娜娜的电话就进来了，她在电话中告诉我，上海环境与金融市长高峰论坛组委会主办单位已经同意，我写的关于设立环保物业公司论文，作为大会参考资料获准了。可不知为什么，听到这一消息，我竟然高兴不起来。

我知道，这一切都与杜三娘打的那个电话有关。娜娜今天晚上请吴老师吃饭。她要晚上八点才回去。这个时间，我必须去找一个人，这个是我最需要的人。

第九章

我明天要回门都。晚上，娜娜察觉出我的情绪反常，虽然我极力掩饰内心的恐惧与慌乱，到头来也没瞒得了她的法眼。“南南，是不是有什么事？”

“没有。”

“不对，我们在一起三年多了，你的一举一动瞒不过我的。”

“别乱想了，我真的没事。”

“南南，我从小受的是很正规的传统教育，我的职业又是教师，家庭更不用说了，我父亲一举一动都会影响到这个社会的波动，这也是为什么我母亲让我嫁给杨文学的原因。可我选择了你，我的灵魂告诉我，我是爱你的，我和你是有年龄差距，但这一关已经过去了，我们走到了一起，这是事实。这个事实，除了你负我，而我至死也不会负你，无论从爱，还是从其他方面讲，我都不会离开你，为了你，我已经违反了领导干部子女不允许做生意的纪律规定。其实，我并不爱钱，但我爱屋及乌，既然走出了第一步，我会一直走下去，以关家的势力，很少有我们过不去的坎。今天，我不逼你，给你时间，你慢慢想，什么时候想好了你再跟我说，你只记住一句话就可以了，娜娜不会抛弃你，也有能力管你。”

听了娜娜的肺腑之言，我放声大哭，我将头趴在娜娜的腿上，她抚摸着我的头。作为男人，我曾忍受过刻骨铭心的伤痛和耻辱，但我没因此落过一滴眼泪。那是因为，我无法向人倾诉，更没有倾诉的对象。可今天，我会相信娜娜吗？当她知道了我过去的一切，她会怎么想，这么一个单纯的姑娘，面对我如此复杂的过去，万一她权衡利弊后，对我撒手不管，那时我该怎么办？难道，我准备了这么久的成功计划就这样付诸东流了，拿我所有的出路去赌一条失败之路，去赌娜娜这份爱？

我抬起头来，含着泪水，望着娜娜，她用热吻吻干了我的眼泪！“南南，我知道你有难言之隐，你在疯狂地准备着什么，过去毕竟是过去，还是那句话，一切你都不用怕，如果有什么人敢打你的主意，敢欺负我关丽娜的男人，我会让他们死无葬身之地。谁都认为我老实，那是因为没有伤害到我的个人利益，我不世俗，所以我与世俗无争，你是我的第一个男人，也是我终生的男人，夺去我的男人，等于夺去了我的生命，不说我们这个国家是个法制社会，只说我的父亲，如果有人平白无故地夺走他女儿的生命，他会干吗？所以，宝贝，你大胆地干。”娜娜说这番话时，眼中充满怒火。我承认，如果娜娜本人不放弃我，我真的什么人都不用怕。同时我也知道，对于娜娜，绝不能让她马上面对尴尬的局面，虽然她有能力挽救局面，但挽救后的局面，只有一个，我解脱了，娜娜却离开了我。不行，我要解脱，娜娜也不要离开我，这才是我要的结果。

“娜娜，相信我，不会太久，我会把一切说给你听。”

“宝贝，我相信你。”

“娜娜，无论到了什么地步，你都不要抛弃我好吗？”

“南南，除非你自己抛弃自己，我永远都不会弃你不管。”

第二天我搭头班飞机回门都，我直接去可可家里，可可没在家，摁了半天门铃，屋内也没有动静。无奈，我只好拿出可可留给我的钥匙把门打开。可可好像是刚出去，放在沙发上凌乱的衣服都没有整理，我进屋后来到书房，电脑开着，我敲了一下键盘，上面有她的留言：南南，我出去一下马上回来，等我。

等吧，反正我也没什么地方去，我脱光衣服，钻进卫生间，放了一池子热水，然后躺在池子里，开始给魏青打电话。“青青，公司没什么事吧？”

“没有，公司装修这两天就结束，你什么时候验收？”

“你们验收就可以。”

“那好，老板，按照你的吩咐，新招了几个职员，因为公司没装修好，我和她们说回去等通知，你看面试定在哪一天？”

“这也由你定，看好收下就行了，另外记着，有外人在，叫李总，没外人叫南哥。”

“好的，南哥，有件事我定不了？”

“什么事？”

“星期六省会一家私人俱乐部有个活动，请柬寄过来了，请你参加。”

“我好像不认识这家私人俱乐部的人，他们怎么会请我，搞错了吧？”

“这不可能，现在社会就这样，你的公司一注册，这个信息就有人给卖了，大老板嘛，谁都会争取你这样的大客户，今后你会不停地接到一些邀请、打折卡、房地产销售部小姐的电话、4S店售车小姐的电话等等，都会主动送上门的。”

“这样啊，好，这个星期六，你和爱诊跟我去，你们打扮得漂亮点。”

“南哥，我们也去呀？”

“为什么不去，今后全靠你们挑大梁，有这么好的交际机会干吗不利用。”

“那好吧，我告诉爱珍一声。”

“别忘了，到那天我们下午公司集合。”

“忘不了。”

放下电话，我第一个想到的问题是，李诗南，绝不能倒下，辉煌刚刚开始，一天生意没做，各种荣誉纷至沓来，如果公司生意做大了，那会是一个什么结果？简直是不可想象。这就是成功者的魅力。杜三娘，近四十岁的女人，她和二十岁的女人有什么不同？没什么不同嘛，不就是年龄问题吗，除了年龄，剩下的全都是幸福。对，一定全都是幸福。想到这，我给杜三娘打电话：“三娘，我是南南。”

“三娘？噢，对，叫三娘才对。南南，听这口气你是想通了？”

“我明天回门都。”

“好，太好了，明天我来安排。南南，按说我俩的关系，叫三娘也对。不过，听上去有点别扭，单叫一个娘字也太那个了，叫娘又太俗气，要不这样，南南，你干脆叫我娘娘，这样叫又不失我的身份，而且通俗易懂，怎么样？”

“我看行，就这么定了，娘娘，明天陛下宣你觐见。”

“陛下？是，贱妾领旨。”说完这句话，我们全都大笑不止。

放下杜三娘的电话。我细想了想，杜三娘这人处好了也挺逗的。看来，这人跟人要是过意不去，那就会互相指责挑毛病，一旦两个人变成朋友。说不定是一件非常不错的事呢？做人还是想开点好。

可可在一座山上，山下的坳子里是门都龙山息园。她手里拿着望远镜，正在调动着焦距。她看到了，二十七排十六座。她手中军用高倍望远镜可以看到墓主人的名字，白舒。对，墓碑上刻着白舒两个字。照片看得也很清晰，一个女孩子，十七八岁的样子，梳着学生头。照片上的人看不清眼神，不过可可猜也猜得到，这个叫白舒的女孩，长着一双清澈又明亮的大眼睛，透着天真无邪。看到这，可可两眼热泪横流。最后，她把头俯在双膝上，没有人听得到她哭泣的声音，但你可以看到她起伏抖动的双肩……

远远望过去，有个戴着墨镜、穿着风衣、留平头、方脸型的大约四十多岁男人，他弯腰在白舒的墓碑台阶上放下一束鲜花。然后，他挺起腰伫立在墓碑前。他的风衣一角在随风摆动。

他在白舒的墓碑前站了大约十分钟后，转身离开了。金山息园大门停车场停着一台黑色S600奔驰车，这个男人上了那台车。车子离开停车场，转了一个弯，便消失在公路上的车流中。

可可停止哭泣，她站起身，把望远镜放进斜挎在肩上的包内，顺着山路往东面坡下走去。

她回到家后，两个眼睛还是红红的。见到她哭过的样子，我才反应过来，今天是10月28号。这是错不了的，因为今天是白舒的忌日，这个日子活在世上的男人只有两个男人知道，一个是我，另一个是干爹。

可可今天的心情很糟糕，她两只大眼睛瞪着天花板："南南，环保物业公司的项目什么时间可以批下来？"

"大概就这几天，娜娜会催杨文学。"

"你估计一下，我们可以进多少钱？"

"按照百分之七十算，应该会有三个亿。"

"太少了，按照我们的计划，这点钱什么都干不了。"

"我想下手把啤酒厂那边的钱先弄过来。"

"不行，绝不能操之过急。深呼吸，再深呼吸，一切都要稳，这个时候半步都不能走歪，否则全盘皆输。"

"可可，我这边可能出了点岔子。"

"什么？严重吗？"可可的语气有些紧张。

"目前看没问题，但时间久了不好说，因为杜三娘发现了我的真实身份。"

听到这，可可忽地一下坐了起来："她是怎么知道的？"

"眼下还不清楚，不过，我明天约了她。"

"南南，这个三娘是外围人员，她从哪里弄到的信息呢？"

"可可，我们不用费心去猜她，你放心，我会有办法对付她。"

"南南，性不是万能的，你不要过分的自信，说实话，我最担心的就是你这一点，要知道，小心驶得万年船，这个世界上，最靠得住的是不自信，而不是自信。"

"可可，我不会那么蠢，昨天一接到她的电话，我已经做好了随时斩草除根的准备，待我把一切摸清后，我保证两天之内所有的线全都会断掉。"

"你去见了那个人？"

"对，他和我一起来门都了，这两天他会熟悉一下地形。"

"这件事最好不要在门都做。"

"这要看情况而定。"

下午四点，我离开可可那里，先去公司一趟，魏青和徐爱珍在公司。她们看见我，便主动过来打招呼，魏青说道："李总，刚来过电话，说你不来公司，这会儿怎么又突然出现了？"

"叫南哥。"

徐爱珍一旁说道："南哥，不会是躲在一边监督我们吧？"

"我有那么无聊吗？"

“那不一定，对我们新职员加点小心也正常嘛。”魏青说道。

“好，你们是我的新职员，那我对你们而言也是新老板，为了取信于你们，也为了证明我自己，今天，我拿点证据给你们看，这样做对我来讲是平生第一次，但也是最后一次，我知道这样做有点滑稽可笑，可我想尽快结束我们之间的磨合期。嗯，拿去。”我从包里拿出飞机票递给魏青。魏青接过机票，但她并没有看，她微笑中带着歉意对我说：“南哥，没那么小气吧，我们虽然是职员，可找点时机和老板开个玩笑总行吧？”“谁说不行，我给你机票是让你拿到财务那记账的。”

“南哥，还是你应该当老板。”徐爱珍说道。

“什么叫我应该当老板，我本来就是老板嘛。”

“真的，你是老板？”

“真的，这还能有假，是不是担心我发不起工资给你们？”

“魏青，南哥真的是老板。”徐爱珍冲着魏青说道。

“珍珍，我看像。”魏青附和着。

“哎，我说你们俩在干吗呢，一唱一和的？”

“我们是想说，你真的是老板，晚饭有人请了。”她们两个人齐声说道，说完我们三个人都笑起来了。

我带着魏青和徐爱珍去五星级酒店吃西餐。借着吃饭时间，我很认真地和她们谈了工资和报酬问题：“你们俩的月工资是五千。”

“看来我俩是两个二百五。”魏青说道。

“我是说每人五千。”

“这么高？”徐爱珍说道。

“嫌高好办，你们说要多少？我可以降。”

“谢谢南哥，还是别降了。”魏青说。

“那好，工资就这么定了。另外，每个季度有百分之十的分红，我说的是公司纯利。”

“我们要付出什么代价？”徐爱珍问道。

“需要。”

“明说吧，是不是需要我们脱？”魏青问道。

“这我不知道，业务你们去做，我说的需要指的是客户需要。”

“南哥，公司业务量每年大概是多少？”徐爱珍又问道。

“目前，固定收益是四个亿，这一点体现在我们环保物业公司的可研报告中，五年内做上市。”

“上市先不说，四个亿，根据报告上的数据分析，纯利起码三个亿，也就是说，我俩每年能分到六千万，每个季度是？每人分七百五十万，加上工资一万五，那就是七百五十一万五千。每年加工资是三千零一百六十五万？”魏青问道。

“大概就是这样。”

“南哥，把我俩的墓地买好。”徐爱珍说道。

“恐怕没这必要，我们只花钱享受，不玩命。”我说完这句话后微笑地看着她们。

“不玩命更好，玩命我们也干，南哥，我和爱珍是从小到大的朋友，不管去哪工作，都要在一起。和你一起干，痛快。你和上海那些已经雌性化了的男人比，看上去就招人爱。所以，我代表珍珍做个决定，返个回扣点给你，你有‘需要’随叫随到。”

“青青，这个点返得好，我喜欢。”

“那你现在需不需要？”徐爱珍问道。

“也没这么急吧，你们钱还没挣到手呢？”

“这年头，不提前送礼，哪能赚到钱，所以，有机会，看准了，该送就得送到。”魏青笑着说道。

“说实话，你们不怕后面的生意黄了，到头来竹篮打水一场空吗？”

“谁说竹篮打水一场空，捞到你这条大鱼空也值了。”徐爱珍笑着说道。

“我看你们俩之间不正常。”

“亏你还是大学生，怎么像刘姥姥进大观园，大惊小怪的。我俩这么好，要是没关系那才叫不正常呢。”

“直率。看来，我的招工填空题是正确的，我需要的就是你们这样的合伙人。”

“在我们所去过的面试公司中，你南哥是最另类的，不像那些公司老板，来没来就想骚扰我们，起码也要意淫我们几眼，给两千块工资，还摆出一大堆条件，你多爽，虽然那钱听上去是个吓人的数字，但你敢说出来。”

“对，青青说得对，你南哥敢说出来，我们就敢听，既然话说到这份上了，不妨也对你南哥说句实话，留下我们你会有意想不到的收获。”

“意思是说你俩非精品即尤物？”

“你说的是我们的身子，我说的是我们的社会关系。”

“这么说……”魏青打断我说，“你不用猜了，到时候自然知道。不过，对于我刚才的提议你好像还没答复我们。”

“后天，我需要。”

我的话说完后，魏青和徐爱珍脸上的表情略显扫兴。目前，对我而言，住在酒店里那个人是我需要的游戏。对此我冲她们解释说：

“其实我非常不情愿说出后天两个字。”

“我们也最不喜欢听这两个字。”魏青说道。

“就是嘛。”徐爱珍说道。

“可是，我今天稍晚一会儿有一件性命攸关的大事要办，真的是来不及服侍你们。”

“性命攸关？你不会去杀人吧？”魏青问道。

“有那份心没那份胆量。”

“我们可以帮你。”徐爱珍说。

“什么？你们两个女人敢杀人？”

“杀人是我们家祖传的法宝，不过，到我们这代失传了，但我们可以找个人来干这事。”魏青说。

“不会吧，听上去那么恐怖。”

“你权当听故事好了，真有那一天咱们看现实。”徐爱珍笑着说。

“这样吧，为了我的生命安全，我决定把后天改为明天。”

“好像南哥很勉强。”魏青冲着徐爱珍说。

“越来越不对味了。我求求你们在这等我一下，我去楼上和北京来的客户打个招呼，然后我们就走。”

北京来的这个男人是我当年一段生活经历中的难友。杜三娘对我的威胁让我不得不做一番铤而走险的准备。但是，真的让我去杀杜三娘，可能我只有想一想的份。不知为什么，刚刚和魏青她们的胡乱对话，我突然完全放弃了干掉杜三娘的打算。我决定今天就打发他走。这工夫，我一边去楼上房间见他，一边后悔我昨天的冲动，我怎么会莫名其妙地把他带到门都来，我昨天下午在北京怎么会和他说了那么多不该说的话。难道我今后要背负一种足以毁了我前程的污点生活一辈子吗？我今天让他去杀杜三娘灭口，那明天又要谁去杀他灭口？太可怕了，世界上唯一不能选择解决问题的办法就是以恶治恶。还好，我这哥们儿是个通情达理的人。我来到他的房间后放松了许多。

“哥们儿，昨天和你说的事我想缓一缓。”

“永涛，噢，不对，我现在应该叫你南南。南南，你能这么想也好，你现在要干大事，冷静是第一重要的，别轻易选择走极端。”

“哥们儿，你真的这么想？”

“南南，不瞒你说，昨天跟你来门都，一路上我想了很多，我们哥俩是患难兄弟，你遇上难处我不帮你显得哥们儿不够义气，可是，我们一旦杀了人，我没回头路可走了，你嫂子怀孕了，我需要钱，可是，仔细想想为了钱去杀人值吗？”

“哥们儿，这件事到此为止，我想我会有办法解决这一切，当然，钱我会给你。”

“不用，南南，我还没穷到那份上。”

“我给你钱不是因为你穷，我俩哥们儿一场，我马上要当叔叔了，总要给未出世的孩子存点读书费用。”

“南南，情意我领了，钱就算了，但愿你能过去这个坎。”

“放心吧，我会成功的。”

“其实我早看好你会成功。当初为了成功，你付出了那么多。”

“借你吉言。”

我这哥们儿坐晚上的火车回北京了。临分手时，我硬塞给他一张二十万元的卡。他为了这笔钱，和我争执了半天。最后，我们说定，这笔钱算我投资，他在北京开一家小饭店。

今天的事太悬了，我差点就走上一条人生的不归路，可可说得对。稳，一切都要求稳。

我特别要感谢魏青和徐爱珍。不知为什么原因。但有一点我清楚，那就是我把后天改成了今天。

从墓地出来的那个男人住在门都假日酒店。他那台黑色奔驰车停在酒店门口。这个戴着墨镜的男人下车走进酒店大堂，他乘电梯到十六楼，插卡进了1618客房，这是一间套房，外面客厅沙发上坐着一个男人。五十左右岁，长着一张圆脸，看上去很富态，慈眉善目，有点佛祖的味道。他见有人进门，立马站起来：“秦公子，您来了，一路辛苦。”

“老方，到底是怎么搞的，突然出了这么个事？”这位被称为秦公子的人根本对老方的问候不屑一顾。而是反问道。老方叫方向，估计他爹当年是个开车的，所以才给他起了这么个名字，见秦公子问道，他回答说：“到目前为止，还没弄清楚，估计是有预谋的行动。我们公司的车全抓了，肖总那边的车也怪了，行动那天晚上，他们好像提前知道消息一样，每辆车都开到了污水处理厂。”

“没弄清楚，我就知道你会这么说，没弄清楚，哪一回你又弄清楚过？都他妈怪你爹给你起的这个名字，方向，我看你从来也没找准方向，连个东西南北都分不清。”

“是，是，秦公子说得对，我这名字是文化大革命的产物，把准大方向。”

“可你把准了吗？肖总那边才叫把准大方向呢，说吧，这事你想怎么办？”

“秦公子，我之所以没办法，才请您出山，平时环保局那边出点小事，我能处理，这回听说是杨市长主抓这件事，环保局那帮孙子，没事吃吃喝喝牛吹得挺大，动真格的了，问到他们时，连话都不敢说。”

“杨市长吃饱了撑的管这闲事，拿个鸡毛当令箭。这事十有八九出在下面，有人往上捅。我问你，平时每个月的份子钱你都给没给？”

“给了，再糊涂我也不敢忘了这事呀，再说了，这帮孙子你想不给都不成，他们会找你要的。”

“不对呀，按理说这帮人钱都收了，应该不会乱捅，难道他们嫌给少了？”

“秦公子，不可能是这个原因，肖总她们给的和我们一样多。”

“那你说为什么会发生这事？”

“秦公子，有些话我不知当讲不当讲？”

“讲。”

“是，秦公子，我怀疑环保局这次行动就是冲着我们来的。”

“哦，原因呢？”

“原因是，在行动之前，有人偷拍了我们几台车的照片，上面有我们整个倾倒污水的过程，照片中，没有一台车号是肖总的。”

“这么说还真是冲着我们来的？什么人胆这么大，敢冲老子下手？”

方向心里想，什么人，杨文学就敢下这个手。在杨文学眼里，别说对老子下手，对孔子也一样下手。但他搿在肚子里的话没说出来，只是说了一句：“更详细的情况还在派人查。”

“你认为能不能是环保局内部人干的？”

“不像。”

“难道和肖总那边有关系？”

“不好说，即使不是肖总干的，起码她也是知情者，俗话说同行是冤家。为什么她公司的车当天晚上那么守规矩。”

“要说是肖鸣干这事，我认为不可能，当然，她提前知道行动的消息，这倒有可能。不过，她提前知道消息应该会给我打电话呀，前几天她去省里我们还一起吃的饭呢。”

“秦公子，您和肖总那么熟，是不是问问她，看能不能知道一点消息。”

“看来只能是这样，老方，你这边抓紧查，晚上我们再碰一下。”说完，秦公子走了。

秦公子坐上车后，他给肖鸣打电话“鸣鸣，二哥。”

“二哥，你好。”

“我到门都了，你在哪？”

“二哥，我在办公室，你在哪？”

“我住在假日。”

“要我过来吗？晚上请你吃饭。”

“不用，我现去你那，回头我们一起去看看老爷子，晚饭的事再定。”

“那好，我等你。”

肖鸣是肖丰的姐姐，肖老爷子的宝贝女儿。

肖鸣想秦公子是为扣车的事而来，如果他要是问到这个问题，自己怎么说？出了这么大的事，事后连一个电话也没打，这事于情于理，对朋友确实很难交代。怎么办？说不知道？不现实，这话让人听上去明显是撒谎，说自己知道？为什么明知道不事先通报一声。说自己提前不知道？但是，自己的运输车却一点事都没出，这也是此地无银三百两。而且，秦公子的公司出了这么大的事，两天来，连个关心的电话也没有。

肖鸣看了一下时间，从假日酒店到公司最快也有二十分钟，她微微一笑，来得及，现在是需要智慧的时候。

肖鸣拿起电话打给肖丰，“小丰，我记得你有个同学在省移动局机房工作？”

“对，她在那当主任。”

“能不能求她办件事？”

“什么事？只要她能办到，我一句话。”

“是这样的……”肖鸣把事情的经过从头到尾简单扼要说了一遍。

肖丰听完后说了一句：“小事，五分钟搞定。”

放下电话，肖鸣懒洋洋地站起身来，她来到窗边，推开窗子，任凭着从窗户进来的风，吹拂着她的脸庞。爽，这时，风给她带来的感觉，让她深深地体会到，人生真的永远是那么美好。

秦公子身子靠在车后排座上，他从外表上看是在闭目养神，但心里在想，看来江湖险恶这句话说得一点也不假，秦、肖两家的关系是世交，肖东方能当门都市委书记，如果没有秦老爷子在省里斡旋，哪里又会轮到他。前几年，肖鸣的生意不好时，整天往省里跑，今天求办这个，明天求办那个，挣到钱后，连一个子的回报都没有。就算运输污水这件事，肖鸣是切出一半的业务给自己做，可把这件事办下来，也是自己上下跑动才办成的，办了这么大一件事，将一半的业务让自己做，也是应该的。现在可好，肖鸣挣到钱后，人也开始变了，变成了六亲不认。竟然连通报个信息的情分也没了。既然你先无情无义，那也别怪我心狠手辣，等一下见了面，如果你肖鸣能拿出个合理的说法，还则罢了。否则，我一定让你付出代价。

秦公子的手机进来一条信息。这是一条重复提示信息，信息首发日期为三天前的下午六点五十八分，信息内容为：二哥，今晚，环保检查，车辆应按正规路线行驶。鸣。

秦公子看完这条信息傻眼了。他冲司机问道：“三天前什么人动过我的手机？”

“蓉蓉动过。”

“什么时间?”

“吃晚饭时。”

秦公子马上拨打蓉蓉的手机。只听电话那头有个女人的声音：“哥哥，又想我了?”

“我问你，三天前的晚上六点多，你是不是动过我的手机?”秦公子的口气很严肃。

“干吗气哼哼的，我又没干什么。”

“你看过信息吗?”

“看了，我不但看了，还把那些骚娘们儿发给你的肉麻信息全给删除了，怎么了。”蓉蓉的口气也硬了起来。

“我操你妈，怎么了，你她妈删除了我一条最重要的信息，你可害死我了，你给我等着，看我回去不整死你。”说着秦公子气急败坏地挂断了电话，电话那头的蓉蓉还想说什么，她发现电话已经挂断了。但她还是狠狠地说，重要你妈个头，不就是一些卖逼的发给你的信息吗，算个什么东西。

肖鸣在窗前吹了一会儿风，她看了一下表，根据时间，秦公子早就该到了?难道?肖鸣自觉得这件事理亏，可没办法。商场如战场，所谓的商场如战场，不仅指商业对手而言，主要指利益而言。特别是涉及企业与政府的问题更是如此。那天张琦来送照片时，明明说是杨文学安排韩超迎办的，如果把这一消息透露给秦公子，那等于大家的车在接到通知后，一下子全都按规矩办了。要知道，出了这种情况杨文学会怎么想?他一定会怀疑有人对外泄密。这件事他只交代过韩超迎去办，韩超迎又交代给张琦去办，出现泄密情况，她们难辞其咎。韩超迎会马上报复。而我肖鸣相当于办了一件恩将仇报的事情，无形中把好不容易培养起来的人脉关系，推到了敌对的角度。权衡利弊，只能选择丢卒保车。所以，这件事只能这么办。

秦公子来晚了二十分钟。他中间去了一趟超市。司机下车采购点东西，因为他要去拜访肖东方。同时，他也给肖鸣准备了一件礼物。他要送给肖鸣的礼物是早就准备好的。但当初这件礼物是拿来送给蓉蓉的。蓉蓉现在坏了他的大事，这娘们儿没用了，当然，现在蓉蓉不仅是有用没用的问题，一定要收拾她，否则很难咽下这口恶气。回到头来看，还是肖鸣好，关键时刻没忘了二哥。

对于肖鸣，秦公子早有上她的欲望，最初，碍于两家的关系，这种事不能硬来，后来有过几次机会，但都阴错阳差地过去了。更主要的原因是，肖鸣属于半老徐娘的女人，对于这种女人，没必要穷追不舍。这年头，女人大把的，推都推不掉，所以，时机成熟，机会来了，上她也无所谓。但今天，秦公子对于上肖鸣这件事志在必得。这其中原因是，今天晚上他要住在门都，一个人睡觉，身边没个女人，他不习惯，更何况，这种情况从来没有过。可门都眼下形势不好，花都这种场子都被人干了，所以，今天不能找小姐。还有手中这件翡翠挂坠，价值二十万，白送给肖鸣，那可亏大了，但是，白送也要送。因为，肖鸣既然能提前获得消息，说明她在政府里面有很直接的关系。而且，她的关系不是杨文学，也是杨文学身边的核心人物。下一步要摆平这件事，兴许用得上她。

“二哥，路上塞车吗？”

“没有，我半路去了商场，给肖叔买点礼物。”

“我们两家的关系这么好，没必要这么客气。二哥。坐，来门都为什么不提前告诉我？”

“我也是顺道过来看看，老方给我打电话，急得跟什么似的。”

“二哥，不是鸣鸣说你，老方办事能力确实有问题，这件事我事先都通知你了，可他为什么明知故犯。”

“也不都怪他，我也是马虎大意了，事已经出了，现在只能是想办法抹平。”

“二哥，找人了吗？”

“还没有，我要先了解情况，然后再去找关系。”

“二哥，杨文学这个人有点难缠。”

“难缠也得办，我今天来一是了解情况，但主要也是为了过来给我的鸣鸣小妹送礼。”

“给我送礼？”

“对呀，关键时刻，你还想着二哥，二哥岂能忘了小妹。”说着，秦公子从包里拿出一个小方盒，盒子是红色的镶着金边。他把盒子递给肖鸣。

肖鸣边接边说道：“二哥，这是什么？”

“打开看看。”

“哇塞，这块挂坠太漂亮了，二哥，这是送给我的？”

“不送给你又能送给谁。”

肖鸣上来抱着秦公子，在他的脸上亲了一口：“谢谢二哥，这是我平生收到的最贵重的礼物。”

“哦？那你可要好好感谢二哥。”

肖鸣脸一红，说道：“你让小妹怎么感谢你嘛。”她说话的声音嗲嗲的。

“鸣鸣，我们先回家看老爷子，然后二哥请你吃饭。”

“二哥，我带你去个浪漫的地方。”

“好哇，反正我今天交给你管了。”

今天轮到我宣杜三娘觐见。杜三娘是柳英的老婆，虽然，我曾道听途说柳英与杜三娘分居多年，但是分居指的是身体，婚姻关系不仅受法律保护，杜三娘也是柳夫人这个事实是任何人抹杀不了的。所以，上杜三娘，相当于刀尖舐血，是一个玩命的活。杜三娘老×一个，她活着或死了不关我一毛钱的事。但对我而言，命丧色字，那可不值。这个世界除了娜娜以外，其他女人，拿命换我根汗毛我都不干，别说什么拿命换色了。为娜娜去死我干。可遇上杜三娘这类事，娜娜不干，那天晚上，当娜娜说道谁敢夺走她的爱情时，两只眼睛中充满着怒火的样子，我至今历历在目。杜三娘去夺她所爱，娜娜一脚会把她踩到地底下去，而且会连带我一起。即使娜娜心善不忍心直接伤害我，但只要她撒手离我而去，那样的话，柳英也会轻松地搞死我。想到这，我不知不觉地出了一身的冷汗。我感觉到身子似乎飘浮在空中，上不着天下不着地。我在这个社会上其实没有竞争的资本。没有钱，没地位，没朋友。唯一让我勇气十足的是，我有了娜娜。可娜娜她属于我吗？她是那种可以任意驾驭的女人吗？可以也不可以。可以的前提：是我必须做她的宠物，而且是她申报过知识产权受保护的宠物。除了性以外，我如果被侵权，她会出手与侵权者过招。但如果我主动从事性放纵，后果只有一个，去死吧。

不去幽会杜三娘，我将面临另外一种人生之路。其结果同样会失去娜娜，在失去娜娜的问题上，前者与后者相比，前者娜娜会恨死我。后者她会同情我，而我，即使选择了后者，也算是选择了一无所有。

杜三娘说得对，她什么都不需要，什么都不需要就是什么都没有，她不需要权力，等于没有权力，她不需要钱财，等于没有钱财，她需要爱情，可她没有，她需要性，但她又不敢放纵自己，在性的问题上，柳英不给她，更不允许她自己去找。我不敢轻易上她，是因为我了解她的家庭背景。同样，和我一样了解她家庭背景的人，更加不敢上她。当然，不排除她吃零食，藏着掖着偶尔偷吃禁果。但作为她这种人又不满足于这种生活方式，我本身就是公司员工，即使待在她身边，谁看了也正常。因为，她没到响铃广告公司当领导之前，我已经是响铃的员工了，既方便又可遮人耳目。这样想，被柳英发觉的风险可能性会小很多。再说了，杜三娘会比我还要加小心保守秘密，对她而言，我是她的唯一幸福。这样一来，被人识破的风险又会减少一成。更重要的，还不是这些利弊关系。长此以往下去，人会被折磨疯的，所以，我看看能不能通过杜三娘了解到柳英的一些情况。然后通过杨文学的关系打击柳英，让柳英无暇旁顾。这样做，也是在给我自己争取时间。

第二天早上，我照常去响铃广告上班。一到公司，我先和顺子打招呼：

“我胡汉三又回来了。”我冲着顺子笑着说道。

顺子看了看我，然后又看了看我身后的办公室门口，他发现我今天没带人来。

“南南，走了这么久，怎么又回来了?”

“顺子，我是不放心你嘛。”

“不放心我？我有什么地方让你不放心的?”

“你的升职问题呀。”

“我升的哪门子职？南南，趁这会儿公司没人，你说几句就算了，待会儿人多，你再乱讲话，到时再传到杜二班耳朵里，我就下岗了。”

“顺子，你就那么在乎这份工作?”

“南南，我这人除了干一份稳稳当当的差事，别的本事又没有，我想不在乎这份工作行吗。”

“顺子，当初你打电话给我通风报信，冒那么大的风险你就不怕让杜总知道后丢了这份差事?”

“南南，出于朋友道义我不那么做对不起自己的良心。”

“好，就冲你这句话，我也出于朋友的道义升你做副总，工资加一倍。”

“南南，别开玩笑了，你都被炒鱿鱼了。”

“顺子，你看我的态度是在开玩笑吗？实话告诉你吧，响铃广告从今天起我说了算，因为我昨天被杜总任命为公司总经理了。”说着我把杜三娘昨天办好的任命书拿出来递给了顺子。

顺子狐疑地接过那份任命书，他看了好半天。估计他在怀疑这份任命书的真伪。当然，顺子的想法也不奇怪，毕竟，像这种人事任免的大事，应该由杜三娘亲自召开个全体公司员工大会当面宣布才对。顺子试探着问：

“南南，这有点不符合程序?”

“对，所以，明天下午杜总会召开全体员工大会宣布这事。”

“南南，你和杜总矛盾那么深，她都把你开除了，这？这怎么突然又变了?”

“顺子，话说天下之事分久必合，合久必分嘛。”

“南南，是不是上次你带的那个女的把杜总摆平了?”

“就算是吧。”

“南南，啊，我得叫你李总。李总，我总觉得这一切……”

“行了，顺子，别乱猜了，明天杜总宣布完决定你就知道了。不过，我明天待杜总宣布完对我的任命后，我会马上宣布对你的任命。”

“谢谢，李总，真有你的，你先坐，我去给你沏杯茶。”

事物皆随人的变化而变化，上一次我被杜三娘轰出公司，顺子负责监督我收拾东西，杜三娘言之凿凿地大喊大叫别让我把公家的东西拿走了。事隔没多久，公司归我了，我今天是想拿什么拿什么，我一句话就会把顺子提为副总。看来，天下这点事，往往是摆平一个人就等于摆平了天下。我真的很庆幸，昨天没用残忍的手段去解决我和三娘之间的关系，而我用温柔征服了三娘，这种征服不仅仅是征服了一个人的问题，这种征服是征服了一片天地的问题。

顺子端着茶杯来到我面前。

“李总，您喝茶。”

“谢谢，顺子，凭你的水平，在广告业完全可以大展一番身手，从前你之所以工作成绩不大，我认为有两个原因。”

“李总，愿听指教。”

“顺子，哥们儿之间不用外道，你的水平得不到很好地发挥，首先和杜总的领导艺术有关，其次，你个人的雄心和创造精神也是阻碍了你发展的原因，我现在门都还有两家公司要打理，所以，响铃这边的业务由你全权负责，我希望你大胆地把公司搞得有声有色。”

“李总，你放心，我会记住你的话。”

我和顺子一上午都在闲扯关于响铃广告的业务发展问题。不知为什么，杜三娘上午没来公司，而且连个电话也没有。她这会儿干什么去了呢？

我在公司待了一个上午都没看到她，难道，杜二班还改不了她以往的工作习惯？其实，我这次想错了。

她一个上午都在忙我的事。先是去银行办了张卡给我。然后，她又去了省城名仕车行。名仕车行在省城很叫得响，属于综合销售汽车的4S店。她这是去给我买车。在她的心里，想的还不仅是买车。她要买房子。因为她知道，在门都，我们的事不会隐瞒太久。门都很少有人不认识她和柳英。她也怕一旦哪天东窗事发，会出大麻烦。杜三娘在这个世界上什么都没有，只有一副空壳的婚姻。自从昨天晚上开始，她有了我，她非常在乎我的存在，更主要问题，是如何才能守住我们这份幸福，哪个男人不怕柳家？我是她的唯一，她没理由不豁出一切去保护这个唯一，对杜三娘而言，她就是一片干枯荒凉的沙漠，我就像沙漠中仅存的一片绿洲和湖水。她和我身边的任何一个女人都没法比，这样说不是因为她不优秀。似乎在唯一这个问题上，她与娜娜有同感。在娜娜和杜三娘身上，都有一种禁锢，娜娜的禁锢来自于家庭和世俗的偏见，杜三娘在这些基础上又多了一点，那就是她的年龄，她几乎可以做我的母亲。

上午十一点，我刚离开公司，杜三娘的电话进来了：“南南，来省城，我在这等你。”

“去省城？”

“对，心肝宝贝，快过来。”杜三娘的语气中透着无法抑制的兴奋。

她不会叫我去省城又干那事吧？对此我问道："去省城什么地方？"

"名仕车行。"

我明白了，杜三娘这是要出货给我了。我的脑海中，想到了拒绝，我应该与她保持一定的距离。否则走得太近了，对我对她都是一种伤害。作为男人，要有理智，问题是理智这东西好像从来没有战胜过欲望。我脑海中的想法，和我口中的语言，经常是背道而驰："我现在就去吗？"

"对，中午我们在省城吃饭。"

韩超迎按照杨文学的指示，约环保局长郑凡喝茶。这天下午，韩超迎来到碧雅轩茶楼，她比郑凡早到了一会儿。郑凡到后，脸上带着歉意的表情说道："韩处长，不好意思，来晚了。"

"郑局，你来的时间刚好，是我来早了。"

"韩处长，认识这么久，也没机会和你坐一坐。今天机会难得。"

"彼此、彼此。不过，这种机会今后会很多。"

"是吗？那可太好了。"

"郑局，你喜欢喝什么茶。"

"绿茶，韩处长，你喝什么茶？"

"和你一样。"

郑凡摁了一下呼叫器，服务员应声敲门进来："先生，你好。"

"你好，来两杯西湖龙井，要顶级那种。"

"好的，请问先生还有什么吩咐？"

"茶点，小吃每样拿点。"

"郑局，叫点瓜子就可以了。茶点没什么吃头。"

"好，那就上点瓜子来。"

服务小姐出去后，韩超迎说道："郑局，您在环保局任局长多久了？"

"三年多。"

韩超迎若有所思地"噢"了一声。

"韩处长，最近市里对环境问题抓得很紧，我这个环保局长肩上的压力很重。"

"环境问题一直都是这样，领导重视就抓得紧点。不过，门都的环境问题，也确实该抓了，前几天关于污水运输车的问题，杨市长很恼火。"

"韩处长，如果方便，能不能透露点杨市长对这事情的具体处理意见？"

"具体处理意见他没说，但对于这件事的性质问题，他已经定了调子。"

韩超迎刚说到这，服务员小姐进来上茶。待服务小姐把一切安排妥当后，她关上门出去了。这边韩超迎抓了几粒瓜子在手里，不慌不忙地嗑起来。此时，郑凡心里很想知道杨文学对污水运输车这件事的态度。因为，这件事出了之后，来自于各方面的电话很多，有打听消息的，有托人情的。也有知己的朋友在问，为什么肖鸣公司的车一辆也没有栽进去？是不是杨文学对这件事的处理态度有他的倾向性。虽然杨文学说过，他支持把这件事一查到底。但是，人非圣贤，肖鸣躲过了这一劫，足以说明，有人在暗中做文章，这年头，人心隔肚皮，外表怎能看得清。韩超迎打电话约自己，这事很蹊跷。郑凡与韩超迎，平时认识，但也仅限于工作上的关系，像这种以朋友交往喝茶的事，从来没有过，这是第一次。难道，韩超迎主动约自己，是来揭谜底的？

韩超迎看出来了，对于污水运输车这件事的处理方向问题，郑凡心里没底。他想了解杨文学的意见。那天晚上和张琦在一起。张琦托自己拿回那份记录簿，韩超迎便知道这里面有问题，在她的再三追问下，张琦和她讲了关于如何做了肖家干女儿的事，张琦承认，她在照片的问题上做了手脚。张琦怕韩超迎生气发火，她一个劲地温存韩超迎，弄得韩超迎没办法，她知道自己过不了感情这一关。她只能是答应张琦帮她想办法。恰好，杨文学安排她和郑凡沟通一个项目的差事，这无形中等于给韩超迎创造了一次接触郑凡的机会。

"郑局，杨市长认为，环保监管方面，有人在和不法商人恶意串通。拿环境保护巧立名目，侵吞国家治污资金，这件事弄不好恐怕要问责。"

说到问责，郑凡紧张起来，作为环保局一把手，出了这件事，一旦上面要问责，自己则难辞其咎，这还不算，这万一杨文学想彻查，运输污水的事虽然自己没沾上边。但是，这年头，谁敢保证自己的屁股是干净的。想到这，他说道："韩处长，这样一来，我们环保局可要折腾一阵子了。"

"郑局，这种可能是有的，上次建委杜主任的事就是例子，到现在为止，还没抖搂清呢。而且，我听说，纪委那边对这事也挺上心。杨市长现在上海开会，估计回来就要过问这件事。郑局，你们执法检查人员中是不是有人通风报信？"

"不会吧，行动当天，没什么外人知道消息，而且，行动前，我让他们都交出了手机，怎么可能有人通风报信呢？"

"郑局，百密也有一疏，现在事情明摆在那里，两家公司干一种活，为什么只查到一家公司违规？"

"韩处长，不瞒你说，我这两天正纳闷这事。会不会问题出在拍照片上。"

"郑局的意思，是拍照片的人泄密？"

"不排除这种可能。"

"看来，这里面的问题复杂了，还真得调动纪委的同志把这事查个水落石出了，否则，我和杨市长都脱不了干系。”

“韩处长，您千万不要误会。”

“郑局，这可不是误会的问题，这是原则问题，因为拍照片的事只有我和杨市长，据我所知，杨市长和那两家公司不熟，我就更不认识这两家公司了，更何况，拍完照片的第二天下午，杨市长约的你郑局，是我通知的你，晚上紧接着行动。如果问题不是出在你们环保局那边，说明我和杨市长嫌疑最大。”

“不、不，韩处长，你没理解我的意思。”

“郑局，官场上的事，说复杂也复杂，说简单也简单，复杂起来，什么事也搞不清，简单起来，就像我们今天这事，很容易处理，我和杨市长这边，就我们两个人知道这件事，环保局那边有多少人参与行动，你们也有数，只要组织插手调查，没有查不出来的。”

“韩处长，我绝没有怀疑你和杨市长的意思。”

“郑局，这一点我相信，当然，不只是我相信，就连杨市长对你也深信不疑。”

“韩处长，这话怎么讲，我听着好像话里有话？”

“郑局，有些事今后有机会再慢慢聊吧。”

“别介意，韩处长，我们这些蹲部门的人看问题往往有的时候眼界不宽，希望你给指点迷津。”

“郑局，我一个伺候人的小秘书，哪里配给你这大局长指点迷津。”

“韩处长，谁不知道你是杨市长最信得过的人。”

“不会吧，在你们环保局眼里，我和文学，啊，不好意思，走嘴了，我和杨市长已经变成了嫌疑目标了。”

郑凡听到韩超迎无意中说出“文学”两个字，他心里暗道，难怪前一段时间有人传闻，说杨市长从矿业集团办公室单调了一个大美人，到市政府任秘书处长。看来，社会上有些传闻并不全是子虚乌有。杨文学一个大男人，孤独地住在门都，这位韩处长也是只身一人，这对孤男寡女，难道？不好，如果今天的话得罪了这个女人，今后？一切仕途之路都会走得很艰难。再说了，今后的仕途之路有没有得走，这还真是要两说着，市建委主任杜新是柳云桐的亲家，他都被问责了，我郑凡又何足挂齿。想到这，郑凡的心里有些发毛。对于这次突击检查，走漏风声的问题，我郑凡岂敢保证问题是不是出在环保局？就算问题真的不是出在环保局内部，那么就是出在拍照片的人身上，刚刚，这位韩处长，明明说照片是她和杨市长拍的，那么，如果问题出在拍照片的人身上，摆明了只有她和杨文学嫌疑最大，或者说是他们俩人共同所为。或者是两个人其中一人所为，这是不是韩超迎今天主动约自己的目的呢？如果是，那么自己刚才推卸责任的表现？他妈的真是愚蠢，自己的表现摆明了就是小人所为嘛。郑凡真的恨自己一个大男人，却没法斗得过一个小娘们儿，在没弄清楚这位韩处长的来意之前，冒冒失失地说一句屁话干什么？门都政坛风云变幻莫测。这个时候，柳云桐和杨文学都在网罗自己的亲信。如果韩处长是代表杨文学对自己搞政治试探。这节骨眼上，忠诚的表现绝不能是推卸责任，而是要替领导分忧解愁。郑凡，你她妈的真蠢。不行，一定要改变韩处长对自己的认识态度。

经过一番激烈的思想斗争，郑凡说道："韩处长，污水运输车问题的一切责任，都与我这个局长管理能力有直接关系。"

"郑局，没必要这样想问题，至于这事究竟问题出在哪，现在不是议论它的时候，真到了那一天，我相信一切都会搞清的，清者自清、浊者自浊，这不是揽不揽责任的问题，是他人的问题，你揽也没用，再说了，郑局对于门都的气候不会一点也不敏感吧？"

"韩处长，要说不敏感，那是假话，既然韩处长能主动约我喝茶，还希望韩处长明示。"

"郑局长，本来今天约你，不是谈什么污水处理的，我受杨市长委托，找你探讨一个项目问题，可你急于要推掉污水处理的责任，搞得我竟然开不了口。不过，郑局的态度也提醒了我，眼下还真不是谈个人问题的时候，郑局，今天打扰了。"

"韩处长，你是说杨市长找我个人办事？"

"对呀，他有个项目，是关于排污治理方面的，项目是北京那边拿过来的，杨市长很重视，项目涉及你们局的业务。所以，杨市长想让你看过后拿个意见。"

"这没问题，只要杨市长信得过我，我在所不辞。"

"郑局，我在杨市长身边工作这么久了，他的事都是我们秘书处打理，所以，我了解他的工作作风。可以说，这件事是杨市长第一次交办个人的私人事情，而且他去上海之前，专门把我叫去，交代我找你，可见他对你的信任度有多大，作为从政之人，这其中意味着什么，我不说你也清楚。"

"韩处长，谢谢你。"

"郑局，我们其实真正应该感谢的是杨市长，是他给我们机会，让我们坐在一条板凳上。"

"对、对，韩处长，今天这事，你一定要多加原谅，多理解，否则，我真的会失去这个机会了，郑凡欠你一个大人情，日后有机会必报。"

"郑局，一条板凳上的人，不说这些，既然你我话说到这份上，我还真得提醒你一句，杜新能被问责，将来你也不例外，要知道，杨市长做事也要师出有名。如果污水运输车这件事闹大了，到那时最下不来台的就是你。政客之间都是相互指责的关系。所以，政治家往往最无奈，在杨市长眼中，你郑局可信赖，是个干才，到了关键时刻，杨市长这人敢说话。”

“韩处长，我明白了，可杨市长亲口对我说，这件事要严肃处理。”

“心底无私天地宽，杨市长无私无畏，哪一件事他都要严肃处理，中国古代有一句成语，我在上大学时学过。”

“你是说投鼠忌器。”

“对，问题出在环保局，而不是环卫局。”

“韩处长，你才是真正的少年将才，英姿有为。我如果把大事化小……”

“那是你的事，只当我和杨市长没听见，这年头个别司机觉悟不高的情况偶有发生，对吧？好了，郑局，你那边也挺忙，耽误了这么久的时间，不好意思。”

“韩处长，我先回去处理问题，晚上我请你吃饭。”

“郑局，吃饭的机会今后多了，你还是抓紧把问题处理完，尽快写个报告交给我，杨市长一回来就要过问这件事。还有，我这里有个可研报告，你尽快看一下，最好是把处理 汇报和建设性意见一并呈给杨市长。”

“这没问题，我明天早上就会交给你。”

“郑局，将来高升了，可别忘了我。”

“忘不了，如果真有那一天，我第一个会报答你韩处长的知遇之恩。”

和郑凡分手后，韩超迎给张琦打了一个电话：“宝贝，事情解决了。”

“亲爱的，我去见你。”

“晚上吧，你现在应该去见你那位肖总姐姐，她这回不仅没受损失，还能大发一笔。”

“怎么说？”

“因为，我把那一家的问题同时解决了。”

“管那一家的事干吗？”

“一个绳上的蚂蚱，蹦不了他又岂能跑得了你。”

“我明白了。”

强龙不压地头蛇。秦公子门都一行，折进去三百多万。送给肖鸣一块翡翠挂坠，价值二十万，肖鸣帮他平事，又破费他三百万。污水运输，只是他在门都的一个投资项目。在门都，他还投资地产项目。肖东方任市委书记那会儿，秦老爷子在省里还没退，在省市二级权力的庇护之下，秦公子的生意可谓春风得意，钱没少赚。但他也没少输。嗜赌成性的秦公子，一段时间几乎输得倾家荡产。他开始把黑手伸进银行，大把贷款。后来，银行加强了贷款监管力度，款是贷不到了，他的生意开始走下坡路。追债的络绎不绝地上门，法院的诉讼传票堆在他的办公桌上，足有一尺厚。怎么办？为了绝处逢生，他在万般无奈的情况下，对他的大学同窗好友白影下了毒手，白影当时生意做得很大，白氏企业在门都，占据着门都民营企业中的主流地位，十年前的资产近二十亿。白影只有一个名叫白舒的女儿，现葬在龙山息园，秦公子已经去看过她了。白舒的母亲在生她的时候难产死了。白舒是父亲抚养大的。白影妻子死后，他一直没找人，原因是他怕伤害到女儿的心灵。白影做生意，起家的第一桶金，是秦公子帮的忙。也正是从这个时候开始，白影在自己的人生道路上误入了犯罪的道路。因为，秦公子帮他搞的第一笔款，是犯罪所得。这笔钱是当时一桩非法集资案的一部分赃款，这家公司非法集资案东窗事发，正是白影生意如日中天之时。当时，白影受到了牵连。按说，他并没有实际参与非法集资案，只是涉嫌使用赃款问题。白影找到秦公子。求他帮忙摆平这件事。秦公子听到了这一消息，立即产生了歹毒之心。几年前由他出面借的一笔款，他自己都忘了。那家借款公司由于不在乎这点小钱，加上得罪不起秦公子。所以，对于这笔借款，始终也没索要过。白影有钱后也曾和秦公子提过还款的事，可每次，秦公子都用一句“不急”便将事情给岔了过去。

机会来了，秦公子以该案案情重大为由，把白影给藏了起来。秦公子想起了当年他与白影的一段对话。

“老同学，事情查得怎么样?”

“哥们儿，苗头有点不对。”

“哪里不对，你是知道的，我和这家公司并不认识，借钱这事是有，可我也是通过你和他们借的。”

“这话不假，到时候我会站出来说话的。”

“那还有什么不对的?”

“这帮小子非法集资几十亿，钱都被他们弄没了，这事惊动了中央高层，昨天有位高层首长在此案问题上签了字，要求全力侦破此案，追回被骗赃款，稳定老百姓的情绪。”

“那我把钱还给他们嘛，欠债还钱天经地义。”

“哥们儿，你呀，经商是一把好手，可政治上还是不成熟。出了这么大的事，对政府而言，抓钱才是第一大事，你想想，钱没了，抓几个人枪毙有什么用，能平息民怨吗? 不可能。所以，现在是谁有钱抓谁，先把钱弄到手，把民怨先平息，其他的事情属于司法程序，政府也懒得插手。”

“你的意思他们是要冲我的钱下手?”

“昨天，省政法委在接到中央领导的批示后，连夜召开了会议，做出了三条意见，第一是截住被骗人员进京上访，第二是对被骗的单位和个人进行被骗金额登记，第三是凡是涉案人员资产一律先扣住，防止赃款外流。”

“这不是不讲理吗?”

“不讲理的事多了。”

“可我的钱是合法财产。”

“哥们儿，这就是原罪的问题，你的钱是用不合法的钱赚来的，如果牵强追究，你从根子上就错了。”

“话可不能这么说，我的启动资金是借来的，借钱的时候，这家公司并没有犯罪，再说了，这笔钱我是冲你借的，我又不认识他们是谁。”

“哥们儿，你别急嘛。”

“老同学，我能不急吗?我们公司要运营，而我整天躲在这里，公司怎么办?”

“哥们儿，你别太天真了，你这时候敢回公司吗?你回去让人抓走和你住在这里有什么区别?再说了，你一旦被抓进去，就不可能短时间之内出来，经济案件的审理是最慢的，而且，人一旦被抓，他们更有理由拿你的东西了，这帮家伙，什么时候不是土匪。话说回来，只要你不被抓，什么事都好办，你在这有吃有喝先待着，我会去帮你跑案子。”

“可公司业务怎么办?你也能帮我打理?”

“这不可能，你的业务我又不懂，再说我这边也是一大堆的事。”

“老同学，这件事你一定要想办法解决，舒儿也离不开我，公司又一大堆的事，所以，不管花多少钱，都得把这事给摆平。”

“哥们儿，现在不是钱的问题，我俩是同窗好友，你现在有难，我比你还急，如果说拿钱能摆平，我早就拿给他们了。可眼下是火烧眉毛的时候，这家公司惹的事又大，现在很多人都不敢插手，只能是先缓一缓，过了风头再说，至于白舒，我已经叫弟妹把她接到我家去了。公司那边，无非也就是损失几个钱的问题，到这份上了，只能是顾大头，我现在正在想办法把你的公司资产保住。哥们儿，出了这件事我也有责任，当初不找他们公司借钱就好了。”

“老同学，这不能怪你，借钱也是为了帮我。说实话，当初如果没有你借我的那笔钱，也不会有我今天的成就。”

“所以，我是成也萧何，败也萧何。”

“唉，老同学，话不能这样说。”

“哥们儿，对于如何保住资产，你拿个主意给我。”

“我现在哪里还有什么主意，你看着定吧，我的公司全权委托给你处置，有什么办法你替我决定吧。”

秦公子的思绪被肖鸣的电话打断：“二哥，事情解决了，不过可能要交点罚款。”

“鸣鸣，这件事办得好，二哥不会忘了你。”

“二哥，你哪不会忘了我呀？”

“你回忆一下前天晚上的事，就知道了。”

“二哥你真坏。”肖鸣笑着说了一句玩笑话。

电话一放下，秦公子又想起了多年以前，白舒对他说过一句同样的话：“你真坏。”不过白舒对他说的语气和肖鸣的不同，她的语气中充满了愤怒……

秦公子花钱找气受。肖鸣这边得意了，她平白无故地白捞三百万，想想就心里爽。韩处长真的有本事，人不大，智商却很高。为了抓住韩超迎，肖鸣打电话把张琦叫到公司，她认为，现在到了亲自出场和韩超迎认识一下的时候了。她对张琦说道：“小妹，姐姐今天怎么谢你？”

“姐，你告诉我说一家人不说两家话，可你自己就没做到。”

“对，一家人不说两家话，这样吧，星期六你约上韩处长，省城有一家私人俱乐部请客，我们一起去娱乐一下。”

“好吧，可我不知道她有没有时间。”

“小妹，想办法约她。”

“我会的。”

第十章

那天在省城私人俱乐部，我和魏青、徐爱珍成了喧宾夺主的亮点人物。私人俱乐部，也称高档会所。这是一项较新的行业，以往朋友们在一起娱乐，基本程序大多都是先吃饭，吃过饭后去歌厅或者是洗桑拿浴。这样的娱乐方式与高档会所相比，显得庸俗污秽，不像俱乐部的氛围，充满了高雅与光鲜。

我在歌厅里当过小弟。花都歌厅的档次算很高的那种歌厅了。但是，它和今天这种私人会所的档次还是没法比，花都歌厅的每个包房里，充填的是淫歌、艳舞，酒味、烟味、汗味和小姐们身上的劣质香水味混杂在一起，难闻死了，有鼻炎的人来到这里，这种怪味会把你刺激得连连打喷嚏。还有，歌厅里的女性，特别是小姐，个个袒胸露背，裸着大腿，她们语言下流，笑声淫荡，搂搂抱抱。这就是歌厅，它为你勾勒出了一幅纸醉金迷的另类世界。

而这里不同。来这里的人，似乎都在刻意修饰自己，从走路的姿态，一举一动的舒展范围，都显得如此地恰到好处。她们说话的声音，属于那种压住胸腔内半口气，只允许半口气出入喉咙的声音。你再看看那些经过精心修饰后的女人，她们微笑时，两边嘴角开口的尺度刚刚好，再大一点或者是再小一点都不美观。嘴角咧开得太大，不仅会带动脸上其他地方的肌肉抽动，要知道这种抽动会引起脸上和肩膀局部地方出现皱纹，而且口子开大了，会露出牙花子，让人看上去容易被误导，以为是一只狐狸龇牙要喝鸡血。当然，嘴型的开合，太小了也不行。先不说别人看了认为你虚假。更主要的是，嘴唇薄的女人，微笑的时候形状开小点，假也就假了，起码不失美观。可嘴唇稍厚的女人就麻烦了。嘴角的尺度开小了，有点像鸡屁股拉大便时的形状，恶心死人。所以，我敢想象如果我面前坐一个这样的女人，我是拿刀捅死她呢，还是拿刀捅死我自己？这就是会馆，轻歌曼舞，美酒飘香。偶有汗香味，你也不用捂着鼻子，而是要使劲用鼻子吸气，因为这种汗香味中有一股婴儿喝完牛奶后，牛奶在人体内经过化合作用，所散发出的体香。世界名牌香水，飘浮在空气中，似隐似现，若有若无，当你想细细地品味那股淡淡的沁人心脾的清香味时，这股味道却宛如仙女穿梭在云端时飘动在空中的裙裾，忽闪即逝。可当你不经意之间，这淡淡的香味，又会纤纤移步于你的鼻息中。袒胸高开，酥肩裸露，光着的两条大腿折叠在一起，遮住了你对阴部的幻想。燕语莺声，笑不露齿，完全勾勒出一幅上流社会那种带着修养与另一种修养的碰撞。歌厅中所表现出的人性本质，与会所中所表现出的人性修养，构成了尽乎完美的人性。

肖鸣符合尽乎完美的人性。人生的两个层面都表现得淋漓尽致。

韩超迎和张琦更是如此。韩超迎可以用她的舌头去满足张琦，也同样会用她的舌头战胜郑凡，达到本来是去求郑凡的，反过来却让郑凡欠了她一个大人情的目的。

不知为什么？我预感到，门都啤酒厂的陈宁，弄得不好，可能会死在肖鸣的手上。因为陈宁从进俱乐部大门之时起，他始终围在肖鸣身边转，而肖鸣则是有机会就要和韩超迎搭讪几句。

当然，孙家铭的表现我也看得一清二楚，他不停地在和我的助理魏青套近乎，与此同时，他似乎也不愿意放弃徐爱珍。这样一来，我有可能会从他那里搞到一笔钱。虽然我还不认识这个财政局的财神爷。

省城这家会所的老板大家都叫他亮哥，亮哥的年龄和我差不多。但他没有我长得帅，也没有我这样的身高。他是老板，是这家会所的主人。我也是老板，是这家会所的客人。初次见面，亮哥给了我一张名片，当然我也给了他一张名片。他给我名片时，提出了一个问题："李总，找个时间我们喝个茶怎么样？"我爽快地答："当然可以。"

今天这个场合，我只想认识两个人，肖鸣和韩超迎。我要通过肖鸣了解秦公子的底牌。同时，我也要利用好韩超迎这张牌，来获取杨文学的信息并及时反馈给关丽娜。

认识肖鸣很容易，这个女人眼圈发青，这是典型睡眠不足和色欲过度的症状。我和肖鸣站在吧台边上，她笑着对我说："这小伙，长得帅。"

"有人也这么说过。"

"门都人？"

我微笑着将自己的名片交给她："对。"

她把玩着我的名片，同时说道："你的公司是新成立的吧？"

"刚刚一个月。"

"我说以前好像没听说过这家公司。"

"以后会听说的。"

"小伙子，口气不小哇。门都哪里人？"

"具体我也不清楚。"

"什么意思？门都人不知道自己住哪里？"

“肖总，我两岁去的北京，两岁之前的事我确实记不得了。”

“是这样。北京市场那么大，怎么跑门都来投资？”

“你喜欢喝茶吗？”我的话答非所问。

“说不上喜欢，但好像每天也离不开茶坊，喝茶也是应酬嘛。”

“你精通茶道吗？”

“谈不上精通，只能算略知一二。”

“何为略知一二？”

“小伙子，所谓略知一二按茶的系列编排，每种茶可数出几样来。”

“肖总，说起茶道，特别是北京茶道排出若干茶的名字，充其量为知之其一不知其二。”

“听你的口气好像很自信？”

“自信谈不上，换句话说，如果我真的自信就不到门都来了。”

“你来门都投资，不会是为茶讲经论道吧？懂茶道和做生意我看不出它们之间有什么关系？”

“关系大了。”

“你要知道，门都既不产茶，更没有茶道而言。”

“肖总，茶道并非仅指茶而言，北京也不产茶，但茶道却在北京盛极得很。就茶道本身讲，它的构成要素非常讲究，茶要讲究，茶壶、茶杯、茶艺，甚至泡茶的水，茶的浸泡时间等等都特别讲究，相关茶道的方方面面都贯穿了精湛的学问。以茶道论商道亦是如此。肖总在门都商界也称得上是叱咤风云的人物了，对茶道尚且生疏，这说明门都的管理层，商场精英并不擅长论茶道。一个城市或地区，茶道不精，其他学问应该是平平的，比如说商道的理念，管理商道的官道，未必把道亦有道玩得更精。所以，商道理念在北京炫耀，很难成精。但同一个故事放在门都讲喜欢听的人就多。北京申奥成功，商人认为机会来了。其实机会真的适合你吗？热土难道不需要商家自身具备可降温的避热功能吗？这可要量体裁衣，如果真有一片土地上的人未见茶壶水沸便已闻茶香，如此热商之地岂不好过热土之地。做人不可太自作多情。所以我认为，北京市场大，可门槛也高，门都属于资源型城市，本地市场虽然不大，但门都的资源外延市场巨大。”

“分析得有道理，你现在主要做什么？”

“还没想好，公司刚成立，我要再看一看有什么项目适合我做。”

“这要看你的市场外延关系，门都的资源种类很多，看你手中的客户需要什么。”

“肖总说得对，不过，我手中的客户资源面很广，对我而言，资源客户不是问题，反而是资源进价问题对我来说很重要。”

“那是，凡是资源几乎都存在垄断现象，这一点对我这个门都当地人讲，还是很了解的。”

“看来，今天这个场合我没白来。能认识肖总是我的荣幸。”

“过奖了，我这人没什么大本事。”

“肖总太谦虚了，凭你的气质，就足以说明你的本事大得很。”

“气质和本事有关系吗？”

“当然，不仅有关系，而且是直接关系。”

“说来听听？”

“学者的气质，和他知识面有关系，所以学者的本事在于知识积累，生意人的气质，和他的钱有关系，钱多见世面就多，所以，商人的本事在于能挣钱。在你肖总身上，既有学者的气质，又有商人的气质，还有一种霸气，这说明肖总学识渊博、财源滚滚、霸气十足。”

“年轻人道道挺多，你不应该经商。”

“肖总认为我应该干什么？”

“看相算命。”肖鸣说完这句话，我们不约而同地哈哈笑了起来。

笑过之后，我带着一种淫欲的表情，两眼直视肖鸣，没想到，肖鸣这样的女人竟然被我的直视弄得脸红了，娇嗔道：“小伙看我干吗。”

“我们做朋友吧？”

“好哇，只是不知道我们是哪种类型的朋友？”

“主动权在你，只要能交上你这个朋友，我无所谓哪种类型。”

“帅哥，你想利用我？”

“我同样也甘心被你利用。”

“现在的年轻人，真的是了不得，你不怕我这个老女人吃了你？”

“不怕，我就是从女人的肚子中来的，你吃了我，大不了算我又回去了，哪来哪去，这没什么不好。”

“就凭你这句话，我吃定你了。”

“看来我命中注定要叶落归根了。”

我认识肖鸣之前，我对女人，还不打算彻底想得开。我知道，那是因为娜娜的存在。这要是让她知道，我算是死定了。可有什么办法呢？我要成功，我的成功资本也只有这点先天资源，这是我唯一的资源。再说了，老板，除了钱多少的概念之外，女人同样是一个概念。这两种概念才是象征着成功的标准。多出三个女人娜娜会掐死我，三十个最多是她没掐死我，而是打死我罢了。但话又说回来，这个世界上，只要是你做过的事，无论好事坏事，没被人发现，那就等于你没做。为了不伤娜娜的心，我不让她发现就完了嘛。这又有什么好害怕的呢？更何况，现如今的社会，女人都改变了追逐的性格，从被人追，变成了主动攻击。我又有什么理由不主动出击女人。

“李诗南？从现在我就叫你南南怎么样？”肖鸣说道。

“那我叫你什么？鸣鸣。”

“鸣鸣只有比我年龄大的才这么叫，一般比我年龄小的都叫我鸣鸣姐。”

“那不行，我不想给你当小弟，我就叫你鸣鸣，这样公平。”

“可你确实比我小嘛。”

“是男人就比女人小，创造生命的时候，把小的东西放到大东西里面，生命孕育期间，小男人躲在大女人的肚子里面。所以，在女人面前，大和小不是用岁数决定的，而是由实际决定的。”

“南南，我现在就想吃了你。”

“鸣鸣，你是说在这吗，大庭广众之下？”

“你以为我不敢吗？”

“敢，这个世界没有女人不敢做的事。不过，鸣鸣，你如果想当明星我成全你。”

“南南，这家会所里有房间。”

我看了一下手表，现在是晚上八点多。我说道：“不行，时间来不及。”

“你马上有事？”

“晚上十点我有事。”

肖鸣也看了一下表，然后说道：“现在才八点多，离十点还有一个多小时，我们十分钟就搞定了。”

“鸣鸣，你不会这么容易被摆平吧？”

“对我来说摆平我的人没遇上过。”

“那你选择我就对了，因为对我来说，没碰上过摆不平的女人。”

“那好吧，我们约个时间。不过最好是今天，最迟不能超过明天，让你说的我等不及了。”

“明天可以，什么时间？”

“早上最好。”

“早上几点？”

“七点怎么样？”

“没问题，我去哪找你？”

“皇朝酒店1806。”

秦公子的财产来自于白影。不，应该叫恶意侵吞，加上图财害命。他不仅侵吞了白氏集团的全部资产，而且强奸了在父亲出事的巨大悲伤中的白舒，最后白舒被逼得走投无路，投河自尽。

所以干掉秦公子，是白家后人的最大愿望。秦公子长得人模狗样，可他那个在省委做官的父亲，却给他起了个美名字，叫秦牧。酷吧，确实挺酷的。秦牧这两个字从此也被这个人渣给玷污了。干掉秦牧，不能违法，要玩得高明，白影的资产全部在门都，自然，秦牧的资产也在门都。用市场游戏规则，收购秦牧全部公司股权，是我和可可的计划之一。我们的计划之二是拿到秦牧的犯罪证据，把他送上断头台。

收购秦牧的公司，需要巨大的现金流。肖鸣，这个女人在关键时候，会不会出手？为了利益，我想她会出手，商人讲的就是利，商人也只能讲利。如果肖鸣能在需要她的时候出手，那我们成功的把握性就会大很多。眼下，收购秦牧的公司股权是最佳时机，秦牧的企业正在计划上市。上市之前，他需要向社会私募资金，需要整合公司资产，需要重组董事会，需要稳定的公司收入，这一切的需要，都离不开两条基本需要，那就是大量的资本注入和引进人才。当然，这一切他都离不开门都，而我们的任务就是要把他逼进窘境，最终逼上梁山，让他万劫不复。

那么，如何把秦牧逼进窘境？只有一个字，那就是“乱”，乱，则偏离方向。所以，对于一个国家而言，稳定才是压倒一切的法宝。因为无论做什么事，只要一乱，必出麻烦。对付秦牧，只有先打乱他的阵脚。而能打乱他阵脚的力量。可以说是最大的力量，是政府，是杨文学和韩超迎。杨文学手中有正义的权力，韩超迎头脑中有迂回的智慧。据说韩超迎是天才的政治家，这个女人虽然小小年纪，却善于拨弄政治算盘珠。而且她会把算盘珠拨弄到不声不响的地步。

所以，肖鸣和韩超迎这两个女人，对我而言是不可多得的好帮手，我会不惜任何代价去换取她们的帮助。为了达到目的，在付出代价的同时，我还要使手段，使任何手段。

韩超迎使用手段轻松地化解了污水运输车的风险。我可能取而代之接过这单业务，肖鸣、小青公司和我之间，会变成矛盾的对立面，形成二对一的局面。俗话说的好，没有永远的朋友，只有永恒的利益。秦牧和肖鸣在这个问题上，很容易结盟。即使我压在肖鸣身上，当她满足了性欲望之后，为了利益，她马上会把我一脚踢下床去。而跑去与秦牧合作。预见到了这种结局，也知道什么是山雨欲来风满楼。提前解决问题，避免矛盾发生。这就需要解铃还须系铃人。韩超迎可轻松排除矛盾。并且，按她的身份，可站在当事人的立场上去化解这一切矛盾。

晚上十点，从会所出来后，我去了杜三娘那里。说是杜三娘那里，其实不准确，假日花园的房子是她买给我的。钱是她出的，业主是我，法律上我是房东，照理说，谁出的钱这房子应该归谁。区区一套公寓，我根本不放在眼里，在我所有认识的女人中，杜三娘与我有着一样的，同是天涯沦落人的命运。对于杜三娘，我不但要做到不伤害她，我更应该好好对待她。

我开着杜三娘买给我的宝马760车，徐徐驶入小区地下车库，车子停在车位上后，我并没有马上上楼。我把音响开得很大，坐在车里一边吸烟，一边听着莎拉布莱曼的歌曲，宝马760车的音响一流棒。说实话，杜三娘送给我的这辆车，让我爱不释手，对我而言，还真缺一辆车。生意人嘛，出门在外，没有一辆车跑来跑去，不仅丢人，也不方便。

听完莎拉布莱曼的歌曲后，我钻出车子，回到了我的家。家，对，这么多年了，我第一次有了一个家。一想到家，我就会想起顺子的《回家》和潘美辰的《我想有个家》。就冲这一点，我也感谢杜三娘一辈子。

这一夜，我搂着杜三娘睡得很香很甜。我似乎是睡在一个静谧温柔的世界中，这个世界没有尔虞我诈，没有心惊胆战，没有世俗之争，在这一切皆无的世界里，有的只是我熟睡的那份踏实。

我临睡前嘱咐杜三娘第二天早上六点半叫醒我，我约了人谈业务。我对三娘隐瞒了我的业务真相，没别的意思，我只是不想伤害她。有时谎言并不完全是恶意的，当你说谎话时，只要不带着恶意的目的，而是一种事业的需要，那么，谎言就是善意的。这个世界，并不是所有人都能呼风唤雨，更多的情况下，你所面对的只是无奈，为了解决无奈，有的时候你不能不选择屈服，凡是屈服，都和所谓的耻辱相连。所以，出于自尊，或者是出于虚荣，你就不能说真话。再有，对于你的亲人而言，每个人都希望给予她们一种阳光的、轻松的生活。那么，你的耻辱就是她的耻辱，为了避免让她跟你一样去承受这份屈辱。唯一的方法，就是你要把一切的屈服隐瞒下来，而只让她跟你分享幸福，不能让她和你共同分担痛苦。

杜三娘不到五点就起来了，她给我做好了早餐。小米绿豆粥、煎蛋，还有几样各式小菜。六点二十分，她便给我放好了洗澡水。做完这一切之后，才温柔地叫我起床。我在迷迷糊糊之中被杜三娘叫起来，我的眼睛还闭着，把头靠在她的前胸，此时的我，还没算彻底醒过来。杜三娘一边理着我的头，一边说："谈什么生意，约人一大早就去。"她只是自言自语地在说，我知道，她埋怨那个约我的人。一想到这，我彻底醒了，我知道第一次约会，绝对不能失约，那样会给肖鸣留下不好的印象。

我来到卫生间，看到的是我这一辈子都没享受过的待遇。牙刷放在牙缸上，已经挤好了牙膏，浴盆中放满了热水。看到这一切，我差点流出泪来，我钻进浴缸，适度的热水让我变得更加清醒起来。杜三娘站在浴缸边上帮我擦身子……

吃饭来不及了。我一边穿衣服，杜三娘端着饭碗，一勺勺地往我嘴里喂。一种像小孩子被宠的感觉在我心里油然而生："宝贝，我这样像个孩子，不像老公。"

杜三娘眼里充满了温柔，轻声说道："南南，真正的夫妻之间老公就是孩子。"

等我穿上鞋，一碗稀饭已经被我吃光了。出门时，我故作顽皮地说道："拜拜，老公孩子走了，晚上等我回来。"

一到了电梯间，我的眼泪再也止不住，顺着我的双颊流下来。我走向车子，打开车门，坐进车里，随着车子的发动，我打开音响，席琳·迪翁的《永恒的爱》弥漫在整个车厢里。

六时五十五分，我来到1806房间门前按响了门铃。肖鸣从猫眼里看到是我，侧身在门后给我打开了门。我走进房间，发现肖鸣一丝不挂，她的皮肤白皙，弹性很好，特别是阴部，经过修剪的阴毛浓密深邃。我主动说道："鸣鸣，我来之前冲过凉了。"

肖鸣语气有些急："快上床吧。"

我脱去衣服上床后，肖鸣睁大了两只眼睛看着我的下边，像发现新大陆一样惊呼道："哇塞，这东西要修理我两小时？"

肖鸣显得有些急不可耐，她连进入续曲前奏都直接省略了。她这匹脱缰的野马又变成了英姿飒爽的女骑手，而我的身体变成了一匹马，没多一会儿，肖鸣再也没力气动了。她向我发出了求饶"南南，我不行了……"

我就知道她不行了，光看床上被她打湿了一大片的床单，我就知道她是真的不行了，而我，似乎才刚刚开始。

"南南，我的骨头里好像被通电了，麻酥酥的，从上到下，从下到上来回蹿动。胳膊和腿像面条一样软软的想抬都抬不起来，为什么会有这种感觉？"

"你做了一次强体育锻炼，激情过后都这样。"

"可我四十多岁，头一次这样，这种感觉我从来没有过。"

"那是你没碰上我。"

"也是，这我承认。不过，南南，我喘气像没有阻拦了，喉头甜甜的像吃了糖一样，你好像把我的什么地方搞通了。从前我身体里好像什么地方憋着一股劲，始终不通畅，可现在，似乎身体里变得通透了，身子轻飘飘的像在云端。"

"鸣鸣，千万别告诉我你成仙了。"

"不，这感觉比成仙还好受。对不起，南南，我现在一句话都不想多说，只想闭着眼睛享受，我们下午再说话好吗？求你了……"肖鸣说着话，不管不顾地就闭上了眼睛。她脸上的表情像个初生的婴儿。

我去洗手间冲洗了一下，没弄出声音，怕惊醒肖鸣，我的事情搞好后，我帮肖鸣盖上被子，然后又去打开窗户，让外面高空中的气流进入这个房间做完这一切，我离开了1806房。

杨文学从上海回来后，心情很好。一直在他旁边察言观色的韩超迎，伺机向杨文学呈上了郑凡写的那份报告。“杨市长，环保局关于污水运输车违规操作的调查报告送来了，同时，他们还提出一项新的处理污水改革方案。”说着韩超迎把报告放在杨文学的办公桌上。然后又说道：“杨市长，十点钟有个环保设备展示新闻发布会，您有一个讲话。”

杨文学抬头看了一眼墙上的挂钟：“韩处长，我知道了。”

现在是早上七点多，距离十点还有两个多小时。杨文学微微一笑，然后拿起电话拨通了娜娜的手机。娜娜正在去学校的路上，她见手机显示屏上是杨文学的号码，心里想，估计是前几天传给他的项目有消息反馈了。她接起电话：“文学，这么早就到单位了？”

“我一个人在招待所也是待着，早点来处理一下这几天积压的工作。”

“怎么样，上海之行很惬意吧？我看了A省电视台给你做的专访。”

“别提了，省电视台给我搞了个突然袭击，没办法回绝。”

“这不是主要原因吧，那个夏迪小姐的魅力无穷，才是真正的原因吧？”

“娜娜，完全不是这么回事，主要还是电视台的原因，这种部门也不好硬顶。”

“哈哈，我和你开玩笑呢，文学，既然你走的是仕途之路，一些正面的媒体宣传机会还是需要的。只要不是故意做秀，就没必要回避媒体。要知道，政治家的个人形象魅力可以争取民心所向。”

“娜娜，谢谢你的理解。”

“大市长，成为政治明星后，怎么变得客气了。”

“不是客气，是应该的。娜娜，打电话给你，有件事汇报一下。”

“还说不是客气，这一会儿谢谢，一会儿又汇报，把我捧得太高了吧，说吧，你这位杨大市长有什么指示？”

“是这样的，你前几天发给我的材料，我详细看过了，你的学生水平很高，点子也想得好，而且，他们的论文在上海高峰会上得到了大家的好评，我让门都市环保局拿个意见，现在意见已经出来了。他们的意见支持这个项目，根据环保局的意见，这事基本定下了，给你打电话，我想把这家公司的人介绍给环保局的局长郑凡，让他们具体再磋商一下，你看怎么样？”

“这是好事，我马上联系吴老师，然后让这个学生和你联系。”

“那好，我等他电话。”

“文学，这回该轮到我说声谢谢了。”

“娜娜，跟我还客气。”

“好，我就不客气了，等你到北京，我带着吴老师请你吃饭，当面致谢。”

放下杨文学的电话后，娜娜给我打电话：“南南，文学来电话，他基本同意上你的项目。”

“娜娜，太好了，亲爱的，一万分的感谢。”

“哟，看你激动的。南南，成功对你来说就那么重要吗？”

“那当然了，迈出这一步，距离我成功做新郎就不远了。”

“南南，看来你根本不了解我需要什么？”

“谁说我不了解，你需要过平静的日子。”

“那你这么兴奋干吗？”

“我的兴奋只有一个目的，关丽娜小姐必须跟我李诗南过平静日子。”

“我不已经是你的女人了吗？”

“我要的是一个完全的李诗南，而不是让人指指点点的李诗南，我不想有一丝一毫委屈我的妻子，我要让我的妻子在人群中扬着头面对所有人。”

“南南，你这是在追求极致，这样下去会害了你。我不反对你做生意，不仅如此，我开始支持你做生意，但你为了爱我，在把自己逼到疯狂的地步，对我的压力太大了。其实我娜娜就是个平常之人，我的家庭荣耀不是我创造的。所以，我不能把这份荣耀归到自己头上，家庭是家庭，我是我，对于家庭而言，我嫁给你，好像是一种叛逆。但对我们的爱情而言，一定不要掺进家庭的阴影。否则，这样发展下去，我俩都会变得心理扭曲，你不觉得这份爱对我而言，它太沉重了吗？”

“娜娜，我不知道如何对你说，但有一点请你放心，从今天起我会反思自己。我承认，偏见可能统治了我的心灵，所以我要调整，你给我点时间吧。”

“南南，我的话是不是说重了？”

“没有，应该再重点，振聋发聩，你说得对，极致不仅害死我自己，也会害了你。”

“南南，善意往往也会给你的亲人带来伤害。所以，人要学会面对现实。”

“报告关老师，学生听明白了。”

“去，顽皮小子。南南，你打算亲自去见杨文学吗？”

“娜娜，我这个时候不会去见他，我准备让公司里的人去见他。再说了，他不是说让我去环保局吗？”

“他在电话里是这么说的，但我估计他有可能在把你推荐给环保局之前先见你一面，他这个人办事是很慎重的。”

“娜娜，我会有办法解决这个问题，不是还有一个关老师嘛。”

“南南，不知为什么，我第一次觉得这件事办得很累。这样绕来绕去的，感到心里很龌龊。”

“娜娜，是我为难你了。”

“算了，事已至此，还说这些干什么。不过，长此以往下去，我都跟你学坏了。”

“娜娜，这不叫学坏，这叫善意的智慧。”

“一边去，做人要学会光明磊落。我问你，什么时候回北京？”

“你想我了？”

“我能不想嘛。”

“那好，这两天我安排一下就回去。”

“别说我没提醒你，安排出轨了责任自负。”

“放心吧，除非天下还有比你好的女人。”

“好了，不跟你扯了，我到单位了。”

前天在私人会所活动后，魏青和徐爱珍当天晚上住在省城，她们是第二天早上回的门都。今天我起个大早，要赶回门都去，杜三娘也要回去，因为她在省城已经住了三天。再不回去，恐怕引起柳英的怀疑。我让她和我一车走，她没同意，说是打出租车回去更方便。所以我也没强求。放下娜娜的电话，我一个人开车往门都走。车子上了高速，我开始想昨天下午和肖鸣喝茶的情景……

我离开肖鸣房间的时候是上午九点多，她一觉睡到下午三点。这个女人看来不仅缺性，她也缺觉。她起来后洗过澡，又喝了一杯咖啡，然后又给住1808房的秘书小霍打电话，她安排小霍先回门都。

“我说过，如果真是那样，我会离不开你的。”

“对，我记得，你是说过这句话。”

“现在到了该兑现我这句话的时候了，南南，我离不开你了，怎么办？”

“没这么夸张吧？不就一次吗？”

“南南，说出来不怕你笑话，我二十岁上大学时，开始接触性生活，一直到昨天为止，加在一起也没比得上你这一次。”

“鸣鸣，这可能吗？”

“可能，你可能不知道，我大学读的是医科大学，我在校游泳队待过，从前我的身体素质一流棒。”

“你现在也一样。”

“不行了，由于不满足，我得靠频繁性交来弥补我的需要，可干这种事越贪越伤身体，后来我竟然得了失眠症，多少年了，像今天睡得这样沉还真没有过，到现在为止，我的身体还处于轻飘飘的状态。怎么办?”

“鸣鸣，你很直接。可你问我怎么办，这我也不知道。”

“你要对我负责。”

“鸣鸣，没搞错吧，怎么听上去是如此恐怖，难道你让我娶你不成?”

“南南，我这个岁数的女人，不会玩少男少女的把戏。”

“我的妈呀，吓死我了。”

“你不用怕，我们可以讲条件。”

“鸣鸣，我昨天也有一句话，不知道你是否记得?”

“记得，我全都记得。”

“既然记得，那我们还有什么条件可讲。”

“有，我们可以讲需要。”

“好，就算你说的我们可以讲需要。这就简单了，当你鸣鸣需要我时，只要我有时间，一定会满足你。”

“那你需要我什么?”

“我需要你鸣鸣的是什么都不需要。”

“这不行。”

“鸣鸣，我觉得你很霸道。”

“南南，不是我霸道，有个简单的常识说得好，没有永远的朋友，只有永久的利益。对于你，也算个老板级的人物，想包养你很难。你昨天说得也对，北京大姐级的人物大把，可以说是女人就需要，越是养尊处优的女人越需要，凭你的条件，不愁找大姐。可我们之间有缘分，而我在门都起码不是一个白痴的女人，你的公司正好也在门都，所以，从业务角度讲，我们可以优势互补。”

“你的意思是说我们可以合作?”

“只要你高兴。”

“合作什么呢?”

“这个我们可以探讨。”

“也好，你的提议我赞同。”

“那好，我在公司给你设个办公室，这样方便沟通。”

“你要走形式我没意见。不过，鸣鸣，能问你一个问题吗?”

“一百个都行。”

“你老公是干什么的?”

“省军区的，一个副师级干部。”

“你不觉得我们在一起会把我害了吗?”

“如果你担心这个，没问题，我明天就可以和他办离婚，反正我和他也只是挂了个名的夫妻。而且，他在外面早有人了。”

“你也有。”

“所以我们谁也不管谁。”

“对你们夫妻而言这样说可以，但他外边的人和你外边的人，冒的风险是不一样的。他的女人最多是被你打一顿，而你的男人就不是打一顿那么简单了。”

“行了，我会处理好的。你放心吧。”

“不，鸣鸣，俗话说宁拆十座庙，不拆一扇门，我只服侍了你一次，你就跟我要责任。如果再为了我而离婚，可能把我嫁给你也负不起这个责任。所以，你也不用离婚，办个假离婚证就行了。我只看证，没权也没必要调查真伪。”

“如果你不急，其实也没必要办证，年底他就转业了，所以，军婚这把保险锁会自动失效。”

“这样啊，到年底还有两个月，我们注意点就行了。”

“所以，南南，在门都和在北京不同，这地方小，一举一动都会让人看在眼里，就算你再小心，也是防不胜防，不如我们合作，这样可以遮挡很多不必要的影响。”

“鸣鸣，弄个假合作，把我往你身边一绑，就为了做爱，这也太滑稽了吧?”

“谁说我们是假合作，我要和你真合作，记得你昨天说过，对于门都的资源，你有市场，我有资源，我们合作，岂不是优势互补?”

“鸣鸣，你还是做我的宝贝吧，别打这主意了。”

“怎么，你认为我搞不到资源?”

“门都市委书记的女儿，岂能搞不到资源?我相信你搞得到资源。可你忘了一点。”

“哪一点?”

“资本运作，我是投资公司，不是贸易公司，我需要的是资本，而不是资源。”

“可你昨天说从北京来门都就是因为门都是个资源型城市呀?”

“我现在也这么说。只是，我的目的是收购资源型企业，包装后再卖出去，而不是买资源产品后再卖资源产品。”

“你不用说了，这我懂，门都正在大搞国企改革，你是奔这个来的?”

“对。”

“南南，有魄力，我能帮上你。”

“你怎么帮我？”

“不就是吸资吗？我在这方面有门路。”

“那我们怎么合作？”

“你说。”

“鸣鸣，给我两天时间，做个方案给你。”

“南南，你的方案就是我，只要你不离开我，今天这事就说定了，我们三七分，我三你七。”

“这不公平，鸣鸣七，南南三。”

“不，我一个老女人，要那么多钱带到棺材里花吗，你要明白，我的幸福没几年，只要你南南真心待我，一切都好说。”

我端起茶杯，对肖鸣说道：“鸣鸣，我们以茶代酒，为我们这对野鸳鸯的成功合作干杯。”

肖鸣的双眼透着无限的柔情，很优雅地端起茶杯，将茶一饮而尽。一切尽在不言中。

杨文学把环保设备展搞得声势浩大。他和柳云桐共同出席了首展发布会，并分别做了重要讲话。在这之前，柳云桐并没有安排要出席设备首展发布会，所以他的秘书也没安排市委办的人准备讲话稿，直到今天 上午八点多，市委办公室才接到省委办公厅通知，省委严副书记在临近门都的市县考察工作，大约九点钟左右，严尚武同志到门都，他要出席门都环保设备首展发布会并讲话。

柳云桐听到这一消息，他有点坐不住了。马上叫来秘书让他赶紧起草讲话稿。这个时候准备讲话稿，时间太仓促了。但是，柳书记既然要出席环保设备展的首展发布会，又不能不讲几句。因为，杨文学要讲话，省委严副书记也要讲话，作为门都的代市委书记，又岂能不讲两句。再说了，今天到会的门都市各级领导，该来的都来了。因为他们提前都接到了市府办的通知。通知上写得很明白，要求不准请假。而且，还要求参加会议的人员为各部门的一把手。

有些平时和韩超迎较熟，又自觉得能说得上话的人，给韩超迎打电话试探口风，他们本意就是不想来。但是韩超迎在电话中态度坚决，她甚至提醒一些人不要因小失大。对于极个别的人，韩超迎也透露点消息给他们，说省领导有可能过来。这样一来，无论是迫于压力，还是出于不可因小失大的原因，或者说抱着其他目的，想来找点热闹看，总之，该来的都来了。

市委办的人给韩超迎打电话。他们要知道本次首发式的会议精神，韩超迎在电话中说："其实也没什么精神，就是环境那点事，我们也只是给杨市长准备的通稿，主要是代表市里祝贺一下。因为省委严副书记到会，还有国家环保局的领导。"

"韩处长，你也知道，柳书记这边本来有其他工作安排，正因为省委严副书记过来，还有国家环保局的领导都到会，柳书记才临时决定也要到会讲话，可临时准备讲稿，确实有点措手不及，所以才给你打电话求援。"

"这样吧，我安排人把杨市长的讲话稿的主要精神印一份给你们。"

"谢谢韩处长，改日请你吃饭。"

说到讲话稿，其实很容易写。主要精神实质把准，按着新八股文的格式填满语言就可以了。所谓通稿，指的就是主要精神。

所谓主要精神，其实就是杨文学的精神。因为时间关系，市委秘书处对于韩超迎传过来的讲话稿并没做太大的改动。柳云桐事先也没过目。以至于最后搞出了个政治笑话。柳云桐的讲话稿中其中有一段话是这样说的："人们创造了这个社会，目的是让这个社会更加美好。我们这个城市美好了，人们开始追求环境质量……"市委秘书处的人，错拿这段话当成了口号式的语言，把它写在了柳云桐的讲话稿中，而且是一字未改动。其实他们全都搞错了，这句话是杨文学讲话稿中的原话。按说这种错误是不应该出现的。市委办的人应该明白一个最基本的常识。那就是讲话顺序。凡是涉及书记、市长共同到会讲话的情况，一般都是市长先讲，最后才是书记做总结性发言。市长的讲话务实，也就是说要讲具体事。而书记的讲话务虚，讲宏观大道理，讲方向性的东西。对此，市委办和市府办两边的秘书，写讲话稿时，那是要有明显区分的。这个不能错。因为书记和市长的讲话内容基本一致，那谁先讲就成了学问。但是，按规矩，肯定是市长先讲。今天的讲话稿，书记、市长手上每人一份，内容相同。杨文学讲完就轮到柳云桐。柳云桐憋了一肚子气把讲话稿念完了，他的心里此时都不知道要想什么了，嘴里的味道简直比嚼蜡还难受。所以，他在短短的五分钟讲话过程中，竟然三次拿起摆在主席台上的矿泉水喝。

同时坐在主席台上的省委严副书记，看出了这里面的问题。台下的很多领导也看出了这一问题，他们心里暗想，这到底是哪跟哪呀，柳云桐竟然当起学舌的八哥了，杨文学讲什么，柳云桐学什么，甚至有的地方竟然一字不差地学，这是市委书记吗？有这样的市委书记吗？柳云桐以往的工作作风不是这个样子的呀。柳云桐这样讲话，分明是在说，在对全门都市的干部说，对省委严副书记说，你们都看到了吧，这就是我柳云桐的政治观点，紧跟杨文学，一步一个脚印。其实，在座的各位哪里又知道，这上面的内容并非柳云桐的本意，而是他下面那些人给搞错了。可是，大庭广众之下，错了又能怎么办。柳云桐只能是哑巴吃黄连，有苦说不出。

要说这人倒霉，有的时候还真是喝口凉水都塞牙。今天，偏偏赶上市委秘书长周云鹏，也就是柳云桐的大管家去省里办事。这种事搁在平时，柳云桐的讲话稿，周云鹏要最后把关，不仅如此，他还要有针对性地调整修改讲话内容。周云鹏不在，又赶上柳云桐的秘书马一鸣催得又急了些，这才出此纰漏。没想到，本来规模不大的环保产品首展发布会，叫杨文学搞成了声势浩大的规模大会。这样一来，可把柳云桐的脸丢大了。

首发式的结束语是严尚武讲的，严尚武此次门都之行，本意是想借此机会给杨文学壮壮军威。当他听到柳云桐的讲话内容后，他知道，没必要再画蛇添足地说什么了。俗话说势不可用尽。柳云桐怎么说也是门都的老人，这样不顾及他的感受，有点逼人太甚。一旦把柳云桐逼上梁山，弄不好门都会有一场大乱。对此，严尚武虽然嘴上没说什么，可他心里在想：杨文学政治经验还是短练。不管他与柳云桐在政治上有何分歧和意见，也不应该采用如此手段去搞得柳云桐下不来台。严尚武意识到，杨文学可能是利用了自己突然来门都的机会，把柳云桐逼进了死角。不应该呀。既然你杨文学明知道我今天要来门都，怎么说也要和柳云桐通个气，搞突然袭击，这样对谁都不好，弓满易断的道理应该知道。班子成员当中互相牵制是需要，有矛盾存在也属于正常现象。但矛盾激化对政局稳定而言，是非常不利的。为了缓解矛盾，严尚武简单讲了几句后，在大家即将退场之前，他单独拉上柳云桐走了。对于柳云桐的讲话稿，与自己的讲话内容雷同这件事，杨文学还真是不知道为什么，怎么会出现这种情况呢？难道这是有人故意所为？不应该呀。自己并没有吩咐什么人去这样做，虽然对于严尚武同志来门都的情况，自己没有事先和柳云桐通气，那并不是要给柳云桐什么难堪，只是想借严尚武来门都的机会，镇一镇柳云桐和其他几个常委的锐气，并没有让柳云桐下不来台的意思。现在局面搞成这样，确实很过火，问题究竟出在哪了呢？好在有严尚武在，他单独拉走柳云桐是去调解的。

严尚武和柳云桐走出会场，他们上了柳云桐的车。柳云桐一上车，就对严尚武没好气地说了一句："严书记，后生可畏呀。"

"云桐，今天这事不应该出在文学同志身上。"

"严书记，现在说这些已无济于事了，这样大庭广众之下，摆我一道够狠，这已不是什么政治手段问题，这简直是政治诈术。这一手够毒，年轻人争强好胜可以理解，但阴谋总是要不得的。"

"云桐啊，先消消气，我认为这件事的背后有蹊跷。如果不是一个误会，那我真的要找文学同志严肃地谈一谈了。所以，我的意见还是要把事情调查清楚。"

"严书记，这我会。"

"云桐，再找两个人，我们凑一局，好久没摸牌了。"

韩超迎知道这回的事情玩大了，对于她而言，这件事怎么说都不对。作为秘书们之间，互相私通个讲话稿的情况虽然经常发生，但这事一旦露了口风，那可是要被处分的。即使这次互通讲稿是无意识的，但造成如此之大的后果自己难辞其咎。摊上这种事，想推责任都没理由。目前看，只有主动站出来承担一切，杨文学兴许能放自己一马。不知是灵感的作用，还是上天有助韩超迎，她情急之下想起了我。其实她心里明白，国环公司的法人代表与那份报告是同一个人。那天在会所，我和韩超迎互相留了电话号码。她打我的电话求援。韩超迎在电话中简明扼要地讲了事情经过。我听得很明白。我在电话中答应帮她疏通此事。放下韩超迎的电话，我想，本来我还想办法去找你呢，没想到，你竟然主动送上门来。帮韩超迎没问题，可我根本没见过杨文学，更别谈说得上话了。唯一的办法是，我必须合情合理地去说服娜娜。娜娜去和杨文学说这事，可以说是一句话的事。但是，娜娜为什么要出这个头，去帮一个八杆子打不着的人办这事？办法只有一个。那就是，我的理由要非常充分合理。

我在办公室里来回踱着步子。说实话，这件事如果杜三娘能办，我一开口，她立马会跑着去把这事搞定。但娜娜不是杜三娘，她不会无原则，她办事是很慎重的。

我想了几种借口，说帮韩超迎是为了结交她，将来市政府这边有什么事找她帮忙，这种理由对娜娜来说不需要。门都市政府有什么事，值得办的事，娜娜一个电话找杨文学就办了。娜娜能指挥的是韩超迎的主子，没理由说事时越过主子，去求仆人的道理。和娜娜说我想结交韩超迎，将来有点什么鬼鬼祟祟的事让她从中斡旋，这样也不行，等于把我自己给卖了。韩超迎在门都很多人眼中算是个人物，她也确实是个人物，但这话看对谁而言。我在门都要办的事，她是起不了多大作用的。如果我到门都来投奔她罩着我，除非我在歌厅当小弟。她的能力够得上。可话又反过来说，我要是花都的小弟，韩超迎遇上这事，求谁也求不到我的门下。和娜娜说我要上韩超迎？行，不是不行，大不了一死嘛。当然，就算我不怕牺牲，为韩超迎的事英勇就义，韩超迎的事就办得成吗？其结果是她和我一起死。

无论我怎么想，在娜娜面前，我都开不了这个口。放弃韩超迎，让她自生自灭，似乎也不行。首先是我答应人家帮忙，做人不能失信于人。再说了，我发自内心也想帮她个忙，至于今后具体利用她干点什么，那是后话，要走一步看一步。眼前如果不帮她过这一关，后面的一切想法有没有的谈还两说着呢。

我仍然在办公室里踱着步子思考着应该怎么办？

门都市委秘书长周云鹏在省城返回门都的路上听说了这件事。一听到这个消息，他愣在那里好久没说出话来。这件事对他而言，比贪点钱还严重。偌大一个市委办，竟然连一个普通的讲话稿都弄不明白。这不等于养了一群白痴吗？想到这，他在电话中问道："谁办的？"

“周秘书长，是董处长。”

“董怀？他难道没有和政府那边提前沟通一下思路。”

“沟通了，可他具体怎么沟通的我不清楚。”

“是不是让市府办的人给耍了？”

“从目前看应该是。”

“董怀这个浑蛋，在秘书处待了一辈子，竟然干出这种事。我问你，老大什么态度？”

“老大非常生气，他和省委严副书记在车里发了一顿牢骚，但老大把矛头对准了杨文学。”

“问题出在自己人身上，这事却对着杨市长去没道理。老大现在哪？”

“在滨湖度假村，和省委严副书记几个人打牌。”

“估计今天没事，明天他一定会追查。好了，有什么事再通知我。”

放下柳云桐司机的电话，周云鹏闭上眼睛，他想到今天这个事，弄不好真的就栽了。这不等于扒光老大的衣服后，将他摆放在门都人的面前展示吗？柳云桐当着严尚武同志的面发脾气，难道说他认准了这事是杨文学干的？按说凭杨文学的性格，他没理由这么干呀？可有个疑点不能忽视，一个小小的环保设备首展发布会，怎么会让杨文学搞得如此声势浩大，不仅门都各区县乡镇的一把手都来了，市里的企业界领导，政府机构的负责人也来了，连省委严副书记都来了。这个杨文学要干什么？难道他在为何种目的鸣锣开道？可目前看，没反映出任何迹象。为什么，在这种关键时刻，市委办竟然被人摆了一道，难道市委办有人从中配合？董怀这个人从来都是胆小怕事的人，况且，他是一个五十多岁的老处长了，升也升不上去了，在市委办再混两年就退休了，按说他不会参与什么派系斗争。但是，像这种连小孩子都办不出的事，他一个五十多岁的老江湖却办出了呢？莫不是，这一切都是冲着我这个秘书长的位置来的？周云鹏陷入了沉思之中。

市委办秘书处的董怀处长现在可是心乱如麻，好比热锅上的蚂蚁。接到韩超迎传给他的讲话稿后，明明自己在上面用红笔在每行字的下面画了横线。凡是画横线的部分，都是要根据其大意进行修改的。谁承想，下面的人把他所画横线的部分给原文端了上去，稿子打出来后，下面的人简单校了校错字，马上就被柳云桐的秘书拿走了。现在可好，他连证据都没了，因为原稿，也就是那份传真件，被董怀塞进碎纸机粉碎了，这是规矩。市府办那边的韩处长是帮忙救急，韩超迎之所以这么做，是看在董怀为人老实，不能坑人害人的份上，才将杨文学的讲话稿传过来的。再怎么说，这件事也不能卖了人家韩处长，自己一把年纪了，出点麻烦影响不大。人家韩处长还年轻有为，可不能耽误了人家的前程。对此，董怀打了个电话给韩超迎："韩处长，我老头子在此说声对不住了。"

"董处长，这事好像没那么简单吧？"

"那是，不过，韩处长的传真件，我当时已经销毁了，这件事由我引起，也必须由我扛下来，放心吧，大不了算是我在电话中和你沟通了一下通稿精神嘛。"

"可是，董处长，别忘了，柳书记的讲稿中和杨市长讲稿中有段话，一个字也没改，所以，这事上面追查下来，一定会有问题。"

"韩处长，这可怎么办呢？"

"没办法，事到如今，只能是想办法把这事压下，我倒建议董处长找周秘书长唠唠，他应该有办法。"

"好吧，韩处长，再次说声对不起。"

市府办这边的领导，干脆就没过问此事，因为他们把不准这事是不是杨文学授意韩超迎干的，所以装作不知道才是上策。

就这么一个讲话稿的问题，惹出来这么大的风波。看来官场上有些人，活得还真是不轻松。不过话又说回来了，这年头，谁活得都不轻松。遇上事若是没有朋友帮忙，那你活得会更累。韩超迎把我视为朋友，她找我帮忙算是找对人了。这件事，她最终不但没被处分，反而因祸得福，得到了杨文学的赞扬。要知道，我的项目问题，还有这次讲话稿的问题，韩超迎默默地处理得结果很好，让杨文学从此进一步重视她的工作能力，这也就奠定了她在杨文学心目中的地位。

帮韩超迎，是娜娜出的头。娜娜为什么出头？讲道理。我在办公室停下脚步后，已经想好了，如何才能请娜娜出山的理由。我开始拨娜娜的手机。

"南南？"

娜娜在电话里叫我的名字，而我却不叫她娜娜，也不回答是我，我只用带着浓浓的鼻音回应道："嗯哼。"

"南南？"

"嗯哼。"

"南南，你调皮，我放了。"

我赶紧说："别、别、别。"

"南南，听你这口气好像很兴奋？"

"不，做人要低调。"

"一边去，和我来这个，快说，碰上什么高兴事了？"

"娜娜，恐怕你要给杨文学打电话了。"

"什么？你遇上麻烦了？"

"我能遇上什么麻烦，我兴奋还来不及呢，要不是你总批评我做人不能太极致，我这会儿早飞上天了。”

“吓我一跳，我还以为你遇上事了呢。”

“我要是真遇上事你还能不管我呀?”

“南南，你别臭美，说吧，什么事让你这么高兴?”

“娜娜，环保设备展首展发布会结束了。”

“这跟你有什么关系?”

“关系大了。”

“你订到设备了?”

“娜娜，花钱买东西我高兴什么，是这样的，门都的市长和书记，在首发会上的观点超级一致让我高兴。”

“这好像又跟你没关系。”

“娜娜，这太有关系了，你想想，我的环保物业公司，其项目运营，需要政府的文件支持。政府行文，这事一定要摆到桌面上研究。柳云桐今天当着那么多门都的干部，还有省委严副书记的面，和杨文学保持高度的统一，甚至他们两个人在讲话稿中，有几处连一个字都不差。那么，我的项目一旦上了常委会，能不通过吗?”

“不对吧，南南，这里面有问题，统一思想不应该用这种方式呀。”

“娜娜，真不愧相门之女。我给你打电话就是这个意思 。现在事态很微妙，要么变成真的高度统一，要么矛盾被激化。”

“南南，严叔叔离开门都了吗?”

“这我不知道，但我在现场看到严叔叔和柳云桐一起走的。”

“看来严叔叔是要安抚一下柳书记。”

“那杨市长谁来安抚?”

“你的意思是让我给文学打电话?”

“娜娜，我只是这么一想，你也知道，政治学问我是一窍不通。”

“拉倒吧，一窍不通你就不会给我打这个电话了。南南，可我给文学打电话怎么说呢?”

“从目前看发生这种事，杨市长属于主动，柳云桐应该不会善罢甘休，我要是杨市长，就会不声不响，权当是一种偶然。”

“可万一柳书记不依不饶呢?”

“一头热，一头不热，热的那头自然热不起来。”

“南南，你哪学的这一套。”

“娜娜，我这只是自私的想法，关乎项目成败的问题，我不得不上心。否则，我的项目落荒了，我在门都能坚持多久？难道我有闲心看着他们二虎相争？娜娜，你都不知道我现在有多急，这单生意上轨道了，我也想长期待在北京和你过几天舒服日子，那样多好，不像现在，一个个体小业主，竟然关心起国家大事来了，柳云桐和杨文学他俩人不管谁打喷嚏，我都跟着感冒。要知道，他们可是公费医疗，而我是自费看病，我是吃不起药打不起针的。”

“南南，你别说了，我明白怎么做了，待会儿我给他们俩每人打一针，让他们变成真正的高度统一。”

杨文学此时正在勺园酒店吃中午饭，他在招待区县来开会的几个一把手。娜娜的电话进来了。

“娜娜。”

“文学，在吃饭吧？”

“对，区县几位领导聚在一起吃个便饭。”

“和领导吃饭，一定是吃大餐喽。”

“没有，我们在政府边上一个饭店，上午一些领导来市里开会，赶上了，随便吃点。娜娜，来电话有什么指示？”

“文学，你那里吵得要命，我听不见。”

“好，我出去说。”

杨文学从包房里走出来，他找了一个僻静的地方，然后说道：“娜娜，这回听清楚了？”

“现在还行。文学，今天吴老师又问起我她学生的那个项目问题，她的学生去找你了吗？”

“还没有，不过我一上午都不在办公室，也可能他们给我打过电话。”

“是这样，文学，吴老师和我的关系很要好，工作上人家帮我很多，这件事我已经答应人家了。再说，吴老师知道你在门都当市长，有些话说到这份上了我也不好推辞。”

“娜娜，你放心，这件事包在我身上。”

“文学，柳书记那边对这个项目什么态度？”

“我刚从上海回来，还没来得及和柳书记碰一碰。不过，他那应该不会有大问题，环保局这边怎么说也是我主管。再说了，环保局已经拿出意见了。”

“文学，强龙不压地头蛇，柳书记那边的关系一定要搞好。你说要不要我给严阿姨打个电话，求严叔叔帮你去说服柳书记。”

“不用，娜娜，你可能不知道，严书记现在门都。”

“哦，那你怎么没请严叔叔吃饭？”

“他和柳书记在一起。”

“为什么?”

“严书记上午从邻市过来出席我市一个环保设备展的发布会，完事，他拉上柳书记就走了。”

“不应该呀，严叔叔和柳书记要谈工作上的事?”

“我想不是，因为上午在发布会上，我和柳书记之间闹出点小插曲。”

“怎么会这样?”

“其实这件事跟我和柳书记个人都没关系，是办公室的人给搞坏了，他们把我的讲话稿传来传去的，结果弄成了我和柳书记的讲稿内容一致。这种发布会，市长要先讲，书记最后做总结讲话，他们一马虎，书记等于把我讲话的内容又重复了一遍。这事摞在我身上，也肯定是心里别扭。”

“所以，严叔叔把柳书记叫走，这是去安抚他，文学，你打算怎么处理这件事?”

“我还没来得急查呢。”

“这事还查什么，你属于占了政治上的风头，然后你回过头来再揪住这事不放，人家会认为你别有用心。”

“对呀！娜娜，谢谢你。没你的提醒，我下午还要追查这事，如果我真那样做了，纯属于得了便宜还卖乖。”

“所以，这件事就压下吧，估计严叔叔那边会做通柳书记的工作，既然这事跟咱没关系，错在哪让柳书记自己处理他们就完了。”

“娜娜，我明白了。”

“文学，你进去吃饭吧，我打电话本来也没什么事，待会儿在食堂看到吴老师，我会和她讲。文学，吴老师的学生也是我的学生，你要对人家热情点，这事拜托了。”

“娜娜，千万别这么说，这是我应该做的。”

“那好，我挂了。”

放下杨文学的电话，娜娜又给柳云桐的夫人打了一个电话。最后，娜娜给我打电话：“南南，两边的电话我都打完了，估计这件事应该是没问题。”

“娜娜，太谢谢你了，柳书记在电话中怎么说?”

“单纯，这种事我能给柳书记打电话吗?再说了，我有什么资格给柳书记打电话，那不是摆明了我在插手政治矛盾问题吗?柳书记不同于文学，和文学之间我们很熟，同时他又和我家里面有点关系。这种关系可以在电话中谈事情，柳书记是不能在电话中和人谈事情的，如果这样做就显得太不尊重人了。所以，我给柳夫人打的电话，因为我和柳夫人较谈得来。你懂不懂办事的规矩。”

“领导批评得对，电话打给柳夫人，起到的作用是同样的。”

“算你聪明，快说啥时回北京?”

“就这两天，我等公司的人去见过杨文学和门都环保局的人之后，马上回去。”

“快点，小心回来晚了我扁你。”

“扁吧，免得我三天不挨扁，就上房揭瓦。”

第十一章

我发了个信息给韩超迎，内容为：事已办妥。过了没多久，韩超迎回了一条信息给我，内容为：晚上请你吃饭。

杨文学中午吃过饭后，步行回办公室。他在想，娜娜电话中所言之事是对的，自己和柳云桐的关系眼下还真是不能轻易闹僵。因为门都的盖子还没到彻底揭开的时候。

话虽这样说，今天的事，柳云桐一定会给自己记上一笔账，至于柳云桐会以何种方式，或者是从哪一件事情上收回这笔账，目前还不清楚。不过柳云桐可千万不要拿娜娜介绍来的那个项目收账。如果是这样，对娜娜真的没法交代，先不说娜娜是在为谁办事，就凭娜娜是第一次求自己办事这一点，这事也不能办砸。不仅如此，娜娜交代的事也不能拖，只能是一锤定音。关于项目问题，自己完全可以敲定，行个文发到门都市各大中小企业去。对于市政府的文件，这些企业没理由不执行。环保物业公司的经营模式确实为企业节省很多治污费用，可怎么说，环保物业公司也是有利可图。而且，这笔利润的来源，和政府行文有直接关系。办好事也存在着以权谋私的嫌疑。这年头，只要是人情关系的生意，尽管当事人不图利润回报，但不能排除以权谋私，这方面的界限确实有些混淆不清，鉴于此，环保物业公司的项目，最好的解决办法只能是端到班子会上去，由集体决定。可是，常委会成员，基本掌握在柳云桐手里。所以，只要有人在常委会上咬住以权谋私，这件事就会搁浅。再想重提此事，一个私字，会抵掉一切有利因素。俗话说，大丈夫不为五斗米折腰。五斗不行，十斗折不折腰？一百斗呢？对我杨文学而言，娜娜意味着一切，娜娜一句话，相当于无数斗米。为了娜娜，又焉能不折腰。

在官场上要收拾一个人，有一种手段，叫明升暗降，把干部调动异地或者异部门，然后再干掉。这样做，是为了进一步获取证据方便。因为，一个领导，在一个部门经营的时间久了，总会网罗很多盘根错节的人际关系，柳英涉嫌黑社会性质犯罪，不能不说与他在公安部门任职有关系。公安局往往是这种事的直接保护伞。想到这，杨文学有了主意。

杨文学回到办公室后，叫来韩超迎。韩超迎一听到杨文学叫她，心里便发怵。刚刚收到的信息中明明说事已办妥，难道杨文学叫自己另有目的？是批评教育？还是李诗南这小子面子不够大？她提心吊胆地来到杨文学办公室。“杨市长，您叫我？”

“韩处长，你准备点礼物，我们去人民医院看望一下刘石检察长，刘检生病住院这么久了，我一直没抽出空来去看看他，今天下午去吧。”

“好，杨市长，您还有什么指示？”

“没有了。”

离开杨文学办公室，在回自己办公室的路上，韩超迎还在想，看来上午讲话的事就这么过去了，李诗南，本事不小。在门都能摆平杨文学，他还是第一人。这个人，一定要交下他，并且要不择手段地拉上他这层关系。要知道，A省都没有人会让杨文学如此买账。至于门都就更不值得一提了。

市检察院检察长刘石前几天因突发心脏病，住进了门都市人民医院。刘石同志今年五十九岁，说话的工夫就是退休的人了。关于谁接替他这个检察长的位子，至今为止还没有候选人，原因是柳云桐到现在也没放出风来。市检察院检察长一职，在门都，除了柳云桐，其他人没权提议，就算是柳云桐提议，最后也要和省检察院党委统一意见，并报请省委组织部批准。一般人是没这份能量插手此事的。当然，在门都，现如今除了柳云桐外，就杨文学有胆量操作这事。门都市人民医院提前接到了韩超迎的通知，听说杨文学要来医院看望刘石同志。院长马上安排人开始打扫干部病房的卫生。杨市长要来医院，对他们来讲是大事。院方领导临时碰了一下，该安排的事，大家有个分工。有人去准备水果和鲜花。医院保安部也在医院大门口和高干病房门口增加了保安。不仅如此，院长还把医院里最漂亮的女护士孙薇调到干部病房值班，负责服务杨文学。这一切都准备妥当后。院长和副院长几个人站在干部病房门口等着杨文学到来。

杨文学的车子停在干部病房门口，院长陈瑞慧亲自为杨文学开的车门。杨文学调来门都任市长，三年多来还是头一次以一个市长的身份到人民医院。以往，开会中他也和陈瑞慧院长聊过天。这位年轻的女博士后多次邀请杨文学视察人民医院，但杨文学因为太忙，始终也没安排出时间。不过非正式光顾人民医院，杨文学有过两次，但那都是顺路，也只是在陈瑞慧的办公室稍作停留而已。基本属于拜访性质。这次不同于前两次，因为这次市府办正式通知的人民医院。这样一来，便带有着官方的意味。

对于门都市人民医院院长陈瑞慧这位美女博士后，杨文学在心目中早已留下了很深的印象。在门都市正处级以上的干部队伍中，陈瑞慧的学历是最高的，美国哈佛大学医学博士后，但她不是最年轻的，最年轻的是韩超迎，二十九岁，然后就属三十一岁的陈瑞慧。这两个大姑娘尚待字闺中，而且都是一流的大美女。韩超迎的级别和陈瑞慧一样，虽学历没有陈瑞慧高，但权力大，所以人们都说她俩有一拼，将来都有可能成为门都的权力核心人物。

陈瑞慧和韩超迎两人平时关系不错，互相往来较多。今天在接到韩超迎通知时，她就提出让韩超迎帮忙斡旋，请杨文学市长正式视察一回市人民医院。韩超迎答应帮忙。说实话，杨文学也属于学者出身，对陈瑞慧他是另眼相看的。只是，碍于男女有别，顾及社会舆论，他尽量避免与她走得太近，今天来人民医院，杨文学故意带上韩超迎，也是为了此事。对陈瑞慧的视察请求，他欣然接受。

“陈院长，今天我们先私后公，待我看望刘检后，咱们再到处转转。”

“杨市长，人民医院接受市长检查，这个机会得来还真的不容易，三年多了，总算盼来了这一天。我代表全院的同志欢迎杨市长到来。”

“陈院长，你太客气了，大家都是熟人，不用搞得如此庄重吧。”

“杨市长，正因为是熟人，你才让我们等了三年多。”

“可我记得你院长大人的茶，我已经讨到两次了吧?”

“那只能算是非正式光临。”

“可如果我多几次正式光临，恐怕陈院长该烦了。”

“杨市长，那您就多来几次试试嘛，看看我们医院烦不烦。”

陈瑞慧、韩超迎等人跟在杨文学身后来到干部病房。走在路上，陈瑞慧说道：“杨市长，每年公务员身体检查，您一次都没来过。”

“按我的身体条件，这种待遇还是再过十年吧。”

“杨市长，正常的例行检查是必需的，一个人首先要爱惜自己的身体，然后才能做好革命工作嘛。”

“有道理，按照陈院长的指示，我最近就安排时间例行检查一次。韩处长，记住帮我安排。”

杨文学来到刘石住院的病房。大家先是寒暄了一阵子。杨文学又对陈瑞慧说道：“瑞慧同志，刘检的病情你们要高度重视，如果我们这里的条件有限，可以考虑转到省里或北京进一步治疗。”

“杨市长，陈院长的技术，国内排得上一流了，医学博士后，看我这点小病，没问题的，这几天在陈院长的精心治疗下，我的病好多了。”刘石说道。

韩超迎看时机已到，她张罗着把大家叫了出去，病房里只留下杨文学和刘石。刘石对于杨文学的来访，心里早已猜到了八九分。杨文学探病是虚，关心未来检察长这个位置才是实，他此行的目的，肯定是对未来检察长的人选问题，来征求我的意见。既然杨文学有目的而来，说明他心目中早已有了人选。难怪柳云桐对检察长一职的安排问题始终没有放出话来，他这是在给杨文学让路。柳云桐都能如此高风亮节，我一个马上退下来的人，干脆也送他一个顺水人情。对此，刘石说道："杨市长，您这么忙，还关心着我的身体，真的很感谢。"

"刘检，其实我早就该来了，前几天去上海开了个会。所以耽误了，还望刘检多谅解。"

"杨市长，您是门都最忙的人，这么多担子压在身上，换了我早就累趴下了。说实话，要不是这次住院，我早就想去您那汇报一下工作。"

"刘检，说到工作，有个问题我还真想听听你的意见。"

"我知道，杨市长是关心检察长的人选问题。我还有几个月就退休了，市里对检察长的职务，一直也没个意见。我又不好主动问，今天杨市长来了，刚好借这个机会，也算我正式向组织提出来，门都检察长的人选问题应该定下了。"

"刘检，公、检、法工作，我是外行，门都眼下的治安问题并不乐观，检察院这摊子工作，专业性强，还真得有个称职的人接替你。所以，刘检，你推荐个人给我吧。"

"杨市长，门都目前能胜任检察长职务的有那么几个人，杨市长能不能给我一个范围和目标，这样我也好按照您的意思去考虑人选。"

"刘检，我是外行，在门都也没有什么亲疏关系，你是个正派人，主要以工作为主，对于刘检所要推荐的人，我会重点考虑。但有一点，按照组织原则，对于社会反映较大的人接替这个职务，今后恐怕会很难服众。"

"杨市长，我明白了，您没有具体目标，只是想选拔一个称职的人，这样的话，人选的问题就好办多了。"

"刘石同志，谢谢你对我的工作支持。"

"杨市长，这是我应该做的。"

"刘石同志，关于你离开检察院工作岗位后的安排问题，我会在常委会上提出来，我也想征求一下你的意见，按照惯例，一般是去人大、政协，这两个地方任你选。"

"杨市长，说句心里话，根据我目前的身体状况，退下来后，我真就哪也不想去。去人大、政协挂个闲职，图个心理安慰，没什么意思。"

"刘检，话也不能这么说，任职年龄问题是我们国家的组织原则问题，各地都是这么规定的。可我们国家的平均寿命定在七十岁。所以，很多领导的职务卡在了年龄上，但身体仍然年富力强，经验也多，所以，到人大、政协任职，至少还可以为党工作十年。依我看人大法工委的工作很重要，毕竟没离开你的老本行嘛。"

"既然杨市长这样说，那我就尊重杨市长的意见。"

“刘检，对于你要推荐的人选，写一个报告给我，这件事就拜托刘检把关了。”

“杨市长，我会尽快把报告交给您。”

从刘石处告辞后，杨文学在人民医院领导班子的簇拥下，视察了人民医院。

杨文学走后，刘石还真是犯难了。检察长这个位置，柳云桐曾经在一年前与他的谈话中，暗示过他，对于柳英的培养问题。说实话，门都的权力层，如果不是因为杨文学来了后横插了一只手进来，凭柳云桐的势力，可以很轻松地安排柳英的前程。可现在情况不同了，柳云桐到目前为止，连提都没提此事，其他常委们也似乎很知趣，没人站出来开这个头。常委们究竟怎么想的，一看便明白，谁也不想得罪杨文学。虽然柳云桐的权力表面看是日渐式微，但也没那么快就倒下。如果这个时候，推荐了柳英，柳云桐会非常感谢自己。可这样一来，等于无形中得罪了仕途上如日中天的杨文学。杨文学是绝对得罪不起的，先不说他能不能坐上市委书记位子的问题，即便他不接门都的书记，可他现在做的那些事，和书记的权力又有什么区别呢？杨文学，政治上的滑头，他把推荐的权力下放给我刘石，这不是摆明了把我放在火上烤吗？自己一个马上退下来的人了，还要考虑站队的问题，这就是政治。但自己已经答应他了，又不能不推荐，权衡利弊关系，只能是站到杨文学一边，因为，自己的儿子在市政府工作。柳云桐有儿子，他要关心儿子的安排问题。我刘石也有儿子，我也要为儿子的前程着想。刘石终于后悔了，自己这回住院为什么得的是心脏病，如果像司马懿一样得个精神病就好了，他杨文学就不会来麻烦一个疯子去推荐什么人的问题。

花都内讧的风波平息后，这几天又火起来。按说也是，花都的小姐很久没赚到钱了，特别是婉儿新招来的一批坐台小姐，赚钱心切。既然选择了干这一行，从家出来不就是为了赚钱嘛。不疯狂又岂能有钱赚?！另外，很多从前花都的老客户，这一阵子也寂寞得太久了，前一段时间花都出事，他们受到了一定的惊吓，但人的本性是改不了的。这些人观望了一段时间，嗅了嗅风向，应该是没什么事。没事就好，现代人讲究的就是对不起谁，也不能对不起自己。特别是不能亏了身子下面的小弟弟。这样一想，该来的都来了。

“讲话稿”风波之后，韩超迎特意为此请我吃饭，我们之间的关系明显更近一步了，有了自家人的感觉。

韩超迎是不是我被劈开的那一半？我铁定了认为她就是。因为，我把一生的事，用了两天时间向她交代得干干净净。甚至包括我和可可的秘密，也全盘托出。这样一来，我变成了一个白痴，一个没有自我的人了。韩超迎听完这一切会怎么想？她会如何看我？这些我都不知道。但有一点我是知道的，那就是，虽然我说出了一切，可我不后悔。

韩超迎也把她的一切全都告诉了我。她不仅支持我的计划，而且还帮我修补了我和可可计划中的不足之处。并且，她主动提出要参与到我们的计划中。这个有着稳定政治前途的女人，为什么要卷到一个冒险的计划中呢？韩超迎说不清。有一点她只能说出自己的感觉，作为政府的公务员，假的东西太多了，神经绷得太紧。人性本质需要释放的机会又太少了。一切外表的光鲜，无法抹去心灵的苦闷。作为女人，事业和家庭有着交织不清的矛盾。人生命的轨迹最终会进入到一个机械式的生活程序之中。结婚、生子、工作。这样慢慢变老。大多数人都是这么过来的。如今的韩处长，明天的韩局长，后天的韩市长，甚至是韩省长、韩总理，最终还有可能是女王。一切都有可能。只要你努力，只要你奋斗。甚至，这一代人不可能，下一代人也有可能。只要你懂得装一个样子。懂得忘记自我，懂得永远替领导着想，懂得人生的每一步都不能歪，不能空，不能错过升迁的机会，一切皆有可能。万一不能，你只好认命。但是，在这所有的一切中，唯一没有的就是你自己。所以，人一旦拥有资本，拥有前途，拥有一切的时候。最想做的一件事，就是追求自我。这也就是人为什么做不了圣人的原因。

所以，韩超迎聪明的想法就是利用她的智慧，一边经营他人，一边经营自我。沉闷与刺激都是她追求的目标。在大学里她学的是经济，把从政与经商进行完美的嫁接与组合，她想一试身手。既然有了目标，那么，一切都可成为资源，成为她想要的资源。

杨文学办公桌上，摆着刘石送来的推荐报告。刘石推荐报告由他直接交到杨文学手上，报告上他推荐的检察长人选是肖常林。肖常林同志现任门都市司法局长，没去司法局之前，他在检察院任副检察长。这个人年龄适合，而且业务熟，他是从区检察院一步步干上来的。他为人作风正派，有一副傲骨。用门都人的话讲，这个人从不捅猫蛋，意思是说他不扯乱七八糟的事。

但是，现如今社会有一种现象，那就是，你不捅猫蛋，人家要捅你的猫蛋。当年，杜新手下有一个干部贪污受贿，落到了他这个反贪局长手上。兔死狐悲惨，杜新为了自保，出面找肖常林说情，肖常林不买账。后来杜新搬出柳云桐的批示，肖常林同样顶着就是不放人。这就没办法了。柳云桐是不可能允许这类事情出现的。当年柳云桐采取了明升暗降的权术，把肖常林这位不听招呼的同志，调到司法局任局长。

在推荐肖常林同志之前，刘石也是认真思考过的。他刚开始本来是想着一次推荐三个人，把柳英也带上，可经过再三思量，这样做不妥。这明显是在和稀泥。杨文学这个人，是不吃这一套的。再说了，和稀泥这一套，也太小儿科了。最后刘石索性一不做，二不休，既然做了就彻底点，得罪了柳云桐，那就干脆旗帜鲜明地站到杨文学一边，真正做一回负责任的共产党员。他最后决定推荐肖常林同志出任门都市检察院检察长。

杨文学把刘石的推荐报告放到抽屉里，然后拿起办公电话，拨通了肖常林的手机："常林同志，我是杨文学。"

"文学，找常林有什么指示?"

"常林，你的驾驶技术现在怎么样?"

"我的驾驶技术什么时候都堪称一流，怎么，你想和我赛车?"

"好了别用局里的车，你亲自开车接我，门都的秋意正浓，我们去吹吹秋风。"

"没问题，我十分钟之内到你那。"

"好吧，我下楼等你。"

十月份，正是门都的深秋时节，春天的绿地，现在已变得枯黄，道路两旁的林荫树上，夏天浓荫的树叶，基本落尽，剩下稀稀拉拉的几片树叶挂在上面，似乎在告诉人们它对树枝的依恋。道路上时有被风吹动的黄叶在沙沙行走。

肖长林把车开得既快又稳。坐在副驾驶位上的杨文学待车子出了门都中心市区后。才开口说道："常林，想不想动一动位置?"

"文学，有话你就直说，如果你有什么大手笔，调我去哪都行。"

"回检察院，干你的老本行。"

"文学，这算不算明降暗升?"

"你怎么理解都可以。"

"文学，问一个不该问的问题。"

"凡是不该问的都是人们最关心的问题，如果我没猜错的话，你想问新的检察长人选是谁?"

"文学，你先不用回答我的问题，让我也猜猜看，如果我猜对了，你安排我回去，如果猜测错了，你另请高明。"

"猜吧。"

"你想让柳去当检察长?"

"对。但我需要你忍辱负重。"

"文学，上大学那会儿，我们都是校足球队的，我记得当时始终是后卫队员，而且还经常做替补后位。"

"那是因为你球踢得臭。"

"也对，文学同志，所以你当年的前锋，现在当市长，而我只是个局长。"

"不过这回你这个后补队员，应该用不了多久就会当上先锋了。"

“得得，打住，我这人天生就不是做官的料，也不像你有官瘾，将来门都的盖子揭开了，我还是该干什么干什么。”

“这由不得你。”

“做官的最悲哀的就是这一点，永远没有自我。”

“所以组织的形成就是从这里来的。”

“文学，把柳英提起来，柳云桐知道吗？”

“不知道，我准备在常委会上打他一个措手不及。”

“常委们会怎么想？”

“我已经和铁威同志通过气了，他负责联络支持者。”

“不过，你这一手柳云桐会很满意，柳英扶正的问题没解决，是他的一块心病。文学，我去接吴泽安，他去哪？”

“和你对调。”

“这回轮到他明升暗降了。”

“必须把他调开，我们才能分而击之，再说了，市检一、二把手穿一条裤子，一段时间后就烂透了。”

“可吴泽安能同意去司法局吗？”

“你当年同意去司法局吗？”

“我那是无奈。”

“他吴泽安就有奈吗？柳云桐收了柳英一个大礼包，他就够了，对吴泽安而言，也算是扶正了。”

“不过，他这个扶正的没什么实际意义，一个即将坐牢的囚犯，正职副职还有什么区别。”

“人嘛，到哪都喜欢吹牛，估计监狱里也兴论资排辈这一套。”

“文学，还有什么交代？”

“等你调过去再说吧。对了，刘石那里你要去看看，他这次向我推荐了你做检察长，而我却要在班子会上提议柳英，他恐怕要委屈一阵子。”

“文学，刘检是个好人，你这是在利用他声东击西。”

“没办法，政治游戏只讲成功。所以我让你去他那坐坐。”

“放心吧，文学，刘检会正确对待的。”

最近，市里堆的事比较多。市政法委关于打黑行动进展问题，市纪委关于当年老干部补偿款的侵占问题，环保局关于污水处理问题，还有大桥乡中心小学学生集体中毒事件的调查问题。几个大事，都要拿到常委会上议一议。柳云桐提议本周三开个常委会。

对柳云桐而言，常委会上最应该讨论的是门都市检察院检察长的人选问题。虽然他心里这样想，可又没法开口。最近有些人也不知道怎么了，似乎人人都在想自己的问题，对于他这个市委代书记的问题，表现得是漠不关心。大事如此，小事也是如此。就连讲话稿这么小的问题，偌大个市委办，竟然去抄写市长的讲话稿，连书记、市长讲话稿侧重点不同这么个常识问题都搞不清，本来柳云桐想揪着不放，可考虑到别再丢人了，揪来揪去还不就那么点事。到头来打的还是自己的脸。

虽然讲话稿的问题是个小事，但脸面让这件小事给丢尽了。在门都，书记的事哪有小事，书记的事是可以马虎的吗？政法委那边也是不得力，打黑这件事到现在也没个动静，难道书记批示抓几个小流氓都会受阻，这简直是政坛笑话。所以，柳云桐想好了，在今天的常委会上，他要狠狠地教训一下这些不长眼的东西，免得老虎不发威，人家还以为你是病猫。

一想起检察长的人选问题，柳云桐心里就更有气。涉及提干问题，党员干部的履历表上，党校学习的经历是重要的考核指标，去党校学习，是上升型领导必不可少的一课，柳英去年到省委党校学习，这一课算是补上了。本想着一旦时机成熟，在退下来之前，柳英的扶正问题会水到渠成就安排了。而且为这事，他去年也暗示过刘石。刘石当时的表态也坚决。可谁承想，这一年多来，杨文学忙活得不亦乐乎，弄得自己无暇旁顾。今年年初，市委组织部冯铁奇曾提过关于柳英的安排问题。当时也是告诉他先放一放，这一放不要紧，从眼下的局势看，等于把这事给放黄了。现在可好，没一个人站出来敲边鼓。刘石那老东西更是狡猾得很，干脆装病住院去了，这究竟是怎么了。

其实，形势并没有柳云桐想象的那么糟糕。反而，形势对他来讲，真的可以说是一派大好。在今天的班子会上，杨文学提前并没有说他有什么事需要议一议，可谁知道，待大家把该说的问题说完后，眼看着就该柳云桐做总结性讲话的节骨眼上，杨文学开腔了："同志们，有个问题我认为大家要研究一下，刘石同志马上要退下来，关于新检察长的人选问题，不能再拖了，这件事市里需要拿个意见，然后还要和省检、省纪委、省组织部等部门沟通。"市纪委书记刘铁威紧接着杨文学的话说道："文学同志提出的问题确实需要市常委会拿个意见出来。"

大家对杨文学和刘铁威提出的问题，一时摸不着头脑，所以也不想冒冒失失地接话，这事搁在以往，只要有人提议，就会有人点出柳英的名字。自然，也会有人冠冕堂皇地议论几句，顺水推舟就定了。可今天不同往日。今天这个问题是杨文学先提起的，既然杨文学能提这件事，说明他早已预谋好了。杨文学要提的检察长人选是谁，在座的没人知道。但有一点大家心里清楚，应该不是柳英。既然如此，那还议什么？老检察长退休，新检察长接班，这是规矩，规矩是不用议的。至于新检察长接班，这位新检察长是谁？这是要议的。问题是，到目前为止，新检察长人选连个提名的人都没有，那让大家议什么？柳云桐听到杨文学说出这个议题，他不禁暗暗地吸了一口凉气。心里想，检察长这个位置，千万别让姓杨的这小子放翻了。目前，在门都，能倒下来的正职，只有检察院是最理想的位置了。杨文学究竟要干什么？这不是成心搅局吗？但是，即使杨文学要搅局，你也没有理由拒绝他，检察长的人选出问题，也确实早该议一议了。可问题是，如果杨文学对于检察长的提名人选不合己意，是否决他还是支持他？如果否决，将来提柳英，人家也会否决，如果支持，检察长的位置就没了。这还真是个棘手的问题。怎么办？没办法，只能是再看一看，看下一步的势态发展，然后再做决定。

杨文学见在座的常委们并没有主动提议的意思。他只好又说道："刘石同志住院期间，我到医院去看望他，闲聊时，聊到了检察长的人选问题，从刘石同志那回来后，我还没来得及与柳书记沟通，事有凑巧，今天 上午，刘石同志刚好送来了他关于新检察长的推荐信。所以，借今天的班子会，我把刘石同志的意见转达给大家，大家议一议。刘石同志推荐的检察长人选是市公安局的副局长柳英同志。刘石同志是老同志了，推荐柳英同志他完全是出于公心。刘石同志的意见也是我的意见，柳英同志业务好，工作事业心强，这也是我分管公安工作对他的评价。虽然柳英同志是柳书记的儿子，可他从不以此自居。经济上和作风上没有社会不良影响。所以，我和刘石同志的态度是经过深思熟虑的。当然，对于领导干部子女从政的问题，社会上总有一些偏激的看法。其实什么人做官，我认为不重要，重要的是这个人当官称不称职。举贤不避亲，连我们古人都有如此的襟怀，而我们现代人为什么斤斤计较呢？同志们，今天在座的各位，可能除了我之外，很多人都是看着柳英长大的，所以，对于柳英的评价，大家比我有发言权。当然，关于检察长的人选问题，大家也可以多举荐一些人，民主评议嘛。"

话说到这份上，谁也不想再说什么了。刘铁威带头表了态，接着一个个都表了态。柳云桐长长地出了一口气。

接下来的议事顺利了很多。关于污水处理的问题，市环保局的建议也得到了认可，至于市环保局长郑凡为什么要提出设立环保物业公司的建议，只有杨文学心里清楚。对于杨文学在班子会的表演，市委组织部长冯铁奇暗想：杨文学，真不愧是一个十足的党棍，设备展示会上，在全门都的干部面前摆了柳云桐一道，明眼人谁都看得出，柳云桐的权力基本被杨文学递延得不剩什么了。如果杨文学再把组织权力抓在手上，那样，门都的权力范围则囊括在杨文学的口袋里了。权力这东西，说白了只有两种功能，任和免。市建委主任是柳云桐的亲家，柳英是柳云桐的儿子，免了亲家，然后再提拔儿子，两件事都发生在柳云桐身上，免有免的理由，提也有提的道理，看来我这个组织部长要做下去的话，今后还真得对这位大权在握的年轻人负责。冯铁奇不想争了。今天的话题，他没法不附和着讲。先别说自己有没有反对的理由，只说和柳云桐搭班子这么久了，总不至于把柳云桐在退下来之前的最后一次机会剥夺了吧，那样的话，柳云桐会记恨终生。这样做实在是不应该也不值得。这样做既得罪了柳云桐也得罪了杨文学。因为柳英当不当检察长，与他杨文学关系不大，但如果自己反对，相当于是冲着杨文学揽权阴谋去的。这事可就大了。如果自己持反对态度，等于是在抛弃自己。没办法，表态权落在了他这个组织部长身上。冯铁奇只好冠冕堂皇地说了一大堆赞同的话，随着冯铁奇的态度亮相，其他几个常委都投了赞成票。这场面有点像上次常委会上表态免去杜新的情景一样，步调一致，只不过，上次是免，这次是任，倡议者都是杨文学。因为杨文学要的就是这个结果，政令通行。

常委会一结束，杨文学走在柳云桐身边，他借机对柳云桐说道："柳书记，去您那坐坐讨杯茶喝。"

来到柳云桐的办公室，柳云桐让秘书拿出普洱茶泡上。柳云桐今天显得很兴奋，借秘书泡茶的工夫，他想了很多。凭柳云桐这种政客，他不会看不出杨文学这一枪在他身上打了俩眼，但他却认为，这两个眼打得好，看来手中权力这玩意儿还真的是用处大了。俗话说皇帝轮流做，自己马上就退了，到时候市委书记这个权力说不好花落谁家。权力在过渡期中，存在着二次巅峰期。一次是权力刚到手那会儿，使用权力换将。二是权力要撒手那会儿，有人来抢。杨文学不抢，李文学、张文学也要抢。这么说，谁抢都是抢，即使没人抢也落不到自己头上，俗话说欲取先予。看来还是杨文学这年轻人知道我想什么。既然杨文学在政治上能悟道深刻，那就把权力给他。

茶已经泡好了，秘书也退了出去。柳云桐说道："文学，今天的事谢谢你。"

"柳书记，这是我应该做的，来门都这两年，您给了我很多机会，到了关键时刻，做人要懂得知恩图报。"

"文学，还是我们上次喝茶时说的那句话。今后工作中如果你遇到了沟沟坎坎的事，我这个老头子会出面处理的。"

"柳书记，有您这句话，我知足了。"

"文学，刘石同志能推荐柳英，你在其中没少做工作吧？"

"柳书记，说实话，刘石同志比较欣赏肖常林同志。"

"噢，我明白了。"

杨文学说着把刘石那封推荐信拿出来递给柳云桐。柳云桐接过来看也没看，而是拿起桌上的打火机，点着了那封推荐信。柳云桐和杨文学看着那封推荐信燃尽后。柳云桐说道："文学，到了这份上，说实话，工作几十年，最后是你帮我解决了一个大问题，看来我真的是老了。从前，都是我帮人家解决问题，如今轮到我的个人问题，却无能为力。"

"柳书记，人生的规律就是这样，在柳英的问题上，我如今还有个建议权，他日如果轮到我的问题，还不是和您一样无奈。"

"文学，如果你两年内不回北京，我想到那时，我这个老朽之言，不仅是该说的会说，可能还管点用。"

"这我相信。噢，对了，柳书记，刘石同志欣赏常林同志也是有道理的，柳英同志到了那边，总是要搞出点政绩。将来柳英和常林搭班子，凭常林同志的业务能力和工作作风，对柳英来说会减少很多麻烦。另外，现任常务副检察长吴泽安，社会上对他的反映并不太好。"

"文学，你这是在帮柳英，常林同志脾气是倔了点，但他干事是把好手，问题是常林同志现在司法局任正职，让他回检察院，恐怕他会有想法。"

"如果柳书记同意，我可以试着找常林同志谈谈，柳英同志也不会在检察长这个位子上坐太久的，如果我没记错的话，政法委书记汪波同志和您差不多到届。检察院怎么说也是个重要部门，将来常林同志接柳英，也让人放心嘛。当然，对刘石同志，我也要有个交代，否则他会把我视为政治小人。"

柳云桐听明白了，杨文学这是打算接班，做门都市的掌门人。为了铺垫这一步，他这是在跟我做交易，拿政法委书记的位置做交换筹码。如此一来，我退之前，向省里推荐他杨文学。他上来之后，再投桃报李，把柳英安排到政法委。可以，政法委书记是市委常委。难怪，他要把吴泽安调走。不过，调走吴泽安是对的，这小子整天和英子勾在一起，这回英子去检察院这小子更加无拘无束了，别到时候真的捅出什么娄子，将来柳英再让人问责。到那时，杨文学会借此理由推掉这门交易。想到这，柳云桐说道："文学，常林同志回检察院，你准备让吴泽安去哪？"

"柳书记，本来之前我想把吴泽安和常林同志对调一下，但最后又想，这样一来，我等于在插手组织问题，所以在会上我也就没提此事，这件事，还是柳书记您来安排吧。"

"那好吧，不过早地暴露政治锋芒也对，如果你没什么意见，这件事我来安排。"

"柳书记，组织权力本来就在你手上，我哪里会有意见。"

"唉，什么权力不权力的，这么做也是在为党做工作嘛。"

杨文学安排完这一切后。他从柳书记那告辞出来之后，并没有回市政府。他走出市委大院，上了一辆出租车，直接去了省城。这是杨文学第一次单独神秘的行动。

柳英被提名检察长人选，又在门都市常委会上全票通过。这本来是一件值得高兴的事。可是，当柳英听到这一消息后，竟然坐卧不安。他在心里暗道：杨文学，这一手玩得太狠了，这简直就是欲擒故纵。正在他不知如何对付杨文学这一手的时候，“教父”那边来电话了。柳英接起电话，只听电话那头说道：“英子，怎么会出现这种情况，柳书记是什么态度？”

“还能是什么态度，他高兴还来不及呢。”

“那你打算怎么办？”

“我也是刚听到消息，正不知如何对待呢。”

“杨文学有点智慧，他这是在用调动办法，一个个把网眼剪断，把你调去检察院，泽安也在检察院，这一下两个网眼自然重叠成一个了。要知道，两个网眼办起事来可以有选择地跳来跳去。而一个网眼的作用就不是那么回事了。”

“话是这么说，可我怎么办？”

“英子，你要想办法阻止这件事，要知道，这一级官升得可是丢命的官。”

“阻止，说得容易，估计这会儿老爷子已经开始在省里活动了。”

“那也要阻止，你现在的位置一旦落入他人之手，马上就会出麻烦，到那时后悔都来不及。”

“我试试吧。”

“对，不管用什么办法，你都要争取在这个位置上待上两年，要知道，我们建立一个网很难，可要拆一个网更难。我们的屁股没有蜘蛛的功能，蜘蛛是用屁股拉网，也用屁股收网。而我们是用嘴来建网，想收网也难，没点时间屁股是擦不干净的。”

“老大，我懂了，如果实在不行，是不是要自伤自残？”

“英子，死几个人是解决不了根本问题的。当然必要的时候也要有人牺牲。”

“明白。”

“还有，花都那边事情平息后，目前情况怎么样？”

“还算平稳。”

“下次可不能再出事了，要知道，很多事都是出在内讧上，我早就和你们说过，有本事去社会上找钱，而不能在内部打主意。”

“是。”

“好吧，我还会联络你的。”

放下“教父”的电话后，柳英似乎预感到暴风雨就要到来了。他打了个电话给柳云桐。

电话那头传来了柳云桐的声音：“英子，什么事？”

“老爷子，听说要调我去检察院?”

“有这回事，今天在常委会上，还是杨市长提议的，然后班子成员又议了议。不过，你哪听来的消息，常委会刚结束不久，就传到你那了?”

“我也是听人传的，老爷子，我留在公安不也很好吗，干吗去检察院呢？那边的业务我又不熟悉。”

“英子，你怎么能说这种话，你在公安局是副局长，到检察院那边是检察长，你昏头了吗?”

“我不是这个意思，我是说把我们局长调到检察院去，我留在公安局就地提拔嘛。”

“笑话，门都是你家开的吗？作为一个局级干部你怎么会想出这种办法，政治上成熟点好不好。门都现在是什么政治气候？整个权力基本倾向杨文学一边。”

“老爷子，儿子有些话早就想说了，杨文学是什么东西，他不依仗着北京的关系，凭什么在门都呼风唤雨。他有今天的势力，全是你给他惯出来的。现在可好，竟然插手组织问题了。”

“英子，知子莫若父，你虽然和杨文学年纪差不多，可你的政治智慧和杨文学能比吗？这么些年，你工作上不求上进，在外面都干了些什么？你以为我一点都不知道吗？英子，我不仅是市领导，我还是你的父亲，什么事能瞒得过为父的眼睛，我是老糊涂了，总考虑到你家庭不和睦，我放纵了你，我和杨文学斗，杨文学斗输了，腿一抬回北京了，如果是我斗输了，我去哪？我只能是趴在门都的土地上被人踏上一万只脚。要知道，杨文学的政治空间有多大？他的政治柔韧度是无限的。关家意味着什么？关家的影响力意味着杨文学的政治仕途永远都不存在背水一战，因为关家的大船可以在任何港口靠岸。英子，不要夜郎自大，门都在中国版图上找得到吗？为父已经老了，在你的仕途上，这是最后一次帮你了，到了我这个年龄，权力渐渐变得虚无了。杨文学喜欢这种虚无的东西，让他拿去，我要儿子，他要权力，我和他是互有所需。如果你争点气，我们柳家的政治香火早晚都要在你手上发扬光大。英子，本来我还打算今天晚上叫你回家，我们父子好好地谈谈。既然你打电话过来，那我索性就在电话中和你说说。我已经想好了，吴泽安那小子不是个省油的灯，他早晚会闹出事来，到时候他一出事，你首当其冲被问责，你们之间的关系别以为我不知道。这是其一，还有，这次刘石同志推荐给杨文学的检察长人选是肖常林，常委会上，被杨文学拦下了。常林这位同志回检察院是好事，他业务强，为人正派，正好你刚过去，手下有这么个人也容易出政绩。”

“老爷子，常林这个人是出了名的黑脸包公，抗上痞子。他回检察院?”

“对，英子，你现在需要这么一个人，他在你身边，不仅会给你带来政绩，同时，他对你而言，更主要的是起到一个掣肘的作用，否则你会越滑越远的。这不是父亲危言耸听，俗话说儿大不由娘，但我是市委代书记，组织决定你必须服从，这没有商量余地。”

“老爷子，你这不是把自己的儿子架在火上烤吗？让我和常林搭班子。”

“对，因为你政治上显嫩，不放在火上烤如何能成熟。”

“可有常林在我身边，我如何开展工作？”

“什么工作？你永远不要忘了，你当这个官是在为党工作，你个人不需要有什么工作，要不是你平时个人工作太多，会让为父担心吗？所以到了检察院，你要表现出无为，全力支持常林同志工作，这样也等于你是在为党工作。英子，记住了，这个世界上，唯一不能坑你的就是父亲。”

“老爷子，留下泽安，我劝着他点，不会出什么问题的。”

“好了，你不要再和我说这些事，这两天组织会找你谈话，对你而言，一切服从组织安排。”

柳云桐把电话放了，他本来还想说，在与杨文学的政治交易中，第二个条件是让柳英做政法委书记。可他没说，他怕说出去后，勾起柳英的更大欲望。柳云桐坐在那里沉默了一会儿，他拿起电话，这个时候，该约冯铁奇同志喝个茶了。

柳英放下父亲的电话后，想了很久，连吴泽安给他打电话，铃声响了很久他都没听到。最后柳英做出了自己的决定。同时，他对所有的人隐瞒了和柳云桐通电话的精神实质。

近一段时间，我都待在北京和娜娜在一起。昨天，我在网上发了一份申请报告给魏青。让她收到报告后，打印出来，盖上章交给市府办秘书处的韩超迎。魏青与韩超迎认识，那天在省城俱乐部她们见过面。

韩超迎对魏青很热情，我想这应该不是看在魏青是我公司合伙人的面子上，而是魏青这类型的女孩子让韩超迎喜欢。在我和韩超迎厮混的两天里，我们不仅达成了合作协议，也达成了在我们交流的空闲时间档期中，她有权保持与女人来往的权利。这个条件对我而言求之不得，原因是，女人不会给我戴绿帽子。虽然我不在乎女人，但我也不想与另一个男人分享同一个女人。这皆因为，我是谁？而另一个男人又是谁？我是李诗南，那个男人算什么东西。

“魏青，我以后就叫你青青吧？”韩超迎说道。

“他们都叫我青青。”

“青青，你在李总公司多久了？”

“韩处长，我是公司第一批员工。”

“青青，没人时，我们就以姐妹相称。”

“嗯哼。”

“我请你吃饭。”

“什么时候？”魏青问道。

“我安排一下，待会儿电话联系。”

韩超迎没想到魏青竟然会如此上道，她的第六感觉告诉她，魏青是她所需要的那种女孩。

从市府办出来，魏青打电话给我：“李总，报告我送去了。”

“亲自交给韩处长了吗？”

“李总，请不要污辱我的智商，你点名让我把报告交给韩处长，我会交到李处长手上吗？”

“韩处长那人怎么样？”

“你是说人品还是说其他的？人品我暂时不了解，至于其他嘛……她会抛媚眼。”

“那你是如何表现的？”

“人家给我抛媚眼，我当然也要以礼相待呀。”

“青青，你惨了。”

“这有什么，我巴不得呢。再说了，为了我们李总的事业，我可以赴汤蹈火嘛。”

“好，有牺牲精神。”

“你应该说是她有牺牲精神，好了，不和你聊了。李总，还有什么指示？”

“真扫兴，刚聊到火候，这就打住了，我没指示。”

“这是我们女孩子之间的事，你一个大男人不该知道。”

“嘿，难道你不知道男人最上心的就是女孩子的事吗？”

“没看出来，起码你对我和珍珍就没上心过。”

“我奉劝你们，千万别把我惹上心了。”

“惹上心又怎么着？你吃了我们？还是扣奖金？”

“你说我会干什么？”

“除了扣奖金，你爱干什么就干什么。”

“青青，记住你说的话。”

“放心，我记住了。”

魏青离开市府办后，韩超迎就开始看我递过去的请示报告。

……经我公司大量而深入细致的调查发现，目前门都市的环境治理效果并不

（较）理想，（但还存在着一些不足现象，造成这一现象发生的）主要原因是，近几年来，门都市的一些排污大户，环保治理设备虽然安装到位，但大多治污设备处于不运营，或适时运营状态，这种现象是门都环境深入恶化的病因所在。究其原因，主要是运营成本问题。由于环保设备的落后，以及（设备自身）运营成本太高，增加了企业的产品成本。长期以来，很多排污企业，环保局查得紧时，企业环保治理设备便运营几天，上面抓得不紧时，就停了。

为了解决这一问题，我们公司设想，门都的环境问题要想得到（较）彻底治理，应对目前的治污办法（我们提出一个合理化建议），改变各自为政（将目前企业自主运营），分散治理的不科学办法，（能否采用由环保物业公司统一托管，企业既省时、省钱，又达到了环境治理效果。）同时，由于明确了责任利益关系，环保监管部门也节省了行政费用支出，而且，环保物业公司还可安排大量下岗职工再就业。

妥否，请批示。

门都市环保物业管理有限公司

×年×月×日

韩超迎边看边修改，一切弄妥之后，她才给我打电话："南南，超迎。"

"我的报告你看了吗?"

"看了，不过你恐怕还得拿回去修改一下。"

"有什么不妥吗?"

"有些地方抹杀了政府治理环境的功绩，还有一些语气不是企业写给政府的请示语气，因为站在一个民营企业立场说话，要摆正位置，你所提出的由环保物业公司统一运营的办法是不错，但在语气使用上，一定要明确，只能是建设性构想，这样，领导审批时，会提出建设性意见，然后是上班子会，待班子会上通过后，政府行文才会给予支持和肯定。这要一步一步来，给每一步留出空间。"

"看来，在政府部门有个朋友就是好，你干脆帮我改了。"

"我已经给你改过了，并在上面打了括号。你让人来拿回去吧。"

我和可可在网上。

环保物业公司的报告送上去了。

多久能反馈意见?

杨已经把项目过了常委会。

太好了。

用不用把常委会的会议记要弄个复印件出来。

方便备一份也行。

肖鸣这几天电话打爆了。

这个女人离不开你了，但下手要快。干爹这次收拾黑子，恐怕会牵扯到肖丰，别等着翻船了，这条线就没有了，我认为你应该回门都。

这两天还不行，省里严书记的儿子来电话说要见娜娜。

这和你有什么关系？

建委杜新的弟弟杜飞的儿子和严的儿子是同学。

这一大圈绕的，你想拉市二建这根线？

对。

办法不错。

三娘也要过来。

她干什么。

说有重要事和我谈。

狗屁，她是犯骚了。

不要这样说她。

你爱上她了。

不知道，但感觉告诉我，她才是我最后的避风港湾。

她？

对。

我真拿你没办法。

相信我的直觉。

好吧。柳英去了检察院。

这我知道，正因为如此，我才说肖鸣这条线要下手快点。

你认为杨会在柳的位置上安排他的人。

嗯。

是否让娜娜阻止此事。

没必要，有些人该死。

兔死狐悲，肖鸣可是肥肉。

放心，柳英会帮我们保住这块肥肉。

他会断掉肖丰这条线。

应该，如果换了我们也会这么做。

明白。

好了，按既定方针加快速度。

我下网了。娜娜今天下午没有课，她回来得早。我提出自己在家做饭吃。我去超市买菜。回来后，我们开始烧菜。今天总共烧了四个菜，又弄了两个凉菜，开了一瓶红酒。就这样，浪漫的晚餐开始了。我和娜娜边喝边聊，不知不觉中，一瓶红酒让我们喝光了。

“娜娜，再开一瓶?”

“算了，这么多正好。”

“再来一瓶，喝光了就上床。”

“想得美，桌子谁收拾?”

“我。我先上床把娜娜收拾好了，再收拾桌子。”

“南南，你找打。”

“我找打?”说着我站起身，来到娜娜身边抱起她，向卧室走去……

第十二章

我没想到柳英会到北京。杜三娘刚到北京，柳英随后而至，难道柳英发现了什么？是跟踪她而来？要是这样，太恐怖了。不过后来的事情变化，我发现我的担心是庸人自扰。杜三娘现在北京，柳英根本不知道。柳英此行另有目的。

柳英的目的是什么？他到北京是为了见一个女人。

我在五洲酒店大堂看到了柳英。柳英不认识我，但我却认识他。

今天早上，杜三娘就到了北京。五洲酒店距离我住的汇园国际公寓非常近，步行顶多三分钟。为了方便我与杜三娘幽会而不会遭到娜娜的怀疑，我安排她住在五洲酒店。今天整个下午，我都和杜三娘待在房间里，我把她服侍得很舒服。每次和她在一起我都是那么的情真意切，好像在珍惜地把玩一件艺术品。尽管杜三娘已年逾四十，但在我心中，她犹如一位青春少女。我们在恋爱。对，是在恋爱。如果说这个世界上只有两个女人不是我应付的对象，那就是杜三娘和娜娜。我和她刚刚完事，我先下楼来等她，我们等一下要去吃饭。杜三娘还在楼上，她要打扮自己。还多亏了她这打扮一下，否则，她如果和我一起下来，我们一定会撞到柳英。

我刚从楼上客房下来，就看到了柳英。见到柳英，我在第一时间就给杜三娘发了信息。我怕她没看到信息，又到大堂吧台给她的房间打电话。

接到我的电话，三娘有些疑惑："南南，你认为他是奔我来的？"

"说不准，但看样子他好像是在等什么人。"

"不理他，就算他看到我们在一起又怎么样。"

"宝贝，话不能这么说，真撞上了那也没办法。不过，现在他又不知道我们在这，那我们何必自找麻烦呢。听话，你先待在房间里，反正他又不认识我，我在楼下盯着他，看看他要干什么。"

"那好吧，有事你给我发信息。"

我在柳英的边上找了个座位坐下来，叫了一杯咖啡后，又让服务小姐帮我拿了一本汽车杂志。此时，欣赏着世界顶级名车图片，喝着咖啡的我很悠闲自在。

柳英显得心事重重，他的表现看上去很焦躁，不时地在东张西望。大约过了十几分钟，一个三十多岁、个子高挑的女人来到了柳英的身边并亲昵地喊道：“阿英。”

我恍然大悟，原来柳英是来会情人的。我用眼角仔细打量眼前的女人，她穿着一身淡蓝色的运动服，柔顺的披肩长发，圆润的脸庞，一双丹凤眼，两条柳叶眉，鼻梁挺翘，有点厚的嘴唇显得很性感，她的身材匀称凸凹有致，手指修长，皮肤接近棕色但肌肉看上去很结实。从她刚走进来时昂首挺胸的步伐，我敢肯定，这个女人是个职业运动员，即便不是现役运动员，也该是职业运动员出身。

这个女人在柳英旁边坐下来后，就很亲昵地拉着柳英的手，两眼含情脉脉地看着柳英，似乎要把柳英融进自己的眼睛。

“阿思，喝点什么？”柳英说道。

“老样子。”

柳英抬起手喊来服务员：“小姐，给这位女士来一杯现榨的芒果汁。”

“好的，先生。”说着小姐走了。

“阿英，急急忙忙来北京，有急事？”

“阿思？阿英？”

看来这个女人是南方人，因为只有广东、上海、江浙一带习惯这样称呼对方。柳英是北方人，他这样称呼对方，是为了迎合这个女人的习惯。说明他们彼此之间的熟悉并且亲密的程度。

“阿思，有件事要你出马。”

“阿英，吓人呢，你在电话中好急，我担心有事，办事情电话中说嘛。”

“一两句话说不清楚，只能来找你。”

“阿英，知道多久没要我了？”

“我最近被搞得烦死了。”

“阿英，叫我做什么？”

“你看一下这个人。”说着柳英从包里拿出一张照片递给阿思。我这边瞄了一眼，但是看不清楚，模模糊糊地看上去，照片上应该是个男人。

这个叫阿思的女人手里拿着照片看了一会儿，然后递回给柳英。柳英没接照片，他说道：“你留下。”

“阿英，马上就办吗？”

“对，越快越好。”

“我会的。”

“阿思，你先回去，我还要去见个人，晚上我会去你那。”

“好吧。”

柳英在招呼服务员埋单。就在他们埋单的空间，我放下手中的汽车杂志，装着去洗手间的样子站起身向外走，路过吧台，我掏出一百元钱，放在吧台上。我说道：“小姐，九号台埋单，不用找了。”说完我便急急忙忙先出了大门。

我的车就停在五洲酒店门前草坪对面。我出了酒店大门，跑着去取车，我大概用了不到一分钟的时间，便坐在了车上并发动了车子，紧踏着油门，很快我便回到五洲酒店门口。

柳英和那个女人还没有出来。我只好坐在车里等。没多久，他们出来了，柳英叫了一辆出租车，他坐上去走了，那个叫阿思的女人，望着远去的出租车消失在她的视线中，然后才心事重重地到酒店停车场取她的车。这个女人开的是一台红色法拉利跑车，她的车开得很慢，这倒方便了我跟踪她。

红色法拉利跑车驶入通向八达岭的高速公路。宽大的墨镜遮盖了她的半张脸。开车的阿思此时正陷入沉思之中……

阿思，本名杜思思，曾经是职业杀手。凭着她那魔鬼般的身材和长相，一度被称为美女杀手。不过，她退出杀手职业生涯快十年了。杜思思退出杀手生涯后，她来到家乡无锡的一个小镇上，她不想再踏入社会，她迷恋了上网聊天。网上的虚拟世界是她的全部生活。在虚拟世界中，杜思思竟然不知不觉地爱上一个男人。虽然那个时候网上没有视频服务，但陷入恋爱中的她，似乎完全可以在脑海中勾勒出对方的形象气质，她甚至可以在网络的另一边嗅到对方的气味。

那一年杜思思二十三岁。她像大多数网友一样，要去见网友。杜思思没到过中国的内地，但她去过世界很多地方，这姑娘胆大，玩枪的人应该都有这样的胆量天赋。她不知道门都在哪，但她知道那个男人在门都。就这样，她来到门都。在没见到网友之前，她幻想着见面的样子，已经印在她脑海中网友的形象总是无法挥去。她下了飞机，在川流不息的人群中，她一眼就认出了站在接送旅客出口处的那个男人，那个男人手捧着一束鲜花。杜思思确信她要见的就是这个男人。因为这个男人和她在虚拟世界中想象的男人一模一样。不仅长相一样，气质也一样。特别是他那刚毅的脸庞线条。

杜思思微笑着直接奔这个男人走过去。手捧鲜花的男人此时也预感到，他要接的网友就是这个女人，可他一时又不敢相信自己的眼睛。难道？天下竟然有这么好的事发生。竟然大白天也有天女下凡。不过仔细想想也有可能。毕竟，网络世界属于空中世界，在天空的世界里，住的女人除了仙女，还能有什么呢？

他们终于在现实社会中见面了。这两个网友相互之间心里都在暗暗兴奋。但他们兴奋的目的不同。杜思思兴奋她找到了真正的爱情。而那个男人兴奋的是钱。

杜思思的网友叫杨因，是门都一个小建筑承包商，杜新的马仔。每年他都会从杜新手里弄点小工程做一做。平时杨因会给杜新介绍几个女人，或者逢年过节送几个小钱。所以，杨因的生意虽然不温不火，但做得也还算稳定。这个小资老板杨因平时喜欢上网，网聊的水平很高，他不仅仅善于勾住女人，而且在与网友见面时，他的风度气质也算帅哥级别的人物。自从有了互联网以来，杨因基本上每天都和网友见面。而且，只要见面，他看中的女网友基本都能上，除非他看不中的。杜思思是他钓的大鱼，刚开始，他以为杜思思是一个江苏偏僻山村的渔民，渔家女能有什么优秀的，皮肤被海风吹得粗糙黑暗，身上一股难闻的鱼腥味。所以，杨因开始对杜思思也没上心。可是聊着聊着，他才发现不对，他似乎感觉到这个女孩子有点不对味，她不应该是个单纯的渔家女，世界上有哪个纯粹的渔家女会去过这么多国家？

今日一见，果然不同。这哪里是什么渔家女，简直就是仙女！杨因心里这样想着，把杜思思带到了车上。杨因开的是一台奥迪A8，也算挺牛的小老板，就在杨因要发动车子时，他的手机进来一个电话。杨因看了一眼是杜新。他接起电话，只听杜新说道："你在哪？"

"杜处长，我在机场接个朋友。您有什么指示？"

"有个好项目，你马上过来，我在客中座餐厅等你。"

放下杜新的电话，杨因想：谁说的好事成双这句话，真有水平，今天是什么日子，我杨因竟然可以财色兼收。杨因在从机场回市内的路上，他在反复思考带不带杜思思去见杜新。他知道，杜新见了杜思思，一定是猫见了鱼，我杨因有了杜思思这条鱼在手上，用这条母鱼钓杜新这只馋嘴的公猫，绝对是一本万利的好买卖。可杜思思会不会心甘情愿做自己的诱饵，这事没把握。当然，只要有机会做工作，应该会让这个女人就范。但这需要时间。不过，先把这个妞在杜新面前亮亮相再说，借机会看看杜新的反应，杜新的反应好了，将来可以抬高物价。想到这杨因的心里，一种自豪感油然而生。他开始坦然地和杜思思拉起了家常。

其实，杨因做了一个天下最愚蠢的决定。把杜思思作为筹码去吊杜新的胃口。这可能吗？杨因本为一个小建筑商，杜新本为建委的处长。杨因在杜新眼里，充其量是个奴才，他生来就是给主子花钱的，干的也是一辈子要饭的活。给杜新侍候舒服了，你就可以弄几个小钱养家糊口。可杨因认识不清自身的价值，他觉得兜里有几个钱，便以为自己是个东西了。就像武侠小说写的一样，一帮叫花子，自称什么武林第一大门派，把唯一的家产打狗棒奉为神灵。孰不知江湖地位和社会权力结构比起来，那是有天壤之别的。

杨因的美梦破灭了，他不仅没把杜思思批发给杜新，杜新还没沾到杜思思的腥味，杨因便死在了杜思思的手上。杜思思因杀人一案在门都被抓，可她被抓进去不到三天，便成功脱逃了。她这一跑不要紧，竟然促成了门都一桩腐败案的形成。当然这是后话。杜思思的车在回龙观出口出去了。我的车跟在她后面出去。远远的，我见到她的车驶入龙城花园。我断定，杜思思住在龙城花园，因为龙城花园的保安没有阻拦她的车驶入。

我把车停在通向龙城花园大门的路边上。我打了一个电话给杜三娘，把刚刚在五洲酒店发生的事对她说了一遍。听完我的叙述，杜三娘说道："南南，你先回来接我，我肚子饿了。"

"好吧。"

我在回京的路上，车子开得很快。杜三娘的肚子饿了，我的肚子也饿了。回到五洲酒店，我把车停好后，一个人先在大堂里转一圈，在我确认没有情况后，才喊杜三娘下楼。我和杜三娘去国展附近的一家福华肥牛火锅吃饭，到饭店时，差不多是中午一点钟了。包房有空余的，我们要了一个包间，开始大吃大喝起来。

到国展这边吃饭是杜三娘提出的要求。因为吃过饭后，她要去附近的工商银行开保险箱取东西。杜三娘在北京银行里有保险箱，这让我挺意外。当然，意外归意外，我不关心这一切。可以说，在我身边的女人中，唯一至今没让我打主意的人只有杜三娘。在我心目中，这个可怜的女人，生活得并不容易，是一个完全没有利用价值的女人。对于这种女人，如果你有缘分和她们走到一起，那就要多关心她，千万别骗她，也不能利用她。这就是我的想法。所以，吃过饭后，杜三娘进银行去取东西，我便坐在车里等。

杜三娘很快就从银行里出来了，她手中拎着一个档案袋，看上去鼓鼓囊囊的。她回到车上对我说道："南南，我们换一个地方住好吗？"

"怕了吗？"

"你是不知道，他那个人有多狠，我主要是担心你。"

"中国有一句话叫邪不侵正。"

"南南，话是这么说，但是换个酒店又不是什么大事，这也说明不了我们怕他。"

"娘娘，遵命。"

我在皇家大饭店开了个房间。我们一进入房间，三娘特意又挂上了门栓。然后，她又推开洗手间的门看了看。当她认为一切是安全的之后，才神秘地来到房间里。我站在一边微笑着看着她做完这一切。杜三娘坐在椅子上，她郑重其事地对我说道："南南，来，给你看点东西。"杜三娘边说边打开她手中的档案袋，一边往外拿东西，一边说："南南，这些都是柳英一伙人的犯罪证据，我搜集这些证据用了十年。我现在把它交给你，有了这些证据，柳英他们就不敢动你。"

我看着那些证据，大脑在高速运转。按说杜三娘的证据应该是准确的，因为她一直待在柳英身边。如果真是这样，这些证据绝不能在我手上，因为我知道，隐瞒他人的犯罪证据是犯罪的。看来杜三娘这个女人，看问题简单了点。既然她掌握柳英这么多犯罪证据，为什么不举报呢？她是投诉无门，还是有什么其他隐情，或者说她留下这些证据用来关键时候自保？这其中的原因应该都存在。但是，无论什么原因，隐瞒证据都是违法的。怎么办？我想到了应该和三娘说明白。

“你收集柳英的犯罪证据，为什么不举报他呢？”

“举报？”

“对呀，否则你收集这些东西干什么？要知道，这些东西放在你手上是违法的。”

“这我知道，知情不举是犯罪。”

“那你现在怎么想？”

“我也没怎么想，这些年我恨死他了，所以我就开始瞄着他，弄到最后，我拿到他很多东西。南南，柳英犯罪集团的总部在广东。他们杀人、走私、贩毒、贩卖军火，总之无恶不作。我不是没想过举报他们。但是，我去哪举报？在门都，是他们柳家掌管天下，省里也有他们的人，就是北京这里他们也有关系。”

杜三娘这么说，也有她的道理，这伙犯罪集团，战线拉得这么长，就算是举报。那么，头在什么地方？都说牵一发而动全身，可像这样的星罗棋布结网办法，确实棋高一招，即使你从这个网中摘去一子二子，并不影响大局。因为你抓不到网纲。想到这我说道：“宝贝，你相信我吗？”

刚说出这句话，我就后悔了。杜三娘听到我的话后，似乎有些激动：“南南，我不仅可以把身子给你，甚至把命都可以给你，怎么会不相信你。再说了，我把这些东西拿出来，就是交给你的。”

我深情地望着杜三娘：“给我点时间，我来办这件事。”

“你是男人，你自己做主。”

说到这，杜三娘似乎想起了什么事情，从她的包里拿出一张卡，说道：“南南，这张卡里有二百万，这是我平时挣的钱，你拿去用吧。”

我没有接杜三娘的银行卡，而是站起身来，走过去抱起杜三娘，然后把她放到床上，我坐在她旁边，一边用手慢慢帮她梳理头发，一边说道：“既然你说到钱，那我问你，买房子和买车的钱是哪来的？”

“那是我帮人办事挣的。”

“能告诉我你帮人办的什么事吗？”

“南南，听你说话的口气，好像你是大人，我是孩子一样。我帮一家广告公司批路牌广告挣的。”

“男女之间，男人总是大人，这样说你那笔钱是收人家的好处了？”

“怎么了？这年头谁不这样？”

“我们就不这样。你相信我有智慧去赚钱吗?”

“这我信，可我的钱又不违法，收中介费是国家允许的。”

“那是。不过，我们不需要这种小钱，过一段时间我的钱回来后，你把他们的钱给退了。”

“凭什么?”

“好了，我不和你争这些问题，你正当挣的二百万自己留着。作为男人，我能赚钱养活你。”

“南南，你是不是嫌钱少？可我手里就这么多钱。”

“这种话今后不许再说，和你在一起，我图的是你这个人，而不是你的钱。”

“这我知道。”

“知道就好。宝贝，我要出去一下，你先睡一觉，好吗?”

“你晚上回来吗?”

“回来。”

“那好吧，我等你，南南，把那些材料带走放好。”

“我会的。”

从皇家饭店出来，我开车去王府饭店，因为我在王府饭店附近的一家银行开有密码箱，我要采用杜三娘的办法，把那些材料放到我的银行保险箱里。做完这一切之后，我去了王府饭店咖啡厅。我要静静地想一想，这一切应该怎么办。

钱，是个好东西。它可以让人过上幸福的生活，可以让人利欲熏心，它可以让女人出卖身体，让男人去坐牢。金钱，从它诞生的那一天起，就综合了人世间的一切欲望。国家的欲望，社会的欲望，个人的欲望。自从有了钱的存在之后，人类社会的一切都变成了商品，甚至包括人的灵魂。钱可以划分一个国家在国际上的势力地位，也可以划分一个人在某个国家中的阶级地位，它成了一切天平的标准因素。正义与非正义离不开的作用。杜三娘交给我的东西，可以变现为钱，因为这些犯罪证据与钱有着直接的关系。既然与钱有关系，那它就一定是钱。我不是这个社会的正义执行者。我可以不关心他人在用什么手段获取钱财，因为我同样在用手段获取钱财。每个人在获取钱财的时候都会有相应的理由作为借口。我有，可可也有。虽然我们的理由是要拿回自己的东西，为了达到这一目的，我们会不择手段。把杜三娘的证据作为筹码，有什么不对吗？我不知道。不知道的原因是我不想知道。

我看了一下表，又到了我和可可在网上见面的时间了。我打开了笔记本电脑，“我在雕刻时光”在线。

有新情况。

我也有。

女士优先，你先说。

省公安厅下派一个处长接替柳英。

说明杨文学开始动手了。

这个处长已将黑子转走异地关押。

但我认为黑子并不是突破口，这帮人的黑网是星盘状的，舍去几子不影响。

可眼下他们也只能从黑子身上寻找突破口。

未必。

你的意思？

杜三娘交给我很多证据。

你打算怎么办？

请教。

如果不影响我们的计划，让他们乱起来。

乱中取胜。

三娘的证据包括肖丰吗？

没看。

我马上去北京。

欢迎。

拜。

可可下线后，我仍然在网上寻找资料。我要找一家调查公司。调查杜思思的情况。不知为什么，我对杜思思这个女人又上心又好奇，甚至有想上她的欲望。在我的心里，有一种不服气的想法，杜思思这么好的女人，凭什么你柳英霸占着，你和姓杜的有约定吗？一个杜三娘，一个杜思思，这两个女人我都要。当然，我此前并不知道“阿思”叫杜思思。关于“阿思”的一切信息都是后来从调查公司那里获得的。

内讧是一切倒霉事的根源。从广东亨通集团公司总部的内部开始，近来不断地出现内讧。为了利益，各方相关利益者，开始站在各自的立场上争斗起来。亨通集团的掌门人，被公司称为“教父”的神秘人物，预感到大难即将来临。他不得不开始使用清理门户的办法，去平息内部暴乱。

带有黑社会性质组织犯罪，其组织的致命弱点是个人利益第一。一些组成人员都是极端自私者，这些人为了钱什么都可以干。在社会上，一些所谓的社会无业游民称这些人敢干。敢干，同时意味着什么？意味着什么事都敢干，什么人都敢干，那就不排除为了个人利益，连内部人也干。具有极端个人利益的人，是最危险的人，也是最不值得相信的人，但是这些人往往又把哥们儿义气挂在嘴边。

黑子被异地关押后，为了活命，也为了报复他背后那些不讲义气，没捞他出来的人，他向省公安厅下派的赖斌。主动检举揭发了两件惊天大案。第一件大案为：门都市公安局缉毒支队集体武装贩毒案。第二件大案为：门都市啤酒厂改制侵吞国有资产案。

按说，黑子在亨通集团的地位，不应该接触到这一层信息。但事实是，他不仅知道，而且知道得很详细。为什么会这样？因为花都。黑子在花都罩着一批坐台小姐，这些女孩都是他的死党。这个社会，从来都是猫有猫道，鼠有鼠道。有些人还真是小瞧黑子了。在黑道上混，谁相信谁呀，嘴上称兄道弟，背后下毒手，这非常符合道上的特点。黑子就具备这一特点，他给手下的小妹购买了微型录音机，据说只有纽扣那么大，一次可使用七十二小时。每次使用时，小姐只要把这些录音机随便放到茶几和沙发下面就可以了。同时，黑子还给这些小姐列了份名单。名单上的人都是门都市的风云人物。这些重点人物只要一到花都，立马就会被全程录音。

赖斌拿到黑子的口供后，马不停蹄地把黑子点出名的那些坐台小姐，一夜之间全部抓到位。被抓的小姐交代说她们确实帮黑子干这事。而且是遇上黑名单上的人，就上手段。几乎没空过一次。赖斌对其中一个女人问道："你大约干过几次？"

"这要看客人来不来花都，来了我们就放那东西。"

"可是客人即使来花都，也不一定叫你们陪客呀？"

"这无所谓，小妹在花都是可以窜来窜去的，我们可以随便找个什么理由，比如说进到客人房里找其他小妹说个话什么的。"

"你交代说曾经陪杜新住在一起半年，杜新还给了你十万元钱。"

"对，有这事。他需要我的身体，我需要他的钱，我不认为这有什么不妥。"

"如何看待这个问题是你的权利，我不想和你探讨这些，但有一点你要清楚，你的行为是违法的。"

"这是你说的，因为你有这个权力，而我不这么看问题。这个社会，有很多人这样看问题，喜欢把社会风气败坏的现象推给卖淫女，你不觉得这是一种偏见吗？"

"说下去。"

"既然你让我说，那我就说，反正横竖是一死。"

"哎，没必要这么讲，据我所知黑子并未给你多少钱，而且你们还时不时陪他过夜，可杜新给你的钱更多，你为什么把录音机安到他家里？这好像不太符合利益关系。"

"我能问一问领导贵姓吗？"

"姓赖。"

"赖局长，你接替柳局长，对吧？"

"这个你也知道？"

“在花都，就没有我们不知道的事，赖局长的问题问到了点子上，单纯从利益角度讲，杜新的钱是多，可杜新的钱是怎么来的，他今天给我十万，明天给另一个女人一百万，他有这么多钱吗？他肯定没有这么多钱，那他的钱是从哪来的？国家，他是靠出卖国家利益才有钱的。既然是国家的钱，那么这个国家是人民的，而不是杜新的，我是国家一分子，我应该得这份钱，凭什么杜新能拿而我们不能拿？黑子的钱不是国家的，在这个社会上，黑子哥卖的是命，我们卖的是身体，所以，我们的钱是血汗钱，卖身的花卖命人的钱，我们是同类，我当然要帮他做事。赖局长应该知道，权钱交易关系中，卖命的和卖身的都是必备条件之一。”

“你是大学毕业生吗？”

“小看我了，我是博士生。”

“博士生出来干这个？”

“赖局长，你仔细看看我，我可是女博士，美女博士。我干什么？在事业单位，比如在门都市建委，有杜新那样的主任，我又能干什么？不和他上床可能吗？再说企业，我如果在啤酒厂上班，我岂能逃出陈宁之手？既然在哪都一样，花都和建委有区别吗？”

“你书读多了，太偏激了。”

“我承认，我们做小姐的是偏激，因为我们天天看的都是什么，有几个人是拿存款消费的，正道来的钱会这样消费吗？在花都，我没看过的门都市领导没有几个。柳英一次消费一百多万，你怎么解释？”

赖斌挥了挥手，两个女警官把这个坐台女押了出去。赖斌沉静了好久，他开始给杨文学打电话：“杨市长，情况基本落实了。”

“赖局，我和铁威同志在一起，我们找个地方碰一碰。”

刘铁威和杨文学也是刚刚坐到一起。刘铁威在没有过来见杨文学之前，他在自己的办公室里接待了一位特殊的客人，门都市《周易》研究学会会长刘福。

刘福坐在写字台对面，刘铁威坐在自己的办公桌前。他们坐在这里有一会儿了。只听刘铁威说道：“刘大师，和你扯了半天《周易》，我真正地领教了你这国学大师的水平，就凭你对我们祖先经学的理解，见仁见智，让人佩服。”

“刘书记，我刘福在易文化面前，纯属雕虫小技，胡乱说说自己的看法而已，您才是出言有见地，属于上士闻道，而我在您面前，纯属下士闻道，大笑之。”

“唉，什么时代了，还那么谦虚干吗，刘大师，我还有一个问题想请教你。这个问题我认为和易文化也贴边，不知可否赐教？”说完这句话，刘铁威双目如鹰地直视着刘福。

刘福被刘铁威看得发毛，他试探着问道：“刘书记，您说。”

“你听说过西学会吗?”

“刘书记，算我孤陋寡闻，还真没听说过。我只知道有个红楼梦学会。”

“那叫红学会，不过你没听说过也正常，现在这五花八门的学会也是多。”

“可不是嘛。”刘福附和着说。

刘铁威又道：“关于西学会的事情，我也是最近去北京听说的。用西学会这帮子人的话说，孙悟空是中国历史上第一个被双规的。”说完刘铁威自娱地哈哈干笑了两声，接着又说道，“你说搞笑不搞笑，这历史上第一个被双规的竟然是只猴子。不过回头想想，这话说得也有道理，这泼猴也确实应该规了，这东西太不安分守己了，让他看守桃园吧，他偷吃蟠桃，竟然还偷喝了琼浆玉液。所以，我也同意规他，你说对不对呀?”

刘铁威说完，他从写字台上的烟盒中抽出两支烟，先递了一支给刘福，然后自己也把烟叼在嘴上，他先给刘福点上火，随后自己把烟点着，悠闲自得地吸起来，透过烟雾，刘福仍然可以看到刘铁威那犀利的目光。

刘福本来不吸烟，可是，他也不知道怎么了，不仅接了刘铁威的烟，而且点着吸了起来。此时的他真有点坐不住了。他知道，最近一段时间，自己是活跃了一点。门都政治动荡，造成很多人坐不住了。一时间，成就了刘福，他的生意开始络绎不绝地上门。出于职业规矩，当然也出于经济目的，刘福的话匣子打开了。他口若悬河，趋吉避凶。遇难成祥，逢凶化吉。这些术语，被人混淆了其意，变成了搬弄是非。信的人越多，越麻烦，造成了人与人之间关系的微妙变化。一些人为了寻求旺命，开始互搭关系。这还不算，更有一些特殊人群，利用手中的权力，把工作在其身边的人调开，理由是该人命中克他。当然也有人为过去的罪证做后事安排。俗话说，世上本无事，庸人自扰之。凭大师一句话就想改变命运。难怪有人说《易》每当乱世之秋，便热度升温。这皆因为，迷茫期的人们，要从《易》中找出方向。

刘铁威又说话了：“刘大师，我今天找你来，是求卦的，据说你的卦很灵，这一点我早有耳闻，特别是最近，你那真可谓门庭若市呀，我还听说连外国人都不远万里来到中国上门求算。你说我们这么近的关系，我要是不求上一卦，岂不遗憾?”

刘福这回是真的坐不住了，他下意识地站起身来，想解释什么，却被刘铁威用手势制止了。按照刘铁威的示意，刘福又重新坐了下来。只听刘铁威又说：“刘大师，这当官的大致有这几类人。首先是清官一类，他们做官，为党尽忠，为民造福，不贪不占，把毕生精力投入到为党的工作中去。再有就是庸官，这帮子人整天无所事事，虽然没有什么违法违纪，但也干不了什么事，坐在官的位置上瞎耽误工夫，有愧于党对他们的培养，老百姓对他们的期待。还有，就是贪官，这些人利用党和人民赋予他们的权力，大肆收敛钱财，这伙人到头来是害人害己。我今天想求你一卦，就是想问问大师，我是贪官呢？还是庸官？还是清官？”

刘福已经不知所措，他额头上冒出汗来。刘铁威从纸巾盒中抽出一张纸递给他。又说道：“刘大师，我不急着知晓卦底，你帮我好好算一算。今天请你来也没其他事。不过，我还得拜托你一件事，最好不要让人知道，我这个共产党员，纪委书记，也是个宿命论者，免得有人说三道四。”

“刘书记，我会反省自己的。”

“好了，你这个大师也挺忙的，今天在我这耽误了这么久，我是个穷官僚，送不起钱给你。这样吧，我请你听首歌。刘铁威说着按响了音响的开关。那英的《雾里看花》飘荡在刘铁威的办公室内：……借我借我一双慧眼吧，让我看个明明白白，清清楚楚真真切切……”

“刘大师，这首歌多听几遍很有味道的。我相信，求卦的人在大师面前应该是诚心和诚实的……”

刘福已经走出了市纪委大院，他手指中还夹着那半截烟头，但烟已熄灭了。如果此时你看到刘福的表情，绝看不到昔日那种济世救人，料事如神的高傲表现，如今那种高傲表现已荡然无存。他心里暗道：别给别人算了一辈子的命，轮到自己再栽进去了。

杨文学、刘铁威、赖斌三个人来到稻香草茶庄。这个茶庄是市纪委的点。刘铁威在二楼要了一个包间。他们分别点了自己喜欢喝的茶，赖斌开始汇报工作。

赖斌说道：“根据黑子交代的线索，我们找了相关人员调查。现在情况已基本明了，陈宁在啤酒厂改制过程中侵吞国有资产三个多亿，通过政府核销银行贷款将近三个亿，仅这两项资金加起来，就有五亿之多，有录音可以证明，柳英直接参与此事，至于柳英从中获利多少，现在还没有证据可以证明。另外，据黑子交代，我们局缉毒支队，与广州亨通公司联手运输贩卖毒品，门都市毒品市场的毒品，基本来自于这条线，但现在问题是，毒品流入我市的数量不清，这需要知情人提供线索。”

刘铁威说道：“赖局，在这方面你有经验，你认为查办此案应该从什么角度入手?”

“我想听听两位领导的看法?”赖斌说道。

“赖局，门都眼下的问题不容乐观，别的不说，只说门都的人际关系，错综复杂。特别是这些年，门都的资源经济发展较快，在巨大利益驱使之下，很多人把手插向门都。现在，门都的主要势力是三伙人，柳英为主要势力，也是最大的利益团体。形成柳氏帮派的主要原因是权力。再有，柳英属于地头蛇，这一切构成了他迅速发展的因素。第二股势力为肖鸣，门都市原市委书记肖东方长女，其弟肖丰现任城顺区公安分局局长，这股势力主要控制门都的一些地下资源，比如说煤炭，铁矿石等。第三股势力来自于省里，这股势力的幕后主使者叫秦牧，社会上称他为秦公子。其父原为省里一位老领导。秦牧和肖鸣，属于父一辈和子一辈关系。他们之间在利益上有很多共同之处。基本可算作一股势力。开始，柳英和秦牧、肖鸣之间的关系，曾一度闹得很紧张。后来听说广东大老板出面调解，他们的关系才变成了井水不犯河水，但也偶有小的摩擦。其实，这三家势力，都在一个人手上控制着。这个人我们只知道人称他为‘教父。’但没人知道这个‘教父’是谁。就连广东那家亨通公司，也是‘教父’的人。我们怀疑，门都有人认识这位‘教父’。而且，这位‘教父’很可能就是门都人。当然，我们这样想主要理由是，门都是这个‘教父’的一部分利益战场，而且很有可能是主战场。关于这些情况，我向北京和省里相关领导汇报过，领导的意思是要彻底端掉这个黑窝。这样一来战线的范围超出门都的界限，当然，广东那边在需要的时候，也会全力配合。可是由于我们对广东的情况更加不熟悉，所以，打这场战役的主战场，我认为还是放在门都，这也是我和高厅长申请请你出山的原因。”

“杨市长，看来黑子的材料并不是主要问题，来门都之前高厅长事先和我通了个气，他重点强调说，来门都听两位领导指示行动。”赖斌说道。

“赖局，你可是我向杨市长推荐的将才，至于陈宁的问题，还有缉毒支队的问题，并不是矛盾的主要方面。根据上面领导的指示，我们这次主要目标是那个所谓的‘教父’。对于这位神秘人物，你的工作重点是智取，大范围的武装行动恐怕会带来负面作用。而且，目前一定要注意保密工作，门都这边，我和杨市长会全力策应你们，调查取证工作，你和常林同志议一个方案，这件事仅限于我们四个人知道。常林同志比较熟悉情况，你们可以具体商量智取办法，出于对工作性质的考虑，你们有权根据案情需要独立做出决定。”刘铁威话音刚落。杨文学接着说道：“办案经费方面，我会支持你五百万，要知道，这是我这个市长最大的能量了，就这些钱，我还要东挪西凑。我已经向省委主管领导汇报过了，省委领导同意这笔钱设账外资金，所以，你不仅要账目清楚，更要省着点花。钱不够，你们只能是饿肚子战斗。”

“当然，赖局，怎么说也不会让同志们饿肚子，杨市长财大气粗，他掏五百万，我这边一点不表示也不够意思，不过纪委比不了政府，我这里是清水衙门。所以，我出一百万，这可是我头一回大方，你可要珍惜我的钱哟。”

刘铁威说完这句话，三个人全都笑了起来。最后，赖斌说道：“既然两位领导这么支持我，我也没的说，这个案子，是我从事公安工作以来，遇上的最大的一件案子，也是最够味的一桩大案，领导定了智取的主攻方向，剩下就看我和常林同志的了，不过，请领导放心，我们会把案子办出艺术水平的。”

“赖局，谈到智取，有一个人值得你上心，这个人叫刘福，门都《周易》研究学会的会长，刚刚在我办公室，让我敲打了一顿。刘福玩的那一套，和什么人都说得上话，而且，他最近也火得很。”

“刘福这个人我知道，在玩《易》圈子中，比较有名气，刘书记说得对，这种人关系复杂。”

“好了，赖斌同志，这次行动要严守机密，而且要快，用我们常说的一句套话，时间紧，任务重。”

“请杨市长放心，我保证完成任务。”

赖斌从稻香草茶庄出来，便给肖常林打电话。在电话中，赖斌说道：“常林，我赖斌。”

“行啊，赖局来门都几天了怎么才想起给我打电话？”

“一来就碰上个案子，忙活了几天。”

“看来你的手气真不错。”

“我们见一面。”

“好吧，你来我这。”

“常林，你那地方说话方便吗？”

“方便。”

“那好，我过来。”

肖常林待在城乡接合部的一个报废小学校里，这里有三排房子，还有一个小操场，房子比较破旧，从外表看，基本属于危房，学校的地理位置好，非常隐蔽，它在一片山坳里，路过这里的人，只要你不特意去找它是很难发现它的存在。赖斌把肖常林接到学校里，“常林，从哪找了这么个地方，你要不出来接我，我还真找不到。”

“赖局，我这里绝对可以称得上门都的世外桃源。”

“常林，这几年在司法局把你养肥了，玩起修身养性，清静无为来了。”

“赖斌同志，我这人骨子里就不安分，有无为的想法，没无为的身子，充其量算是无为无不为吧。”

“常林，大白天你不在单位上班，跑这么个破房子里玩什么把戏？”

“破房子？你看的那是表面，我这地方外表看着破，但里面好着呢。”

“败絮其外，金玉其中。”

“对了，至于我躲在这里干什么，等下你就知道了。”

“哦？这么烂的地方也藏有玄机？”

他们两个人边说边走，肖常林领着赖斌来到一处房子前，赖斌走近这栋房子才发现，原来外表看上去破烂的木门木窗，只是装饰。实际上，这栋房子的门和窗全都是钢制的。估计门面的钢板连枪都打不透。赖斌说道："常林，如此森严壁垒，你这里不会是藏着金银珠宝吧？"

"赖斌，我要是有这么多财宝，还干什么破局长，那我真是有病。不过，还让你猜着了，我这里藏的还真是宝贝。"

房门打开后，里面黑漆漆一片，赖斌什么也看不见，他刚想说你这里玩的是什么把戏？话还没说出口，突然间，整个屋子灯火通明。在屋子的地中央，背手站着七个姑娘，她们见赖斌走进来，齐声喊道："老大好。"这喊声把赖斌吓了一跳。还没等赖斌弄明白这是怎么回事。突然，站在中间的一个姑娘斜身向赖斌扑来。赖斌也算是功夫很好的干将，他见有人对他进攻，而且来势凶猛，快如闪电。他闪身跳到一边。

赖斌以为躲过了一劫，可他跳起的身子还没落地，只有一个脚搭在地面时。向他进攻的女子又横扫出腿，把他刚落地的那只腿扫得跪在了地上，这样一来，他整个人也扑了出去，赖斌心想，这回完了，肯定弄个狗吃屎。让他没想到的是，就在他落地之前，身子被两个女子给托住了。赖斌被托住身子之后，他勉强站定，但两只胳膊却被背向身后，并被快速戴上了一副手铐，赖斌被擒了。

站在他身后的肖常林哈哈大笑着说道："赖局，恭喜你被成功束手就擒。"

"常林，搞什么鬼把戏，你竟敢非法绑架人质。"

肖常林没理赖斌，他对七个女子说道："给赖局长松开手铐，大家站好队，欢迎女子别动队首席执行官赖斌指导工作。"

肖常林话音一落，七个女孩子鼓起掌来。接着又齐声喊道："请赖斌长官训话。"

赖斌先冲几个女孩子招了招手算是致意了。然后对肖常林说道："常林，解释一下吧？"

肖常林对几个女孩子说道："大家先去练功吧。"

"是。"

待女子别动队队员们退出后。肖常林才拉着赖斌来到大厅右边的一个小房间内。赖斌见到这个房间内的地上，摆着一个长三米，宽二米多的根雕茶几。茶几四周有九张根雕椅子，椅子的靠背很高，各自造型不同。随着树根的自然形状雕镌而成。

肖常林对赖斌说道："坐吧，喝点什么？茶还是咖啡？"

"绿茶。"赖斌说道。

肖常林一边沏茶，一边说道："等你这位神仙出山，等得我好辛苦。"

"是你向铁威书记提起我的？"

"除了我还有谁。"

"你老兄也够阴的，提前连个招呼都不打。"

“没办法，事情定不下来，我提前打招呼你来得了吗？再说了，任免干部这种事，我这把手连边都沾不上，就是铁威书记，也没有十足的把握调你过来，这次调你来门都任副局长，还多亏了文学插手。”

“文学？叫的够亲密呀，看来你和杨市长走得很近？”

“何止是走得很近，那是相当近了，我和他大学同窗四年，你说近不近？”

“闹了半天，还有这一说，既然你们是这种关系，为什么不向杨市长直接推荐我？”

“嫌疑，杨市长和你不熟，他站出来直接提名，人家会怎么想，再说了，我和文学之间的关系，门都没几个知道。”

“常林。行，混到这份上，开始插手组织问题了。”

“赖斌，我说你怎么阴阳怪气的，不会是刚过门跌了一跤心里不服吧？”

“对，我还就是心里不服，你怎么着吧？”

“小气。”肖常林说着把沏好的茶放到茶几上。然后说道：“我以前怎么没发现你是一个心胸狭窄的人呢？”

赖斌这边没理肖常林，他在研究放在茶几上的另外一把茶壶。他把那把茶壶放在手上把玩了半天，嘴里嘟囔道：“我发现你这有点好物件？”

“祖传的。”

“这颜色烧得不错。”

“歪打正着，这一窑火烧过了，属于报废品，一批东西出窑后砸了很多，有人当初捡了一把留着用。没想到，日后它值钱了，再想烧这样的，可怎么也烧不出来了。”

“常林，这地方你准备了多久？”

“不到一年。”

“这些队员哪找来的？”

“公、检、法、司都有。”

“她们是封闭式训练？”

“对。不过，她们原工作单位那边都是以各种理由借调出来的。”

“行动目的？”

“暂时还没有。”

“出师无名，你也敢搞这一套。”

“你来了不就出师有名了吗？今天把你请来，就是为了和你统一一下思想。”

“行，常林，这一手干得漂亮，本来事前我还犯愁呢，门都到处都有柳家的视线，秘密工作也得有人去做，没想到你老兄提前来这一手，高。”

“工作上得到省厅领导赞扬，还真的不容易，冲你这句话，说明你赖兄还不算太小气。”

“不，谁说的，我这人非常小气，小气得很，你弄了这么一大帮美女，到现在连看都不让我看一眼，我能不小气吗？”

“刚才进门你不是检阅过了吗？”

“那是她们在检阅我，我一进门还没分清东南西北就被她们放倒了。”赖斌说完，他和肖常林哈哈大笑起来。肖常林止住笑说：“看来省厅的水平也不怎么样。好，我叫她们进来，这回让你看个够。”

女子特别行动队七名成员全都进来了，她们围在茶几边上坐下来。赖斌指着其中一个女孩微笑着说道：“刚才就是她摔倒的我，功夫不错嘛，哪个单位的？”

“报告赖局长，我叫曲静，今年二十二岁，身高一米七八，市局刑警支队工作。”

“曲静，刑警的，刚才知道我是谁吗？”

“知道，您是新上任的赖斌局长。”

“行啊，明知道我是你的顶头上司，出手还这么狠，看来你以后是没打算在公安局混了。”

“赖局，不带这样玩的。”曲静话一出口，在座的全都笑了起来。

赖斌自问自答地说：“对呀，不带这样玩的是吧？”

赖斌的话把大家又逗得哈哈大笑起来。大家笑过之后，赖斌问道：“常林，我们这个特别小分队名字听上去太俗气了，是不是改个称呼好听一点？”

“赖局，这话还真让你说着了，这帮丫头不止一次跟我嚷嚷说我起这个名太土，我和她们说，等老大来了再说，怎么样，让我说对了吧，老大一来，第一个就说我们的名字太土。”

“本来嘛，肖检是老片看太多了，给我们起了这么个土得掉渣的名字。”曲静假装抱怨道。

“哟，哟，你们局长一来立马有仗势了，敢说我起的名字土得掉渣了是吧。”肖常林打趣地说道。

“嘻、嘻、嘻，本来吗，土还不让人说，官僚主义，就是我老大来了，我就是有仗势。”曲静做着鬼脸笑着说道。

“曲静，你说说起个什么名字好？”

“色诱大学，俄罗斯有个色诱学校，我们来它个色诱大学怎么样？”

赖斌只是笑，他没发表意见。坐在曲静对面来自检察院的任宏笑着讥刺道：“色诱大学，怎么听上去有点像卖的。”

“去你的，什么叫像卖的，色诱是集各种手段于一身的说法，不懂就别插嘴。”坐在任宏旁边的文妍把话接了过去，她说道：“色诱学校这种说法也老掉牙了。我看不如叫红粉兵团，这样叫，听上去庄重大气，别人不知道，还以为我们有千军万马呢，就像电影里说的，黄伯韬兵团。而且，红粉又能代表我们的身份。”

“妍妍，黄伯韬兵团全军覆没了，你没听毛泽东说，全歼黄伯韬兵团嘛，你可好，兵团前面还加了红粉两个字，红粉再让人全‘奸’了，那我们不是惨了。”司法局的潘晓说。

听潘晓这样说，文妍嘟囔了一句：“也是。要不这样吧，就叫门都魔斯怎么样？”

曲静一旁说道：“摩丝？还发胶呢。”

“我说的是福尔摩斯的魔斯。”文妍争辩道。

来自法院的关昕说：“我看不如叫美女与野兽。”

大家七嘴八舌地议论了半天，一直也没议论出一个结果出来，最后，还是赖斌拍的板：“大家说了这么久，我看，关昕后来说的那个名字还行，美女与野兽，这样叫听上去贴切一些，毕竟我们是在与一批野兽打交道嘛，美女突出了你们的精神面貌，同时，这个名字会时时提醒你们，在与野兽打交道的时候，什么是最重要的，所以，名字问题并不是主要问题，安全，是重中之重的问题，在安全的基础之上，去追求成功。记住，我们是一个组织，组织不仅代表正义，也代表力量。但是正义与力量的真正体现在于智慧。在工作中，有力打击邪恶，更要有利于保护自己，这才是高手，我确信，在座的各位人人都是高手，下面，我们分分工。”

赖斌和肖常林给每个人进行了分工布置，关昕领的任务是关心刘福。

我从北京回到门都后，竟然遇上了一个奇怪的现象，我的人气指数突升。韩超迎给我打了几个电话，她在电话中说，孙家铭、陈宁，都要请我吃饭，而且他们还口口声声说，请我吃饭没别的意思，只是大家认识一下，交个朋友而已。

“你认为他们想认识我的目的是什么？”我在电话中对韩超迎问道。

“我已经跟你说了，他们只是想认识你。”韩超迎说道。

“没这么简单？这其中恐怕另有隐情。你猜测一下，这些人想干什么？”

“我估计是你那份环保物业公司的报告惹的祸。”

“你是说他们认为我和杨文学有关系？”

“而且关系还不一般。”

“怪了？就算他们是冲着我和杨文学的关系而来，可他们并不知道我们认识，为什么矛头直接指向你，难道这些人认为你一定能约到我吗？”

“你我的关系，更深层次的东西他们应该不会了解。但是，我和你认识，这一点人家应该想象得到，因为，为了这个项目，我去找的郑凡，虽然我对郑凡说是杨市长让我去找他的，我在杨市长身边工作，谁会相信不熟悉项目所有人。”

“这样吧，我们晚上见一面?”

“去哪?”

“省城。”

“好吧，我到了会给你电话。”

“注意别让人盯梢。”

“这我懂。”

孙家铭这人我见过，在省城那家私人会馆。陈宁那天也在，只是他们没有注意我。所以，我们充其量算照过一面，属于不认识。凭他们两人那天在会馆的表现，狂傲得很。这种人怎么会突然弯下腰来，非要礼贤下士我一个无名鼠辈呢？我当即发信息给可可，“上网”。

很快，我和可可在网上见面了。

孙家铭、陈宁突然通过韩约我吃饭。

为什么。

不知道。

请生人吃饭，目的性很强。

可他们口口声声说只是为了交朋友。

这是屁话。

我也这么认为，但韩说可能他们要攀杨，理由是杨审批了我们的项目。

不单纯是这个原因。

你的意思这其中有阴谋。

对。

但他们并不具备对他人构成威胁的能力。

话虽这样说还是要慎重，你手下不是有两个让他们感兴趣的人吗。

我把这茬给忘了。

是怜香惜玉，还是真忘了。

两种因素都有。

这两个人我没见过，她们有那么笨吗?

试试吧。

孙和陈这两个东西没什么本事。

好的。

再联络我。

OK。

下网后，我给魏青打电话：“青青，你们在干吗?”

“我们在等着南哥召见，前天说好的。”

“没这么急活吧?”

“南哥，你这是在贬低我们的魅力，还是要反悔你的承诺?”

“两样都不是，我只是表现一下成就感而已。过来吧，我在假日酒店718。”

放下魏青的电话。我的思绪开始回忆。我要捋一捋，最近到底什么地方出现了破绽……

孙家铭和陈宁急着约我，应该是最近几天的事，如果他们早有这个打算，上次在会馆就该说。那天在会馆，即使他们不认识我，也认识韩超迎。可上次会馆活动之后，我基本待在北京。在北京那段时间，我没接触过任何人，整天和娜娜待在一起。娜娜的人际关系简单。更何况，他们两个人的档次，根本靠不上娜娜的边。可以断言，这两个人约我的理由与娜娜无关。那么，他们想和我交朋友，与杜三娘应该也无关，如果他们发现我与杜三娘在一起，那就不是请我吃饭的问题了，他们马上会向主子柳英汇报。柳英知道这种事，他会请我吃枪子而不是吃饭。

除此而外，还有什么理由呢?只剩下韩超迎和杨文学这两条线了。当然，也不能排除肖鸣那条线。不过从矛盾关系而言，肖鸣和柳英属于井水不犯河水。作为柳英的马仔，孙家铭和陈宁不到万不得已是不会和肖鸣示好的。如果他们背后与肖鸣有利益勾搭。那说明他们和肖鸣之间的关系非同一般，既然关系非同一般，为什么不直接找肖鸣约我，而非要绕一个大弯去找韩超迎呢?没理由嘛。

我正想到这，魏青和徐爱珍来了。见了她们，我问道：

“上次在会馆，有一个门都小吏，一个门都小商，孙家铭和陈宁你们还记得吗?”

“记得，两只苍蝇，每天打电话请我们吃饭。”魏青说道。

“你们去了吗?”

“老大，你懂不懂什么叫不吃白不吃呀?”魏青说道。

“吃了也白吃吧?”

“那两个呆子，吃了他的饭也算是给他们脸。”徐爱珍说道。

“够霸道，他们吃饭都谈什么?”

“谈傻B抠女方程式。”魏青说道。

“什么叫傻B抠女方程式?”

“老帽，这都不懂，给女孩买房、买车，投资开公司，这就叫傻B抠女方程式。”魏青说道。

“除此之外没别的了?”

“有，问我们为什么跟你混。”徐爱珍说道。

“噢，有意思，你们怎么说?”

“我们老大是神秘人物。”魏青坏笑着说。

“哪神秘?”

“无可奉告，买房买车，能顶得上我们老大一根毛吗?”

“就是嘛，我们老大靠的是这杆枪打天下，那俩傻B靠钱抠女，根本不是一个档次。”

“就这些?”

“这还不够哇，枪杆子里面出政权呀。”魏青这句话一说完，我们三个人不约而同地哈哈大笑起来……

第十三章

那天在省城我和韩超迎商量陈宁他们为什么要请我吃饭。我们商量了很久，也没商量出子丑寅卯。最终我决定，对待这件事的态度，只能是顺其自然，有人请吃饭，我就去。

这天孙家铭又给韩超迎打电话。当他在电话中听韩超迎已经和我沟通过了，大家见个面认识一下，顺便交个朋友时，他马上就在电话中说："韩处长，择日不如撞日，麻烦你和李总联系一下，咱们就定在今天晚上怎么样？"

"家铭，这么急？"

"也不是，既然你说李总现在门都，能约在今天晚上，不是更好吗？"

"好吧，我约他一下试一试。"

"韩处长，顺便说一句题外话，按照咱门都人的风俗习惯，和朋友初次见面，总要备点见面礼，你帮我参谋一下，看我带点什么好？"

"家铭，我看用不着，门都这套风俗习惯还是别拿出来吧，多土呀。"

"韩处长，帮帮忙，往往有的时候，越土才显得咱越实惠。"

"你这叫什么逻辑，既然你认为越土越实惠，那你就看着安排吧。我也说不好李总他喜欢什么，所以，没法给你当参谋，我看我还是帮你约人这活干得来。"

孙家铭，门都的财神爷，给我送礼？当韩超迎把这一消息告诉我时，我简直不敢相信自己的耳朵。

"没搞错吧？"

"南南，受宠若惊了，门都的习惯就是这样，这你又不是不知道，既然他上赶着请你吃饭，那他自然要遵守地方习俗。"

"可我从来没受到过这待遇，再说了，从来都是个体户给领导送礼，我还是头一回听说领导干部给个体户送礼一说呢。"

"南南，孙家铭其实并不是真心要送礼给你，他的目的很明确，这分明是在够着你背后的人使劲呢。"

"可我背后的人是谁呀，连我自己都糊里糊涂，他好像比我还聪明。"

“这不奇怪，当事者迷，旁观者清，他认准了你和杨市长的关系，而且是深信不疑，别人又有什么办法，我看你呀，干脆给他来个受之无愧。”

“事已至此，看来我不入乡随俗也不行了。”

放下韩超迎的电话，我还蒙在那里，上次莫名其妙被请进私人会所，这次又要收受一个副局级干部的礼物，难道，权力的光环真的有如此之大的光芒？连我这个与权力如此不沾边的人，也可以享受到权力的阳光雨露？怪事，太奇怪了。如果陈宁请我吃饭，他再遵守一回风俗习惯，那我的身份地位，在门都这地方，岂不成了杨文学老大，我李诗南老二了？领导收礼是受贿，我收礼算什么？

“掮客”这是一个古老的名词，形容挑担的脚夫。今天，“掮客”一词进化了，人们把脚夫行业抽象化了，从中分离出包罗万象的行业。新兴产业，必然有新名词相配。所以，今天的新名词叫“中介”。中介基本上可划分三大方面，经济中介、权力中介和其他中介。这其中，权力中介属于多元化性质，它无所不中介，具有十足的如意佛祖味道。在权力中介中，又可划分三个系列，权力、权力递延、势力。比如说柳云桐，属于权力层，柳英既有权力又有权力递延，同时又有势力，属于三位一体。秦牧和肖鸣有势力。当然，在权力划分后的三个系列中，相互间又可交融。

我属于“中介”的哪一种？其实我哪一种都不是。说我有权力，那是笑话。说我权力递延，祖宗三代贫农。说我有势力，马马虎虎成立。当然，细究不成立，神秘点就成立。原因是，杨文学能给我办事，说明我或者是我的家族、朋友以及相关的关系能左右杨文学。而孙家铭、陈宁之流，他们没有能力左右杨文学，不仅如此，杨文学反倒可以左右他们的命运。但是，我找杨文学办事，也不排除靠钱打通关系，可他们不会这么想，原因是，在中国的富人榜上查不到我的名字。如此说来，我找杨文学，只有一种可能，那就是，我的身份挤进了权力递延或者势力层面。这一点，被这些人朦朦胧胧感觉到了？既然这样，我马上给韩超迎打了个电话：“超迎，我突然想到，不如我们把今天晚上吃饭的时间改在明天？”

“为什么？”

“听我的，不要问为什么了，你想办法通知孙家铭和陈宁，明天晚上我们在省城那家会馆娱乐一下。我做个局给他们看。”

“可我都和家铭说好了，再说，陈宁有没有时间还不一定，当然，我也不一定走得开呀？”

“宝贝，拜托，夫唱妇随你忘了吗？”

“真拿你没办法，就这样吧，我试一试。”

放下韩超迎的电话，我又打电话给肖鸣：“鸣鸣，我想见你。”我上来便单刀直入。

“南南，这是你第一次这么主动，好，我马上去见你。”

“我想去省城。”

“小冤家，我正好在省城，你不来电话我准备回去了。既然这样，我在省城等你，我还住在我们第一次那家宾馆。”

“皇朝1806，我四十分钟内到。”

“宝贝，不用急，开车慢点。”

“知道了。”

我一边开车往省城去，一边在想。这次机会对我而言太重要了。孙家铭和陈宁从明天起，就会成为我的代言人，他们会帮我提升我在门都的势力地位。这样，我就会获得很多意想不到的机会，这对加快实施我和可可的收购计划有好处。想到这，我用车载电话打给娜娜。我一边开车，一边和娜娜聊天。在聊天中，我把孙家铭他们要请我吃饭的事和娜娜说了。我到现在还对这事表示怀疑，所以，我在电话中说道：“娜娜，你说这事奇怪不奇怪?”

“南南，这没什么奇怪的，文学这次把你的项目审批了，等于无形中提升了你公司的形象，随着公司形象的提升，你的社会影响力会越来越大，社会上很多人羡慕这些，所以人争来斗去的。”

“可你老公我心里老是怦怦直跳，一点底气也没有。”

“南南，盛名之下，其实难副了吧?”

“你还笑话我？看我热闹呀?”

“我有那么蠢吗？男人在外面丢脸，其实丢的不是自己的脸，因为男人没脸可丢，男人丢的是老婆的脸。怎么样，你求我，我给你点友情支持。”

“门都没有，既然我丢的是老婆的脸，那我怕什么，明天去会馆，我光着身子进去，看你怎么办。”

“你敢，快点，说你求我。”

“老天奶呀，求你了，快救救我这苦命的人吧，快来慰藉一下我这颗孤寂的心灵吧，阿门。”

我们在电话里不约而同地哈哈大笑起来，笑了好一会儿，娜娜才说道：“我给严瑞打电话，让他明天陪你一起去。”我刚想说多谢老天奶奶，我的话还没说出口，娜娜似乎又想起了，她问道：“南南，你明天才去赴宴，今天去省城干什么?”

“肖氏企业集团的董事长约了我谈合作的事情。”

“肖氏企业集团?你怎么认识的?”

“上次在会馆认识的，自从我注册了这家公司后，我和我的公司都变成了商品。人家把我当作信息卖来卖去的，如今是信息时代，所以，我这份信息，走哪都会撞上另一个有信息的人，至于我怎么认识的，你问我，我问谁去?”

“话太多了，我问你，肖氏企业集团董事长是男的还是女的?”

“女的，四十多岁，其父是原门都市委书记肖东方，其弟是门都公安局一个分局长，其夫是省军区大校级领导，其子资料不详。”

“她约你合作什么?”

“还不知道，这是初次见面。”

“我可告诉你李诗南，你给我把握好分寸。”

“娜娜，我知道你的分寸指的是什么，你是让我认她做干妈吗?”

“这我不管，你这种男人容易遭到老女人攻击。”

“也是，我们国家商人队伍老龄化的问题确实很严重，应该设立一个商业吏部，管管这事了。”

“少来，反正我提醒你了。”

“娜娜，我马上掉头回门都，不跟她谈了，半小时你往公司打电话找我。”

“没这必要。”

“这就对了嘛，放心吧，别说我不缺娘，就算是我真缺娘，也不会找军嫂的。”

“这么说还差不多。我问你，啥时回北京?”

“过几天。我也问你，房子装修得怎么样了?”

“应该还要几天。”

“家具买了吗?”

“等你回来我们一起去订。”

“好的，我尽快回去。”

“好的，小心开车，拜拜。”

我和娜娜恋爱了三年多，终于有自己的窝了。说实话，我们早就应该有个家了。娜娜是个知识分子，她要注重形象，以前我们幽会，经常去酒店开房。本来我们是一对正经的恋人，可是，由于我们的经济条件支付不起房款，所以，每次做爱之前，先要满大街找地方，去过的酒店不想去第二次，可北京总共有多少家酒店，再说了，太贵的我们又住不起。记得有一次，娜娜学校中文系里搞会务活动，找了一个开公司的学生赞助住宿，会期原定五天，三天就结束了。娜娜愣是扣了一间房下来。我和她在房间里整整待了两天，吃东西我们叫快餐。后来我们租房子，但租人家房子住，心里总是别扭，租房子的感觉和到酒店偷情的感觉似乎没有什么不同。

现在好了，我们有了自己的房子。房子对恋爱中的男女而言，为情感更近一步的原动力，它不仅可以提升两个人的生活质量，更重要的是，对女人而言，心里增加了一份踏实感。要知道，光有爱情没有家，女人的心里空落落的，毕竟，人不是空中飘浮的白云，人是接地的动物，我们的祖先就是从穴居进化而来的，鸡毛飞不上天，人也飞不上天。眷恋土地是人最大的依赖。男人有本事抠女，也要有本事置家。否则，总让你的女朋友在空中飞着，落下来没个去处，很容易误落入别人的被窝。所以，有没有房子是男女感情破裂的主要风险之一。

不过，话是这么说，现在好了，我们有自己的窝真的好吗？那也未必，女人通常情况下，都幻想先把家建立起来，然后再把称心如意的老公放进去。再然后就是慢慢地收拾她们称心如意的老公。直到把他们调教到心满意足为止。从前是没有家，如何谈回家的事。现在是有了家，看你敢不敢谈不回家的事。

房子无形中推进了我和娜娜的婚姻距离。这种距离越近，我对她的重要性就会越有分量。人都说夫贵妻荣。其实，妻贵夫也同样光荣。

娜娜刚刚在电话中提到的严瑞，是省委副书记严尚武的公子。严瑞前段时间去北京，我也见过他。本来，我是不想见他的，我不想见他不是因为我有多大架子，而是因为我怕他走漏了风声，再让杨文学知道我和娜娜的关系。但娜娜不这么认为，她的理由是，严瑞岂能不知道孰重孰轻，杨文学的级别是要靠严家提携的，而严家要靠的是关家。杨文学受到严家的重视，那是因为他直接与关家通了一条线，如果没有这条线，严家岂会在乎杨文学。严家最终要在乎的是关家。所以，在关家的女婿没有正式被确认之前，严瑞是不会从中搬弄是非的，不仅如此，他反而要重视你李诗南的存在。万一你真的成了关家的女婿，到那时他后悔都来不及。

事实证明娜娜的分析是对的，严瑞从北京回来后，第一件事就是对严尚武说了我和娜娜的事。“老爸，我看那个李诗南和娜姐的关系非同一般。”

严尚武听到严瑞这样说，他稍微迟疑了一下，但很快他就说道：“小瑞，我们绝不能掺和这些事，也不要去乱猜疑，更不能对任何人去说知道吗?”

“老爸，这我懂。”

“懂就好，要知道，你们这些年轻人，对待婚姻问题，有些时候并不严肃，做老人的摊上这种事，往往也是没办法。所以，你和娜娜相处，遇上这类事要少说为佳。”

严瑞接到娜娜的电话后，他马上就给我打电话。我把那家会馆的地址和名字告诉他后，严瑞在电话中说道：“我知道那家会馆，老板我也认识，明天我们过去，我会告诉他把场面搞丰富点。另外，南哥，用不用我带几个朋友过去；还有省电视台再叫上几个主持人也行。”

“小瑞，这事你看着安排，我都无所谓。”

“南哥，怕了吧，你放心，我不会和娜姐说的。”

“随你吧。”

上一次在会馆，我以为见世面了。这次听严瑞的口气，我才知道，什么才叫玩得大。叫上几个电视台的主持人，光听这口气也够砸人的了。本来，我今天约肖鸣，是想着让她帮我攒个局，现在看来用不上她了。肖鸣帮我攒局，不是做不到，但我想她办起来并不随心所欲，即使有人出场，那也基本是客情，兴许忙活了半天，还不如娜娜一个电话来得有力度。不过，严公子出面摆场子，就为了摆给孙家铭和陈宁这种人看，有点高射炮打蚊子的味道。早知道这种办法灵，何必慢吞吞地爬行了这么久。不过，话又说回来，办什么事都讲究水到渠成，这样的结果也好，把自己的政治温度缓缓上升，基础会夯得实一些。对于将来的经济发展会起到巨大的推进作用。

肖鸣最近好像年轻了许多，她的身体里似乎被注入了青春活力。她又找回了当年游泳的激情。这种激情，在她的身体里沉睡了很久，随着年龄的增长，她的激情被埋得越来越深，这一激情的火焰几乎快熄灭了。是我重新点起了她的激情火焰，女人的性越释放，她的精力就越十足，女人如花，性生活如水，美丽的鲜花会不会开得鲜艳夺目，完全取决于女人的性生活是否能够得到满足。

第二天，我起得很早，当我睁开眼睛时，发现肖鸣比我起得还早，她身穿睡衣站在窗前，我透过背影似乎看到了她沉思的表情。窗外的小鸟唱着欢快的歌曲，晨风透过窗户吹进屋内，带着丝丝的凉意与微甜的味道。我深吸了几口晨风送进来的空气，然后起身下床，拿了一件衣服来到肖鸣的身后帮她披上。我抱着她的双肩，把头俯在她的耳边，轻轻地说道："鸣鸣，站在这里会着凉的。"肖鸣没接我的话，她只是抬起手在我抱着她的手上拍了拍。当她的手拿开后，我感到我的手上被滴了几滴热热的水滴，我下意识地转过她的身子，发现她满脸都是泪痕，在这些泪痕中，有已被风干的泪痕，也有湿湿的泪痕。我抱着她的头，在她的脸上吻了个遍。

肖鸣破涕为笑，但我看得出，她的笑容里带着苦涩的成分，而且这种苦涩的成分居多。不过，我也看到了她脸上表情的另一种变化，昔日写在她脸上那种刚愎自用不见了，她的脸上表现出的是温情，有如乡下挤牛奶姑娘般的纯情面容。尽管她的微笑中带着苦涩，但她的微笑中充满了纯情。性能产生生命，性同样也能改变生命，难道肖鸣真的是被性改变了？肖鸣用单纯的眼神望着我说道："南南，母鸡能打鸣吗？"

"鸣鸣，想多了吧。"

"我问你呢？"肖鸣的声音里充满了真切。

"鸣鸣，能也不能。"我回答道。

"南南，我知道你在敷衍我，其实母鸡打不了鸣。"

"鸣鸣，母鸡能不能打鸣，这好像跟我们没关系，这件事跟上帝有关系，上帝在创造禽类的时候，忘了赋予母鸡打鸣的功能，所以母鸡打不了鸣。不过，在现实社会当中，母鸡也能打鸣。”

“南南，我决定皈依基督教。”

“为什么?”

“你说得对，上帝没有赋予母鸡打鸣的功能，所以，我也不能违反上帝的旨意。”

“鸣鸣，你要急流勇退?”

“不是急流勇退，而是回归自然，我要做回一个女人，做回一个母亲。”

“可你本身就是女人和母亲呀。”

“不是，说到女人，我做过了，变成了女强人，说到母亲，我至今也没生过一男半女。我明白，我骨子里想的是做一个纯粹的女人，可现实生活中我做不到。反而，我做了一大堆没用的所谓事业，试图用来弥补我缺失的女性不足。但是，回过头来想一想，本性是无法用世俗的物质替代的。所以，我想明白了，谢谢你给了我做回女人的机会。”

“鸣鸣，你想明白了，可是我不明白了，你本来就是女人，作为一个已婚女人，你说没生过孩子，还说什么我给了你做回女人的机会，这一切到底是怎么回事?还请明示。”

“南南，从我青春期开始，医生就说我生不了孩子，我怀不了孕。年轻的时候，我认为这是好事，女人生孩子是最麻烦的一件事，所以我才不想生孩子呢，可后来，我的生活渐渐走入一种孤独的状态，我迫切需要有一个生命伴随在我身边，他是我生命的分离体。虽然他是我生命中分离出的一部分，但这一部分又会变成我生命的全部，是你满足了我。”

“你不会说我就是你那个分离体吧?”

“傻瓜，那不是乱伦了吗?这么说你还不懂，明和你说吧，你是我分离体的父亲。”

“你怀孕了?怀的是我的孩子?可你说医生说你不能怀孕的?”

“医生说的话很多情况下有误，当然，医生说得也可能没错，如果医生说得没错，那我体内的生命就是上帝赐予我的福音吧。”

“鸣鸣，这件事情来得太突然了，我一下子还接受不了。不过你放心，我不仅要尊重一个新生命，同时也尊重一个母亲的意愿，你打算怎么办?”

“南南，你真的这么想?”

“我没必要说谎。”

“我决定生下这个孩子，并和他相依为命生活，南南，相信我有能力单独抚养这个孩子。虽然这个孩子是单亲，这一点我没法改变，因为我的年龄决定了我们不可能走到一起。将来，我只能求得孩子的原谅，原谅我没办法帮他争取到父亲。但我会尽一切去爱他，尽一切去弥补他。”我把肖鸣抱起来走到床边，把她轻轻地放到床上。肖鸣躺了下来，我给她盖好被子，然后把手伸进被子中放在她的肚皮上，慢慢地来回抚摸着……

肖鸣闭着眼睛在享受我的抚摸。“鸣鸣，你的想法我接受，我是否要做孩子的公开父亲这件事，能给我点时间好好想一想吗?”

“南南，你能说出这话，我真的谢谢你，说明你是个责任心很强的男人，但我不会要求你做什么，因为夫妻感情也讲究缘分，完全为了孩子而毁掉大人的一生幸福，也不是明智的选择。”

“鸣鸣，作为女人，你值得男人追求，这一点我早就说过了，能跟你过一辈子，对我李诗南而言，没有什么不满足，只是现在就让我做出结婚决定，对我来说确实仓促了点，我这样说你理解吗?”

“我理解，其实我也不想马上把你拖进来，毕竟我的婚姻关系还没有了断。不瞒你说，我这次来省里就是和他商量离婚问题的，不是你主动打电话给我，我可能这几天都不会见你，因为我要处理公司的事情。”

“鸣鸣，公司你不打算干了?”

“这一点定了，我要养胎。”

“你想卖掉公司?”

“不会，那是我的心血，我只是要分拆公司，你也知道，这些年小丰在我经商的问题上，也帮了很多忙，所以我要分点资产给他。另外，我要留一部分钱，将来抚养儿子，除此而外，公司的全部资产都归你了，大概有四十亿左右，有一点我要声明，我挣的钱全部都经得起审计，那些钱都是干净的，美中不足的只有两点，首先我利用了父亲的权力，也仅限于利用。再就是我下面有个运送污水的项目，其中有违规操作行为，不过也无所谓，这家公司我也不想留了，该罚该扣随他们去吧。”

“鸣鸣，我说过，你的钱我不喜欢，你这样打算让我很难堪，如果说将来我们真的结婚了，你让我如何面对你和儿子，作为一个女人的丈夫，一个孩子的父亲，我总要有一份责任，可这样一来，我好像在和你交换爱情。所以，在财产问题上，你千万别打我的主意。我不可能承受一生的折磨。但有一点我可以做，那就是在你休息的这段时间内，我可以替你代管公司。为你尽份责任。”

“南南，我们先不争论这些了，肉最终也是烂在锅里，我的包里有一份签过名的全权委托书，公司那边人、财、物你随时有权调动处置。”

“好吧，很多事也不是一下子研究明白的，先不说这些了。鸣鸣，晚上会馆有个活动，我带你去玩吧。”

“不去，凡是此类事，今后与我没有任何关系。我累了，在我还仅存的力气中，只能留着关照我的儿子，或者有可能再关照我的丈夫，其他的我连想的力气都没有。不过，你要利用这次机会，在商言商。”

“鸣鸣，我懂了。有一点我想知道，你会离开门都吗？”

“会，明天我带你到公司把你介绍给大家，然后我就走。”

“我能问你去哪吗？”

“我去法国。”

“那我怎么办？公司的事情我请示谁？”

“公司的事情你请示自己，至于你的性需要，找别人去解决吧，我不陪你玩这些了，即使有性生活，起码要三个月以后。你太猛了，别把我儿子给顶没了。”

“可我如何联系你？”

“上网，或者打电话。南南，你走吧，我要睡一会儿。”

“会馆那边我不去了，今天陪你。”

“没必要，做人要守信。再说了，你陪得了我一时，陪得了我一世吗？所以我们都不要刻意给对方施加压力，自然一点更好，我不喜欢故意行为。”

“好吧，你说得对，自然一点。那我走了，需要老公随叫随到。”我吻过肖鸣后离开了皇朝酒店。

离开皇朝酒店后，在开车去会馆的路上，我的心里乱成了一团麻。肖鸣怀孕了这个消息对我而言简直是太突然了。说实话，对恋爱中的男女而言，不慎怀孕的事时有发生，通常情况下，双方都觉得要孩子的条件还不成熟，做个人流也就完了。可肖鸣的情况不同，她要生下这个孩子，这件事可大了。对我来说，和肖鸣结婚的打算连想都没想过，如果说这事发生在杜三娘身上，我可能还动点心思去面对这一切。当然，如果是娜娜怀孕了，我会坚定不移地鼓励她把孩子生下来。可面对肖鸣这事玩大了。我承认，肖鸣生下这个孩子，对于这个新生命讲，孩子不会缺少爱，同时，这孩子也会终生不用为挣钱吃饭去发愁。可是，一个人光满足这两点就行了吗？要知道，这孩子从一出生就面对残缺不全的双亲，恰恰是这份残缺不全的双亲，是一个孩子最需要的东西。

太恐怖了，为了肖鸣肚子里的孩子，我要放弃眼前的一切，我的爱情，我的事业，还有我未来的幸福生活，这可能吗？肖鸣答应给我四十亿，虽然她嘴上说不能完全为了孩子而毁掉大人的一生幸福，这不是明智的选择。但是，作为孩子的父亲，我的明智选择是什么？难道我选择拿上肖鸣的钱去追求我的未来美好而让她们孤儿寡母地生活在这个世界上？然后用一种残酷的心灵折磨去了结我后半生的光阴？这更加不是明智的选择。

肖鸣啊肖鸣，你想做一个本色自然母亲的愿望和我的人生观差得太远了。你没有错，我也没有错，那个未出世的孩子更加没有错，错就错在人类的语言词汇中多出了两个字，责任。对，责任。责任是规范人类行为准则的一道分界线，这个世界上的大多数人是越不过这道分界线的，我也同样无法越过这道分界线。因为，我的过去，正是因为我的父母，他们轻易地跨过了责任两个字，才导致我的灵魂中至今还存留着永远也抹不去的伤心记忆。

怎么办？没办法。如果说肖鸣真的要生下这个孩子，那我也只好从孩子出生的那一刻起，放弃我所有的梦想，面对现实，和一个比我大十多岁的老女人担负起共同抚养这个孩子的责任。我要让孩子明白，幸福不是某男和某女私有的产物而是社会共同的产物。

娜娜怎么办？这时我只想到娜娜，如果我选择了孩子，实际上我第一个要选择的是孩子的母亲。可我对娜娜如何交代？男人，往往会因为一种放纵行为，最终走向放弃行为，而这种放弃只能是自己。因为放纵的结果则对谁都无法交代。

放纵、自我、个性化的张扬等等的一大堆现代名词，对吗？我不知道。反正我还有时间去考虑。肖鸣的问题对我而言是一股巨大的压力。会馆到了，我目前唯一能做的，就是用再一次地放纵缓解我的压力。

对于省城那家会馆而言，今天的场面是开业以来最为风光的一天。严瑞约了很多朋友。他的朋友圈子这么大，我确实没想到。公安厅长的公子，财政厅长的公子，还有人大，发改委领导的公子。也有公主。比如说魏青。对，就是我们公司的合伙人魏青。她的父亲竟然是省军区司令，省委常委。徐爱珍也来了，但她的父亲不是A省的官，据说也是军方的。省电视台的著名主持人夏迪、苏倩倩、鸽子，当红歌星林美惠子也来了。严瑞在介绍林美惠子给我认识，他还特意加了一句话说："惠子小姐的外公是我国著名经济学家。"

我不知道严瑞在背后是如何把我介绍给大家的。但我知道他一定是抬高了我的身份，准确地说是家族身份。因为有人称我李公子。我突然变成李公子，这一切和抬轿子的人严瑞有关系。严尚武是从北京调到A省任职的，严瑞在北京出生，在北京读书。这种家庭背景的孩子，在北京认识几个高干子弟也正常。当然，凭严瑞的身份，怎么可能认识一个三代贫农的后人。更何况，他今天找了这么多朋友出来，就为了给一个农民的儿子撑场子。这种事一旦让这帮子人知道了，还不得悔死。估计急了都能把严瑞吃了。所以，按一顶公子帽子给我，才符合圈子里的游戏规则。公子是统称，虽然我这位李公子不知所出，但好像是私生子也说得过去嘛。如果有人刨根问底，那严瑞就会把我的身世归为私生子，凡是涉及领导隐私，任谁也不好再开口深究，这就是规矩。俗话说知道多了死得快。

孙家铭和陈宁是蒙了，省里现职的公子公主来了这么多，连魏青和许爱珍这种有身份有地位的公主都在我的公司做副总，不用问，傻子也会知道我是什么家庭出来的人物了。当然，今天的场合有一个人心里是明明白白的，她就是韩超迎。我和她讲过自己的身世。就连魏青和徐爱珍，对于我的过去也是一无所知。这不，魏青凑到我跟前说道："李公子，对我俩也隐瞒身份呀？我就说南哥不是一般人，看来我们跟了你没投错胎。"

"你们俩不也是隐瞒得很深吗？公主外出打工，这玩的是哪一出？"

"人生在世，什么滋味都得尝尝嘛。"许爱珍说道。

"也是，世界之大，无奇不有。这回行了，你们的身份也暴露了，明天我交个辞职报告给你们，免去我这个董事长职务。"

"南南，你什么意思，要炒我俩鱿鱼呀。"

"我炒得了公主的鱿鱼吗？我是觉得再给你们俩当老板，那可就有点太不自量力了。"

"南南，别谦虚了。"

魏青目冲着孙家铭对我说道："南南，你把他们两个弄过来干吗，是不是看中他们手里有点油水。"

"他们能有多大油水。"

"不会吧，为了他们你差点搭上我们俩，没油水你干吗这么干？"徐爱珍说道。

"他是不了解我们的身份，拿我们当一般小姐处理了。"魏青接着许爱珍的话说道。

"我会搭上你们去巴结他，笑话，我那是试试你们的公关能力，你们要知道，这两个人贿赂我还来不及呢。"

"那你认为我们的公关能力如何？"

"还行，不愧是我的合伙人，所以，我决定送两份大礼给你们。"

"说这话不许反悔。"

"当然了。两位公主，多陪陪韩处长，我去给你们安排礼物。"既然称我为李公子，那我也要拿出点李公子的派头。我把手中端的高脚酒杯稍微举了举，示意孙家铭他们到我这里来。他们看到我的动作，立马就过来了。孙家铭殷勤地对我说："李公子，今天多谢赏光。"

跟在孙家铭身后的陈宁也附和着说："李公子，多谢，多谢。"

"哎，不要这么客气嘛，我们认识了，今后就是朋友，自家兄弟今后有什么用得上的，尽管吩咐就是了。"

"吩咐不敢当，今后少不了麻烦李公子。"陈宁说道。

我故意没理他们，我在盘算今天要送多少份礼品。我大概估算了一下，严瑞今天找来的人有二十三个，每个人一份礼品是肯定了。不过送多少钱的礼品呢？我想，每份礼物的价位不能太低了，否则不符合我这李公子的身份。再说了，孙家铭和陈宁这二位爷，自家子出去消费，在花都那种地方，都能花一百多万。这里可是省城高级会馆。而且，要看看来的都是些什么人。如果说礼物太轻了，也对不起这两位好心人嘛。不过，我从来没收过礼物。在花都，我收过小费。即使收小费，最多一次也只收了三百块钱。在响铃广告上班那会儿，每个月能有一百块钱的奖金，我已经很满意了。如今，想让这两个人开销买礼物，要多少钱合适呢？十万？不行，这数字我自己听着都恐怖。虽然我如今也是有钱人了。但白拿人东西，这种事我还从来没干过。十万元，这数字，对我们李家三代人而言，上两代人都没看过，对我而言，最近是看得多了。可有一点，十万元，对于今天这个场合，简直太微不足道了。先别说我敢不敢开这个口，即便是我开了这个口，面前这两位傻帽也满足了我的要求。那又能怎么样，还不如不送。李公子丢不起这份人。对呀，李诗南和李公子不应该是一码事。当年收小费的是李诗南，今天站在众人面前的是李公子。这可是两种不同的概念。这两个门都小吏，一个敢消费一百多万，一个敢侵吞五亿元国有资产，我堂堂李公子，岂能是十万八万地小打小闹。我决定和这两个人玩大的，即使他们不接我的球，退一万步讲，我自己也兜得起底。肖鸣不是说了吗，我的名下是四十亿资产，一个拥有四十亿资产的人，怕的又是什么呢？

想到这，我说道："孙主任和陈总两位的大名，在门都我可是久仰得很。"

"李公子，笑话兄弟们了，门都是小地方。和省里、北京没法比。更何况，我们在门都也算不上什么人物嘛。"孙家铭说完这句话后又自嘲地笑了笑。

"哪里，陈总的天鹅湖啤酒，在北京市也叫得响，前几天我在北京和几个朋友吃饭，喝的就是陈总的酒。席间有朋友还谈起陈总本人呢。"我一句话，捅到了陈宁的软肋。关于门都啤酒厂改制的内幕之事，一直有人在告，据说已经告到了北京，这一点陈宁心里清楚。

做贼心虚的陈宁立刻接住我的话问道："李公子在北京的朋友有熟悉我的？"

"这我还不大清楚，上次吃饭的人多，什么部门的人都有，当时我也没注意。"

"噢，是这样。"陈宁若有所思。他此时的脸色很难看。孙家铭此时赶紧出来打圆场，他自告奋勇地说到了我关心的问题："李公子，初次相识，也为了感激李公子能赏光，我和陈总给李公子准备了些薄礼，不成敬意，等一下散场时还望李公子笑纳。"

"孙主任，朋友之间没必要这样，再说了，我什么都不缺。"

"这我们知道，虽然李公子看不上我们的礼物，但门都人有个风俗习惯，与贵人初次见面都要送份礼物。"

“可我算是哪门子贵人呀，我看还是免了吧。韩处长打电话说孙主任和陈总是真正的朋友，我才想着大家认识一下也无妨。今天刚好小瑞请我，所以我也请你们和韩处过来，我应该感谢二位赏光，哪有收礼的道理?！不过，你们说的风俗习惯倒是提醒了我，看来我一定要入乡随俗。”说着，我招手叫魏青过来。这工夫，陈宁说道：“李公子，今天是我们请您，怎么能让严公子请呢？这些我们早就和韩处长说好了。”

“陈总，区区一次聚会，谁请还不是一样。”

孙家铭说道：“李公子，话是这么说，但今天的事是提前说好的，您一定要给这个面子。”

孙家铭话音还未落，魏青和许爱珍、韩超迎走过来。魏青接着孙家铭的话说道：“孙主任，什么事要给你面子呀?”魏青微笑着，但从她的眼神中明显地看得出有一种蔑视存在。孙家铭已经知道了魏青的身份，他一改前次与魏青吃饭时的态度，恭敬地说道：“魏公主，原谅家铭有眼无珠，上次如果有得罪之处，还请海涵。”

“孙大主任，我一个公司小职员，有什么值得你这个大主任得罪的地方。”

韩超迎知道是该她出场解决问题的时候了。她笑着说道：“青青，孙主任是我带来的朋友，说话要有分寸。”

“韩姐，我和孙主任开玩笑呢，孙主任，你不会这么小气吧?”

我没等孙家铭开口，对魏青说道：“青青，你们也不提醒我，当地的风俗习惯规定，和朋友初次见面要备礼物，今天来了这么多朋友，我们也不能例外，你们马上列个单子。”

“南哥，你不看现在几点了，上哪去买礼物，再说了，今天来的都是熟人，大家又是请你，谁给你接风，应该送礼物给你，我估计小瑞已经安排了。”

“青青，这才八点多，哪没有礼物买，去安排吧，别让人认为我们公司连这点小事都不想办，将来不是在堵自己的路吗?”

“南哥，是不是因为有靓女，你才想到送礼的事?”徐爱珍说道。

她的话刚落，魏青又接着说：“我早就知道南哥打着什么谱，还装着遵守什么风俗习惯。”她这句话一说完，韩超迎等人都笑了。

我说道：“你们俩真不愧为军人的后代，说出话来和打靶一样命中靶心。好了，赶紧打电话安排吧。”

“南哥，给个价格范围?”

“以货论价，没有范围。”

“没有价格范围，你让我们怎么安排?”魏青说道。

站在她身边的许爱珍接着话说道：“没范围也好，干它个两百万，让南哥三天睡不着觉。”

“你们俩要真的宰我两百万，我睡得才踏实呢，本来我还以为起码也要三百万呢。去吧，就按着这个数准备。”

陈宁把话接了过去：“李公子，礼物的事交给我去处理吧。”

“陈总，这不行。”我和陈宁客气了一句。

“李公子，初次见面，认识你也值两百万，这事就别争了，我和这两位公主去安排。”说着陈宁和魏青他们去了。

认识我李诗南就值两百万，这话说得不对，如果陈宁知道我李诗南是干什么的，再知道我是什么出身，那他就不会再说认识我就值两百万这句话了，到那时，他会认为认识我连两百块都不值。甚至，我给他两百万他都不想认识我。所以陈宁应该说认识你李公子就值两百万。当然，他也是这么说的。至于李公子是谁？别说他不知道，我自己都不知道。李公子，是社会虚拟的产物，凡是虚拟的产物，都是为了迎合幻想者和社会虚荣心而产生的。应归属为人的欲望范畴。如果说李公子是我的一个影子，那我的影子比我真实的身子值钱，因为真实的身子不值钱，只有身外的东西才值钱，哪怕是你身体之外的影子，让人目睹一下都值两百万。如此看来，商人做生意倒卖产品，纯属于低级的经营方式。所以，这个世界有人设计了股票、基金，甚至是对冲基金，期货等等被雾化了的经营方式。当然这种经营未来的方式，其设计程序复杂，投资也大，还算不上够档次的经营方式。真够档次的经营方式，不是雾化，而是雾虚。开个影子专卖店。在这家专卖店中，你经营的所有商品全部与影子有关，如影子、影响、虚影、幻影。总之，你不用买空，只负责卖空，就像今天的场合，有人出钱帮你做局，还有人出钱想认识你，而你只需要立个影子放在那里，时不时晃一晃就可以了。所以，现实社会中，最不愁没有买家的商品只有影子。

严瑞今天很卖力地帮我介绍美女。我知道他这是想撕开我俩中间的面纱。一旦将来我真的成了他的娜娜姐夫，今后有什么所求于关家的事，他无形中多了个帮手。因为到那时，我这个关家的姑爷当年的丑事也是怕人抖搂出来的。其实，我也非常想拉近严瑞这层关系，这不仅是因为我的影子需要有人炒作。将来我生意场上的大事小事，也不可能让娜娜件件插手。所以，我需要挟天子以令诸侯。比如说省发改委主任的千金，我就对她很感兴趣，要知道，我和可可的计划中，有很多地方需要发改委的支持。还有省电视台的夏迪，著名歌星林美惠子，这些人我都会用的上。她们的身子，还有她们的身份，哪一点都是我的最爱。

我留了省发改委主任千金的电话，这个女孩叫荻菲菲。菲菲，这名字好听，人也长得文静，荻菲菲看上去并不太成熟，在场面上显得有点怯怯的样子。不过没关系，遇上这种女孩一定要有耐心，慢慢来，心急了不行，所以我和菲菲聊了一会儿，便借故走开了。

夏迪和林美惠子两人很熟，这可能和她们所从事的职业有关系，电视台是平台，歌星是平台上的内容，这两者还真的是分不开的搭档。难怪她们一来到这里就始终在一块儿。这样一来，她们之间彼此形成了一种保护，一般人想靠前打主意，还真是没有机会。当然，说没机会那是指一般人而言，对于一贯喜欢大小通吃的李公子而言，只有她们认为泡上我没机会，不存在我想抠她们没机会。我是谁？北京李公子，虽然我只是亚运村一个租人房子的单身汉，但这些事没人知道嘛，既然没人知道，那就等于没有此事，所以，我不是出租房里的单身贵族，我是李公子，真正的贵族。我开始和夏迪、林美惠子交换名片。“夏迪，著名主持人。”

“李公子看过我主持的节目吗？”

“夏迪小姐，让我说实话还是假话？”

“当然是说实话嘛。”

“实话是我还真没看过。不过，你主持的节目一定很棒。”

“李公子，没看过怎么知道一定很棒，你不会见到美女就捧吧？”

“打小落下的毛病，大了想改也很难。”我一边回答夏迪，一边拿着林美惠子的名片说道：“林美惠子，这名字有诗意。”林美惠子只是微笑着冲我点了点头，连声都没吭。

“惠子小姐，为什么不问我听过你的歌吗？”

“算了吧，我要是问了你，你再说没听过，那我不是自讨没趣。”

“聪明。不过人有的时候是聪明反被聪明误，我还真喜欢听你唱歌。”

“李公子，你这是在说假话，夏迪这么著名的主持人，她主持的节目你都没看过，我一个三流歌星，你却喜欢听我的歌，这不明摆着逗我吗？”

“所以呀，相比之下，惠子聪明，我太蠢。我这话问得太主动了。”夏迪说话的口气有点讥讽自己的味道，不过我听得出来，她这是对我不满。

“夏迪小姐，作为一个成功的主持人，必须具备两个基本素质是什么？”

“愿听李公子高见？”

“第一，大脑的反应速度与嘴的表述功能必须是同步的。第二，自信，咱们单说这第二点，你站舞台上，随便拉出一句名言，比如说。肖伯纳说过：果决的开始就是成功的一半，另一半在于机遇与思考。其实这句话是巴尔扎克说的，而不是肖伯纳说的。但是，台下的观众有谁知道这句话到底是谁说的，什么时候说的，对谁说的，在他们的著作中，这句话在哪一章，哪一页，哪一段？所以，这就叫自信，自信的同时，又反映出你才思敏捷，思维与表述一致。”

“李公子，你这番话与前面的问题有关系吗？”

“夏迪小姐，我这话和前面的问题关系大了！你问我看过你主持的节目吗？这句话本身代表着不自信的成分。如果人家真的看过你主持的节目还好说，如果真的没看过，将如何回答这个问题，你这等于把一个怎么回答都是错的答案推给对方，人家说看过吧，其实没看过，人家说没看过吧，这话又很难说出口。而惠子的歌曲就不同了，她的歌是一首一首地推给观众听，而你的节目是一句一句地说给观众听，一首歌曲，哪怕我只记住一句，也算听过，而你的话我应该记住哪一句。其实，你主持的节目也好，惠子唱歌曲也好，我特别喜欢，这不是奉承，比如说夏迪的节目，叫直击快车，我认为这个栏目名字选得不好，有点铁道游击队的味道，而且，这趟车跑得太快，忽略了主持人的风采，太喧宾夺主了。至于我说听过惠子的歌，可以马上验证，去我车里，一按音响就知道了。”

“李公子，一个人太优秀让人恐惧。”夏迪说道。

“我认为自己并不优秀。否则，我早就去报考主持人了，而不是选择做商人。”我调侃着说道。

林美惠子说：“做商人多好，有钱有地位，不像我们，到处去找老板赞助。”

夏迪又说道：“李公子，打算进入传媒行业吗？”

“从前没有，不过认识你们以后有了。”

“这么说我们有机会帮李公子消费了。”

“对，如果我们之间没有共同话题，如何证明美女天生和金钱挨得最近这句话是真理呢。”

“李公子打算投资传媒业哪一行？”夏迪问道。

“我是做环保的，要做也一定是与我的经营行业有关。两位业内人士，策划一下，为我们争取一次合作的机会。”

“李公子，你对选拔绿色形象大使这项活动感不感兴趣，我这刚好有个方案。”夏迪说道。

“夏小姐，我有个观点不知道你赞不赞同？”

“说来听听。”

“绿色只是环境的一个方面，它代表不了环境，环境的主流意识应该是和谐平衡，这才是人与自然的真谛。所以，在对待环境问题的看法上，人类千万不能走入绿色的误区。再有，传媒业也乱成一锅粥，什么绿色大使、绿色形象代言人，青春小姐、世界小姐、亚洲小姐，就差宇宙小姐了。这个杯，那个杯，没有一个行业不在杯子中。为什么没有人搞低级庸俗杯大赛，或者搞个无聊杯大赛。什么身高、三围、体重，一些沽名钓誉的审美学家，喋喋不休地创造了一个标准。自称什么另类思维，最可笑的是，这种另类变态的思维标准，公然被世界上一些疯子接受了。几个人在台上一扭，几个人在台下一评。摆个标准往人身上套。套上了，就是专家点评。要知道，正是这些乱七八糟的标准，把这个社会搞乱了，美的标准摆在那里，不够标准的人怎么办，难道回娘胎里重新托生一回。所以，我要搞，就绝不随着狗屁的东西走。如果两位有好建议，我出钱。”

“李公子，你的意思是想突破，另类于世俗，可你刚刚说了，我们现在的标准，就是当初另类的产物。所以，即使你突破了今天的另类标准。那么，你的新标准，又会变成明天另一个突破基础。这其中有什么不同?”林美惠子说道。

“一味地突破与发展确实没有什么不同，因为每一次创新都意味着是下个创新的陈腐。惠子小姐，我不知道你们想过没有，我们为什么不追求复古，追求淡雅与自然，而非要追求突破与创新呢？乡下挤奶姑娘体内散发出的质朴之光与今天的奢华光芒，她们之间哪一种更贴近人类的本质之美？既然人类的追求永远都是极致，那我们就回归本源，我们的标准就是没有标准，就算要选美，那也要以美的本身为标准，没有化妆的美女才是美女。”

“李公子，光是没有化妆恐怕还不行，我认为，干脆复古原始，台上的人什么也不穿，也没有灯光，只有月光，在月光的照射下，皮肤的光洁绝对纯朴自然，这样岂不更好。”

“夏迪，你这是在追求另一种极致，我所说的纯朴，是站在人们需要基础上的朴素，这其中包括奢华，只不过是朴素与奢华相结合后的中性产物，而不是上升到极致和下跌到极致的产物。朦胧是我们追求的目标。”

“朦胧”林美惠子和夏迪不约而同地重复着这句话。

我把玩着手中的高脚杯。我们三个人静静地度过了时空中那数分钟的时间后，我又说道：“如果两位能赏光，我们约个时间，我带你们去黄山和庐山转两天，去那里感受一下大自然的纯朴。我相信，去完这一趟旅途之后，朦胧的感觉就会在我们的脑海中形成。”

“但愿吧。”夏迪喃喃地说。

“李公子，这一圈转回来，是否会如愿以偿我们说不好，但我相信，我和夏迪陪你旅行，对你而言，绝对称得上不虚此行。”

“这我相信，而且深信不疑，但我也请你们相信，我们这次结伴而行，不会给两位大美女留下浪费生命的遗憾。”

“那好，这才是真正的走着瞧。”夏迪说完这句话，我们全都不约而同地笑了起来……

韩超迎这时凑到了我的身边，她小声地对我说道：“南南，我要马上回门都，杨市长来电话，他父亲病危，马上要赶回老家去，叫我回去有工作交代。”

“我陪你回去。”

“不用了，你这里还有客人，我搭个车回去，二十多分钟就到了。”

“可是你走了，我留在这里也没什么意思了。再说了，我感觉很累。”

“南南，不只你累，我也累，在这里的每一个人都累，这个世界上，只要有假的东西和虚的东西存在，就没有人会轻松，所以，你还是继续留在这里陪他们这些累人一起累吧。等你累过了之后，别忘了把更累那两个人买的礼物帮我带回去。”

“遵命。”

第十四章

杨文学的家乡在胶东半岛的东部，那是一个古朴的小山村。三面环山，一条清亮的河水穿村而过，河水的形状宛如弯月，村子的名字便随了这河水的形状叫月亮村。月亮村的名字是从什么时候叫起的，已无从考证，似乎也没有人去关心这事，反正，一代代的人都认为，月亮村的名字挺好听的。

杨文学是开车回去的。他想着父亲病重，带个车回去方便一些。晚上十一点，杨文学坐车从门都出发，韩超迎建议他多去一台车，再带上两个人，既然家里有病人，总是需要人手帮着忙活点。可杨文学谢绝了她的好意。杨文学说家乡那边，乡里乡亲的人手很多，没必要从政府这边带人回去。韩超迎又提出，就算不带其他人，她可以陪杨文学回去。杨文学也没同意。让一个女孩子陪自己坐夜车，先说是太辛苦，即使韩超迎吃得了这份辛苦。一个市长，带个大美女回村子里，怎么说也有些影响。

杨文学的车子早上六点进村，他回来的消息很快在村子里传开了。杨文学家住的是二层小楼。这栋楼是前两年盖的。盖这栋楼时，县政府给了很大的支持。杨家的院子里有一眼机井。这条件，在月亮村子里，也只有他家才有。杨家过去很穷，不过这是上两代人的事了。在那个越穷越革命的年代，杨家的贫穷也吃香过一阵子。改革开放后，穷人吃不开了。虽然说杨家的日子还过得去。但是，村子里没有杨家说话的份，大事小事都插不上嘴。遇上什么分地的事，交粮的事，只能是挨上哪算哪，没资格挑肥拣瘦。

不过，杨家很快就转运了。这皆因为望子成龙的结果。杨文学做首长秘书，这条信息震撼了整个县城。至于月亮村，早就被震得粉身碎骨了。做首长的秘书，懂点政治的人都知道这意味着什么。当然，也有一点政治素质都没有的人，他们对秘书的含义就很不感冒，秘书，在过去叫师爷，关家的秘书，说白了就是个管家，管家就是个仆人。做个仆人有什么大惊小怪，服侍人的嘛，还赶不上一个县太爷实惠呢。

县里领导和市里领导甚至省里领导，对杨文学身为关家秘书一职那是有很高认识的。记得那一年陪首长到家乡所在地锁江市视察工作，锁江市市委书记亲自拉起杨文学的手说："家里的大事小事别惦记着，有我们呢。"听听这话，多暖人心。

自从做了市长后，村子里不懂政治的人炸开了锅。村子里的人改变了对杨家那份质朴的看法。虽然他们不懂市长是几品大员，但他们懂得市长是管县长的。有人装作很明白地说："过去，县太爷有斩人头的权力，这市长是管县长的，那他可以斩县太爷的头。"那是，有权杀掉县大老爷，这可是一件不得了的事。

给首长做秘书那会儿，市里县里都提出让杨家搬到城里去住。但都被杨家拒绝了。杨文学做了市长后，市领导又提出让杨家住到城里去，杨家还是反对。杨家不同意搬去市里的原因很简单，城里的老百姓敢给市长提意见，急了还敢骂市长。市长在城里是老百姓的公仆，这公仆说白了和做秘书一样，还是个仆人。可乡下就不同了，他们连县长的面都看不到，更别说给市长提意见了。更何况，儿子在外地做市长，杨家就更不能进城了，城里那些人连本市市长的面子都不卖，还能在乎一个外地市长的爹吗？这刚沾了儿子点光，在村子里嘴巴上可以说得上话了，还真是舍不得离开村子，要知道，那种成就感才刚刚开始呢。

杨文学一到家，他在院子里看到了母亲。他急急忙忙问："妈，我爸得的什么病？"没想到，杨文学的娘笑吟吟地不答他。看到母亲这态度，杨文学蒙了，他心里暗道："电话中说父亲病危，可从母亲的表情中怎么一点也看不到悲伤的样子？"不过，杨文学也没想太多，他想着先进屋看看不就知道了。

杨文学进到屋内，他看见父亲和爷爷坐在炕上有说有笑地商量什么事，这哪里是什么病危呀？见杨文学回来了，杨文学的父亲说道："学儿，你回来了？"

"爸，电话中说你身子不舒服？"

杨文学的父亲没理这茬，他只是笑笑说道："先见过爷爷，然后我慢慢跟你说。"

杨文学一颗悬着的心终于落下了地，他暗想，看来，把我叫回来，是另有缘由，说什么父亲病危根本就没有这回事。唉，真是的。杨家的习惯是随着村子里的风俗习惯走的。月亮村的习惯具有十足的儒家礼数。晚辈人对祖上要磕头。杨文学虽然是市长，但在杨家祖宗面前，他也是孙子辈的。现代人不习惯这一套，特别对杨文学而言，六百多万人口的一市之长，给人下跪磕头，总觉得有点怪怪的。怪是怪了点，但头是一定要磕的，官当得再大，也不能眼里没有祖宗，否则，不孝的罪名是背不起的。他想着磕吧，市长也是人民的公仆嘛。

杨文学刚想给爷爷跪下磕头。被爷爷给阻拦了。只听爷爷说："学儿，免了吧，有这份心就行了，你现在身份是市长。"

杨文学其实也正难为情，他见爷爷这样说，也就顺水推舟地笑着冲爷爷问候道："爷爷，你最近身体还好吧？"说着杨文学挨着爷爷坐下来。

"庄稼人没别的，干活吃饭，到老了落个身子骨。别看爷爷岁数大了，一百斤的麻袋还扛得动。”

“爷爷，我寄给你的补品吃了吗?”

“没吃，吃那东西没用，粗茶淡饭最养人了，学儿，以后不要寄那东西了，那要花很多钱。”

“爷爷，我寄给你的补品，那是专家向我推荐的，人上了岁数该补也得补补。”

“爷爷有你这份孝心一定能长寿。专家说那玩意儿爷爷不信。吃补品还不如你多回来看看我。”

“爷爷，我何尝不想陪在你身边，可我的工作太多。”

“那是，我的孙子当市长是为了咱老百姓办事的，爷爷这点事理明白。”

这时杨文学的父亲在一旁把话接了过去，他一本正经地说道：“学儿，这次找你回来，家里面有大事要商量。”

“爸，有什么事在电话里说不就得了，你们打电话说病危，这一路急死我了。”

“不说家里人病危，你这个当市长的是个大忙人，哪能把你叫回来。”

“爸，有什么重大事?”

“去，把你妈叫进来，我们全家开个会。”

杨文学只好走出门来到院子里。按着月亮村祖辈的习惯，女人是无权参与家庭会议的。杨家在月亮村住了几代人，从前也是随着月亮村的民俗。可自从杨家出了杨文学后，月亮村这种古老的陋习被打破了。子贵母荣，杨母的家庭地位和社会地位沾了儿子的光。

杨文学挽着母亲的胳膊，边走边聊着走进屋来。进了屋杨文学看到，吃饭的桌子被摆在地中央，他心里想这才几点钟，怎么就要摆桌子吃饭？可转头想想，这场面分明不是要吃饭，因为父亲把杨家古老的铜壶放在桌子中央。他明白了，这是要开家庭会议，吃饭桌子是用来当会议桌用的。那个大铜壶从前是放在杨家祖宗祠堂的信物。当然，这件信物为什么会放在杨家祖宗祠堂里，那可是几辈子以前的事了，就连爷爷也不知道为什么。解放前，杨家贫穷，供奉的祠堂也不知道什么原因就没了。不过，有个故事爷爷小的时候还依稀记得，那就是杨家的祖宗牌位被爷爷的爷爷闯关东时带走了。杨家是个大家族，据说当年闯关东时都走了，月亮河村只留下杨文学祖上这一支。这把铜壶就是那会儿留下的。

用一把铜壶作为供奉祖上的信物，听上去有点可笑，但这也是事实，中国人崇尚祖宗。这是一种信仰。一把木剑，一件衣裳，都可能被后人当祖宗供奉，这好像也没有什么奇怪的。今天，杨家请出祖宗牌位，杨文学知道。杨家看来真的是有大事要集体表决，杨家能有什么大事呢?

杨文学的父亲仔仔细细把铜壶摆正。爷爷先烧了香，紧接着是父亲烧香，然后轮到了杨文学。母亲是没权利烧香的，允许母亲参加家庭议事，已经是在民俗改革的路上进了一大步了。想彻底改革民俗，连门都没有，因为没有民俗的社会，人民等于没了精神约束。

烧完香后，大家依次而坐。爷爷坐上位，父亲居右而坐。杨文学居左而坐。母亲则坐在一边不靠桌子的地方。杨文学明白，君子居左，这是提醒你要听话。父亲居右，这明摆着是必要的时候动用家法。当然，排座次只是一种民俗习惯。通常情况下，对于不孝之子，祖宗才会动用家法。杨文学是市长，市长是不受家法约束的。

爷爷先拉出开场白："学儿，老话说，不孝有三，无后为大。你今年也是三十好几的人了。孔圣人说男子三十而立，而立之年还没有操办婚姻大事，这在咱月亮村还没有先例。你在外给国家尽忠，我们知道你比较事多，可市长也是人，市长也要娶妻生子，你官当得再大，也是咱杨家的后人，杨家的香火到你这不能断。当年，我们杨家的祖上活不下去了，才跑去关外谋生，月亮河剩下我们杨家这一支，从前日子过得也是苦，可老天爷开眼，在我们杨家这一支上，出了你这么个状元。这都是我们祖上有德，为了报天恩，感谢祖宗。我和你爹托人算过了，你今年完婚，对我们杨家来说，天降大吉。所以，这次把你找回来，当着祖宗的面给我们做个保证。"

听爷爷这样说，杨文学心里觉得很好笑。他想，老人的心思太不现实了，现在都什么时代了，婚姻大事讲究的是恋爱自由。听爷爷的话的意思，好像已经给我找到主了。这可麻烦大了，娜娜已经和自己来往得多了，虽然自己和娜娜的关系还没挑明，但总有一天，在首长夫人的努力下，这万一娜娜同意了呢？还有，即使娜娜不同意嫁给我杨文学，那也不能在没有得到娜娜的明确态度之前，这边就急急忙忙谈婚论嫁呀。再者说，我杨文学真要是没福分娶娜娜，也不能说娶不到媳妇吧？但是，杨文学同时也想到了，家里老人为了自己的婚事着急，这也正常，男大当婚，女大当嫁，做老人的哪个不想子女有个美满的婚姻，毕竟，我们这个社会是以家庭为细胞组成的社会。所以，对于老人这份牵挂，自己没什么好说的。只能是想办法拖，可拖的理由是什么呢？难道要抬出娜娜？杨文学想想这样干也不行。这个时候抬出娜娜，首先是一种对娜娜的不尊重。再有，也不能欺骗老人，老人这份心是善良的，怎么办呢？杨文学真的有点后悔，早知道这次家里人叫自己回来是为了这事，当初韩超迎要陪着来，让她来就好了，她是可以替我杨文学挡一回驾。

家庭议事，是按着辈分说话，爷爷说完，该父亲了。只听父亲说道："学儿，你的婚姻大事，我们全家都在跟着着急，自古以来，四世同堂都是福。你结了婚，将来我和你妈也能早点抱上孙子，你爷爷也盼着抱重孙子。所以，我和你妈也商量了一下，现在日子好过了，家里也存了点钱，借着算命大师的吉言，你忙你的，这边我们有人手操办。为了你的婚事，王县长这回帮了大忙，人家帮你找了个对象，这女的也是干部，在县委招待所当经理。听说人长得也漂亮。女方的家庭条件没的说，父亲是我们县的老县委书记，前几年退了。县委书记的姑娘，真要能嫁给我们杨家，那可是我们祖上的恩德显灵。再说了，王县长说女方家没意见，我们把这事安排在明天见面。见了面，如果老书记看中了你，那这事就算定了，眼看着离阴历年没多少日子了，今年订婚又摊上个大吉之年，上哪寻这么好的机会去，这也是我们急着叫你回来的原因。”

杨文学听父亲这样说，真有点哭笑不得的感觉。他想，这件事要是搁在从前，杨家小子能做县大老爷的女婿，这确实是一件比天还大的喜事。但如今不是这么回事了。虽然市长的桂冠属身外之物，不能作为衡量婚姻的筹码。但是，说到谈婚论嫁，也得讲感情缘分。这个女人我连见都没见过，他们家的人也没见过我，这种没有爱情的婚事，讲的就是条件，他们没意见，那是因为我是市长，如果我是个月亮村的农民，他们会没意见吗？不会，他们会认为我没出息，没本事，县委招待所的经理怎么可能嫁给一个农民。既然讲条件，退了休的县委书记凭什么和我一个现任市长讲条件？知道门都有多少个县归我杨文学管吗？王县长，热心帮忙成全这事，我感谢。可这位王县长也是好心帮倒忙。杨文学真的犯难了，爷爷八十多岁，父母也是五六十岁的人了，他们的想法没错，绝不能伤他们的心，硬是把这门亲事顶回去，不仅伤了老人的心，也得罪了县里的领导。虽然自己是市长，但我这个市长只有在门都有作用，在这里没人买你的账，得罪了县领导，今后家里人的日子也不好过，难道还要把全家搬去门都？他们会舍得离开月亮村吗？这里可是他们眷恋的故土。杨文学想到这，他认为，只有拖一拖。他说道：“妈，做点吃的给我，从昨天到现在，我还没吃饭呢。”

杨文学见母亲出去后，他才说道：“爷爷、爸，为了我的婚事让你们操了不少心，但我认为，这件事是不是先放一放再说，我近期确实忙得顾不上这些。”

“学儿，这事放不得，先不说王县长一番好意，我们不能辞了人家，就说这姑娘的条件，放了今后去哪找。你要相中了，这事有我和你妈操办，先把姑娘娶进门，进了咱杨家门，就是咱们杨家的媳妇了，她还在县里上班，又不妨碍你忙工作。所以，你爷爷也是这意思，如果人家看中你，这事就这么定了。”

杨文学还想说什么，他的手机响了。他拿起手机看了一下，上面显示的号码不熟悉……

“娜娜。”

“文学，没想到是我的电话吧。”

“还真没想到，你换号了？”

“没有，我的电话忘在家里了，这是借同事的电话，文学，家父得了什么病？”

“这事怎么传到你那了？”

“你这大市长离开门都，是要报请省里批准的，我会不知道。”

“你是说严叔叔告诉你的？”

“不是，是严瑞。”

“娜娜，谢谢你关心，其实家父没什么。”

“哦，那是为什么？”杨文学一边接电话一边往屋外走，他来到院子里，然后说道：“娜娜，老人想问题是有点不合乎潮流……”

杨文学在电话中把事情的前后经过说了一遍。听杨文学这样说，娜娜在电话中哈哈大笑道：“文学，这事听上去挺逗的，不过老人嘛，总是站在他们的立场上想问题，有的时候还真是把你搞得左右不是，你打算怎么过这一关？”

“我正急得没法，两头都得罪不起，一边是亲情，我不想伤他们心，一边是县里的领导，人家也是好意，只有我夹在中间，闹得里外不是，说实话，这事来得太出乎我的意料了。”

“我有个办法能帮你解围，你想不想听听？”

“想，当然想了，如今我才真正理解什么叫清官难断家务事，娜娜，快把你的办法说来听听？”

“看把你急的，这种事也能难倒你这大市长。家里老人不是操心你的婚事吗，你就说已经有女朋友了。把你那位美女大处长调过去，不是啥都解决了。”

“娜娜，这就是你的办法呀？”

“怎么，我的办法不灵吗？”

“不是不灵，而是我做不到。”

“这有何难？”

“这样做，操作起来不难，可这里面带有不严肃性，首先，我爷爷已经八十多了，我不想骗他老人家，再有，韩处长在政府工作，我叫她来，她会来。本来昨天我交代工作时，她也说了带几个办公室的人陪我回来，家里有病人多几个人手帮着忙活着也好，但我拒绝了。这要是把她调过来，明天政府那边就会传成笑柄，杨文学找办公室秘书顶替女朋友，这玩笑就开大了。”

“文学，我就知道你会想到这上面去，这确实不严肃，我打电话给你没别的意思，三国里有个关云长，过五关，斩六将。上次门都，我帮你过了一关，今天我再帮你闯一关怎么样？”

“不不，绝对不行，我怎么能让你干这种事呢，实在不行，我把这事推了，也不可能拉你进来，这太不地道了。”

“文学，你这人，除了木讷点，还真是个好人，不过，这件事你推了这次还有下次，祖宗的大铜壶都搬出来了，这次他们是铁了心跟你动真格的。再说了，本来大家的出发点是善意的，别回过头来让你办成个又让人伤心，又得罪人的事，那也没什么意思，我这边出个头，今后起的作用会久点，大不了就算你又欠我一个人情吧。”

“娜娜，谢谢你，我即使得罪人，也不能让你出头，否则的话，我岂不是连轻重都不分了。”

“文学，怕我丢你脸呀，这么拒绝？”

“我，我，娜娜，你别多心，我只是觉得这么做没道理。”

“好了，文学，你的心思我知道了，不瞒你说，你父亲病危的事，我和妈也讲了。”

“娜娜，夫人也知道这事？”

“文学，你给老爷子当了那么多年秘书，如今你家里摊上老人病重，作为他们关心也是正常的嘛，这又有什么大惊小怪的。”

“娜娜，这种事不应该让夫人知道。”

“文学，人活得压力那么大干吗，领导干部，既为人子女，也为人父母，谁都离不开亲情，如果领导连亲情都不顾，那还谈什么对老百姓的关心，这件事就别争了，从北京到你们那个市火车也就三个多小时，我代表父母去看望一下你的老人也在情理之中。”

听娜娜这样说，杨文学差一点落下泪来。他在电话中说话的声音有些哽咽：“娜娜，这不合适。”

“文学，没什么合适不合适的，我下午应该会到你那，我看你还是让老人家躺在床上养病吧，要知道，我去是探望病人的。至于你如何介绍我那是你的权利。好了，拜。”

放下娜娜的电话，杨文学在院子里站了好久。杨文学发现，村子里有些人站在远处向杨家张望，他们在看什么？是在看我杨文学吗？他们是在看门都市的市长，还是在看未来的县太爷女婿？当然，不管他们想看什么，可能都会让你们失望了，想我杨文学怎么可能做县领导的女婿呢？

下午一点钟，月亮村一下子热闹起来。全村人几乎都出来看热闹。县委董书记、王县长带着县公安局长还有几台警车开进月亮村。县委书记和县长来这等着接市里领导，县公安局长带的人是来负责警卫的。上午十点，县委董书记接市委办电话，说市委书记要到月亮村，陪首长女儿看亲属，大概下午三点钟到达。

杨文学的父亲还真的病了。当杨文学把娜娜要来的事说给他和爷爷听后，杨父激动得血直往头上涌，他语无伦次地说道：“学儿，这么大的事，你为什么不和家里说一声，早知道，我们也应该去北京见见亲家。这，这等人姑娘上门，我们连一点准备都没有。”

“爸，这事你就别操心了，娜娜又不是外人。再说了，我们的事还没有最终确定，现在只是谈恋爱，大家都希望多点时间相互了解，待会儿人来了，咱可别太为难人家。”

杨母一旁接话道：“学儿，我们杨家是老实人，见到县长上门提亲，我和你爹都怕，几天晚上都没睡好觉，更别说娜娜上门了。”

“妈，你们也用不着这样，别忘了，你儿子管着好几个县呢。”

爷爷说话了：“行了，你们也别再为难我孙子了，待会儿县里来人，想着把那门亲事给回了，明天也不见面了。”

“可是，王县长要是怪罪下来，那咱可怎么办?”杨文学的父亲说道。

“有什么怎么办，我们又没和他们说死，再说了，我孙子是管县长的，他还能对我们怎么着。”

“话是这么说，可咱儿子不管王县长。”

“爸，这你不用担心，待会儿王县长来了，我和他说，锁江市的市长我熟悉。”

县委书记和县长坐一台车来月亮河村。在车上，王县长还念叨他帮杨家介绍对象的事。县委老书记曾经在仕途上栽培过王县长，这次帮老书记的女儿介绍杨文学，王县长也是抱着一颗感恩戴德的心。当然，这门亲事一旦处成了，将来也算交下了杨文学这个朋友，听传说杨文学这个人是很有政治前途的。县长说这番话时显得很得意，董书记听了心里也酸溜溜的，他在心里直懊悔，这么个交人情的好事，自己怎么就没想到呢?

见到有车子进村，杨文学知道，这伙人是冲着杨家来的。他赶紧出到院子里迎接。杨文学和县委书记、县长握手寒暄着。在这些人面前，杨文学自然而然地恢复了市长的派头。从早上一进家门，家里人一口一个“学儿”把他叫得竟然忘了自己是市长。见到县领导，他摆正了位置，他知道这帮子人没一个敢称他学儿。

“杨市长，市委郑书记和郭市长马上就到。”

“董书记、王县长，麻烦你们了。”

“哎，杨市长，您来了也不通知我们一声，要不是市里来电话，我们还不知道您来了。”

“董书记，家父身体不舒服，我也是急着赶回来，本想着家里的私事就不麻烦领导了。”

“这哪行，我们有义务为杨市长服务。”

“王县长太客气了，你们的工作那么忙，还为我的家人操心，文学我真的很感谢。”董书记叫过县公安局齐局长，并把他介绍给杨文学。杨文学和县公安局齐局长握了握手，轻松地说道：“辛苦你们了。”

一直站在杨文学身后的杨母，此时一颗悬着的心放下了。她听得很清楚，王县长说有义务为自己的儿子服务。杨文学回头看到站在那里的母亲，他挽起母亲的胳膊，把她介绍给董书记和王县长。这两个人很殷勤地走上前和杨母握手。这时，远处看热闹的人看得一清二楚。围观中有人开始纷纷地议论起来，还是杨家儿子牛，你看县里的领导，见到杨家儿子点头哈腰的，还主动和杨老太太握手呢。那是，人家杨文学是市长，他们是县长。

杨文学把大家让进屋里。这时，杨文学才发现，原来杨家没人端茶倒水。平时这些活都是母亲做，这是月亮村女人的悲哀。但杨文学不可能让母亲当着这些人的面干这活。他把母亲扶着坐在椅子上，同时又对父亲和爷爷使了个眼色：“妈，咱家有矿泉水吗?”

“学儿，家里头哪有那玩意儿。”

董书记知趣，他马上对公安局齐局长说道：“齐局，叫警卫去个人，看看村子里有没有小卖店去买点水来。”齐局长应声地去了。

王县长这时给董书记使了个眼色，他们借故来到院子里，王县长对董书记说道：“董书记，我们来得匆忙，也没准备点礼物。”

“我已经想到了。王县长，待会儿市领导过来，杨家连个端茶送水的人也没有，你给县招待所打电话，让她们把今年的新茶拿点过来，再带些一应俱全的水果和茶点，再派几个服务员来，要快。”

“来得及，市里领导三点钟才到，县里过来也就二十几分钟的路，您不用操心了，我去安排。”

董书记交代完一切后。王县长开始打电话安排，他给县委招待所甘薇打电话，甘薇就是王县长给杨文学介绍的对象，今年二十八岁，人长得漂亮，高中毕业后没考上大学，被安排到县委招待所工作，前两年提干任县委招待所经理，她人很正派，工作积极肯干，虽然父亲曾是县委书记，但在她身上，一点也看不到干部子女的傲气。

甘薇喜欢文学，目前正读北大中文系函授，经常在县报刊发表一些文学作品，在县里，也算是美女加才女型人才。她一直没谈过恋爱。原因是，在她认识的男人中，没有一个让她相中的，她喜欢的是那种有个性的男人，杨文学没见过她，但甘薇见过杨文学。她喜欢看门都电视台的节目，因为门都电视台中有杨文学的画面。特别是夏迪给杨文学做的专访节目，她曾给录了下来，没事就拿出来看。王县长刚刚在电话中特别提醒让她带几个服务员来，顺便过来也见见杨文学，借机会给杨家留个好印象。一听说待会儿能见到杨文学，想到这她就脸红心跳。

甘薇带着人到了，王县长把她介绍给杨家人认识。说实话，杨母在没有见到娜娜之前，还真是打心眼里喜欢甘薇姑娘，在杨母眼里，模样长得好，身材也好，说话做事不仅得体，而且落落大方，一点架子也没有。可遗憾的是，文学这孩子说首长的女儿在和他谈恋爱。首长的女儿什么样？是不是比甘薇还好，首长的女儿架子一定很大，她能看得上杨家吗？要知道，杨家人除了杨文学外，可都是老实的农民。杨母的疑虑很快就有了答案。

锁江市委书记郑天民，市长郭爱清和娜娜他们到了。杨家的人，村子里围观的人，还有县委县政府的人，包括甘薇在内，见到娜娜后没有一个不惊讶的，娜娜的美丽和她的素质，以及那股霸气，把现场的人全折服了。此时，没有一个人不在想，天下竟然还有这样的女人。

娜娜一下车，便急着问杨文学："文学，家父的病怎么样？""娜娜，没什么大碍，现在好多了。"说着杨文学带着娜娜，先到二楼看望父亲。郑天民和郭爱清也跟在后面来到楼上。因为董书记和王县长问候过杨文学的父亲了，所以，他们跟在郑书记身后上到二楼，但他们没往前凑，而是站在楼梯缓步台处等着。

娜娜坐在杨父床边，她关切地问了病情症状，听到杨父说头晕得很，她提出让杨文学找个血压计来。杨文学把血压计递给娜娜，娜娜开始给杨父测血压，测过血压后。她又帮杨父盖好被子。做完这一切，她才离开床边。

郑天民和郭爱清也问候过杨父，然后大家才一起下楼。来到楼下，每个人都按着位子坐下来，娜娜挨着杨母坐下来，她把爷爷也扶到自己身边坐下。县委招待所服务员给大家上茶，茶盘端到娜娜面前时，娜娜站起身，先给爷爷端了一杯放在身边，然后她又端了一杯给杨母，最后她端了两杯送到郑书记和郭市长身边。当她看到另一位服务员已经给董书记和王县长上过茶后，娜娜笑了笑说道："感谢各位领导的关怀。"

这时，大家七嘴八舌地说不客气。娜娜又说道："郑书记、郭市长，辛苦你们了，陪我一路坐了这么久的车，累坏了吧。"

"娜娜，从市里到这没多远的路，再说了，杨市长来我市，我们哪有不到场的道理。"这边郑天民的话音一落，那边郭爱清接着说道："文学我们是老相识了，上海市长论坛，我们是一个讨论小组的。"坐在旁边始终没插上话的杨文学终于找到了机会，他为了替娜娜解围，不想让娜娜应酬这种场面，他说道："爱清，别提上海的事，娜娜，上次在上海，他差一点把我喝到桌子底下去。"众人听完都哈哈地笑了起来。

娜娜坐回到自己的座位上，她接着杨文学的话说道："就你那酒量，也敢和人拼酒呀。”

“我不拼不行，郭市长是我家乡的父母官，他非要拉上我，我岂敢抗命。”说着大家又笑了。

杨文学待大家笑后又说道：“郑书记酒量怎么样？”

“杨市长，我的酒量马马虎虎，不过，来的路上我听爱清介绍了你的酒量，估计你喝不过我。”

“看来今天我是注定要睡桌子下面了。”杨文学说道。

“杨市长，真喝起来，你还真要有点心理准备，我们的董书记和王县长是有酒量的。”郑天民说道。

“文学，这次回来，也是难得的机会，多住几天，我们好好聚一聚。另外，家父的病用不用去市里查一查？”郭爱清说道。

“我看暂时不用，他老人家也不想去医院。我那边事特别多，每年到年底都是这样，所以，我恐怕待不了两天。”杨文学说道。

“哎，杨市长，既来之则安之。工作是干不完的。”郑天民说道。

“郑书记，机会多的是。郑书记有机会去门都，我来安排。”杨文学说。

“杨市长，说起门都，前几天我和柳书记在电话中他还特别提起你，他说这回柳英去检察院，是你帮了大忙。”

“郑书记，柳书记的事，我应该替他想着，自从我到门都任职，柳书记一直支持我的工作。”

娜娜见杨文学和大家谈起了工作，她觉得坐在这里也没什么话说。她站起身冲着大家说道：“各位领导，放我一会儿假，文学先陪你们聊，我和爷爷、叔叔、婶婶去村子里转转，我还是第一次来文学家乡。”

见娜娜这样说，大家都一致说好，好。娜娜挽着爷爷的胳膊，这边又拉上杨母，然后又对杨文学说道：“文学，我想带叔叔去转一转，他的病活动一下也好。”

“娜娜，你们去吧。”

娜娜带着三位老人走出院子。齐局长派了两个警察远远地跟在他们后面。他们在月亮河村的各处漫步，人们只是远远地看着她，只见他们一路上嘻嘻哈哈在说着什么，但却听不到他们说话的声音。娜娜等人来到一片玉米地，她指着这片玉米地冲着爷爷问道：“爷爷，现在快进入冬季了，怎么还有玉米没收？”

“娜娜，这是秋玉米，霜打过后吃着甜。”

“爷爷，这玉米地是咱家的吗？”

“不是，家里的地在前面。”

“家里的地有秋玉米吗？”

“有，你想吃吧?”

“爷爷，那我去捡点柴火烤玉米吧?”

“烤玉米?”

“对呀，爷爷，我没吃过烤玉米。”

“烤玉米是爷爷的拿手，可是吃烤玉米，你不怕脏?”

“火可以高温杀菌，没问题。”

“那好，我们去烤玉米。”

杨文学的爷爷、杨父、杨母，还有娜娜，他们共同生起一堆柴火，在自家地里掰了一大堆玉米。爷爷亲自露了一手。他烤得玉米又香又脆，娜娜吃得嘴角、腮边全是黑的。杨文学的母亲说道：“看娜娜，吃得满脸成花蝴蝶了。”杨母的话把大家逗得笑声不断。杨父的病全好了，此时他一边忙活着，一边在心里想，学儿真的要能娶了这门亲事，那可是杨家几辈子都修不来的福分。

娜娜和爷爷等人回到家里。一屋子的人看到娜娜脸上的花蝴蝶，他们全都笑得止不住。杨文学也跟着笑。杨母从柜子里找出一条新毛巾，她用热水把毛巾打湿后，开始给娜娜擦脸，她手上的劲力用得很轻，擦得很仔细。

娜娜脸上的黑灰被抹去，光鲜的质地映照得满屋子光辉，娜娜的形象，气质、素质、霸气，以及她头上的光环，征服了在场的每一个人。大家只顾看娜娜了，竟然忘记甘薇的存在。甘薇也被娜娜征服了，她在心里不停地把娜娜与维纳斯做比较，最后她得出的对照结果是，维纳斯没有娜娜漂亮。她在想这是为什么？她能给出的答案只有一个，因为后人在灵魂的幻想中重塑维纳斯形象时，娜娜还没有出生，否则的话，那些雕塑家一定会按照娜娜的样子重新设计人们心中的维纳斯了。俗话总能道出真理。在这个世界上，凤就凤，鸡就鸡，这是上帝的安排，而非人的愿望。

娜娜见大家冷了场，她说道：“文学，我和爷爷说好了，他拿一根玉米，换我一只烤鸭，等爷爷到北京，我请他吃烤鸭。”爷爷在一旁接话道：“对，我们说好了，娜娜还和我拉钩，她吃我一根玉米，还我一只烤鸭。”爷爷话一落地，在座的又都笑了。

晚饭在杨文学家吃的，大家一致要求吃农家菜，说是为了改善生活。杨文学的母亲掌勺，娜娜和甘薇做帮手。不知为什么，娜娜和甘薇之间，似乎并不反感，反而一边干活一边聊得很投机，她们从文学话题开始聊，娜娜在与甘薇聊天时，她很佩服甘薇的文学功底，通过交流，娜娜发现，甘薇确实读过很多书，并且她对一些书籍的见地也很独特。甘薇说道：“娜娜老师，我能在网上和你交流吗?”

“可以呀，我的很多学生，他们毕业后都和我有联系，我们经常在网上交流学习心得，你也加入吧。”

“谢谢娜娜老师。”

“甘薇，不用这么客气，我们都是文学青年，大家可以互相学习交流，我的朋友圈子中有作家、诗人，还有出版社的，赶明儿有机会，我把你的作品推荐给他们，我相信，用不了多久，我们国家的文坛上一定会杀出一个美女作家。”

“娜娜老师，我没有那么高的水平，我只是爱好文学。”

“哎，甘薇，做人要有自信，现如今是一个充分展示自己的时代，没有一个人生下来就是作家的，知识的积累，生活的阅历，加上对社会问题的独到见解，还有写作技巧，掌握了这些，你就能当作家。”

“娜娜老师，我会努力的。”

杨文学的母亲是个没文化的家庭妇女，她不懂得什么是人生观和价值观，她更不懂得现代社会青年人的社会意识，但她知道，这两个女娃都是心宽的女人，她们和封建社会的女性不同。

由于吃农家菜，每个人都很卖力气。晚饭吃到七点多就结束了。刚进屋那会儿，大家还议论纷纷地抒发着自己的酒量。可能是因为农家菜易于下饭，不易于做下酒菜的缘故，所以，今天晚上，大家都拒绝喝酒。当然，同志们说得也有道理，毕竟喝酒已经成为人与人之间交往的一种负担。在这样一个务实的生活氛围中，酒这东西作为聚餐的必需品时代，正在逐步走向没落，甚至有人断言，酒这个伴随人类走了几千年的文化品牌，不会再有它的辉煌与大发展期了。

杨文学故意留在月亮村陪老人。他是怕一旦随娜娜去了锁江市，万一在开房住宿问题上，人家把他和娜娜安排住在一个房间里，那份尴尬，他担心娜娜受不了。娜娜看出了杨文学的意思，她也在极力争取避开这份尴尬的机会。她提出明天上午有课，所以要赶明天早班火车回北京。杨家人也识体。他们也劝娜娜住到城里去，但他们的想法与杨文学不同，他们想着，娜娜住在农村会不习惯。

娜娜把来的时候带的礼物留下，她要了一些玉米带上。她要给爸爸和妈妈烤玉米吃。她还说要把妈妈也吃成花蝴蝶。听娜娜这样说，大家又欢笑了一次，随着汽车尾灯消失在黑暗中，那种欢笑声也被夜晚的静籁所替代。杨家小院又恢复了往日的静悄悄情景。静静的月亮河，映照着天空中数不清的星星，下弦月，散发着清冷的黄色挂在天穹。村子不时传来一两声狗叫。夏日里鼓噪的蛙声，以及很多不知名的虫鸣声已不见踪影。不知是何种可越冬的生物，还在时不时地喧叫一言半语。

杨文学似乎又回到了他的少年时，他的鼻息中吐纳着村子里做晚饭时，柴火燃烧过后，弥漫在空气中的淡淡味道进入梦乡。梦中的他还在不停地提醒自己，我不会忘记这一天，我千万不能忘记明天早上去火车站送娜娜……

忙碌了一天的娜娜也累了，明天她要赶头班火车。所以，一回到酒店，她关了手机，很快便进入了梦乡……

这个时间，我还没有睡觉。今天下午三点，正是娜娜来到月亮村的时间。韩超迎给我打电话，她在电话中说，陈宁失踪了。按理说陈宁失踪不关我屁事。我和他从政治到经济都没任何关系。充其量我们之间有点瓜连，就是昨天晚上他送给大家的那点礼物。这算不了什么事，不过，韩超迎在电话中又说，陈宁失踪之前，最后一个电话是打给她的。如果要调查陈宁失踪案，一定会找她去问情况，因为，这两天陈宁和她的通话很频繁。韩超迎这样说倒是提醒了我。因为，韩超迎昨天晚上跟我在一起。要知道，我和韩超迎之间，任何往来都可以公开，只怕别人不会相信我们的清白。现在是关键时期，今天早上，我刚接手肖鸣的公司。肖鸣留给我可支配的资金有四十三亿之多。这笔钱，对我和可可收购秦牧的公司来讲，足够用了。收购秦牧的公司，绝对离不开娜娜的支持，如果这个时候娜娜怀疑我与韩超迎有关系，那我的生命将是万劫不复。对此，我在电话中马上约韩超迎见面。稳住韩超迎，是眼下当务之急。她绝对不能说我的底细。只要她不慎露出蛛丝马迹，杨文学第一时间就会知道，杨文学一旦知道，娜娜也会知道。我忽然想起一句成语，叫全军覆没。一想到这句话，我便浑身冒冷汗。

谁知道，韩超迎在电话中拒绝和我见面。她不仅如此，竟然讥笑着对我说："南南，你身高多少？"

"一米八三。你问这干什么？"

"我怎么看你没有一米八三呢？"

"宝贝，你什么意思？"

"我的意思很简单，一个大男人，遇事这么不沉着冷静，陈宁并不是你圈子的核心人物，他的失踪与你没关系，我打电话告诉你这个消息，只不过是想试试你的反应，没想到你令我失望。"

"姑奶奶，陈宁死活该着我什么，我只是担心……"

我的话还没说完，便被韩超迎给打断了。只听她在电话中说道："不用猜我都知道你的小九九，怕你那位公主怀疑我们的关系吧？"

"你知道我有计划要实施，离开她是办不到的。"

"南南，这我知道，离了她你将一事无成，这是你担心的问题，可你太小瞧我的智商了。同时，你也低估了我的心理素质，你以为我二十八岁能坐上处级干部，是随便什么人都能办到的吗？再说了，我不是靠色相爬上来的。亲爱的李大公子，你现在的任务不是约我，而是要调查陈宁为什么突然向我们靠拢，这其中绝不是一般意义上的势力相倾。"

“超迎，有你这句话就够了，至于陈宁为什么突然盯上我们，还请娘子明示方向。”

“李大公子，去求易指点迷津吧。”

韩超迎说着放了电话。“求易指点迷津?”看来我不测一卦，也有点太不尊重五经之首的魅力了。

杨文学没来得急送娜娜上火车。原因是，他第二天一大早就接到韩超迎的电话:“杨市长，这么早打搅您实在是迫不得已，但我有重要事报告。”

“说吧，什么事?”

“市维稳办情报，啤酒厂一千多职工正在从四面八方向市政府集中，他们要集体上访。”

“啊！怎么会这样？维稳办为什么才报告消息?”

“杨市长，这话我问过了，他们的答复是这次集体上访是提前有预谋的行动，组织者事先封锁了消息。”

“这群没用的东西。韩处长，这件事报告柳书记了吗?”

“我提示维稳办要给市委办那边转材料。”

“好，我知道了。”

“杨市长，有句话我不知当讲不当讲?”

“韩处长，有什么话直说。”

“杨市长，既然你父亲病危，那你今天就不要回来，啤酒厂的事解铃还须系铃人，有人传说陈宁在改制过程中搞走了几个亿，现在又传说陈宁已经失踪。”

杨文学听韩超迎这样说，他在电话中迟疑了一下。经过思考，认为韩超迎的话有道理。对此，他说道:“谢谢你韩处长。你随时和我保持联系。”

“我明白，杨市长，您还有什么指示?”

“有事我会打电话给你。”

“杨市长再见。”

杨文学放下韩超迎的电话。他叫上司机，直接开车去了A省。他坐在车里，闭目养神，杨文学要通盘地想一想如何处理啤酒厂工人群访事件问题。

近几年来，国企改制劲头很猛，特别是北方，由于历史原因，国有企业占企业比例居多，而且大型国有企业又多。门都啤酒厂原属于大型国有企业，啤酒厂历年沉积的贷款也有几个亿。四年前，在柳云桐的力促之下。门都啤酒厂改制为股份制企业。说是股份制，其实六家法人股东都把持在陈宁、柳英、吴泽安、孙家铭和方民达手中。这几个人，一分钱没花拿走了啤酒厂。国家和企业工人的利益遭到洗劫。

当然，陈宁的问题还不止这些。啤酒厂改制为股份制后，他们便开始操办上市。为了达到上市的目的，这伙人虚增企业利润。这边暗地搞降价销售，那边动用贷款左手卖出，右手买进，企业财务账面盈利巨大。也就在这时候，门都啤酒厂开始发行企业债券。债券购买人关系错综复杂，这其中有私企老板，有机关和事业单位的领导干部，也有社会闲散人员。最坑人的是，原啤酒厂工人，企业改制后，裁减了大量人员。当时，这些被裁减人员按照政策规定，或多或少领取了保险补偿。可是，工人们应拿的这笔钱被陈宁又给忽悠的变成了企业债券。这些工人原本以为啤酒厂很快会上市，所以，短期内，他们抱着一个稳定的心态待在家里做发财梦。可是几年过去了，啤酒厂上市的问题，变成了泥牛入海无消息。一些人开始找到陈宁闹事。陈宁开始的态度表现出不理不睬。时间长了，有人便去市里和省里上访，有一部分人也开始在暗中收集啤酒厂的改制内幕情况。经这些人一闹腾，社会上持有债券的人也时不时地上门找麻烦。发生这种情况，对陈宁和柳英等人而言，是一个非常危险的信号。要知道，啤酒厂已经累计负债将近一百亿，如果所有的债权人联合起来发生挤兑现象，到那时候，唯一的出路只有一条，企业崩盘，抓人。

怎么办，陈宁的几个哥们儿股东，秘密地聚在一起研究办法。说是研究办法，其实就是股东相互之间指责。从啤酒厂那边论，陈宁是老大。当然，陈宁这个老大的地位说白了只是一个牌位，他的身份是各位股东插在门都的招风牌。因为啤酒厂的老大是柳英。不过，柳英也只是躲在黑暗中的二号掌门人，真正的掌门人是“教父”。

“教父”是谁？没人知道。从广州到门都，这一条线下来，几十处经济实体的总瓢把子，竟然是个影子人。当然，“教父”不出面，那柳英就是老大，对于是否有“教父”这个人。其实今天在座的各位都将信将疑，他们甚至怀疑柳英就是那位“教父”。所谓的“教父”只不过是个烟幕弹而已。如果柳英真的是“教父”，那大家可亏大了，这些年，柳英利用“教父”的名誉，调走了多少钱？如果不是这个所谓的“教父”把钱调走，门都啤酒厂哪里会沦落到这份窘境。

吴泽安说道：“宁宁，据我所知，啤酒厂连贷款带集资，至少也有八九十亿，既然工人们闹，把款退给他们不就完了嘛，何必非要等事情闹大呢?”

“泽安，工人集资款将近一个亿，要退也不是拿不出钱，问题是，他们的款一退，紧跟着就会有人上门退款，我们现在账上只有三个多亿，就是全拿出来，面对那么多债主，我们将是死路一条。”

“宁宁，你说什么？三个亿？那些钱都哪去了?”吴泽安问道。

坐在一边的柳英说道：“妈的，款都被‘教父’调走了。”

听柳英这样说，一直坐在那里抽闷烟的方民达开腔了：“英子，我们对这位‘教父’究竟了解多少？近一百亿的资金被他调走，门都这边一旦崩盘，哥几个脑袋全都得搬家，既然事都办了，怕死也没用，可我们死也要死个明白。”

“哥几个，事到如今，我也没必要藏着掖着，咱们干脆把话挑明了，‘教父’究竟是谁我也不知道。我知道哥几个怀疑我就是那个所谓的‘教父’。但你们也不想想，这可能吗？我柳英是‘教父’，‘教父’也是柳英，这有什么意义呢？船翻大家死，我是柳英也好，是‘教父’也好，注定逃脱不了死亡的下场，不瞒哥几个说，对于这位神秘的‘教父’我一直在想办法找他，我早就受够了这种只闻其声，不见其人的把戏了。”柳英话音未落，他的手机响了，柳英看了看号码，立刻对吴泽安他们说道：“赶紧把你们的手机关了，别出声，是‘教父’的电话。”

柳英用免提接通了手机，只听电话那边一个沙哑的声音说道：“英子，啤酒厂的问题，最近有些不太平，陈宁是怎么搞的，就那几个工人嘛，怎么连这点事都摆不平，把钱退给他们就完了嘛。”

柳英这边说道：“现在不是几个工人的问题，啤酒厂的账上总共还有三个多亿，一旦给工人返钱，马上就会出现挤兑现象，那样一来，啤酒厂倒了不说，我们哥几个都可能完蛋。再说，我们调出去的钱，按照期限早就该回来了，这样拖下去也不是事呀？”

“英子，至于我调出去的钱，很快就会回来，你也知道，最近香港恒生指数点比较低，我联合了很多庄家，正在把它拉高，眼下资金确实抽不出来，既然是钱的问题好办，我这边先调回三个亿，你让陈宁再上一条生产线，马上把那些下岗工人招回去上班，把外部矛盾变为内部矛盾消化处理，不管这些工人说什么，作为企业工人，他们会老老实实听话的，这样做大不了丢几个工资给他们，你要明白，我在香港那边几手下来，这点损失只算九牛一毛的小事。”说完“教父”把电话挂断了。

柳英当着大家的面马上打过去，对方的手机关机了。孙家铭说道：“查查这个号码的登记。”柳英不满地说道：“家铭，搞侦查工作我比你内行，别说查号码这么简单的游戏了，我连追踪定位的办法都用了，这老东西，每次打电话都开着车在路上转，等我捕捉到手机的具体位置时，不是手机被丢弃，就是被几个街头人捡到。我让指纹鉴定中心采过手机上的指纹，放到指纹数据库去比对，都查不到线索。”

“看来这老东西挺神的。”吴泽安说道。

柳英接着吴泽安的话又说：“哥几个，这个人我怀疑就在我们身边，只不过我们在明处，他躲在暗处，我们的一举一动都在他的视线之内，就连我追查手机的事，他都在电话中警告我不要玩这种无聊的把戏。”

吴泽安说道：“英子，这个人在公安内部的可能性较大，这样吧，我动用检察院的关系查他，一定要把这老东西找出来，不为别的，如果我们找不到他，哪天他一断线，我们的钱也没了，民达说得对，哥几个死也要死个明白。”

孙家铭提出个建议被大家采纳了，他的意思是找调查公司。“英子，门都最近一段出了两个神秘人物，一个是‘教父’，还有一位是‘干爹’。我们不如雇佣调查公司，让他们专查我们身边的人，只要有线索就查，我就不相信查不出来。”

“家铭说得对，调查公司的人大部分都是干侦查的职业人员，他们干比我们方便，另外找王部从军区那边找几个哥们儿，重赏之下必有勇夫，安全局那边也叫上几个哥们儿，这个人必须把他找出来，否则我们死不瞑目。”

“好吧，就按泽安的意思办，宁宁，准备出一个亿的现金，我们分头去布线，但有一点，绝不能走漏风声，否则就不是我们调查人家，而是人家调查我们了。”

陈宁没想到“教父”开出的药方并不灵，他和工人们进行了一场谈判，但谈判的结果很不理想。工人们的态度简单，回厂上班可以，先把集资款返给我们再说。这不扯淡吗，要是有钱返给你们，干吗还要召你们回厂上班，真他妈的给脸不要脸，召你们这些没用的东西回厂，我疯了吗？

陈宁是没疯。由于“教父”给他们出了一个欲擒故纵的点子。这个点子成了炸毁啤酒厂的导火索。既然你陈宁用安民的办法召我们回去上班，说明你怕了，既然你怕了，那就继续施加压力，工人们开始串联集体上访。

俗话说天有不测风云。啤酒厂工人集体上访的头一天晚上，中央财政部、国资委、中纪委三家在北京召开联席会议，会议主要精神是检查国企改制的违法、违规问题，打击侵吞国有资产犯罪。门都国资委的内部关系在第一时间把消息透露给陈宁。接到消息，陈宁给柳英打电话。柳英刚开始一听到这个消息，他暗暗地吃了一惊。心想，这回问题真的是严重了。他在电话中说：“宁宁，你打算怎么办？”

“英子，我还能怎么办，三十六计走为上，我一走哥几个都没事了，他们找不到我，也休想了解到啤酒厂的真实情况，等过了这阵子风头，你们再把大事化小，小事化了。”

“这个没问题，不过你去哪都得和我保持联系，我们必须随时通气。”

“这我知道，你把秘密电话开着就行了。”

“你去国外吗？”

“国外暂时去不了，小隐隐于山，大隐隐于市。我去北京。”

“好吧，事不宜迟，你马上走。另外，宁宁，公司的账都放好了吗？”

“放心吧，没人能找到我的东西。”

陈宁住在北京王府公寓。这个房子的业主叫庞倩倩，名字听上去是中国人。其实这个庞倩倩是白俄罗斯人，长期在中国居留。庞倩倩今年二十八岁，职业拳击教练。就职于北京五洲女子拳击会馆。她和陈宁是四年前认识的。

四年前，北京搞大型啤酒节，门都啤酒被邀请参加展示活动，陈宁带着几个人，拉了一车产品进京参展。在本次啤酒节上，他认识了庞倩倩。人高马大的庞倩倩引起了陈宁的极大好感，在他看来，这个白俄姑娘不仅长得是个绝色美女，身材一流均匀，特别是她的皮肤，比白纸还要白。这种洋娃娃，其性感程度不是中国姑娘能比的。庞倩倩喜欢喝啤酒。她在啤酒节上品尝过门都的啤酒后，赞不绝口。“北京为什么没有这个牌子卖？”庞倩倩一口地道的北京话一说出口，把陈宁吓了一跳，要知道，站在他面前的可是个洋妞。陈宁嬉笑着回答道：“从今天以后就有了。”

庞倩倩手中拿着一瓶啤酒，她看着瓶子上的商标，惊讶地说道：“天鹅湖？我家乡的名字!”

“看在我们同乡的缘分，我送你二十箱啤酒。”

“我们同乡？可你是中国人？”

“同乡并不一定指人的出生地，我的产品叫天鹅湖，你的家乡名字也叫天鹅湖，产品和你出生地的名字一样，就是同乡嘛。”

“先生，你的话我听得不是很明白，意思我懂，你为什么送我二十箱？中国人说无功不受禄。”

“你听过有朋自远方来这句话吗？”

“听过。”

“我为什么送你二十箱，因为有朋自远方来，不亦乐乎，就是说我高兴认识你这个朋友，这个理由怎么样？”

“这么说我懂，那我送你什么呢？”

“来而不往非礼也，你送我一次请你吃饭的机会吧。”

“吃饭的机会也能送人？先生喜欢抠美女？”

“我喜欢和美女交朋友。”

“交什么类型的朋友？”

“只要能和你交朋友就行，至于什么类型的朋友，美女说了算。”

他们就这样认识了。为什么有些男人总是有艳遇。因为有艳遇的男人大多都是成功者，要么长得成功，要么学业有成，要么事业有成。陈宁首先是长得很成功，算是美男级别，然后是事业成功。先别管他手里的钱来路如何，起码在他的生活中，有大把的钱花。这长得成功，属于胎命，胎命这玩意儿不好选择，挨上算，有点上天注定的宿命。手里有钱属于财命，财命据说也是上天注定的。这话谁说的？《易经》。不过《易经》没说一个人上天注定的财运是多少，只说有财运，这种说法很笼统。陈宁不信这一套，他认为人有多大胆，地有多大产。他兜里的钱靠的是胆大加智慧弄进来的。刚重组门都啤酒厂那会儿，陈宁暗自庆幸了一阵子。和门都太子党老大做搭档，银行行长做股东，加上孙家铭这位财神爷，还有足智多谋的吴泽安，这种绝配的组合形势还差什么呢？什么都不差，就差等着花钱了。这话也对，陈宁这些年，不但轻松地搞到了钱，他也舒舒服服地享受了几年消费钱财好时光。

可如今想想关于财运的观念认识还是有问题。财运有了，胆也有了，地产也有了，可是没有了长久的好光景，这才折腾了几年，怎么就演出到此结束了呢？结束就结束吧，往日的一切失去，切不可成为今天的留恋。要知道，这个世界，你宁可张嘴等着掉馅饼的几率，都不能认为法律有滑过去的可能。特别是对自己而言，没权没势，没靠山。但自己有女人，有庞倩倩。人民币现在全球流通了，在哪花都不会贬值。所以，古人的东西就是值钱，古董值钱，古智慧值钱。三十六计走为上，这就是人间制胜的法宝，人家都说打得过就打，打不过就跑。问题是，打不过想跑时，你还跑得了跑不了。看来，一切打打杀杀的活留给柳英他们去应付吧。对我陈宁而言是，打得过也不打。陈氏定律的逻辑是，打得过也跑，打不过更要快点跑。

一年前，正是“教父”大肆调动资金那会儿，陈宁就已经做好了跑的准备。“教父”，狗屁，一个影子人物把款调走了，还想着钱能回来，这帮人渣太弱智了。这帮人为什么如此弱智？一句话，玩权的人把权力看得太重，把权力看得太重的人，顾忌太多，又想保权，又想捞钱，做梦去吧，别忘了，共产党开的衙门是清水衙门，不可能让你权也大，财也大，色也大。那这个社会还了得吗？但我陈宁不同，我是玩钱的，除了钱还是钱，土财主千万别想着戴桂冠，拿自己不当外人。所以，陈宁早就有了化名。周文跃就是陈宁的化名。他用周文跃的名字办了护照，一年内该护照频繁出入境，这样做的目的就是为了把这本护照走活。

陈宁三次到过俄罗斯，他在俄罗斯用庞倩倩的身份注册了公司。当然，庞倩倩只是个中文名字，在俄罗斯，她的名字叫叶卡琳娜，叶卡琳娜深深地爱上了陈宁，她对陈宁的爱是炽烈的。同样她的家族在俄罗斯是贵族，这个家族的人和叶卡琳娜一样喜欢陈宁，特别是她的哥哥，在俄罗斯一个城市里做警察厅长。这样一来，陈宁落户那个城市则更加安全。

俄罗斯现实社会和没改变政治体制之前变化不大，权力在这个国家的概念仍处于形式上的民主化阶段，警察厅长也是乱七八糟什么事都干。“教父”为了稳定民心，不光出了个招法，还从广东一家影子公司的账上汇过来三亿元人民币。本来没有这笔钱陈宁也要跑，为了这笔钱，他还真的在门都多等了一天。“教父”的钱一到账，陈宁当时就把钱汇给了北方一家公司。汇完钱后，他便开车往北京走。他人还没到北京，这笔钱已经通过网络上一家洗钱公司洗到了国外。操作这件事的幕后黑手便是那位叶卡琳娜的哥哥，警察厅长。

由于这笔钱是从广东汇到门都的，而且没有进啤酒厂的账上，所以，这笔钱逃脱了门都市的监管。虽然逃出了门都市的监管，但引起了国家金融监管部门的注意。特别是这笔钱到了北方一家公司的账户上后，又被化整为零拆成几十笔交易，这一迹象明显是在洗钱。对此，国家有关方面向广东、门都及北方三城市的金融监管部门发出了调查通报。

门都市相关部门接到国家发出的调查通报后，马上向杨文学做了汇报。杨文学此时还在从省里回门都的车上，他听过汇报后，心想，啤酒厂工人集体上访事件，震动了这伙犯罪分子，看来他们开始安排后事了。杨文学给特别行动小组打电话，指示他们迅速抓捕陈宁。他又给门都银监局打电话，在电话中指示，所有门都的银行对于超过五十万元以上的汇款，全都实施监控。

方民达在第一时间接到国家相关部门的通报。三个亿，广东，门都，北方，这不就是“教父”汇过来的那笔款吗？陈宁把这笔款调去北方，难道这小子要跑？两天前股东大会上不是这么说的，柳英不是说找什么调查公司吗？他们这么干什么意思？想到这，方民达马上给孙家铭打电话：“家铭，你在哪？”

“民达，我正要给你打电话，你那边接到通报了吗？”

“我能接不到吗，赶紧，找地方我们见一面。”

“用不用通知其他人？”

“通知个屁，全门都可能就剩我们俩是傻子了，见面再说吧。”

孙家铭和方民达约在碧涛阁桑拿浴碰头。

碧涛阁桑拿浴在门都的名气属于老大级别。现如今桑拿浴这种带有保健性质的场所，实际上也是变种的性娱乐业，只不过，桑拿浴的娱乐方式和特点与歌厅相比，多少有点异曲同工的风味。歌厅有包房，歌厅的包房有沙发和电视机，客人与小姐娱乐形式是以歌为媒，在歌声中，从事性触摸和性温存的行为。当然，一男一女碰出火花后，可以出台，亦可以到洗手间去解决。桑拿浴也有包房，桑拿浴的包房有床和电视，床是用来做按摩服务的，按摩服务一般为异性行为，当然也有同性行为。按摩是统称，在这项称呼之下，还有无数的具体服务方式。比如说推揉，去过桑拿浴的人都知道，什么手推、胸推等等。

桑拿浴也有贵宾房，说到贵宾房，它的布置与陈设与普通包间还不同，所谓不同之处无以言表。除了贵宾房，碧涛阁也设有一个总统套房，不过，碧涛阁的总统套房与花都的总统套房稍有不同。这里的总统套房是专用的，装修这家桑拿浴的钱是方民达给贷的款，总共花了一亿八千万。按照银主方民达的要求，碧涛阁桑拿浴专门给方民达装了一套独立房间，就连电梯都是专用的，不插卡不运营，持卡人都是方民达的绝对朋友。

专用总统套的浴池设了三个，分别为热水池、温水池和冷水池。热水池用紫水晶装修，温水池是玉石的，冷水池则为高级壁砖贴面。桑拿房有干蒸和湿蒸两种，还有一个独立的能量屋。不过，从保健角度而言，桑拿房里有一面墙装了一个格架，每个格子中堆满了中药。据说紫水晶和玉对人体也有保健功能，当然，最有保健功能的还属于专用按摩女。

方民达比孙家铭晚到了一会儿，他来到专用总统套房时，孙家铭正在享受推揉服务。

“民达，你先叫姗姗帮你推一个。”孙家铭说道。

“没心情。”方民达心事重重地坐在沙发上点了一支烟。

“亮亮，你先出去吧。”孙家铭对活干了一半的亮亮说道。

亮亮一丝不挂，身上沾满了蜂蜜。孙家铭今天享受的是用蜂蜜推揉。

“孙哥，让小妹帮你推完嘛。”亮亮娇滴滴地说道。

“过会儿我再叫你，我现在有事要谈。”孙家铭说着拍了一下亮亮的屁股。

“你坏。”亮亮撒着娇披了一件睡衣出去了，她冲方民达还抛了一个媚眼，又招了招手。娇嗔地说了一句“方哥哥”。

方民达自己倒了一杯茶，他喝了一口巴巴嘴。放下茶杯，按了一下呼叫器。

一个小弟应声走了进来。

“方哥，有什么指示?”

“去，把你们经理叫来。”方民达气哼哼地说。

方民达的表情和语气把那个小弟吓得大气不敢出，听到让他去叫经理，他赶紧应答着一溜烟地跑了。

碧涛阁的经理就是当年花都的妈咪。花都妈咪多了，她是哪个妈咪？这个妈咪叫波波，就是和婉儿干仗被赶出花都的那个妈咪。妈咪，俗称小姐的经纪人和职业经理人。波波可是碧涛阁的台柱子，她在碧涛阁的重要性与婉儿在花都的重要性一样。这两个女人，掌控着门都娱乐业的绝对业务渠道和卖淫行业。

“波波姐，方哥叫你去一趟。”小弟一脸惊慌地说道。

“他找我干什么?”波波已经看出了小弟的面目表情。

“不知道，但我看他好像要发脾气。”小弟说道。

“是吗？你下去吧。”波波一副满不在乎的样子。

方民达是碧涛阁最大的赞助商。他发脾气，对于碧涛阁的老板来讲，应该是一件很大的事。作为碧涛阁老板手下的马仔波波怎么会表现出一副满不在乎的样子呢？这是有原因的。

碧涛阁营业执照上的法人是一个外地农民，没人知道他是谁，也没人见过他，甚至这个外地的农民，如果真有其人的话，他可能都不知道自己在门都还有这样大的一个产业，说白了，他是被人冒名顶替的法人代表。

碧涛阁真正的老板是翁忠康，门都现任常务副市长。波波准确地说应该是老板娘，她的真名叫周丽，今年三十一岁，三年前生了一子，孩子的父亲正是翁忠康。三年前，周丽被婉儿打出花都，从她被赶出花都那一刻起，周丽悟明白了一个人生道理，想在社会上混碗饭吃，靠社会人是没戏的。这些社会上所谓的大哥，其实什么都不是。因为他们也是这个社会上混饭吃的，大家都是混子出身，谁又能做谁的东家，再说了，自己都是混饭吃的，能有多大本事罩着别人。用周丽家乡上海话讲，无非就是大阿飞和小阿飞的关系。所以，要想混得好，必须投靠的东家是权力。周丽在花都当妈咪那会儿，和翁忠康熟，翁忠康那个时候还不是常务副市长，只是老干局局长。周丽细心观察过这位翁局长，她认为翁局长这人老成持重，很有心计，和那些整天出来玩的客人不一样，值得对他长线投资。

当初靠上翁忠康周丽并没有费什么劲，男人嘛，比较喜欢这一口，更何况，周丽人也长得精品，上海女人，说话本身就嗲嗲的，她的娇与嗲又有哪个男人会不喜欢。再说了，现如今的已婚男人，有几个是没有过婚外情的?！翁忠康又岂能例外。他们一个有情，一个有意，很轻松地混到了一起。

男人有婚外情不奇怪，但绝大多数男人对于婚外情的观点只是玩玩而已，并不会认真对待情人。要知道，我们这个社会对婚姻的种种禁律是很多的，特别是对领导干部而言更是如此。周丽在翁忠康心里的地位最初是有也行无也可，当然，他对周丽的态度，很快就彻底改变，原因是周丽给他怀上了儿子。这一喜讯对于只有一个姑娘的翁忠康讲，比升他做门都的市委书记还要兴奋。也正是从这个孩子开始，周丽变成了翁忠康的姑奶奶。翁忠康就是这样称呼周丽的。他们的儿子在上海出生在上海落了户口，将来读书也要在上海。门都的生活环境和上海没有可比性，孩子自然要生活在上海外婆家。但上海人也未见其都符合上海环境，指人的素质而言，周丽那个家什么样不说也能想得到。最要命的是孩子的外婆，典型一个泼妇，翁忠康的儿子怎么会交给这种人带呢？可不交给这种人带，又能交给什么人，总不至于抱回家吧。把孩子放在家里，就算老婆肯干，可组织能同意吗？无奈，儿子一定要在上海。要想融入上海的环境，人文与环境步调一致，钱可以满足这个愿望，碧涛阁也从此应运而生了。这就是波波的背景资料，但她作为生意人，她还要牢记顾客就是上帝这句名言，想到这，波波去了方民达的房间。

“方行长，您什么时候到的？哎哟，孙主任也在呀。”波波假笑着和方民达他们打招呼。

“波波，这碧涛阁是越来越玩得不像了。”

“方行，碧涛阁哪得罪您了。”波波说话语气有点酸。

“我上次订的茶哪去了，拿这种烂树叶打发我们。”方民达说着用手一推那个茶杯，他把茶杯推到地上摔碎了。

在周丽看来，方民达作为银行行长，这么有身份的人把杯子摔了，足以说明是翻脸了。她在心里说道，狗杂种、乡巴佬，敢砸老娘我的场子，真是活得不耐烦了。这只是她的心里话，她嘴上说的和心里想的不一样。

“哎哟，这是谁给咱大行长气受，方行，您消消气，您订的茶早没了。”

“没了？要我玩吧，我刚喝两次就没了？”

“方行，波波怎么敢玩您呀，您是只喝过两次，可您那帮持卡的朋友最近来得多，他们一来就点名要您订的茶，再说了，您也有过交代，说不能慢怠了您的朋友。”

“我的朋友？最近都是什么人来得勤？”方民达问道。

“哎哟，这我可没留意，他们一般来了就直接来这个房间，有的时候还带着女人，我也不好上来打招呼。”波波说道。

这时，坐在一旁的孙家铭说话了。

“波波，你先忙去吧，这事我来和民达解释。”

“孙主任，您可得替我好好解释，否则方行以为茶让我给偷了呢。”波波说话的语气带着明显的不满。

“放心吧。”说着孙家铭冲波波摆了摆手示意她退出去。

“那好，方行您也消消气。”说完这句话波波转身就走了。

方民达看着波波离去的背影嘴里骂了一句。

“这B娘们儿，我看就是给她们脸了。”

“民达，陈宁上次把茶送人了。”

“他？”

“上次我们请省军区司令员的公主洗桑拿，陈宁送给她们的。”

“行啊，你们在我这洗鸳鸯浴也不通知我一声？”

“洗个屁鸳鸯浴，本来原打算和她们洗鸳鸯浴，谁承想那两个妞不同意，多亏了陈宁说慢慢来，所以我们也没强迫她们，后来才知道，这两个妞是高干子女，想想都后怕，当初要真的强迫她们，那可倒大霉了。”

“什么乱七八糟的，又当初又后来的？”

“我和陈宁在省城一家私人俱乐部认识这两个妞，刚开始只知道她们是门都一家公司的职员，所以，回门都后我们想把她们办了。没承想这两个妞装孙子，弄得上不了手。第二次是省委严书记的公子请客，这两个妞也在，我们才知道她们的真实身份。”

“你在电话中和我说过这事，家铭，那个李公子究竟是什么来头？”

“具体我也不知道，不过从很多方面可以证明，这位李公子神通广大。”

“他真能摆平杨文学？”

“杨文学算啥，我那天在会馆，发现严公子对他都是毕恭毕敬的，连军区司令女儿都给他打工，你想想这分量有多重。”

“家铭，你不觉得我们应该抓住李公子这条线吗?”

“这还用你教我，我今天来主要就是想和你商量这事。”

“家铭，我不知道你怎么想，可能你说得对，门都就剩下我们这两个傻子了。”

“事实不是这样吗?”

“唉。”

“民达，长出气也没有用，圈子里的人是没指望了，陈宁手机也打不通，估计这小子十有八九是跑了。”

“他要是跑了，咱哥俩惨了，那么多贷款全都是违规操作。”

“我还不是一样，住房基金的钱几乎被我挪光了。”

“柳英对陈宁的事好像不是很急?”

“民达，事到如今你就别再自作多情了，柳英和我们不同，在啤酒厂的问题上，没人知道他拿走了多少钱，陈宁这一消失，就更没有证据能证明柳英的经济问题了。可我们不同，我们的账露个大洞在那，那可是要拿钱填平的。”

“家铭，当初给陈宁贷款是英子找的我们，难道他就不怕我们说出去?”

“笑话，证据呢?陈宁和我们都是校友，英子不找我们，难道陈宁就不能自己找我们?”

“要是把‘教父’的钱拿回来就好了。”

“做梦去吧，‘教父’，他到底是谁?即使真有这个人兴许在美国夏威夷洗海澡呢。”

“完了，家铭，弄不好这回可把老婆孩子都搭进去了。”

“早知今日，何必当初。”

“当初还不是你先拿五千万从我这换走一个亿的承兑汇票，才导致我们越陷越深。”

“民达，现在还说这话有什么用，我们应该想办法看看如何补救才对。”

方民达此时没主意，他只有闷头抽烟。

过了很久，孙家铭说道：

“民达，依我看，眼下只有两个办法。”

方民达一听到事到如今孙家铭还能想出两个办法来，他的精神为之一振。

“别说两个办法，一个办法都行啊，快说说。”

“一是我们去找刘大师，让他算算我们，再帮我们找找那个‘教父’，二是我去和李公子谈一次，看他有没有办法摆平这件事。”

一提起刘大师，方民达想起了当年大师的一句话：“方行长，你的行长位置，稳如磐石，十年之内，只能升不能降，难道大师真的有办法？还有，那个身手通天的李公子真的那么神吗？”

“家铭，事情到了这一步，只能去试一试了。”

柳英也是刚放下“教父”的电话。“教父”在电话中告诉他陈宁跑了。这个消息柳英知道，因为陈宁离开门都之前，在电话中告诉过他要去北京，但柳英在电话中没把这一情况和“教父”讲，他装作很惊讶的样子：“什么？陈宁跑了？为什么？”

“柳英，和我就不要来这一套了，陈宁为什么跑你我心里都有数，我只是想告诉你，到了动手断线的时候了。”

“可在北京没那么容易动手。”

“这一点你没必要担心，这小子早已出北京了。”

“方向去哪？”

“俄罗斯。”

“他要从黑龙江出境？”

“对。”

“可黑龙江边境口岸那么多，我又知道他会从哪个口岸出境？”

“这事你说了算，你想让他从哪个口出去，把其他口堵死不就完了。”

“你难道不知道我不在公安了吗？”

“这我知道，但你手上应该掌握内部电传机要密码。”

“我试试吧。”

放下“教父”的电话，柳英用另一部专用手机拨了陈宁的专用手机。陈宁的电话响了三声后自动接听，电话那头没人应答，柳英听到有女人叫床的声音和陈宁“吭哧、吭哧”喘气的声音。柳英心里想，这小子，死到临头了还有这份闲情逸致。看来“教父”也是神经质，陈宁哪里出什么北京了。柳英微笑了一下挂了电话。

陈宁目前并不是柳英的心头大患，因为陈宁没落网，而且掌握在自己手中。有条线倒是要马上断掉，要断这条线，必须肖丰出头，因为黑子已经交代了肖丰。虽然黑子与自己没有任何牵连，但黑子这条臭鱼容易乱了一锅腥。想到这，柳英给肖丰打了一个电话：“肖局，近来可好哇？”

“托柳检的福还混得下去。”

“肖丰，这话听上去有点酸。不过也没关系，大家都是在官场上混的，有的时候使点手段，我想肖局不会不理解吧？”

“我当然理解，虽然我在这方面不是很精通，但我下决心要学习此道。不知柳检这回又有何要点化兄弟的地方？”

“肖丰，你我之间到了这份上，该说点实话了，我上次给你看的那份黑子的笔录，并非是想着和你交换花都的问题。我为什么把黑子的笔录压下来，作为执法人员，我相信你我都明了这其中的道理。更多的话我也不说了，但有一点还是要提醒你：我的位子变了，工作是早晚要移交的，所以，黑子这个人最好在我移交工作之前永远不能开口说话。否则，有些人会揪住这件事不放的，何去何从，你掂量掂量吧。”

“可黑子已经被异地关押了，我又不知道他被押去了哪里，更何况，这小子该说的都说了，这个时候他的那张嘴还有什么用呢？”

“肖丰，黑子的嘴有用没用这你比我清楚。异地关押更容易下手，再说，死人的话是不能成为证据的，别忘了，我是检察长，批捕起诉一个人总是要有依据的。更何况，我柳英的手下常林同志和我都是坚持原则的领导嘛。”

“柳检，我会考虑的。只是他们把黑子押在哪了，我很难查呀。”

“没有吧，肖局，你姐姐肖鸣的信息很灵通的，虽然她去了法国，但在全球信息一体化的今天，这点事也不难办。再说了，肖鸣的接班人，新上任的李公子可是个神通广大的人物，他连杨文学都摆得平，对于这么小的事总不至于束手无策吧？”

“柳检，看来你对我们肖家的事情比我还了如指掌。”

“哈哈，彼此彼此，你也同样可以掌握我们柳家的信息嘛。”

“那是一定的。柳检，别忘了，乌鸦落在猪身上，不可能只看到别人黑而看不到自己黑。”

“所以呀，这件事只有你去办。”

“既然这样，说明白了，我是责无旁贷了？”

“应该是这样，不冒这个险，将来你会后悔的。”

“好吧，谢谢柳检提示。”

放下肖丰的电话，柳英用另一个电话打给杜思思。他在电话中只说了一句话：“动手吧。”不过，此时的柳英做梦也没想到，他这句话说得稍微晚了一点。

这个时候，陈宁和庞倩倩已经上了另一台车，俄罗斯驻哈尔滨领事馆的车，这台车正行驶在去往牡丹江的路上。他们准备从绥芬河出境，而且，在边境的另一面，警察厅的车正等着接他们。

赖斌收到一份报告，是特别调查小组曲静、任宏的报告：头，陈宁正在外逃，现在去往牡丹江的路上，其女友庞倩倩驾驶一辆俄驻哈尔滨领事馆吉普车，车上只有两人，我们请求行动命令。急件。

赖斌发出指示：抓捕。注意庞倩倩的攻击。

有台桑塔纳车一直跟在陈宁的车后面。驾车的是杜思思，车的副驾驶位上放了一把“七七”式半自动手枪。这种枪最大的特点就是一只手就可以完成上膛、击发的动作，可在一两秒内射杀对方。杜思思见前方路面宽阔平坦，她决定就在这里下手。正在她考虑如何才能拦住前面的车辆时，不知为什么，从杜思思的车后斜刺里窜出两台车超到了她的前面。这两台车超过杜思思开的车后，并未减速，而是加速前进靠向了陈宁坐的那台吉普车。两台车超过陈宁的车后，在陈宁的车前方形成夹击之势。庞倩倩和陈宁此时正处于得意忘形的状态之下，对于这突然事态还没有完全反应过来。情急之中，庞倩倩只能是急踩刹车，将车速降了下来。可她没想到，在她前面行驶的两台车的车速也降了下来，这样一来，为了避免撞车，庞倩倩只好再次压速，最后她的车几乎就停下了。陈宁见到这两台车，他的大脑里忽然一片空白，心想，完了，这是被人跟踪了。想到这，陈宁下意识地大喊“停车”。庞倩倩看了他一眼，心想，这男人怎么如此没用，庞倩倩看了看前面停下的那两台车，只见车上没什么人，有两个女人分别从各自所驾的车上下来。见到是两个女人，庞倩倩乐了。其中有一个女人她认识，是她的学生，这个学生叫任宏，和她学拳有一个月了。见到任宏，庞倩倩还有些纳闷，怎么是自己的学生挡住了车子，难道？她们是中国公安？她们是来抓陈宁的？不可能呀，这两个女人如何抓得了陈宁，更何况，有我庞倩倩在这里，她们更别想抓陈宁了。庞倩倩打开车门下车后，只是向前走了两步，然后把一只脚抬起来踩着吉普车前轮轮胎，微笑着对走近了的任宏说道：“任宏同学，你有什么事吗？”

“庞老师你好，我是中国警察，奉命抓捕你和陈宁，请你们配合。”说着任宏掏出警官证在庞倩倩眼前晃了晃。

“抓捕我？你有外交手续吗？”

“这个到时候你就知道了。”

“我犯了什么法？”

“关于这一点你到时候也会知道。”

“我可是俄罗斯公民。”

“在中国违法，我们不管你是哪国公民。”

“就你们俩，抓我和陈宁？你忘了我是教练？”

“没忘。”庞倩倩收起那只脚，她说道：“狂妄，来吧。”

坐在副驾驶位上的陈宁对于庞倩倩与这两位女警察的对话听得一清二楚。只是他想不明白，为什么会派两个女公安抓人。这两个女公安，其中有一个和庞倩倩身高差不多，而自称任宏那个，个子都不到一米七，这样两个人，别说要抓我和庞倩倩，光是庞倩倩一个人她们也不是对手。嘿嘿，玩什么呢？拍电视剧吗？

曲静和任宏早已调取过庞倩倩在拳击会馆的录像资料。对于庞倩倩的拳路，她们摸得是一清二楚。这个洋妞，身体素质非常好，出拳的力度和速度既狠又快，属于女拳手中杀手型人物，确实难对付。当然，对于任宏和曲静来说，并不在乎。任宏是庞倩倩的学生那只不过是在拳击会馆，也仅指拳击而言。任宏从小学的是武术，属于中国功夫，对于这一点庞倩倩她并不知道。所以，庞倩倩上手就奔任宏而去，她心里急，想着以快取胜，早点收拾了中国妞好赶路。

就在庞倩倩快要冲到任宏面前时，她没注意曲静什么时候窜到了她面前接了她一招，而此时的任宏已经滑到一边，她直奔吉普车而去抓陈宁。陈宁一看情况不好，他推开车门跳下车就往后跑，他没跑几步，见前面有台桑塔纳车，坐在司机的位置上有个美女在向他微笑招手，这个女人开的车，副驾驶门打开着，情急之中，陈宁慌不择路，他几步跑到杜思思的车前，直接窜进车里关上车门。此时任宏已经追到车前，没想到半路里杀出个美女来，杜思思微笑着挂上倒挡，加上油门向后倒车，眨眼间车子倒退后几十米，杜思思车技了得，她竟然在原地用倒车的方式掉转车头。车头掉转后，她借着桑塔纳车起步快的优势，从一挡直接推三挡向前奔去，任宏跺了一下脚，窝回头来去对付庞倩倩。

就在任宏去追陈宁的工夫，庞倩倩和曲静已经过了三十招，对于曲静的拳路，她看不懂，从面目表情上看，曲静的脸变得像花一样艳，比花还美，一双秀目透着摄人魂魄的力量。不管庞倩倩如何使力气，她好像都近不了身，拳力到了曲静面前似乎打击在一团棉花上。但此时庞倩倩知道，曲静打的不是中国太极功夫，因为她研究过很多中国拳术，太极虽然绵里藏针，但太极拳的动作慢，而曲静的拳术动作快，招招致命。

庞倩倩也是性情中人，她从小学习拳术，对于拳术，有着深深的眷恋，可能连她自己也没有想到，她打着打着，一步退出圈外，双手抱拳，向曲静问道："小姐，你打的是什么拳?"曲静这时笑得面目表情更加鲜艳，那摄人魂魄的眼神，勾得庞倩倩竟然定在那里不动了，她完全忘记了这两个女人是中国公安，她们是来抓她的，此时的她觉得突然浑身无力，满脑子里掠过的都是做爱的情景，不知不觉中她开始陶醉起来，整个人也恍恍惚惚地欲醉欲仙，微微地闭上眼睛。

这时任宏正好跑到她身后，见这情景，从后面猛地踹了庞倩倩一脚，只见庞倩倩的身子向前扑去，就在她的身体要落地之前，曲静抬起左腿将她接住，右手快速地从后腰处掏出手铐，把庞倩倩铐了起来。曲静和任宏迅速地架起她奔向自己的车子，她们把庞倩倩扔进车的后排座位，急忙开车掉头去追杜思思。

庞倩倩躺在后座上，她的精神仍处于恍惚状态，像个喝醉酒的人。任宏问道："你用什么功法把她弄成这样?"

"魂魄玄女法。"

"我怎么没听说过有这种功法?"

“这是一种古老的摄欲术，我们家祖传的，而且是传女不传男。”任宏回头向庞倩倩瞄了一眼，然后又问道：“这种功法人沾上就会醉?”

“对，她这叫醉色，七到十天之内都会这样。我本来不想用这种功法，以为用快拳把她擒住就算了，没想到她的拳力劲道太猛，三招两式还真制不服她，只好用此法收了她。”

“姐们儿，够狠，看她的样子还真是在享受性快感。”

“她现在满脑子里都是做爱的情景，美着呢。”

说话间，曲静她们已经追出二十公里，在国道380公里处，有很多人挡住了道路。一些村子里的老百姓在围观。曲静把车靠边停下，对任宏说：“你下去看看怎么了。”任宏拉开车门向围观的人群走去。她挤进人群，看到陈宁的尸体。不禁大吃一惊。陈宁仰面躺在地上，眉心处有个黑洞，这是枪击造成的，破洞的四周血已凝固，说明他死亡时间超过十分钟。任宏立在那里想了一下，她本想去搜查陈宁的随身物品，但职业规定提醒她，这里是牡丹江，不是门都。她冲身边一位老乡问道：“报警了吗?”

“报了，警察说马上就到。”

说话的工夫，两台警车开了过来，车上下来的警察一边驱赶人群，一边在拉警戒线。任宏见警察出现场，她向一个领队的警官走了过去。来到这个人面前，任宏掏出警官证递上去：“同志，我是门都市公安局的，死者是我们追捕的逃犯，涉嫌重大经济犯罪，关于现场之前发生的情况，我回头会写个证明给你，由于工作关系，我需要马上离开此地，请同志们在检验现场时妥善保管好此人的随身物品。另外，前方二十公里处，有死者丢弃的车辆，还有一辆车是我们驾驶的侦查车，车号黑AS2668，这是车钥匙，请代为保管。谢谢。”只见那个领队的说道：“既然是同行，放心吧，只是别忘了回头取材料时请我吃顿饭就行。”那个领队警官会意地笑着说道。“这个没问题。”说完他们握手告辞。

任宏回到车上，曲静已经猜到前边出了什么问题。见到任宏一脸沮丧的表情，曲静更加证实了自己的猜测，她把车启动后说道：“妈的，没想到螳螂捕蝉黄雀在后。”

“都她妈的是这个俄罗斯妞坏我好事，早知道当时我们武装抓捕就完事了，一枪撂了她陈宁也跑不了，说不定还能多抓一个回去呢。”

“算了，别埋怨了，我看这样也不错，故事情节曲折离奇，像看小说一样刺激没什么不好。”任宏这边气得使劲一跺脚，然后用拳头砸了一下仪表台。

“姐们儿，这车可是跟人借的，砸坏了你赔得起吗?”

“有什么赔不起的，大不了把这头俄罗斯妞赔进去就完了。”

“人家谁要这东西，一天还得搭两箱啤酒给她。”此时任宏似乎想起了什么，她说道："开车接走陈宁那个妞绝对是个职业杀手，我从她停车的位置到陈宁倒地这段距离判断，至少也有二十米，她竟然一枪命中眉心，够神的。而且从弹洞的大小看，她使用的应该是'七七'半自动手枪。"

"好哇，这么说我们碰上对手了，好戏终于开场了。"

"好个屁，还是想想下一步怎么办吧。"

"下一步的事早着呢，你赶紧想想如何向老大汇报。"

曲静和任宏接到赖斌的指示，让她们开车回哈尔滨，然后坐火车押运庞倩倩回门都。在回哈尔滨的路上，为了防止意外情况再次发生，赖斌通过A省公安厅和黑龙江省公安厅取得联系，由黑龙江省公安厅负责协调沿途各市出警力保护曲静她们顺利抵达哈尔滨。

我这几天一直待在肖鸣公司里做方案，对于收购秦牧公司的全盘计划已经开始了。我的办公室设在三楼，肖鸣的办公室还在二楼没动。我不知道肖鸣为什么招姓霍的给她做助理，即使肖鸣缺少性的抚慰，可这位霍助理也算不上优秀的男人。当然，肖鸣能把他留在公司里，自然有她的道理。说实话，刚开始我以为这个姓霍的是她留下来监督我的，后来我发现，霍助理智商并不是大智若愚，也不是那种表面看上去傻傻的其实心里有数的那种人，他基本和白痴差不多。如果肖鸣用他来监督我，这玩笑可开大了。因为，即使我当他面玩什么把戏，他都看不懂。虽然这样，出于对肖鸣的尊重，我还是离他远点。所以，我把办公室设在三楼。

不过，我发现肖鸣的干妹妹，那个叫张琦的几乎一有时间就往公司跑，她到公司不是来做业务的，和很多人也不打招呼，公司里其他人也不敢理她，只有小霍例外。张琦一来，他们就钻到肖鸣的办公室里去，鬼鬼祟祟地不知道干什么。要说他们在谈恋爱，似乎也不像。我派魏青多注意他们。

这天，肖丰到公司来了。他把车停在院子里，径直来到三楼我的办公室。肖丰见到魏青和徐爱珍，显得一点也不客气，对她们严肃地说道："你们俩先出去，我找李总有事谈。"听肖丰这样说，我发现魏青的眼圈红了，她一犯急就这样。我当时真怕魏青和肖丰顶起来，这位公主惹她急了是不买人账的，肖丰一个公安分局长，在她眼里什么都不是。当然，别说是肖丰，就是肖丰他爸肖东方知道魏青的底细，那也是要给三分面子的。不过，徐爱珍识相，她笑吟吟地拉着魏青出去了。徐爱珍之所以这样做，我估计她是心里起了疑团。连魏青都不怕肖公子，而我这位受到严瑞尊重的李公子，为什么在肖丰面前一点面子也没有呢？要知道，我可是堂堂的李公子呀，这其中的原因究竟为什么？

魏青和徐爱珍回到自己的办公室。"青青，我怎么觉得咱们这位李公子好像有什么问题?"

"什么问题?"

"你没见刚才那人的态度有点不对劲，堂堂李公子的公司，他算什么东西敢吆五喝六。"

"我知道那个人是谁，他是原来这家公司那个老女人的弟弟。"

"李公子不会靠色相夺了人家的公司吧?"

"这年头，什么事情都有可能发生。"

肖丰坐在我对面，他用蔑视的眼神看着我。我开始被他看得有点发毛，不过我们的眼神对峙了一会儿后，我便放松了心态。心里想，狗东西，要不是我做了你姐夫，早就把你送去地狱了。哪里又允许你在这里装孙子。我的眼神一变化，肖丰沉不住气了，他气哼哼地开口说道:"小子，李公子。改名换姓的吧?"

听肖丰的语气，好像是话里有话，难道他也知道了我的底细。不过没关系。白骨精可以变化成美女，当然也可以被打回原形，即使你肖丰把我打回原形又能怎么样，大不了我还是我嘛，可你肖丰要是被我揭开画皮，哈哈，汝命休矣。在这个世界上，可能有人天不怕地不怕，但没人不怕死。狭路相逢勇者胜，难道我会怕你个要死的人?想到这我说道:"肖局什么意思?"

"什么意思?你骗得了我姐，骗得了所有人，可你骗不了我。你小子心大可能忘了自己姓什么，但你不会忘了肖鸣的弟弟是公安局长吧?"

"肖丰，请允许我更正一下，你是区公安局长。"

"好哇，够狂的，既然你用这种态度和我讲话，那我也就不客气了。跟我走吧，我把你送个地方去，我想那地方能让你想起很多问题。"说着肖丰准备站起身。

我摆了摆手，示意他坐下，然后才不紧不慢地说:"肖丰，我这人天生胆小，你要送我去的地方阴森恐怖，别待会儿我胆一小在把实话说出来。"

"对，我他妈的今天就是要你把实话说出来。"

"肖丰，文明点。不瞒你说，三个月前，你这一套我还多少在乎点，可今天事态发生了变化。所以，你这一套对我来说什么用都没有。要知道，你也好，柳英也好，还有那个秦公子，以及被人刚刚干掉的陈宁，当然还有躲在你们身后的所谓'教父'。你们所有的事情，我都了解。你以为抓到了我的什么把柄，很聪明是吧?其实，我早就拿到了你们所有的证据。想知道我为什么没揭发你们吗?"

"你，你说的是什么，我都不知道，再说了，你说了一大堆和我肖丰有什么关系，你这是在恐吓我。"

"肖丰，我说的什么你心里比我清楚。一个黑子被抓都把你们吓成那样，当然黑子并非'教父'组织的核心人物。何况，我所掌握你们的情况，比黑子多了。凭我掌握的这些情况，足够置你们于死地，哪里还会等你上门质问我？实话告诉你吧，肖鸣怀孕了，她的生活经历，你这个当弟弟的比我清楚，所以这个孩子对她而言意味着什么我想你也清楚，肖鸣她怀的是我的孩子，她把公司准备送给我，但我不会要，我今天坐在这里只是为了帮她打理公司，你可千万别以为我要吞你们肖家的资产而打上门来，如果你真的是为这事而来，那你趁早把公司拿回去，我可是一分钱没动过。”

肖丰对于我说的话，他放在心里品了好半天。最后他还是说道：“小子，你不用和我装高尚。没有目的，你不觉得这话说得可笑吗？我姐姐是四十岁的女人，难道你们之间有爱情？当然，你也可以打着情感的旗号欺骗我姐。因为你了解我姐的婚姻历史，一个长时间得不到爱的人很容易被爱迷失方向。更何况，你小子确实招女人喜欢。”

“肖丰，你有这种想法，我理解，我说过了，公司现在就归你了，我马上离开，这回你总不会再说什么了吧？”

“小子，公司我是要收回。不过，你想一走了之恐怕也没那么容易。”

“你来找我的目的不就是怕我骗你们肖家财产吗？现在公司已经还给你了，你还想干什么？”

“干什么，我费了半天劲调查你的历史，现在知道了你过去的一切，不可能就这么简单了结我们之间的关系吧？”

“肖丰，做人不要太过分。”

“小子，我过分吗？不过，你认为我过分也对，这就是我肖丰的性格，得理不饶人。今天咱们把话说到了这份上，那我干脆挑明了讲，我来找你只有两个条件：第一，你从肖氏企业集团滚出去，第二，帮我查到黑子关押在什么地方。”

“肖丰，你这两个条件我可以满足你，在满足你的条件之前，我也有两个条件。”

肖丰并未听我讲出条件，他武断地说：“你是什么东西，就凭你一个无业盲流子有资格跟我讲条件吗？”

“肖丰，我先给你看点东西，然后你就知道我有没有资格跟你讲条件了。”说着，我把办公桌上的手提电脑转向肖丰：“打开文件夹，你自己看吧。”

肖丰还真的打开文件夹，他看电脑的工夫，我点了一支烟，蔑视地观察他的表情，在我的电脑中，存放着一部分肖丰的犯罪证据。其实，我早就料到了肖丰会因为公司的事情向我发难。所以，我把杜三娘给我的资料中关于肖丰的部分，摘录出来存入电脑。肖丰的脸此时白得吓人，他似乎边看边想着什么。突然，他拔出枪顶在我的头上：“小子，我可以用拒捕袭警的理由干掉你。”

肖丰的枪口有些凉，而且很硬。我知道此时怕也没有用，想到这我反而镇定下来。“肖丰，我好像与你的犯罪没什么关系，你打死我，电脑中的资料明天就会被摆在中纪委的办公桌上。”

“可你死在了我前面。”

“你错了，既然你了解我的身世，你不认为我这样的人活在世上很多余吗？再说了，如果我是李公子，可能会贪生怕死。如果李公子变回李诗南，我死了和活着没什么区别。你说得对，肖鸣四十多岁，按着世俗的爱情游戏规则，我爱上她在你看来很可笑，但对我而言。感觉是不同的，我和肖鸣在一起，不仅不觉得可笑，反而觉得荣幸之至。肖鸣出生在什么家庭，这样的女人，门都的公主，除了年龄大点，她哪里不值得我爱。如今，我李诗南成功地做了门都的驸马爷，这是人人都有的福分吗？更何况，你不揭穿我，凭我李公子的桂冠，肖家这点财产能成为我的终极目标吗？不可能，所以，从肖鸣那里论也好，从你我过去的历史论也好，你应该争取我而不是排挤我。我死了，柳英照样会让你去杀黑子，你杀了黑子，他回过头来马上就会杀你，陈宁怎么死的，我想你比我清楚。”说着，我抬手慢慢地推开顶在我头上那支枪口。

“李诗南，你的条件是什么？”

“很简单，我不会害肖鸣，但我要用肖氏集团的资金收购秦牧的公司，然后干掉秦牧，这需要你的帮助。”

“除此而外呢？”

“没了，干掉秦牧后，肖氏集团不仅会分到一杯羹，我同时会将肖氏集团完璧归赵。”

“那你回报我什么？”

“柳英，我会帮你让柳英出手铲除黑子，然后再借‘教父’的手干掉柳英，这样一来你就安全了。当然，这一切如果我们合作得愉快，我还可以从侧面帮你在杨文学那里捞个一官半职。”

“你为什么要干掉秦牧？”

“这个问题暂时无可奉告。但你要相信我，李诗南也好，李公子也罢，这一切的把戏，最终只有一个目的，那就是干掉秦牧。”

“不自量力，秦家在省里的市场有多大你知道吗？凭你在门都混了几天，就算你征服了我姐，你以为这样就可以干掉秦牧了吗？太儿戏了吧。”

“肖丰，你错了，我的势力在省里也可混一混，而且，为了这一天，我准备了多久你知道吗？目前围在我身边的人都有谁你也不知道，远的不说，刚刚被你赶出去的女孩，她的父亲就是省军区司令员，像这样的社会关系我身边多了。我承认，秦牧有一定的势力范围，但他的势力范围虚用可以，实用不一定管用。在省里也好，在门都也好，我只要有两个社会关系就够了。门都我靠上杨文学，省里我和严尚武说得上话。我问你，在秦牧的圈子中，有几个人会有胆量和他们斗？”

“李诗南，你真的能做到这一点？”

“这有什么可怀疑的，我已经做到了，我不但做到了，你也看到了，柳云桐父子的日子目前好过吗？”

“可黑子这件事你打算如何办？”

“我不会办这种事，你也不用办，这件事由柳英引起就让他去办，实话告诉你，他的乱事我掌握得一清二楚。凭我掌握的这些，别说让他去办自己惹出来的事，你让他干什么他会拒绝，要知道，这是权力腐败的致命伤，授人以柄。他们为了保住权力，往往会为了掩盖违纪问题，甚至是一般的桃色问题，而走向犯罪。把小的违法弄成大的违法，这皆因为权力的诱惑太大，竞争太激烈引起的，就拿你来说，黑子所能举报你的只是经济问题，可你一旦把黑子杀了，又变成了刑事问题。我估计，你们身后的那位‘教父’就利用了你们这一弱点，逼着你们把自己越陷越深。最终逼得柳英也开始杀人了。”

“柳英要杀黑子应该是你逼的。”

“我没那么蠢，他现在是让你去杀黑子，你想到了我。而我只是利用我的优势去回避这件事，让你们不找我去干这事而已其他的事我一概不清楚。你肖丰同样可以做到我这一步。”

“李诗南，我知道肖鸣为什么看中你了。既然我姐在公司问题上对你有委托，你就按着规则去干吧，但有一点，我姐干到今天这份上也不容易，你不要把这一切毁了。”

“肖丰，这一点你放心，肖鸣帮了我，我不会恩将仇报。再说了，如果我想打你们肖家的主意，早就利用你的犯罪证据搬开你这个拦路虎了，其实到现在为止，我已经犯罪了，起码也是个知情不举的包庇罪，但我没办法，因为你是肖鸣的弟弟，在这件事上我做不到绝情。所以，为了肖鸣，如果需要去坐几年牢，我认了。”

肖丰坐在我的对面沉默了好久。我和他一样在想自己的问题。我们就这样坐着，最后我先开口说道：“肖丰，不要走得太远，你和柳英等人一样，过分地依赖权力，相信权力的力量。我承认，你们的权力，开释个小偷小摸可以说绰绰有余。可柳英所做的一切，任多大权力也救不了他了。”

肖丰站起身便往外走，他边走边说：“李诗南，谢谢你。”

肖丰路过魏青的办公室时，他客气地敲了敲门。他被魏青请进办公室后，他说道：“刚才多有冒犯两位女士，请原谅。”

“没什么，事情已经过去了。”

“请问哪位女士姓魏?”

魏青回答道:“我。”

“我姐夫也在省军区工作，你认识他吗?”

“南南把我卖了。你姐夫是哪一位?”

“我姐夫叫巩立。”

“巩大嫂呀，他是你姐夫，你去问问他认识青青和珍珍吗？不过，我们提醒你，不可说我们在干什么，否则后果你自负。”说完她们都笑了起来。

肖丰离开魏青的办公室还在想，看来李诗南这小子说得对。姐夫在省军区的外号还真叫巩大嫂。

第十五章

赖斌上任门都市公安局副局长以来，今天是他第一次提议召开案件分析会。最近一段时间，他对门都的整体治安情况进行了一次详细摸底。他认为，门都的治安情况表面上看起来并不是很糟，甚至一般的抢劫、偷盗、聚众斗殴现象的发案率，和省内其他城市相比，门都排在最后。即使有上述案件发生，也是外地人流窜作案者占大多数。偶然出现本地人作案，也是以农村来城市民工所为。这是一种怪现象，形成这种怪现象的原因让赖斌百思不得其解。说实话，对于赖斌，他并不在意门都市的治安状况和其他城市一样。什么治安形势严峻，情况复杂，社会上的黑恶势力猖獗，与党政干部相互勾结、沆瀣一气、抱成一团、相互利用、狼狈为奸、腐败现象严重。他认为出现这种情况，不仅符合矛盾规律，治理起来也并不难。毕竟这种带有普遍特征的乱现象基本是浮在表面的东西。而且靠打打杀杀刑事犯罪的案件，其罪犯结构也不复杂，都是一些低智商的社会混混结盟。从黑社会犯罪方面讲，一般都是市一级黑社会组织，有几个代表人物。区一级黑社会组织，每个区也有几个代表人物，县乡一级的就更土了，这个级别的也不入流。他们在江湖上有点名气，也是摆在那里的靶子。不过，他们这些人的名气也不好听，什么道里黑子、道外麻五。还有什么磕巴六、疤癞头。总之，这些人成不了什么气候，一抓就干净。

可门都不是这种情况。门都出了个黑子。这个名字也是早些年叫起来的。近十年，门都市不产出这些乱七八糟的怪名字了，一个城市，只要社会上没有这些怪名字的出现，市场上不存在欺行霸市，人们到哪消费都付账，那这个城市才是真正的文明城市。看来，门都作为精神文明城市，还真的是名副其实。

出现这一怪事，难道是政府治理的结果，还是另有原因？难道有什么人在操纵这一切？在没到门都之前，省公安厅厅长高胜强在找赖斌谈话时说道："这次派你去门都，主要任务是钓大鱼。据我们所知，有一股很强大的帮会势力在操控门都的资源犯罪，门都的问题，表面上看没有什么，属于太平世界。但太平世界里存在着巨大的不太平因素，这个城市主要有三大帮派。这三大帮派的特点是不作恶，只敛财。这三大帮派皆由一人指挥，这个人自称'教父'。当然，这个'教父'也可能不是一个人，很有可能是个智囊团。以往社会矛盾突出的地方，主要表现为乱，刑事犯罪普遍。可门都的情况不同，它看上去不乱，这说明有人在帮我们治乱，这个人的高明之处就是不利用乱取胜。他们敛财的对象不是老百姓，而是在瓜分国家资源。在瓜分国家资源的同时，他们的矛头不指向其他利益集团。这样就杜绝了各方利益之间的矛盾产生，利益集团和利益集团之间不火拼，而是相互联合，这是一种最危险的社会现象。因为，这种利益联合体，他们瓜分的资源越多，越没有矛盾和争斗。有线报说，每年流进门都的毒品数量大得惊人，这些毒品，一部分门都消化，一部分外流，所以，门都这几年形成了A省的毒品集散地，大量毒品在门都经过加工分装然后配发给外省市。除了毒品外，门都的走私，金融套汇现象也非常严重。公安部缉毒局、缉私局以及国家金融监管部门已经开始注意门都，本来这次派你去门都，省里和市里考虑让你接局长，但为了避其锋芒，你去门都先接任常务副局长。赖斌同志，你这次门都之行，肩上的担子很重，当然，你也不必因此而畏难发愁。因为中央两年前已派杨文学同志去了门都，这两年，杨文学同志在不露任何痕迹的情况下，团结了门都一大批领导干部，这些人都是你的坚强后盾，所以，你去门都后，有三个人是可以通报任何情报的，杨文学市长、刘铁威纪委书记还有我。你的工作搭档是肖常林同志。”

赖斌的思绪被电话铃声打断。他接起电话，听到肖常林的声音，“赖局，这节骨眼你还真沉着，坐在办室里享受。”

“常林，我哪里是在享受，我这是歇歇身子动动脑子。”

“别动脑子了，你把我们叫来开案情分析会，大家都等着你呢。”

“哥们儿，我把这茬给忘了。对不起，我十分钟就到。”

“快点，杨市长和刘书记马上就到。”

“他们也过来?”

“门都这几天连续发生命案，你想他们坐得住吗?”

“好，好，马上到。”

门都的社会治安情况近几天乱成了一锅粥。抢劫、盗窃、绑架、杀人案件频频发生。社会治安平静了十年，突然一下子变得不平静了。这种现象背后的变化原因杨文学等人心里很清楚。这些犯罪分子敛财之时，他们害怕混乱的社会治安会增加政府的打击力度，会帮政府维持治安状况。这样一来，政府对治安监管就会放松警惕，他们也就可以趁机捞钱。现如今，确切地说自从杨文学来门都之后，他要揭盖子，要用法律将这伙犯罪分子一网打尽。既然这样，那就让你杨文学陷入一个乱的局面之中，用乱绑住你的手脚，用乱让你无暇自顾，用混淆扰你的视线，用乱增加社会舆论对你杨文学的压力。既然你杨文学手中的权力不能成为这伙人的利益，那你就用你的权力去解决眼前最棘手的社会矛盾吧，别搞什么揭盖子的把戏了。

杨文学是坐刘铁威的车到的基地。在来的路上，杨文学对刘铁威说道："铁威，他们这是在玩声东击西的游戏。"

"文学，他们玩的这点小把戏难不住我们。"

"我担心的倒不是这些小混混能翻多大风浪，我怀疑这个'教父'虚张声势。这是他们要收网的信号。从省厅获得的信息看，这个月，广东上线的几宗大一点的毒品交易并没走门都这条线，而是直接流入河南。"

"文学，你的意思'教父'在和我们争取时间。"

"我是这么认为，门都社会刑事发案率剧增，必然牵扯我们的精力，我们一边要保百姓生命和生活平安，一边又要揭盖子，在这两种工作重点的选择上，我们只能是选择前者，因为人民利益高于一切。打击犯罪的前提是确保平安稳定，如果我们一意孤行把工作重点放到揭盖子上，那是在拿人民群众的平安做筹码，这是绝对不允许的。"

"文学，你分析得正确。他们这边埋锅灶，那边撤柴火。利用刑事犯罪为进，实际他们在退。面对这种局面，你想怎么办？"

"我的想法还不成熟。"

"文学，不成熟没关系，说出来我们共同探讨。"

"我想冒点险，来他一个大小通吃。"

"我明白了。文学，我赞成你的想法，在实施你的想法基础上，我做两件事，一是帮你多找一些能吃的茬来，二是有什么问题我担着。"

"铁威，第一个问题我赞成，第二个问题我和你共同担着。"

"文学，你未来的仕途之路还长，别掺和进来。"

"铁威，你的仕途之路也不能晚节不保，所以，我俩已经拴在这辆战车上。没办法，船翻车毁你我认了，作为一个共产党员，有的时候也要潇洒点。"

"好吧，待会儿听听赖斌和常林他们俩怎么说，然后再决定。"

"只能是这样了。"

杨文学、刘铁威、赖斌、肖常林、曲静、任宏等人在特别行动训练基地召开案情分析会。在会上，每个人都谈了对当前门都社会治安的看法。经过对门都治安状况的分析，所有的人都认为，面对目前的案件侦破难度，至少有四方面不利因素，一是门都目前的社会治安状况简直到了极恶劣的程度，在不到一个月的时间里，凶杀案出了三起，其中一起为灭门案，一家老小五人惨遭杀害，作案凶手没在现场留下任何痕迹，这说明是老手所为。还有就是陈宁被杀害。据现场目击者任宏介绍，作案者是个三十多岁的女人，根据牡丹江市局转过来的现场勘察报告看，这个女人开的是一辆被盗车，车型为桑塔纳，现场所留证据只有毫无价值的轮胎印迹，没有其他任何有价值的东西，凶手具备超级射击技术，所使用的枪支为七年前门都刑警支队一名探员的佩枪，市局技侦处已对该枪射出子弹划痕做了弹道测试。这名探员当年在跟踪一桩毒品交易案中被人杀害，案子至今悬而未破，其所佩枪支被抢。七年后这把被抢枪支又继续作案，可以肯定，今天陈宁一案和七年前我们的探员被杀一案系一伙人所为。当然除了命案，其他刑事案件在一个月内多达上百起，目前门都百姓生活平安氛围被搅乱，大多数市民怨声载道。更有一些人在网上标出了，造成门都社会治安混乱的结果是因为门都的权力斗争所为。二是陈宁被杀后，啤酒厂所发债券变成了一个大火药库，近百亿欠款不翼而飞。如果这个时候债券持有人聚众闹事，那将会造成不堪设想的恶果。三是啤酒厂负债的款项除部分被陈宁洗出国外，其他款项至今下落不明。四是“教父”是谁，他所张的网有多大，涉及人员有多少，这一切目前都不清晰。当然，最重要的是已经有迹象表明“教父”开始收网。如果一旦“教父”收网成功，门都将遭受到巨大的经济损失。不仅如此，很多犯罪分子也会变成漏网之鱼，整个调查侦破工作将功亏一篑。

面对如此不利因素，杨文学的压力巨大。他已经三天没睡上五个小时的觉了。赖斌、肖常林特别行动小组案件分析会，是他三天来出席的第五个会议。这三天来，他出席了市政法委治安工作会议、市金融监管工作会议、市稳定办工作会议、省公安厅陈宁专案调查组领导成员工作会议。今天，他可能是因为面对着一批心腹干将的原因，他放松身子，躺在沙发上睡着了。看到杨文学如此疲倦，刘铁威打手势制止大家说话，他小声对大家说：“我们现在需要休息一会儿，每个人原地不动睡半小时。”说着他带头先闭上眼睛，头靠在沙发上睡起来。

与此同时，柳云桐正在省委书记办公室，在场的有省委书记王刚，省纪委书记赵保国。王刚今天表面看上去心情还不错，但在他的内心深处却是忧虑重重。他拉着柳云桐和赵保国来到省委大楼的九楼顶层花园，从这里远眺，可以看见城市的街景。他指着远处的幢幢楼宇，对赵保国和柳云桐说：“我不知道你们是否看过A省解放前的老照片，但我看过，这里解放前什么样，现在又什么样，一对比就清楚了。几十年来，我们党几代领导人，利用我们的智慧和勤劳的双手，在这片曾经一贫如洗的土地上建立起了一个辉煌的中国。我们这些人为了这座城市的建设付出了毕生的精力。今天，我们的日子刚过得好一点，就有人居功自傲了。很多领导干部在社会经济体制转型期，经不住权力、金钱、美色的诱惑，他们开始蜕变。虽然说这种蜕变与经济发展有一定的关系，但我认为这并不是主要因素。对于诱惑，从古到今每一个朝代的为官者都要面临这种考验。所以，封建社会同样有清廉和贪腐的存在。在今天，我们党的领导干部很多人意识形态发生了观念上的变化，说明我们对自身党性的修养没有了，说明了我们今天关于共产党历史的红色经典温故太少了，甚至我们很多革命传统的宣传，不到纪念日，在报纸、电视上竟然完全看不到。要知道，我们党如果离开红色的革命传统，我们的信仰就一定会遇上危机。前一段时间，我们省报搞了一次关于历史老照片的征集活动，我期期都看，当我看到在那个火红的年代，那个我们所经历过的年代，那一张张老照片时，我的心情确实很激动。那个年代的人们，也包括我们几位在内，我们考虑过自我吗？没有。我们当时一心想的只有我们党的事业，和国家的建设。在一种朴素的为公哲学观念影响下，我们这个国家从贫穷走向富强。历史上，仕途之辈信奉的是孔孟之道、儒家哲学思想。我们共产党人的哲学思想是什么？什么才是共产党的思想真谛？我们的红色历史、红色革命传统，算不算是共产主义哲学思想精髓？我想应该算吧。因为，从共产党在中国诞生迄今，我们的红色历史和红色传统是丰满的。在我们的革命传统中，有徘徊，有彷徨，有追求探索，有流血牺牲，有经验教训，有开拓创新。这一切都说明，我们的革命传统不仅丰富多彩，形象立体，而且适应我们这个时代的发展需要，没有红色的革命传统，就没有革命信仰，没有信仰，就会失去前进方向。要知道，我们共产党是执政党，我们执政纲领的依据就是革命传统，我们的权力在面对和管理经济工作时，一切先进的管理经验，值得我们学习的东西都要学。学习国外的先进技术、先进管理经验，是用来提高我们的战术管理水平，而我们的战略思想意识是红色信仰。共产党的信仰是纲，先进的管理学问是目，纲举才能目张，这是颠扑不破的真理。可我们有些领导干部竟然把自身的信仰置于身外，信佛、信天主、拜金。这是很危险的，我们共产党是人，不是神。”

说到这，王刚同志返回身来，走到花园中央的茶几旁坐下来，他招呼赵保国和柳云桐也坐下来。王刚端起茶壶，拿了一只扣在茶盘中的杯子给自己倒了一杯茶，然后他又把茶壶递给赵保国。在赵保国和柳云桐倒茶的工夫，王刚又说道：“云桐，这次找你来，想必你也知道我要说什么。作为一个为党工作多年的老党员，我想我们都不要忘记入党宣誓时的誓言。你是门都六百多万人口的城市的代理书记，门都啤酒厂的陈宁竟然骗走了一百亿，你对这件事怎么看？”

“王书记，陈宁的问题我难咎其责。”

“云桐，现在不是追究责任的问题，对于陈宁的问题，从监管的角度而言，你有责任，文学同志有责任，就是我和保国也有责任，可一句责任能说得过去吗？云桐，陈宁的问题处理不好，麻烦就大了。所以，我和保国同志事先通了气，找你来我们推心置腹地谈一谈。对于门都的情况，你比文学同志熟悉，我希望你能正确对待这个问题，并且最大限度地和文学同志联手解决好这个问题，尽最大可能挽回经济损失。云桐，不要以为自己快退了，对待一些事漠然处之，别忘了，我们是共产党员，我们没有退路，在我们有限的生命中，对党对人民有着无限的责任，省委相信你，在大是大非面前，你能站稳立场。”

“谢谢王书记，请两位书记放心，我柳云桐绝不做千古罪人。”

柳云桐在关键时刻选择了以党和人民群众的利益为上。他从省委回门都的路上，让秘书马一鸣打电话给市委办主任，让他通知所有市常委委员，一个小时后在市委会议室召开紧急常委会。通知要求市委常委不得请假。

柳云桐老了，但他并不糊涂。对于门都的很多情况，他虽然做不到了如指掌，但也基本了解个大概。所以，柳云桐心里有一种痛恨自己的想法。王刚书记说得对，漠然处之，这是致命的思维方式，作为门都的一把手，怎么能漠然处之呢？要知道，一把手漠然处之，那就是放纵，其放纵的结果是什么？今天的事实摆在那里。

这一路上，柳云桐都在反思自己。门都的今天，变成这个样子，和自己的私心有直接关系。首先，自己接近退休了，实在是不想自己在任期间门都有什么大事发生，几年来，不是和稀泥，就是捂盖子。在柳云桐的内心深处认为，执政者的能力体现，应该是把门都治理成为太平盛世，而不是今天这里出个事，明天那里出点麻烦，按下葫芦起了瓢。这样做表面上看你干了很多工作，但细究起来你干的都是什么工作？为什么门都的事那么多？如果你平时工作到位，又何尝会有那么多矛盾和那么多问题，难道你平时没有预防矛盾的本事吗？再说了，什么是矛盾？矛盾又是如何产生的？柳云桐的答案是，矛盾是人为制造的，解决矛盾的过程是矛盾产生的根源。对于矛盾，你既不去解决它，也不去理它，它自然就会消失。难怪老子说无为，原来无为的概念是让矛盾自化，而不是他化。门都有问题，那是有人习惯指责问题它才有问题。如果你抱着一种习惯的态度去对待问题，习惯成自然，那问题就会转化为没问题。社会学的规律和科学的规律一样，化肥有问题，但它能使庄稼高产。这要看你图哪头，图高产，那你就施化肥，图没有污染那你就施农家肥。可门都如果施农家肥，每亩地的产量就会下降，人们就会饿得找你政府要吃的。但门都如果施化肥，人们就会丰衣足食。至于化肥的问题，说它是问题它就是问题，说它不是问题，它也不是问题。因为没人让你吃化肥。而是让你往地里施化肥，吃饭的人只管粮食有没有的吃，而不管粮食能不能吃。按照这个逻辑，门都的矛盾在相当长的一个时期内自化得很不错。看来圣上无为，这办法还灵。

圣上无为是灵。因为抓贼的休息了，贼可以无障碍地偷东西了，他干吗还来麻烦抓贼的。他不但不来麻烦你，甚至这个贼稍微有点智慧，他会主动帮你化解贼与贼之间的矛盾。他不这么做那才是最蠢的，要知道贼与贼之间为利益打得满天飞，动静闹大了就会惊动了抓贼的好梦，吵得抓贼者心烦，他必然要抓你。一旦抓贼的上劲了，无论大贼小贼，都不会有利可图。对此，“教父”看明白了这一点，他在图利之前，没有想到先利己，而是要先利公，他认为，自私虽然是人的本性，可本性并不代表成功，要想达到自私的目的，最好的办法是先自公，自公成了，自私会随之不请自来。柳云桐刚接门都班那会儿，门都的社会治安很乱，一些地痞流氓称霸一方。柳云桐新官上任三把火，第一把火自然是治理社会秩序。要想治理社会秩序，就一定要拿这些混混开刀。因为门都的现实社会特点是没有民族矛盾，也没有阶级矛盾。有的只是破坏和谐的不利因素。社会的不正之风就是不利因素。铲除这些不利因素，成了柳云桐的工作重要任务之一。当然，铲除这些害群之马，也是为了创造一个良好的经营氛围，为繁荣经济打下基础。

"教父"在柳云桐上任之初，在暗中帮了他一个大忙，当时门都有几个帮派，闹的最凶的有两个人，黑子和磕巴七。"教父"操纵磕巴七把黑子干了，黑子无奈跑去广州，他到了广州又经"教父"的人介绍，加入了他手下的公司，黑子这匹野马，变成了有组织的人。为了进一步控制黑子，"教父"利用黑子的报仇心理，他又把磕巴七诱骗到广州，然后借黑子的手把磕巴七除掉了。这件事，公司的人帮了黑子的忙。黑子不仅欠了公司的人情，同时也让公司抓住了杀人的把柄。黑子没办法不听公司使唤。不过，自从黑子干了磕巴七这件事在江湖上传开后，很多人也开始惧怕黑子。用大恶治小恶，这是黑子的任务，他要么把门都的所谓道上人调到广东去收编，要么对能在门都就地收编的便就地搞定。没多久，门都道上的事被"教父"搞平了。"教父"把这个阶段称为"自残"或"洗牌"。门都太平了，柳云桐腾出手来开始理顺权力与权力之间的矛盾。在"教父"看来，政治家本来就应该玩政治，而且要专心致志地玩政治。经济问题，那是商人玩的东西，商人把经济玩好了，手里有钱再拿来支持权力者去更好地经营权力，这是社会分工。经济讲究利益，"教父"懂得利益均分的道理，按照大鱼吃小鱼，小鱼吃虾米，虾米吃泥巴。这吃东西一定要按照规律、资格换着来。在门都商行里，谁不遵守这个规律，马上就会遭到黑白两道的人报复。人都是这样，有泥巴吃总好过没命吃。所以，有些人开始学着守规矩。只要人守规矩，"教父"也不亏待你。"教父"手下公司多，从广州到门都一路都有事做，有事做就需要人手，那些长期吃泥巴的人也不服。人嘛，总想改变命运，既然这样，就给你改变命运的机会。反正大家干的就是赌命的买卖，有人想玩大，说明这些赌大的人都不怕死。那好，"教父"会有办法成全你，去云南运毒品这种活多数都交给这些人去做。他给这些人断的命叫活着干，死了算。赌命的人源源不断，即使你不断地死，也能供得上货源，怕什么，这年头，最不值钱的就是人，最不缺的也就是这些干活吃饭的人。人人有活干，有饭吃，这就是门都市的社会治安太平无事的原因，至于人人有活干，干的是什么活，人人有饭吃，端的是哪碗饭，没人关心这事。因为穿鞋的怕沾上光脚的，光脚的不找穿鞋的麻烦，穿鞋的也绝不会惹你，俗话说谁愿意惹火上身。

当然，也不是没人愿意惹火上身，杨文学就不听你这一套。所以，在柳云桐那，“教父”玩的是化解矛盾，而在杨文学这里，他则玩起了制造矛盾，这也叫按需分配。但是，“教父”忽略了一个问题，我们这个社会是好人多坏人少，群众的力量是抵挡不住的。比如说我，一个纯粹的商人，利欲熏心的人，但我的良心和正义没有泯灭。我把杜三娘给我的柳英犯罪团伙的证据迂回地交给了杨文学。对，我一直犹豫不决的原因就在这里。杜三娘收集的证据，我要想交到杨文学手上甚至是交到严尚武手上，这种事办起来很容易，娜娜就能办。通过娜娜转交的材料，从可信度和重视程度上讲，都会起到很大的作用。但问题是，从法律角度而言，关于证据的采集和来源要有依据。这就需要当事人被依法讯问。这样一来，很多人收集到的证据，往往会有顾虑。实名举报吧，又怕打击报复。匿名举报吧，不是十有八九没人理，即使有人理也是批转地方处理，甚至有可能转到被你检举的人手里。这并不是危言耸听。比如说门都的问题，举报柳英的材料少吗？绝对不少，但为什么没有人查，简单的答案摆在那里，谁知道柳英的关系网有多大，柳家父子两代人，他们在门都经营了多少年，而且这种经营属于高层权力经营，谁听了不恐惧？就连杜三娘这个生活在柳英身边的人，她都心里畏惧七分。她敢收集柳英的材料，多半的想法也是为了自保。所以，要想把材料转到杨文学手上，绝对不能走娜娜这条线。娜娜见过杜三娘，更何况杜三娘给她留下的是很坏的印象。娜娜也知道杜三娘是我的死对头，仅凭这一点杜三娘也不会把关乎身家性命的事交给我。她还怕我把东西拿去给柳英报复她呢。除非，我和杜三娘之间有超级信用关系，男女之间能有什么信用关系，我们利益上不关联，是不是只有作风上的关系了。对此，把东西交给娜娜等于不打自招。但我还是有办法处理这事。因为我是李诗南。

正因为我是李诗南，一件普通的举报材料，经我手一处理，成全了两个人。谁？当然是杜三娘和杨文学了。咱们先说这份材料如何帮了杨文学吧。

人类的群居生活是从原始社会形成的。最初的形成需要是为了抵御自然灾害和野兽对人的威胁。后来产生了原始氏族部落，这期间，群体的作用是为了占据易于生存的自然空间和地盘，每一个部落形成后，国家的雏形也就产生了。氏族部落之间为了争夺生存环境，矛盾也就产生了。这时期，矛盾的主要表现为氏族部落之间的矛盾，氏族之间的外部矛盾减少后，又开始转化为部落自身的内部矛盾。矛盾的产生从古至今，主要有两大因素，利益与命运。

柳英和陈宁之间相互勾结，是出于利益需要。两个男人往来较多，自然也带着夫人活动。杜三娘也是在几年前认识了陈宁的老婆宜君。三娘和宜君之间属于共同命运关系，因为她们都是冷宫中的美人，家庭中的怨妇。大多数的女人对男人的爱与恨都来自于性。性是人的最基本欲望，女人没有这种欲望的满足，你给她再多的物质也没用。潘金莲为什么杀武大郎？因为她在追求人类质朴的本性，在追求女性的解放。但历史上不这么看女人，公然把潘金莲说成是坏女人。这都是违背人性的说法。当然，如果潘金莲不去寻求幸福，而是采用憋死拉倒的三从四德办法，估计她有可能变成古代女性的典范，说不定还有贞节牌坊立在她的坟上，尽管贞节牌坊是冰冷的石头堆砌起来的，不值得用温热的肉体来实现，但好歹也算是历史名人。可现代女性不扯这个。拿幸福去换石头，这种买卖没人做。三娘和宜君开始到一起是抱怨，由抱怨产生恨，由恨发展到疯狂。这也是正常的，所以，她们的共同志向是铲除柳英和陈宁这两个男人。

杜三娘恨柳英，她并不在乎用任何手段去报复柳英，因为她无牵无挂。可宜君和陈宁有个孩子，每当宜君一想到孩子，做起事来就会有些顾忌。不过，如今她没顾忌了。她和陈宁过了十几年的夫妻生活，钱没捞到多少。再说了，现如今捞钱的欲望更没了。因为陈宁让柳英给干掉了。俗话说牵挂死人也是要有理由的。杜三娘要报复柳英，宜君求之不得，这等于是为她复仇。所以，杜三娘找到宜君，让她把材料递给杨文学，她很快就答应了。从前让宜君顾忌的矛盾随着陈宁的死亡自然解开了，她从矛盾的另一面转到了杜三娘一面。对于宜君，她想把材料递到杨文学手上太容易了，只要通过韩超迎就可以办到。要知道，宜君家和韩超迎的家是邻居，她们从小就认识，就连陈宁和韩超迎认识，也是宜君从中介绍的。

杨文学眼下陷入了他仕途中最低谷时期，网上和社会舆论对他的压力空前巨大。门都的社会治安状况一乱，突出了杨文学与社会之间的矛盾。一时间坊间传闻说什么的都有了，说杨文学利用北京的关系搞权术，说他只想抢柳云桐的位子，排挤柳英出公安局安插自己的人进公安局，所以社会治安才乱了。这个人爱出风头，甚至有人说门都的不和谐因素与他有直接关系。总之，没一句说他好话的。他的压力太大了。都说门都有问题，什么问题？证据呢？陈宁诈骗，骗了多少钱？都骗了谁？“教父”是谁？柳英团伙都牵扯到什么人？陈宁是谁杀的？这一切的问号，都要一一去落实，都需要时间去落实。他要和“教父”抢时间。他想大小通吃，怎么吃？

杜三娘和宜君的材料对他来讲简直就如雪中送炭。当韩超迎把这些材料交到杨文学手上时，他激动得死死抓住韩超迎的手不放。韩超迎面带微笑地让他抓着手。好久，杨文学自觉失态，他红着脸说道：“不好意思，韩处长，你可帮了我大忙了，我太谢谢你了。”

“杨市长，我所做的一切都是应该的。”

杨文学相信这些材料的真实性。有了这些材料在手上，他心里不再发虚了。并且，他对门都腐败涉黑案的脉络也做到了如指掌。杜三娘、宜君二人反映的情况基本一致，通过材料上所例举的证据看，门都腐败案及涉黑团伙的老大是柳英，然后是吴泽安。不过柳英和吴泽安在政府及公检法部门任职，又参与涉黑，他们的职务不是最高的，这个团伙中职务最高的是翁忠康。翁忠康是门都市委常委、常务副市长。门都市局一级干部参与其中的较多，柳英、吴泽安、孙家铭、方民达，还有王部，王部是门都军分区的，目前看他和柳英走得很近，具体问题比较模糊。陈宁是柳英的死党，也算是柳英这些人的核心人物。柳英等人敛财的业务出口和进口就在陈宁那里，据宜君反映，陈宁套汇、洗钱的出境渠道在俄罗斯。这样看来，与任宏她们抓的那位庞倩倩有直接关系。柳英这条线基本算清楚了，至于他们个人是否与其他团伙有横向交叉，还需要进一步查实。

不过，关于门都的毒品问题、色情问题、资源垄断、土地操控等等问题，在柳英和其同伙的犯罪证据中显现不明。当然，这些问题反映在赖斌和肖常林的调查资料较明显，其中毒品和色情两条线操纵者在广东。资源垄断、土地操纵的幕后主使者是秦牧。秦牧有这么大的能量吗？这个问题引起杨文学的怀疑。秦牧十年前，应该有这么大的能量，因为那个时期，秦牧的父亲任省委副书记，门都的市委书记是肖东方，据说肖东方任门都市委书记，靠的是省委秦副书记的关系。可省委秦副书记，门都的肖东方，十年前已经退了。柳云桐任门都领导后，执政手段是霸道的。如此看来，柳英是不允许秦牧独吞资源和土地这两大块肉，柳英绝不会放过吃这两块肉的机会。如果说这两块肥肉一直放在秦牧手上而且放得很稳的话，那就只有两种可能。一是秦牧后面有一股更大的力量，二是秦牧和柳英共享这两块肉的油水。那么，“教父”是不是秦牧的背后人物？还是柳英利用地头蛇的势力另辟蹊径？这一切都要调查后才可知晓。

杜三娘的证据坚定了杨文学的信心。杨文学看完这些资料后，把资料放进档案袋中，他站起身在办公室踱着步子，他要通盘地思考下一步的行动计划。

这时办公电话响了，是省纪委书记赵保国。赵保国在电话中说：“文学同志，中纪委大案室领导今天到省里，他们指名要见你，我派省纪委的车子去接你，等下车子就到，你马上来省里。”

“赵书记，我正好也有事要向您汇报。”

“好吧，等你来了我们再谈。”

省纪委的车停在门都市政府大院里。这是一辆普通社会牌照的车，并没有特殊之处，它停在那里也没有引起他人的注意。杨文学从政府大楼里出来，钻进车里?车子便马上启动走了。车子开出市中心后，杨文学回头从后面挡风玻璃向外看了看，发现有车在其后跟踪。杨文学转回头来，对司机说道：“后面有车跟踪我们?”

“哼，杨市长，没想到你胆子这么小，哪有什么车跟踪我们。”

听到这句话杨文学明白，自己被绑架了。想到这他心里暗暗地吃了一惊，完了。手中的那份材料？杨文学越想越觉得不对劲，刚才明明是省纪委赵保国来的电话，难道有人冒充赵保国？不应该呀。难道自己的电话被人窃听了？还是其他什么原因？这帮人的胆子有这么大吗？他们公然敢到市政府大院里绑架市长！杨文学真后悔自己的大意。不过，后悔也没有用，杨文学目前只有一个想法，自己该如何脱身，即使自己真的脱不了身，也要拼死保住手中这份有价值的资料。杨文学对司机说道："你们是干什么的？"

"杨市长，我们是省纪委的呀。"

"少他妈跟我来这套，你知道自己在干什么吗？"

"知道，请门都市长去省纪委。"

"浑蛋，你还敢说这话，我是干什么出身的，凭你一句话，我已经知道你们不是什么省纪委的，告诉你，绑架市长，你是活腻了。"

"杨市长，既然知道我们是干什么的，嘴就别这么硬了，绑架市长？你算个狗屁，我们连省长都敢绑，别说你一个小市长。省省吧，和我们发狠没有用，等一会儿见了'教父'，你和他说去。"

"你们是'教父'的人？"

"对。"

"狗屁'教父'，看你们这些三脚猫的样子，他也没什么料道。"

"哎哟，口气不小哇，说我们'教父'狗屁，你才是真正的狗屁呢，你也不想想，我们这些人只是'教父'边外人物，我们敢到市政府去，并且很轻松地把你弄来，这是一般人的水平吗？在我们'教父'手下，从北京到省里、市里，还有南方，比你官大的人多了，你还觉得自己挺牛逼的，也不想想，偌大个市政府，哪个不是笨蛋？市长大白天都让人绑了，还装鸡巴毛有脾气。"

"我警告你，马上把我放了，否则我会让你们死得很惨。"

"闭嘴，让我死得很惨，你他妈的吹牛也不看看是谁，待会儿还是我先让你知道什么叫死得惨吧。哈哈哈。"说完开车的这个家伙竟然大笑起来。

杨文学用手扒开车门把手，车门打不开，他知道，这个车门是特制的锁，由开关控制。只听前面开车的司机又说道："杨市长，绅士一点，想玩老洪飞车吗，铁道游击队看多了吧，别白费劲了，既然我们敢绑你，难道你忘了什么叫来者不善，善者不来这句话吗？"

"小子，你休想得逞。"

"杨市长，得逞不得逞不是你说的，我已经得逞了。"

杨文学没打招呼急急忙忙走出办公室，引起了韩超迎的注意。她从自己办公室的窗子下意识地向外面望去，见杨文学上了一辆社会车辆。第六感觉提醒她，杨文学的举动有些反常，韩超迎居高临下看着那辆车，出了市政府大门右转，好像有另一辆车跟在杨文学坐的那辆车后面。她马上觉得问题不对，迅速拿起办公电话，接通了市局道路监控中心的电话后，她报出了自己的身份，然后在电话中说："我报两个车牌给你，你把能动用的监控全都对准这两辆车，随时在这部电话中报告这两辆车的动向。"

她这边安排市局监控中心，那边又用另一部电话打给赖斌。赖斌听韩超迎介绍完情况后，他马上打电话给曲静及特别行动小组成员，让她们马上报出自己的位置，赖斌本来有心要调动市局特警队，但他转念一想，如果调动特警，这件事就闹得满城风雨，对杨市长不利。对方只有两辆车，估计好对付。赖斌的紧急指令发出后不到两分钟，所有队员都报告了自己的位置。这时，市局道路监控中心也接通了赖斌的电话，他们报告了那两辆车行驶的准确位置。赖斌接到监控中心的报告后，他对特别行动组全体人员下达了命令："美女与野兽全体组员注意，杨市长被歹徒绑架，歹徒车辆准确位置在市府大街七公里处，车号分别为A3628、A7411。你们要不惜任何代价救回杨市长，在确保市长安全的情况下，使用任何手段制服歹徒，稍有反抗者，就地击毙，绝不含糊，行动。"

劫持杨文学的车辆此时行驶在最后一个城市红绿灯处，过了这个红绿灯，他们便出城了。杨文学这时变得更加冷静起来，也不知为什么，他始终坚信，绑架他的歹徒得逞不了。他偷偷把手伸到包里拿手机。这时开车的司机又说话了："市长大人，想打手机报信吗？实话告诉你，别做梦了，这辆车里安装了手机屏蔽器，你的一切挣扎都是徒劳的。我劝你，还是乖乖去等着送死吧。"哈哈哈，这家伙说完又得意地大笑起来。只可惜，他这回笑得早了点。因为，特别行动小组的侦察员好像从天而降。在歹徒车的前面，等信号的还有两辆车。说来也巧，可可开的车就在歹徒的车前面。可可从茶楼出来要去金山息园，今天是她探望白舒的日子。她的心情很不好，坐在车里闷闷不乐。不知为什么，今天这个红绿灯好像是坏了，老半天也不变灯。后面的车急了，开始鸣笛，可可被鸣笛声吵得心烦，她望了望后视镜。她一看不要紧，发现门都市的市长坐在后面车里，给市长开车的那个人怎么长得凶巴巴的，怪了。可可在心里纳闷。她这一纳闷，禁不住又多看了两眼后面杨文学坐的那辆车。没想到，坐在车里的杨文学见车在等红灯，他想到要利用这个机会制住司机。他认为，自己坐后边，想制住前面的司机还是有优势的。这种想法他早就有了，只是因为车在行驶过程中，加上后面那辆车又紧跟着，一旦他和司机在车里发生打斗，后面车上的人马上就会停下来帮忙。更重要的是，杨文学认为，自己想的问题这伙歹徒同样也会想到。他们既然能想到，为什么敢这样放心地让自己坐在后面，这不摆明了给机会让我用吗？他们精心策划的绑架案，可能有这么大的漏洞让你钻？不可能。杨文学想到这里面肯定有道道。所以，他一路也在观察，最后他确认，玄机就在他座位的下面，有电击装置。这种装置的控制开关在司机处，只要自己这边一行动，他就会启动开关，那样，自己就会被电击击伤。杨文学想了很多办法。最后他决定，必须冒险一试，只要自己离开座位，有可能就会避开电击。而且离开座位的办法只能是突然离开，让司机来不及启动开关。如果此时不动手，出了城机会就更渺茫了。杨文学知道，凭自己的体格，对付这个开车的还是没问题的。想到这，杨文学突然从前排两个座位之间的空当处窜了过去，他的身子在空当处，离开了所有的车座，他用双手死死抓住司机的胳膊。这一切都被可可看在眼里。可可第一反应就是拉开车门从车里冲了出去。这时，跟在杨文学后面车上的人也开始下车过来搭救前面车的司机。后面车上一共四个人，除了司机留在车上外，其他三个人都下了车。他们几乎和可可同一时间来到绑架杨文学的车前。其中一个家伙冲跑过来的可可说道："滚开。"他的话音未落，被可可一脚踢到下阴处。可可这一脚就把那个人干昏了。其实没人知道，可可从小就受到父亲的武功真传，她为了复仇，十年来，从未有一天停止过练功，她的拳路是中国功夫和泰拳糅合而成。并且，可可练的都是置人于死地的招法。所以，她在情急之下的一脚，就把那个人踢昏过去。其他两个人被突然杀出的可可搞蒙了，他们事先没有预料有人会营救杨文学。因为"教父"说这次绑架是一次文明行动。并非武力行动，武力行动是没办法劫持市长的。虽然是文明劫持，但碰上事这两个人也不是吃素的。他们见可可是个女人，又是一个人，便骂道："臭娘们儿，找死呀。"说着奔可可而来。可可此时心里明白，目前唯一的办法就是下死手。可可见一个人已经冲到她面前，她抬脚直奔那人门面踢去。对方也是有功夫的。他见可可起脚这么快，心想着往后退一步，可没想到，可可并不是要用这一脚伤他，就在他躲过可可一脚的同时，可可紧跟着又上第二脚，这一脚踢在了那人的胸上，与此同时，可可又踢出了第三脚。但此时可可也遭到另一个男人的攻击。那个人手握着一尺多长的匕首向可可刺来。在这关键时刻，只听一声枪响，那人应声倒地。开枪的是曲静。她一枪打进那个人的心脏，他当场毙命。这时任宏从侧面冲出来，她拉开车门，伸出左胳膊挟住开车人的脖子，然后用右手按住他的头，使劲一转，这个人便断气了。与此同时，任宏关掉钥匙门，车子熄火了。

由于地处城乡接合地，这里没什么人，仅有的几辆车见这里又是武打又是放枪，吓得早跑了，更何况，这次营救行动前后只用了不到五分钟。歹徒两死一伤，两个被擒。

杨文学从车上下来，他笑着和大家打招呼。并和可可握了手："这位女士，谢谢你，多亏了你及时出手。”

“杨市长，我在电视上见过你，你是好市长，我只做了我应该做的，不用谢。”

杨文学眼眶中浸着感激的泪水，你是好市长，这就是门都人对他的评价。他接着可可的话说道：“这位女士贵姓？我们能认识一下吗？”

“叫我可可吧。”

“可可，好名字。”

杨文学这边说着，赖斌、肖常林和韩超迎走过来。杨文学见到韩超迎，对她说道：“韩处长，留下可可的电话，容后报答。”他说完又对可可说道：“可可，找个机会，我请你吃饭。”

“杨市长请我吃饭我一定去。”

“那好，我们就这么说定了。”

杨文学和可可握手告辞。

可可给韩超迎留了电话，韩超迎知道可可是谁，可可也知道她是谁，只是她们之间没见过面而已。但她们之间在心里互相是心照不宣的。告辞韩超迎，可可便向自己的车走去。曲静陪可可一起过去，她赞许地说：“姐们儿，练家子，出手够力。”

“我也是情急之下乱来的。”

“谦虚，我俩认识一下交个朋友吧?”

“警花和我交朋友求之不得，这是我的名片，欢迎你天天到我那去喝免费茶。”可可说着递了一张名片给曲静。这时后面走过来的任宏插话道：“美女姐姐，和曲静交朋友，这么好的事别落下我呀。”

可可笑了笑，她又拿出一张名片，递给任宏：“妹妹，你叫什么名字?”

“任宏。”

“好了，我有事先走一步，你们二位警花既然认我做姐姐，可记着常去看我。”

可可开车走了，她还是去看白舒，她要和白舒说说话。在去看白舒的路上，她打电话给我，向我说了刚才发生的事。

杨文学带着赖斌、肖常林二人去省里，这样他们路上也好利用这段时间研究一下杜三娘那份揭发检举材料。门都市刑警支队的人负责清理现场，带人回去审问。杨文学和曲静她们分手时说：“我给你们记大功。”

“保护市长是我们的责任。”

杨文学从心底里感激韩超迎：“韩处长，等我从省里回来，马上提议开常委会，我会提名你做市政府办公室主任。”

“杨市长，我所做的一切都是我的职责。”

“对，职责，我们国家的每一个人如果都懂得自己的职责，那我们这个社会将会变成什么样。”

杨文学在省纪委见到了省委书记王刚，省纪委书记赵保国，中纪委主任哲学。杨文学和哲学是老相识了，他给首长当秘书那会儿他们就认识，这次哲学为了陈宁一案亲赴A省，这说明中央对陈宁一案的重视程度。省委书记王刚笑着说道：“原来你们早就认识呀，我说哲主任一到省里就点着名字要见你聊聊。”

“王书记，我和哲主任认识应该有十年了，那时我给首长当秘书。”

“王书记，十年前我和文学一样，也是秘书，首长们之间开会、学习，我和文学都要陪同。所以，那会儿我们是常见面，赶上节假日没事，我们一帮子秘书也是经常聚在一起喝小酒。不过，文学的酒量太差了，经常被我们灌醉。”哲学说到这几个人全乐了。杨文学说道：“不过那会儿我虽然没酒量，但我有酒胆。”

“你现在胆量也不小嘛，听说来的路上出了点岔子?”王刚书记问道。

杨文学笑着解释道：“我在电话中明明听着是赵书记的声音，当时也没多想，下了楼还真有辆挂省牌照的车停在那里，我上了车和司机一对话才发现上当了，这帮家伙提前有预谋，早就打着谱绑架我呢。还好我的秘书处长聪明，我弄了个有惊无险，躲过一劫。”

哲学说道：“看来这帮家伙是挺猖獗。”

“王书记，事情已经查清了，省电话局一个人把我打给文学的电话呼叫转移了。其实文学根本没接到我的电话，接电话的是另一个人。他们从文学那里把电话截走后，又找人模仿我的声音给文学打了电话，这才出了劫持文学的事件。”赵保国说道。

王刚问道：“省电话局那个人抓了吗?”

“省公安厅查清这件事去抓人时，那个人跑了，省公安厅正在全力追捕。”赵保国回答道。

“保国，这件事的性质非常严重，这伙人竟然把手伸向了省里，告诉胜强同志，必须抓捕这个人归案。”王刚说道。

“王书记，我马上传达您的指示。”

“文学，今天找你来，主要是想听听你对门都问题的处理看法。前几天我们已经碰过了，经过近来的调查，有什么新情况吗?”

“王书记，我今天收到两份举报材料，是柳英的妻子杜三娘和陈宁的妻子宜君托人转给我的。本来赵书记不打电话叫我上来，我今天也要上来，哲主任来得真是时候，我正好把想法向在座的领导汇报一下。”

杨文学的想法是刮南风。他坚信，“教父”就在门都。广东路路亨通公司只是门都的分公司。但从表面上看，门都的毒品、色情场所好像是掌握在广东大老板手上，其实不是这样。“教父”在门都设的是主战场，广东只是一个窗口，这个窗口主要是为了走私贩毒方便。杨文学为什么会这样认为，主要依据是门都公安局缉毒支队出车去南方武装押运。再有，“教父”在门都的领导层布了一张很完善的网络。而广东那边，除了提供走私物品和毒品外，其他权力层面涉入不深。这足以说明，“教父”在广东不需要利用广东的权力层，他所要利用广东的优势是活跃的市场和广东多年形成的走私渠道，以及成功的经验。“所以，我的想法是先从广东那边下手，那边堵窗口，把他所设的气眼堵死，他的气眼一断，中间一些环节也会瘫痪。这样他就会收起触角，而龟缩门都。如此一来，我们便可关门打狗。否则，堵不住‘教父’的气眼，他可能随时从气眼溜走。我的第二步建议是，如果有办法在广东和香港截住他们的资金流出渠道，那他的整个利益链都会陷入危机。从前几天‘教父’一次性从广东调回三个亿堵啤酒厂风波这件事分析，也可以证明，他的主战场就在门都。但是，我们目前最棘手的问题就是，门都的力量下得再大，其波辐射也只有门都，出了门都地界，我们就显得鞭长莫及。”

王刚和赵保国听杨文学这样说，他们都若有所思地点了点头。然后，王刚、赵保国、杨文学不约而同地把目光集中在哲学同志身上。

哲学沉思了一会儿后说道：“文学同志分析得有道理，根据以往的经验，像这种跨省案件，比较让人头痛的也是这一点，你打他这一头重了，他就会转移犯罪据点，跑到另一头去躲风头。这次我来A省，也是这个目的，因为时间仓促，我还没来得及和几位领导沟通。但我在来之前，已经和公安部赵副部长碰过头了，我们准备搞一次大的清剿行动。这次行动，不仅要重点打击广东方面的犯罪分子，从广东沿途一路，一直到门都，来它个联合大行动。保国同志转给我的材料我已经交给了公安部一份，公安部的探员几天前也已派去香港、广东和沿途各省。一个所谓的‘教父’，自以为他很聪明，可他忘了，狐狸再狡猾，也斗不过好猎手。所以，这次行动，我们要稳准狠，一次性搞定他们。文学同志这次回门都，主要任务是调查谁是‘教父’。有了线索后先不要惊动他，让他表演。并且，在必要的时候，可以采取欲擒故纵的办法，给他点甜头。还有，我这次来A省，中纪委领导特别关心柳云桐的态度问题。柳云桐在门都的问题上，走得太远了。中央担心，他如果在关键时刻再往纵深程度滑下去，门都可能有一场大乱。为了门都的政治经济稳定，文学同志要小心提防，有些部门，一定要有策略地换将，而且要换得不声不响，特别是基层部门，一定要把握局面。再有，门都一切可能流出的资金口子，必须严防，以免犯罪分子携款外逃。关于换将问题，王刚书记最好能放一部分权给文学同志。”

王刚接着哲学的话说道：“柳云桐的问题，前两天我和保国同志找他谈了一次，我在谈话中明确告诉他要在关键时刻站稳党的立场，他表面上应该是听进去了。听文学说他回到门都后，也积极主动地做了一些工作。但我们最担心的是，柳英在犯罪的道路上走得太远了，怕柳云桐在柳英问题上铤而走险。”

哲学又说道：“文学，铁威同志在干群关系方面斡旋的进展情况如何？”

杨文学说道：“从眼下情况看，门都常委班子及各区县领导班子绝大多数人都已经端正了态度。各乡镇的领导干部工作，邱风同志也争取到了大多数同志的支持。从我今天收到的举报材料看，常务副市长翁忠康、市委秘书长周云鹏已经卷入此案中，其他中层干部的涉案人员已经在我们的监视之下。”

哲学说道：“文学同志，你们一定要吸取陈宁被杀的教训，对于嫌疑人要严密监控，防止他们断线。另外，王书记、赵书记，我看像翁忠康和周云鹏这两个人，如果与柳英交叉不深，是不是考虑先把他们双规，这样做也可以震一震那位‘教父’，让他自己跳出来？”

王刚说道：“双规翁忠康和周云鹏可以，只是要有个适当的借口，避免柳云桐狗急跳墙。”

赵保国说道：“文学同志，你认为规了他们，什么理由更充分一些？”

杨文学说道：“这两个人与广东那边走得很近。据我们了解的情况，他们与柳英交叉不深，线报说前段时间他们起内讧，柳英暗中找人砸了一家歌厅，并勒索了广东那边三千万，这笔钱是广东人直接拿给翁忠康的。我的意思能不能在这件事情上做点文章。这样做，不容易引起柳云桐的怀疑，因为前段时间，他不知为什么心血来潮，签发了一份举报信，这封举报信的内容就是关于花都歌厅涉黑、卖淫、吸毒等问题，这个举报信我也签了字，由汪波同志批转给公安局调查，由于当时调查此案的权力在柳英手上，柳英把这个案子给压下了。后来柳云桐还专门为这事在常委会上发了一通脾气。柳英去检察院后，赖斌接手此案。我们可以利用黑子这个突破口。”

赵保国说道：“黑子现在关押的地方安全吗？别再让这伙人钻了空子。”

杨文学说道：“这个不会，黑子已经被转移北京看守所临时关押。”

哲学说道：“文学，这样做是对的，今后无论涉及什么人，只要存在安全隐患，就要转异地关押。这样做虽然麻烦点，但杜绝了让他们毁灭证据的更大麻烦。还有，关于柳英和陈宁妻子的安全问题也要考虑进去。你安排一下，我想见见柳英的妻子杜三娘。”

杨文学说道：“关于这两个举报人，由于我今天才接到材料，一时还没顾得上对她们的保护问题。不过，我来省里的路上出了点岔子，这事提醒了我。所以，我让赖斌同志去安排了。可有一点，柳英的妻子目前不在门都，他们正在找她，一有消息我会知道。哲主任要见她，安排在什么时间比较好？”

哲学说道：“今天如果能见到她最好，因为明天我可能要去广东。”

杨文学说道："好吧，我马上安排。"

中纪委领导和省委领导敲定了大方向。他们各自离开省纪委。省里安排给哲学接风洗尘的时间定在晚上，中午哲学的饭由杨文学负责。老朋友了，哥俩又很久没见面。刚好利用中午这这段时间边吃饭边叙叙旧。

杨文学和哲学从省纪委一出来，他们走在路上，哲学问道："文学，娜娜前几天来门都了？"

"在门都待了两天。"

"怎么样，进展得差不多了吧？"

"哪里，八字还没一撇呢。"

"文学，你想瞒我，八字没一撇，她都到你的家乡拜见过你的父母大人了，你这八字那一撇还要撇到什么时候？"

"哲学，行啊，连这事你都知道。怎么，在我身边下线了？"

"文学，你太抬举我了，我长几个脑袋敢在关家姑爷背后下线。不过，虽然我没下线，但你俩的事，我还真知道点。"

"拉倒吧，我和娜娜的事，连我都不知道，你竟然知道，这就怪了。"

"不怪，不仅不怪，我的消息来源可以说绝对准确。"

"哲学，赶紧交代，你从哪听来的？"

"文学，有你这样跟纪委领导说话的吗？赶紧交代，这从来都是我问别人的话。"

"哲学，看来这官大一级压死人哪。"

"哈哈，告诉你吧，我可是听刘夫人说的。娜娜去门都见你，刘夫人是逢人就说，那天在钓鱼台，她老人家拉着我说半天这事。文学，时机成熟该进攻就进攻吧，可别错过了机会。"

"哲学，我又何尝不急，问题是娜娜的脾气你又不是不知道。这事呀，只能是慢慢磨。"

"也是，文学，这回知道攀龙附凤的滋味了吧？"哈、哈、哈。两个人都大笑起来。

韩超迎给我打电话，她让我赶紧找到杜三娘，说是中纪委领导要见她。这是大事，我不敢怠慢。中纪委的人找杜三娘，说明杜三娘反映的问题引起了中纪委领导的高度重视。如果真是这样，门都，二十年来坚如磐石的门都，顷刻间就会像多米诺骨牌一样倒下。多年来，门都的一部分人捞得可以了，这些年，他们享受了多少福，权力的桂冠，金钱美色的挥霍，凭什么？凭的就是今天即将发生在这些人身上的报应。

杜三娘被约到省城友谊宾馆。我开车送她去的。快到友谊宾馆正门时，我把车停在路边。说实话，杜三娘需要我打气给她，听说要见中纪委的人，她还真有些怕。她恨柳英，她恨柳英的主要理由是没有爱。女人有的时候也挺怪的。她们缺少爱的时候，看到什么恨什么，这个社会的一切对她们而言可谓一无是处。但她们有爱后，无论爱情来自何方，她们马上就会变得爱意浓浓。她们甚至会变得爱这个社会的一切，当然包括与人类朝夕相处的宠物。当初她把搜集到柳英的材料交给我时，她已经打消了报复柳英的念头，柳英如果不主动出击她的美好生活，那么大家就会相安无事。

现如今材料被我劝说着交到杨文学手上，她一多半的想法也是为了我。因为，她不想让我手捧着炸雷过日子，她懂得藏匿他人犯罪证据是犯罪。别回过头来，柳英没整着，再把我先抓起来。所以，她撺弄宜君把材料交了出去，转嫁风险。让她没想到的是，杨文学本事真大，怎么才一天的工夫，材料就到了中纪委手上？而且，中纪委提出找她谈话。杜三娘坐在车里，她有点不情愿下车。但她又不敢说什么。自从我把她征服了以后，杜三娘从前的泼妇劲消失了，她几乎对我是百依百顺。当然，她越是这样，我越呵护她。我心里清楚，这个女人命苦，这个女人和我一样从小就命苦。她的心里装着大事，这我知道。因为多少回我和她闲聊时，她总是欲言又止的样子。但我不能问，我没法问的原因很简单，能帮她的，我都尽最大努力给她了。她如果真的有什么大事，我帮得了她吗？我真的不晓得我有没有能力帮她解决一切艰难困苦。既然这样，她不主动说，我也就别问了，免得到头来增加不必要的烦心。

在柳英的问题上，我不想劝她，我相信她会权衡利弊关系的。人间正道是沧桑。这不是劝的问题，这属于人性的感悟问题。我们就这样默默地坐在车里。大约又坐了一刻钟，杜三娘想通了，她抱着我的头吻了我，然后一句也没说便下车向友谊宾馆大门走去。而我，还是坐在车里等她。不知为什么，我突然觉得自己像个小人，一个利用各种可能利用的机会来充填我那可悲命运的小人。那个曾经让我羡慕的《红与黑》中的于连，如今变得是那么的可憎可悲。

在这个世界上，我不知道还要什么。要悲惨的命运？我有过了。关丽娜，我的真爱。可可，绝色的智慧女人。婉儿，一个可以让你在她身上寻求透明的女人。杜三娘，一个爱我的真爱女人。肖鸣，沉积着权力与阅历的女人。韩超迎，权力与野心交融的女人。魏青和徐爱珍，一对现代浪漫女性。她们像众星捧月一般围在我身边。出力的出力，出钱的出钱。为了我的欲望，为了我内心那份长久的空虚，我无时无刻不在利用她们。这一切，真的是我所需要的吗？

杜三娘来到友谊宾馆三号楼。哲学亲自为她开的门。哲学只看了杜三娘一眼，他便定在那里，此时的他觉得头昏昏的，有一种天旋地转的感觉。杜三娘，和他的妈妈长得一模一样……

是的，血浓于水的体现就在这一瞬间。杜三娘见到哲学，似乎也有一种说不出的亲切感。哲学自从政以来第一次失去内敛，他双手激动地扶着杜三娘的双肩，把杜三娘的身子转到了侧面，他向杜三娘的左耳看去。杜三娘下意识地撸了一把头发，她在配合哲学。看到了，哲学看到了。这个叫杜三娘的女人，左耳后面有两粒红痣。自己的妹妹耳后也有两粒红痣。三十多年了，三十年前的一切，哲学几乎忘光了，但是，妈妈在临咽气之前，拉着他的手说的那句话，他一辈子忘不了，"……你一定要找到妹妹，她的左耳后有两粒红痣……""妈，我知道……"

那一年，唐山地震。哲学的父母都被砸死了。两岁的妹妹失踪了。哲家只剩下一个男丁，五岁的哲学。妹妹，红痣。这四个字陪着哲学度过了三十多年。没想到，在这能碰上失散了三十多年的妹妹，可能吗？哲学试着问道："你姓杜？"

左耳后的两粒红痣，是杜三娘终生的秘密，这个秘密只有爸爸、妈妈、哥哥知道，连我这个她最爱的男人都不知道。杜三娘那一年太小了，她才两岁，她忘了生活中的全部。但是，她在十六岁那一年，被养父杜新强奸那次，是杜新喝得酩酊大醉后的酒话，让她的大脑又依稀地恢复了儿时的记忆，但这份记忆对她而言太模糊了，模糊得让她永远都无法记清儿时究竟发生了什么。但有一个情景她是记得的，那就是，小的时候，和她睡在一张床上的哥哥，睡觉前总要看一看她左耳后的红痣。

"我不姓杜，可我也不知道我姓什么。"杜三娘语气中透着忧怨。

"你不姓杜，你不知道自己姓什么？如果你看到照片……对，快来。"哲学把杜三娘让进屋后，他马上去包里拿照片。在哲学的身边，他永远都带着一张黑白的照片，那是他的全家福。在这张照片上，有他的爸爸、妈妈，还有妹妹哲光。

杜三娘拿着照片，她看了一会儿，自言自语地说道："妈妈。"

"对，妈妈，这是爸爸，这是你，这是哥哥。"哲学指着照片上的人介绍道。

"你是哥哥？"

"哲光，我是哥哥。"

"哲光，你在叫我吗？"

"哲光，小时候的事你一点都不记得了？"

"哥哥？我叫哲光？那杜三娘是谁？"

"哲光，你不要急，慢慢地想一想，当初是谁把你救出来的？杜三娘是不是你养父家的姓？"

一提起养父，杜三娘发起疯来："你别提什么养父，他是禽兽。"说着，杜三娘趴在沙发扶手上号啕大哭起来。

哲学一边给杜三娘轻轻地拍背。一边飞快地想着什么，他知道，想弄清楚这一切只有找到杜新才能弄明白。一想起杜新，哲学就想到刚刚杜三娘那句话，禽兽？为什么？难道？哲学不敢想下去了，他拿起手机打给杨文学："文学，你马上到我这来一趟。"

杨文学在电话中听到女人的哭声。他知道，哲学遇上麻烦了，按照规定，哲学没理由一个人面见杜三娘。但碍于哲学的级别，他既然这样安排，一定有他的道理。杨文学在五号楼，他放下哲学的电话，快步来到了三号楼。

杜三娘还在哭。不过，她此时由大哭转为哭泣。哲学在三号楼的门外等着杨文学。他见杨文学来到面前，便急不可耐地说："文学，杜三娘是我三十年前失散的妹妹。"

"妹妹？"

"对，文学，一两句话跟你说不清楚，你迅速安排人，把杜新请来，有些事只有他才知道。"

"请杜新？"

"对，密请，用最快速度，我等不了。"

"好吧，我这就去安排。"

"人请来后去你那。"

"好。"

赖斌和肖常林请的杜新。杜新自从被免去建委主任职务后，一直待在家里没有上班。杜新牵扯到柳英一案，特别是他弟弟杜飞，属于门都黑道的老大级人物。这两个人其实早就该抓，由于考虑到怕打草惊蛇，所以，至今没动他们。但他们的一举一动都在门都公安局侦察员的视线之内。请杜新来省城，根本就没费什么劲。

杨文学安排完赖斌他们请杜新的任务后，他开始思索下一步应该怎么办，杜三娘是哲学的妹妹。哲学的历史杨文学是了解的，他是唐山大地震后留下的孤儿，从前哥几个凑在一起喝酒，指不定哪句话没说对，就会捅到哲学的伤心处，哲学一生都在找他的妹妹，特别是他当官后，更是利用权力到处打电话托人帮他找妹妹，哲学妹妹的左耳后有两粒红痣，这个杨文学也知道，因为自己来门都之前，哥几个给自己送行，哲学也拜托过他帮助留意，问题是，哲学的朋友圈子职位都太高了，职务一高，接触人就有限，并且职务高的人事务又多，所以，至今为止，哲学也没找到他妹妹。杜三娘是哲学的妹妹，难道哲学看到杜三娘左耳后那两粒红痣了？杜三娘是杜新之女，她怎么可能是哲学的妹妹呢？如果她真的是哲学的妹妹，杜新可是涉案人员，这样一来就难办了。杜新帮哲学养了三十年的妹妹，那他就是哲学的恩人。如此大的深情，换作谁也是要报答的。如此一来，哲学 等于走进了一个情感与法律抉择的死角，怎么办？他又能怎么办？唯一的办法，只能是我杨文学把这件事给扛下来。杨文学在房间里来回踱着步子，他在谋划如何帮助哲学过这一关。哲学在和杨文学分手后，他并没有马上回到房间内，他先打了一个电话给爱人，在电话中，他急急忙忙地把见到杜三娘的情况和爱人讲了，并让爱人马上来A省，越快越好。放下爱人的电话后，哲学又站在三号楼的门口发了一会儿呆。三十年了，三十年来他无时无刻不盼望着这一天。可是，当这一天终于来到时，他竟一下给打蒙了。他承认，这一天来得太突然了。他知道，自己陷入了困境。没办法，为了妹妹，他无论如何都要面对这种尴尬的局面。他想到杨文学不会袖手旁观。但是，这种事没理由牵扯到杨文学。实在不行，如果妹妹真的提出了非要他做出选择的问题，自己只能是找组织把问题谈清楚了。杜新，禽兽？妹妹为什么这么说？难道这三十年来，妹妹过得是一种悲惨的日子？妹妹揭发了柳英，可她和柳英的婚姻关系怎么办？万一妹妹哪天又反口了，那我将如何面对柳英？

杜三娘不哭了，她拿着那张全家福黑白照片在看，边看边试图努力回忆着什么。她心里暗想，哥哥，平白无故地冒出了一个哥哥。这一切是真的吗？在自己的印象中，怎么就想不起哥哥这个人呢？妈妈，对。杜三娘认识照片上这个女人，母亲的形象是一辈子也抹不去的。因为，当你呱呱坠地那一刻，当你的眼睛见到这个光明世界的那一刻，你第一眼看到的是妈妈。爸爸？爸爸在她脑海中没有印象，但照片上的爸爸穿的是军装，这么说爸爸是军人？可他们为什么把我抛弃了？是地震。可我为什么又落到了杜新手上？杜新说是他支援唐山时把我捡回来的，可他既然救了我，为什么又要强奸我？哥哥，哥哥是中纪委的，杜新，这回看你还敢污辱我。可杜新是爸爸，虽然他是一个坏人，但妈妈怎么办？妈妈一直对我很好的。杜三娘越想头越痛，她瞪着两只大眼睛望着天花板……

哲学回到房间内，他发现杜三娘不哭了，她手里拿着照片，望着天花板在出神，哲学知道，让杜三娘一下子接受这个现实，确实有点接受不了。哲学倒了一杯水给杜三娘，然后，他在杜三娘旁身坐下来，从茶几的果盘中拿起一个苹果给她削皮。他和杜三娘之间并不陌生，但好像也不那么随便。要知道，毕竟兄妹之间三十年没见面了。要是这会儿爱人在多好。杜三娘先说话了："你找我来不是有事谈吗？"

"哲光，我现在找你没事了。我已经打电话叫你嫂子过来，让她陪你。"

"你真是我哥？"

"妹妹，我找了你三十多年。"

"照片上的爸爸、妈妈呢？"

"他们都遇难了，我是被人救出来后抚养长大的。"

"就像杜新抚养我一样？"

"对，这些年你受苦了。"

“别说这事，我不想提过去，你难道根据我耳后的痣就一定说我是你妹妹?”

“也不完全是，你看照片，你现在长得和妈妈一模一样，而且你也没离开小时候的样子，所以，我第一眼见到你，就断定你一定是我妹妹，哥哥没本事，要是早点找到你就好了。”

“这也不怪你。我问你，柳英能枪毙吗?”

“这要由法律决定。”

“他要是活着，早晚会报复我。”

“妹妹，你不用怕，有哥在。”

“你根本不知道门都那些人有多狠。”

“妹妹，放心吧，我会一个个把他们都收拾光的。”

“哥，你这主任是多大官，比柳云桐大吗?”

听到杜三娘这么问，哲学笑了。他笑着说道：“应该比他大吧。”

“那我就放心了。”

“妹妹，其实你也没有什么可担心的，等你嫂子来了，我们带你回北京。”

“我不去北京，可我也不想回门都，我要是能在省里找份工干……”

杜三娘没再往下说，因为她突然想到了我。她又说道：“哥，你这里有洗手间吗?”

“有，楼上楼下都有。”

杜三娘到楼上洗手间，她给我打电话，在电话中，她简单介绍了刚才所发生的一切。我听到了这些也蒙了，这都是哪跟哪呀?

第十六章

我在离开友谊宾馆之前，给可可发了一条信息。上网。就在友谊宾馆附近，我找了一家茶楼，叫了一杯茶后，我便开始上网。今天发生在杜三娘身上的事太意外了，对于杜三娘小时候的那段历史我根本不知道，每次闲聊时她欲言又止的表情，说明她想告诉我关于她的身世问题。唐山大地震的力度真大，几十年过去了，一段生离死别的故事还能在门都这种地方发生，在我们这个社会中，究竟还有多少这样悲欢离合的故事，人们可以不厌其烦地讲，一代一代地讲。杜三娘的故事就发生在我身边，她突然多出的哥哥，对我而言是好是坏？

可可没上网，她在去茶园的路上，小营河边上的茶楼，她边开车边用车载电话和我通话："南南，什么事？"

"你没上网？"

"我在路上，干爹在店里等我，不知道什么事，我怕见到他后没机会上网，所以打电话。"

"三娘找到她失散三十多年的哥哥了。"

"听上去没头没脑。"

"是这样的……"我把三娘刚刚在电话中说给我的事情学了一遍给可可听。

"南南，怎么会有这种事，听上去比编故事还要离奇曲折。"

"所以我拿不定主意，才给你发信息。"

"人家找到亲人你没的什么主意？"

"我是想说三娘多了这么一个哥哥出来，对我们来讲是好是坏？"

"什么叫是好是坏，她要是真的有这么个哥，对我们而言是天大的好事，你要知道，他们兄妹三十多年没见，这种生离死别的关系对他们兄妹来讲意味着什么？特别是对她那位哥哥讲，他会无比疼爱这个妹妹，三娘不同于娜娜，在娜娜的人生中，她体会不到这样的亲情感受，娜娜没有过去，她只有质朴的未来。但三娘有过去，在她的过去生活经历中，你是她的唯一，所以，今后无论有什么事，她都会比娜娜更加积极主动地去帮你，特别是在大是大非面前，她会选择你，而娜娜有可能选择正义与理智。”

“可可，你说得太对了，到目前为止，唯一不能抛弃我的也只有三娘。”

“瞧你说的，好像我能抛弃你一样。”

“不，可可，你和三娘比，我在你们心中的感受是不一样的，我承认，从纯粹的男人角度说，是个女人都不可能轻易放弃我。但是，面对掺杂了利益的情感而言，纯粹感情上的东西往往会不堪一击。但三娘不同，她对我是不图利的。”

“南南，你错了，走着瞧吧，从前的三娘变成如今的哲光后，她也是会变的。因为她终于有了可以支配的权力，通过这种权力，她会拥有供她驰骋的天地。在一种巨大生活压力的生活状态中，一下子膨胀，我怀疑她承受不了。”

“可可，可能你是对的。”

“南南，共患难的东西才是永恒的。”

“算了，变就变吧，就像我一样，从一种对于极致的追求中，自然会变成另一种极致。”

“南南，感情对你而言是不是又占上风了？”

“是的，三娘、肖鸣这些女人，从前在我看来，她们是多么的可憎，可一旦你走进她们的生活，你才会发现，根本不是那么回事。看来，性这种东西，它不仅仅能制造出祸端和矛盾，也能平息祸端和矛盾。”

“南南，我们的事业刚刚上轨道，你可千万别犯糊涂，要知道，男人没有成功，便不会有情感交织的烦恼。”

“放心吧可可，南南不会误事。”

“这就对了。不过南南，你可能马上面临一场感情考验。”

“你什么意思？”

“我听来喝茶的客人说，肖鸣得癌症了，而且是晚期。”

“不可能，她在法国，我们上个星期还在网上聊过。”

“她现在不在法国。”

“那她在哪？”

“北京三〇一医院。”

“可她没和我说过。”

“所以我说你马上会经受一场感情的考验。”

“可可，这个消息准确吗？”

“我查过了，消息准确，在门都有很多人知道。”

“可可，我和她只不过才分开几个月，她从前的身体是那么棒，怎么可能突然间就得癌了呢？莫不是搞错了吧？”

“南南，人们最不愿意面对的就是现实，但我关心这种现实，这都是肖东方那个老浑蛋种下的恶果，现在可好，一个儿子快让枪毙，一个女儿患上绝症，报应啊，哈哈哈。”

“可可，肖鸣帮了我们。”

“她的一切本来就是我的，如果不是她和秦牧联手，白家的财产会落到他们手里吗?”

“可可，那都是过去的事了。”

“南南，忘记过去就意味着背叛，没有过去，又哪里来的现在。”

“可可，商场如战场。”

“对，所以，不是她死就是我亡。实话告诉你吧，肖丰有可能这会儿已经被抓了，黑子交代出来的问题，足够要他的命，干爹这么急着见我，可能就是要和我说这事，我可能今天一天都没空和你通电话了，我要好好地犒劳干爹。”

我的耳边全都是可可的笑声，她已经挂电话了，可可萦绕在我耳边的笑声仍然久久不愿离去。多少年了，可可是第一次这样发自内心地笑。笑吧，不在沉默中死亡，就在沉默中爆发。可可的复仇计划终于走出了第一步。

我开车回到门都，然后把车交给魏青，并向她们交代了一下近几天的工作。回头才给韩超迎打电话。今天晚上我们约好的，目的是商量一下关于门都当前的形势问题。

我关心门都的政治时局，是不是有点自作多情?一个小民营公司，踏踏实实做生意不好吗?也好也不好。对于一般的民营公司，关心政治确实多此一举。对我而言话可不能这样说。门都出事，秦牧被抓，那我们的计划就泡汤了。可可是个女人，肖丰被抓她高兴得跟什么似的。看来，女人从来都是猎物，而成不了猎手，猎手的基本素质是什么?是看不得猎物落在他人手上，那样体现不出猎手的本事，以动物喻人，道理是同样的，商业对手绝不能死在他人手上，死在他人手上，你作为死者的对手如何寻求快感。特别是你的商业对手，更不可死在国家法律手上。国家的法律力量本来就是强大的，没人和它斗得起。干爹叫人抓了肖丰，肖丰一事必然牵扯秦牧，这样一来，我连兔死狐悲的感受都没了。最终，秦牧还要笑话我们，说我们不知天高地厚要和他斗。如果不是因为法律的介入，你们又岂是对手。这话也对，是实话。肖丰这一抓，我们再去对付秦牧，好像有点趁火打劫的味道。这就是我要找韩超迎研究的问题。因为在我看来，韩超迎的政治敏锐度比可可要强很多。

我在电话中和韩超迎约好了共进晚餐。

现在到吃晚饭的时间还有几个小时。我开着车从省城回门都。不知为什么，我突然觉得自己好孤独。杜三娘变成了哲光，肖鸣身患绝症，可可要好好地服侍干爹。她们每个人都有自己的事情做。哪怕是肖鸣，也在病床上和死神抗争。而我，像个小丑。不，应该说像一个幽灵，女人需要的幽灵来往穿梭于这些女人中间。我甚至搞不清自己需要什么，难道我的需要就是女人的需要？还是我和这些女人共同需要？

我到底要什么？

欲望。

一切能满足我成功的欲望。可成功的欲望是什么？是虚假。一切身外之物都是虚假的，起码对我而言是这样的。

当然，对于孙家铭来说他此时的感同身受应该和我一样，这不，他正在打电话给我。

"李公子，我是门都的家铭。"

"孙主任，你好。"

"李公子好。"

"孙主任近来很忙吧？上次会馆分手后一直也没联系。"

"李公子，忙倒是不太忙，机关的工作性质就是这样，春节前事比较多。"

"那是，这年头，财神爷的社会地位是最高的，越是年关到了，财神爷越是受人崇拜，孙主任，财神爷要是清闲了，那这个社会麻烦可就大了。"

"李公子，和您比我这个小财神算什么。"

"哎，孙主任，话可不能这样说，要知道众神之首是财神。"

"我是财神那您李公子就是玉皇大帝。"

"折杀我了。孙主任，打电话给我有什么指示？"

"李公子，千万不可这样说，指示不敢当，不过我有点急事想见你一面。"

"哦？是这样，可我现在不在门都。"

"您在哪？方便的话我可以赶过去。"

"这么急？"

"李公子，兄弟遇上难事了，如果您实在不方便……"

"那倒没有，既然兄弟有难事，我怎么可能袖手旁观，这样吧，我晚上有个饭局，方便的话你可以参加，我们边吃边谈。"

"李公子，我想单独和您碰个头，您看……"

"也好。"我假装迟疑了一会儿说道。

"那我们在什么地方见？"

"门都吧，你找个地方我赶过来。"

"好，谢谢您公子。门都有一家碧涛阁不知道李公子去玩过吗？"

“碧涛阁我知道，但我没去过，不过那种地方应该不清静吧？”

“我在碧涛阁有一个独立空间，没人打扰我们。”

“好吧，我等一下会到。”

“谢谢，我等你。”

放下电话，孙家铭对坐在一旁的方民达说道：

“没想到这位李公子挺仗义的。”

“家铭，我看未必，估计他不知道你找他什么事。”

“民达，这不可能，这个李公子连杨文学都能搞定，他和韩处长的关系也非同一般，门都这点事他不可能没听说。如果他真的没听说陈宁的事，那说明陈宁的事根本就没事。”

“这倒也是，不过家铭，用你的话说，他清楚陈宁的事，也猜到了你找他是为了陈宁的事，这位李公子还敢来，证明这小子确实本事大得很。”

“你这么分析是对的，陈宁的事说大也大说小也小，分对谁而言，搁在你我身上那是要掉脑袋的事。话说回来，这事放在李公子身上，不一定算什么大事。”

“那未必，李公子摆平杨文学可能，但我可听说柳云桐为这事前两天都被省委书记找去谈话了。这省委老大插手的事能小得了吗？”

“别听那个，找柳云桐谈话怎么样，门都这点事，哪一件柳英没涉及，我看不谈话还好点，越谈柳英升得越快。这年头，现官不如现管，官大不如管大。李公子真要是能说动杨文学，那这件事就一定能摆平，要知道，杨文学是什么后台，省里领导拿他能怎么着。”

“家铭，那我们要不惜任何代价抓住这个李公子，你要知道，陈宁这小子没影了，柳英又有柳云桐罩着，就他妈我俩没靠山。”

“民达，我早就预感到这一点了，用刘大师的话说，亲杨疏柳，他认为杨必上。只可惜，我早点去找大师算一算，我们也不会陷得这么深。”

“算个屁，我们陷进去的时候，杨文学还没来呢。大师说我十年之内稳如磐石，这才几年，我就要掉脑袋了。所以，大师的话没一句是真的，稳如磐石，将来我们的墓碑都不可能稳如磐石。”

“看来李公子才是真神。民达，你认为我们给李公子拿多少合适？”

“只要他能帮我们过了这一关，把我手里的钱都给他，这件事也等于我们买了一个教训，真要是摆平了，今后凭我们的智商还愁捞不到银子。”

“对，民达，杨文学出面帮我们摆事，我们以后可就是他的人了，将来舒舒服服地做了财政局长，不想贪一年都有几百万进账。”

“那是，杨必上，这就意味着柳必下，杨在门都都没有自己的亲信，到那时，我们靠上他就是他的亲信。哼，这回弄明白了，将来门都的老大位置就是我们了，什么柳英、狗屁‘教父’，统统他妈的滚一边去。”

“那好，我心里有数了，民达，待会儿李公子来了，我们和他一起谈。”

“不行，李公子这人在权力圈子里混的，他最怕的是多嘴多舌，这事我回避，你一个人跟他谈。而且，你要跟他在水池子谈，免得我们指定的见面地点人家再怀疑我们放录音。”

这就是人性永不言败的精神。刚才还嚷着要掉脑袋，这会儿又要当老大。看来，对于落水者而言，稻草的救命价值高于一切。靠我去捞他们，我连杨文学的面都没见过。人哪，平时在花都疯狂时，小弟小妹在他们眼里连人都不是，可法律的枪口一顶在他们头上，小弟和小妹的身份从不是人又变成了人上人。白影老师说得对，是人就具备最自信和最不自信的双重性格。

一想起白影老师，我就想起了范永涛。

十年前……

范永涛十七岁。他和几个流浪儿偷自行车被判刑两年，送到门都少年犯监狱服刑。

服刑期间，范永涛家里没人探视，没钱、没社会关系。像这样的人，在里面挨打受气。不过，范永涛命好，他被当时在少年犯监狱同样服刑的文化教员白影看中了。白影是大老板，虽然他那个时候资产已被秦牧夺走，但瘦死的骆驼比马大，在坐牢人当中他还是有地位的。再有白影社会上的朋友也多，这些朋友都为他被判刑叫苦。可没办法，当时秦家的势力正如日中天，几个老百姓朋友又能有多大本事呢？白影被判十五年，案由是参与非法集资诈骗。

白影花钱托关系把范永涛调入监狱教研室改造。自从和白影吃住在一起，范永涛一切都改变了。服刑环境的改变和生活水准的改变倒不是主要的，最关键的是他世界观得到了彻底改变。做贼，偷几台自行车，难道是一个人的生存目标吗？白影教他如何改变命运。改变命运的第一步是改变自己。范永涛开始如饥似渴地学文化。白影不仅手把手教他如何系统学习，同时还花钱打通上下关系给他创造学习的机会。

就在范永涛还差两个月出牢时，他的奶奶去世了。奶奶是他唯一的亲人，悲伤让他痛不欲生。这时候，又是白影找人帮他安排料理了奶奶的后事。这件事让范永涛在心里暗暗发誓，他如果真的有成功的那一天，会用生命去报答白影。可是，命运又再次和他开了一个玩笑，白影的女儿白舒被秦牧强奸后自杀。

白影唯一的牵挂也没了。在这个世界上，了无牵挂的他突发心梗走了。白影，范永涛的忘年之交，就这么走了。他临死前拉着范永涛的手，有气无力地笑了笑，他似乎在对范永涛说什么，但他没有发出声音。报仇，对，白影最后要对他说的话一定是这两个字。

范永涛出牢后，找到了白影的妹妹，他知道了白舒的一切。一开始他想干掉秦牧，这个想法在他心中憋了很久。一直到他考上大学的那一年，特别是他和关丽娜走到一起后，范永涛打消了杀死秦牧的想法，他想用其人之道还治其人之身……

不知不觉我来到碧涛阁。直到此时我才发现，当我想到范永涛的时候，我的满脸都是泪水。是的，范永涛就是如今的李诗南。范永涛的悲惨历史与李诗南如今的辉煌人生，这一切意味着什么？

碧涛阁专用总统套房牛B。孙家铭懂人生、懂享受，可他永远也不懂如何去面对死亡。

“孙主任，急急忙忙要见我，该不会是为了陈宁吧？”

“李公子，看来我什么事也瞒不了您的法眼。”

“陈总这回把事惹大了。一百亿，门都的天让他捅了个窟窿。”

“所以我们想来想去才决定请您出山。”

“我们？”

“是呀，李公子，明人面前不说阴话，陈宁这么多钱，怎么可能是一个人所为呢。”

“不是一个人所为，这一点我早知道，我想文学心里也清楚。”

“文学？噢，李公子，这件事杨市长是什么态度？”

“孙主任再急也没有这样谈问题的吧？”

“对不起，对不起。李公子，原谅家铭心太急了。李公子，陈宁这件事要摆平，我们决定出五千万，您看怎么样？”

“孙主任，出多少钱能摆平我可不知道，因为我没有女娲炼石补天的本事。这次来见你，主要是觉得上次你和陈总那么诚意拿我当朋友对待，现在朋友有事虽然我帮不上什么忙，但也不能躲，否则我岂不是个小人。”

“李公子，有您这句话，家铭死都值了。”

“哎，不要说这种话，什么事都讲究个事在人为嘛。”

“可是李公子，在我们的朋友圈子中，只有您有补天的本事。所以，小的还请李公子明示，指条路给哥们儿走，将来哥们儿一旦躲过这一劫，对李公子的大恩大德没齿不忘。”

“孙主任，明示我就不敢当。不过，在我看来如果你们这次的事处理不妥，恐怕没有什么将来的日子了。”

“那是，所以我们很急。李公子，您认为我们这件事还有机会过去这个坎吗？”

“天下就没有过不去的火焰山，关键要看你有没有铁扇公主的芭蕉扇。”

“李公子，我们是什么档次的人您应该清楚，要说在门都办点小事可能还有点本事，陈宁这种事能不能摆平，真的连想都不敢想。”

“又是你们，这样吧，如果孙主任诚心请我出山，那大家能不能透明度高一点，我想认识一下你们都有谁。别回头帮了你们，连是谁都不知道。”

“李公子，这个没问题，本来我们还怕您多心见生人呢。”

“见一个和见两个有什么区别。”

“也是。”孙家铭说着开始给方民达打电话。

“民达，你还在楼下大厅吗?”

“我还能去哪，怎么样，有进展吗?”

“你上来再说吧。”

方民达上来了。孙家铭给我做了介绍。

“李公子，久仰您的大名。”

“方行，我和家铭是兄弟，大家不必要太客气。”

“也对，既然是兄弟，那我就不说见外话了。”

“民达，李公子说我们这件事还有救，关键就差一把芭蕉扇。”

“芭蕉扇？对，芭蕉扇可以过火焰山，问题是我们上哪去找芭蕉扇，李公子是兄弟，干脆这件事就全权委托李公子去办吧。我们该做什么配合就是了。”

“李公子，民达说得也对。这样，我也没和民达商量，不过，事已至此，我们决定平这件事拿出一个亿，由你李公子去安排，你看怎么样?”

“家铭，兄弟之间谈钱太俗了，再说凭我李公子这三个字也不可能看重你这一个亿。但是，这年头办事没钱也不好办，毕竟办你们的事要冒很大风险。据我所知，上次花都被抄，广东大老板多少也出了三千万吧。”

“家铭，我们和李公子就别绕弯子了。”

“好吧，李公子，我们哥俩平事费用出三个亿，您的好处在外怎么样?”

“好吧，钱我们先说定了。不过，我不能答应你们一定能平了这事，毕竟你们把事捅得太大了。所以，我没把握成，只能是试试。”

“李公子，您要诚心办肯定行。不知李公子对这件事的思路是什么?”

“方行，问得好。其实你们的事想办到一个理想的程度也可试，从目前门都的权力层面讲，柳云桐已经明显变成弱势，但他很聪明，在政治上让了一条路给杨文学，俗话说势不可用尽，杨文学要的就是权力，陈宁的问题当初是柳云桐一手促成啤酒厂改制的，先不说柳云桐在这里捞没捞油水，只说啤酒厂今天的局面，他柳云桐也要对此负责任。如果当初柳书记不让权给杨市长，那杨市长就会抓着这件事大做文章逼他让权，既然柳已经让了权，那么，杨再抓住啤酒厂的事不放，对于从政人而言，做得有点太过了，不管怎么说，柳云桐执政这么久，总不能全盘否定一个领导的过去吧。杨文学今后仕途之路还长着呢，这么早表现出政治野心不合逻辑。

“当然，啤酒厂的问题，政府不是一点责任没有，真的弄大了，谁身上都会溅上血，好说不好听，一旦政府把这事揽在手上，将来不仅要背负政治责任，还要背负经济责任，啤酒厂变成烫手的山芋，哪个政府吃饱了没事干去动它。更何况门都六百万人口的大市，省里不仅担心它乱，还要担心惹火上身。所以，陈宁的事就看什么人去游说了。

“最后的结局是什么？就是抓几个小人物顶罪。如果两位自觉得与陈宁关系不大，或者说不能被人当小人物顶罪，那你们就不要动作，也省了三个亿的人情钱。”

孙家铭和方民达沉默了一会儿说道：

“李公子，你的分析切中要害，其实我们俩就是那顶罪的小人物，您帮我们，这一关就过去了，到了这一步，钱对我们基本属于没命花了，这事我看就定了，不知李公子还有什么具体要求？”

“民达，要求我没有，钱我也一分不拿。但是，我一旦接手这事，就没退路了，这年头多一事不如少一事，真的帮二位过了这一关，将来我的公司在门都发展又多了两个朋友。可那是后话，眼前……”我故意不往下说了。

“李公子，钱我们这两天就拿给你。”

“家铭，我说了，事情没办成之前，我分文不拿，除了钱以外，你们用什么保证信用。”

“李公子，除了钱，我们也没别的了，不如您直说吧。”

“好，一句话，我们去银行开个密码箱，三个亿的卡放里面，还有，你们给陈宁往来的账目复印件放里面，这个密码箱只有我们三个人到场才能打开。没别的意思，今后要发财大家哥们儿都有份，要死就一起去，否则，我办这件事没意义。因为我要的是信用，而不是交易。”

孙家铭和方民达互相对看了好半天。

“这样吧，你们二位领导想好了再打电话给我。”我起身告辞离开了碧涛阁。我在去见韩超迎的路上，似乎听到了他们的对话。

“账目复印件，放吧，反正纪委要来查也是纸里包不住火。”

我离开他们不到十分钟，就接到了孙家铭的电话。

韩超迎现在开始喜欢打扮自己了。她过去不是这样的，过去的她可能是因为蹲机关的缘故，对于修饰打扮有点随意。今天的韩超迎烫了头发，那种小波纹的披肩发。因为时下已进入冬季，她上身穿红毛线衣，下身穿一条牛仔裤。

韩超迎的变化不光是着装，变化最大的是她的态度，以往的她总是端着一副架子，领导嘛，当然要注重领导风范，今天不同，今天她完全是一副乖乖女的表现。

我们又去第一次见面的那个索菲亚西餐厅，这回她选的房间比上一次大一点，她似乎很着急，本来我们说好了六点见面，她竟然提前二十分钟就到了。

“南南，想和姐妹们聚一下了，咱打打牌，放松一下吧。叫上青青她们，我们三英战吕布。”

“听上去不错，还缺一个。”

“谁?”

“把你那位警察妹妹也叫上。”

“没问题。”韩超迎说着从包里拿出手机，她发了一个信息给张琦。

这工夫，张琦正在肖东方那里，是肖东方打电话把她叫去的。肖丰今天下午被纪委叫去谈话到现在也没个消息。肖东方有些坐不住了，他把张琦叫到家里，想着让她去打探消息。肖丰被纪委找去谈话，城顺分局这边都传开了。张琦听办公室的人议论纷纷，她心里也急，本想着给韩超迎打电话，可想想还是别太慌张，越是这个时候，越不能乱阵脚。遇上这事，东打听，西问问，不仅解决不了问题，还会把事情闹得满城风雨。所以，整个下午，她都在心里默默祈祷，求佛祖保佑肖丰太平无事。

“丫头，你哥到底为什么被纪委找去谈话?”

“老爸，这我也不知道，不过您不用担心，哥他没事的。”

“没事纪委会无缘无故找人谈话，丰儿这孩子，这几年都干了些什么，我也不知道，是不是在外面沾上什么坏人了，我看你还是多方找人打听打听，这种事马虎不得。”

“老爸，您放心吧，我会全力去办这事。”

“这就好，老爸我这一把年纪了，我操心的就是你们几个，你把问题查清后，我也好找一些老领导活动活动，这件事要快，你要知道，很多事能在一发生之前就按住，那效果会好很多。”

“老爸，我这就去找人。”

“好吧，老爸也不留你吃饭了。”

“老爸，家里出这么大事，我有责任去办。”

张琦看到韩超迎的信息，她当着肖东方的面没给韩超迎回电话。出了肖家，她一坐上车里，马上打电话给韩超迎：“你发信息给我?”

“你在哪?”

“我刚从肖家出来，正要找你呢。”

“为了肖丰的事吧?”

“对。”

“这件事我有办法，你就别管了，现在马上来索菲亚，你是不是还没吃饭?”

“我哪有心情吃饭，心里边乱得很。”

“过来吧，待会儿你就不乱了。”

“你什么意思？是不是我哥他没什么事?”

“过来再说，李公子也在。”

“我明白了。”

说句实话，张琦这女人我还真没打过交道，不过我相信她一定很优秀。张琦开车走在路上，她接了一个电话，是肖鸣打来的：“小妹，你哥出了什么问题?”

“姐，我现在还不知道，我约了超迎，正赶着去见她，不过，我刚才在电话中听超迎的意思，我哥好像没什么事，她说她有办法。”

“那就好，小妹，小丰的事你一定要查清是怎么回事，这样我们也好活动，还有，你那边有了消息马上给我打电话。”

“姐，你放心吧，我不会误事的。”

肖丰现在市纪委谈话室。从下午到现在，他什么都不说。身为公安人员，他很明白，一旦把问题说出来，那就彻底完了。黑子交代了很多问题，可黑子跟我有什么关系。他能交代的问题大多属于道听途说，自己的利益体现又不是来自于黑子，所以，我肖丰和黑子的关系连个保护伞都算不上，充其量就是哥们儿关系走得相对比较近点而已。这又能说明什么呢？肖丰到现在为止才真正佩服起“教父”。这个自称是“教父”的人太高明了，他所设计的游戏规则简直就是滴水不漏，不留一点痕迹。缉毒支队负责往门都运送毒品，运来的毒品交给谁他们并不知道。毒品在门都合成加工，但在哪加工，我肖丰也不知道，加工过的毒品再往外运，这活黑子负责。但黑子也不清楚什么人让他往外运。我肖丰也没有亲自下指令给黑子。每次出货，黑子从来都是接一个电话，有人在电话中告诉他，货在什么地方，装上货后送到什么地方。接货的下线别说黑子不知道，就连我都不清楚。所以，黑子交代的能有什么问题，充其量是捕风捉影。既然是这样，那还有什么好说的。话又说回来了，我想说，又能说出什么？“教父”的智商已经规避了让人一网打尽的风险，他在整个毒品链条中，每一个环节都是神龙见首不见尾，如果中间有一个链条断掉了，他最大的损失就是钱，其他的全都不在乎。断了链，他便弃掉不要了，因为在这种事上，续上一个链条很容易，这年头不怕死的人多如牛毛，为了钱，敢铤而走险的人随时找得到。既然“教父”设计的游戏规则是这样的，那么他是不会出手救人的，“教父”在电话中说得对，想赚钱，一切靠自己，没人会帮你。

靠自己什么？社会关系吗？被纪委传讯的人，哪里还有社会关系可言，靠亲情？对，目前唯一能指望的只有亲情。肖家最有活动能量的是姐姐肖鸣。家父从前还行，如今不好使了，还有一个小妹，大师说了，她是最旺我肖丰的，我如今出事，她会上下跑动，她会去找韩超迎。但是，一切外援的力量，完全建立在自己嘴上，缄口不言，下一步谁都好说话。

有一个问题让肖丰不理解，自从纪委把自己找来后，往这一扔不管了。只给我放了一本信纸和一支笔。有烟有水，就这样待在这里？哈哈，和我搞心理战术，打破我的心理防线，用这一套对付我肖丰好使吗？且不说我经常用这一套对付别人，光说党培养了我这么多年，他们应该明白我绝不是什么社会小混混。打心理战？来吧，有吃有喝就这样待着，我可以和你们耗上一年，说实话，难得有这工夫歇歇，干吗不利用，想到这肖丰还真就闭上眼睛养起神来。

韩超迎说有办法救肖丰，但她没说用什么办法。张琦相信她，她知道既然韩超迎说有办法，那就一定是有办法。所以，韩超迎让她尽兴地玩，她也听话。昨天晚上，我和这四个女孩还真是玩得销魂。

我今天搭头班飞机去北京，娜娜开车去机场接我，娜娜现在有车了，车是我买的，本来我想买一台好车给她，可她坚决反对。也是，她这种家庭出身的孩子，怎么敢开好车呢？在我的坚持之下，好歹算是买了一台奥迪 A4。车是银灰色的，娜娜喜欢这颜色。不过，她不敢开车回家，也不敢开车去会朋友，每次开车去上班，还要把车停在学校不远处一个酒店停车场。真难为她了。其实领导干部自己以及家人，他们在物质生活上活得太累了，凡是在物质生活上活得累的人，都有一颗质朴的心。领导在质朴心灵的基础上，还要加上崇高的境界，他们在这个社会上付出得多，享受得少，他们追逐的是心灵的净土和高尚的品德。每一次我见到娜娜，都有一种相形见绌的感受。这个女人，有着随时索取物质的权力，但她从不使用。在她的人生观中，追求爱情是正常的，除了爱情之外的其他追求，她都不上心，娜娜经常跟我说：人有两件东西是永恒的，那就是爱情和事业，爱情是生命的需要，事业是责任的需要。

"南南，怎么突然想到回北京了，也不事先打个电话。"

"我突然回来侦察你。"

"掌嘴。"

"掌吧，掌完这边再掌那边。"

"一边去，你来开车。"

"你为什么不开？"

"我开得不熟，一上路就紧张。"

"慢慢就习惯了，你开，我在你旁边做教练。"

“拉倒吧，你越指挥我越乱。”

“傻丫头，把我看得太没素质了，女孩开车我坐在一旁多嘴，我是男人婆呀。”

“那你做什么教练？”

“我在旁边给你壮胆，这不是最好的教练吗？”

“也是。”

说实话，娜娜的开车技术是不怎么着，东一下西一下，一看就是生手。不过，好歹也算对付到家了，进了房间，我把自己放平，叉开两只腿躺在床上，娜娜见我这样，她风趣地说道：“这么多天北京一直阴天，今天终于出太阳了。”我对娜娜的话一时没反应过来，顺口说道：“不对吧，这些天我一直关心北京的气候，都是晴天嘛。”

“可我家里阴天呀。”我终于反应过来了，闹了半天，我躺在这里的姿势就是一个象形文字“太”字。

对此我说道：“你说得不对。”

“哪里不对？”

“今天应该是不阴也不晴才对，阴阳结合了嘛。”娜娜听了我的话，笑着扑到我身上……

每次和娜娜住在一起，第二天早上我从不起来，她起早上班时，我还在睡梦中。今天早上我起得比她早，我亲自做了点早餐，然后才叫娜娜起床。我用杜三娘对付我的办法对付她，浴缸里放好了水，牙膏也挤好了。娜娜起来看到这一切，她吃惊得半天没说出话来。我把她按到坐便上，然后又帮她打开卫生间的壁挂电视。她早上有看新闻早播的习惯。这台壁挂电视，还是我坚持装上去的。装这台电视，给娜娜创造了不少的方便。娜娜瞪着两只大眼睛冲我说道：“南南，你是不是做了什么亏心事？”

“小傻瓜，想哪去了。今后天天是这样，这样才像个过日子的样嘛。”

“你不回门都了？”

“短时间内我不会回去，你说得对，人不能掉到钱眼里。”

“怪了？太阳也能从西边出来。”

“娜娜，我想尽快结束从前的动荡生活，再这样下去，钱没挣多少，青春也耗没了，不值呀，所以，我要准备考研，一边读书，一边过正常人的日子。我们现在手里挣的钱够花了。我这次回来，打算请个金融高手，门都那边有一个收购项目，收购完了，我决定撤出那地方，回北京发展。”

“听你这意思还是要走哇？”

“不走了，请人去帮忙，我就打着不走的谱了。”说着我上前抱着她的头。

“你坏，我便不出来了。”

“我说这么臭呢。”说着我松开娜娜去安排早餐。

我对娜娜说的一切都是真实的。在一个复杂的生意圈子中挣扎，什么时候是个头呢？门都的环保物业公司已经上了轨道，今年会有一大笔利润收入，这些钱足够我生活了。一个人究竟需要多少钱？肖鸣有几十亿的家产，到头来又怎么样，弟弟被抓，至今生死未卜，自己又得了癌症。这一切悲惨的局面，靠钱能拯救她吗？不能。金钱的力量只对虚荣的东西有作用，对生命的实质没有作用。所以，钱的属性代表着虚情假意，代表着一个人的幻灭，其他什么也代表不了。在我们生活的世界上，平淡才是一把最万能的钥匙。任何的一种贪婪都是矛盾产生的根源。从前的我，一直在极力追求一种改变。目的是我认为人与人之间有区别。所以我拼命去奋斗，可是我有能力拉近这种区别的关系吗？

我把娜娜送到学校。然后开车去三〇一医院。一边开车，我还一边在想，癌症，多么可怕的字眼呀！我还从没近距离地接触过癌症患者，我也感受不到一个癌症患者在面临病痛的折磨时，她所承受的是一种什么样的痛苦。在生命即将离开这个世界之前！肖鸣想的最多的是什么呢？

当我第一眼看到肖鸣时，她把我吓了一大跳。肖鸣已经瘦成了皮包骨。往日那一双水汪汪的大眼睛，如今是眼窝塌陷，并且已失去光芒。由于瘦弱，她头上的皱纹深陷。往日一双柔弱润洁的手也变得像一枝枝干枯的树枝。皮肤粗糙得惨不忍睹，嘴唇不仅抽缩得变了形，上面还挂了一层白霜一样的东西。她头发散乱，没有一点光泽。肖鸣自从住进医院一个月以来，没有人来看过她。这不是因为人间缺少对她的关爱，而是因为她不想见人，她不想让人看到她最惨的一面。一个女人，最后的一抹虚荣总是要保留的。这可以理解。

肖鸣住的病房是高级套间，每天住院费二千元。这还不算药费和诊察费、特护费。这就是金钱的作用，金钱在把一个人推向死亡。肖鸣财产的全部价值，陪伴着她度过人世间最后的弥留之际。

肖鸣没想到我会来。她望着我的眼睛流出了泪水，泪水遍布她那瘦弱的脸颊。我低头吻了她。肖鸣抬起无力的手想推开我，她抬起的手被我抓住。肖鸣应该好久没有洗澡了，因为我低头吻她时，闻到了一股臭味。从前不是这样的，这个每天要洗奶浴的女人，如今竟然发酵了。我想起古人一句话，西施不洁，路人弃之。我放开她的手，在病房里转了一圈，这里有两个卫生间，主病房卫生间的洗手台上堆满了高级浴液和化妆品，不过，这些东西看样子好久没用过了，上面已经沉积了少许的灰尘。我在卫生间又看到挂在那的睡衣，真丝的睡衣透着柔亮的光芒。浴缸很干净，这说明天天有人打扫。我放开水龙头的开关，洁净的热水从中流出。我试了试水温，不烫手，肖鸣可以承受。办完这一切后，我转身进屋。她躺在那里能听到我在干什么，她也知道我要干什么。当我俯身去抱她时，她把双手抱在我脖子上，但我明显觉得，她抱我的手很无力，说是她在抱着我的脖子，其实她只能算把手搭在我肩上。我抱起她后，开始帮她脱衣服。帮她脱完后，我也三两下脱光衣服，肖鸣看到一丝不挂的我，似乎又有了点精神。我冲她笑了笑，并凑近她，让她摸我的东西，她用手摸我的东西时很用力。我相信那句话，性不断生命不断。我就站在那里，让她慢慢地摸，过了大概一刻钟的工夫，肖鸣的脸上由苍白转向红色。看到这，我抱起她向卫生间走去。为了怕她累到，我帮她洗身子时，总是洗洗停停。好像是水的作用，也可能是高级浴液的作用。她的身子变得不那么粗糙了，特别是她那鼓鼓的肚子，更加招人喜爱。而此时，我们谁也没有说一句话，所有的交流与沟通，都是用眼睛来完成的。肖鸣身上，唯一没变的是她的阴部，浓密的阴毛，还有那深邃而幽暗的玄牝。我这边忙着帮她洗的同时，她也没闲着，一直在摸我，我早已被她摸得挺起了。可她是个病人，我只能是忍耐。肖鸣说了第一句话："南南，抱着我，把那个给我。"

"宝贝，你?"我想说你有病，可我没说出口，怕伤害到她。不能拒绝她，她有这种需要，因为她出气的声音提示了我。我慢慢地把她抱在怀中，让我的阴部对着她的阴部，小心地进入。从我认识肖鸣以来，每次办事，她都是主动迎合，只有这一次，她没有动，只是顺着我的劲，估计她是想省点力气。而我也不能像以前了，我几乎代替了她的全部功能，慢慢地动起来……

肖鸣已经卧床一个星期了，她刚入院时还每天走动。由于她不配合治疗，有选择地用药，她的病情急剧恶化，最后她连坐起来的力气也没有了。我知道她为什么选择用药，因为她在保孩子。我们完事后，她变得有力气了。我帮她换了一身新衣服。她竟然提出让我带她到院子里走走。

"鸣鸣，能行吗?"

"没事。"

我带肖鸣出去走时，大夫和护士都在惊讶地看着我们。他们的惊讶有两点，首先是肖鸣的病，为什么一下子好转了。其次是我和她的关系。从我和她表现出的亲昵，可以看出，我们是一对恋人，但我们相差得似乎太大了，差哪了呢？让他们猜去吧。北京的冬天很冷的。马上要过春节了，医院里来来往往的人也很多，许多人都会在与我们擦肩而过时看我们一眼，看吧，肖鸣那自豪的表情会让你看个够。

上午的阳光很足，光线在作用肖鸣的身体。肖鸣的精神正常了，除了身子有些虚弱外，她已经不像个病人，此时的她宛如李清照的词，人比桃花瘦。"南南，你带我去吃东来顺吧?"对于肖鸣的要求，我不能说什么，对于一个病人，她需要的不是药，而是关怀体贴加满足。我扶着她来到停车场，先打开车门让她坐进去，然后我开车驶出医院的大门。一路上，肖鸣的话很多："南南，先去王府酒店。"

"好。"

王府酒店离东来顺很近，我把车开到王府酒店，肖鸣不知从哪拿了一张房卡给我："南南，你去1601房，我的包在那，你把我的包拿下来，我在车里等你。"

"鸣鸣，这个房间?"

"这是我从法国回来后长包的房。"

很快我便把肖鸣的包拿下来，回到车上后，她又让我开车进王府饭店地下停车场。在地下停车场，肖鸣找到了自己的车。这是一台宾利车。肖鸣指着那台车对我说："南南，我喜欢这款车，一到北京我便买下来想着送给你，可谁承想，我这一病就没起来，你把车停下，我们开这台车走，吃完饭你开它带我去兜风，我在法国看人家男女开这种车兜风，真让人羡慕。"

其实我不需要什么宾利车，但鸣鸣羡慕，我只能是表现得非常兴奋。我们换过车后，便往东来顺去。这款宾利车的确与众不同，那种驾驶感和舒适感，在我所驾驶过的车中，任何一款车都无法与它比。肖鸣坐在副驾驶位上，她按开音响，里面传出一个女人的声音。……谁能烘干我这颗潮湿的心……，一片真情……。我知道，这首歌就是她此刻心情的写照。

我们下午三点才回病房。肖鸣很累，但她很兴奋。和我们第一次见面时一样，她疯狂过后对我说，她想睡一会儿。虽然我们今天没疯狂，但她也说想睡一会儿。

我答应她明天还要过来。她开始很反对。我告诉她，这次从门都回来，就是为她而来，她笑了。肖鸣睡了。我看到甜睡中的她似乎还在微笑。我离开她的房间，去了医生办公室。在医生那，我了解到肖鸣的病情。肖鸣患的是胰腺癌，已经是晚期了，她这种病只能是等死，手术不了。化疗她又不同意，吃药打针也要有选择性地用。

"先生，你太太几次提出要催生这个孩子。"

"这样有什么危险吗?"

"有是有，但按照目前的医疗技术，风险并不大，对于她的请求，院方经过研究同意催生，我们这样做，只是为了保住孩子，否则，根据她的病情，最多也就是十天八天的事，如果现在不催生，这个孩子可能会和大人一起死亡，可她住院这么久，也没有家属来探视，所以，我们没办法给她手术催生。"

"贺教授，请你理解，我太太这个人很固执，她有病的消息我不是从她那听说的，她前一阶段去法国，从法国回来后，直接来了北京，所以家人都不知道。"

"是这样，李先生，既然你们家属知道了，那就要抓紧。"

“我会的。大夫，我觉得她今天精神状态还可以。”

“一般情况下，病人临终前的表现都是这样，当然，这个病人一直以来都很忧郁，可能是因为你来了的缘故，她见到亲人，突然兴奋这种情况也常见。”

“我明白了。”

离开医院，我开车去王府酒店换车。然后还要去接娜娜。这一路上，我想了很多，肖鸣的问题，肖家有知情权，可肖家，除肖丰外，还有一个肖东方，肖丰被抓，难道让肖东方来北京，白发人送黑发人？这太绝情了。可不这样做，那么肖家能认可在不知情的情况下，这么大的女儿就没了吗？不行，肖家人必须到场。而且，肖鸣的爱人也必须到场，让肖鸣的爱人来北京很容易，这件事交给魏青就能办好。可肖丰来北京这件事的难度大了。韩超迎说她有办法，她的办法是什么？我突然想明白了。韩超迎所谓的办法就是指我，她是变相让我去找杜三娘。找杜三娘我开得了这个口，我相信她会帮我，可杜三娘她现在什么地方？她还在友谊宾馆吗？她为什么不给我打电话，难道她现在不方便？不应该呀，她只是找到了在中纪委工作的哥哥，又不是被中纪委双规。

杜三娘还在友谊宾馆，今天上午我从门都到北京时，她的嫂子也从北京到A省。哲学因为身担重要工作，他把杜三娘交给爱人后就去了广东。他在和妹妹分手时，再也止不住地流下了热泪。三十二年，他盼呀，整整找了三十二年。可他们兄妹见面后，团聚的时间还不到三十二小时，便又分手了，没办法，纪检工作的重要性和特殊性就是这样。纪检工作在国家政治与经济工作中，肩负着神圣的使命。任何一个国家、一个政党，腐败问题是影响国家长治久安的大问题，打击腐败，是一项任重道远的工作，纪检，一个最清水的衙门，管着最污七八糟的腐败社会现象，他们吃了多少苦，付出了多少艰辛，谁能理解。有人说纪检工作只管死，组织部门只管升。纪检人员，从来都是去得罪人的角色。可有谁知道，纪检人员也是人，他们也吃五谷杂粮，也有七情六欲。谁不想朋友多一点，谁愿意看着亲情在你面前指责你无情或者痛哭流涕。可有什么办法呢？如果我们党的纪检防线再溃败了，那将意味着什么。所以，哲学很无奈地在心里告诉妹妹，理解吧！

哲学走后，他的爱人做通了杜三娘的工作，她们姑嫂二人正来北京的路上。杜三娘没给我打电话，她是想着到北京后再给我打电话。杜三娘这边没有电话，肖鸣那边的事又不能拖，我为了抓紧时间，目前只能是落实一头是一头。我先打电话给魏青：“青青，干吗呢？”

“南哥，快说，你到北京后，到现在为止，是不是第一个打电话给的我？”

“是呀，怎么了？”我这话一说完，魏青那边几个人开始哈哈大笑。原来她们在打赌，赌我先给谁打电话，就证明我心里最想着谁，这样大家要请第一个接电话的人吃饭。难怪她们全都在笑。

“青青，你们怎么还在一起?”

“南哥，今天是星期六休息。”

“噢，这我忘了，交给你个任务。”

“什么？南哥，闹了半天你不是想我呀，是有事找我办，真烦人。”

她一说完，大家又笑开了。等她们笑完我才说道：“除了爱珍外，你们每个人都有任务。”

我的话音一落，只听那边徐爱珍嚷道：“为什么除了我?”

“魏青，你在用免提说话?”

“对呀?”魏青说道。

“也好，为什么除了爱珍，我认为这件事她帮不上忙。”

“你都没说什么事，怎么知道我帮不上忙?”

“好吧。”

我把肖鸣的情况说了，在电话中我的语气充满了凄楚的声音，听完我的话，她们几个沉默了好一会儿。张琦哭着说道：“我能干什么?”

“你陪着老书记，尽量安慰他，等到最后，我会通知你见肖鸣一面。”

“南哥，那我呢?”魏青问道。

“你负责做通肖鸣爱人的工作，虽然他们感情不好，可怎么说也是一日夫妻百日恩，肖鸣这个时候需要他。所以，他最好能来，否则对他对肖鸣都是终生遗憾。”

“他敢不去，我枪毙他。”

“军阀作风，这事不是硬来的，要用感情打通他。”

“我知道了，放心吧，我有办法对付他。”

“老大，你怎么知道我帮不上忙，三〇一医院院长是谁你知道吗？那是我舅舅。”徐爱珍说道。

“爱珍，我官僚主义。那你赶紧想办法联系你舅舅。”

“还有，韩超迎为什么没出声？她在干什么?”

“我在考虑如何解决肖丰的问题，肖鸣到了这一地步，他们肖家总应该有一个人在场。”

“超迎，这时候我最需要你的智慧。”我急迫地说道。

“放心吧，我说过会有办法的。”韩超迎说道。

“不过超迎，你的办法要快，否则我怕肖鸣等不了。”

“这我知道，南南，你能不能让三娘策应一下。”

韩超迎的话音还没落，魏青在一旁抢着说道：“谁是三娘?”

“去，小孩子别打听大人的事。”我说道。

“老大，你太累了。”徐爱珍说道。

我长长地叹了一口气：“爱珍，你说对了，现在是阴盛阳衰，最累的就是我了，所以，办完肖鸣这件事，我要反思反思了。”

“南哥，你不会要出家吧?”魏青问道。

“说不好，不过你们放心，我要出家也带上你们。”

“花和尚。”韩超迎说了一句。

放下她们的电话，我又来到娜娜的学校门口。我没敢把车停在大门口。因为早上我送她时，娜娜特意嘱咐我，车停在学校门口让人看见影响不好。娜娜下班了，她一直走到我停车的地方，又回头看了看没什么熟人，她才上车，娜娜一上车，便闻到一股来苏水的味道。女人办任何事都心细，她们从不放弃蛛丝马迹，特别是对自己的男人更是如此。

“南南，干吗去了弄这一身味。”

“去医院看个病号，刚转回来。”

“这味真恶心。看什么人?”说着娜娜把车窗按了下来。

“肖总，我和你说过的那位军嫂，也是我的合作伙伴。”

“她住院了？得什么病?”

“胰腺癌。”

“早上你没说过？严重吗?”娜娜关切地问道。

“我也是今天才知道，肖总前段时间一直在法国，谁都不知道她跑回北京来了，到现在为止，她们家人一个都不知道。这几天可能就交代了。”

“啊！那她为什么不通知家人?”

“嗨，说起来也够惨，夫妻感情不和，她不想让人看笑话，家里就一个老爸和一个弟弟，老爸从前是门都市委书记，退下来十年了，七十多岁的人也经不起这种打击，有个弟弟是门都市城顺分局的局长，前两天还让杨文学给双规了。听说涉嫌犯罪。”

“这也太惨了。”娜娜的声音显得有点悲伤。

“谁说不是呢，我在来接你的路上给公司的人打了电话，让她们来两个人照顾几天，好好一个人病成那样，临走之前身边连个人也没有，太说不过去了。”

娜娜长出了一口气，她没再说什么。

早上出家门时，我们说好的晚上等她下了班去吃东北菜。我从西四环路往北四环路开，我们要去东北大自然。我的车都快到亚运村了，娜娜突然问道：“你这是去哪?”

“去吃东北菜，早上不就说好了吗?”

“不去了，没胃口。”

善良的女人都是这样，她们很容易被生活中他人的不如意而感动，就像林黛玉一样，落花都能勾起她们的伤感情怀。

我劝娜娜道：“宝贝，人这一辈子生死有命富贵在天，肖总的事是挺惨的，可我们又能怎么办。感伤归感伤，可活着的人总还要吃饭。早知这样，我还不如撒个谎，和你说这事干吗又不关你什么事。”

“南南，人生为什么非要面临这种不幸呢?”

“娜娜，肖总为了生意也是没白天没黑夜地干，女强人的性格就是这样，到头来钱挣到了，可除了钱以外，什么都没了。不瞒你说，今天看到肖总这样，我彻底想明白了，人虽然是欲望的产物，但人如果一味地去追求欲望，最终会死在欲望上，可能一个人终生达不到欲望，或者不去追求欲望，生命会活得更久点。所以，过了这一段，我将彻底远离对欲望的追求，向你学习，做个学者去教书育人。”

“南南，你真的这么想吗?”

“娜娜，我想通了，没钱那会儿，在社会上也没有地位，我天天想飞黄腾达，想得我很累，可如今有钱了，我突然觉得我活得更累，为了成功，我要应付这个社会的世俗需要，可忙活了半天，把自己给忙没了，一个人没有了自我，那还有什么，我终于理解老子的无为与佛家的四大皆空是那么的有道理。”

“也是，吴老师是从六七十年代过来的人，她经常和我说，那会儿的人活得苦点，但是不累，人们上班下班，在家没电视看，听听收音机，苦点没压力。可现在，人们生活过好了，却每天活在压力中，你说这是不是庸人自扰，人为什么永远都能学会索取而学不会放弃呢?”

“宝贝，说得好，就冲你这句话，我一定要写一本书，书名就叫放弃，我要告诉人们，一味地索取后果是什么，放弃的好处是什么。”

“写吧！我给你打字。”

“你应该先说给我吃饭，我们今天吃猪肉炖粉条子，管够。”

“我要吃小鸡炖蘑菇。”

到了晚上，我怎么都睡不着。肖鸣的问题压得我透不过气来，一个生命即将逝去，而另一个生命即将诞生。这个即将诞生的生命与我有着骨肉关系，对逝者的哀伤及对新生命的责任，这一切都要由我来承受，特别是那个新生命，一出生就注定了比我的命运还可怜，我好歹在八岁以前也是过了一段家庭生活的，那个时候的我父母都有，可能在我不记事的时候，他们也是爱我的，可是，肖鸣肚子里的孩子，一出生就是单亲，这种命运不是人为的，是上天注定的。作为父亲，我有责任抚养、关爱这个孩子，我绝不能让他再走我童年的坎坷道路。可是，作为男人，我对娜娜也有责任，我们在一起四年了，她顶着家庭的压力，耗费了青春跟我在一起。我们这份爱是来之不易的，如果让她既承受家庭的压力，再承受我的不贞，日后还要承受一个孩子，那太残忍了。面对这一切，不仅她没法接受，难道让一个未降生的婴儿接受成人男女的胡闹结果吗？可以这样做，这个社会有些人已经做过了。但是，似乎禽兽也没这样做过。如果我这样做，那我将不如禽兽。虽然我可以找出一万条这样做的理由，可所有的理由和禽兽的爱比起来都是低俗的。

娜娜睡得很熟，我轻手轻脚地爬起来。我来到阳台上，坐在躺椅上望天。我的大脑一片空白，我想数星星，我也想数月亮，可天上只有一个月亮，月亮上只有一个嫦娥，嫦娥也只有一种生活乐趣，那就是孤独与寂寞。

不知何时，娜娜来到我的身边，她拉起我冰冷的手把我拽进客厅。“你疯了？这么冷的天你穿一身睡衣坐在阳台上？”

“我这是棉睡衣。”

“棉睡衣也不行，看把你冻的。你在干吗？”娜娜边说边帮我搓手。

“我在晒月亮。”

“我以为你要跳楼呢？南南，你说实话，肖鸣和你之间到底发生了什么？”

“娜娜，我和她之间能有什么，我只是觉得人生太戏剧化了。”

“不对吧，人生戏剧化这个问题又不是一天两天了，一个肖鸣你便如此感慨，可你知道吗，这个世界每天发生多少像肖鸣这类事？你为什么早不感慨，而只对肖鸣感慨？”

“她帮过我，受人之恩而不能报答，甚至今后都没办法报答。我能不多想一点吗？”

“南南，我也帮过你，文学也帮过你，甚至严瑞都在变相帮你，你没想一想，这些人为什么帮你，他们有的攀势，有的图利，有的为情，甚至有时是缘分到了，而你把所有的帮助视为一种亏欠，那你的是非标准是什么？”

娜娜的话点醒了我。如果说人与人之间的关系注定就是如此，那我还真的没必要感叹了。娜娜说得对，杨文学凭什么帮我，杨文学执政为民，他应该帮的是弱者，而我不是弱者。他帮我是因为娜娜。严瑞在会馆力挺我，也是因为娜娜，肖鸣我们在会馆相识，如果不是这样，如果不是因为我是李公子，不是因为我一表人才，不是因为我拿着董事长的名片，她会靠近我吗？还有杜三娘，她为什么不对响铃广告的顺子发起进攻？还有韩超迎，我难道对她没有一点利吗？孙家铭、陈宁为什么要请我吃饭，为什么送我礼物。魏青、徐爱珍她们图我什么？我为什么能从一个孤儿走到今天，如果我是一个缺鼻子少眼睛的人，这些人会围在我身边吗？不会，如果我真的是一个缺胳膊少腿的人，能帮我的只有这个社会，而不是现在我所认识的人。在我所有认识的人中，这种相识的缘分只有一个，那就是，我是李诗南。对，我是李诗南，李公子，李总。看来，我不需要为我的桂冠所获得的一切负责，而我只需要为那个无辜的生命负责。想到这，我忽然觉得轻松了许多。“我终于明白了，一切需要的压力都是自找的，因为人有需要必然要有压力，娜娜，你说对吗?”

“南南，你终于想通了，这个世界，为富不仁，为贫不义，为欲不朴，为官不清，为贪不耻，为虚不虚，为取不烦，只有这样想你才活得不累。”

“娜娜，你是人还是神?”

“这话是我问你的，我做不了神，你也做不了神，但人活着不累就是神。”

“好一个人活着不累就是神，我记住了。”

“所以，在肖鸣的问题上，你应该为朋友尽一份什么样的力，尽量去做就行了，没必要从她人身上转嫁一份伤感给自己，你做生意她帮过你，在她生命弥留之际，你也多陪陪她，做人中庸为善。”听到这，我站起身，抱起娜娜向卧室走去。

今天早上，我所做的一切和昨天一样挤牙膏，放洗澡水，做早餐。娜娜说：“南南，如果我习惯了这一切怎么办?”

“那你就娶我为夫，或者你嫁人为妻，再雇我当保父，我可以让你天天这样。”

“南南，娶你为夫定了，嫁人为妻那是其他女人的事，天天这种生活我需要。”

“看来我这个保父是做不上了。”

“美的你，有保父必然有保姆，你想绕我进去呀。”

我在送娜娜去学校的路上，娜娜说：“南南，文学那件事我给办了。”

“哪件事?”

“就是门都老干部那笔款的问题。”

“这给他减轻不少压力。”

“你好像不太在意这件事?”

“和我也没什么关系，再说了，提起这事我心里就堵得慌。”

“为什么?”

“公私混淆太不清了。”

“说来听听?”

“他借关家的势力，培植自己的势力，一心为公，而我就像个小人，我的环保物业项目为的是大公，可把我的项目界定为谋私。没有私哪来的公?”

“那没有公又哪来的私?”

“所以我说公私混淆不清，五六十年代，社会提倡大公无私，今天的人们又崇尚自我，你娜娜办这件事，为私要谢谢他，为公他要谢谢你。这样谢来谢去，最终是什么？他成全了门都人民的疾苦，我成全了门都人民的环境，按照社会主义按劳分配的公平原则，他获得了人民的敬仰，这份获得属于无形资产，我获得了有形资产，弄得你左右为难。所以，我帮你惹了祸，还要在意别人的获得，我是不是太有雅兴了。”

“我左右为难还不都是为了你。”

“所以说今后无论任何事我都不会找你办，我也不会借关家的名誉，有能力我就办，没能力我就不办，免得他也为公我也为公，反过头来我们活得这么累。”

“南南，你真的这么想？”

“不是想，是做。喜欢一个人爱一个人，灵魂上就要干干净净。从昨天起，我决定不再顾及关家的感受，而只在乎娜娜的感受。顾及关家的感受，我就会逼着自己去追求成功，可我的成功目的是什么？是为了有资格追求你。那么，我的成功能力呢？成功的资本呢？这一切都离不开关家。既然我的成功与失败一切都与关家有关，说明我没有逃出关家的影响，那我何必去追求标榜自我？干脆就做我能做的，服侍关丽娜，下得厨房，出得厅堂，猛男在床，这样一来，我是在发挥我的优势，而你教书育人是在发挥你的优势，等我考了研，我也去你学校教书，就像现在，我不是司机小李在开车送你，而是你的同事。”

“南南，你完全变了。”

“娜娜，我以前不懂什么是成功，只懂没钱想钱，没势想势，总之，我天天在想自己没有的，可自从我当上了李总，又做了一回李公子后才发现，那些全是扯淡的，所谓老总，没钱给人花，人家会说狗屁老总，还有所谓的李公子，既不能帮人挣钱，又不能帮人提干、公子不公子和人又有什么关系呢？就像你这个大公主，除了我，你从不帮人办事，也不能为人谋利，我没看谁白请你吃饭。真公主都这样，何况我这个假公子。扮虎不成反类犬，哈哈。”

“我早就和你说过我是我，我家是我家，可你就是不把这一切分开看，现在明白了？”娜娜笑着说道。

“明白了，干自己能干的事吧，假的东西永远真不了，凭本事吃饭。”

“行了，别贫了，我到学校了。”我看了一眼学校大门，车子仍在往前开。

娜娜嚷道：“哎、哎，我到了。”

“我知道，你不是说往前停吗？”

“就这停。”

“哎哟，你也想开了？”

“你个做早餐的厨子都想开了，我个大教授还那么愚钝干吗。下了班就在这接我。”

“好了。”

今天在去医院的路上，我轻松了很多。可我没想到，肖鸣比我更轻松。等我赶到医院，她人已经走了。医生记录下她走的时间，凌晨1点20分。医生还交给我一封信，这是肖鸣留给世间的最后笔记。医生说：“先生，昨天您没留电话，所以我们没办法通知您，而且您太太也不让我们通知您，她人在太平间冷冻保藏，费用她提前支付了，尸体领取人她留的是张琦的名字。这封信是留给您的。”

“医生，谢谢你们，我能去看看她吗？”

“可以，您有这个权利。”

“谢谢。”

我一边去往太平间，一边慢慢地在读肖鸣留给我的信。

南南。我走了，其实我早就应该走了。但我一直在等你。虽然你不知道我病了，你也不知道我回到了国内。但我坚信你一定会来。我想象中你来见我时的情景，果然一一都实现了。你帮我洗浴，帮我换衣服，在洗浴的同时，你又给了我那种人世间唯一的快乐体验。这一切做完后，你又领我去呼吸大自然的空气，我们一起去吃东来顺。

你知道我为什么要去吃东来顺吗？那是因为，在我的印象中，佛祖应该在东方而不是在西方，是后来人们把佛祖的方位搞错了。所以，这个世界人与人之间的爱才会越来越少。为了在去东方的朝拜路上走得顺一些，我提出去吃东来顺。当然，要有一家名为东去顺的涮羊肉就更好了。

我故意不洗身子，我是想看一看你会不会嫌弃我。你没有。这是我临走之前从你那里获得的最欣慰的一件事。人是很脏的。不过，当我把在人世间很脏的东西洗去之前，我把洗去世间尘埃的机会留给了我最心爱的人。

我们的孩子我带走了。因为我不想她留在人间去承受那份残缺单亲的痛苦。我在法国去医生那看过，医生说我肚子里的孩子是个女孩。这个孩子将来一定很漂亮。当然，她被我带到天国后更漂亮。她将来一定可以和爱神维纳斯媲美。用人间的话说，我带走了一个即将诞生的新生命，应该是一种残忍，可我不这么认为。有人说，构成人体生命的元素，来自于外太空，外太空是什么？是天国，所以，我把生命在还给天国，这符合生命的规律。不仅如此，几个小时前你留在我子宫中的精子，它们还活着，我能感觉到它们在动。我把这些也带走了。我相信，在无际的天宫世界中，我们的精子和卵子结合，会孕育出无数可爱的小生命。这是我在人间与天宫中唯一的夙愿。所以，我带走孩子的残酷行为将不再是一种残酷。

南南，人生如戏，一切都是命。在我失去人类语言功能之前，最后说一句，祝你活得更本源。鸣鸣。

凌晨1点20分。正是我在阳台上仰望天空的时间。难道，我是在冥冥中目送鸣鸣去天国？既然我送过她了，太平间我还是不去了，这样做并非我心狠。鸣鸣她不想让人看到最后走时的那个女人是什么样，特别她不让我看到。我真的后悔把这事通知了鸣鸣的爱人。

我先打电话阻止肖鸣的爱人来京，然后又打电话给张琦。当她听到肖鸣死的消息后，忍不住在电话中号啕大哭。张琦是最可怜的，本来她前段时间还有一个哥哥和一个姐姐，可如今，她的身边只剩下一个风烛残年的老人。我待张琦止住哭声后对她说："我们会全力帮你。"没想到张琦在电话中对我说："李诗南，你有责任让我哥见我姐最后一面。"

我知道，这是肖鸣在信中要和我说的话。我放下张琦的电话，又把肖鸣的信拿出来看了看，我看到在生命的本源后面，有笔停在纸上的点点印迹。肖鸣想说什么，可能她想说的话很多，但是她没有说出来，她知道，我一定会满足她这个心愿。我掏出打火机，把肖鸣写给我的信烧为灰烬。我知道，冬天的风儿会把我的一颗心捎给鸣鸣。

我在焦急中等待着一个人的电话，这个人就是杜三娘。杜三娘现在身份变了，如果她不给我打电话，我是不会给她打电话的。但我坚信，她一定会给我打电话。不知不觉中，我竟然把车开到保利大厦。我突然想起，我和杜三娘的关系，就是从这里接了一个电话开始的。我把车停下，进了酒店大堂，我叫了一杯茶，然后又发了一条信息给可可。上网。

可可此时正抱着干爹在睡大觉，根本就没看到我的信息。干爹这回为她出了气，她从心里往外感激干爹，在她眼里，干爹应该比我重要。这我能理解，干爹可以运用权力帮她办事，而我不行，我认识的权力不能帮她办事，起码是不能帮她直接办事。即使动用权力，我还要从中策应。干爹在可可那待了一天，所以可可一天也没理我。可可没理我有她的不方便之处。杜三娘也没有电话，这就不对劲了。杜三娘找到的只是哥哥，又不是老公，她没什么不方便的，可她也一天没给我打电话。门都那边除了我打个电话过去告诉她们肖鸣走了，这一天也再没有人打电话过来。我隐隐约约中有一种下坠感，这种情况不正常。我觉得自己又回到了从前，回到了那个没人愿意理我的年代。那种空虚感让我害怕，我的世界怎么一下子变成了肖鸣待的那个尸体冷藏柜了，冰冷得没有一点气息。我几次忍不住想打电话给她们，我想知道对于肖鸣的后事她们是怎么打算的。可我还是忍住了。人家不打电话给我，说明我没用，起码是用不上我，如果非我莫属，那她们早就找我了。也好，大家就这么耗着，早晚一切都会有头的。

到了下午五点，我该去接娜娜了，在去接娜娜的路上，我索性把手机关了。直到第二天早上，我送娜娜去学校后，才把手机打开。刚一开手机，我的电话提示信息一个一个地窜进来。该来的都来了，而且都是晚上八点以后发的信息。魏青在信息中告诉我，肖鸣的爱人一定要来北京。他想见肖鸣最后一面。张琦告诉我她乘门都到北京的第一班飞机过来，但她没说跟谁来。杜三娘的信息中说想和我见面，时间由我来定，她也可以从北京回门都见我。只有韩超迎没有信息。可可发给我的信息是，上网。不过她的信息已变成了垃圾信息。昨天让我上网，今天我才知道。

我看了一下时间，门都到北京的飞机刚起飞。看来，我有充足的时间接机。我漫不经心地开车往王府饭店去，我要去换肖鸣的宾利车，虽然肖鸣说车是买给我的，但我不想要，张琦到北京处理肖鸣的后事，总要有个车才方便。所以，我决定把这台车送给张琦。

我到机场后，门都的飞机还没到。我把车停在车场，发了个信息给张琦，告诉她我来接机。我正坐在车里等候，娜娜的电话打进来。

“南南，门都昨天出大事了。”

“什么?”

“门都的纪委书记被人打黑枪，现在医院抢救。”

“娜娜，你听谁说的?”

“这么大的事，我们办公室都传开了。”

“这样，你没给杨文学打电话问一下?”

“这个时候怎么问，听说中纪委领导都去了。”

“也对，这个时候还是少打听为好。这事什么人干的，胆也太大了。”

“疯子，这些魔鬼。”

“魔鬼本来就是疯子。”

“真的太恐怖了，对市纪委书记下手，全国还是第一次。”

“放心吧，这伙人跑不了。”

“好吧，我们晚上回家再说。”

娜娜把手机放了。我才知道昨天为什么连一个电话也没有，原来门都出了这么大的事，难怪韩超迎始终没和我联系。

肖丰的脸白得像一张纸，前两天，他还很自信地认为自己是个很睿智的人，他发誓可以在这里坐上一年。但没两天，他终于明白不是这么回事。昨天一个上午，他不停地在房间里来回走动。他强烈地预感到这次自己完了。完在哪了呢?他想不明白，此时肖丰脑子很乱。他来到房门前，大喊叫地嚷道：“我要见刘铁威。我要见刘铁威。”

刘铁威还真的见了肖丰。

“肖丰，听说你要见我?”刘铁威问道。

“刘书记，我犯了什么法平白无故把我弄来关这么多天?”

“这要问你自己，肖丰，你身为执法人员，难道你平时没事从大街上随便抓个人来审吗?”

“这怎么可能，抓人要有证据的。”

“对，所以我们没抓你，只是叫你来接受组织谈话。”

“刘书记，我已经来四天了，谁找我谈过话?”

“肖丰，纸和笔全给你了，可你一个字也没写。”

“我不知道写什么，他们说让我写交代材料，我有什么可交代的?既然组织上找我谈话，那干脆就问吧。”

“也好，我问你，黑子认识吧?”

“认识。”

“你们什么关系?”

“普通朋友。”

“在哪认识的?”

“这我忘了，好像是在餐厅别人介绍给我认识的。”

“肖丰，好好想一想到底在哪认识的，黑子好像不是这么说的。”

“黑子怎么说与我有什么关系，再说了，他一个社会混混，他说的话也能信。凭他说点什么乱七八糟的，你们纪委就找人谈话，这也未免太离谱了吧。”

“肖丰，你要放明白点，这是什么地方。”

“什么地方也得讲理。我是区公安局长，整天干的工作就是与这些社会小混混打交道，我不仅认识很多人，而且很多人让我抓过，如果说这些无赖记恨我，给我栽赃陷害，你们也会信?”

“肖丰，别把自己看得高明，把别人看成幼稚。我们会凭什么人几句话找你来，笑话，这样吧，我给你听两段录音。听完后你再考虑几天，咱们不着急谈。”

“刘书记，你不着急我着急，我单位里还有一摊子事呢。”

“肖丰，铁打的衙门流水的官，城顺分局没你肖丰关不了门。我看你有点躁，所以，看在你父亲曾经是门都市老领导的面子上，我不妨明白地告诉你一句，这次你的路走过头了。即使你有一天从这个门走出去，那也不可能是回单位去当你的局长，你要有准备，接受法律对你的审判。当然，如果你交代得好，有立功表现，我可以考虑给你一次活命的机会，你静下心想想吧。”

“刘铁威，亏你还记得老爷子当年是领导，如果当年老爷子也这么和你说话，你会怎么想？你这是在恐吓我，我又没犯罪，凭什么连脑袋也不保？”

“肖丰，你要注意态度。还是那句话，把你的事交代清楚，别幻想什么人会救你，就算你父亲在位，你一样要接受法律制裁。”刘铁威说完这句话走了。只听肖丰在背后还在喊，“刘铁威，我要告你。”

刘铁威走出了市纪委大院，他想到纪委大院对面的餐厅去吃点东西，现在是下午三点，他还没吃中午饭。谁也没想到，就在他过马路的时候，有人躲在暗处向他开了两枪。大白天，光天化日之下，竟然有人开枪杀人，而且杀的是门都市纪委书记，犯罪分子的疯狂可谓至极。

就在枪手开枪的十五分钟后，门都大街小巷都戒严了。由目击者提供的画像贴满了所有的公共场所。赖斌开始接到刘铁威被害消息后，他第一个想到有可能是杀害陈宁的那个女人。但后来经过目击者所提供的线索证实，杀人凶手是两个男人，一高一矮，年龄大概在四十岁左右。

杨文学今天早上心情不错，原因是他承诺老干部那笔补偿款到了。这是娜娜帮的忙。这笔款昨天从北京拨到省里，省里今天就划给了门都，马上过年了，门都的老干部都在盼着杨文学兑现承诺。没想到，这些老干部到处上访跑了几年都没有解决的问题。在杨文学手上就这么轻松解决了。对于这件事，有人以为杨文学会借此机会炫耀一番，谁承想杨文学的表现并不喜形于色，他心里知道，这件事并不是他的能力所为，而是娜娜帮的忙。因此，他实在是觉得没什么好沾沾自喜的，他早上在和柳云桐沟通工作时，对于这件事只是轻描淡写地提了一下。杨文学的表现让人刮目相看，就连柳云桐也不得不佩服，杨文学确实有点本事。

不过，这件事在那三十几位离休干部的心中，杨文学成了完美的领导化身，对此，他们有人说：“这样的好市长可千万别调走了。”听这话的意思好像杨文学一走，门都的天会塌下来一样。杨文学争取到了舆论的支持，舆论的力量是巨大的。在门都市民的心目中，门都第一次出现了一个市长，功高盖主的现象，市民们对杨文学的尊重程度超过了对柳云桐的尊重程度。

谁知下午，门都出了这么大的事，公安部、安全部的领导及技侦专家都到了门都，省里领导陪着中纪委领导也到了门都，省委书记王刚和省纪委书记赵保国的表情特别严肃。此时柳云桐也知道问题麻烦了。出了这么大的事，他第一个难逃责任，当他和王刚书记打招呼时，王刚书记只是用鼻子哼了一声。柳云桐无奈，索性他把一些应酬上的事都推给杨文学处理，他知道，无论上面领导如何发怒，他们对杨文学还是要留面子的。

杨文学把刘铁威的夫人带去面见王刚和赵保国。刘铁威的夫人提出要单独和王刚书记面谈。王刚把刘铁威的夫人让到小会议室。刘铁威的夫人才说出了她最后听到刘铁威对她说的那番话。刘铁威说话带有河南地方口音。当刘铁威被送到医院后，杨文学第一个赶到现场。他看到刘铁威戴着氧气面罩，眼睛睁得很大，要跟他说话的样子，杨文学凑上前去，但他却听不清刘铁威在说什么。正好，刘铁威的夫人赶来了。杨文学便让她去听。刘铁威由于胸腔中弹，腔内积血，他说话的声音相当费力，而且，话也听不清楚。当然，他们夫妻生活了几十年，她还是听到刘铁威在说（柳）（刘）。听了刘夫人的介绍，王刚陷入了沉思，他反复在重复着，“柳”、“刘”这两个字。难道？柳云桐是幕后黑手？王刚不愿意想下去了。他嘱咐刘夫人，此事先不要声张后，便把赵保国叫了进来。王刚和赵保国又安慰了刘铁威的夫人一阵子。工作人员把刘夫人扶出去后，王刚又叫进来杨文学，他把刘夫人的话对杨文学说了，然后他对杨文学问道：“文学同志，你认为是柳还是刘?”

“王书记，我认为是刘。”

“理由?”

“经多方面线报证实，门都‘教父’姓刘，目前刘姓的几个嫌疑人我已经让赖斌死死监控上了。”

“好，公安部和安全部的同志们带来了最先进的布控设备，他们已张网等待。哲学同志正在从广州到门都的飞机上，等他到了我们再碰一下。”

王刚话音未落，杨文学的手机响了，他快速接通手机，对方传来赖斌的声音：“杨市长，凶手抓到了。

“好，赖斌，上任何手段，一定要撬开他们的嘴，而且要在最短时间内拿下他们，上任何手段你懂不懂。”杨文学急了，他两只眼睛不知是哭过了，还是急的，总之是红红的像要出血。

王刚看到杨文学这样，他劝道：“文学同志，冷静一点，告诉他们注意政策，千万不能有过激行为。铁威同志的牺牲，我们都很悲痛，可我们是党员干部，党对我们是有纪律的，文学同志，越是这个时候越要冷静，要知道，那个所谓的‘教父’和我们斗的就是心态。我估计，他马上就坐不住了。”

大家都在等两件事，一件事是哲学的到来，另一件事是赖斌的审讯结果。省委书记王刚和省纪委书记赵保国把柳云桐叫走了。留下杨文学陪着部领导，由于大家都沉浸在悲痛之中，加上相互之间的不熟，所以，他们之间也没什么说的。眼下唯一能做的就是闷着。

杨文学坐在那里，他与刘铁威互相认识的情景又浮现在眼前。

杨文学在来门都之前，中央找他谈话时明确指示道：门都的问题非常严重，你去了之后首先要想办法利用你北京下派的关系，过渡柳云桐手中的权力，这一切，你都要以个人善于揽权的方式去表现。你目前可以推心置腹的搭档只有刘铁威同志，他是现任门都纪委书记。关于你动干部的问题，省里王刚同志和严尚武同志会支持你。杨文学到了门都后，在班子见面会上，他第一次见到刘铁威，当时也只是寒暄了几句，他们真正坐到一起沟通，是在那一年初夏的一天下午，是刘铁威主动约的杨文学。“文学，来门都有一个月了吧？”

“还差几天就满月了。”

“所以，这杯满月酒一定要喝，我在省城定了个位子，后天晚上六点钟你直接过去。”

“好，后天我们喝两杯。”

杨文学清楚地记得，那天他们喝的是北京二锅头。刘铁威的酒量和杨文学差不多，他们两杯酒下肚后，话匣子也打开了。刘铁威说道：“文学，你来门都吃苦遭罪，都怪我这个老哥多嘴，否则你这会儿还在北京享福呢。”

“老哥，此话怎讲？”

“文学，门都的问题其复杂性有些特殊，说它特殊主要有三点，首先是柳云桐的权力经营，在门都，可以说没有一个部门不在他的掌控之下，就连我们纪委，我表面上也要装作附和他。其次，门都的地方势力可以用顽固来形容。再有，门都的黑恶势力的表现方式不同于全国其他城市，这里的黑恶势力既不欺行霸市，也不相互火拼，社会上打架斗殴案件都少。这些人和门都的很多领导联手，大肆侵吞门都的物资资源。这些人表面上看是分成几伙在经营，但他们实际上都由一个人掌控，这个人自称‘教父’。有胆识，有智商，曾经有人说他要再搞一套政府经济班子。有迹象表明，这家伙对内部人搅乱社会治安现象惩治的手段凶残，一般情况下都弄到外地干掉。他的统治办法不是统管，而是让这伙人自治，他坐收渔利。他善于利用矛盾控制这几条线。可以说，这些年来，我们也试着断过他的线，但效果并不理想，每次都伤不到他的要害处。而且，被我们断掉的线，很快会被接上。前几年王刚书记没调任省委书记之前，门都也换过市长，但没多久就被挤走。针对这一情况，我写了封信，在去北京开会时，交给了哲学同志。我建议空降个市长来门都，对柳云桐形成一种掣肘。”

“老哥，看来我是被你一封信给催来的。”

“所以，你来门都是我背后使的坏呀。”刘铁威说完，他和杨文学大笑起来，笑声停止后，刘铁威又说道，“文学，今天见面，主要是想和你统一一下思想。”

“老哥，在对党的忠诚态度上，我们是一致的，来门都之前，首长也找我谈了。既然你老哥背后使坏，那我被你坏来了，只能是听你指挥。你也知道，门都的情况我不熟，但不熟也有不熟的好处，我可装作胡敲乱打的样子，先敲掉他几个，把门都的权力层巩固下来，中央一再强调，门都绝对不能乱。”

“是呀，文学，门都绝对不能乱。门都不能乱，就一定要有你我这样的人，文学，你说我们国家一个个城市地盘，像不像一个足球场地。我们是不是球员，我这个纪委书记又兼裁判，又踢后卫，而你这个市长，前锋、后卫、中场都得上场。可我们的教练柳云桐，把我们这个球队带散了。他教练无方，私心权力欲望太重，为了维护权力欲望，他竟昧着党性和泯灭法律的风险，排挤异己，打击正气，他的行为无形中给‘教父’帮了大忙。其实，他这样做，到头来等于把自己的儿子也搭进去了。柳英不仅参与 了门都的犯罪团伙，而且变成了核心人物。你这个市长，肩上的担子重了，前锋、中锋、前卫……，哪里出现了薄弱现象，你都要到哪里。”

“老哥，不是我要到哪里，是我们要到哪里。”

哲学的到来打断了杨文学的回忆。哲学已经去医院看过刘铁威。他见刘铁威的尸体躺在那里，身上盖着洁白的单子。刘铁威的灵魂和他身上盖的白色单子一样的洁白，这个为党工作了一辈子的纪检战线精英，今年才五十八岁。哲学伫立在刘铁威的遗体旁边足有半个小时。他在听刘铁威讲话，是的，他听到了，刘铁威那紧闭的嘴似乎在说，兄弟，老哥先走一步，你一定要抓住那些人，否则，我怎向先烈们交代。哲学在心里暗暗地对刘铁威说，老哥，你为什么不等我回来呢？难道你忘了我们立下的誓言了吗？不抓干净这些腐败分子，我们是不会走的。可你老哥真的不讲信用，怎么能一个人说走就走了呢？哲学向省委书记王刚汇报了广东那边的工作进展情况，经中纪委常务会议决定，今晚八点，从广东到门都，全线行动。他传达完中纪委领导的指示后又说：“王书记，此次行动范围比较大，各省之间一定有一个相互协调的机制。A省这边，调动武警，将各可能出口全都封锁，A省的很多城市都有‘教父’毒品的下线。所以，这次行动绝不能漏掉主犯。”哲学的话还没说完，就被杨文学的手机铃声给打断了。杨文学接起电话：“赖斌，什么情况？”

“这两个家伙交代，他们是受一个外国人叫弗兰克的人主使去杀人的，他们至今连要杀的人是谁都不知，弗兰克的情况我查过了，这个人来自于拉脱维亚，一年前从广东入境，几个月前来门都，奇怪的是，他在友谊宾馆长包房，房租款挂在了市财政局住房基金的账上。我们去友谊宾馆他包的房间搜查，没发现可疑情况，不过据我推断，这个人可能已经离开门都。”

“赖斌，马上申请省公安厅通缉令。”

哲学在一旁补充道：“保国同志，告诉省公安厅，接到门都公安的申请后，立刻电传公安部。我负责联系公安部，在全国海关堵截此人出境。另外，文学同志，关于那个孙家铭，让赖斌他们先不要动他。晚上行动时再抓捕，重点审理这个孙家铭。”杨文学在电话中转达了哲学的指示。

现在是下午五点，距离晚上行动时间还有三个小时。王刚对杨文学说道："文学同志，经报请中纪委批准，由省纪委宣布，柳云桐已经被双规，我和尚武同志，保国同志还有省委组织部长宁小平同志研究后决定，暂时由你代理门都市委书记一职，今天行动过后，明天省常委会开会专门研究此问题，过了晚上行动时间，你要把门都基层干部一、二把手集中开个会。到时候我和保国同志到会当面宣布省委决定。文学同志，铁威同志走了，这回你可是孤军奋战。不过，门都的绝大多数领导干部是正派的，你要充分依靠他们的力量，门都绝不可乱。"

"王书记、赵书记、哲主任，你们放心吧，我保证门都班子会顺利过渡。"

杨文学给韩超迎打电话，他除了让韩超迎通知今天全市干部开大会外，还让韩超迎帮他约了两个人。韩超迎从昨天开始，就没离开过办公室，她明白，现在是非常时期，一旦弄不好，门都会出大事，对此，她待在办公室里不停地在到处打电话，表面上看她是闲得无聊，其实她是在到处嗅气味，凭她的政治嗅觉，以及女性特有的判断能力，她在分析门都会从什么地方开始鼓包。

第十七章

杜思思被困在门都出不去了，她是来执行柳英第二套杀人方案的。办完这件事，她决定放弃杀手生涯。这是她第二次有这种想法了。第一次是十年前。她从国外跑回祖籍江苏。那时，她只有二十三岁，但干杀手这个职业已有五年多的历史。杜思思因何选择了一条人生的不归路，这要从她六岁的那一年说起。她的母亲是中国人，江苏无锡人，改革开放之初，她母亲只有十八岁。一个十八岁的妙龄女郎，对生活的憧憬是五颜六色的。那个年代的中国还不富有，人们也无法预测未来的国家会富强繁荣到什么程度。但是，向往和羡慕美好生活的愿望已经在人们的脑海中形成概念。很多中国人都把过好日子的希望寄托在西方世界。西方世界什么样？没有几个人知道。别说一个十八岁的姑娘不知道，就是那个年代的成年人也不知道，甚至包括一些眼界开阔的领导，有知识的人，他们都不知道。人们能了解的西方世界，是来自于只言片语的文字材料，还有村子里唯一的一台黑白电视机。但是，在中国人的骨子里，祖先的基因中流淌着一种闯天下的基因。这种基因，导致了后来在世界每一个角落里，你都会看到华人的面孔。特别是杜思思母亲的家乡，全镇只有三十万人口。当然，这指的是国内。这个镇上在世界各国的华侨竟有一百多万人，这是有史以来累计的结果。对于出国闯天下，是这个镇的民俗风情之一。杜思思的母亲也不例外。几个老乡，凑了一船人，她们被蛇头偷渡到国外。没出国之前，大家说好了的要去英国。但天下好像最没信誉的人就是蛇头。这帮家伙收了钱后，装了一船人便起程了。三天三夜的海上漂泊。她们这一船人被送到了一个孤岛上。谁也不知道这个岛叫什么，它属于哪个国家。现实是，她们被蛇头卖给了这座岛的岛主。这是一个加工运输毒品的荒岛。为了把毒品运往各国，也为了与其他毒品贩子之间争夺市场。这个岛内还设有一个技能培训学校，他们专门培养女子杀手。杜思思的母亲由于长得漂亮，一上岛便被岛主收为压岛夫人。虽然西方社会没去成，追求极乐的梦想破灭了，但是，成为压岛夫人，也算不幸中的万幸了。岛主就是弗兰克。弗兰克被世界多国通缉，美国、英国、荷兰，很多国家都在通缉他，亚洲国家有日本和韩国都向国际刑警发出过对弗兰克的通缉。特别是韩国政府，一年多以前有情报说弗兰克在中国，韩国政府通过大使馆向我国公安部发出了协查缉捕并引渡的照会。

弗兰克和杜思思的母亲同居一年后，杜思思出生。就在杜思思六岁那年，狠心的弗兰克竟然把女儿交给岛内技术训练学校学习杀人技巧。十四岁那一年，已经学习了八年技能的杜思思被强行轮奸。这样做的目的就是为了过色欲这一关。作为杀手，必须过情感这一关。因为有情的人做不了杀手。杀手的特点就是冷酷无情。从那次被轮奸后，为了过色诱这一关，杜思思每天都不能穿衣服。当然，升入色诱级别的男女都不许穿衣服，性交从此变成家常便饭。不仅性交变为一种生理需要，情感也是随处丢弃。杜思思十六岁那一年，只因为一次性交中男学员没有满足她的性欲需要，竟然开枪把那个男人杀了。这是她第一次杀人。可能是由于她是混血儿的缘故，杜思思脾气非常暴躁，她甚至在无任何缘由的情况之下，便微笑着杀人。她有点拿杀人当作一种乐趣。

杜思思和柳英走到一起。完全是因为十年前的一桩命案。杜思思属于性格分裂型思维，少年时代生活对她的摧残，让她变得冷漠狂野。可是，在出岛后行走江湖的过程中，她突然觉得人间生活与人与人之间的关系似乎并不像她所经历过的生活那样，人间的一切充满着文明与博爱。她从不懂爱，也没有爱的经历，到接受人间的慈爱后，世界观开始有了转变，特别是母亲去世的那一年，她在法国陪母亲治病，母亲给她讲了很多关于中国的故事。可能是由于血缘的关系，她开始向往东方文明古国的一切，她不知道中国什么样，但母亲的介绍在她心里留下了抹不去的印象。母亲去世后，她安葬了母亲，便只身来到中国。这个会说江苏话及流利中国话的姑娘，在家乡小镇上过了一年清静无为的生活。她在互联网上认识了门都的杨因。当杨因把她推给杜新时，她的野性再次爆发，杜思思把杨因杀了。

这个案子当时正好落在前进区公安分局局长柳英的手上。由于案件牵扯到杜新，如果追查下去，杜新的政治生命就会结束。虽然当初杜新只是个副处级干部，但杜家哥们儿多，在门都算得上势力帮派，而且杜新的一个远房亲戚在省里任省委组织部副部长。这门亲属当年与杜新关系走得很近。对此，杜新事后约柳英进行了一次政治交易谈判。

因杜思思杀人一案，杜新被传讯到前进区公安分局。面对案件主办人吴泽安，杜新提出要见柳英。吴泽安听了杜新的要求，报以藐视的一笑："杜处长，你要搞清楚，这里是公安局，不是城建局，你现在参与进了一桩命案。不是你想见谁就见谁的。"

"吴科长，大家从前都认识，你和我弟弟又是同学，从哪方面论，吴科长都要给个面子。再说了，我见柳局，也是有事要谈，我的事将来对大家都有好处。"

“杜新，你都到这个份上了，还有什么资格和我谈好处。”

“吴科长，话也不是这么说，见了柳局我自然有话说，我和柳局谈完，如果你们认为还需要找我谈话，到那时再谈也不迟嘛，无非就是耽误一会儿时间而已。”

吴泽安认为杜新的话也有道理，他用电话联系了柳英。

柳英听了吴泽安的汇报，他在电话中迟疑地问道：“泽安，他非要见我干什么？”

“英子，这个他没说，如果你不忙，见他一下也无妨，听听他想说什么。”

柳英又迟疑了半天，然后才说道：“那你带他来我办公室。”

放下吴泽安的电话后，对于杜新要见自己的理由，柳英百思不得其解。杜新家族在门都确实有点势力，但柳家从未和杜家有什么来往。难道杜新要见我是想贿赂我？这是绝对办不到的。杜新的弟弟杜飞，我们是在一个学校读书，而且还在同一年级，但不是同班，问题是杜飞和我也仅限于点头之交，如果杜新想用这份薄情作为手段要求自己放他一马，那就更不可能。除此之外，还有什么呢？柳英找不到其他理由。换句话说，那个时候的柳英，还没有过什么更大的腐败问题，他的社会交往也仅限于吴泽安这样的同学之间。所以，当时的柳英既不想收好处，又不想讲情面，也没有什么把柄被人威胁。但是，柳英忘了一件事，他可以和杜新没有任何牵连，但有一件事他是一定要考虑的，那就是政治交易。恰恰就是这件事，柳英没考虑到。

作为中国的家族，没有一个家族成员不盼望着这个家里有权力人物诞生。对于没能力，盼不到的家庭而言不代表不想。做儿女的希望有个当市长的老子，做老子的也希望儿子将来能有出息，可什么叫有出息？这是一个古老的话题，对于这个古老话题的唯一解释只有一个，最有出息的人就是做官。然后才轮到出名发财。柳英何尝不想自己的父亲能当上门都市委书记，甚至将来再当上省委书记。即使当年的柳英还不是深谙政治权术，但他作为一个走仕途之路的人，政治权力绝对是他的第一愿望。

杜新被吴泽安带到柳英办公室。杜新看了看吴泽安，他欲言又止。柳英说道：“杜新，有什么话可以当泽安面说，我们是同学。但有一点，别谈钱，也别谈什么人情，更不能谈案子，其他的你可以谈。”

“柳局，我的问题和你说的三点都没关系。谈钱我没有，谈情分从前没有，但今后可能会有，谈案子也没什么大不了的，最多是把我这个破副处长撸了也就到头了。我今天要谈的是，通过这件事，可以达到我们三个人都赢的问题。既然柳局认为泽安是哥们儿。那样，这么好的事也算上泽安一份。”

“杜新，有什么话你就快说吧，我可没时间在这跟你耗。”

“那好，柳局，我找你的意思很简单，门都今年换届，我指的是市委书记人选问题。”杜新话刚说了一半，就被柳英打手势给阻止了。柳英阻止杜新的目的很简单。他心里想，你一个门都的副处级干部，谈的哪门子书记人选问题呢，这一切和你也不挨着。杜家在门都是有点来头，但是，你那点来头能有多大作用？市委书记又不是靠选举产生的，需要你杜新拉点选票什么的，书记的任命权在省里。而你杜新这芝麻小官，连个副市长都看不上你，打个喷嚏你都滚蛋了，凭你也谈市里一把手的事？而且是和我柳英谈这事。笑话，现在全门都谁不知道家父在和市长华民竞争书记的位置，这个时候，作为柳云桐的儿子和一个涉嫌命案的人坐在这里议论这事，传出去还了得吗？想到这柳英说道："杜新，这么敏感的问题好像不应该你说三道四吧？我看你还是去审讯室把自己的问题谈清楚吧。"

"柳局，你总得让我把话说完。然后再下结论也不迟嘛。"

"问题是我不想听你说这些。泽安带他走吧。"

"泽安，你先等等，柳局不想听没问题，权当我杜新自言自语好了，我杜新又何尝不知道什么话题敏感什么话题不敏感，我只是觉得，有些话应该说，即使今天不出杨因这件事，我也会找柳副书记的。我认为柳书记听了我的话肯定感兴趣。不过这样也好，和柳局说也是一样，这样还可以避免和柳书记汇报时的那份尴尬。"

杜新见柳英听了他的话后没什么反应，知道自己的话引起了柳英的兴趣。他又接着说道："我有个亲属在省委组织部当副部长，主管干部考核。前段时间我们在省里吃饭，我曾就门都的书记人选问题探过他的底。省委组织部这边，倾向柳书记做门都的掌门人，而省委分管组织的副书记，好像是姓秦，他对华民的印象很不错，为这事，他和省委组织部也透过气。这个秦书记明年也该退了。他推荐华民，主要原因是马上退下去的肖东方对华民好。肖东方的意见，省里也是要考虑的。可肖东方为什么向秦书记推荐华民？主要是因为，华民和秦书记的公子秦牧关系非同一般。秦牧与肖东方的女儿肖鸣，又属于生意上的合作伙伴。这样一来，他们肯定是沆瀣一气的。柳书记这人又不善于拉关系走后门，只是凭自己的干劲工作。所以，这事就矛盾了，省委组织部的意思是要为门都选一位正派的人，他们自然推荐柳书记。可秦书记那边又分管组织，又是省里的老领导，一般人总还是要给面子的。如果这件事上省常委会，谁当门都的书记还真是不好说。作为门都的领导干部，我们是希望柳书记上来，柳书记是实干家，他能考虑到我们这些中层干部的疾苦。华民那人，咱也没权去评价人，但是，一个在外面包养二奶，又生了孩子的人，即使当上书记恐怕也干不好。"杜新一口气把他要说的话说完了。他在观察柳英的反应。他见柳英在沉思。便适时地探着说道："泽安，说了这么半天，口也渴了，给点水喝行吗？"

吴泽安听杜新称他为泽安，当时便一脸的不快，他本想吊杜新几句，谁知道柳英说话了："泽安，把你的好茶拿来，我们喝几杯。"柳英这样说，有两层意思，一是表露了他对杜新的态度，二是柳英想借故把吴泽安支开。柳英的办公室有茶，他又何必让吴泽安去拿什么好茶来。吴泽安明白柳英的意思。他借故去取茶走开了。在回自己办公室的路上，吴泽安还在想，柳英这样做是对的，有很多事，两人为伙，三人为帮。自己离开一会儿，他们说什么没听到，这样日后有什么事，柳英也是能进能退。免得三方背靠背时，谁都不知道怎么说，也不知道该说什么。虽然是借故走开，但他和柳英的关系由同学上升为同谋。吴泽安虽然是柳英的同学，但他自认为这种同学关系无疑是一种悲哀。因为他是工人的儿子，他的父亲是他读书那个学校的木匠。当年他们读书的那所中学算得上门都的贵族学校，柳英、孙家铭都是门都市领导干部子女。按理说这种学校吴泽安是没资格进去读书的。可资格受到了命运的摆布，其实这个木匠不是普通的木匠，近水楼台先得月。吴泽安就这样成为了柳英的同学和挚友。当然，柳英将他视为哥们儿，那个时候他们的情感尚属单纯嘛，可以说柳英的江湖义气浓厚过吴泽安。要知道，论哥们儿关系，吴泽安很多地方都仰仗柳英，所以他在很多问题上需要装出义气。杜新的案子吴泽安是主办人。柳英当他面和杜新做政治交易，给了吴泽安未买船票便和柳英同乘一船的机会。既然是政治交易，那就要从法律上开脱杜新，同时也要开释杜思思。这么大的把柄捏在手上，无形中开拓了今后平步青云的官场之路。杜思思跑了，是柳英和吴泽安的故意行为，从此，政治交易变成了犯罪行为。一根绳上拴的两个蚂蚱，谁也蹦不了。所谓的谁也蹦不了事实也并非如此，事实是柳英蹦不了，吴泽安压根儿就没想蹦。木匠的儿子和市委书记的儿子同舟共济，没点特殊理由，在当今人以群分的现实社会中，这样的几率太少了。做人无可否认一个事实，那就是父母的荣耀怎么说也是子女的虚荣桂冠。这顶桂冠从前在吴泽安头上看不到。问题是看不到的东西并不代表人们不想看到。人没有选择父母的权利，但人有改变命运的权利，人为了改变命运不择手段。吴泽安当初就是这么做的，他，冒着违法的风险放掉杜思思，绑住了柳英。如果靠上柳英仅仅是为了升官，为了改变某种门第的光荣，赌一把也是值得的。可是，你脸皮厚有人比你脸皮还厚，用李宗吾的话说脸皮厚如城墙。你心里黑有人比你更黑，螳螂捕蝉，黄雀在后。权力的背后，永远会有一批打算盘的人。吴泽安成了柳英的铁杆，自然也成了他人涉猎的目标。俗话说子系山中狼，得志便猖狂。有了柳英这棵大树，他开始心急火燎地经营起自我。说到经营自我，唯一可投入的资本就是权和势。一个科级干部论权是小了点，但市委书记公子这杆大旗却可舞风弄影，小打小闹还是可以的。有了资本想歪用，无外乎贪点财和色。更何况有人在背后投桃送李。吴泽安还真捞了个机会干到一票大的。没想到，他正在庆幸之时，"教父"的电话将他打翻在地。在"教父"的威胁下，他不得不对“教父”交代了和柳英的关系。可以说是吴泽安间接地把柳英拖下了水。当然，柳英并不知道这一切内幕，吴泽安也不敢说起这个茬。他和柳英这两个从没见过“教父”的人被钳制得向深渊滑去，鬼使神差地成了“教父”的马仔。十年过去了，除柳英和吴泽安外，所有的人都是后来才知道这个秘密。

吴泽安走后，柳英决定不想和杜新恋战，他单刀直入地问道：“你说华民在外面有女人，又生了孩子，是你听说的，还是你知道?”

“柳局，我又不是小孩子，会拿道听途说说给你听，我不仅知道华民的女人是谁，我还知道她住什么地方，孩子在哪上学，如果你还需要华民与那孩子的DNA鉴定，我都会想办法搞到。”

“杜处长，这个你不必细说，领导干部包养情妇，并违反计划生育政策私生孩子，这不是简单的小问题。如果你说的情况属实，那就什么也不用说了，可如果情况不属实，那后果你也清楚。”

“柳局，这我清楚，在领导干部升迁问题上造谣污蔑，那是要负法律责任的。再说了，这件事你权当不知道，我会办得恰到好处。如果让你插手这事，那后果并不一定理想。所以，我今天找柳局也是要你个态度。”

“杜处长，我对这件事是什么态度，你应该知道。至于今天泽安找你来的问题，你可以先回去，我们这边的案件也需要进一步调查，因为有些事我一定要调查清楚后才能做出决定。”

“也对，为了配合柳局调查，我这边回去会抓紧时间想一想问题。”

“好吧，杜处，我就不留你了，今后喝茶的机会我想很多。”

“那是，不用太久，我到时请柳局喝茶。”

柳云桐当上门都市委代书记后，杜思思在一次外提指认现场的时候逃跑了。现在，她又回到门都。但这一次她跑不掉了。

柳英的秘密电话响了，来电话的人是“教父”。他在电话中说：“那个女人还留着她干什么?”只有一句话，“教父”便收线了。柳英现在和杜思思在一起，他们在金山息园墓地的山那头的一栋土房子内。说实话，柳英有机会干掉杜思思，但他不想那么做。到了这份上，他认为大势已去，多杀一个少杀一个于事无补，再说了，自从放掉杜思思后，这个女人便成为柳英的红颜知己。近来，杜思思一直在寻找这个叫“教父”的人。她要杀了“教父”，原因是，“教父”利用柳英和杜新的政治交易，达到了控制柳英的目的。至于“教父”是如何知道柳英与杜新做交易的，受到这件事牵扯的人谁也不知道。杜新、柳英、吴泽安他们三个人经常聚在一起，经过无数次的分析和推敲，都找不出问题出在哪了。为什么一件风马牛不相及的交易，被一个什么“教父”给连在一起了。

杜思思坐在地上流泪，她哭着说道：“阿英，我不走，要死我也要留下来陪你。”

柳英也是刚哭过，他眼睛红红的：“阿思，没必要留下来陪我，再说，你走了，他们不会把我怎么样。他们抓不到你，就没有证据指证我，到那时，大不了用其他问题判我几年，我出来后马上去国外找你。这里有一把微冲，还有两把轮子枪，够你应付的了。记住，到了广东，按照我给你的号码，去找人帮你整容，几个月后你就可以出境了，我们所有的钱全在香港的家里，你最终去哪个国家，在网上留记号，我方便时会看到。我这边将来无论出现什么情况，你都不许回来，听懂了吗？”

“阿英，这些我懂，但我不想走。”

“阿思，别犯浑了，你留在这里帮不了我，再说了，我不想连累你，所以，你必须走，而且是马上走。我给你的三张身份证全都是真的，你用完一个扔掉一个。”

柳英和杜思思抱头痛哭。为了策应杜思思出门都，柳英甘愿担当靶子，他知道自己已经被严密布控了。而且，在这座土房子的外面，就有人在监视着他们。但柳英不怕，因为这土房子的下屋，有一条暗道，这条暗道直通金山息园墓地，金山息园墓地地处城郊，杜思思只要到了金山息园，一切就安全了。柳英把杜思思送进暗道后，他又坐在土房子抽了两支烟，算一下时间，此时杜思思应该出了暗道，这时柳英才站起身来。他把事先准备好的几个空皮箱往车上搬，他这样做的目的，就是为了吸引侦查人员的视线。最后，柳英从土房子里往外拉一条麻袋，麻袋里装着东西。麻袋很轻，但柳英却装作很吃力的样子，他把麻袋拉到车前，又吃力地把它搬入后行李箱中。柳英所做的一切，在侦查员眼中，都可能造成误会，他们会分析，先用皮箱装钱，然后再杀掉杜思思，碎尸后装入麻袋。然后开车下山去弃尸。

柳英办完一切假象后，开着车，往杜思思逃跑的同方向行驶。他这么做的目的只有一个，他所行驶的方向，如果有设卡，那也不用挨个盘查了。因为最明显的目标已经出现，所有的矛头都会指向他。如此一来，杜思思会顺利通过卡站。如果杜思思万一被设卡截住，那就没办法了，要死大家一起死。自己在杜思思身后也可以营救她。柳英开车往前走了近十公里，也没看到有什么情况发生。他没有再向前走，因为再走就出了门都市了。柳英把车靠在路边，他在车里抽了一支烟，然后便掉转车头往市内的方向驶去……

我在北京机场接上张琦。她的情绪很低落。

“怎么就你一个人来北京？”

“南南，我不一个人来，还有谁能跟我来？”

“超迎？”

我是想问韩超迎为什么没有来，可话到嘴边又咽了回去。这种时候，韩超迎怎么会离得开门都呢。听我说到韩超迎，张琦借题发挥地说道：“超迎是政府官员，她这个时候离不开岗位，再说了，她来了又能帮上什么忙。青青和爱珍倒是说过要陪我来，我没同意。她们和我姐没关系，只不过是出于道义，想陪我落点眼泪罢了。没理由拉上人家。南南，我姐对你怎么样？”

“我和鸣鸣关系非同一般。”

“你不觉得我姐的后事问题，还有我哥的官司问题应该由你负全责吗？”

“肖鸣的后事问题，我会全力以赴，肖丰的问题，我只能说尽量想办法。”

“范永涛，我哥的问题你不该是这种想法，你是享受过坐牢滋味的人，凭你一个刑满释放犯，混到今天，有多少人帮过你，就你的身份，还有你的家庭环境，难道你体验不出我哥现在的心境，所以，你不是认识娜娜吗？还有那个杜三娘，她哥不是中纪委的大官吗？你要去找她们，把我哥弄出来，我们肖家四十亿资产不可能白白送给你。”

“张琦，既然你知道我是谁了，那我也不瞒你，肖鸣怀了我的孩子，虽然她最后还是把孩子带走了，但我们的感情还在，肖鸣走之前最想见的是我，是我陪了她一天。即使你不来北京，或者说肖鸣根本就没有你这个妹妹，她的一切后事我都会管。肖丰我和他谈过，他的问题虽然我不一定帮上忙，但我还是那句话，尽力而为。这样做，并不是因为什么人知道我是范永涛，而是因为肖鸣，我和肖鸣之间有爱作为基础。所以我会去做。”

“你和我姐有爱？你和几个女人好也叫有爱？范永涛，你知道什么是小人得志吗？在你身上，使用小人得志这句话最贴切，你在不停地寻找成功的刺激。特别是对女人更是如此。你靠着姣好的容貌去征服女人，然后利用女人为你办事，你想做当代的于连，也就我姐傻，相信了你。”

“说得好，可你同样相信我。”

“别自作多情了，你以为女人和你上床就是你的能力所在，你错了。杜三娘充其量算一个社会的怨妇，像她这种人确实迷恋于你，关丽娜属于深宫中的单纯女人，她没行走过社会。或者说她恐惧男人对她的家庭痴迷，她一直在寻找除她家庭桂冠之外的纯粹爱情。还有我姐，她没有爱情，她同时又想极度消费爱情。其他女人包括我在内，对你充其量是一种好奇和刺激，多个小丑也没什么不好，反正这个社会绝大多数人都是小丑，偶尔享受一把性需求也没什么。可你不要把偶然当作可以控制女人的游戏，所以，我哥的事你不是尽不尽力的问题，而是必须办好的问题，否则，范永涛，你信不信我会拿枪干了你？”

“张琦，听上去好恐怖，现在的你和前几天的你确实判若两人。”

“对，算你说对了，这就是女人。还是那句话，你必须把我哥捞出来，肖家这个女儿不是白养的。我不会拿肉体和什么感情去换取你的帮助，我只会拿枪跟你说话。”

“张琦，你太可怕了。别忘了你可是执法者。”

“忘不了，这也是我干掉你的方便职业，不信你可以试一试。”

“肖家确实没白养你。王府饭店到了，你姐在楼上有间长包房，房卡在你前面的手箱里。还有这台车，也是你姐临终前买给你的。这两天在北京你可以开它办事。需要我什么事，言语一声，我马上到。”

“南南，我还是这样叫你习惯一点。这台车根本就是我姐买给你的，不过你不想要那我就收回。另外，我到北京来，你总不会连顿饭都不请我吃吧？难道你不仅是个小人，还是个十足的小人。”

“小人也好，十足的小人也好，本来没接到你之前，我想了一大堆招待你的办法。可你这一路都惦记着杀我，你不觉得我请你吃饭是在玩命吗？”

“南南，现在还不到玩命的时候。所以，你该怎么做就怎么做。”

“那好，你先上去整理一下，我在车里等你，过一会儿我请你去吃东来顺。”

“这不是你原来想好的安排，你应该和我一起上去才是你的安排。”

“张琦，你真是个女魔鬼，没进肖家之前，你和我一样都属于穷人，娜娜说得没错，为贫不义，看来还真的是这样。”

“南南，彼此彼此，江山易改，本性难移，围在你身边所有的女人，她们都死不起，现在你这位李公子也死不起，而我没了肖家便死得起，走吧，我们上楼去，别在这感慨了。沾了我算你命好。”

张琦在北京公安口有几个同学，她并没有麻烦我帮助料理肖鸣的后事。

张琦用一种近乎嗲嗲的口吻又和我谈起肖丰的问题。“南南，我哥的事真的要帮他一次，否则肖家太可怜了。我姐不是给你很多钱吗？你可以花大钱摆平他们。不是我非要为难你，我也没有和你过意不去的想法，只是我认为，杜三娘和关丽娜和你的关系是最近的了。你让我去找什么人还能比这层关系近呢？”

“张琦，帮肖丰我没的说，可是他这次惹的事等于把天捅个窟窿。当然，市纪委书记刘铁威不是他安排人杀的，但他参与进了柳英团伙，在柳英团伙中，他被牵扯进去多深我也不知道，如果陈宁的死，还有其他人的命案牵连上他，你想把他办出来，这可能吗？”

“南南，我姐有那么多钱，我哥为什么还要和柳英他们搅在一起呢？”

“傻丫头，你为什么和肖家搅在一起？你没有和肖家搅在一起之前，你有宝马车开吗？贵族只要和金钱相连，很多事是说不清的。真正的贵族，也就是古人说的圣人，只能产生于精神，而不能产生于物质。很多人以为，有钱就是贵族，上大学，出洋留学，文化水平高了，这就是贵族吗？不是的，岂不知，钱越多，人越复杂，思想越多，人也复杂。肖丰可能从一开始就陷进去了，如果他们肖家从一开始就有这么多资产，那我相信他不会犯罪，但是，肖家如果到肖丰这里能有这么多钱，那说明，肖书记就有问题了。所以，判断肖家，要历史地看问题，而不能拿钱说问题。”

“南南，我哥如果真的杀了人，那他的命就没了。”

“不排除这种可能，张琦，你对肖丰的问题，还真的要有一个心理准备。不过，即使肖丰被判死刑，我想尽一切办法也要保他一条命。对于肖丰，目前可不是什么出不出来的问题，而是保得住命保不住命的问题。”

“那可怎么办？”

“先别急，眼下最要紧的是把事了解清楚，然后再合计办法。”

“可我姐怎么办，我本想让我哥见她最后一面的。”

“别打这谱了，就凭眼下门都这形势，你认为可能吗？”

“南南，可我也不能就这样把我姐火化了，毕竟我的身份是无权做这种决定的。”

“所以，我一开始就问你为什么一个人来，你来和我在这里有什么区别。”

“我姐夫不是说也要来吗？”

“他有权决定。”

“你的意思是让我跟他商量？”

“对。”

“南南，还有一件事。”

“说。”

“我如何对老爷子说？”

“你是想说肖鸣的事，还是肖丰的事？”

“两样都得说。”

“肖鸣的事先不要说了，肖丰的事我估计凭老爷子的智慧，刘铁威这一死，他猜也会猜到个八九分，他不会为难你，几十年的政客，他岂能不懂这些道理？别说是你，就算他如今还当门都市委书记，都得眼睁睁地任事态发展下去。”

“我看你是比我聪明点，难怪我姐都被你玩得团团转。”

“说到你姐，我还有一个问题，她留给我的公司和钱，你把它都接过去吧。”

“南南，你是不是怕了？”

“说不怕也是假的，当初你姐把公司交给我，直到现在我都认为这是天方夜谭，更何况，她还有个带枪的妹妹盯着我，这简直是天方加魔鬼夜谭，趁着钱我分文未动，还是趁早拿去吧。”

“南南，说实话，我姐好像能掐会算，如今看起来，她把公司交给你是对的，你让我拿回来，我都不知道什么是生意经，看在我姐在天之灵的分上，你还是按我姐的意思办吧。”

“这不行，当初我也只是答应你姐帮她管理。为这事肖丰找过我，你也找过我，你们都认为我在吞肖家的资产。我可不想担这份罪名，我一个小人，满足一下成就感就可以了，没有野心白吃这么大一笔财产。”

“南南，你还在跟我赌气，我看你不仅是小人，还是小心眼。”

“张琦，这不是什么心眼的问题，我也不是在和你赌气，肖鸣走了，肖丰一时半会儿回不来，公司的财产又不属于我，我怎么可能背着这份压力过一辈子。依我看，肖丰一出事，你在分局的日子也不好过，不如早点考虑一个长远打算，你把公司接过去，我帮你一段时间，等你上轨道了，我再离开。”

“你是说让我不干警察了？”

“当个小警察一辈子也就那么回事，再说了，肖家今后的负担多了，这些都要靠你去操心。肖丰这个浪荡公子也没留下个一男半女，目前肖家你是唯一可依靠的。”

“南南，你让我想想。另外，你想怎么救我哥？”

“张琦，你也让我想想。”

晚上八点，一场反腐打黑行动在广东、湖南、门都三地展开。门都行动九点结束。柳英、吴泽安、孙家铭、方民达，门都市公安局缉毒支队的支队长、政委，还有各大队的一些涉嫌毒品犯罪人员，门都市委秘书长周云鹏，门都市第二建筑公司董事长杜飞，门都市驻京办主任孟庆在北京市公安局的配合下被抓捕。花都歌厅的马经理、婉儿也被抓，其他各区县一些侵吞国家资源及涉黑人员也抓了几十人。这次行动共抓捕七十三人，加上提前被双规的柳云桐、翁忠康、杜新，还有肖丰，以及几个月前抓的黑子，共七十八人。这些人，大部分都在刘铁威的名单之中。

反腐打黑工作，首战告捷。唯一让杨文学不如意的是“教父”、弗兰克、秦牧、杜思思这四个人跑了。

赖斌抓捕孙家铭后，孙家铭被带回局里，他马上就开始审问。

“孙家铭，今天我不问你其他问题，只问一件事，你必须老实交代。对于这件事的态度，会影响到你今后的案件走向。”

“赖局，我孙家铭犯了什么法？你们把我抓来还要看我的态度。”

“孙家铭，你给我放老实点，我没工夫和你扯闲话，你犯了什么法，我只告诉你一点就清楚了。柳云桐、翁忠康被双规，柳英、吴泽安、方民达，还有很多人，都被抓了，我想这些事够回答你提出的问题了。但是，我现在要问你的和这些人没关系。我问你，有个叫弗兰克的外国人你知道吧？”

“不知道。”

“不知道？不知道你为什么动用财政资金帮他在友谊宾馆付房租？”

“你说的是那个大胡子吧？”

“对，大胡子，他叫弗兰克。”

“他叫什么我不知道，我只见过他一次。”

“见过一次就帮人付房租？你没疯吧？”

“我哪里是帮他付房租，他是刘福的朋友，他住的房是我租给《周易》研究学会的。”

“详细说一说你认识弗兰克的全过程，不要漏掉一个细节。”

“拿包烟来。”孙家铭说道。赖斌丢了一包烟和一个火机给他。

孙家铭点着烟后说道：“有一次我和方民达去刘福那测八字，我们去刘福那是晚上六点多，正赶上刘福的饭碗子，在刘福的办公室，我们看到一个外国人，一脸大胡子。刘福指着这个大胡子介绍给我和民达：‘两位，这位是弗兰克，我的朋友。’然后他又冲弗兰克说：‘弗兰克，这位是Mr孙，这是Mr方。’站在刘福身边的大胡子能听懂中国话，他微笑着对我和民达哈腰行了个礼。然后用生硬的中国话说道：‘你们好。’说完这句话大胡子退出去。我当时还逗刘福说：‘行啊，刘大师，买卖做大了，连外国人都找你算命呀。’刘福说这个大胡子找他不是算命的，他说外国人信钱不信命，弗兰克是他一个香港朋友介绍的，他要来门都找工作，友谊宾馆刚好要开个西餐厅，今天晚饭，我借用宾馆的灶台，试试他的手艺，他给我烧了几盘菜。来，二位，坐下一起吃吧。”

“他和刘福什么关系？”

“具体不清楚，刘福只对我们说是他一个香港朋友介绍的。不信你可以去问民达。”

“孙家铭，关于这个弗兰克，他的一切情况对我们很重要，你要自已想清楚。”

“好吧，不过赖局，你们把我抓来不会就为了这个大胡子吧？”

“抓你来干什么你比我清楚，不过，对于你孙主任的问题，我赖斌也不糊涂。”说完赖斌挥了挥手，孙家铭被带了下去。

赖斌看了一下表，时间是九点二十分，他马上离开公安局，开车奔市委而去。门都市委大会堂今天坐满了人。门都市县处级以上领导干部接到韩超迎的通知，要求他们晚上九点三十分在门都市委大会堂开会，省里有紧急公务传达。虽然韩超迎在通知上这么说，但接到通知的干部大多都明白，门都的政坛出事了，柳云桐的天下已经一去不复返了。所以，今天各区县的人来得很早，他们在会场也表现得很庄严。九点二十八分，省委书记王刚，省委副书记严尚武，省委组织部长宁小平，省纪委书记赵保国，与杨文学、冯铁奇、汪波、邱风等人进入主席台就座。

杨文学主持会议。在开会前，杨文学提议：“同志们，门都市纪委书记刘铁威同志遇害的消息两天前已经正式通过组织形式，对大家进行了通报。鉴于刘铁威同志遇害一案案件正在调查阶段。今天，我只提议，全体同志起立，给刘铁威同志默哀悼念三分钟。”

在场的省委领导和门都市的领导，大家全都低头默哀悼念刘铁威同志。悼念仪式结束后，杨文学接着说道：“接下来由省纪委书记赵保国同志宣布省纪委决议。”

赵保国的表情很严肃，他清了清嗓子说道：“同志们，门都的腐败案件正在调查之中，经省纪委常委会研究决定，报省委常委会批准，对于原门都市委代书记柳云桐，原门都市委秘书长周云鹏和门都市常务副市长翁忠康实行双规。”

赵保国宣布完决定后，省委组织部长宁小平又宣布了省委常委会的任免决议。免去柳云桐的门都市委代书记一职，任命杨文学为门都市委书记，免去周云鹏门都市委秘书长一职，任韩超迎为门都市委秘书长。

最后是省委书记王刚同志讲话。王刚同志的讲话精神主要是要求门都的各级领导干部要认真对待省委的决定，要服从和支持杨文学同志的工作指示，正确面对门都腐败案的调查工作。

赖斌手机产生强烈振动。

他离开会场出去接电话。

关昕在电话中说：“老大，刘福在安徽九华山霄灵阁，请指示行动。”

“盯住。”

“老大，我是曲静，杜思思在离城五十公里处被我和任宏击毙。”

“好，把尸体弄回来。”

弗兰克在珠海海关落网。

省委书记王刚和省纪委书记赵保国离开会场后，来到门都市纪委基地。

“云桐，考虑得怎么样了？”赵保国问道。

“赵书记，对于门都干部队伍的作风建设问题，我犯了严重的失察错误。”

“云桐，望子成龙是人性的本能，你作为一个党培养了几十年的领导干部，勤恳一生，做了许多值得称赞的好事，记得前一段时间我们谈过一次话，当时你也当着我和保国同志的面做过保证，可你最终还是没有过了感情这一关。我不否认在子女问题上，每个人都免不了遇上是非问题犹豫不决，你的问题再次提醒我们，对在权力优越环境中长大的孩子，应当尽早地向他们传递一种正能量，这样就会在晚年少一份自责。云桐同志，这里的环境我看不错，你不妨在此休息一段时间，柳英的问题我们会考虑的。我建议你写封信给他，让他配合审查工作，这对他将来的处理是有利的。”王刚书记说道。

“王书记，谢谢了。”柳云桐老泪纵横。

金钱、美色没有让这位老党员动心。但权力，特别是晚年的柳云桐对权力那份过热的留恋，以及迫切的权力递延，让他犯下了无法原谅自己的错误，他在深深的自责中。一个星期后他从门都市纪委基地走出去，他没有马上回家，也没有去看守所看柳英，而是去了刘铁威同志的墓地，他在那里陪着刘铁威默默地坐了一个上午。快到吃午饭时，杨文学接上他离开墓地……

杨文学被任命为门都市委书记的几天后，他收到一份快递邮件，拆开一看，里面有门都工商银行的密码箱号码，密码箱的主人是孙家铭、方民达、李诗南。

韩超迎被任命为门都市委秘书长。这个职务可是市委常委，对她而言，属于破格提拔。关于韩超迎的秘书长职务，是杨文学向省委提议的。杨文学在向省委推荐韩超迎之前，他想到刘铁威同志的牺牲，和刘铁威身边缺少高度责任感和机敏的助手有点关系。自己上次被“教父”绑架。要不是因为韩超迎的机敏，可能自己先刘铁威一步走了。当然，向省里推荐韩超迎，可不光是为了上次的绑架案报恩，韩超迎的工作能力和思维智慧，也是够标准的。省里对于杨文学的提议，除了觉得韩超迎年龄偏低一些外，其他没提出什么意见。

杨文学被任命为门都市委书记后，他几乎一个星期在办公室待不上一天，每天都在下面跑。再有几天就是农历年的春节，杨文学在力争让门都人民过上一个安定和谐幸福的春节。杨文学任门都市委书记，娜娜第一个知道这一消息，她本来想打电话给予祝贺，但想来想去，放弃了。至于娜娜为什么没打电话，我也没问。这个时候，我什么都顾不上问，因为我向娜娜请了一天假去门都参加肖鸣的追悼会。

关昕确认九华山霄灵阁隐藏的那个人就是刘福。

赖斌带着三台车十个人来到安徽九华山太平分局。在同行们的帮助下，从看守所里提出刘福押回门都。

刘福被戴着头套。

“赖局，捂得这么严实，对心脏病人而言容易憋死。我死了你拿什么立功呢?”

“刘福，你说的也是，为了拿你立功我还真得善待你，这样吧，关昕，在他的口鼻处给他挖个洞。”

“这要是再把眼睛处挖两个洞就好了。”

“赖局，他想当蜘蛛侠。”

“别理他，关昕，通知大伙出发。”

赖斌一行人并没有在太平停留。两名特警队员将刘福押上车后，迅速返回门都市。

都说当官是一门技术活。其实当官真正应该算一门集艺术、智慧、人性所有本质于一身的活计。

心灵世界自有其理，非理智所能企及，只有智慧能企及心灵世界。

韩超迎坐在出租车上去见张琦。这几天，张琦找她找得有点急了，再不去会一会这个女人着实也说不过去。

她心里明白张琦这么急着见她主要是为了什么，她太需要慰藉了。想到这韩超迎拿出手机给赖斌打电话。

“赖局，事情办得还顺利吧?”

“韩秘书长放心吧，这种事是我的职业，人我已经带回来了，现在正往门都赶路。”

“赖局，也没必要急这一时，去黄山散散心，休息两天再说嘛。”

“韩秘书长，职业习惯我也没办法，每次一接案子就忙得不可开交，心想着等忙完案子歇两天，可这种想法从来也没兑现过。”

“所以呀，作为一个称职的人民卫士，对不起谁也要对得起忠诚。不过，身子到什么时候都是第一重要的，劳苦和休闲两不误才对。”

“领导这句话是对我的真正关心，赖斌表示真诚感谢。”

“赖局，你我之间交流不必要使用领导这样的词汇吧，谈到真正关心，只有朋友行为才对。”

“好，今后与韩秘书长交流我不再使用领导这个词。”

“我看秘书长这个职称在你我之间也没必要出现。”

“可我们之间总得……”

“叫我超迎，我也叫你赖斌，这样今后习惯也就自然了。”

“超迎，这种称呼方式确实有些别扭。”

“赖斌，我说过习惯成自然嘛。”

“也对。”

“赖斌，打电话给你是想着回到门都后请你喝个茶。”

“超迎，这个提议好，我明天就打电话给你。只是不知你的时间能不能安排得开。”

“为了这杯茶，即使开常委会我也请假。我的答复你还满意吧。”

“超迎，话说到这份上，我们就定在明天下午三点喝茶怎么样。”

“好，明天下午三点，碧春江茶楼我订个包房。”

“我一定准时到。”

“赖斌，路上车速慢点，一定要注意安全。”

“谢谢。”

放下电话，赖斌开始闭目养神。

坐在他身边的关昕用京剧《沙家浜》的一段唱词哼道：

这个女人哪，不寻常。

赖斌腮边的肌肉抽动了一下，似乎表现了一个微笑的样子。

车轮胎碾压路面的喳喳声传到车内。

张琦早就来到约韩超迎的地方，她几乎等了一个小时。韩超迎现在比过去更忙碌了。她们见面的时间越来越少，见面的机会显得特别珍贵。自从肖家出了大事后，一夜之间，肖家里里外外一切事都压在了她一个人身上，搞得她都快喘不过气来了，多亏了有韩超迎的支持，让她支撑着没有倒下。

肖丰被抓、肖鸣去世，肖东方和肖氏企业集团自然由张琦担负责任。她想辞去职务，但市纪委不同意。理由是她与肖丰及肖家的关系不清不楚，需要接受组织调查。不过在张琦心中，她认为自己没有做过任何违法违纪行为，身正不怕影子斜。她与纪委的办案人大吵了一架，干脆连班也不上了。不同意辞职，那就开除我好了。这样一来，肖家还真出了一个有脾气的人。在这一点上，肖鸣和肖丰都比不上她这个外来妹。

离开顺城分局，她搬到肖东方那里去住，这样照顾老人也方便，顺带着每天可以聆听肖东方的指示精神。对于张琦的所作所为，肖东方是看在眼里的，他一直在心里暗想，自己的儿子肖丰在社会上没办过几件正事，要说肖丰的处事功劳，最大的功劳就是为肖家认了个女儿回来。今天一大早，肖东方又念叨起了肖丰的问题。

“琦儿，小丰检举‘教父’就是刘福这件事一定要争取立功，这可是你哥保命的唯一机会。”

“老爸，您不用操心，这事韩秘书长已经答应帮忙了。再说了，为了这事我把能找的关系都找了，北京那边也有朋友帮忙。”

“这就好，琦儿，别怪老爸磨叽，想想我们肖家一儿两女，本来是日子过得好好的，可现如今……惨哪。”

肖东方苦笑着摇了摇头又接着说道：

“肖家要不是我这老丫头撑着，我这条老命早已休矣。”

“老爸，什么事想开点，我找司法的朋友打听过了，哥这回要是立功了，我们争取法院判个有期徒刑，到了监狱，刑期坐过半就可以办假释，也可以办保外，哥没几年就回来了。”

“琦儿，这一点你和老爸说过，我现在担心的是你哥立功的事能不能办下来。听说纪委那边你和他们吵翻后，在你哥立功这件事情上至今也没个态度。”

“纪委那帮人怀疑一切，不用理他们，案件审理期间当事人有重大检举揭发，经查实后给予立功这是法律规定，并不由哪个部门的态度说了算。如果他们阻拦我哥立功，我就把官司打到北京去。”

“琦儿，说到北京，上次你秦伯伯在电话中也特别说让我们去疏通关系，听说他在北京找到人了，还说这个人会来找杨文学。”

“老爸，您可千万别听这些，市纪委刘书记牺牲，这件事震怒了中纪委，这个时候谁会不要命站出来替秦家说话。”

“我琢磨着也是这么回事。”

“所以，老爸，咱家办的事千万不能说给他们听。”

“琦儿，放心吧，老爸这辈子最熟知的就是组织纪律。”

肖丰检举刘福就是“教父”，是张琦从韩超迎处得来的信息。二十天前张琦和韩超迎约会，她一见到韩超迎哭着说道：

“你说过有办法救我哥。”

“宝贝，我说有办法就一定有。”

“可是我听说他们要枪毙我哥。”

“我也听说了。”

“那不完了吗。”

“从现在看，这个案子的主犯基本都没命活，不过我有办法让你哥保住命。这件事运作好了，还能从轻处罚他。关键是找谁办。”

“你想去求杨文学。”

“这不可能，遇上这种案子，求人情是最笨的思维。再说了，杨书记那个人根本不可能开这个口去干扰案子，凭他和刘铁威的关系，恨不得把这些人全杀了他才解气。”

“可她欠你一条救命之恩。”

“你太幼稚了，从政的人是不会欠人情的，杨书记被‘教父’绑架，我是出于嗅觉和敏感救了他，这说明我作为他的助手是基本称职的，他当书记后提拔我做秘书长，也算对我工作称职的肯定，如果我把这一切理解成个人恩怨而求他去为什么人法外施恩，那我这个秘书长也当到头了。”

“你这也不行那也不行，我哥怎么办?”

“宝贝，别急嘛，我只是说私情救不了你哥。”

“可一切都公事公办，那我哥死定了。你不是说了关键是找谁办吗?”

“你哥，不会死，公私兼顾他就会没事，我只告诉你谁是‘教父’，你想办法找一个最稳妥的人把信传给肖丰，他自然就获救了。要知道，专案组的人眼下最急的事就是找到‘教父’。门都这几年所有的犯罪以及赃款几乎都是他一人所为，如果肖丰提供了‘教父’的线索，这件事还救不了他，那我就没办法了。”

“我明白了，检举出谁是‘教父’，这是最大的立功。利用这件事，再加上人情作用，这就是你说的公私兼顾。”

“算你聪明。”

“亲爱的，快说谁是‘教父’。”

“刘福。”

“刘福。他不是易经大师吗，怎么会是‘教父’?！你是怎么知道他就是‘教父’?”

“猜的。”

“亲爱的，别开玩笑了，这么大的事说出来要有证据。你总不能让我哥和专案组的人说他是猜出来的吧。”

“宝贝，你认为我会那么蠢吗？这个刘福，我注意他很久了。门都的一切犯罪就是一张人为编织的大网，操纵这么大的一张网，而且是暗中操作，这种指挥系统的中枢神经不可能不露痕迹，这个‘教父’要反馈各种信息到他那里，他将信息整理后又要发布出去，他不仅要把这一切指挥得团团转，又不暴露自己，达到这一目的，只有刘福办得到。他可以借给人看相算命的机会去接触各种人，并通过各种人去掌握门都上上下下的宏观信息，然后他再利用给人解命的同时，去拨弄人们的思维意识，最终让人们在无形中配合他犯罪集团的其他成员办事。要知道，凡是求卦的人，没一个是有自信意识的人，解卦的主动权在他手上，他想腐败一个部门，会事先摸清这个部门的障碍是什么人，了解了这一切，便用卦象中阴阳五行生克关系学说，利用部门人的权力替他干掉对手，从而扫除障碍。刘福这个人高就高在这，他想铲除一个人，手中没有组织权力，反过来说，即使他有组织权力也不可能做到得心应手，最好的办法就是用彼之道治彼之身。他先拿乱七八糟的什么生克制化关系帮你推算一番，借机把你搞蒙，让你感觉到他的障碍就是你的克星，是他帮你找出了克星，你要封个红包感谢他，同时又去铲除他的障碍。”

“问题是这个世界上有几个人相信他那一套。”

“你错了，干这行的有一句狗屁行话，叫什么有信便有得，无信便不得。这话本身就是两头堵，但是一个部门一、二、三把手所有的人都去求卦，这就不是两头堵了。别忘了，你能做肖丰的妹妹就是刘福大师的功劳，他一分钱没花摆平了我，反而你哥还要给他钱，从柳英到你哥，这一大圈的人，只有他是中立的，收点红包混口饭吃，岂不知，这一大帮人都在给他一个人打工。面授机宜还能做到事不关己，手段是很高明。”

“亲爱的，他再高明也没你高，他做梦也不会想到是你识破了他这一套，佩服死你了。”

韩超迎说道："我确定刘福就是'教父'，主要原因还是门都政权斗争最激烈的时候，他反而表现得越活跃……"

韩超迎说："我约了赖斌，明天下午三点喝茶。"

"亲爱的，用不用给他点好处。"

"对赖斌来说，什么好处能大过市委秘书长的牌子。"

"也是，杨书记的红人。亲爱的你说实话，杨文学上过你吗。"

"杨文学这种男人是等着女人上他的，他不会轻易上女人。"

"那你就上他嘛。"

"宝贝，这种机会很难找，按照其他市的组织惯例，秘书长都是男的。这样做，秘书长接触老大的机会就多，为了避嫌，自从我当了这个秘书长，好像我们都在特意回避什么，反而接触的机会越来越少，我这个大管家基本变成主内的管家婆了。"

"干脆你直接嫁给她算了。"

"这事我也想过，等这个案子审完了，我干脆把你调市委办得了。"

"现在调我去吧，反正我的档案还挂在分局。"

"现在不行，你和肖丰的牵连还没完。"

"亲爱的，你是了解我的，怕什么人说三道四。"

"宝贝，和我这么久，政治上成熟点好不好。从政之人脚下踩的就是一条看不见的钢丝，好也让人说三道四，坏也让人说三道四。"

"既然好坏都有人说三道四，那我们怕的是什么。"

"怕的是坏事让人说，在人与自然的结合问题上，最经典的形容词就是无风不起浪这句话。所以，少找麻烦自然少生是非。"

"亲爱的，你这么聪明这是在往死路上逼我，我没法离开你了。"

"瞎说，你和那个李诗南不是挺来电的吗？"

"这时提他干吗。"

"他手上有个哲光，我和赖斌谈完肖丰的事，估计他也要去征求纪委的意见，肖丰检举他人立功，这么大的事不是哪个人说了算，这要由集体决定。因为这涉及依法从轻问题，在门都除了纪委我不便插手，其他公、检、法我可以试着去说服他们，但省里的态度，可能只有那个哲光的哥哥有本事说上话。"

"找李诗南没问题，凭他和我姐的关系会帮忙，他也答应过。"

"现在到了吹风的时候了，这件事必须在公安口扎死，否则那个滑头赖斌一马虎，今后办起事来很麻烦。"

"我知道了，亲爱的，我是不是把李诗南调门都来。"

"什么意思？"

“有好事儿不能落了他。”

“你个死丫头，随你吧。另外，你姐上次送我们的房子，公司有没有登记名字。”

“原来有，我接手后都删了。”

“要做得完全彻底。”

“放心吧。玩权术我不抵你，玩技侦我也是科班出身。”

“宝贝，大意失荆州。你要知道，肖丰的立功一传出去，咱们又会多出一大堆敌人，包括那些被抓的家属。知道吗，这节骨眼上，谁都会推卸责任，所以，你必须还要做一件事。”

“什么事?”

“利用上次的关系，让肖丰一次性把问题说完，千万不能抱侥幸心理，一旦开始操作立功，这万一出了新问题意味着什么，我不说你也知道。其实说白了，作为肖丰也大可不必再隐瞒什么，一件事和十件事结果一样。”

“明白。”

在赖斌看来，韩超迎约他喝茶，一定是有要事相求，否则的话，这个才当选的秘书长没必要约一个市公安局的副局长在这么个不当不正的时候喝什么茶。要知道，门都的政治领域，可以说刚刚经历了一场大地震，市委代书记、常务副市长，一大堆的局处级干部被抓，真的可谓政坛处于百废待兴状态。这么多人一夜之间同时下台，等于倒出了诸多的政治席位，有多少人眼红这些位置绝对是数也数不清。为官之人，最难度过的一关就是熬年头、熬机会，直白讲是在熬生命，官场上空一个位子出来，这是大事，往往是比天还大的事。有空位说明有机会。杨文学被升为市委书记，市长的身份还在，书记、市长由他一个人兼任，这不符合组织程序。过渡时期为了应急可以，但不能时间久。这也就是说，市长这个位置的应急期不会太长就要空出来，谁接市长，本来常务副市长是有机会的，问题是常务副市长也被抓了，这又空了一个位置。天下哪有这么好的事，难怪有这么多人惦记着。

可是赖斌这样乱七八糟地想了半天，这些位置的事不可能是韩超迎找自己的理由呀，当然也不排除她要拿位子和我做交易，想想也不对，韩超迎个人不需要我这个副局长手中的筹码。那么，她找我干什么呢?

杨文学放倒了柳云桐，政治上的危机期并没有过去，反而刚刚开始。他这个市委书记很不轻松，想要位子的人在看他的态度，得到位置自然会和他政治上保持一致，那么得不到好处的人一定会有想法和怨气。赖斌从省公安厅下派前，基本上内定了要接门都市公安局局长，这一点杨文学也亲口做过承诺。对于赖斌，杨文学对他的了解从前并不多，他的一些情况来自于刘铁威的介绍，工作几个月下来，表面上看，赖斌这个人很自信，但他的自尊心太强，相信自己的价值，优越感很强，常常会用魅力吸引他人。这种人具备提升自己的野心。用原则制胜，是个好人，为官按理说无可指责，问题是他一旦精于世故，工作艺术和政治智慧有可能变味。要知道，政治地震后的门都政坛，各部门的一把手急需的是有柔韧度的领导，偏激的鹰派人物，只会把政治环境搞得人人自危，这是非常不利的矛盾因素。对此杨文学萌生了不启用赖斌的念头。不使用赖斌，这个理由很难找到，从目前干部队伍作风方面讲，他的条件是摆在那里的，这件事让杨文学很头痛，治乱确实需要赖斌这样的人，乱后整合期，赖斌的作用如何，杨文学不敢贸然去赌，他也不好去省里说出自己的想法。没法和省里说并非杨文学不敢说，是因为他没有理由说。一个人太无私了反而不好。杨文学想来想去，他要让赖斌知难而退，他把说服赖斌的工作交给了韩超迎，以柔克刚，不露声色是韩超迎的最大本事。索性，杨文学把肖常林的政治思想工作也交给了她，在杨文学的心中，赖斌不能用，肖常林同样不能用，他反而要用柳云桐过去用过的人，这意味着对柳云桐的过去，有一个中肯的看法，因为他明白没有人完全一无是处，这不符合辩证看问题的方法论，更不适合当前门都的形势，没办法，少数人的利益一定要顺乎潮流。所以，时至今日，杨文学对门都的干部问题保持沉默，他借故天天往下跑，这样做主要是为了避其锋芒，同时也是想着从下面多摸一些实际情况。要知道，调来门都这三年，他始终在整合市里的关系，很少有机会接触一线。

不用赖斌和肖常林，杨文学想用谁呢？这个问题一直在韩超迎脑袋中转悠。她思考了几天反过劲来了，门都现在需要的是和事老型的人才，这种人才最好是具备政治艺术天分和柔韧智慧。她想来想去，门都还真没有这种人，公安局长姜铁辉属于政治矛盾过敏型领导，当初柳云桐一直不换他，其实打着柳英接替他的谱，不过姜铁辉的政治艺术只是滑得让人抓不住，他并没有政治智慧，一般没有政治智慧的人也很少有野心，韩超迎想到了姜铁辉还有两年才到退休，这个人杨文学一定会暂时用他。所以，韩超迎第三个要找的人就是姜铁辉，张琦的事也要他来办，他一定会办，这件事只要赖斌和肖常林不搅局就行了。为了让他们不搅局，为了完成杨文学交办的任务，韩超迎想好了怎么对付他们。

秘书长找人谈工作，这事赖斌还是头一回遇上，他不得不从心里佩服杨文学，这个女秘书长选得好，论年龄、工作阅历，韩超迎都不够资格，但她与生俱来的政治艺术和政治智慧够资格。她在没约赖斌之前，先约的可可。自从可可出手帮了杨文学后，她和美女与野兽小分队的几个人成了好朋友。曲静、任宏、文妍、关昕几个人有时间就去可可的茶楼。韩超迎很想知道这几个女人对赖斌和肖常林的评价。她听到不想听到的东西，这两个男人在这几个女孩子眼中的形象太完美了，难怪杨文学担心，一个男人若是不善于表现自己，如何会在女人当中讨得形象赞美，只这一个理由足可以作为不重用的借口。

赖斌最担心韩超迎找他谈案子的事情，他认为韩超迎约自己喝茶，十有八九是要说案子。如果有什么人求到她，这位女秘书长真的开了尊口，赖斌不知道该怎么办。作为一个执法人员，长期以来，赖斌对于人情案子感到恐惧，法律这种中性的天平产物，最怕的是人为情分的参与，恰恰是，法律是用来约束人们行为的，是人就有情。工作几十年，人情这东西让他反感，接一桩案子，一开始所想的和现实之间每次都有差距，一件案子要过三道关口，有的时候在他这里受到干扰使案件变味，即使自己这一关不变味，谁又能保证检察院和法院那两关不变味呢，所以，在赖斌的记忆中，大小案件办了无数个，没有一次是完美的。法律条款完美，人为干预不完美。没有任何干预的案子，适用法律条款时又不完美。就每一个案件本身讲，必然要接受来自于各方面的干扰，这种干扰有正面的也有负面的。对于一个执法者，无论接受正义和非正义的影响，案件的本身都会缺少平衡。当然，赖斌是打心眼里不愿意接受非正义的影响。可事实终归是事实，今天这位韩秘书长万一开口，自己将如何对付她，这个分寸要拿捏好。人情这两个字把他逼得很烦，分析案情都没有对付人际关系特别是权力压力这么累。门都的案子序幕还没有拉开，难道就开始妥协？没办法，见风使舵吧。赖斌见到韩超迎后，他才知道事情出现了意外。

“斌哥，没想到你比我来得还早。”

“这是应该的，对领导要充分尊重嘛。”

“太外道了，我们之间没必要客客气气吧。”

“超迎，我看你还是叫我赖斌好一点，不知为什么，斌哥叫得我怪紧张的。”

“本来我想缓解和拉近我们之间的关系，所以才这样称呼你，官场上那一套装腔作势虽然是走仕途人的习惯，但不应该成为环境通用习惯，我想现在环境变了，好朋友之间喝个茶，咱们最好先忘却一会儿身份为好。”

“好吧，既然你这样说了，我也试着习惯。”

“怎么样，这次押解一路还顺利吧？”

“还好，几百公里路程，没觉得太累，只是精神有点紧张。”

韩超迎按了一下呼叫器，叫来了服务员小姐。

“请问这位女士有什么吩咐？”

“我们的茶。”

“嗨，你看我，超迎，茶我已经叫过了，也忘了问你喜欢喝什么，小姐，把茶单拿出来让这位女士点茶。”

“斌哥，既然你点过茶了，你喝什么我就喝什么，这位小姐，不好意思，麻烦你了。”

服务小姐出去后，韩超迎在想，赖斌做事也太武断了，本来是我要请你喝茶。

“超迎，不好意思，没征求你的意见我就安排了。”

“斌哥，这点小事没必要太客气。其实，女人喝茶很少有偏好，形式化的成分多一点。”

“话虽这样说，我这毛病总也改不了，办什么事都按照自己的意愿来，这都是职业病。”

“斌哥，执法人员讲究自我判断能力，这是你的职业优点。为什么要改呢？”

“可为人处世自我判断能力就变成了缺点。”

“赖哥，优点和缺点是相对的，使用在合适的事件上作为判断标准才正确。办案中，自我判断力强就会坚持已见，如此一来，你的对手就会乱了阵脚，但在有些领域，往往太坚持己见，虽然你的己见用法律和道德标准衡量无可指责，可适用于所有人容易滋生矛盾，所以，官场这套学问再聪明的人也不可能弄通。”

从进门到现在，赖斌觉得韩超迎在和他东拉西扯，这位女领导究竟要干什么呢？不管她要干什么，自己绝对不能主动问。今天的场合，谁先开口谁被动；既然领导喜欢闲扯那就扯吧。一想到闲扯，赖斌忽然觉得，韩超迎是不是杨文学派来做政治摸底的，门都的领导层如今可不是人浮于事，而是缺口待补，大换血是下一步组织路线的发展趋势。如何换血，杨文学要心中有数，当领导的，调查研究是执政者的看家本领，只有调查研究才有发言权。所谓调查研究实际就是在品人，品好人才能使用好人。很多领导执政道路不顺利甚至屡遭阻碍和破坏，完全在于识人的功夫没练到家，识人能力不强，自然用人会出麻烦。柳云桐在用人的问题上就犯了这个错误，任人唯亲不行，用人以疏也不行，两者之间兼顾是学问，难怪门都的很多空位子迟迟没有补人，杨文学这是在等，看来，韩超迎今天这杯茶目的性很强，既然如此，我的亮相是什么呢，再聊一会儿吧。

韩超迎已经感觉到赖斌悟出了今天为什么约他喝茶的缘由，对此她说道：

“斌哥，我参加工作时间短，经验也不足，在你们这些官场老人面前，总想多学点东西，还希望斌哥能给予指导。”

“哎，我这官场水平低得可怜，凭这一把年龄才混到正处级，哪有资格给你做经验之谈，特别是对你，我更加没资格了，所有认识你的人，都说你是一个政治天才。要说指路咱俩应该调过来，由你支我两招才对。”

“斌哥，哪有什么政治天才，记得我上大学那会儿，老师私下和我们聊，一个人无论你是从政还是干别的工作，要紧的是审时度势。这年头，大家的水平都差不多，对从政者而言，唯一差的可能就是经验。经验说白了也没离开审时度势的范畴，个人的世界观对，不代表适用，适用的技巧往往与个人的观点成反方向。斌哥来门都的时间不长，一直在案子上忙，我呢虽然是门都人，大学毕业后又在门都工作，但门都的很多事可以说绝大部分还没看明白，不知道斌哥对门都的下一步形势是如何预测的。”

“超迎，不瞒你说，我这人在预测形势方面最弱智了，对于案子线条上的学问和经验我自觉还可以，对整体的块状把脉不擅长，这方面你问我算是问着了。”

“斌哥，所谓块状也是由线条组合而成，这就是社会的特点，既然你认为公安工作是一条线，那针对这条线的发展形势你怎么看。”

“服从整体利益是主方向。”

“门都的整体利益反映在公安工作中的具体表现斌哥总会指点一、二吧。”

“我认为，从公安角度讲，保一方平安的概念对我们压力很大，特别是现在，我们面对的黑恶和腐败势力仍然很嚣张，有这种势力存在，必然滋生各种犯罪，我初步设想，通过这次反腐打黑行动，除恶务尽，彻底扫清一些歪风邪气，对一些现象起到震慑作用，还门都一个良好的生活环境。”

“斌哥，现在有很多老百姓都在说，门都以前的社会环境并不糟烂。”

“那是因为有些人为了侵吞国家财产，故意制造的环境。”

“可老百姓对国家资产的概念与政府的概念并不一致，有人说，即使国家财产放在那里没人动，也不可能属于他们，老百姓要的环境是与他息息相关的东西，对国家利益维护的着眼点总是各有各的想法。甚至他们把什么是政府的责任和百姓的义务分得很清，这一点你怎么看?”

“肤浅。国家的资源被个人掏空了，那今后还不是影响到他们的生存危机。”

“从长远讲是对的，但从眼前讲，这些资源原来在谁手上?”

“国家。”

“既然在国家手上，那为什么会被人掠夺?”

“腐败。这正是我们要努力做的工作。”

“这是门都的民众心态，你拿回来属于你手上的东西，为什么要干扰百姓生活。门都的涉黑性质与其他城市不同，其他城市的黑社会性质犯罪，直接伤害的是老百姓的利益，这一点不知赖哥怎么看。”

“门都的黑社会是没有直接和百姓发生冲突，可门都的社会风气总该和他们有关系吧。”

“什么关系。”

“吸毒、卖淫，这些都是摆在那里的。”

“什么人吸毒，什么人卖淫嫖娼，总要有个区别对待吧。”

“啤酒厂的陈宁骗走了工人多少钱，难道他们不清楚?”

“为什么陈宁能骗到钱，陈宁骗的钱哪去了，我认为这才是目前门都公安工作的方针，解决与老百姓切身利益相关的问题。平息民怨，化解矛盾，使门都的政坛权力交接平稳过渡，至于门都的社会问题，需要长时间的努力才能得到改善。”

“超迎，你的意思我懂了。”

“斌哥，听说看守所有些超期羁押的嫌疑人档案丢失了，他们请了律师到检察院讨说法。”

“是有这事。前段时间，姜局住院养病，柳英调检察院，很多办案人员被抽调专案组，可能他们移交原来手中的案子时搞乱了，造成这种情况我有责任，目前正在追查。”

“斌哥，责任倒谈不上，毕竟你来门都时间不久，又一直把主要精力投入到柳英的案子上，导致某些人趁机钻空子也难免。要知道，公安局人员调动得太频繁了，人心浮动也是主要原因。”

“关于人员调动问题，当初我也和杨市长沟通过，为了案子能顺利进行，有些障碍必须搬开。这也是杨市长的意思。”

“权宜之计只在阶段内有作用，但很多权宜之计容易造成一定的不良后果。”

“超迎，柳云桐留下的人一直都是杨市长的心腹大患。铲除这些人当初条件不成熟，杨市长这回主持门都工作，我认为这倒是个机会，可杨书记近一时期在这方面迟迟没有动作，我和常林也不知下一步如何发展。”

“斌哥，柳云桐在门都做组织工作近十年，在这十年中他的蜕变也有一个过程，门都六百万人口，光是领导干部大大小小也有几万人，这其中绝大部分领导是经得住考验的，个别参与了柳英集团犯罪，只能说不能一概而论。现在杨书记主持工作，很多人开始谣传，柳云桐提起来的人这回都要下，说什么杨书记会提拔自己的人，柳云桐当年有组织大权，要说柳云桐的人，哪个又不在组织管辖之列？可谣言一出，领导干部人心惶惶，刘铁威书记在时，纵向地做了很多工作，表面上看领导能够统一认识，面对腐败的惩治，各级领导思想容易统一，但涉及自己的官位去谈高度认识和统一，这就有点自欺欺人的味道了。”

“这就是杨书记对组织问题的态度。”

“杨书记眼下不能表态，这个态也不好表，就拿你们市局来说，姜局长当了两任局长，而且他当局长期间，正是柳云桐任期内，市公安局局长，没有柳云桐的认可他当得了吗？显然不能。柳云桐为什么让姜局坐在局长位子上这么久，目前看并非是姜局参与了柳氏集团的犯罪，而是他这个人官当得很知趣，基本上是个挂名局长，市局实际上是柳英当家。当然这是我们的分析猜测，不管怎么说，在外人眼中，姜铁辉局长就是柳云桐的人，咱们私下说，姜局即使没有腐败问题，他当这个局长起码也不称职，可是把他拿下去，负面影响相当大。杨书记在他的问题上没有态度，也没漏过口风给我，反而是姜局见了我两次暗示我他身体有病，这明显是政治试探，他到处宣扬身体不好，把他换下去，也顺理成章。他自己找个台阶下去，杨书记也算有个借口。这样做，针对他个人而言无可非议，可在服众的问题上就有了非议。最近一段时间，很多县级的一把手，还有市里的各部委办局，都开始学起了姜铁辉，有的是干脆住院，有的是上午工作，下午休息，每个人似乎都在给自己找台阶下。从另外一个角度说，一些人自认为不是柳云桐的人反倒觉得机会来了，工作得格外卖力气。如果我是杨书记，面对这种想象又能怎么办。更何况对于门都的干部问题，省里也在催市里拿出个意见。”

“超迎，照这样说，很多现任职务还是不动的好。”

“不动是上策。但对于这次在反腐打黑工作中旗帜鲜明、贡献大的人又如何交代，我分析杨书记也是担心大家寒心。”

“超迎，仕途之路走了这么久，我相信大多数人还是能正确对待的。当官有瘾这个我承认，换个角度想，我们都是在为党工作，个人利益不是没有，可也不能斤斤计较，在这方面我是看得开。”

“斌哥，你这个人组织原则强，这谁都知道。问题是，门都是一盘棋，光你一个人看得开有什么用，杨书记做事是要服众。”

“常林的工作我可以做，其他的人我不熟悉，市里、区里的很多领导在这场行动中并没有直接参与，他们应该不会有太多的抱怨。”

“斌哥，你和常林的工作能力是摆在明处的，你们高风亮节会影响很大一部分人，杨书记最应该的是给你们一个交代，如果真的交代不了，他心里肯定不落忍，当然，市局这边还有一些分局和派出所，这些一线人员辛苦多，也不能让他们失望，不失望又满足不了他们的意愿，说说容易做起来难呀。”

“超迎，现在唯一应该解脱的是杨书记，他是一把手，一把手的手脚被下面绑住了，统一的工作方针将没法展开，市局下面的工作我来做。论功劳也是我最大，我都能顾全大局，他们应该没问题。”

“斌哥，常林哥我真的很难面对他，作为秘书长，我在为书记服务的同时，总想帮书记分担一些压力，可我的身份又不易插手组织问题，咱们兄妹间对脾气，有什么话好说。面对其他人，弄不好我再担嫌疑，沟通感情再变成组织谈话，那可就乱套了。”

“超迎，常林的事交给我，杨书记和他虽然是大学同学，但现在身份不同，说起话来总会有顾忌，我说反而随便些。”

“斌哥，说了半天这茶都凉了。”

“我们再换一泡吧。”

“算了，你这大局长押回了‘教父’，这会儿还在兴奋中，我估计你最想聊的人应该是刘福。”

“说心里话，办了这么些年的案子，诈骗的、凶杀的，还真是头一回碰上个有点智慧的家伙。”

“刘福这人可不能小视他，岂是有点智慧，一个无职无权的人，靠着熟读一部《易经》，公然把这伙人玩得团团转，我预感到审理他是块难啃的骨头，毕竟有一些证据是提得起来落不下去。”

“超迎，放心吧，当官组织全局我没底气，但是审案子我还是招法无穷的。”

“斌哥，牵扯到刘福的人一定很多，我想主次矛盾是不是应该区别对待，这年头，人总会有一些利益观念，门都的政治风向，还有很多民俗恶习，一般人很难免俗，如果都按照你斌哥的圣人标准去衡量每个人，弄不好是在给我们自己找麻烦。”

“超迎，杨书记把你提起来还真的不是空穴来风，我赖斌这杯茶喝得是最值得的一次，你放心，刘福一案，我先押后几天开审，这几天我找常林还有专案组的成员们放松一下，借机会统一思想。”

“放松也是应该的，毕竟大家紧张的日子过了几个月。”

后记

和赖斌分手后，韩超迎先给杨文学打了一个电话，她在电话中把和赖斌谈话的结果做了一个简单汇报。杨文学在电话中说：

“超迎，这件事办得太漂亮了，我请你吃饭。”

“请我吃饭？在门都?”

“不，在省里，人民医院的院长约了我几次说要吃个饭，前段时间太忙也没倒出空，今天正好清闲，我请你们两位门都最年轻的女干部大吃一顿，上次家父病重，多亏了陈院长陪我回去，她帮了我的忙，还没有机会答谢呢，今天一并办了。”

“杨书记，陈院长不仅是医学专家，她也是心理专家，专家请吃饭我就不跟着搅局了。”

“超迎，你什么意思，我心里又没病，带你去吃饭是我早想好的，你不想去搅局也得搅，这是命令。”

“杨书记，我执行。”

一想到去省城，韩超迎记起了下星期六有个同学会，她有任务负责约几个同学，这工夫刚好有时间，她开始打电话。

从追悼会上回来，我办了两件事。第一，把门都国环投资管理公司和门都环保物业公司我名下的股权，转给魏青和许爱珍。第二，我把肖鸣的肖氏企业集团公司管理权转交给了张琦。本来我还想见韩超迎一面，但是，韩超迎自从当上门都市委秘书长后，再也不如从前那样清闲了。干脆我把话说白了，她现在没时间见我。

在回京之前。我和可可在网上聊了一会儿。

南南，白氏企业收购已经开始。

祝贺你成功。

这其中有你巨大的功劳。

我没做什么，只是完成了白老师交给我的任务。

我办了一张卡给你，卡里有十亿元，这是当初我们说好的。

谢谢。

今后我们常联系。

在网上。

对。

可可就是白舒，当年她投河自尽没死。被一个女人给救了。可可当初为什么投河？因为白影被害入狱后，白舒去接见他。白影把一切关于秦牧的阴谋都说给了白舒听。白舒回来找秦牧质问，秦牧强奸了她。白舒被救下来后，改名为可可，她在江湖上闯荡了十年。这十年中，她读了大学，又去国外深造。在国外，她结识了一个叫卡尔的男子，她们相爱，卡尔的家族是巨大的金融投资企业。卡尔比可可大两岁，是杰出的经济学专家。他帮可可设计了一套精美的收购计划。卡尔的计划，加上他家族的资本，最终干掉了秦牧的公司。当然这是后话。

三天，今天刚好是杜三娘安排我交策划方案的日子，我们响铃广告公司接了北京一家公司委托的电视剧本创作业务，我是主策划人员之一，杜三娘下午约了那家公司的老总看本子。她让我从网上把《门都于连》剧本发给她。

三环路今天又塞车，我迷迷糊糊地坐在公共汽车上逛大街。杜三娘发了一条信息给我。李诗南，《门都于连》通过了。你马上着手创作《门都教父》。

杜三娘心太黑，我和她事先都说好了，《门都于连》的本子被认可后，她答应把我爱人关丽娜的户口从陕北调到北京，可刚刚在她给我的信息中。这件事一字未提，什么意思呢？难道她要反悔不成？

我和娜娜是大学同学，我们毕业后留在北京，娜娜和我结婚后，现在都怀孕三个月了，如果户口问题再解决不了，孩子出生后可怎么办呢？

我从公共汽车上下来，回到我和娜娜租的房子里。娜娜第一句话就问我，南南，你卡上还有多少钱？十亿，可可刚存给我的。亲爱的，醒醒吧，可可是谁呀？我们明天该交房租了。对呀，可可是谁呀？北京的房租不仅贵得离谱，而且还要一个月一交租……

娜娜正在厨房烧菜，她的手机响了。我看见手机显示屏上跳动着韩超迎三个字，便把手机拿到厨房交给娜娜。

“超迎的电话。”

娜娜接过手机白了我一眼。看到她的白眼，我知趣地离开厨房。

“娜娜，忙什么呢？”

“超迎，我能忙什么，三点一线锅台转。”

“老同学，没那么命苦吧。”

“超迎，你吃过黄连吗？”

“没吃过。”

“那你就吃点，我的命比黄连还苦。”

“嗨，大家彼此彼此，做人难呀。”

“连你这大秘书长都嚷着做人难，那我们老百姓还活不活了。”

“娜娜，你没听说家家都有难唱的曲吗，秘书长是双面人。做人这活，一面人都做不好，双面人则更难做。我现在是真羡慕女人三点一线锅台转的生活方式，可惜呀，有命托生没命享福，混到今天连自我都找不回来了。”

“超迎，说到三点一线锅台转，你和那个杨文学进展得怎么样了?”

“进展，不瞒你说，他当了市长又当书记，忘我的精神再前进一步就是圣人了，哪里还谈什么进展，再说了，我现在又遇上竞争者，谈危机还差不多。”

“你的条件还有竞争者?”

“门都人民医院的院长，留美博士后，一流大美女。”

“那你可得上点心，爱情这玩意儿既要有紧迫感又要有忧患意识才行。”

“当初我们一起追南南时，你就是用这招击败我的吧?”

“少来，当初追南南时我用的是欲擒故纵。”

“我就知道你肯定用了计谋，否则我也不会败给你。”

“超迎，我现在把他给你，你把秘书长给我，副秘书长也行。”

“秘书长的事我要问问组织部的意见，至于李诗南你自己留着吧，用旧了想甩给我，现如今最不值钱的就是二手货。”

“好了，不跟你扯了，打电话找我什么事?”

“下星期六在省城有个同学会。”

“算了吧，一听这事头就大。”

“同学们说了，百年名校，就我们这期出了两个大美女，我和你必须参加。”

“我混成这样就别去丢人了，你这个大美女一花独秀吧。”

“这不行，你不但要来，还要把你家的大帅哥也带上，上次同学会你们没来，大伙挺遗憾的，青青和爱珍一直念叨有两年没见你了，说你抱着大靓仔跌进温柔乡不出来了。”

“超迎，说到青青和爱珍，她们还在乡下做村官吗?”

“你们没通过电话呀?”

“偶尔有电话联系，我也不太想深问，这两个将军的女儿怎么想做村官，让人不理解。”

“我看她们过得挺好的，人各有志，她们从小生活在优越的环境中，幻想广阔天地大有作为的生活，现在她们一个是镇长一个是镇党委书记，干得欢着呢。上次同学会小瑞帮她们圈拢了一批老板，她俩发大财了，弄回去几大汽车过冬的棉衣棉裤，还谈成了两笔投资呢。”

“还真有她的，可她们今后的个人生活怎么办呢?”

“这你不用操心，她们对待个人生活一副乐天派，说实在的没人要她们，她们就搞同性恋。”

“我真羡慕她们。超迎，不瞒你说，我几次都想去农村支教，像我们这种人，赖在北京做个小职员，大学学的那点东西都快忘光了，我对自己身上的俗气时常感到恐怖。”

“娜娜，你家那位靓仔怎么想?”

“他已经疯了，整天幻想着伟大事业，幻想着一鸣惊人，完全活在一种怪梦中，今天下班我问他卡上还有多少钱，我们该交房租了，你猜他说什么?”

“说没有钱?”

“对天马行空的人而言，哪会说自己没钱。”

“他说有多少钱?”

“十亿，说什么可可刚给他存在卡上的。我问他可可是谁呀，他说是一个合作伙伴，我说让他醒醒吧，房东催着交房租呢，结果他把北京的房价大骂了一通。”

“娜娜，很多人的脑袋被大城市的奢华搞坏了，你还真要注意南南的思维意识，不行带他来参加同学会，我们帮你现身说法教育他。”

“好吧。超迎，我真的感觉好恐怖，混在北京，每个月的收入除了交房租、生活费，一分钱都存不下。南南又是一天多变，觉得干什么都能挣大钱，事实却什么也干不成，最近又给什么广告公司策划剧本，这样下去将来有了孩子可怎么办呢，估计再发展下去，我就疯了。”

“娜娜，别急，相信南南会调整自己的。”

“超迎，送给你调教好了再还给我吧。”

“美得你，调教好了我还留着呢。”

“那你把秘书长给我，我去抢杨文学。”

“那不行，杨文学永远是我的。”

“那我还是守着这个空想家过吧。”

“娜娜，不用担心，一切都会变好的。”

“也包括幻想疯子吗?”

“对……”

图书在版编目（CIP）数据

花都公子/郭涛著. - 北京：作家出版社，2013.7
ISBN 978 - 7 - 5063 - 6930 - 5

Ⅰ.①花… Ⅱ.①郭 … Ⅲ.①长篇小说 - 中国 - 当代
Ⅳ.①I247.5

中国版本图书馆 CIP 数据核字（2013）第 108934 号

花都公子

作　　者：郭　涛
责任编辑：佳　丽
装帧设计：王　琦
出版发行：作家出版社
社　　址：北京农展馆南里 10 号　**邮编：**100125
电话传真：86 - 10 - 65930756（出版发行部）
86 - 10 - 65004079（总编室）
86 - 10 - 65015116（邮购部）
E - mail：zuojia@ zuojia. net. cn
http://www. haozuojia. com（作家在线）
印　　刷：三河市紫恒印装有限公司
成品尺寸：170×240
字　　数：440 千
印　　张：23.5
版　　次：2013 年 7 月第 1 版
印　　次：2013 年 7 月第 1 次印刷
ISBN 978 - 7 - 5063 - 6930 - 5
定　　价：35.00 元